김

영

호

평

론

집

※이 책의 일부는 세종문화재단의 지원을 받아 제작되었습니다.

공감과 포용의 문학

2019년 12월 15일 제1판 제1쇄 발행

지은이   김영호
펴낸이   강봉구

펴낸곳   작은숲출판사
등록번호   제406-2013-0000801호
주소   413-170 경기도 파주시 신촌로 21-30(신촌동)
전화   070-4067-8560
팩스   0505-499-8560
홈페이지   http://cafe.daum.net/littlef2010
페이스북   http://www.facebook.com/littlef2010
이메일   littlef2010@daum.net

© 김영호

ISBN 979-11-6035-079-1   03800
값은 뒤표지에 있습니다.

共感

김영호 평론집

공감과 포용의 문학

包容

작은숲

목차

1부 한국문학, 아픔 정화하는 씻김굿 되어야

책을 내면서

문학에 대한 날카로운 첫 기억은 초등학교 2학년 때로 기억됩니다. 폐병을 앓는 병약한 담임선생님께 과분한 칭찬을 들었는데, 그러니까 내가 쓴 일기에서 천재성이 보인다는 거였습니다. 너무 얼떨떨해 멍하니 있는데, 질시의 볼멘소리가 주변에서 들려오며 등에서 식은땀이 흘렀습니다. 일기라면 하루 일과를 시간대 별로 죽 나열하기가 십상인 시절에, 행정 대서사인 아버지의 심부름으로 우체국에 가서 등기우편을 보낸 일을 대화체를 섞어 이야기한 게 유별나긴 했지만 진짜 재능이 있는 걸까 막연하기만 했습니다.

이런 가냘픈 인연의 끈으로, 대학시절에 만난 문학청년 친구들의 열정어린 토론과 가혹한 합평, 그리고 김현승, 김종철, 이가림, 윤삼하, 조재훈 등 훌륭한 선생님들의 가르침이 어우러져 『삶의 문학』 동인으로 활동한 것이 문학계 언저리에 작은 이름이나마 없은 채 살아가는 지금의 내 삶의 꼴을 만들었습니다. 꽤 오랜 침체기를 겪고서 결국 다시 글을 쓰는 자리로 돌아와 어쭙잖은 글들을 모아 평론집을 낸 게 이제 세 번째가 됩니다.

첫 평론집 『지금, 이곳에서의 문학』을 낼 때, 문학이란 결국 글 아는 자가 글로 세상을 향해 말하는, 자못 엄정한 학문이라고 생각했습니다.

그 엄정함이란 매천 황현이 유교적 세계관에서 벗어나지 못해 동학을 요술로 매도하면서도 망국의 한을 글 아는 자의 무능으로 통감하고 절명시(絶命詩)로 그 책임을 다하는, 바로 그런 것이 문학의 근본 자세인 엄정함이 아닌가 싶었던 거지요.

두 번째 『모두가 행복한 나라를 꿈꾸다』에서는, 작가가 된다는 것이, 주변의 작은 신음에 민감하게 반응하도록 순수한 영혼의 줄을 팽팽하게 조이는 것이고, 낮고 쓸쓸한 곳을 향해 붓끝을 가다듬는 것이며, 첫 새벽에 일어나 외롭게 코피를 쏟으며 스스로 충분히 낮아지지 못했음을 아프게 자각하는 것을 의미한다고 봤습니다. 물론 이런 깨달음에서 한걸음 나아가 삶의 현장을 직접 찾아 나서야 한다고 생각했지요.

이번 평론집 『공감과 포용의 문학』을 내면서는 좀 내용이나 형식에서 유연해지려 했습니다. 역사적 주체로서의 민중이 사라지고 시장화된 세상에서 사물화 된 개인들로 파편화된 채 살아가는 현대인들에게 문학은 과연 무엇인가 라는 고민에 대한 답은 이렇습니다. 조선시대 최고의 사상가이자 시인인 다산 정약용의 가르침처럼, '시대를 아파하며 세속에 분개하는' 시가 참된 시이며, 이웃의 고통에 민감하게 반응하며, 그런 아픔이 극복된 세상을 꿈꾸는 것이 바로 문학이라고 말입니다. 하여 우리 곁의 작은 자들을 너그럽게 포용하면서도 역사의 진실을 직시하려는 안간힘을 글에 담아보려 했지만, 천학비재의 남루한 자각만이 남습니다.

 대전민예총 가족들의 응원과 『세종시마루』 벗들의 열정이 큰 힘이 되었습니다. 깊은 애정으로 기꺼이 발문을 써주신 김정숙 교수님, 멋진 책으로 엮어준 〈작은숲〉의 강봉구 사장님께 깊은 감사의 말씀을 드립니다.

2019년 11월 19일
김영호 두손모음

共感

包容

문학, 아픔 정화하는 씻김굿 되어야

대전문학, 이산離散에서 수렴收斂에로

1. 문학, 개인의 영적 각성과 사회변혁의 에너지

한국 록음악의 전설이자 자존심인 록밴드 '부활'이 열세 번째 앨범을 내고 30년 가까이 팬들의 꾸준한 사랑을 받고 있다. 그중에서도 특히 내 기억에 남는 곡은 국민 할매인 김태원이 국민 이모인 이해인 수녀의 시에 곡을 붙인 '친구야 너는 아니'로 그의 11번째 앨범인 〈사랑〉에 수록돼 있는데, 2006년에 만들어진 곡이지만 지금도 사랑과 생명에 대한 깊은 성찰로 많은 사람들의 가슴을 울리고 있다. 물론 그 성찰은 이해인 수녀로부터 시작되었지만 그 깊은 성찰에 새로운 감각의 색깔을 입혀 보다 풍성하게 한 것은 작곡가 김태원이라 할 수 있다. 특히 이 11집 앨범을 기점으로 그동안 대체로 격정적이고 애절하던 '부활'의 곡이 부드럽고 따뜻한 음악으로 전환하게 되는데, 이 또한 이해인 수녀와의 만남이 계기가 되었다 한다. 물론 김태원 스스로가 유명한 작사자로 뛰어난 시적 감수성을 보여주고 있지만, 그에게 영적 각성을 가져다 준 사람은 이해인 시인이라 할 수 있다. 이해인 수녀를 만날 당시 김태원은 연예인도 음악인도 아닌 어정쩡한 상태에다 자폐를 앓고 있는 아들로 힘들어 하던 중 그녀로부터 치유 받고 희망을 얻는 소중한 경험을 하게 되었다고 한다. 그런가하면 이해인 수녀 또한 김태원으로부터 시적 영감을 받기도 한다. 그녀는 그의 노래 가사 중 '눈사람이 녹은 자리에 코스모스가 피었던'이란 구절에서 큰 감동을 받았음을 고백한다. 이렇게 서로 좋은 인연을 맺은 두 사람이 함께 만든 노래가 바로 '친구야 너는 아니'라는 곡이다.

새삼 '부활'의 노래 이야기로 말문을 연 것은, 대전문학의 자리를 살펴보기 전에 먼저 문학이란 무엇인가를 다시금 새겨보자는 의도에서다. 좋은 문학은 우리의 마음을 울려주는 가슴 저릿한 노래이다. 물론 운율을 생명으로 하는 시야 그렇다 해도 소설이나 희곡과 같은 산문문학은 그게 아니지 않은가 하고 반문할 수 있다. 하지만 소설 등 산문문학도 줄글로 풀어쓸 뿐 우리 가슴을 울리는 종소리와 같은 여운과 뭉클한 감동으로 오래 남는다는 점에서 결국 노래와 같은 것이다. 이렇듯 문학은 타인이나 사물에 대한 공감을 통해 우리의 아픔이나 상처를 위로해 주는 글이다.

"꽃이 필 때 꽃이 질 때 / 사실은 참 아픈 거래 / 나무가 꽃을 피우고 열매를 달아줄 때 / 사실은 참 아픈 거래 / 친구야 봄비처럼 아파도 웃으면서 / 너에게 가고픈 내 맘 아니 / 향기 속에 숨겨진 내 눈물이 한 송이 / 꽃이 되는 것 너는 아니 / 우리 눈에 다 보이진 않지만 / 우리 귀에 다 들리진 않지만 / 이 세상엔 아픈 것들이 너무 많다고 / 아름답기 위해선 눈물이 필요하다고 / 엄마가 혼잣말로 하시던 / 얘기가 자꾸 생각이 나는 날 / 이 세상엔 아픈 것들이 너무 많다고 / 아름답기 위해선 눈물이 필요하다고"

– 이해인, 〈친구야 너는 아니〉

문학은 이렇듯 이 세상에 보이지 않고 들리지 않는 아픔과 눈물까지도 보고 들으며 민감하게 반응하는 아주 예민한 촉수와 같다. 무심한 듯

피고 지는 꽃과 철 따라 맺는 열매가 사실은 보이지 않는 아픔과 눈물을 온몸으로 이겨내고 마침내 이루어낸 인고의 결실임을 보는 문학인의 눈과 그 마음은 타인의 아픔에 못내 가슴 아파하며 기꺼이 다가가 그 아픔까지도 함께하는 친구가 되고자 한다. 이렇게 아름다운 세상을 만들고자 하는 마음, 이 아름다움에 대한 천착이 바로 문학인 것이다.

그러나 이런 아름다운 세상은 소금기를 빼고 불순물을 제거한 무색투명한 증류수처럼 진공의 세계에서나 가능한 그런 것이 아니다. 오히려 진흙탕 같은 예토(穢土)에서 마침내 선홍빛 맑은 연꽃을 피워내는 그런 지난한 과정을 거친 끝에 비로소 가능한 그런 것이다. 하여 문학은 글 아는 사람에게 아름다운 새 세상을 끝없이 지향해야 하는 고통을 준다. 문학(文學)이란 글로 사물과 세상의 바른 이치를 따져보는 끝없는 배움에 다름 아니기 때문이다. 이런 점에서 문학은 글 아는 자가 글로 세상을 향해 말하는, 자못 엄정한 학문이 아닌가 싶다. 그 엄정함이란 매천 황현이 유교적 세계관에서 벗어나지 못해 동학을 요술로 매도하면서도 망국의 한을 글 아는 자의 무능으로 통감하고 절명시(絕命詩)로 그 책임을 다하는, 바로 그런 것이 문학의 근본 자세인 엄정함이 아닌가 싶다. 매천은 성리학과 양명학을 공부한 깨어 있는 학자로, 한때 내로라하는 문사(文士)들과 어울리며 세상을 개혁하는 데 참여하기도 했다. 하지만 당시 조선은 부정부패가 만연한 '귀신의 나라'였고 '미친놈들이 다스리는 나라'였다. 그래서 그는 당시 조정과 지배층을 '귀국광인(鬼國狂人)'이라고 비판하며 미련 없이 낙향했다. 이후 매천은 나라가 일본에 넘어간 것을 알고 절망에 빠져 절명시(絕命詩)를 남기고 숨진다. 매천은 절명시 마지막 구절에 이렇게 썼다. '내 일찍이 나라를 지탱하는 작은 공도 없었으나 오직 살신하여 인(仁)을 이룸이요, 충(忠)은 아니로세.' 초야에 묻힌 선비로서 의병항쟁을 하지 못한 부끄러움과 죄책감으로, 결국 그가 나라를 위해 할 수 있는 일은 자결밖에 없다고 판단한 것이다.

새 짐승도 슬피 울고 강산도 찡그리네.

무궁화 온 세상이 이젠 망해 버렸어라.

가을 등불 아래 책 덮고 지난날 생각하니,

인간 세상에 글 아는 사람 노릇하기 어렵기만 하구나.

– 매천의 〈절명시〉 2수

문학은 아름다운 세상을 향한 천착이고, 글 아는 자가 글로 세상을 향해 말하는 자못 엄정한 학문이며, 작가 자신을 끝없이 경신해 나가는 자아성찰의 도구이다. 우리가 흔히 일제강점기의 저항시인으로 이육사와 윤동주를 말할 때, 사실 이 둘은 기질이 전혀 다른 사람들이다. 이육사는 직접 만주에서 독립운동을 하던 기개 높은 독립투사이며 그런 그의 의지를 남성적이고 의지적인 어조로 노래한 시인이었다. 당시 일본인이 경영하던 은행을 폭파해 독립자금을 마련할 정도의 그런 강인한 투사였다. 반면에 윤동주는 동경 유학생으로 편안하게 대학생활을 하는 자신을 끊임없이 성찰하고 부끄러워하며 글 아는 지식인의 치열한 고뇌를 통한 자기 긍정을 시로 형상화했다. 그의 〈쉽게 씌어진 시〉에는 식민지의 청년지식인으로서의 그런 고뇌와 번민이 잘 드러나 있다. 식민지 현실과 괴리된 채 편안한 삶을 살아가는 자신의 무기력함을 성찰하며 부끄럽다고 솔직히 고백한다. 이런 진지한 자기성찰은 '육첩방(六疊房)은 남의 나라'라는 냉정한 현실인식과 글 아는 지식인으로서 감당해야 할 미약하지만 당위적 자세를 '어둠을 조금 내모는 등불'이라는 자기 확인을 통해 고뇌를 자기긍정으로 승화시키고 있는 것이다.

인생은 살기 어렵다는데

시가 이렇게 쉽게 씌어지는 것은

부끄러운 일이다.

육첩방(六疊房)은 남의 나라
창 밖에 밤비가 속살거리는데,

등불을 밝혀 어둠을 조금 내몰고,
시대처럼 올 아침을 기다리는 최후의 나,

나는 나에게 작은 손을 내밀어
눈물과 위안으로 잡는 최초의 악수.

- 윤동주, 〈쉽게 씌어진 시〉 뒷부분

　　윤동주가 이렇게 치열한 자기성찰을 보여주던, 일제의 강압이 최고
조에 이르던 1940년대에 박목월은 〈나그네〉에서 '강나루 건너서 밀밭
길을 / 구름에 달 가듯이 / 가는 나그네'를 노래하며 떠도는 구름과 흐르
는 물처럼 유유자적하는 나그네의 낭만을 노래한다. 물론 주권을 빼앗
기고 '나그네'로 전락한 식민지 백성으로서 국토의 아름다움을 간직하
는 것이 나름 나라 사랑의 한 방편이었을 수도 있다. 하지만 이용악이
나 백석 등이 전통적 삶에 대한 그리움과 추억을 통해 일제에 빼앗긴 우
리 민족의 삶과 민족혼을 되살리려 하는 것과는 다르다. 〈나그네〉에서
'자연'은 삶의 현장으로서의 우리 농촌의 모습이라기보다는 시인의 관
념 속에서 미화된 환상적인 자연일 뿐이다. 따라서 나라를 빼앗기고 나
그네 신세가 되어 떠돌 수밖에 없는 식민지 민족의 처절한 슬픔은 전혀
느낄 수 없다. 더구나 나그네가 강나루를 건너 밀밭 사이로 난 외줄기
길을 삼백 리나 걸어가서 만난 것은 '술 익는 마을마다 / 타는 저녁 놀'이
다. 이 낭만적인 풍경은 그 자체로 아름답기는 하지만 식민지 현실 속에
서 초근목피로 생활하던 민중들의 비참한 현실과는 너무나 거리가 멀
다. 오히려 식민지 삶의 모순을 애써 외면하고 식민지 현실을 미화하여
이를 지속시키는 데 기여했다는 비판까지 가능하다. 이는 270여 년 전

조선의 현실을, 당대의 주도적 문학관인 교훈적인 고문에서 벗어나 경직된 유교사회의 모순과 왜곡상을 풍자와 역설, 반어와 해학 등의 다양한 표현법으로 용해시킨 연암 박지원의 문학관과 비교해 봐도 그 문제점을 알 수 있다. 연암은 법고창신(法古創新)의 자세를 강조하며 옛것을 본받으면서도 새 것을 창조해낼 줄 알아야 한다면서 모방과 답습을 배제하고 작가 자신이 살고 있는 당대의 문학, 현실의 문학을 해야 함을 강조했다. 즉 조선의 현실을 그려내는 문학이 참된 문학이라는 것이다. 그래서 연암은 '지금 조선의 시'를 쓸 것을 강조했다. 바로 이 점에서 윤동주의 시와 박목월의 〈나그네〉가 구분된다.

따라서 문학이란, 아름다운 세상을 향한 천착이고, 글 아는 자가 글로 세상을 향해 말하는 자못 엄정한 학문이며, 작가 자신을 끝없이 경신해 나가는 자아성찰의 도구이자, 지금 이곳의 삶을 리얼하게 그려내는, 개인의 영적 각성과 사회 변혁의 에너지인 것이다.

2. 대전 문학의 시원과 현실

대전 현대문학의 시원(始源)은 60여 년의 전통을 한결같이 이어온 우리 지역 문학의 자존심인 〈호서문학〉이라 할 수 있다. 대전에서 연구활동을 하는 국문학자 민찬은 〈호서문학〉 창간 50주년 기념 특집 「호서의 문학유산과 전통성」이란 글에서 '야래자설화'나 '은산별신제 설화' 등을 근거로 호서의 문학 발원지를 백제의 유민의식에서 상고(詳考)하기도 한다. 하지만 대전이 문향(文鄕)으로서의 입지를 세워온 것은 조선시대의 대표적인 반가인 은진 송씨 문중에서 수많은 학자와 문인이 배출되면서부터라 할 수 있다. 이런 입지는 일제강점기 일제의 수탈정책에 따른 신도시 개발로 자생적인 문화형성이 한때 단절되다가 해방이

후에야 현대적 문화예술운동이 본격화된다. 물론 해방정국의 대전 문화예술계 또한 좌우익의 이념대결로 주도권 다툼이 치열했지만, 이런 소모적인 이념대결에서 벗어나 민족자결의 문화운동 단체인 '종량도'를 조직하고 그 문화지로 1945년에 발간된 〈향토〉와 정훈 시인을 중심으로 1946년 발간된 시동인지 〈동백〉 동인들이 한데 모여 1951년에 창립한 호서문학회가 오늘날 〈호서문학〉의 출발점이 되었다. 이후 1952년에 창간호를 낸 〈호서문학〉은 4집 이후 〈호서문학〉 발간을 주도하던 정훈 시인의 경제적 곤궁과 일부 회원들의 중앙문단 진출로 인한 내부 분열 등으로 근 20년 간 단절되었다가 다시 복원되어 이제는 계간지로 발전을 거듭하고 있다.

현재 대전의 주류 문학계는 한국문인협회 대전광역시지회와 대전문인총연합회로 양분되어 있는데, 〈호서문학〉의 맥을 잇는 문인단체는 대전문인총연합회이다. 물론 문인 개인별로 두 단체를 넘나드는 문인도 있지만 대체로는 구별되어 있는 듯하다. 사실 그 문학적 지향에 큰 차이가 없는데도 이렇게 분화되어 불편한 균형을 이루고 있는 것도 그 근저를 보면 〈호서문학〉을 대하는 차이에서 오는 듯하다. 즉 전국적 조직인 한국문인협회의 대전지회가 조직되면서 지역을 기반으로 오랫동안 자생적인 문학단체로 성장해온 〈호서문학〉의 조직적 입지가 애매해 졌고, 이런 경계에서 벗어나 전국적 조직체를 통해 나름의 입지를 굳히려는 지역문인들의 움직임이 팽배해지면서 갈등이 심화된 게 아닌가 싶다.

이런 주류 문학계와 그 문학적 지향을 달리하는 비주류 문인단체는 한국작가회의 대전지회로 대체로 〈대전작가회의〉로 불린다. 그동안 익숙했던 〈민족문학작가회의 대전지회〉의 새로운 이름이다. 그간 '민족문학'이 분단국가라는 우리 민족의 역사적 특수성을 극복하고 민족통일을 우리의 나아갈 길로 부각하는 데 반해, 〈한국작가회의 대전지회〉란 새 이름은 '세계 속의 한국'이라는 지역적 인식을 강조한다는 점에서 내부적으로 많은 논란과 갈등을 겪었지만, 국내에서 민족문학이란 명칭이 갖는 미래지향적 의미가, 대외적으로는 오히려 국수주의적이고 폐쇄적인 인상을 주고, 보편적 용어인 '민족'이 우리 민족의 특수성을 무화시켜 버린다는 지적이 다수의 동의를 얻은 것이다.

이렇게 대전 문학계가 주류문학계와 비주류문학계로 양분되고 또 주류문학계 내부가 분화되어 있어 서로 그 지향이 조금씩 다르지만, 서로 경쟁하면서 지역문학의 발전을 견인한다는 점에서 보면 긍정적인 면도 있다. 호서문학회의 〈호서문학〉은 통권 53호를 발행했고, 한국문인협회 대전광역시지회의 기관지로 1989년에 창간된 〈대전문학〉이 통권 제66호를 발행하고 있는가 하면, 대전문인총연합회의 기관지로 1990년에 창간된 〈대전 문학시대〉는 통권 38호를, 그리고 1998년에 창립된 대전작가회의의 〈작가마당〉은 통권 25호를 발간했다. 그리고 각 단체마다 시선집이나 개인 창작집이 꾸준히 간행되니 대전문학의 양적 성장은 어느 지역 못지않다고 할 수 있다.

다른 지역도 비슷하지만 대전지역의 문학계 또한 시향(詩鄕)이란 말이 적합할 정도로 시 부문의 활동이 두드러지는 데 비해, 소설이나 평론 등 산문문학은 상대적으로 열세에 있다. 이는 장르별 고른 발전이 건전한 문학생태계를 이룰 수 있다는 환경론으로 보더라도 문제이고, 또 지역문학의 질적 성장을 위해서도 짚어볼 필요가 있다. 그나마 오랜 연륜을 지닌 〈호서문학〉이 소설 부문에서 나름의 입지를 유지하고 있고, 〈작가마당〉과 〈대전 문학시대〉가 근근이 그 명맥을 이어가고 있다. 이는 나름의 긴 호흡을 유지한 채 글쓰기를 하는 것이 쉽지 않은 장르적 특성 외에도 삶의 역동성이 떨어지는 지역생활의 한계 그리고 지역에서 전업 작가로 살아간다는 것의 어려움이 상대적으로 크기 때문으로 보인다. 그리고 전업 작가 양성 프로그램을 통한 지속적인 지원의 미비도 지적할 수 있다. 문인들의 전문 창작지원 공간이 아직은 구비돼 있지 않아 다른 지역의 창작실을 이용해야 하는 어려움도 있기 때문이다.

시 부문의 활발한 활동 중에서도 대전의 주요한 특징은 시조의 창작과 계승이 활발하다는 점이다. 이는 시조의 정형시로서의 특성이 주는 고도의 압축과 함축을 통한 여백과 여운의 멋 그리고 음악성이 주는 대중적 친화감 등이 일차적인 이유일 듯하고, 또 조선시대 문향(文鄕)으로 이어져온 반가의 전통이 자연스럽게 체화된 점 외에 한국전쟁 당시 대전이 피난지가 되면서 중앙 문단의 문인들이 대거 대전에 유입되어 대전지역의 문인들과 서로 교유하며 그 영향을 주고받았고, 가람 이병기나 김관식 시인, 한학자 지헌영 등과 함께 문학 활동을 한 것도 중요한 요인이 되었을 것으로 판단된다. 그런가하면 박희선, 이재복 등의 불교적 선시(禪詩)나 명상시 등도 일정한 영향을 끼쳤으리라.

그런데 중요한 것은, 시조의 활성화가 단순히 고답적인 답습에 머묾을 의미하지는 않는다는 점이다. 앞에서 살펴본 연암의 경우처럼 법고 창신의 정신으로 오늘날 문화 창조에 이바지할 수 있는 새로운 내용과 기법 등을 고민해야하기 때문이다. 그런 점에서 이번 제26회 대전문학상을 수상한 시조시인 우제선의 작품을 살펴볼 필요가 있다. 우선 우제선 시인은 현직을 은퇴한 후에 뒤늦게 시조시인으로 등단한 뒤 왕성한 창작열로 8권의 시조집에 600여 수의 시조를 창작했으며 83세에 제26회 대전문학상을 수상했다는 점에서, 그의 문학에 대한 뜨거운 열정은 모든 문학인의 귀감으로 삼을 만하다. 그는 수상소감에서 어절 중심의 우리말에 딱 어울리는 음수율과 음보율을 갖추고 있는 시조야말로 우리 민족의 얼과 혼이 담긴 민족 고유의 문학으로 이를 계승한다는 자부심을 말한다. 그래서인지 그는 정형률을 될 수 있으면 지키려 한다. 하지만 오히려 음수율에 치우쳐 가락을 붙여 낭독할 때 잘 이어지지 않고 단절감을 느끼는 경우도 있어 아쉬움이 남는다. 그래서 음보율 중심의 우리 시 전통을 살렸더라면 음악성과 내용이 합치될 수 있지 않겠나 하는 생각이 든다. 그렇지만 맑고 푸르며 높은 가을 하늘은 바람 불어도 그 상쾌함을 잃지 않으리라는 믿음을 노래한 그의 단시조 〈추천〉

에 보면, 종장에 '내일 혹 바람 불어도 저 하늘은 푸르리'라고 표현해 '내일 혹/ 바람 불어도/ 저 하늘은/ 푸르리'로 자연스런 4음보 율격으로 낭독되면서, '내일 혹'이 자연스레 한 음보로 읽힌다는 점에서 절묘하기까지 하다. 마치 김소월이 〈산유화〉에서 '가을 봄 여름 없이'를 '갈 봄 여름 없이'로 줄여 자연스레 한 음보로 읽히는 것처럼, 내용과 형식이 천연의 멋으로 구성지게 어울린다.

그런가하면 민족분단의 한을 절절히 노래한 〈동토〉나 우리 강토 독도에 대한 깊은 사랑을 표현한 〈우리 강토 독도여〉 등에서는 딸깍발이의 비타협적이고 주체적인 의기(義氣)와 기백(氣魄)을 느낄 수 있다. 나아가 〈지구 병을 고쳐야〉는 그의 고결한 정신이 끝내는 온 우주만물과 연결되어 음풍영월 유(類)의 개인적 낭만에서 벗어나 우주에 대한 귀속감으로 확장됨을 알 수 있다. 〈지구 병을 고쳐야〉는 5수의 연시조로 이루어져 있으면서도 내용에 따라 3행의 장별배행과 6행의 구별배행을 적절히 구사하는 등 그 형식의 변형미와 신축성을 잘 살리고 있다. 전개 부분인 2수에서는 중병으로 신음하는 지구의 여러 모습을 6행으로 늘인 뒤 다시 3수부터는 3행으로 돌아가 자신의 병든 모습을 아랑곳하지 않고 싸움만 일삼는 인류의 현실을 탄식한 뒤 마지막 수에서는 체념한 듯하면서도 자연의 섭리에 대한 낙관으로 끝을 맺고 있다. 물론 심각한 위기상황에 대한 대오각성과 탐욕적이고 자원약탈적인 생활양식을 바꾸는 패러다임의 전환이라는 전제 없는 낙관이 좀 소박한 듯하지만, 정형시의 형식을 변형해 이런 예지와 사회적 각성을 촉구하는 시를 쓴다는 것 자체가 연암이 말하는 지금 이곳의 현실을 쓰는 시인의 모습이라 할 수 있다. 역시 좋은 시란 개인적 각성과 동시에 사회 변혁의 에너지가 됨을 다시금 확인할 수 있다. 노시인의 예지에 찬 새벽 종소리 같은 다음 시를 기대해 본다.

충남시인협회상 본상을 수상한 박헌오 시인의 경우도 우제선 시인처럼 타고난 모국어로 우리 민족의 얼을 민족고유의 형식으로 이어간다는 시조시인으로서의 자부심이 시에 배어있다(〈시의 몰골〉). 그의 이번 수상시집 『뼛속으로 내리는 눈』에서 본인이 뽑은 네 편의 시 중 첫번째 작품은 시집 표제작인 〈뼛속으로 내리는 눈〉이다. 쉼 없이 숨 가쁘게 달리는 인생열차에서 문득 이름 모를 설원에 뼈로 누워 바람에 덮여 사라질 내 인생의 종착지를 몸으로 체감하며 삶의 근원적인 쓸쓸함을 감각적으로 표현하고 있다. 우리 모두에게 지워진 이런 삶의 근원적인 고독이 정형시의 음보율과 어울리면서 차분하고 담담하게 인식되고 있다. 즉 우리 삶의 숙명적인 한계가 정해진 틀 안에서 이루어짐으로 해서, 우리네 인생의 유한함과 쓸쓸함을 거부하거나 절망하지 않고 담담하게 받아들일 수 있는 것이다. 그의 이런 빼어난 관조와 달관의 시에서 벗어나 그의 인간적 정감을 잘 드러내는 작품은 연시조 〈막걸리 설법〉이다. 힘들고 팍팍한 삶의 설움을 한 잔 술과 막소금으로 삭혀내고 서로를 다독이며 살아가는 우리네 인정어린 삶을 얼큰한 막걸리 기운처럼 훈훈하게 덥혀주는 그런 다감한 시이다. 하지만 그의 시가 내적 각성에 치우쳐 지금 이곳의 현실을 아파하는 시가 적은 것은 아쉽다. 정약용 선생은 아들 학연에게 부친 편지에서 시에 대한 자신의 생각을 이렇게 표현한다. "나라를 근심하지 아니하면 시가 아니요, 시대를 아파하고 풍속을 번민하지 아니하면 시가 아니요, 찬미하고 풍자하고 권하고 징계하는 뜻이 없으면 시가 아니니라."

이쯤에서, 대전문학의 시원인 〈호서문학회〉가 당시의 소모적이고 폭력적인 이념대립에서 벗어나 순수문학단체를 표방했지만 정작 그들이 내세운 기치는 '자기의 심화와 사회의 순화'였음을 되돌아볼 필요가 있겠다. 개인의 각성을 바탕으로 사회를 순화시키는 데까지 나아가는 문학을 지향했음을 볼 때 앞에서 살펴본 문학이란 무엇인가에 대한 우리의 전제와 똑같다. 즉 문학이란, 아름다운 세상을 향한 천착이고, 글 아는 자가 글로 세상을 향해 말하는 자못 엄정한 학문이며, 작가 자신을 끝없이 경신해 나가는 자아성찰의 도구이자, 지금 이곳의 삶을 리얼하게 그려내는, 개인의 영적 각성과 사회 변혁의 에너지에 다름 아닌 것이다.

이는 〈대전문학〉에서도 확인된다. 강나루 시인이 쓴 수필 〈내 고향은〉은 자기 고향과 일가조상의 애국심과 그 행적에 대한 기억을 현재화해 애국지사를 많이 배출한 고향을 '애국지사의 마을'로 기리고자 하는 노 문인의 바람이 간절히 드러나 있다. 특히 대종교를 창립한 일가어른을 비롯해 항일애국지사를 여섯 명이나 배출한 고향 마을에 대한 자부심과 사랑이 행간에 배어 있어 읽는 이의 마음도 뜨거워짐을 느낀다. 개인의 각성과 사회적 순화를 동시에 지향하는 것이다. 그런데 공교롭게도 이른바 진보적인 문인조직인 〈대전작가회의〉에서 발행한 〈작가마당〉 25호에 문화시평으로 실린 글에도 대종교 유적이 나온다. 물론 일제강점기에 창립된 대종교가 우리 민족의 국조(國祖)인 단군할아버지를 개국신으로 모시는 종교단체를 표방하고 있지만, 내적으론 일제하 항일운동의 본거지 역할을 하였음은 이미 알고 있는 사실이다. 강나루 시인은 마을 어른들께 들은 기억을 통해 부통령을 지낸 이시영 선생과 독립운동가인 이범석 장군도 대종교 교인임을 밝히며 자신의 일가어른들이 이에 적극 동참했음을 기억하며 이를 잊지 않고 기리고자 하는 일에 앞장선다. 그는 순수문학단체에서 활동하는 문인이지만 그의 역사인식은 매우 진보적이다. 그런데 오히려 진보적 문인조직에서 활동하는 문인의 글에 나온 대종교의 인식은 훨씬 소박한 편이다. 가령 용운동 용화사에 단군영정과 사월혁명비 그리고 충효비가 함께 서게 된 까닭을 충실한 현지답사를 통해 정리 소개한 글은 그 나름의 의미를 가진다. 하지만 현 용화사 주지의 선친의 행적과 관련된 유적들이 사찰에 공존하는 기이한 모습을 증언을 토대로 전한 것인데, 잘 살펴보면 강나루 시인의 고향에 대한 자랑스러운 기억을 보존하고자 하는 것과는 좀 다르다.

〈작가마당〉의 문화시평은 그 문인단체가 표방하는 진보적 역사인식과도 괴리를 보인다. 현 용화사 주지의 선친인 정동문 선생이 일제강점기에 국조인 단군할아버지를 잊지 않고 기리고자 맹세하는 것은 민족의식의 발로임에 틀림없다. 하지만 강나루 시인의 일가어른들이 대종교를 창립하고 만주로 본거지를 옮겨 항일독립투쟁을 한 것과는 다르게 정동문 선생은 팔도 명산을 찾아다니며 단군할아버지께 조국의 독립을 기도했다 하니, 이는 현실과 분리된 종교적 행동이라 할 수 있다. 그리고 해방 후 국조단군 바로세우기와 충효가 바로 서는 대한민국을 기원하며 정진하다가 독재와 부패에 항거하는 4.19학생혁명 주동자에게 자중자애를 당부하며 나라가 시끄러워지는 걸 원하지 않는다는 해명을 대하면, 그의 역사인식이 좀 시대착오적이 아닌지 의아심이 든다. 더구나 5.16군사정부의 도움으로 단군전을 건립하려 했으나 무산되고 현 박근혜 대통령을 회장으로 추대하고 충효회 활동에 앞장서 그 공덕을 칭송하는 송덕비가 세워지게 되었다는 것이다. 물론 정동문 선생이 4.19로 희생된 학생들의 영령을 위로하기 위한 추모비를 주민들과 함께 세운 점이나 단군 영전을 모신 점 등은 나름 인정되나 필자가 말하듯이 '자신들이 향유했던 시대를 바른 길로 이끌기 위해 애쓴 평범한 서민들의 손길에서 남겨진 근세 우리시대의 실증적 증언'이라고 평가할 수 있을까. 정동문 선생의 실제 행적과 그 유적들은 왠지 좀 불일치하는 것 같다.

〈대전문학〉으로 살펴본 강나루 시인과 〈작가마당〉의 문화시평이 보여준 역사인식은 서로가 생각과 인식을 나눠볼 여지가 충분함을 역설적으로 보여주는 사례이다. 사실 진보문학은 보다 넉넉하고 너그러운 세상을 이루기 위해 시대와 불화하는 것도 기꺼이 감내하며 지향점이 같은 이들과 어깨 걸고 공생공락의 아름다운 세상을 이루고자 노력한다. 물론 그 과정에서 자기중심적인 독선과 아집에서 벗어나 품격을 잃지 않은 채 보다 많은 사람들과 함께하도록 노력해야 한다. 왜냐하면 다양한 세력과 공존하는 지혜와 포용력이 진보의 미래를 결정하기 때문이다.

〈대전문학〉과 〈대전 문학시대〉 그리고 〈호서문학〉의 큰 장점은 시와 시조 그리고 동시 등 장르별 다양성이 조화를 이루고 있고, 지역의 선배 문인들이 다수 포진해 있어 세대별 분포가 고르다는 점이다. 그런 가 하면 〈작가마당〉은 우리 민족의 현실에 적극 참여해 발언하려 애쓰며 이를 이론화하려는 노력이 두드러진다는 점이 큰 강점이다. 특히 〈대전작가회의〉 내부의 전문비평조직인 〈맥락과비평〉의 연구비평능력은 지역에서 단연 돋보인다. 소장파 대학교수들을 중심으로 한 강단연구자들과 소장파 현장비평가들이 고르게 포진해 있어 지역의 문화적 위상에 대한 객관적이고 수준 높은 평가 작업을 해오고 있다.

각 문인단체의 특성은 최근호 특집만 비교해 보아도 알 수 있다. 〈대전문학〉 66호는 수상자 특집과 주제별 문학작품을 모은 특집을 마련하고 있는데, 계절을 염두에 둔 '첫눈'과 '송구영신'을 주제로 한 시와 수필의 모음으로 전문 문인지의 특집으로는 그 무게감이 떨어지는 게 아닌가 싶다. 〈대전 문학시대〉는 작고 문인에 대한 추모 특집과 작가론 그리고 해외 작가 소개 등으로 전문 문인지의 역량을 보여주고 있다. 〈호서문학〉은 53호 발간을 기념하는 문학심포지엄을 열어 대전문학의 뿌리와 오늘의 과제 그리고 중앙문단과 지역문단의 상호발전 방안 등을 심도 있게 다루는 등 60여 년 역사의 연륜과 역량을 대외적으로 과시했다. 그런가 하면 〈작가마당〉 25는 아직도 현재진행형인 세월호 참사와 한국사회에 대한 성찰을 그 특집으로 다루고 있어 문학의 중심은 아픔이 있는 곳임을 확인하게 해준다.

그런데 흔히들 대전지역의 문학을 포함한 지역문화의 심각한 당면과제로 세대교체를 이룰 후배 문화예술인의 지역 육성과 지역 정착이 어렵다는 점을 든다. 그런 점에서 〈대전작가회의〉가 그간 힘겹게 발간해오던 청소년이 직접 만드는 청소년 문예지 〈미루〉가 문화예술계의 지원 중단으로 지속적인 간행이 어려워져 결국 충남교육연구소 관할로 넘어간 것은 대전문학의 장래를 다지는 노둣돌을 잃은 것과 같은 것으로 몹시 아쉽다. 따라서 이제라도 어른과 아동의 중간단계에서 그 고유한 특성을 보이는 청소년이 주체가 되는 청소년 문학에 대한 관심을 지역 문학계 모두가 심각하게 고민해야만 대전문학의 발전적인 미래가 가능하다는 점을 지적해 둔다.

3. 대전문학, 이산에서 수렴으로

이제 대전문학의 과제에 대해 살펴보자. 먼저 바람직한 문학의 정의를 지역문학계가 공유하려는 노력이 필요하다. 무엇보다도 자신만의 울타리를 넘어 실제 삶에 뿌리를 둔 문학을 해야 한다. 즉 순수문학이든 진보문학이든 자신들의 문학을 지금 이곳의 삶으로 실천해야 한다. 참된 문학은 자기 각성과 사회 변혁의 에너지가 되어야하기 때문이다.

둘째, 차이를 넘어 공존의 지혜를 발휘해야 한다. 주류 문학단체와 비주류 문학단체가, 주류 문학장르와 비주류 문학장르가 평화롭게 공존하는 문학생태계가 건강한 문학계라는 인식 하에 억강부약(抑强扶弱)의 자세로 소수 단체와 소수 장르를 더 배려하고 북돋아주는 성숙한 자세가 필요하다. 다양한 세력과 공존하는 지혜와 포용력이 대전문학의 미래를 결정할 것이기 때문이다. 새는 좌우의 날개로 앞으로 나아갈 수 있음을 기억할 필요가 있다.

셋째, 각 문학단체가 지향하는 이념의 차이를 넘어 함께할 수 있는 부분을 찾아 함께하는 노력이 필요하다. 가령 대전문학의 시원을 주도한 작고 문인들, 그리고 해방정국에서 활동하다 시류에 떠밀려 잊힌 작가들에 대한 다양한 접근과 평가를 각 단체별로 선정한 연구자와 비평가들이 공동으로 조사 연구 작업을 해 보면 대전문학의 시원에 대한 공정하고 입체적인 평가가 가능해질 것이다.

넷째, 지역문학의 미래를 담당할 차세대 지역문학인을 육성하기 위해 청소년 문학에 관심을 기울여야 한다. 이제라도 어른과 아동의 중간 단계에서 그 고유한 특성을 보이는 청소년이 주체가 되어 만들어가는 청소년 문학에 대한 관심을 지역 문학계 모두가 심각하게 고민해야만 대전문학의 발전적인 미래가 가능하다는 점을 되새기자.

다섯째, 그간 대전문학을 지탱해 온 〈호서문학〉의 전통과 역량, 그리고 80년대 자생적인 지역문학조직으로 전국적인 무크지로 평가받은 〈삶의 문학〉의 패기와 도전의식을 지역문학 발전의 원동력으로 수렴하도록 노력하자. 각 문학단체가 서로 이산되어 고유의 전통은 유지하면서도 서로의 발전적 모습을 적극 수렴하는 자세로 상생할 때 대전문학의 창조적 발전이 가능하리라 본다.

끝으로, 대전문학의 발전을 위한 각 문학단체의 성과물들이 대전문학관을 중심으로 소통하고 또 그 역사가 보존되어, 대전문학관이 대전문학의 알파요 오메가가 되도록 각 문학단체와 문학인이 의도적으로 노력해야 한다. 각 문학단체의 간행물이나 대전을 연고로 하는 출향 문인들의 결실물들이 자발적으로 대전문학관에 모여지도록 하고 이를 공정하게 기록해야 한다. 결국은 문학도 역사 속에서 존재하기 때문이다.

(2014년 12월, 대전문학관 개관 2주년 기념 자료집 수록)

로시난테의 꿈과 교육

난 바람을 맞서고 싶었지
늙고 병든 너와 단 둘이서
떠나간 친구를 그리며 무덤을 지키던
네 앙상한 등위에서

가자 가자
라만차의 풍차를 향해서 달려보자
언제고 떨쳐 낼 수 없는 꿈이라면
쏟아지는 폭풍을 거슬러 달리자

라- 휘날리는 갈기 날개가 되도록
라- 모두 사라지고 발굽소리만 남도록
낡은 창과 방패 굶주린 로시난테
내겐 이 모든 게 너무나도 아름다운 자태
절대 포기하면 안 돼 모든 걸 할 수 있는 바로 난데

이제 와 너와 나 그만 멈춘다면 낭패

하늘은 더없이 파래 울리자 승리의 팡파레

누구도 꺼릴 것 없이 이글거리는 저 뜨거운 태양 그 아래

너와 나 함께 힘을 합해

지금이 저기 저 넓은 벌판 향해 힘껏 달려나갈 차례

가자 지쳐 쓰러져도

가자 나를 가로막는데도

라만차의 풍차를 향해서 달려보자

언제고 떨쳐낼 수 없는 꿈이라면

쏟아지는 폭풍을 거슬러 달리자

라– 휘날리는 갈기 날개가 되도록

라– 모두 사라지고 발굽소리만 남도록

라– 내가 걸친 갑옷 녹슬어도

세월의 흔적 속에 내가 늙고 병들어 버려도

라– 나의 꿈을 향해 먼 항해 나는 떠나가네

성난 풍파 헤치는 나는 기사라네

라– 끝없이 펼쳐진 들판 지나

풍차를 넘고 양떼를 지나

라– 낡은 방패 부서진대도 나의 무뎌진 창끝에

아무도 겁먹지 않는대도

인기 그룹 '패닉'이 발표한 4집 음반의 타이틀곡인 〈로시난테〉의 가사이다. 데뷔곡인 〈달팽이〉가 선풍적인 인기를 얻으면서 스타덤에 오른 그룹 '패닉'은 처음부터 자신만의 세계관이 살아있는 가사로 어필했

다. '언젠가 먼 훗날 저 넓고 거친 세상 끝 바다로 갈 거라고' 말하는 달팽이의 모습은, 더 빠르게 더 높은 곳을 향해 미친 듯이 달리는 이 세상의 거센 탁류에 역행하는 그 애처로운 안간힘으로 우리의 가슴을 적신다. 아무도 보지 못한 바다를 기억을 더듬으며, 온몸으로 끝가지 가겠다는 그 다짐은 우리의 퇴색한 꿈과 거세된 열망을 되돌아보게 해 준다. 그것도 달팽이 걸음으로 가겠다는 그 도도함은 자못 비장하다.

3집 음반을 낸 이후 잠정적으로 활동을 중단하고 각자의 길을 걷던 그룹 '패닉'이 7년 만에 재결합해 4집을 내면서 그 표제곡으로 굳이 〈로시난테〉를 내세운 건 왜일까. 잘 알듯이 '로시난테'는 세르반테스의 명작 『돈키호테』에 등장하는 주인공의 애마 이름이다. 이쯤하면 우리는 기사들의 모험담에 도취돼 볼품없는 말 로시난테를 타고 풍차를 향해 돌진하는 메마르고 늙은 시골귀족 돈키호테의 시대착오적이고 우스꽝스런 모습을 떠올릴 것이다. 하지만 이 표제곡에서 그룹 '패닉'이 전하고자 하는 메시지는 데뷔곡 〈달팽이〉에서 보여주듯 어떤 평판에도 자신의 꿈을 포기하지 않는 그 도도한 모습을 경쾌하게 과시하는 것이다. 세상의 주된 흐름에 기꺼이 역행하는 도전을 어떤 시련에도 멈추지 않겠다는 것이다. 늙고 병든 로시난테와 함께 폭풍 속으로 힘껏 달려 나간다는 점에서 〈달팽이〉보다 훨씬 역동적이고 낙천적이다. 그룹 '패닉' 스스로 기꺼이 돈키호테가 되어 세속적 흐름을 거슬러 오르겠다는 다짐이다.

소설의 세계와 현실세계를 구분하지 못하고 환상 속에서 거룩한 모험의 길을 떠나는 돈키호테, 그는 정말 비현실적인 몽상주의자에 불과할까. 아니면 남루한 현실의 제약에도 끝내 좌절하지 않고 불굴의 의지로 시대를 앞서가는 예언적 지성의 표상일까. 러시아의 문인 투르게네프는 돈키호테를 '사랑의 삶을 위해 방황하는 인물의 전형'으로 내세우며 그 반대 되는 인물로 햄릿을 제시한 바 있다. 현실에는 없는 용을 죽이고 둘시네아 공주를 구하겠다는 일념 하나로 집을 나서 온갖 고초를 겪으면서도 좌절하지 않는 돈키호테를 낭만적 사랑의 흑기사로 본 것이다. 하지만 역으로 돈키호테가 시대의 통념과 편견을 뛰어넘는 생각을 가졌기 때문에 사람들로부터 용인 받지 못한 거라면, 시대적 통념이 오히려 문제가 될 수 있다. 앞의 '패닉' 또한 이런 면을 분명히 한다. 사람들이 자신들의 도전을 두려워하지 않아도 스스로의 꿈을 향해 먼 항해를 멈추지 않겠다고 말이다.

사실 돈키호테의 실존 모델을 고려해 본다면, 투르게네프의 평가보다 '패닉'의 판단이 훨씬 더 세르반테스의 의도에 가깝다 할 수 있다. 돈키호테는 16세기 스페인(에스파냐)의 종교개혁가인 '라스카사스' 수도사의 행적을 모델로 하고 있다. 라스카사스는 콜럼버스의 신대륙 발견 이후 서인도제도에서 1500만 내지 2000만 명의 원주민들이 에스파냐 정복자들의 총칼에 무참하게 학살당한 현장을 직접 목격 증언하고, 이 끔찍한 학살극의 중단을 위해 50여 년 동안 온갖 노력을 아끼지 않은 인디언의 수호자였다. 그는 오직 불쌍한 인디언들의 영혼을 구하기 위한 일념으로 50여 년 동안 서인도제도와 에스파냐를 12차례 22,432마일을 오가며 시대의 광기에 용감하게 맞섰다는 점에서 바로 돈키호테의 기사 편력과 아주 흡사한 삶의 궤적을 보여준다. 96세의 나이로 세상을 떠난 그의 장례식에 참석한 수많은 시민들은 그를 '황제에게도 직언을 서슴지 않은 예언자'로 숭상하고 애도했으며, 그 자리에 열아홉 청년인 세르반테스도 참석했다. 자신의 이상 실현을 평생 갈망한 그의 삶은 주위 사람들의 조소에도 아랑곳하지 않고 자신의 꿈을 포기할 줄 모르는 돈키호테의 삶과 꼭 닮았다.

물론 라스카사스가 처음부터 당시의 시대정신을 거스른 것은 아니다. 어려서부터 인도문화에 심취했던 그는 16세기 초 귀족인 아버지를 따라 서인도제도에 가 에스파냐 출신의 다른 정복자들과 함께 재물을 약탈하고 농장경영에도 참여하는 식민자의 삶을 살았다. 이렇게 유럽인의 자기중심적 세계관을 따르던 그는 40세의 어느 날 강림절 설교 준비를 하며 「집회서」를 읽다 자신을 비롯한 식민자의 삶이 바로 가난한 자의 빵을 빼앗은 잔인한 살인자의 삶임을 깨닫고 참회하게 된다. "부당하게 얻은 재물은 경멸로 가득 찬 선물이로다. 신을 우롱하는 자의 조소는 선의에서 나온 게 아니다. 신을 믿고 진리와 정의의 길로 가는 사람만이 신을 만족시키리라." 그는 이렇게 회심(回心)을 경험한 후 노예제도를 비판하고 자신의 인디오를 해방하며 인디오에게 빼앗은 것들을 모두 돌려주라는 설교를 하지만 아무도 그의 말을 받아들이지 않는다. 그가 쓴 「14개의 개선책」은 당시의 아메리카 대륙을 이상적으로 건설하자는 사회계획이었다. 그는 인디오에 대한 강제노동을 중지하고 자급자족적인 인디오 마을을 건설해야 한다고 주장했지만, 스페인인 마을에 부속시킨다는 점에서 일정한 한계를 가진다. 인디오를 이성을 가진 인간으로 인정하지만 평화적인 수단으로 선교를 하는 선교사들 사이에 살게 해야 한다는 것이다. 하지만 시대적 편견인 인종주의 그리고 맹목적이고 광신적인 쇼비니즘을 강력하게 부정하며, 인디오를 보편적 인간으로 보고 이들을 평생 보호하려 헌신한 점은 당시로선 엄청나게 진보적인 모습이었다. 이렇게 시대를 훌쩍 앞서 간 종교개혁가이자 사회개혁가였지만, 수도사로서 종교적인 침략은 인정하는 점에서 식민주의자의 한계를 벗어나지는 못한다.

사실, 시대를 앞서가는 선각자는 그 시대와 불화할 수밖에 없고 또 그만큼 핍박을 받는다. 16세기 당시 에스파냐 역사가 오비에도는 인디언은 '사람 고기를 먹는 반인반마'의 야만인들로 기독교 신앙을 받아들일 능력이 없다고 주장했다. 이에 반해 라스카사스는 인디언들은 인내심이 강하고 평화로운 종족이며 이성을 가진 인간이므로, 그들에게 노동을 강요하고 생명을 빼앗는 것은 신의 의지에 반하는 것이라고 주장했다. 하지만 당시 심각한 경제난에 직면한 에스파냐에 서인도제도는 경제적 수입을 보장하는 식민지일 뿐이었다. 이런 상황에서 당시 식민주의자들에게 라스카사스는 '완고한 무정부주의자'이고 '사악한 평등주의

자'로 국익을 해치는 위험한 존재일 수밖에 없었다. 특히 쇼비니시트들에게 그는 에스파냐의 명예를 더럽힌 위험한 존재로 여겨져, 그의 무덤이 지금도 훼손되는 수난을 겪고 있다고 한다. 하지만 그를 회심케 한 '신을 믿고 진리와 정의의 길로 가는 사람만이 신을 만족시키리라.'는 성경 말씀대로, 에스파냐의 이익이 아니라 인디언들의 고통에 공감하고 그에 동참하는 삶을 통해 신을 만족시키고 또 수많은 제3세계인들에게 희망을 주고 존경을 받는 그런 삶을 살았다. 진리와 정의를 위해 평생을 헌신한 그의 삶은 세르반테스를 통해 가장 바람직한 삶의 전형으로 다시 살아났다.

17세기 초 갈릴레오 갈릴레이는 자신이 발명한 망원경으로 목성을 관찰하다가 목성 주위를 도는 4개의 위성들을 발견하게 된다. 갈릴레이가 발견한 이 위성들은 지구를 중심으로 돌지 않는 천체가 발견된 최초의 사례로 당시의 세계관을 뒤흔든 일대 사건이었다. 모든 하늘의 물체들이 지구를 중심으로 돈다는 천동설은 3세기경에 형성돼 무려 1500여 년 지속된 세계관이자 확고부동한 종교관이었다. 따라서 당시 천동설 이외의 세계관은 절대 용납될 수 없었다. 갈릴레이는 태양이 움직이지 않고 지구가 움직인다는 잘못된 가르침을 전했다는 죄목으로 종교재판에 회부되었다. 그 후 그는 그의 새로운 세계관을 철회했지만 강의가 금지되고 가택연금 상태에서 매주 참회시편을 읽으며 기도해야 하는 벌을 받았다. 그는 20세기 후반에 와서 공식적으로 복권되었다.

갈릴레이 사건보다 10년 앞서 도미니크회 수도사였던 브루노는 지동설을 주장했다는 이유로 종교재판을 받고 로마에서 화형을 당했다. 그는 지구가 우주의 중심이 아니고, 우주는 무한하고 끝이 없으며 지구와 비슷한 세계가 무수히 존재할 수 있다고 주장했다. 놀라운 것은 갈릴레이처럼 관찰을 통해 그런 사실을 인식한 것이 아니라 순수한 사유를 통해 그런 결론을 얻었다는 점이다. 그는 신은 전지전능한 신성을 지니므로 오직 무한한 우주만이 존재한다는, 가히 혁명적인 우주관을 피력했다. 이는 최근의 다중우주 개념과도 부합하는 우주관으로 그의 직관이 얼마나 시대를 초월한 것이었는지 알 수 있다. 하지만 종교재판 당시 그는 고집불통의 무신론자로 치부되어 성직자로서의 모든 지위를 박탈당했고 끝내 장작더미 위에서 화형을 당했다. 2000년에 브루노 사망 400주기를 맞아 로마 교황청 산하 신학위원회는 브루노의 처형이 부당한 처사였다고 공식 발표했다. 하지만 아직도 그의 복권은 이뤄지지 않았다.

한 시대를 지배하던 시대정신이 새로운 진리에 그 자리를 내주는 데는 많은 시간이 필요하다. 천동설이 공식 폐기되기까지 150년의 시간이 필요했다. 역사의 흐름을 보면 부당한 처분은 즉각적이고 폭압적으로 오래 실시되지만 정의가 회복되는 것은 정말 힘겹고 또 마디다. 동학농민혁명 참가자들은 그동안 살인과 약탈을 일삼은 비적(匪賊)으로 매도되다가 2005년에 '동학농민혁명참가자 명예회복에 관한 특별법'이 제정되고서야 비로소 비적의 명예를 벗고 그 명예가 회복되었다. 동학란, 동학농민전쟁, 동학농민운동, 동학농민혁명 등의 명칭 재정립을 거쳐 그 역사적 의미를 되찾기까지 110여 년을 기다려야 했다. 이렇듯 무지와 편견과 증오의 밤은 질기고 길며, 진리의 새벽은 아주 마딘 걸음으로 더디게 온다. 더디지만 결국은 오고야 만다. 하지만 저절로 찾아오는 것이 아니라, 무지와 편견에 적극 맞서는 이상주의자들의 무모한 도전을 통해 어둠을 조금씩 열어젖히며 온다. 늙고 병든 로시난테를 타고 거센 폭풍을 거슬러 달려 나가는 돈키호테의 멈추지 않는 도전을 통해 마침내 온다.

한 세계관이 지배적인 시대정신으로 작용하게 되면, 그 안에서 기득권을 누리는 세력에 의해 신성불가침의 영역으로 신비화된다. 1500여 년 동안 유럽을 지배하던 천동설은 합리적 의심이 원천적으로 봉쇄된 믿음의 영역으로 작용했다. 특히 중세 유럽을 지배한 기독교 성경의 기록을 문자 그대로 맹목적으로 믿는 근본주의자들의 행태는, 관찰과 실험에 근거한 과학적 질문과 배타적인 긴장관계를 형성해 왔다. 17세기에 로마 가톨릭 대주교였던 '제임스 어서'는 성경의 창세기 등 성경 구절들을 모두 정리해 아담과 이브의 탄생에서부터 족장설화에 나오는 족장족보 등에 이르기까지 주요 연도를 계산해 집계한 결과, 천지창조가 기원전 4004년에 이루어졌다는 결론을 내렸다. 성경의 절대적 권위에 힘입어 이 학설은 19세기까지 진실로 받아들여졌다. 기독교 근본주의적 신앙에 기초해 과학적으로 입증한 이 학설에 따르면 우주의 역사는 6000년에 불과하다. 이는 현대 천문학의 과학적 검증으로 밝혀진, 137억 년 전에 빅뱅과 함께 탄생해 지금도 계속 팽창하고 있는 우주의 나이를 아예 부정하는 셈이다. 또 지질학자들이 밝혀낸 지구의 나이인 45억 년과도 큰 차이가 있다. 이렇게 기독교적 근본주의 신앙을 바탕으로 과학을 인식하는 종교적 유사과학인 창조과학회가 우리나라에도 1980년대에 기독교인 비주류 과학자들을 중심으로 결성되었으나, 실증이나 검증 그리고 수정이 불가능하다는 점에서 비과학적 이론으로 비판받고 있다.

관찰과 실험 또는 논리적 추론에 의한 합리적인 의심이나 비판이 근본적으로 차단되는 영역이 종교만은 아니다. 사실적 사건에 대한 설명에서도 과학적 진실이 배척되고 정치적 진실이 신앙처럼 강요되는 현실을 볼 수 있다. 천안함 사고 5주기를 맞은 지금도 합동조사단 보고서의 과학적 사실의 오류나 논리적 결함, 보고서와 상반된 결과를 도출한 해외논문 발표 등 실체적 진실에 대한 합리적인 의심은 계속되고 있다. 최근 참여연대는 새정치연합의 문재인 대표가 철저한 검증 없이 천안함 사건을 북한 잠수정에 의한 피격으로 단정한 근거가 무엇인가를 물으며, 정략적이고 부적절한 처신을 비판하는 성명서를 냈다. 성명서는 최근 한국탐사저널리즘센터 '뉴스타파'가 리얼미터에 의뢰해 실시한 여론조사 결과를 제시하면서, 정부의 조사 결과를 믿지 못하며 재조사 필요성에 공감하는 여론이 정부 조사를 신뢰하며 재조사가 필요 없다는 어론보다 15% 정도 높게 나온 사실을 전했다. 그러면서 이미 활동을 끝낸 국회 천안함조사특위를 즉시 재가동해 국민적 의혹을 해소해 줄 것을 권고했다.

이렇듯 천안함 사건은 5주기를 맞아서도 여전히 진실에 대한 추적이 진행 중이다. 언론의 심층 분석을 지향하는 인터넷언론 '미디어오늘'이 지속적으로 추적 보도한 〈천안함의 비밀〉 연속기사는 최근 '천안함 5주기'를 맞아 그간 숨겨진 진실을 찾기 위해 온갖 불이익을 감수하며 싸워온 11인의 행적을 조명한 바 있다. 그들의 의문 제기는 합리적이고 논리적이며 또 구체적인 실험과 체험을 바탕으로 하고 있어 그 설득력이 높다. 사건 초기 민군합동조사단 민간위원으로 참여했던 신상철은 조사단이 이미 폭발로 결론을 낸 뒤 조사하는 걸 보고 의문을 품고, 특히 선저의 스크래치나 절단면의 상태를 근거로 좌초를 의심하고 있다. 그는 현재 자신의 합리적 의문제기를 명예훼손으로 고소 고발한 국방부를 상대로 긴 법정공방을 벌이며 천안함의 진실을 밝혀내고 있다. 20년 간 해상사고 시 구조인양을 벌인 해난 전문가인 이종인 알파잠수기술공사 대표는 선저 일부에 고르게 나타난 메탈 스크래치와 작은 '파공', 온전한 시신을 근거로 좌초를 주장하고 있다. 지난 2010년 〈추적60분〉에서 두 차례에 걸쳐 천안함에 의문을 제기했던 강윤기 KBS PD와 심인보 기자는, 수산화물 분석결과 제시, 해군이 실종자 가족들에게 좌초라고 설명했다는 실종자가족 인터뷰 방송 등을 했다는 이유로 방송통신위원회로부터 경고를 받았으나 4년 간 행정소송을 벌인 끝에 최근 항소심까지 승소를 받아냈다. 잠수함에 들어가는 신호처리 전문가인 미국 교민 안수명은 10억 원의 사재를 들여 미 해군을 상대로 미군 측 조사단의 조사활동자료를 요구하는 4년간의 소송 끝에 2000여 쪽 분량의 자료를 확보했다. 그는 합조단의 보고서가 비과학성과 비양심성을 나타내고 있다고 주장했다. 이승헌 미 버지니아대 교수는 합조단의 흡착물 분석 데이터 가운데 '수조 폭발 실험' 데이터가 조작됐다고 주장하여 천안함 사건을 '과학사건'으로 규정했다. 서재정 국제기독교대 교수는 "수중폭발 시 3000도의 고온을 동반한 뜨거운 불덩어리가 발생하는데 정작 보고서엔 723도 이상의 열 이력은 없었으며 전선이 절단될 때 열 흔적이 없었다고 기재돼있다"며 합조단 보고서 자체가 천안함이 폭발되지 않았음을 입증한다고 분석했다. 양판석 캐나다 매니토바대 지구과학과 분석실장은 천안함 침몰원인이 어뢰폭발이라는 증거로 제시된 선체와 1번 어뢰의 흡착물질 성분이 폭발재가 아닌 수산화물이라는 분석을 가장 먼저 내놓았다. 박선원 전 미국 브루킹스연구소 초빙연구원은 '사고지점 수심이 20m였다'는 박연수 천안함 작전관의 법정증언은 고정형 기뢰에 의한 폭발을 입증한다고 주장했다. 김황수 경성대 물리학과 명예교수는 천안함 사고원인 가운데 가장 금기시 돼 온 잠수함 충돌론을 과학적 논증을 통해 하나의 가설로 확립했다. 김원식 민중의소리 뉴욕특파원은 잠수함 충돌 가능성, 지진파의 허점, TOD 시간의 문제점을 분석하며 적극적인 정보공개 청구작업을 벌이고 있다.

이 11명의 진실 추적자들 중 5년간의 긴 천안함 공판을 통해 진실을 밝혀내고 있는 신상철 '진실의 길' 대표는 직장암 투병 중인 몸으로 외로운 싸움을 벌이고 있다. 천안함 공판과정을 통해 합조단 조사 결과가 철저한 과학적 검증에 바탕을 둔 게 아니라 '1번 어뢰'에 기댄 추정이었음이 드러났다. 합조단의 그 누구도 '1번 어뢰'의 폭약량이 얼마인지 몰랐고, 천안함 조사보고서를 작성한 군 장교나 민간조사단장도 '1번 어뢰'의 설계도를 실제로 보지 못했음도 밝혀졌다. 한편 양심적인 국내외 과학자들의 전문적인 검증결과는 신상철 대표의 의문에 나름 합리적 의심의 여지가 있음을 입증하고 있다. 이렇게 온몸을 던져 힘겹게 진실을 추적하는 신상철의 모습에서 우리는 시대적 광기와 편견에 홀로 맞서 에스파냐와 서인도제도를 12번이나 왕래하며 고군분투한 라스카사스의 모습을 찾을 수 있다. 늙고 병든 로시난테를 타고 녹슨 갑옷을 입고 풍차를 향해 끝없이 돌진하는 돈키호테의 그 불굴의 도전정신을 확인할 수 있다.

얼마 전 세월호 1주기를 보내면서, 우리는 '가만히 있으라'는 어른들의 지시를 믿고 기다린 어린 학생들이 아무런 도움도 받지 못한 채 참혹하게 희생된 희대의 사건을 되새기며 분노했다. 그런데 이미 세월호 사건의 판박이가 이미 한국전쟁 발발 초기 국정 책임자인 이승만에 의해 벌어졌음을 확인할 수 있다. 경복궁 연못에서 낚시를 하다 뒤늦게 전쟁 발발 소식을 보고받은 그는 자신만의 안위를 걱정하며 대구까지 달아났다. 마치 승객들을 버리고 세월호를 탈출한 선장처럼 말이다. 대구는 너무 멀리 갔다 생각했는지 다시 대전으로 돌아온 이승만은 녹음방송을 통해 "유엔에서 우리를 도와 싸우기로 했으니 국민들은 안심하라"고 서울시민들을 안심시켰다. 세월호 선내 방송처럼 정부를 믿고 기다리라는 것이다. 그러나 6월 28일 피난민이 가득한 한강철교는 폭파됐고, 인천상륙작전으로 서울을 탈환한 이후 한강다리 폭파 책임자였던 당시 스물아홉의 공병감 최창식 대령은 군사재판을 받고 사형에 처해졌다. 최창식은 명령을 따랐을 뿐이라고 항변했지만 소용없었다. 당시 정부의 발표를 믿고 서울에 남았던 수많은 서울시민들이 서울 수복 후 부역자로 낙인 찍혀 재판도 없이 학살당했음을 우리는 아프게 기억한다. 얼마 전 1952년 이승만 대통령 암살 시도 순간을 찍은 사진이 공개됐다. 당시 불발탄으로 저격에 실패한 채 현장에서 체포된 범인 유시태는 일제강점기 의열단으로 독립운동을 한 사람으로 범행 이유를 이렇게 밝혔다. "6.25를 당하고는 허위보도만 하고 맹랑한 녹음방송만을 국민에게 하고 저이들만 도망질하고 그 후 한마디 사과도 안하는 그런 사람이고" 정의의 심판이 무산된 걸 아쉬워한 당시 60대 노인의 이 의분에 찬 모습에서 우리는 또 한 명의 라스카사스와 돈키호테를 볼 수 있다.

수없이 쏟아지는 말들의 본래의 뜻이 심각하게 훼손된 혼란의 시대에 교육은 어떤 모습이어야 하는가. 앞의 사례들에서 보듯 돈키호테의 실존 모델인 라스카사스를 회심케 한 전도서의 말을 삶의 지표로 삼아,

훼절된 말의 본뜻을 회복하는 삶을 살도록 하는 것이어야 한다. 그룹 '패닉'의 〈로시난테〉처럼, 자신의 꿈을 찾아 거센 폭풍 속을 달려가는 열정을 북돋우는 그런 교육이어야 한다. 무엇보다도 '인간의 고통 앞에 중립을 없다'는 프란치스코 교황의 가르침처럼, 우리 주변의 작은 자들의 고통에 민감하게 반응할 줄 아는 공감능력을 지닌 그런 사람을 육성해야 한다. 부당한 성공을 부끄러워하고 '정의의 길로 비틀거리며 가는' 그런 삶을 긍정하는 삶을 살도록 가르쳐야 한다. 전도서의 말처럼. "신을 믿고 진리와 정의의 길로 가는 사람만이 신을 만족시키리라."

(『내일을 여는 작가』, 2015년 상반기호(67호))

대전 속에 스민 문학

1. 대전의 대표 전설

1-1. 보문산의 전설

대전시민의 휴식처로 사랑 받고 있는 보문산은 다음과 같은 전설들에 의해서 이름이 붙여졌다고 한다.

① 옛날 지금의 보문산 기슭에 아들 오형제를 둔 한 농부가 살았다. 장성한 아들들이 각자 자기 뜻대로 직업을 달리하여 분가를 하게 되자, 농부는 늙어 혼자 살게 되었다. 어느 해에 몹시 가뭄이 들어 연못에 한 방울의 물이 없도록 마르자, 그곳에서 두꺼비 한 마리가 나와 농부 앞에 나타났다. 농부가 두꺼비에게 물을 떠다 주었더니 두꺼비는 물을 마신 뒤에 어디론지 사라졌다.

그 다음해도 가뭄이 계속되었는데, 연못에 나가보니 작년의 그 두꺼비가 접시를 가지고 와서 농부 앞에 놓고 사라졌다. 집에 돌아와 그 접시에 담뱃재를 떨었는데 다음에 보니 접시에 재가 가득 담겨져 있었다.

이상한 조화라고 생각한 농부는 동전을 놓아 보았다. 이튿날 보니 동전이 또 한가득 차 있었다. 그리하여 큰 부자가 되었는데, 이 소문을 들은 아들들이 다투어 접시에 탐을 내게 되었다. 아들들의 욕심과 시기를 염려한 농부는 그 접시를 몰래 뒷산에다 묻고 돌아오다가 숨이 차서 죽고 말았다. 그 후 많은 사람들이 그 접시를 찾았으나 영영 나타나지 않았다. 그래서 보물이 묻혔다하여 보물산, 다시 변하여 보문산이라 하였다.

②효자형 전설로, 옛날 노부모를 모시고 있는 착한 나무꾼 한 사람이 살고 있었다. 그는 효성이 지극하여 그 소문이 이웃 마을까지 퍼져 있었다. 그런데 이 나무꾼에게는 술만 먹고 주정을 일삼는 형이 하나 있어 부모와 동생을 몹시 괴롭혔다. 어느 날 나무꾼은 나무를 한 짐 해가지고 내려오는 길에 조그마한 웅달샘 옆에서 쉬게 되었다. 그때 샘 옆에서 물고기 한 마리가 따가운 햇볕을 받으며 죽어가고 있는 것을 발견했다. 나무꾼은 재빨리 물고기를 샘물 속에 넣어 주었다. 물고기는 고맙다는 인사를 하는 듯 까불까불하면서 사라졌다.

조금 후에 눈을 돌려보니 물고기가 놓여 있던 곳에 하나의 주머니가 놓여 있었다. 주머니를 집어보니 그곳 에 '은혜를 갚는 주머니'라고 적혀 있었다. 신기해서 나무꾼은 집에 돌아와 주머니에 동전 하나를 넣었더니, 순식간에 주머니에서 동전이 마구 쏟아지는 것이었다. 그리하여 나무꾼은 큰 부자가 되었다. 이러한 사실을 안 형이 그 보물주머니를 빼앗을 욕심으로 동생에게 주머니를 한 번만 보여 달라고 했다. 착한 동생이 주머니를 형에게 보여주자 형은 주머니를 가지고 도망치려고 했다. 동생이 알아차리고 형을 좇아 주머니를 다시 찾으려 옥신각신하는 가운데 주머니가 땅에 떨어지고 말았다. 화가 난 형이 주머니를 발로 짓밟는 통에 그 주머니 안에 흙이 들어갔다. 그러자 주머니에서 흙이 걷잡을 수 없이 계속 쏟아져 나와 쌓이고 쌓이게 되었다. 이렇게 쌓인 흙이 드디어 큰 산을 이루니, 그 산 속에 보물주머니가 묻혀 있다 하여 보물산이라 하였고, 그 후 보문산으로 고쳐 부르게 되었다 한다.

③도승형 전설로, 옛날 한 대사가 소제동 방죽을 지나다가 해가 저물었는데 갑자기 논두렁에서 '우리 백성이 3년 가뭄으로 다 죽겠으니 우리 성을 살려주시오'하는 소리가 났다. 자세히 알아보니 용궁의 왕이었다. 이에 대사는 물고기를 모아 가뭄으로부터 구해줬다. 그러자 용궁의 왕이 그 은혜로 복조리 하나를 대사에게 주었다. 대사는 복조리를 망태에다 간직하고 보문산 근처에까지 오게 되었다. 날이 어두워 불빛이 나는 집을 찾아가니, 단칸방에 일곱 자식을 데리고 사는 부인이 있었다. 부인이 대사의 저녁으로 진수성찬을 차렸으나 아이들에게는 시래기죽을 주었다. 부인의 간청으로 저녁을 먹고 아랫목에서 하룻밤을 잘 지낸 대사는 이튿날 부인에게 복조리를 건네주었다. 부인이 복조리에 쌀과 엽전을 넣었더니 헤아릴 수 없을 정도의 많은 쌀과 돈이 나왔다. 그리하여 큰 부자로 소문이 났다. 그런데 이 복조리의 신통함을 알게 된 자식들이 그 복조리를 서로 차지하려고 싸움을 하였다. 부인은 복조리를 강변 모래에 묻었다. 그때 복조리에 모래가 들어가자 다시 모래가 쏟아져 나와 점점 늘어가 더니 큰 산을 이루었다. 그래서 이 산은 보물산, 곧 보문산이라 하게 되었다.

보문산 전설의 핵심은 이 산에 화수분과 같은 보물이 묻혀있다는 것이다. 전설 ①의 접시, ②의 복주머니, ③의 복조리가 바로 보물이자 화수분의 일종이다. 그리고 이 보물을 산에 묻거나 묻히는 동기도 유사하다. 형제간의 다툼으로 인해 그것을 묻는 것으로 되어 있다. 사실 우리가 살고 있는 세상을 들여다보면 재산으로 인해 형제 사이에 틈이 벌어지고 반목하는 일이 비일비재하다. 보문산 전설은 바로 이 점을 경계하는 내용을 담고 있다.

1-2. 식장산의 전설

식장산(623.6m)은 대전광역시 동구와 옥천군 군북면, 군서면 등 세 지역에 걸쳐있는 산이다. 대전광역시의 최고봉으로 충남의 최고봉 서대산(904m), 옥천의 최고봉 대성산(705m) 등 인접지역의 명산들과 어깨를 견주며 동구의 남동부를 수놓고 있는 산이다. 밀림같이 숲이 우거져 도심의 허파구실을 톡톡히 하고 있는 이 산은 산 이름에 얽힌 효자효부에 관한 전설을 간직하고 있어, 각박한 삶을 살아가는 현대인에게 청량제 같은 이야기를 들려주는 산이기도 하다.

전설에 얽힌 산 이름의 유래는 이렇다. "효성이 지극한 부부가 연로한 어머니의 밥을 철없이 뺏어 먹는 어린 아들을 두고 고심 끝에 아들을 버리고자 산으로 올라갔다. 아들을 묻기 위해 땅을 파던 부부는 끝없이 먹을 것이 나오는 화수분 같은 밥그릇을 얻게 되었고, 이들은 아들과 함께 풍족하게 살다가 어머니가 돌아가시자 두 부부는 더 이상 욕심을 내지 않고 그 밥그릇을 다시 이 산에 묻었다."는 이야기가 전해 진 후 사람들은 이 산을 두고 〈식기산〉이라고 불렀다 한다.

한편 〈식장산〉이라는 이름의 유래는 역사적 이야기에 바탕을 두고 있기도 하다. 삼국시대 때 백제와 신라의 군사적 요충지였던 이 산은 "백제가 성을 쌓고 군량을 많이 비축해두어 신라의 침공에 대비하던 요새 지역이었다."는 설에 미루어 군량미를 쌓아두는 산이라는 의미의 "식장산(食藏山)"이라고 이름 지었다는 이야기다. 지금은 효자효부의 훈훈한 이야기가 전해지는 〈식기산〉이라는 이름을 뒤로하고 〈식장산〉이 정식 이름으로 불리고 있다.

식장산 관련 전설의 핵심은 식량이나 재물을 숨기고 있어 이 고장 사람들에게 좋은 영향을 줄 것이라는 내용이다. 〈손순매아(손순이 지식을 묻다)〉의 줄거리에 나오는 돌종 대신 화수분을 도입한 형식으로 이루어져 있는 점이 좀 특이하다.

1-3. 학하동 수통골

유성구 학하동 수통골에 수통굴이란 굴이 있다. 수통골 입구 주차장에서 빈계산 정상을 향해서 750미터 정도 올라가면 큰 굴이 있는데 이 굴을 수통굴이라 한다. 이 굴에 대한 전설은 다음과 같다. 수통골 골짜기는 산수가 뛰어나게 아름다운 골짜기다. 금수봉 아래에서 발원하는 계곡물은 옥같이 맑고 깨끗할 뿐 아니라 골짜기를 가득 메운 산림은 울창하여 모처럼 찾아오는 나그네들의 마음을 즐겁게 한다. 그만큼 자연경관이 빼어나고 아름답다. 이처럼 아름다운 곳이고 보니 수도승이 찾지 않을 리 없다. 신라시대의 의상대사가 소승시절 이 굴에 와서 수도를 했다고 한다. 그는 총명하고 불심이 깊어서 세상의 모든 일은 뒤로하고 오직 수도에만 전념하였다. 그는 하루도 쉬지 않고 굴속에서 천지조화의 이치를 깨달은 나머지 마침내 하늘에 있는 옥황상제와 교통하기에 이르렀다. 옥황상제는 의상이 수도에만 전념하고 있는 점을 귀히 여겨 의상의 토굴생활을 도와주기 시작했다. 옥황상제는 의상이 1분이라도 아껴가며 수도생활을 하고 있는 모습을 바라보다가 그에게 하늘의 음식을 보내주기로 했다. 옥황상제는 의상이 먹을 것이 필요할 때는 언제든지 천녹사를 시켜서 음식을 보내주었다. 그래서 의상은 식사를 만들어 먹지 않고 하늘에서 보내주는 음식을 먹게 되었다. 그뿐만 아니라 의상이 배가 고프면 언제든지 천녹사를 불러 하늘에서 음식을 가져오게 하였다. 옥황상제는 의상의 이러한 요구를 거절하지 않고 언제든지 음식을 보내주었다. 그리하여 의상은 언제나 하늘의 음식을 먹으며 수도를 했다. 그때 계룡산 삼불봉에는 원효대사가 오랫동안 공부하고 있었다. 이제나 그제나 원효는 신라를 대표하는 스님이었다. 사람들은 의상을 원효보다 낮게 생각하였다. 의상은 세상 사람들의 이러한 생각이 조금은 못 마땅하였다. 의상은 원효를 초청해서 자기의 도력과 옥황상제로부터 음식을 받아먹고 있는 점을 보여주고 싶었다.

그러던 어느 날이었다. 의상은 원효를 수통굴로 초청했다. 그리고 그는 천녹사를 불러서 그에게 "오늘은 귀한 손님이 오실 테니 점심때 밥두 상을 가져오라"고 일렀다. 그날 점심때가 가까이 되었다. 삼불봉에 있던 원효가 의상을 찾아왔다. 의상과 원효는 서로 반갑게 인사를 나누었다. 두 사람은 시간 가는 줄도 모르고 여러 가지 이야기를 나누었다. 이제 점심을 먹어야 할 시간이 되었다. 그런데 웬일인지 천녹사는 나타나지 않았다. 의상은 내심 초조해지기 시작했다. 원효는 이제 그만 가겠다고 하였다. 의상은 당황하여 원효의 앞을 가로 막으며 조금 더 쉬었다가 가라고 권했다. 원효는 의상의 요청을 뿌리치지 못하고 그 자리에 다시 앉았다. 그래도 천녹사는 나타나지 않았다. 의상의 마음은 더욱 초조해지기 시작했다. 잠시 머물렀던 원효는 다시 일어났다. 의상은 더 이상 붙잡을 수가 없었다. 원효는 마침내 수통굴을 떠나갔다.

의상은 손님을 청해놓고 점심도 대접하지 못한 채 돌려보낸 것을 부끄럽게 여기며 돌아섰다. 그런데 막 입구로 들어서는데 그때 천녹사가 점심밥을 들고 들어왔다. 의상은 화가 머리끝까지 올라와서 견딜 수가 없었다. 아침에 그렇게까지 신신당부를 했는데 이제야 온다니 말이 되는가. 천녹사가 조금만 일찍 도착했어도 원효에게 하늘의 음식을 대접할 수 있었을 것이다. 의상은 못내 아쉬웠다. 그리고 화가 났다. 그는 마침내 얼굴을 붉히며 말했다. "내가 그처럼 신신당부를 했는데 점심 하나 제대로 챙기지 못하니 무슨 일인가." 아주 불쾌한 말투였다. 천녹사는 의상의 마음을 꿰뚫어보기라도 하는 듯이 공손하게 대답했다. "아침에 원효대사께서 하시는 말씀이 오늘은 내가 의상한테로 놀러가니 너는 내가 의상하고 이야기하고 있을 때는 절대로 들어와서는 안 된다고 해서 들어가지 않았습니다." 천녹사는 이렇게 말하면서 방금 원효가 돌아가는 모습을 보고서 이제야 들어왔나는 것이었다. 의상은 그제야 원효가 자기보다 더 도통해 있는 것을 깨달았다. 그리고 의상은 자기가 하늘 음식 먹는 것을 원효에게 과시하려고 했던 점을 생각할 때 참으로 부끄럽기 짝이 없었다. 이런 일이 있은 뒤부터 의상은 원효를 선생으로 모셨다고 한다. 의상대사가 수통굴에서 수도를 했는지 안했는지 확실한 고증은 없다. 다만 지금도 이 굴을 의상대사굴이라고도 부르고 있다.

1-4. 계족산의 전설

① 계족산은 대전의 동북방면에 위치하여 명산으로 이름을 얻었고 사면의 시계가 확보되어 전략적 요충지였다. 때문에 백제는 이곳 계족산의 크고 작은 산봉우리에 성을 쌓아 외적을 막았다. 이처럼 산성이 많았던 까닭에 신라군과의 전투 이야기가 지금까지 구전된다. 신라군과 백제군이 싸워 시체가 사태 난 것처럼 쌓였다는 사태고개나 죽은 군사들의 피가 골짜기에 시내를 이루었다는 피골 유래담이 그것이다. 그리고 백제 부흥군 천여 명이 계족산성에서 신라군사와 싸워 전멸하였다는 이야기도 전한다.

② 계족산의 산 이름은 산의 형상에서 유래하였다. 산의 능선에서 갈라져 내려온 산줄기가 마치 닭의 발 모양을 하고 있다. 이런 연유로 닭의 발이란 뜻의 계족(鷄足)을 붙여 계족산이라 하였다. 봉황산이라는 지명도 전한다. 이를테면 이 산이 봉황을 닮은 데서 봉황산이라 이름 붙였다고 한다. 이 산을 백달산 또는 배달산이라고도 한다. 여기에서 백달산의 백(白)은 밝음을 나타내고 달(達)은 산의 뜻이다. 따라서 두 말을 이어보면 이 산이 밝은 산인 데서 백달산이라 불렸음을 알 수 있다.

③ 계족산은 비가 오거나 가뭄이 드는 것과도 관련이 있다. 조선시대부터 이 산이 울면 비가 온다고 하는 구전이 전한다. 그리고 계족산의

상봉에 천하 명당 묘 자리가 있다고 한다. 풍수에 밝은 사람들이 이 명당을 차지하려고 몰래 산의 상봉에다 조상의 시신이나 유골을 묻는 예가 잦았다. 그런데 이와 같이 무덤을 쓰게 되면 계족산 일대에 비가 내리지 않아 가뭄이 들었다. 이 때 계족산 주변의 주민들은 상봉에 올라가 묻혀 있는 시신을 파내고 기우제를 지냈다.

1-5. 부사동 부용과 사득의 사랑 이야기

백제시대, 현 대전 중구 부사동 지역에 로미오와 줄리엣 못지않은 애달픈 사랑 이야기가 있었으니, 바로 부용이와 사득이의 사연으로, 대전의 대표적인 민속놀이인 '부사칠석 민속놀이'의 유래가 되었다.

윗마을 부용이와 아랫마을 사득이는 두 마을의 공동 우물(부사샘)에서 사랑을 싹틔웠으나 신라와의 전쟁에서 사득이가 전사하고, 사득이를 그리워하던 부용이는 뒷산 선바위에서 치성을 드리며 오매불망 사득이를 기다리다 실족해 죽었다는 안타까운 이야기다. 그 후 가뭄이 심하던 어느 해, 윗마을과 아랫마을 노인들의 꿈에 사득이와 부용이가 나타나 우물에서 영혼결혼식을 해주면 물을 주겠다고 현몽했으며 마을 사람들은 물을 얻었다. 가뭄에 한 우물을 두고 사이가 좋지 않았던 두 마을은 이를 계기로 화합했고 부용이의 '부'와 사득이의 '사'를 합쳐 부사동이란 이름이 생겼다.

부사동 주민들은 매년 음력 칠월 칠석 부사샘에서 마을의 화합과 안녕을 위해 칠석제를 연다. 제를 지내고 선바위까지 길놀이를 하며 음식을 나눈다. 부사샘 청소와 풍물, 치성, 영혼결혼식, 놀이마당 등을 재연하며 마을 평안을 위한 한마당 잔치를 벌인다. 일제시대와 6.25전쟁 등으로 중단됐던 부사칠석 민속놀이는 1990년 동네 어르신들의 고증과 부사칠석민속놀이보존회 등이 중심이 돼 재개됐으며, 이젠 부사동을 넘어 대전의 자랑이 되었다. 1992년 중구 민속놀이로 선정됐고 중구 향토문화재로 선정됐다. 대전시 민속예술 경연대회 최우수상을 비롯해 전국대회 대통령상 등을 수상하면서 대전 민속예술의 대표주자 자리를 확고히 했다.

[금강칼럼] 축제와 지역 정체성 / 김영호 / 2014.10.26

추위를 재촉하는 가을비가 그치니 드높은 쪽빛 하늘이 더욱 눈부시다. 이제 설악을 붉게 물들인 단풍의 불길이 점차 남녘으로 번져가고, 풍성한 과일과 곡식을 갈무리하는 농부들의 손길 또한 부산해지리라.

그리고 전국 곳곳이 가을을 아쉬워하는 축제들로 한껏 달아오르리라. 하긴 사람이 빵으로만 사는 것이 아니요, 삶의 기쁨도 누리는 '젖과 꿀이 흐르는 세상'이 좋은 세상임은 분명하니 굳이 축제 많은 것을 탓할 건 없다. 더구나 그만큼 우리나라의 생활여건이 나아진 것은 사실이니 더욱 그렇다.

문제는 일부러 축제마당을 벌여 흥청망청할 것은 아니라는 점이다. 심각한 가계부채와 국가부채 문제를 애써 외면할 정도로 한가한 상황은 아닌 듯싶기 때문이다. 따라서 축제는 하되 지역의 정체성과 긴밀하게 연결되고, 나아가 지역민들의 통합과 문화권리 향상에 기여하는 축제로 대폭 정비해 그 효율성을 높일 필요는 있다고 본다.

현재 대전의 40여 가지 축제 중 수요자의 요구와 거리가 있는 축제나 대전의 정체성과 관련 없는 전시성 축제는 폐지하고, 성격이 유사한 축제는 엄격한 평가를 통해 통합하거나 정비해야 한다. 가령 '국제와인&푸드축제'의 경우 지난 3년간 무려 56억 원을 낭비했다는 지적이 이번 대전시 국정감사에서 드러난 바 있다.

사실 와인축제는 출발부터 부정적 지적이 많았다. 대전 시민 중 와인을 즐기는 사람이 과연 얼마나 되며, 또 대전이 충북 영동처럼 포도 집

산지도 아니고 프랑스 보르도나 호주 멜버른처럼 세계적인 와인 생산지도 아니어서 대전의 정체성에도 맞지 않는다는 것이었다. 이런 지적을 무시하고 강행한 결과가 결국은 엄청난 혈세 낭비로 확인된 셈이다. 더구나 부적절한 운영으로 특정기업이나 특정인이 많은 혜택을 누리고 평가가 부풀려진 점 등 그 폐해가 자못 크므로, 이제 결단만 남은 셈이다.

그런가 하면 성격이 유사한 행사가 구청별로 따로 열리는 경우도 있다. 가령 '견우직녀축제'는 유성구청·서구청·대덕특구기관장협의회가 후원하고, 대전MBC와 견우직녀축제추진위원회가 주관하는 행사로 대전의 대표축제를 자처한다. 9년째인 금년에도 3만여 명이 관람하는 등 시민의 참여와 호응도가 높은 만큼 그런 자부도 가능하다고 본다. 그러나 '견우직녀 설화'가 대전의 지역 정체성과 무슨 관련이 있는지 생뚱맞다는 반응들도 많다.

더구나 밸런타인데이 등 국적 불명의 기념일 속에서 점점 잊혀가는 우리의 견우직녀 설화와 칠월칠석 민속, 전통과 문화예술이 한데 어우러져 전통·현대·미래를 아우르는 스토리텔링이 있는 문화예술축제를 지향한다는 그 성격규정을 보면 오히려 고개가 더 갸웃거린다. 견우직녀 설화는 동·서양을 막론하고 공유되는 보편적 이야기로, 중국·일본 등에서도 큰 민속행사로 이어지고 있기 때문이다.

그런데 중구청 주관의 '부사동 칠석놀이'는 부사동에서 벌어진 백제판 '로미오와 줄리엣' 이야기에서 유래된 민속놀이로 대전의 정체성과 직결된다. '부용이와 사득이의 사연'은 '로미오와 줄리엣'보다 훨씬 애절하다. 서로 사랑하던 윗마을 부용이와 아랫마을 사득이는, 사득이가 신라와의 전쟁에서 전사하면서 그를 그리워하며 애타게 기다리던 부용이마저 실족해 죽지만 마을사람들에 의해 치러진 영혼결혼식으로 다시 결합한다는, 애절하면서도 아름다운 이야기가 부사동 칠석놀이의 유래다. 부용이의 '부'와 사득이의 '사'를 합친 '부사칠석 민속놀이'는 부사동

을 넘어 대전의 자랑으로 전국대회 대통령상, 올해 광주 '7080 충장축제'
에서 우수상을 받는 등 대전민속예술의 대표 자리를 확고히 했다.

따라서 그간의 '견우직녀축제'에서 견우직녀 설화를 현대적으로 해석
한 판타지쇼나 각종 이벤트 등은 창조적으로 계승하되 중구청이 주관
하는 '부사칠석 민속놀이'의 풍물, 치성, 영혼결혼식, 놀이마당 등을 적
극 수용하고 '부용이와 사득이의 사랑 이야기'를 축제명에 반영해 대전
의 대표축제로 통합한다면, 그간 '견우직녀축제'에서 소외된 중구지역
과 나이든 세대 등도 자연스레 동참해 '지역과 세대, 전통과 현대를 아
우르는' 축제가 될 것이다. 그리고 대전의 5개 구청이 공동개최하면 대
전의 정체성을 살린 축제로 전국적인 호응도 얻을 수 있으리라 본다.

2. 김만중 문학비

서포 김만중의 아버지 김익겸은 병자호란 당시 강화도 사수를 위해
항전했지만 끝내 지키지 못하고 강화유도대장 김상용과 함께 남문에서
화약을 터트려 자분(自焚)한다. 윤씨 부인은 배를 타고 피란 가던 중 애
를 낳으니 그가 바로 서포 김만중이다.

그러니까 김만중은 전란 중에 유복자로 태어난 셈이다. 비록 유복자
로 태어났지만 윤씨 부인은 아들 김만중의 교육을 참으로 엄격하게 시
켰다. 이런 일화가 전해진다. 여름에는 발을 치고 겨울에는 병풍으로
가리고 아들 얼굴을 보지 않은 채 공부를 시켰다고 한다. 그 이유는 아
들이 공부 잘 하는 모습을 보고 어머니 얼굴에 화색이 돌면 교만에 빠질
까, 반대로 공부를 못하면 노기 띤 어머니 얼굴을 보고 기가 꺾일까 염
려했기 때문이라 한다.

이런 어머니 윤씨 부인의 희생적 가르침으로 14세인 1650년에 진사

초시에 합격하고 이어서 16세인 1652년에 진사에 합격한다. 그리고 1665년 정시문과에 급제하여 처음으로 벼슬길에 나가게 된다. 1683년 대사헌에 임명되고, 드디어 1686년에는 대제학에 까지 이르게 된다. 하지만 숙종 희빈 장씨를 둘러싼 기사환국에 관련되어 1689년 선천을 거쳐 남해(南海)의 고도 노도(櫓島)로 유배 길에 오른다. 서포 김만중은 문인답게 유배지 노도에서도 좌절하지 않았고 창작에 전념하여 우리 문학사에서 빼놓을 수 없는 한글소설인 '사씨남정기'와 '구운몽'을 집필한다.

1689년 9월25일 어머니 생신날 남해의 외로운 섬 노도에서 유배의 몸으로 어머니를 그리며 쓴 시가 바로 '사친'이다.

사친(思親) – 어머니를 그리며 –

今朝欲寫思親語 금조욕사사친어
오늘 아침 사친의 시 쓰려 하는데
字未成時淚已滋 자미성시루기자
글씨도 이루기 전에 눈물 먼저 가리우네
幾度濡毫還復擲 기도유호선복척
몇 번이나 붓을 적시다 도로 던져 버렸나
集中應缺海南詩 집중응결해남시
응당 문집 가운데 해남의 시 빠지겠네.

이 시는 서포 김만중이 노도에 유배되어 첫 번째 맞이한 어머니의 생신날 지은 시라고 한다. 선천 유배에서 해배되어 잠시 어머니를 뵈었지만 또 다시 남해 노도로 유배를 당하니 어머니 그리는 정이 더욱 사무칠 수밖에 없었다.

"오늘 아침 어머니를 그리는 글을 쓰고자 하나 글자가 되기도 전에 눈

물 이미 흥건하다. 몇 번이나 붓을 적셨다가 내던졌는가? 문집에 남해
시는 응당 빠지고 없으리"

어머니를 생각하니 눈물이 나 시를 쓸 수 없어 문집에 빠지게 되리라
는 이 시는 오히려 문집에 남아 지금까지 전해지고 있다.

2-1. 박목월의 〈나무〉

유성에서 조치원으로 가는 어느 들판에 우두커니
서 있는 한 그루 늙은 나무를 만났다.
수도승일까, 묵중하게 서 있다.

다음 날은 조치원에서 공주로 가는 어느 가난한 마을 어귀에
그들은 떼를 져 몰려 있었다.
멍청하게 몰려 있는 그들은 어설픈 과객일까. 몹시 추워 보였다.

공주에서 온양으로 우회하는 뒷길
어느 산마루에 그들은 멀리 서 있었다.
하늘문을 지키는 파수병일까. 외로와 보였다.

온양에서 서울로 돌아오자,
놀랍게도 그들은 이미 내 안에 뿌리를 펴고 있었다.
묵중한 그들의, 침울한 그들의, 아아 고독한 모습,
그후로 나는 뽑아낼 수 없는 몇 그루의 나무를 기르게 되었다.

　이 시는 유성에서 서울까지의 여행길에서 화자가 본 나무들의 모습을 통해 인생의 궁극적 의미를 찾아내고 있다. 시적 화자는 여행 중 나무에서 수도승, 과객, 파수병의 이미지를 떠올리는데, 이는 묵중하고 고독하고 쓸쓸한 모습이다. 그런데 시적 화자는 귀로에서 이 나무들이 외부의 풍경으로서가 아니라 시적 화자의 내면에 자라고 있음을 깨닫게 된다. 이것은 시적 화자의 내면에도 나무와 같은 고독이 짙게 깔려 있음을 발견하는 일이며, 외부로 향한 시선을 내부로 돌려 나무와 자아의 시적 일체감을 형성한 것이다. 그리하여 화자는 사물을 통해 자신의 삶의 본질을 인식하게 된다. 이 시에서 화자는 자신의 내면에도 나무와 같은 고독이 짙게 깔려 있음을 발견하고 인간의 실존적 고독을 깨닫게 된다.
　화자는 먼 유성에서 애초의 출발 지점인 서울로 되돌아오는 길의 도정에서 세계에 대한 인식의 변화를 겪는다. 유성에서 서울로 가까이 올수록 인식은 점점 명료화되고 서울로 이르게 될 때는 본질적 인식에 도달한다. 이렇게 삶의 본질적 의미를 되찾는 구조를 가지는데, 삶의 시원적 근본으로 회귀하는 내면적 인식의 길과 합치한다.

3. 송촌의 김호연

동춘당 송준길 선생의 증손부이자 조선후기 대표적인 여성 작가인 김호연재는 19세에 동춘당 송준길의 증손인 소대헌(小大軒) 송요화 (1682~1764)와 결혼하여 28세에 아들 송익흠(보은현감. 호-오숙재)를 낳고 그 후 딸을 낳았으며 42세를 일기로 세상을 떠났다. 호연재 김씨는 출가한 이래 지금의 대덕구 송촌동에 있는 소대헌 고가(小大軒 古家. 송용억 가옥 - 市 민속자료 제2호)에서 살며 이 지역과 인연을 맺게 되었으며, 틈틈이 한시를 지어 200여 수의 작품이 전해져 오고 있다. 생활하는 틈틈이 시상이 떠오르면 그때그때 눈에 보이는 주변의 경치와 거기서 우러나는 자신의 심회를 읊고 있다. 이러한 작품들 속에서 언급되는 법계(法溪).법천(法泉).계족산.비래암.호연당 등의 명칭으로 미루어 그것들이 회덕의 송촌(松村)에서 생활하는 가운데 만들어진 작품이라는 것을 알 수 있다.

호연재 김씨가 살던 집은 본래 두 채짜리 건물이었다. 두 채 가운데 뒤쪽 건물은 안채로, 지금 오숙재라 부르는 바깥 쪽 건물은 임시 사랑채로 썼다. 그러다가 오숙재 왼쪽에 정면 다섯 칸, 측면 두 칸의 팔작지붕 건물을 새로 지어 큰사랑채로 쓰면서 소대헌(小大軒)이라 했다. 소대헌 건물은 송요화의 아버지가 거처하던 법천정사의 목재를 옮겨다 지은 것이다.

오숙재에선 2014년 1월 1일 향년 92세로 세상을 뜨기까지 이 집 주인인 송용억 옹이 기거했다. 송 옹의 아들인 선비박물관장 송봉기씨는 호주가 바뀔 때마다 번거롭게 건물 이름을 자주 바꿀 게 아니라 이 건물도 '동춘당' 마냥 '소대헌'이란 이름으로 지정해줄 것을 요구해왔다. 대전시는 이 집 이름을 '송용억 가옥' 대신 '호연재'로 명칭 변경을 입법예고했다. 어떤 이름으로 결말날는지 추이가 궁금해진다.

[금강칼럼] 문화재의 이름 찾기 / 김영호 / 2014.12.21.

지금은 좀 소강상태이지만 동춘당공원 내에 자리한 대전시 민속자료 제2호 '송용억 가옥' 명칭 변경 논란은 여전히 남아있다. 문화재 명칭 변경은 문화재위원회 전문가들의 검토를 바탕으로 사회적 합의를 얻어 이뤄져야 되기 때문에 대전시는 최근 '송용억 가옥'의 명칭을 '호연재'로 변경한다고 입법예고했다.

현재는 이의신청기간으로 다양한 의견을 충분히 수렴한 뒤 심도 있는 논의를 거쳐 결정하겠다는 것이다. '송용억 가옥'은 대덕구 송촌동에 있는 조선 중기 고택으로 사대부가 건축양식이나 생활상을 살펴볼 수 있어 대전시 민속자료로 지정 관리돼 왔다. 대전시는 '송용억 가옥'이란 명칭이 1990년대 당시 가구주인 동춘당의 후손 송용억 씨의 이름을 붙인 것으로 문화재 명칭으론 적합하지 않다는 입장이다.

따라서 현 가옥에서 300여 년 전 23년간 생활하며 200여 수의 생활한 시를 남긴 조선시대 최고 여류시인 김호연재를 기려 '호연재'로 변경해야 한다는 것이다. 이에 대해 은진 송씨 문정공파 종중은 동춘당의 증손이자 호연재의 남편이었던 송요화의 호 '소대헌' 또는 그의 아들 송익흠의 호 '오숙재'가 사용돼야 한다고 이의를 제기하고, 조선시대 건축물에 여자의 이름을 넣는 것은 그 유래를 찾아볼 수 없다며 반대 입장을 밝히고 있다.

호연재의 남편 송요화는 동춘당 송준길의 증손자로 효성이 지극해 아침저녁으로 홀어머니의 안부를 묻는 혼정신성을 빠뜨리지 않았다고 한다. 그는 과거공부와 어머니를 모신다는 명분으로 회덕을 떠나 형인 송요경의 임지를 따라다녔고, 시인들과 교유하며 전국 명승지를 찾아다니는 등 비교적 자유분방하게 생활했다.

이는 그의 행적을 새긴 묘표에 '속이 넓고 속되지 않아 천품이 자유로운 가운데 품행이 독실했다'라는 기록에서도 드러난다. 호연재는 큰아들을 따라다니는 시어머니와 남편의 부재 속에 큰 집안 살림을 도맡으며 겪는 가난과 고독을 시로 승화시켜 많은 생활한시를 남겼다.

하지만 호연재의 최종 목표는 '호연재자경편'의 '아름다운 말과 착한 행실, 교화의 밝음에 있어 어찌 남녀가 의당 할 일이 다르다는 이유로 흠앙하고 본받지 않겠는가'에서 나타나듯, 가난을 선비의 떳떳한 도리로 여기며 군자의 도를 실천하는 여성군자였으니, 그녀의 호만큼이나 호연한 기상을 실천하고자 했다. 바로 이 점이 그녀를 조선시대 다른 여성문학인과 구별해 여성적 정감과 호연한 기상을 융합한 시세계를 보여주는 최고의 시인이자 지행을 겸비한 진보적 여성으로 자리매김하게 한다.

그래서 동춘당 집안에서도 호연재를 공경하고 흠모했다고 한다. 그녀가 마지막 남긴 시는 아들 송익흠에게 주는 '부가아'로, 뜻을 높이 세우고 품행을 단정히 하며 오직 노력하길 바라는 병든 어머니의 간절한 마음이 담겨 있으니, 지금 송씨 문중에서 말하는 '오숙재' 명칭 또한 그녀의 가르침 없이 어찌 가능했겠는가를 먼저 살펴야 한다.

무엇보다 이런 명칭 변경의 출발이 '송용억 가옥'이 문화재청의 문화재로 지정돼 그 소유권이 국가로 이전되면서 자연스레 그 문화재적 가치를 다시 따져보게 됐음을 생각해 볼 필요가 있다. 단순히 고택 소유주를 명시하는 사유재산 문화재 성격이 아니라 국가문화재로서 그 건물과 관련된 역사적 인물의 지명도나 문화적 가치 등을 고려해야 하는 것이다.

우리는 한때 대전 유일의 국가 보물 동춘당에 은진 송씨 문정공파 종손이 생계유지를 이유로 음식점을 운영해 시민들의 빈축을 산 적이 있음을 아픈 마음으로 기억하고 있다. 마찬가지로 종중에서 힘을 모아 '송용억 가옥'을 사유재산 문화재로 끝까지 지키지 못한 어려운 현실을 되돌아봐야 하지 않나 싶다.

더구나 호주제가 부계혈통만을 인정해 양성평등과 개인의 존엄성을

이념으로 하는 헌법정신에 위배된다는 위헌 판결을 받아 폐지되고 새
로운 가족관계등록부제가 시행된 지 6년째인 지금, 조선시대 건축물에
여자의 이름을 넣는 것을 탓하는 것은 사회적 타당성과 합리성을 인정

받기가 쉽지 않을 듯하다. 호연재는 은진 송씨 문정공파의 자랑스러운 종부로 일상생활 속에서 부덕(婦德)을 실천한 분이기 때문이다. 강릉에는 허난설헌, 대전에는 김호연재. 허난설헌의 위작설이 나오는 현실을 감안하면 조선시대 최고의 여류시인 호연재를 기리는 것은 종중만이 아닌 우리 대전의 자랑이 아니겠는가!

4. 단재 신채호

일제 강점기에 언론인, 역사가, 독립운동가로 활동하면서 민족의 자존심을 일깨웠던 분으로, 1880년 충남 대덕구 산내면 어남리 도리미의 외가에서 태어나서 8살이 되던 해 아버지가 돌아가시자 충북 청원군 낭성면 귀래리로 이사했다.

이렇게 대전과 충북에 생전의 흔적을 남긴 단재 선생은 1898년 성균관 입학을 위해 상경한 후 언론인, 독립운동가, 사학자, 문인으로 파란만장한 삶을 살았다. 1905년 황성신문에 논설을 게재하기 시작해, 대한매일신보에 "일본의 삼대충노" "금일 대한국민의 목적지" "한국자치제의 약사" "한일합병론 자에게 고함" 등의 시론과 "독자신론" "수군제일위인 이순신전"등 역사관계 논문 등을 발표했다. 특히 역사관계 논문을 통해 단군, 부여, 고구려 중심의 민족주의 사관을 드러내기 시작했다.

이와 같은 언론활동과 더불어 양기탁, 이동녕, 이회영, 이동휘, 안창호 등과 항일비밀결사인 신민회 조직에 참여했으며 국채보상운동에도 적극 가담했으며, 1910년 중국으로 망명해 윤세복, 이동휘, 이갑 등과 광복회를 조직했고, 만주에서 생활하면서 「조선사」를 집필했다. 백두산 등산, 광개토대왕릉 답사 등 고구려와 발해의 고적지를 돌아보면서 부여, 고구려, 발해 중심의 한국고대사를 체계화했던 것으로 알려졌다.

1919년 상해 임시정부 수립에 참여한 단재는 임시의정원의원으로 활동했고 1922년에는 의열단장 김원봉의 초청으로 상해에 가서 23년 '조선혁명선언'으로 불리는 의열단 선언을 집필, 발표했다. 폭력에 의한 민중직접혁명을 주장 한 이 선언은 일제의 침략의 압제를 경험하면서 성장한 민중세력을 일제의 이족통치 뿐만 아니라 당시 세계를 지배하고 있는 약탈적, 불평등적인 제국주의 체제를 타파하는 주인공으로 부각시켰다는 의미에서 단재선생의 민족주의 이념에 대한 폭과 질의 강도를 잘 보여주는 것으로 평가받고 있다. 1920년대는 단재의 역사적 역량이 가장 크게 발휘되던 시기로 이 시기에 「조선상고사」, 「조선상고문화사」, 「조선사연구초」 등을 집필했다.

이처럼 치열한 삶을 살았던 단재선생은 1928년 5월 대만에서 체포되어 대련지방법원에서 10년형을 선고받고 여순감옥으로 이감, 복역하던 중 1936년 2월 21일 57세를 일기로 뇌출혈로 옥중 순국했다. 유해는 충북 청원군 낭성면 귀래리에 안장되었으며, 1962년 3월 1일 대한민국 공로훈장 복장(複章)이 수여되었다.

〈조선혁명선언〉 1923년 1월 의열단

혁명의 길은 파괴부터 개척할지니라. 그러나 파괴만 하려고 파괴하는 것이 아니라 건설하려고 파괴하는 것이니, 만일 건설할 줄을 모르면 파괴할 줄도 모를지며, 파괴할 줄을 모르면 건설할 줄도 모를지니라. 건설과 파괴가 다만 형식상에서 보아 구별될 뿐이요, 정신상에서는 파괴가 곧 건설이니 이를테면 우리가 일본 세력을 파괴하려는 것이

제1은, 이족통치를 파괴하자 함이다. 왜? 〈조선〉이란 그 위에 〈일본〉이란 이민족 그것이 전제(專制)하여 있으니, 이족 전제의 밑에 있는 조선은 고유적 조선이 아니니, 고유적 조선을 발견하기 위하여 이족통치를 파괴함이니라.

제2는, 특권계급을 파괴하자 함이다. 왜? 〈조선민중〉이란 그 위에 총독

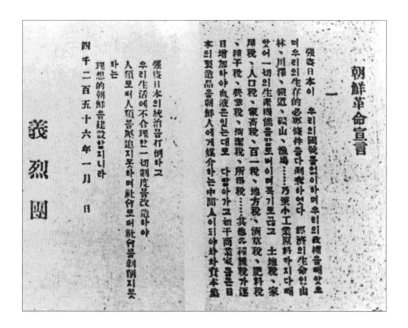

이니 무엇이니 하는 강도단의 특권계급이 압박하여 있으니, 특권계급의 압박 밑에 있는 조선민중은 자유적 조선민중이 아니니, 자유적 조선민중을 발견하기 위하여 특권계급을 타파함이니라.

제3은, 경제약탈제도를 파괴하자 함이다. 왜? 약탈제도 밑에 있는 경제는 민중 자기가 생활하기 위하여 조직한 경제니, 민중생활을 발전하기 위하여 경제 약탈제도를 파괴함이니라.

제4는, 사회적 불평균을 파괴하자 함이다. 왜? 약자 위에 강자가 있고 천한 자 위에 귀한 자가 있어 모든 불평등을 가진 사회는 서로 약탈, 서로 박탈, 서로 질투·원수시하는 사회가 되어, 처음에는 소수의 행복을 위하여 다수의 민중을 해치다가 말경에는 또 소수끼리 서로 해치어 민중 전체의 행복이 필경 숫자상의 공(空)이 되고 말 뿐이니, 민중 전체의 행복을 증진하기 위하여 사회적 불평등을 파괴함이니라.

제5는, 노예적 문화사상을 파괴하자 함이다. 왜? 전통적 문화사상의 종교·윤리·문학·미술·풍속·습관 그 어느 무엇이 강자가 제조하여 강자를 옹호하던 것이 아니더냐? 강자의 오락에 이바지하던 도구가 아니더냐? 일반 민중을 노예화하게 했던 마취제가 아니더냐? 소수 계급은 강자가 되고 다수 민중은 도리어 약자가 되어 불의의 압제를 반항치 못함은 전혀 노예적 문화사상의 속박을 받은 까닭이니, 만일 민중적 문화를 제창하여 그속박의 철쇄를 끊지 아니하면, 일반 민중은 권리 사상이 박약하며 자유 향상의 흥미가 결핍하여 노예의 운명 속에서 윤회할 뿐이다. 그러므로 민중문화를 제창하기 위하여 노예적 문화사상을 파괴함이니라.

다시 말하자면 〈고유적 조선의〉〈자유적 조선민중의〉〈민중적 경제의〉〈민중적 사회의〉〈민중적 문화의〉조선을 건설하기 위하여 〈이족통치의〉〈약탈제도의〉〈사회적 불평등의〉〈노예적 문화사상의〉현상을 타파함이니라. 그런즉 파괴적 정신이 곧 건설적 주장이라. 나아가면 파괴의 〈칼〉이 되고 들어오면 건설의 〈깃발〉이 될지니, 파괴할 기백은 없고 건설하고자 하는 어리석은 생각만 있다 하면 5백년을 경과하여도 혁명의 꿈도 꾸어보지 못할지니라.

5. 금당 이재복 문학 탐방 안내

용봉 대종사 금당 이재복은 약관의 나이에 출가한 후 평생 동안 부처님의 가르침을 수행하고 그 진리를 대중에게 널리 교화한 업적으로 대종사(大宗師)에 이르렀고, 대전충남지역 유일의 불교종립학교인 보문학원을 설립하여 보문중고등학교 교장으로 34년간 2만여 명의 제자를 길러내고 퇴임한 뒤 태고종 종립대학인 동방불교대학 학장을 역임하다 입적한 걸출한 교육자이며, 대전일보에 연작시 「정사록초(靜思錄抄)」

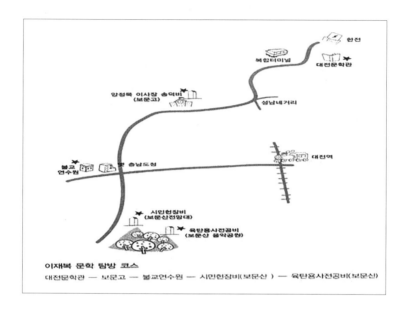

이재복 문학 탐방 코스
대전문학관 ― 보문고 ― 불교연수원 ― 시민헌장비(보문산) ― 육탄용사전공비(보문산)

를 발표하고 한국문학가협회 충남지부장을 역임하는 등 대전충남문학 발전에 크게 기여한 공로로 문학부문 제1회 충남문화상을 수상한 대전 충남 현대문학의 거목이었다.

① 대전문학관(동구 용전동) : 금당 이재복이 회갑이 지난 원숙기에 민족 분단을 안타까워하며 민족의 화합과 하나됨을 위한 시인의 간절한 소망을 노래한 절창 「꽃밭」 시비가 언덕에 세워져 있다.

② 보문중고등학교(동구 삼성동) : 이재복이 28세에 한국 불교 중흥을 위한 후진 양성의 신념으로 지역의 주지와 스님들을 설득해 설립한 대전충남 유일의 불교종립학원. 그는 교장으로 34년간 2만여 명의 제자를 길러내고 1989년 퇴임. 보문이란 교명은 보현보살과 문수보살의 첫 글자로, 보문학원의 건학이념을 대변해 준다. "보현의 행원을 본받고 문수의 지혜를 배우며 마침내 불타의 자비를 이 땅에 실현하기 위하여 끝까지 정진한다."까지 정진한다."

③ 양정묵 이사장 송덕비(보문중고등학교 교문) : 이재복이 설립한 보문학원에 기꺼이 사재를 내놓아 지금의 보문고등학교 본관 건물을 지은 고 양정묵 이사장의 송덕을 기리는 송덕비가 보문중고등학교 교문 한쪽에 이재복 교장이 쓴 글과 함께 남아 있다.

④ 불교연수원(중구 선화동) : 그는 중생과 고통을 나누는 재가(在家) 불교의 진흥을 위해 대전불교연수원을 창설하고 원장에 취임해 1991년 까지 불교의 현대화, 대중화에 크게 기여. 이곳에서 73세를 일기로 지병 으로 입적. 1992년에 추모탑 건립. 그의 유품 전시.

⑤ 보문산 전망대(중구 대사동) : 대전 시민공원인 보문산 전망대 앞 에 세워진 시민헌장비에 그가 기록한 대전시의 연혁과 자랑스러운 대 전 시민의 다짐이 남아 있으며, 전망대인 보운대에서 대전 시민의 기상 을 기르길 바라는 그의 마음이 건립문에 담겨 있다.

⑥ 육탄용사전공비(중구 대사동) : 보문산 음악공원 내에 세워진 일 명 윤옥춘 전공비. 육탄 10용사 중 한 사람인 윤옥춘 이등상사는 1949년 무장공비들에 맞서 폭탄을 가슴에 안고 적의 토치카에 뛰어들어 자폭 함으로써 아군을 승리로 이끈 역전의 용사로, 그를 기리기 위해 이재복

이 쓴 비문이 남아 있다.

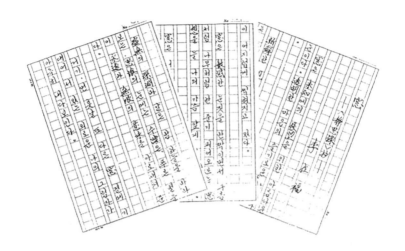

꽃밭

6. 『만다라』의 작가 김성동 문학 탐방 안내

김성동의 출세작 『만다라』는 여러 선방(禪房)을 전전하며 화두(話頭)와 씨름하지만 6년이 지나도록 진리를 깨우치지 못한 것에 대해 스스로의 능력에 좌절하고 절 조직의 비리와 모순에 분노하면서 방황하기 시작해 객승으로 전전하다가 단편소설 「목탁조」가 『주간종교』의 종교소설 공모에 당선되었으나, "악의적으로 불교계를 비방하고 전체 승려들을 모욕했다"는 오해를 받아 승적에서 제적당하면서 황야에서 외롭게 떠돌다 '보리와 번뇌가 본래 둘이 아니며 예토(穢土)와 정토(淨土)가 본래 둘로 나뉘어진 별세계가 아니라는 여래(如來)의 말씀이 진실로 진언(眞言)'임을 깨닫고 10년의 승려생활을 마감하고 산을 내려오기까지의 이야기이다.

『길』은 그가 '병자호란 때 강화도에서 순절한 선원(仙源) 김상용'의 13대 장손으로 태어나, 6·25로 아버지와 큰삼촌은 우익에게 그리고 외삼촌은 좌익에게 학살당하는 생채기를 겪고, 몰락한 반가의 찰가난 속에서도 유교적 법도를 할아버지에게 배우고, 좌익의 아들이라는 사회적 편견을 피해 대전·서울 등으로 옮겨 다니다가, 연좌제로 공무원·장교·법관 임관이 안 되는 소위 삼불(三不)의 덫에 치여 좌절하다가 '인간으로서 도달할 수 있는 극치인 부처가 되는 것이 이 세상에서 한번 해볼 만한 사업'(『만다라』)이라는 지효대선사의 가르침을 받고 고등학교 3학년 때 자퇴하고 입산하기까지의 이야기이다.

『집』은 '팔풍오욕(八風五慾) 속에 끝없이 윤회(輪回)하는 이 예토를 여의고는 다른 어느 곳에서도 정토를 구할 수가 없다'는 깨달음으로 환속한 후, 결혼과 이혼 그리고 재혼으로 이어지는 진흙창의 세속적 삶 속에서, 한 가정의 가장으로 홀어머니와 아내 그리고 두 자녀와 함께

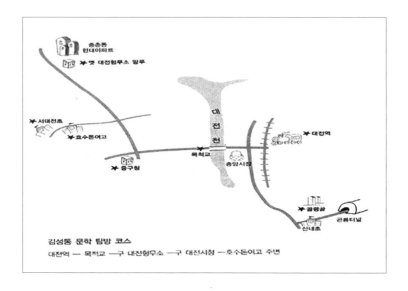

김성동 문학 탐방 코스
대전역 — 목척교 — 구 대전형무소 — 구 대전시청 — 효수돈여고 주변

아름다운 연꽃을 피워내려고 번뇌하며 고통스러워하는 모습을 담고 있
다.

　이런 자전소설들에서 벗어나 아버지나 할아버지 시대의 헌걸찬 정신
을 재현하려는 노력을 보여주는 일련의 작품들이 있다. 「풍적(風笛)」,
「역사를 찾아서」, 「국수(國手)」등이 이에 해당하는데, 이들 작품들에서
그는 좌익 2세인 자신의 뼈아픈 가족사를 출발점으로 삼아 근현대사의
질곡 속에서 나라와 민족을 지키기 위해 산화해간 할아버지 세대와 아
버지 세대의 순수한 이상과 뜨거운 열정 그리고 헌걸찬 행적의 문학적
형상화를 통해 그들의 역사적 의미를 당당하게 복권시키는 작업에 진
력한다. 그런가 하면, 그가 필생의 화두로 삼은 아버지 세대의 이야기를
모아 내놓은 좌익 독립운동가 열전(列傳) 『현대사 아리랑』은 아버지에
대한 아득한 그리움에서 벗어나 마침내 아버지의 이야기를 역사 속에
온당히 자리매김하기 위한 본격적인 작업의 시발점이다. 『현대사 아리

랑』은 민족과 민중의 해방을 위해 몸 바쳐 싸웠으나 남북 어느 곳의 역사에서도 외면당한 채, '그 넋마저 저 세상으로 가지 못하고 중음신(中陰身) 되어 이 땅 위를 떠돌고 계신 혁명가 어르신들'의 이야기를 역사 속에 온전하게 복원시킴으로써 그들의 영혼을 천도하고자 한 작업이다.

① 대전역 : 김성동이 15세에 할아버지의 연행과 아버지의 억울한 죽음을 알고 충격을 받아 첫 가출을 할 때, 대전 발 0시 50분, 목포행완행열차를 빠방 틀어 탔던 곳.
② 목척교 : 목척교 아래 공터에 있는 곡마단 천막에서 들리는 나팔소리에 끌려 도둑 기차를 타고 아주 멀리 가볼 생각을 하게 된 곳.

③ 중촌동 현대아파트 : 구 대전형무소 자리로 네 군데 세워졌던 감시 망루 중 하나가 유물로 선병원 맞은편에 남아 있어 대전형무소 자리임을 알게 해 준다.

④ 대전 중구청(구 대전시청) : 3·15부정선거에 항거하여 전국적으로 시위가 확산되고 수많은 희생자가 나오고 계엄령이 선포될 때가지 조용하던 대전지역 대학생들이 이승만 대통령 하야소식이 전해진 1960년 4월 26일에야 뒤늦은 시위를 하며 시청 집기를 부수고 하는 걸 보며 비겁하다 생각했던 곳.

⑤ 호수돈여고 주변 : 김성동이 초등학교 5학년 때 이사 왔던 곳으로, 당시 한국전쟁 피난민 수용소로 조성된 하꼬방 동네로 공동 수도와 변소를 사용했던 곳.

⑥ 서대전초등학교 : 김성동이 초등학교 5학년으로 전학왔던 곳.

⑦ 삼육중학교 : 김성동이 다녔을 적에는 삼육고등공민학교로 효동에 있었는데, 1964년에 현재의 도마동으로 옮겼고, 1965년에 정식 중학교로 인가가 났으며, 안식교 재단의 사립학교임.

⑧ 산내 낭월동 골령골(뼈잿골) : 산내 초등학교에서 곤룡터널로 이어지는 도로가에 대전형무소 정치범 및 민간인 집단 1학살지 등 학살현장이 있음.

[금강칼럼] 문화적 기억과 표지판 / 김영호 / 2014.02.03

우리 민족 최대의 명절인 금년 설에도 어김없이 민족의 대이동이 이어지면서 모든 도로가 귀성 정체로 몸살을 앓았다. 해마다 겪는 고통이면서도 이렇게 반복되는 것은 가족과 고향에 대한 정겨운 추억과 만나는 설렘 때문이리라.

그래서 험난한 여정 끝에 멀리 고향 입구를 지키고 있는 둥구나무나 퇴색해 버린 초등학교 건물이 보일라치면 마음은 이느새 동심에 젖고, 혹 어린 시절 짓궂던 덜렁이 친구라도 마주치면 금세 함박웃음을 머금게 되는 것이다. 이렇듯 명절이란 우리 민족의 아주 강력한 문화적 기억이다.

얼마 전까지 미력하나마 책임을 맡았던 대전작가회의가 대전문화재단과 함께 대전 원도심을 중심으로 펼쳐진 현대문학의 현장을 탐방하여 지역문인들의 삶과 문학을 살펴보고 이를 구체적으로 서사화(스토리텔링)하여 대전의 문학지형도를 그리는 연구조사사업의 일차 결과로 지난 연말에 '대전문학의 시원'이 발간되어 지역 문화계에 작은 반향을 일으키고 있다. 특히 작가별로 탐방 코스를 개발하고 이를 종합한 안내 브로슈어를 제작 배포하고 주요 행적지에 표지판을 세워 그들의 발자취를 기억하고자 했는데 이는 시민들이 책자와 브로슈어를 참고해 직접 작가의 흔적을 찾아보게끔 하는 일종의 문화적 기억 사업이다.

이번에 우리가 조사한 여섯 분의 작가들(박용래·이재복·정훈·한성기·김성동·유용주)에 대해 꼭 기억할 만한 곳에 부착할 기념 표지판을 10개 제작했다. 물론 이는 대전시의 원도심 활성화 사업의 일환으로 대전문화재단의 위임을 받아 대전작가회의가 수행한 연구조사사업이므로 결국은 대전시가 표지판 부착의 주체가 된다. 우리는 이 표지판의 공적 성격을 부각시키고자 표지판 맨 위 중앙에 '원도심 조사연구사업'을 표제로 넣고, 중간에 작가별 행적을 아주 짧게 적은 뒤, 그 밑에 '대전문화재단, 대전작가회의'를 나란히 적었다. 그런데 제작한 표지판 중 3개를 아직까지 부착하지 못하는 안타까운 처지에 있다.

'만다라'의 작가 김성동은 우리 대전이 낳은 뛰어난 작가이다. '만다라'가 영어 · 프랑스어 · 러시아어 · 스페인어로 번역되면서 그는 이제 세계적인 작가로 비약하고 있다. 그는 한국전쟁으로 아버지와 큰삼촌이 우익에게, 면장을 지낸 외삼촌이 좌익에게 처형되면서 친가와 외가가 함께 몰락한 아픈 상처를 문학으로 승화시켰다. 그의 문학은 아버지에 대한 그리움으로 출발하는데 그의 아버지 김봉한은 1948년 예비검속으로 대전형무소에 수감되었다가 1950년 7월 낭월동 뼈잿골에서 희생되었다. 이를 기억하고자 옛 대전형무소 자리에 남아있는 망루 옆에 설치하려던 표지판은 이곳을 관리하는 한국자유총연맹 대전지부의 허락을 끝내 얻지 못했고, 산내학살 현장에 설치하려던 표지판은 사유지 주민들의 완강한 반대로 부착하지 못했다. 문제는 아무래도 이념적 접근 때문인 듯한데, 작가의 간곡한 뜻은 현대사의 아픔을 치유하고 희생자들의 영령들을 달래어 천도하고자 하는 것이고, 나아가 아픈 과거가 다시는 되풀이되지 않도록 이곳들이 평화공원이 되는 것이라는 점을 적극 감안해 표지판 설치를 허락해 주길 간곡히 바란다.

나머지 하나는 대전문학관에 세워진 '꽃밭' 시비로 기억되고 있는 시인 이재복이 불교 중흥을 위해 28세에 설립한 대전 · 충남지역 유일의 불교종립학교인 보문중 · 고등학교에 부착하고자 한 표지판이다. 그가 설립한 보문중 · 고등학교는 현재 법인의 경영 아래 더욱 발전하고 있다. 하지만 그가 전 생애를 통해 뿌리고 기른 간곡한 애정이 없었다면 오늘의 보문학원이 어찌 있으랴. 그리고 그를 기리는 표지판이 학교에 부착된다고 해서 현 법인의 존재를 부정하는 것은 아니다. 이는 전혀 별개의 문제로 다만 보문 60년 역사의 뿌리를 기억하는 것이며 그 역사 속에 대전 · 충남 현대문학의 거목 이재복 시인이 자리할 뿐이다. 오히려 이 표지판은 보문의 자랑을 대전시가 공인해 주는 것임을 꼭 기억해 주길 바란다.

[금강칼럼] '꽃무혁'으로 대전을 찾은 김성동의 육필원고 / 김영호 / 2014.03.02

 영동 지방의 기록적인 폭설 여파로 강원도 횡성과 홍천에 인접한 경기도 양평의 산속 토굴에 칩거 중인 '만다라'의 작가 김성동을 만나러 가는 길에 걱정이 앞섰지만 토굴 진입로에 세운 '절 아닌 절'이란 뜻의 '비사난야(非寺蘭若)' 표지석에 이르는 찻길은 다행히 눈이 녹아 있었다. 하얀 눈이 남아있는 급경사 진 굽이 길을 조심스레 올라 겨우 토굴에 이르자 어지럽게 흩어진 서책 더미 속에서 벽난로에 불을 지피는 백발의 김성동이 저만큼에서 맞이한다. 전에는 서재와 거실 그리고 작은 법당이 벽이 없는 채로 자연스레 구분이 됐는데 이젠 발 디딜 틈도 없이 책과 원고 더미가 불쏘시개나 장작과 마구 뒤엉킨 가운데 쪼그리고 불을 피우는 모습이 늙은 산사람의 모습 그대로다.

 그는 최근 자신의 운명을 현재의 모습으로 떠다박지른 아버지에 대한 아득한 그리움에서 벗어나 아버지와 아버지 세대의 꿈과 좌절을 역사 속에 온전히 자리매김하는 작업을 '꽃다발도 무덤도 없는 혁명가들'로 1차 마무리했다. 그가 필생의 화두로 삼았던 아버지 세대의 이야기를 모은 좌익 독립운동가 열전(列傳) '현대사 아리랑'에서 빠진 21분의 이야기를 덧붙여 74분 어르신의 이야기를 새로운 자료를 보완해 200자 원고지 4000매의 개정증보판을 낸 것이다. 그는 이번 작업의 의미를 이렇게 말한다. "난 '꽃무혁'이라고 줄여서 말하는데, '꽃무혁'을 쓰려고 내가 소설가 '쯩'을 얻은 지도 몰라 사실은. 이걸 쓰기 위해서 이 책을 쓰기 위해서." 그러니까 '꽃무혁'의 출간이 김성동의 작가생활 40년을 결산하는 작업인 셈이다. 그렇다고 그가 아버지 세대의 꿈을 일방적으로 미화하는 것은 아니다. 그간 남북의 현대사에서 잊힌 그들의 모습을 있는 그대로, 그들의 한계까지 엄정하게 보여주는 태도를 시종 견지한다. 절에서 나와 40년 동안 헌 책방에서 모은 자료를 바탕으로 현대사를 온몸으로 살아낸 어르신들의 모습을 담담하게 토박이 조선말로 보여준다.

그는 충남 보령 출신이지만 어려서 대전으로 이사해 서대전초등학교와 삼육중학교를 다녔다. 또 경성콤그룹의 일원으로 대전·충남 야체이카로 활동하다 예비검속으로 대전형무소에 수감됐던 그의 부친이 눈물의 골짜기인 산내 뼈쟁골에서 학살당한 아픔을 가슴에 품은 채 '만다라' 이후 한동안 산내 구도리에서 살았으니 그에게 대전은 고향이나 진배없다. 3월 4일부터 4월 20일까지 대전문학관에서 열리는 대전작가회의 기획전에 그의 '꽃무혁' 육필원고 4000매가 전시된다. 사실 그는 컴맹이다. 물론 인터넷도 못하니 오로지 기억과 문헌자료에 의존해 200자 원고지에 세로로 글을 쓰는 가내수공업자다. 그래서 그의 검지 마디엔 군은살이 박여있다. 요즘 같은 자동화시대에 그의 정갈한 육필원고를 확인해 보는 것도 이번 전시회의 알짬 볼거리의 하나가 되리라 생각한다.

하지만 이번 기획전의 핵심은 대전지역의 진보적 문학단체인 대전작가회의의 짧지 않은 역사와 그들의 문학적 역량을 다양한 결과물들을 통해 입체적으로 확인함으로써 대전문학의 수준과 위상에 대해 시민들이 나름의 문화적 자긍심을 느끼도록 하는 것이다. 특히 70년대 말의 암울한 시대상황에 대한 저항의지로 출발한 대전의 자생적인 문학운동단체였던 '삶의 문학' 동인들이 자유실천문인협의회 활동을 거쳐 89년 '대전·충남민족문학인협의회'를 결성한 뒤 지역에서 활동하던 '화요문학', '새날', '젊은시' 등의 동인들과 결합해 98년 사단법인 '민족문학작가회의 대전·충남지회'를 창립하고, '한국작가회의 대전지회'란 새 이름을 갖게 된 역사가 이번 전시회에 오롯이 드러난다.

'대전작가회의'가 지향하는 진보문학은 보다 넉넉하고 너그러운 세상을 이루기 위해 시대와 불화하는 것도 기꺼이 감내한다. 하지만 지향점이 같은 이들과 어깨 걸고 공생공락의 아름다운 세상을 이루고자 노력한다. 무엇보다 우리 민족의 역사적 아픔을 공감의 언어로 치유하는 일에 역량을 집중하고자 노력한다. 물론 그 과정에서 자기중심적인 독선과 아집에서 벗어나 품격을 잃지 않은 채 보다 많은 사람들과 함께하도록 노력한다. 왜냐하면 다양한 세력과 공존하는 지혜와 포용력이 진보의 미래를 결정하기 때문이다.

(2015년 11월, 한남대학교 문예창작과 특강)

문학 속에 스민 대전

1. 대전 개관

1-1. 지명의 변천

대전의 본래 우리말은 한밭으로, 넓은 들판을 뜻한다. 대전이란 지명이 문헌에 처음 나타난 것은 성종 17년(1486)에 편찬된 『동국여지승람』 공주조의 '대전천은 유성 동쪽 25리 지점에 있다'라는 부분이다. 이를 통해 볼 때 대전이란 지명은 600여 년 전부터 사용되었을 것으로 추정된다.

1905년에 경부선 철도가 개통되면서 인구가 증가하고 산업이 발전하기 시작하였으며, 1914년 조선총독부가 행정구역을 개편하면서 회덕군과 진잠군, 공주군의 일부를 통합해 대전군을 신설하였다. 1931년에는 대전면이 읍으로 승격하고, 1932년 도청 소재지가 공주에서 대전으로 바뀌면서 행정, 교육, 문화의 중심지가 되었다. 1935년 대전부로 승격하고, 1949년 부(府)에서 다시 시(市)로 바뀌게 된다. 그 후 6·25를 겪으면서 대전은 도시 대부분이 파괴되었지만, 짧은 기간에 도시가 복

보문산성과 계족산성

구되고 이후 경부·호남고속국도의 개통으로 교통이 더욱 편리해져 많은 공장과 대덕연구단지 등이 들어서게 되었다. 그 후 인구가 늘어나고 도시가 성장하여 1989년에 보통시에서 직할시로, 1995년에는 행정구역 명칭 변경에 따라 광역시가 되었다.

1-2. 지리적 위치

대전은 남한의 중앙부에 위치하므로 중도라고도 일컫는다. 동쪽은

충청북도 보은군과 옥천군, 서쪽은 충청남도 공주시 · 논산시, 남쪽은
충청남도 금산군, 북쪽은 세종특별자치시 및 충청북도 청원군에 접하
고 있다. 경상도와 전라도로 통하는 삼남의 관문으로서 서울까지 167.3
㎞, 부산까지는 294㎞, 광주까지는 169㎞의 거리에 있다. 경부 · 호남선
등의 철도와 경부 · 호남고속도로, 국도가 분기하는 교통의 요지이다.

2. 고대 시기의 대전

이 시기 우리 대전 지역은 한강 이남의 서해안 지역을 중심으로 한 마
한의 소국 중 하나로 발전한 것을 사료에서 찾을 수 있다. 지금의 유성
과 진잠 쯤으로 추정되는 지역을 중심으로 발전했다고 보이며, 백제 근
초고왕 때부터 백제의 지배하에 들어간 것으로 보인다.

대전이 삼국 시대의 역사에서 중요한 위치를 차지하기 시작한 것은
고구려 장수왕의 남진정책으로 한성이 공격받고 웅진으로 내려오면서
수도를 방어하는 방어도시의 기능을 하면서부터이다. 그래서 지금도
대전은 산성의 도시라고 부를 수 있을 만큼 40여 개의 산성이 남아있다.

대전은 삼국 시대 백제의 중심지 역할을 하지는 않았지만, 지정학적
위치를 살려 도시에 맞는 역할을 하면서 발전하였고 사라져가는 백제
의 혼을 다시 깨우기 위해 일어난 부흥운동도 일어났다.

3. 고려시대의 대전

고려 초의 대전은 진잠현, 유성현, 덕진현, 회덕군으로 나뉘어져 있었

다. 진잠현은 현재의 유성구 교촌동 일대, 유성현은 서구 월평동과 유성구 상대동 일대, 덕진현은 유성구 덕진농 일대, 회덕군은 대덕구 읍내동 일대가 그 중심지였다. 이들 군현은 모두 지방관이 파견되지 않은 속군·현으로 공주목에 속해 있었다. 이후 덕진현은 현종 9년(1018)에 속현의 지위마저 잃고 공주의 영역으로 들어갔다.

그 외에도 대전 지역에는 7개의 소와 3개의 부곡이 있었다. 이들 중 명학소·복수소·촌개소·갑촌소, 미화부곡은 각각 유성현 인근에 있었으며, 침이소와 서봉부곡·홍인부곡은 회덕현에, 그리고 박산소와 금생소는 덕진현에 있었다.

3-1. 대전을 뒤흔든 고려 시대 최대의 사건, 공주 명학소의 난

고려 시대 대전 지역에서 일어난 사건 중에 가장 주목되는 것은 망이와 망소이의 주도로 일어난 명학소의 난(1176)이다. 명학소의 농민들이 봉기를 일으킨 시기는 무신정권기였다. 문벌귀족들을 제거하고 권력을 잡은 무신들은 사병들을 모아 권력 다툼을 벌이는 한편, 토지와 재산을 불려 나갔다. 지배층은 문벌귀족에서 무신으로 바뀌었지만 농민들의 삶은 조금도 나아지지 않았다.

특수 행정구역인 향·소·부곡에 사는 농민들은 일반 농민들에 비해 더 많은 세금을 내야 했다. 특히 소에 사는 주민들은 왕실이나 관아에서 필요로 하는 물자를 바쳐야 했으므로 그 부담이 더욱 컸다. 명학소의 주민이 봉기를 일으킨 것도 이와 같은 상황이 배경이 되었다.

망이와 망소이 형제는 스스로를 '산행병마사'라고 부르며 전투 부대를 조직하여 공격하였다. 공주를 점령한 후에는 인근 지역의 농민들과 연합하여 못된 관리들을 처단하고 빼앗긴 곡식을 되찾아 주민들에게 나누어 주었다. 한때 이들은 정부에서 파견한 3천여 명의 군인들을 격퇴하기도 하였다.

사태의 심각성을 깨달은 당시 최고 집권자 정중부는 명학소를 충순

현으로 승격시키고, 주민들을 설득하여 고향으로 돌려보냈다. 그러나 농민들이 해산하자 곧바로 망이의 어머니와 부인을 잡아 감옥에 가두었다. 이 사실을 알고 격분한 망이와 망소이는 다시 군사를 일으켜 청주를 제외한 충청도의 거의 전 지역과 경기도의 일부까지 포함하는 넓은 지역을 점령하였다. 그리고 관리들을 공격하고 사찰을 점령하는 한편, 서울로 사람을 보내 중앙 정부를 위협하였다.

농민들의 강력한 지지를 얻으며 1년 7개월 동안 전개된 명학소의 난은 정부의 대대적인 탄압으로 망이 형제가 체포되면서 막을 내렸지만 지배층의 수탈과 신분차별에 맞서 일어난 피지배층의 저항이라는 점에 의의가 있다. 이를 계기로 농민들의 항쟁은 남부 곳곳으로 확산되었으며, 마침내 정부는 향, 소, 부곡을 일반 군현으로 승격시키기에 이르렀다.

결국 현 대전광역시 서구에서 일어난 망이 · 망소이의 봉기는 한국의 전근대 사회에서 민주화 운동의 선구적 역할을 했다고 평가할 수 있다. 망이 망소이의 난은 천민집단의 신분해방운동과 농민반란의 두 가지 성격이 결합된 것이었다.

> "이미 나의 고향을 현(縣)으로 승격시키고 또 수령을 보내 우리들을 안심시키고 위로하더니, 다시 군대를 보내 토벌하고 나의 어머니와 아내를 잡아가둔 이유가 무엇인가? 차라리 싸우다가 죽을지언정 결코 항복하여 포로가 되지는 않을 것이며 반드시 무리를 이끌고 서울에 이르고야 말겠다."
>
> -『고려사』-

3-2. 명학소의 현재 위치

『신증동국여지승람』에 따르면 망이, 망소이가 봉기를 일으킨 명학소는 유성현의 동쪽 10리 지점에 있었다고 한다. 따라서 당시 유성현 관아가 있었던 상대동 일대를 기점으로 위치를 추정하면 탄방동, 둔산동 일대가 아닐까 생각되지만 구체적인 근거는 없다. 또한, 일부 학자들은 탄방동이라는 지명에 숯을 의미하는 '탄(炭)'자가 있다는 사실에 주목하여 명학소가 숯을 생산하던 '탄소'였을 것이라고 추정하기도 하지만 그것 역시 명확하지 않다.

망이와 망소이가 이끄는 명학소의 주민들은 인근 지역의 농민들과 손을 잡고 관아를 습격하는 한편, 당시 막강한 권력을 행사하고 있었던 사찰을 공격하여 승려들을 처형하기도 하였다. 상대동 유적과 법동 유적 역시 이 때 불에 타거나 침입을 당했던 것으로 보인다.

명학소의 북소리

도완석

오늘 삼천동
둔뫼산에 올라보라
천년 한의
숨겨진
역사가 피어오른다.

탄촌이라
탄방동이라 했는가
숯뱅이골 처녀의
수줍음으로
피어난 들꽃이 소리친다.
어쩔거냐

그것이 바람인걸…

지금도 허기져
잘려나간 산허리
흉물스런 길 가 앞엔
유유한
가는 물줄기

먼저가신 님을
통곡하며
목메어
이끼로 남겨진
망이처의 눈물
그 삼천리 갑또랑
오늘
그 갑내를 건너보자.

석양의 노을빛이
차가운 것은
동짓달
명학소에 울려 퍼진
북소리 때문이런가

아하!
망이, 망소이軍이
귀막고 사는
우리네 살림을 향해

외쳐 부르는
함성이겠지

어쩔건가
어찌할건가…
망국 흥상의 살림을
어찌 할건가!

이제
누가 명학소의
북을 울려줄꼬
지금도
그 때 그
바람이 불어올 때면
산행병마사라 불리던
망이의
쉰 목소리
펄럭이는 깃발되어
우리네
가슴으로
죄어온다.

오늘
둔지골
남선공원에
달이뜨면
갑천 냇가로 달려가

모두의 가슴에
맺혀진 눈물을
소리쳐 흩날리자

둥둥둥
천년 전
그 북소리
울려퍼질 때 까지…

도완석 1953년 1월 충북 괴산에서 태어나 네 살 때 대전으로 이주함.
1977년 숭전대에서 미술교육을, 1985년 중앙대 대학원에서 연극미학을,
1995년 미국 오클라호마 주 오럴로버츠대에서 목회신학을 전공, 교육
사, 문학석사, 목회신학박사 학위를 받음.
(사)한국연극협회 이사 및 대전광역시 지회장, 제23회 전국연극제 집행
위원장, 한밭문화제개선 추진위원장, 대전광역시 문화예술진흥위원, 대
전문화예술의전당 운영자문위원, 대전예술포럼 대표, 성남고등학교교장
역임, 현재 건신대학원대학교(옛 복음신학대학원대학교) 문화예술치료
학과 교수.
연출작품 '눈 내리는 날 밤에(도완석 作)', '시집가는 날(오영진 作)', '토막
(유치진 作)', '산 불(차범석 作)', '길손(케네스 굿맨 作)', '명학소의 북소리
(도완석 作)' 등 30여 편

20m 높이인 이 기념탑은 과거와 현재, 미래를 뜻하는 3개의 탑 몸체와 북의 모습을 딴 꼭대기 장식물, 탑 주변에 민중군 동상을 세워 명학소 민중봉기의 참 뜻과 그 정신을 계승하는 의미를 상징한다.

4. 조선시대의 대전

예로부터 대전은 다른 지역에 비해 교통이 편리하였다. 회덕을 통해서는 문의나 옥천 방향으로 갈 수 있었고, 진잠을 거치면 연산이나 진산 방향으로 갈 수 있었다. 또한, 유성을 통하면 공주나 연기, 청주로 이어지기도 하였다. 그렇다 보니 길을 오가는 사람들을 위해 고려 말부터 많은 역원이 세워졌다. 회덕현의 정민역과 미륵원, 유성의 광도원 등이 대표적이다.

한편, 조선시대 충청도 지역은 한양과 가까워 당시 힘 있는 양반들이 많이 살았다. 대전 지역 역시 박팽년, 송시열, 송준길 등 이름 높은 선비들의 터전이었다. 특히, 조선 후기 충청도 지역에서 활동했던 선비들을 호서사림이라고 하였는데, 회덕과 진잠, 공주, 연산 등은 그들의 중심지였다. 지금 대전은 조용한 첨단 과학의 도시이지만 조선 후기에는 정치적인 실력자이자 학덕이 높은 학자들을 찾아온 선비들 때문에 몹시도 분주한 곳이었다.

4-1. 조선 최고의 여류시인 김호연재

김호연재는 1681년 홍성 갈산면 오두리에서 나고 자랐지만 동춘당 송준길(同春堂 宋浚吉)의 증손자인 소대헌 송요화(小大軒 宋堯和)와 혼인해 마흔 둘의 아까운 나이로 죽기 전까지 스물 세 해를 계족산 아래 송촌에서 살았다.

우의정을 지낸 선원 김상용(仙源 金尙容)의 후손으로, 고성군수를 지낸 김성달(金盛達)의 딸로 태어나, 전 가족이 문학가인 친정 집안의 재능을 물려받았으며, 송요화에게 시집을 간 이후부터 그 재능을 꽃피우기 시작했다. 김호연재는 시집온 지 6년이나 지났음에도 슬하에 자식을 두지 못했는데, 남편 송요화가 과거공부를 위해 형 송요경의 임소를 따라 다니는 날이 많았기 때문이다. 호연재는 남편의 부재 속에 시집의 큰 살림을 도맡아하며 가난과 고독을 문학으로 달래야 했다. 그녀는 뛰어난 문학적 감수성과 표현력으로 200여 편의 시를 남겼고, 일상생활 속에서 부덕을 몸소 실천해 '지행겸비(知行兼備)'의 삶을 살았다. 그녀는 가난과 고독 속에서도 "인륜을 밝히고 예의를 지키기 위해서는 가르치지 않으면 안 된다"라며 자신의 인생 최종 목표를 군자의 도(道)를 실현하는 데 두었다. 그래서 남편이 없는 시댁에서 조카들과 비래암을 오르기도 하고 법천의 새로 지은 집에서 어울려 시로 화답하곤 했다.

雨後風輕日色新　　비 후의 바람이 가볍압고 날비치 새로와시니
飛來水石更淸神　　비리 슈석이 다시 정신을 묽히느도다
携節緩步鷄山路　　막대를 닛그러 천천이 계산 길회 거르니
岩上殘花獨帶春　　바회 우희 쇠잔흔 곳치 홀노 봄을 씌여도다
　　　　　　　　　　　　　　　　　　－ 〈차유안상비래암시운(次幼安上飛來菴詩韻)〉

　김호연재의 삶은 문학작품 속에 많이 표현돼있지만, 깊은 속마음은 '자경편(自警篇)'이라는 산문에 상세하게 썼다. 자경편은 김호연재가 혼인하고 10여 년이 지난 시점에 지어진 것으로 남성과 시댁, 불합리한 조선사회에 대한 선언문 같은 내용이 적지 않다. '정심장(正心章)'의 한 구절에서 김호연재는 "음양은 성질이 다르고 남녀는 행함이 다른 것이니, 여자는 감히 망령되이 성현의 유풍을 따르지 못할 것이다. 그러나 아름다운 말과 착한 행실, 교화의 밝음에 있어서 어찌 남녀가 의당 할 일이 다르다는 이유로 흠양하고 본받지 않겠는가?" 라고 말했다. 즉 남녀의 생물학적 차이는 인정하나, 성현의 가르침을 따르고자하는 욕구와 기회에는 남녀의 구분이 있을 수 없다는 파격적이고 대단히 진보적인 양성평등 선언이라 할 수 있다. 이런 기상이 그의 아호인 '호연재'에 담겨

있는데, 가난하여 시아주버니에게 쌀을 빌리면서도 당당하고 의연한 모습을 통해 그 호방함을 알 수 있다.

浩然堂上浩然氣   호연당 위의 호연한 기상,
雲水柴門樂浩然   구름과 물, 사립문 호연함을 즐기네.
浩然雖樂生於穀   호연이 비록 즐거우나 곡식에서 나오는 법.
乞米三山亦浩然   삼산군수에게 쌀 빌리니 또한 호연한 일일세
－걸미삼산수(乞米三山守)－

　남성중심의 가부장제 사회에서 명문가 후손의 자부심을 지키며 여성 지식인으로 살아가는 자신의 일상을 칼 위에 선 것처럼 엄중하다고 표현한 그녀. 덧없는 세월 속에서도 시대의 어둠을 밝히는 등불처럼 당당하게 살고자 한 그녀의 호연한 기상이 맑은 별빛처럼 우리의 마음을 시리게 한다.

月沈千嶂静   달빛 잠기어 온 산이 고요한데
泉暎數星澄   샘에 비낀 별빛 맑은 밤

竹葉風煙拂　안개바람 댓잎에 스치고
梅花雨露凝　비이슬 매화에 엉긴다.
生涯三尺劍　삶이란 석자의 시린 칼인데
心事一懸燈　마음은 한 점 등불이어라
凋帳年光暮　서러워라 한해는 또 저물거늘
衰毛歲又增　흰머리에 나이만 더하는구나
-夜吟(야음)-

5. 일제강점기의 대전

　　1910년 8월, 조선은 주권을 상실하고 일본의 식민지로 전락하였다. 강제병합이 이루어지자 대전에서도 이에 저항하는 운동이 일어났다. 일본 헌병대와 경찰의 탄압에 저항하여 인근 지역에서 뜻있는 선비들과 관리들이 스스로 목숨을 끊는 일이 벌어지자 대전에 배치되어 있던 일본 헌병대는 대전의 사림 세력에 대한 감시를 강화하였다. 그러나 일본 헌병의 탄압이 강화된 후에도 저항은 끊이지 않았다.

　　을사늑약에 항거하다가 순국한 송병선의 동생 송병순은 대전의 송씨 가문과 함께 일본의 침략에 항거하였다. 그는 나라의 주권이 일본에게 빼앗긴 것을 부끄럽게 생각하고 스스로 목숨을 끊으려 하였으나 뜻을 이루지 못하였다. 강제 병합 후 일본이 한일강제병합에 대한 공을 세운 자들에게 내리는 돈(은사금)을 강제로 받을 것을 요구하자 이를 완강히 거절하고 받지 않았다. 그리고 1912년 정월에 끝내 스스로 목숨을 끊고 순절하였다.

　　한편 송용재와 송창재 등은 산내 지역에서 강제병합에 항거하였다. 송용재는 일본에 의해 강제로 빼앗긴 나라의 상황에 울분을 토하며, 스스로 목숨을 끊기를 시도하다가 가족들의 구출로 겨우 살아나기는 하였으나 일본에 대해 저항할 것을 잊지 않았다. 그리고 송창재는 나라를 위하는 마음이 두터워 강제로 일본에 국권을 빼앗긴 이후 바깥에 나서는 일이 거의 없이 평생을 마쳤다.

일본은 이와 같은 민족항쟁을 막기 위하여 총과 칼을 가진 군대와 경찰을 더욱 강화하였으며 1910년 가을에는 대전을 중심으로 충남과 전북 일대를 관리하였다. 또한 일본에 대한 저항 운동을 엄격히 감시하여 한국인의 의병 운동이 다시 일어나는 것을 막고 한국인의 민족성을 없애려 하였다.

5-1. 단재 신채호의 삶과 문학

신채호(申采浩, 1880년 12월 8일 ~ 1936년 2월 21일)는 한국의 독립운동가이자 사회주의적 아나키스트요, 사학자이다. 구한말부터 언론 계몽운동을 하다 망명, 1919년 대한민국 임시정부에 참여하였으나 이승만의 외교독립론에 반대하며 임정을 탈퇴, 국민대표자회의 소집과 무정부주의 단체에 가담하여 활동했으며 역사서 연구에 몰두하기도 했다. 1936년 2월 21일 만주국 펑톈 성 다롄 부 뤼순 감옥소에서 뇌일혈과 동상, 영양실조 및 고문 후유증 등의 합병증으로 사망하였다.

꿈하늘 : 1916년경에 쓴 것으로 추정되는 이 작품은 한글체로 쓴 당시로서는 보기 드문 형식이며 단재 자신의 자전적 내용을 소설화한 근대문학 초기의 작품이다. 이 작품에는 민족에 대한 절대적인 사랑과 일제에 대한 무한한 투쟁의지가 잘 드러나 있는데 단재의 우국충정과 당대에 실현할 수 없는 민족적 열망을 환상적으로 처리하고 있다.

단재는 이 작품에서 주인공 한놈을 내세워 일제에 빼앗긴 조국을 찾으려는 강렬한 의지를 담아냈다. 이 작품은 환상적 기법을 사용하여 시공간을 초월하여 전개되고 있으며 그 때문에 근대소설의 요건을 갖추

지 못했다고 평가되기도 하지만, 이것도 나라사랑의 주제를 표현하려는 단재식의 방법이었다고 이해할 수 있다.

소설의 시간적 배경은 단군기원 4240(1907)년 어느 날이다. 주인공 한놈은 하늘로부터 큰 무궁화 꽃에 내려앉는다. 그때 동편으로 우리나라 군사가 나타나고 서편에는 괴물 같은 다른 군사가 나타나 일대 접전을 벌인다. 싸움에 이긴 후 동편 장수가 무궁화 노래를 부르는데 그 장수는 바로 고구려의 장군 을지문덕(乙支文德)이었다. 을지문덕은 한놈과 재미있게 이야기를 하다가 사라지고, 을지문덕 외에 우리나라를 구한 여러 영웅들을 만난다. 한놈은 '진정 나라를 위해서 울어본 적이 있는가'라고 탄식하면서 작품은 끝난다.

한나라 생각

나는 네 사랑
너는 내 사랑
두 사랑 사이 칼로 썩 베면
고우나 고운 핏덩이가

줄줄줄 흘러내려 오리니
한 주먹 덥썩 그 피를 쥐어
한 나라 땅에 고루 뿌리리
떨어지는 곳마다 꽃이 피어서
봄맞이 하리.

　만주로 들어갈 때 멀어져 가는 조국땅을 돌아보며 애통한 심정을 담은 시로, 나라를 잃은 슬픔과 나라를 사랑하는 조국을 되찾으려는 각오와 애국심이 가슴을 먹먹하게 하는 시다.

5-2. 대전의 역사를 바꾼 경부선 철도

　20세기 초에 들어서면서 한밭으로 불리던 조용한 대전에 큰 변화가 나타났다. 경부선 철도가 대전의 한 복판을 지나가게 된 것이다. 일본은 우리나라의 물자를 빠르고 손쉽게 일본으로 가져가고, 중국대륙 침략을 위한 물자를 옮기기 편리하도록 철도를 건설할 계획을 오래 전부터 준비하고 있었다. 그래서 우리나라를 거쳐 중국의 대륙을 침략하고 러시아와의 전쟁에 빠르게 대비할 수 있도록 서울과 부산을 오갈 수 있는 철도(경부선,京釜線)와 서울과 북쪽의 신의주를 잇는 철도(경의선,京義線)를 짓는 공사를 시작하였다. 이에 따라 1904년 6월에 대전역이 세워지고, 11월에 경부선 철도가 준공되었으며, 1905년에 완전 개통되었다. 철도가 지나게 되면서 조용하고 한적한 대전은 우리나라 교통의 요지가 되었다.

대전 부르스
최치수 작사 김부해 작곡 안정애 노래 (1959년)

잘 있거라 나는 간다 이별의 말도 없이

떠나가는 새벽열차 대전발 영시 오십분

세상은 잠이 들어 고요한 이밤

나만이 소리치며 울 줄이이야

아~ 붙잡아도 뿌리치는 목포행 완행열차

기적소리 슬피우는 눈물의 플랫홈

무정하게 떠나가는 대전발 영시 오십분

영원히 변치 말자 약속했건만

눈물로 헤어지는 쓰라린 심정

아~ 보슬비에 젖어가는 목포행 완행열차

　1956년 5월 신익희 대통령 후보가 대전지방 유세를 마치고 호남지방
유세를 위해 전주로 가다가 호남선 열차 안에서 심장마비로 세상을 떠
났다. 국민들은 슬픔을 억누르며 장면 부통령 당선으로 위안을 삼았다.
4년 뒤 이번만은 이승만과 이기붕의 독재를 몰아내고 새로운 대한민
국을 이루자고 선거일을 기다렸다. 그러나 국민들의 소망을 외면한 채

1960년 2월 민주당 조병옥 대통령 후보가 선거유세 도중 돌연한 발병으로 쓰러져 미국 월터리드 육군병원으로 후송했으나 수술 중 심장마비로 세상을 떠나고 말았다. 그 소식이 전해지자 국민들은 슬픔과 절망을 달랠 길이 없었다. 4년 전 신익희 후보의 죽음과 겹치며, 1959년 안정애가 부른 이별의 노래 '대전 브루스'가 전국을 휩쓸었다. 이렇게 신익희와 조병옥 후보에 대한 영결의 노래이자 민주주의를 잃은 장송곡으로 국민들의 입에 오르내리며 '대전 브루스'는 대전 시민의 노래이자 전 국민의 애창곡이 되었다.

5-3. 대전 동부와 서부를 잇는 목척교

1910년대 대전은 중국 만주의 석탄, 압록강의 목재 등의 원료가 공급되고, 일본에서 생산된 공업 제품이 소비되는 중간지점이었다. 이에 따라 대전에 거주하는 일본인의 수는 크게 늘어났다.

1912년 무렵에는 대전에 사는 일본인 거주지가 사방으로 뻗어 나가기 시작하였다. 이 해 대전의 동부와 서부를 연결하는 중요다리인 목척교가 완성되어 대전의 발전과 도시의 모습을 갖추는 데 큰 역할을 하였다.

100여 년 전 목척교 자리엔 다리가 없고 큼직한 돌들을 놓은 징검다리뿐이었다. 당시 아침저녁으로 이 징검다리를 건너다니던 새우젓 장수가 으레 이 징검다리 한가운데서 담배를 한 대 피워 물고 하루의 고단함을 달랬다. 그때 새우젓을 진 지게를 받쳐놓은 모습이 마치 목척(나무로 만든 자의 눈금)과 같다 해서 사람들이 '목척교'라 부르기 시작했으며, 일제강점기엔 일본인들이 '대전교'라 바꿔 부르다 해방 이후 다시 '목척교'라 고쳐 부르게 됐다.

한국문학가협회 충남지부장을 역임하는 등 대전충남문학 발전에 크게 기여한 공로로 문학부문 제1회 충남문화상을 수상한 대전충남 현대문학의 거목인 금당 이재복 시인은 이 목척교를 걸으며 치열한 자아성

찰의 각성과정을 노래했다. 그의 시에 대전의 유명 밴드 '파인애플'의
보컬 박홍순이 곡을 붙여 노래했다.(유튜브, '목척교')

5-3. 일제강점기의 대전형무소

한일 강제 병합 직후 중부지역에는 공주에만 감옥이 있었다. 그래서 천안 등 충남 북부 지역을 비롯하여 청주, 영동, 옥천 등 충북 지역의 죄수들까지 공주로 압송되었다. 그러나 1919년 3.1운동 때 체포한 한국인들이 너무 많아 기존의 시설에 모두 가둘 수 없게 되자 일제는 교통이 편리한 대전에 형무소를 설립하였다. 당시 대전에는 헌병대와 보병 부대가 주둔하고 있었으므로 감옥을 보호하기에 좋은 조건이었다. 총독부는 새로 지은 대전형무소에 중죄수나 사상범(독립운동가)만을 따로 수용하기 위한 작은 감옥을 만들고, 그 안에 다시 2중벽을 쌓아서 탈출을 막을 수 있도록 설계하였다. 대전형무소에 갇힌 사람들은 대부분 큰 죄를 지은 사람들과 한국인 독립 운동가들이었다. 도산 안창호, 몽양 여운형, 심산 김창숙 등이 모두 대전형무소를 거쳐갔다. 그 중에서도 대전형무소에서 가장 오랜 세월을 보낸 인물은 김창숙(1879~1962)이다. 그는 3.1운동 직후 중국에 망명하여 상해임시정부에서 의정원 부의장으로 활약하다가 1927년 일본 관헌에 의해 체포되었다. 재판에서 장기 징역형을 선고받고 대전형무소에서 복역하던 그는 수감 19년이 되던

일제강점기 대전형무소 정문

1945년에 이곳에서 광복을 맞았다.

擧頭望月色皎皎　　고개 들어 보자니 달빛이 교교하고
側倚聽蟲聲朗朗　　벽에 기대 듣자니 벌레소리 낭랑타
依鐵窓吐口鬱氣　　철창에 의지하여 울기를 토했더니
滿腔血沸騰千丈　　온몸에 끓는 피가 천 길을 솟는구나
– 여운형이 대전 형무소에서 쓴 시 –

6. 한국전쟁과 대전

1950년에 한국전쟁으로 정부가 대전으로 옮겨오면서 20일간 임시 수도(1950. 6.28~7. 14) 역할을 하였다. 당시 피난민들이 정부가 있는 대전으로 몰려들면서 인구 13만에 불과했던 대전이 100만 명 이상의 도시로 북적였으며, 금강 방어전투와 갑천 방어선 전투 그리고 두 달 후 대전 탈환을 위한 대규모 폭격 등으로 대전 지역은 거의 폐허가 되었다. 이 과정에서 한국전쟁 직후 우익의 대전형무소 수감자 집단학살과 대전탈환 시 좌익에 의한 우익인사 보복 학살사건 등 두 개의 집단학살이 벌어졌으며, 그 상처는 역사의 아픔으로 지금도 대전에 산재해 있다.

6-1. 우익의 대전형무소 수감자 집단학살(산내학살 사건)

대전 '산내학살 사건'은 1950년 7월 초부터 중순경까지 대전형무소 재소자 등과 대전 충남북 일원의 보도연맹원 등 최고 7000여 명이 군경에 의해 집단학살된 것으로 추정되는 사건이다. 92년 2월 월간 「말」지에 의해 '대전형무소 학살사건'으로 공론화된 후 99년 12월 미 국립문서보관소에 있던 산내학살 관련 자료가 공개되면서 지역사회단체의 진상조사와 유족들의 증언이 본격적으로 시작됐다.

미 국립문서보관소에서 비밀 해제된 문건은 '50년 7월초 3일간 대전형무소 정치범 1천8백 명이 처형됐다'고 보고하고 있으며, 영국 일간신문 〈데일리 워커〉지의 한국전쟁 당시 종군기자였던 위닝턴의 증언록은 학살의 규모를 7천명으로 명시했다. 한국전쟁 전후 남한지역 내 단일장소로는 최대 학살지인 셈이다. 증언록은 해방일보와 로동신문, 그리고 가해자의 증언 등의 자료를 들어 7월 1일부터 17일까지 여러 차례에 걸쳐 학살이 진행되었고 대전형무소 수형인과 공주, 청주형무소 수형인 및 대전시 보도연맹원을 포함해 최대 7,000여 명이 학살된 것으로 보인다고 설명했다. 당시 대전형무소 재소자 중에는 제주 4.3 관련자나 여순사건 관련자도 있었고, 서울 경기 등의 형무소 재소자들이 인민군에 의해 석방되어 고향으로 돌아가다 대전역에서 다시 붙잡혀 희생된 경우도 있었다 한다. 또 1951년 1.4 후퇴 시 '부역행위특별처리법'에 의해 부역혐의자로 체포되어 산내에서 처형당한 사건까지 포함하면 그 희생자는 훨씬 늘어날 것으로 보인다. 현재 산내 골령골(뼈잿골) 현장 내 암매장 추정지는 모두 8곳으로, 이중 발굴이 진행된 곳은 모두 4곳으로 골짜기 전체가 학살터이자 암매장지임을 알 수 있다.

「만다라」의 작가 김성동은 할아버지를 통해 '아버지가 뼈잿골에서 8천 명 이상의 좌익사범들과 함께 학살당하시었다는 것'을 비로소 알게 된다. 그의 아버지는 박헌영, 이관술, 이현상 등과 독립운동을 하였고, 대전형무소에 수감 중 '전향만 하면 살려준다'는데도 끝내 전향을 거부한 채 희생되었음을 알고 난 그는 절망감과 막막한 그리움으로 며칠 후 가출하여 목포까지 가게 된다. 땅끝으로 가면 '그 무엇'인가가 있을 것이고, 외항선을 타고 바다 끝까지 가볼 생각이었으나 먼 바다에 떠 있는 외항선까지 갈 방법이 없어 부둣가를 헤매다 사흘 만에 다시 집으로 돌아온다.

"그렇게 앞으로만 계속해서 나가다 보면 방죽이 나왔고 방죽을 지나서 한참을 가다보면 뇌안이었으며 그리고 그곳의 산골짜기에 아버지는 누워 계시는 것이었다.

"할아버지!"

나는 소리쳤다.

"할아버지 글루 가시면 안 더유! 글루 가시면 안 된다니께유!"

안타까웁게 나는 소리쳤는데, 할아버지는 들은 척도 하지 않으시었다. 아무런 소리도 들리지 않고 아무런 것도 보이지 않으시는 듯, 금방이라도 하마 쓰러지실 것만 같게 비틀비틀 앞으로 나아가시는 것이었다. 앞으로만 자꾸 나아가며 누구인가의 이름을 부르시는 것이었는데, 아아. 아버지였다. 서른을 조금 넘긴 절통한 나이로 총하지혼(銃下之魂)이 된 당신의 큰아들.

"봉아, 봉아, 봉아……."

"할아버지, 할아버지, 할아버지……."

– 『길』하권, 82쪽

6-2. 좌익에 의한 우익인사 보복 학살사건

1950년 9월 연합군의 대전 탈환작전으로 퇴각하던 북한군과 좌익에 의한 우익인사 및 가족의 집단 학살로 증언에 따르면 700명에서 2000여 명이 희생된 것으로 전한다. 대전 수복 후 목동 수도원 언덕과 대전형무소 인근에 대형묘를 마련해 매장하였다가 1952년 시체를 발굴 화장해 목동성당 뒤 용두산에 콘크리트 묘소에 안장했으며 일명 '지사총(志士塚)'으로 불리다, 주변 개발로 1996년 보문산 사정공원으로 이장하였다.

대전 출신 작가 조선작의 문단 데뷔작인 '지사총'은 서울 청량리를 무대로 한 한국전쟁 희생자들 자녀들인 사회 하층민들의 사랑 이야기지만, 작품 속 지사총은 대전 용두동의 '지사총'을 무대만 서울로 옮긴 것이다.

조선작 충남 대전 출생. 대전사범학교 졸업. 1971년 〈세대〉에 단편
소설「지사총」을 발표하면서 문단에 등단했다. 조선작의 작품들은
크게 두 가지 경향으로 나누어 볼 수 있다. 그 하나는「영자의 전성시
대」로 대표되는 창녀 등 밑바닥 인생들이 주인공으로 등장하는 작품
들이고, 다른 하나는「고압선」과 같이 소시민의 일상을 다룬 작품들
이다. 그의 소설에서 후자의 소시민들의 일상은 잔잔한 애환을 담고
있으나, 전자의「성벽」이나「영자의 전성시대」에 묘사되는 하층민
들의 삶은 비참하기 이를 데 없다. 그의 소설에서 주로 묘사되는 도
시 주변부 하층민들 삶의 비참함은 1970년대 왜곡된 산업화와 도시
화가 빚어낸 치부라고 할 수 있다.「영자의 전성시대」가 영화화 되면
서, 최인호 조해일 등과 함께 '70년대 작가'로서 한국사회의 도시화와

산업화가 빚어낸 문화적 사회적 변모를 예리하게 포착하는 한편, 바로 그 산업사회의 산물로서의 대중문화의 중심에 서 있기도 한 인물이다.

7. 잊힌 작가 염인수

배재대 김화선 교수는 대전문학사 서술에서 소외된 계급주의 문학을 복원하고 대전지역 진보주의 성향 문학그룹의 실체를 확인하는 연구를 계속하고 있다.

6 · 25 학살 기적의 생존자 "착오로 구사일생" 2013-06-25 대전일보 4면 기사

※대전일보는 생전에 그를 인터뷰를 했지만 사업가와 고위직 공무원인 자녀를 걱정하며 기사화를 저어했다. 그의 희망에 따라 사후에 이 글을 실었다.

■ 학살현장 기적의 생존자 故 염인수 작가 / 김재근 기자

"살아남은 것은 기적입니다. 대전교도소 간수가 감방 안에 있던 수감자 숫자를 제대로 확인하지 않아 죽음을 면했습니다."

6 · 25 전쟁 초기 최대 민간인 학살 사건에서 기적적으로 살아남은 사람이 단 1명 있었다. 대전에서 1946년부터 1950년까지 문학운동을 벌였던 고 염인수 작가가 그 주인공이다. 1950년 6월 25일 전쟁이 발발하자

염 작가는 경찰에 붙잡혔다. 전쟁이 일어나자 사회주의 계열의 문학가동맹에 관련됐다는 이유로 사전 검거한 것이다. "방안에 있던 동료들이 모두 끌려나갔다. 10명씩 묶어서 데리고 갔다. 내가 있던 방의 사람들이 끌려가는데 발이 마비돼 일어날 수 없었다. 우물쭈물하는 사이에 간수가 숫자를 확인하지 않고 문을 닫았다."

염 작가의 방에 있던 수감자들은 대전전투가 시작된 이후인 3차 학살 (7월 16-17일) 때 처형된 것으로 추정된다. 그는 북한 점령 치하에서 문학가동맹 대전지부 위원장을 맡아 활동했다. 이런 전력 때문에 그는 거의 평생을 은둔과 도피, 노동일로 일관했다.

"해방 직후 젊은 시절 문학에 발을 들여놓은 것이 평생을 돌덩이처럼 억누르는 짐이 됐다. 문학을 하는 것도 제대로 직업을 갖는 것도 불가능했다. 행여 가족들에게 피해가 갈까봐 항상 숨어 살다시피 했다."

일본 동경농대를 나온 그는 대전의 농사시험장에서 근무하며 문학운동에 투신했다. 연기 전의에 살고 있던 안회남을 알게 돼 문단에 데뷔했고, 대전의 많은 문학청년들이 그를 따랐다. 대전에 살고 있던 하유상, 박용래, 민병성, 추식, 임완빈, 황린, 전형, 박희선, 김준성, 호현찬 등과 교류했다.

그러나 그가 교류했던 중앙의 김만선이 문학가동맹 사건으로 수배되면서 사회주의 성향의 인물로 몰렸다. 평생을 고통스럽게 이념의 굴레에 허덕였던 염 작가는 인생 말년에 삶의 여유가 생기자 다시 창작의 길로 들어섰다. 1912년생인 그는 1983년 72세의 나이에 첫 작품 '장위고개'를 펴냈고 그 뒤로도 '회고' '남산일기' '깊은 강은 흐른다' 등의 산문집과 소설집을 펴냈다. 2006년 작고했다.

8. 문학 속에 스민 대전의 모습은 역사의 굽이마다 대전 주민들이 겪었던 삶의 애환이 배인 다층적이고 복합적인 모습이다. 역사적 암흑기인 봉건제 사회에서 새 세상에 대한 열망과 압제에 대한 뜨거운 저항의 불길을 태웠고, 가부장적 신분제 사회의 남루한 일상과 시대적 한계에 과감히 도전하는 호연한 기상을 노래했으며, 주권을 빼앗긴 암울한 시기에도 굴하지 않는 민족애를 드러내었고, 민주화에 대한 열망과 좌절을 애상적인 노래로 달래기도 하였으며, 동족상잔의 비극과 아픈 상처를 간직하고 있다. 대전은 대한민국을 동서남북으로 이어주는 중심도시로서, 이제는 우리 민족이 격동의 현대사에서 겪은 그 아픔과 상처를 화해와 상생의 정신으로 치유할 수 있는 화합과 평화의 도시로 주목받고 있다. 대전의 문학적 가능성 또한 민족의 아픔을 치유하는 씻김굿의 역할을 우리 지역문학이 기꺼이 감당할 때 새로운 차원으로 비약할 수 있다. 특히 한국전쟁의 광기가 부른 참혹한 희생을 문학이란 씻김굿을 통해 망자들의 원혼을 천도한 뒤 살아남은 사람들끼리 서로 위로하고 용서하고 화해함으로 해서 진정한 국민화합과 진영화합의 큰 마당을 대전이 그리고 대전문학이 선도적으로 만들어나가는 것은, 우리가 감당해야 할 시대적 사명이다.

(2015년 11월, 한남대학교 문예창작과 특강)

대전의 시민축제 정착을 위한 특별좌담

1. 시민축제의 기능과 역할에 대해서

대전 시민의 축제는 말 그대로 대전 시민이 주인이 되어 즐기는 축제
가 되어야겠죠. 그러려면 무엇보다도 지역 정체성 즉 지역의 문화 전통
의 의미를 현재에 되살려내고 나아가 미래 지향적인 전망까지 담아내
는 그런 축제가 되어야 한다고 봅니다. 그리고 축제를 통해 대전의 지역
간, 세대 간 통합을 이루어 지역민을 하나로 화합시키는 그런 역할을 해
야 진정한 시민의 축제라 할 수 있다고 봅니다.

2. 시민들은 왜 축제를 필요로 하는지와 현재 이루어지고 있는 축제로 만족하지 않는지에 대해서

우리의 삶은 기본적으로 생물학적 조건이 충족되어야 합니다. 하지
만 그것만으로 충분하지는 않지요. 삶의 기쁨도 누려야 하니까요. 그래
서 '젖과 꿀이 흐르는 세상'을 이상으로 여기지 않습니까. 그간 우리 민
족은 특유의 근면함과 뛰어난 능력으로 세계 10위권의 경제적 성공을

이룩해 냈습니다. 이제는 삶의 질을 높여 시민들의 행복지수를 높여야 할 때입니다. 우리 민족은 신명이 많은 민족입니다. 그 신명을 마음껏 발산해 삶을 충만하게 하는 것이 바로 축제이기 때문에 축제가 꼭 필요합니다. 그런데 그간의 축제는 시민들이 축제의 수동적인 대상이 되는데 그치기 때문에 그 만족도가 떨어졌습니다. 이젠 시청이나 구청 그리고 문화원 등을 통해 시민들이 문화 예술적 역량을 기를 수 있는 기회가 늘어나, 시민들이 스스로 축제의 주인이 되어 즐길 수 있게 됐습니다. 따라서 시민이 주체가 될 수 있는 시민 참여형 축제를 늘려 그 만족도를 높여야 된다고 봅니다.

3. 시민들이 만족할만한 성공적인 축제를 만들고 발전시킬 수 있는 방안에 대해서 중요하다고 생각되는 사항

대전의 축제가 40여 가지가 됩니다만, 시민의 외면을 받는 축제도 있고, 또 성격이 유사한 것들도 많습니다. 시민이 외면하는 축제는 과감히 없애고, 성격이 유사한 것들은 통폐합해서 그 효율성을 높여야 시민들이 만족하는 축제를 만들 수 있겠지요.

4. 시 축제와 구 축제의 상생협력과 정착 과제에 대해서

가령 '견우직녀 축제'는 그 참여도가 높아 대전의 대표적인 축제라 자부하고 있습니다만, 축제가 열리는 서구나 유성구가 아닌 지역은 아무래도 참여도가 떨어집니다. 그런데 사실 견우직녀 설화는 대전의 지역 정체성과 관련이 없어요. 동서고금 어디에나 있는 설화거든요. 하지만 중구 부사동의 부용이와 사득이의 사랑 이야기는 백제 판 로미오와 줄리엣 이야기로 견우직녀보다 훨씬 애절하지요. 그래서 중구의 '부사동 칠석놀이'의 풍물이나 치성, 영혼결혼식 등 놀이마당을 '견우직녀 축제'에 적극 수용하여 대전의 5개 구청이 공동개최한다면, 대전의 정체성을 적극 살리면서도 세대 간, 지역 간 통합도 이루는 명실상부한 대전의 대표 축제로 발전해 나갈 수 있으리라 봅니다.

5. 시민참여형 축제와 전문분야별 축제의 관계와 시너지 효과를 발휘할 수 있는 방안

지역의 문화예술인과 시민과 함께하는 문화예술교육을 통해 시민들이 일상생활 속에서 생활밀착형 문화예술 활동을 한 뒤 그 결과물을 공연거나, 시민참여 형 현장체험활동 즉 문화유적지를 전문가와 함께 답사한 후 문집이나 그림 또는 사진 모음집 등을 발간한다면 시민들이 주인이 되는 지역문화가 가능하리라 봅니다. 또 문화예술교육을 통해 자연스레 전문예술가의 일자리도 확보되면서 예술인의 전반적인 복지 향상도 가능해져 그 시너지 효과를 발휘할 수 있으리라 봅니다.

6. 대전 시민축제의 당위성과 비전을 어떻게 정립하고 발전시키는 것이 바람직할지에 대해서

과학도시 대전의 위상에 걸맞게 과학과 문화예술을 접목할 수 있는 방안을 적극 마련해야 한다고 봅니다. 현재 적은 예산으로 추진되고 있는 사이언스 축제나 아티언스 축제 등을 대전의 정체성을 살릴 대표축제로 살려나가야겠죠. 한데 현 축제들은 주로 시각예술이나 설치예술에 치중돼 있는데, 그 외연을 확대해 과학소설, 과학시나리오 등으로도 확산하고, 과학자들이 문학이나 음악 활동에 직접 참여하는 활동까지 포괄한다면 더욱 좋으리라 봅니다.

7. 대전의 문화적 여건과 전통을 감안해서 어떤 축제들을 개발할 수 있을지 실효성 있는 방안은

대전은 전국 어디든 쉽게 갈 수 있는 교통 요충지로서의 지역 소통적 성격이 두드러집니다. 그리고 우리 민족의 아픈 현대사인 이념적 대립의 상처가 가장 상징적으로 남아있는 곳이기도 합니다. 현 중촌동 현대아파트 부지에서 벌어진 좌익의 우익 학살, 그리고 산내 골령골에서 벌어진 군경의 민간인 학살은 전국에서 가장 대표적인 사건입니다. 특히 산내 희생자들은 강원도에서 멀리 제주도에 이르기까지 전국의 거의 모든 지역이 포함돼 있어, 해마다 6월 하순이면 전국 각지에서 유족들이 대전에 모여 합동위령제를 지냅니다. 이런 역사적 아픔을 이념으로 편 가르지 않고 모든 전쟁 피해자들을 위로하는 '상생과 화합의 씻김굿'과 평화축제를 대전지역 문화예술단체가 함께 어울려 옛 충남도청사에서 희생자 유족들과 시민들이 함께하는 굿판으로 기획해 매년 개최한다면, 대전이 가진 지역 소통적 특성 그리고 이념적 상처 치유의 상징성으로 전국적인 브랜드화가 충분히 가능하다고 봅니다. 이 평화축제는 국민화합과 진영화합의 큰 마당이 될 것이며, 아울러 대전의 원도심과 신도심을 하나로 아우르는 사회 통합의 부수적 효과도 거두리라 예상됩니다. 과거와 현재 그리고 미래를 아우르는 평화도시 대전을 대표하는 평화축제가 될 것입니다.

(2017년 6월, 대전예총 주관 좌담회)

장애인교육계의 부도옹^{不倒翁}

　　모두사랑장애인야간학교의 오용균 교장은 그의 천직인 군 복무 중 뇌종양 제거 수술의 후유증으로 중도 장애인이 되었다. 장애인 대부분이 후천적 장애인인 현실을 돌이켜 보면 그의 삶이 유별나 보이지는 않는다. 중도 장애인이 된 후 현실에 적응하기가 얼마나 힘들었을까, 특히 강직하고 활동적인 직업 군인으로서 느낀 참담함과 상실감이 오죽했을까 등을 떠올리며, 그가 이 모든 시련을 힘겹게 이겨내고 장애인으로 당당히 재활에 성공한 것에 대해 힘껏 박수를 보내는, 그런 모습이 일반적이기 때문이다. 하지만 그의 경우는 뜻밖의 불운과 초인적인 재활 성공의 개인 승리에 그치지 않는다는 게 남다르다. 그는 개인적 시련을 사회적 변혁의 동력으로 승화시켜 장애인운동가 특히 '장애인교육계의 오뚝이'로 거듭나, 장애인이 비장애인과 당당한 모습으로 함께하는 사회를 만드는 데 남은 삶의 열정을 불태우고 있다. 이제 고희를 넘긴 노인이지만, 장애인과 비장애인의 구분이 없는 대안적 사회를 향한 열정과 강인한 실천의지 등에서 결코 굴복하지 않는 점에서, 그는 부도옹(不倒翁)이 되었다.

1971년 공군 소위로 임관해 대대장과 비행단 의전장교로 20여 년간을 복무한 오 교상은 92년 뇌종양 수술 후유증으로 하반신이 마비되며 중증장애인이 됐다. 오직 국가에 대한 충성심으로 앞만 보며 달려온 직업 군인의 길에서 뜻밖의 장애로 달리던 길을 문득 멈추면서, 그는 아내의 변함없는 사랑과 어머니의 매서운 가르침을 새롭게 만나게 된다. 이런 가족의 굳은 사랑 외에 그의 삶을 지탱해 준 힘은, 늘 그의 삶 속에서 일하는 절대자의 섭리이다. 사실, 그간 군인으로 살아온 그가 어쩔 수 없이 군복을 벗어야 했을 때는 죽고 싶을 정도의 좌절을 겪었다고 한다. 하지만 그는 아내와 어머니의 헌신과 기도 그리고 자신의 삶을 통해 일하는 절대자의 의지를 읽고 이에 순종하면서 장애인운동가로 거듭난다. 그는 2003년 '올해의 장애극복상'을 수상하면서 가진 언론과의 인터뷰에서, 장애인의 고통과 절망을 이겨낼 수 있었던 계기를 다음과 같이 설명했다.

"가족들의 위로가 컸지. 특히 우리 집사람이 위로해 주고, 힘을 주고, 그랬지. 또 퇴원하자마자 집사람이 나를 기도원으로 데려갔어. 거기서 1주일 동안 얼마나 울었는지 몰라. 거기서 하도 울어서 내 장애의 2/3는 거기에서 극복했던 것 같아. 나머지는 살아가면서 이겨냈지만."

1993년 예비역 중령으로 전역한 그는 장애인의 교육·문화·인권 등에 관심을 갖게 되면서, 재활치료를 받는 장애인들과 물리치료사와 함께 94년 '한빛다사랑나눔회'를 조직해, 어려운 중증장애인들을 돕거나 이들 가정에 장학금을 전달하는 등 장애인 인권회복에 관한 활동을 시작한다. 이어 2001년 장애인복지의 혁신적 대안으로 '사단법인 모두사랑'을 설립하고, 장애인에게 사회적 구명줄인 '모두사랑장애인야학'을 운영한다. 지난 16년 간 오 교장은 장애인야학을 통해 장애인들이 사회의 일원으로 당당히 제 역할을 다할 수 있도록 든든한 길잡이가 됐다.

또한 장애인 정보 접근권과 장애인 이동권 보장, 장애인 주차권 확보, 장애인 휴대전화 통신료 감면, 장애인 편의시설 확충, 고속철도인 KTX 노선 조정 등 장애인 인권과 복지시책을 제안하고 이의 실현에 적극 나선 공로가 인정되어, 2001년 장애인인권위원회에서 수여하는 장애인인권상을 수상하기도 했다.

　그는 한동안 우리 지역의 장애인단체총연합회장으로 선출되어 여러 유형의 장애인들이 인간다운 품위를 지키며 당당한 사회인으로 살아갈 수 있는 사회적 여건 마련에 앞장섰다. 이렇게 낮에는 장애인단체총연합회장의 막중한 임무를 수행하면서도, 밤에는 여전히 모두사랑장애인야간학교장으로 자신의 역할을 묵묵히 감당해 냈다. 그가 지난 16년 간 변함없이 야간학교를 지킨 것은, 장애인 인권과 복지의 출발이 교육으로부터 비롯된다는 신념 때문이다. 세상과의 소통이 쉽지 않은 장애인들이 나름의 생각과 느낌을 사회에 제대로 전하려면 먼저 주체적이고 자주적인 존재가 되어야 하는데, 이는 교육을 통해 비로소 가능해 진다. 따라서 장애인에게 교육은 생명이나 다름없다고 그는 믿는다. 그래서 그는 장애인에 대한 온정주의적 시혜가 아니라 장애인 스스로 비장애인과 똑같이 떳떳한 사회인으로 살아갈 수 있는 사회정의가 필요하다고 주장한다. 그는 장애인 인권상 수상 시 언론과의 인터뷰를 이렇게 마무리했다.

　"장애인에 대한 차별문제는 온정주의로는 해결할 수 없다고 봅니다. 편견의 벽이 부서져야 합니다. 사회적 약자에게 필요한 건 온정주의가 아닌 정의가 앞서는 사랑이라는 생각이 듭니다. 장애인도 사회의 일원이고 우리의 이웃입니다. 이들에게 특별히 무엇을 해줄 것인가를 생각하지 말고 일반인들을 대하는 시선으로 바라봐 줬으면 합니다. 장애인들이 함께 사는 사회의 한 구성원으로 떳떳하게 살아 갈 수 있는 모습을 볼 수 있는 날을 기대하며 계속해서 장애인인권을 위해 노력하겠습니다."

　장애인야간학교 설립 준비모임부터 지금까지 야간학교에 미력이나마 보태고 있는 나는, 야간학교의 모든 가족들 다음으로 그 교훈을 사랑한다. 야간학교의 교훈은 '정의/사랑/정직'이다. 대개는 '사랑/정의'의 순서로 이어지는 경우를 생각하기 쉬워 이런 순서가 낯설게 느껴질 것이다. 하지만 정의가 없는 사랑은 개인적 선의에만 의존하는 온정주의에 빠지기 쉽다는 점에서 한계가 있다. 정의 없는 온정주의는 현재의 사회적 불평등이나 부정을 오히려 더 고착화시킬 수도 있다. 사실 장애인의 인간적 권리에 대한 사회적 배려가 제도를 통해 뒷받침되지 않는다면 장애인들의 진정한 자활은 불가능하다. 따라서 장애인에 대한 사랑은 개인적 온정의 차원이 아닌 사회적 책임의 차원으로 승화되어야 마땅하다. 그럴 때에야 장애인과 비장애인이 진정으로 공감하며 함께하는 삶이 가능해질 것이기 때문이다. 결국 장애인의 인권과 복지 향상을 위해서는 우선 장애인 스스로의 자주적 인식이 선행돼야 하며, 이는 교육으로 가능해진다는 오 교장의 인식은 매우 합당하다 할 수 있다.

　그가 장애인 교육에 대해 이렇듯 강한 믿음을 가진다고 해서, 그것이 장애인교육의 성공을 보장하는 것은 아니다. 그 믿음을 현실화하기 위한 과정에는 많은 교사와 봉사자들의 협력과 후원이 필요하다. 이때 중요한 능력은 뚜렷한 비전 제시로 많은 지지자들을 확보하고 이들을 하나로 묶어내는 친화력이다. 이런 점에서 그의 능력은 돋보인다. 그의 미덕은 자신의 목표를 향해 쉬지 않고 나아가는 지치지 않는 열정, 그리고 모나지 않은 친화력을 앞세운 촘촘한 대인관계를 적극 활용해 그 목표를 조금씩 이루어내는 실천력이다. 물론 때로는 그 과정에서 행정부서와 대립과 갈등을 겪기도 한다. 하지만 대개는 그의 선한 목적이 결국엔 받아들여져 장애인의 사회적 권리가 신장되고, 장애인야간학교의 사회적 성장도 조금씩 현실화된다. 이렇게 볼 때, 장애인야간학교의 운영과 발전은 전적으로 그의 탁월한 지도력과 헌신에 힘입어 유지 발전해 왔다고 할 수 있다.

오 교장은 사회정의를 앞세워 장애인을 비롯한 사회적 약자의 권리 신장에 진력한다. 하지만 그의 사회 정의에 대한 인식은 가끔 진보적 가치와 마찰을 일으키기도 한다. 먼저 보수와 진보의 사전적 정의를 살펴보면 다음과 같다. 보수는 새로운 것이나 변화를 적극적으로 받아들이기보다는 전통적인 것을 옹호하며 유지하려 한다. 하지만 진보는 역사 발전의 합법칙성에 따라 사회의 변화나 발전을 추구한다. 따라서 사전적 정의처럼 사회의 안정을 추구하면 보수, 변화를 추구하면 진보라 할 수 있다. 그래서 흔히 사회적 약자의 권리 향상에 민감한 것이 진보의 가치관이라면, 사회적 주류의 이해관계에 예민한 것은 보수의 가치관이라고 구분한다. 하지만 보수와 진보는 상대적 개념이기에 어떤 한 성향을 절대적으로 특정 지을 수는 없다. 이렇게 본다면, 오 교장은 장애인 사회운동가이지만 상대적으로 보수적이라 할 수 있다. 이는 그가 오랜 기간 직업군인을 천직으로 여기며 생활하는 동안 자연스레 형성됐을 것이며, 이런 그가 국가와 민족을 중시하는 보수적 태도를 견지함은 당연하다고 여겨진다. 이는 독도 문제나 연평도 포격 사건을 대하는 그의 글에서 분명히 확인된다.

하지만, 그가 학생의 인권 보장을 주장하는 한편으로, 진보교육감의 체벌 금지나 입시학원으로 전락한 자율형 사립고의 지정을 취소한 전북교육감의 조치를 자가당착에 빠진 혁명가로 매도하는 걸 보면, 그의 가치관이 혼란을 일으킴을 느끼게 된다. 사실 사회적 약자의 인권이나 보편적 복지 향상 등은 주류 중심의 사회에서 비주류의 이익 증대로 변화를 추구한다는 점에서 진보적 가치에 해당한다. 그가 장애인 등 사회적 약자의 권리나 복지 증진을 강하게 옹호하는 것은 바로 진보적 가치이다. 그런데 학생의 표현의 자유나 권리 등을 적극 보장하는 학생 인권 확대를 포퓰리즘으로 비판하는 것은 보수적 태도로, 그의 가치관과 태도가 불합치 되는 경우라 할 수 있다. 더구나 보수를 자임하면서 대전시에서 적극적으로 나선 학생들의 무상급식 시원을 의도적으로 거부한 김신호 전 교육감에게 장애인 등의 보편적 복지 확대를 기대하는 모습 또한 혼란스럽다. 보수 쪽의 복지정책은 선택적 복지를 강조하기 때문이다.

이런 혼란은 한국인 이민자 출신의 워싱턴 D.C 전 교육감 '미셸 리'에 대한 칭찬에서 극에 달한다. 미셸 리는 오로지 실력에 의해서만 평가한다는 명분 아래, 학생들의 학업성취도에 따라 실적이 부진한 교사와 교육행정가를 단호하게 퇴출시키는 불도저식 교육정책 등으로 '공교육개혁의 아이콘'으로 불렸던 인물이다. 그러나 그녀의 단호한 교육개혁에 따른 학업성적 향상이 사실은 다양한 시험 부정으로 가능했음이 밝혀져 충격을 주었다. 그래서 〈USA투데이〉는 "그녀가 사기를 쳤으며, 개혁에 실패했고, 부정직했다."고 혹평하기도 했다. 특히 모든 학생을 일정 수준으로 끌어올린다는 목표 아래 인종·사회경제적 배경·성별·장애 등의 차이를 무시했다는 점에서 반 인권적 조치를 강요했음이 드러나기도 했다. 일선 학교가 학력평가에서 평균 성적이 떨어질까 봐 장애 학생의 체험학습을 유도하면서 그 부모들이 겪는 고통을 안타까워하는 오 교장의 글은, 미셸 리가 밀어붙인 성적 위주 교육개혁의 병폐가 우리나라에서도 그대로 재현되고 있음을 보여주는 것이다. 이렇게 보면, 미셸 리에 대한 일방적인 칭찬은 분명 문제가 있어 보인다.

그는 복지 선진국인 호주와 뉴질랜드의 장애인 복지 실태를 살펴본 바 있다. 소위 장애인의 천국인 복지국가에선, 장애인에 대한 별도의 법이 굳이 필요하지 않을 정도로 실생활에서 장애인이 차별받지 않는다. 더구나 이런 복지정책이 시혜가 아닌 국가의 의무로 시행되고 있으며, 장애인은 당연한 권리로 그 복지를 누린다. 따라서 그가 '공짜 사회'를 우려하거나, 선진국에 비춰보면 한참이나 뒤떨어진 우리 정부에 복지 의무를 요구하는 것을 '포퓰리즘'으로 비판하는 것은 좀 지나친 게 아닌가 싶다.

이렇게 상대적으로 보수적인 그의 태도는, 비례대표의 여성 할당제에 대한 지나친 견제에서도 확인된다. 그는 여성 비례대표제의 도입이 장애인 등 직능 대표의 자리를 줄인다고 비판한다. 하지만 사회적 직능 대표와 여성의 대비는 그 형평이 맞지 않는다. 여성은 국가의 절반에 해당하는데도 그에 합당한 사회적 진출을 못하고 있기 때문에, 전략적으로 여성 할당제 등을 강제해 이를 시정할 수 있는 것이다. 오히려 이렇게 여성 할당제를 도입해도 정치계의 전반적인 분포로 보면 여성의 진출은 아직도 많이 부족하다. 따라서 여성의 활발한 정치 진출을 통해 우리 사회에 여성적 또는 모성적 관점을 적용하는 노력이 더욱 강조될 필요가 있다. 복지나 사회 안전망의 확대 등도 결국은 사회적 약자에 대한 여성적인 돌봄 정책이라 볼 수 있기 때문이다. 그가 보여준 장애인계에 대한 헌신적인 기여에도 불구하고 일부가 그에게 대립적인 태도를 가지는 것이 이런 데서 기인하는 게 아닐까 생각이 들기도 한다.

하지만 이런 지적에도 불구하고, 그의 장애인에 대한 헌신은 그 진정성을 의심할 여지가 없다. 모두사랑장애인야간학교를 설립한 이후 지난 16년 간 건물 계약 취소나 폐교 위기 등 온갖 시련을 극복하고 오늘날의 야학으로 성장 발전시켜온 것은, 전적으로 그의 열정과 헌신으로 가능했다 해도 과언이 아니다. 사실 그 자신도 비장애인이나 주변의 도움이 꼭 필요한 중증 장애인이다. 그래도 그가 개인적 고통을 뛰어넘어 장애인의 보편적 권익과 복지 향상에 진력한 것은, 그의 사심 없는 사명감과 정의감에서 비롯됐다 할 수 있다. 따라서 그가 일부 사회 현상에 대해 상대적으로 보수적인 태도를 보인다고 해서 이를 지나치게 문제 삼을 수는 없다. 그런 작은 부분이 장애인 인권운동가로서의 그의 전반적인 정체성을 가릴 수는 없기 때문이다. 그리고 무엇보다도 새는 좌우의 날개가 함께 움직일 때 비로소 자유롭게 비상할 수 있음을 기억할 필요가 있다. 사실, 건전하고 합리적이며 자기희생적인 보수야말로 우리 사회의 근간을 굳건하게 지켜주는 기반이 된다. 그리고 진정한 진보는 기계적인 교조주의에서 벗어나 열린 자세로 좀 더 나은 사회를 지향하는 다양한 세력과 기꺼이 함께할 때, 현실적인 개혁과 변화를 추동해낼 수 있다. 따라서 그를 지지해 온 많은 사람들과 단체와 기관 등은 작은 차이에서 벗어나, 장애인 교육이라는 대의 안에서 흔쾌히 그와 함께해야 할 것이다.

장애인 사회운동가의 모습 못지않게 그는 여러 권의 시집과 수필집을 낸 문인이기도 하다. 그의 산문에서 보이는 가치관과 태도의 불일치 등의 혼란은 그의 문학적 풍취가 물씬 나는 글에서는 말끔히 사라짐을 유의해 볼 필요가 있다. 그가 장애인 사회운동가로 제2의 인생을 살아가며 장애인의 인권과 복지 향상에 매진하고자 한 이후에 그의 대 사회적 발언은 다분히 저항적이고 또 강경하다. 이는 장애인에게 우호적지 못한 사회 환경 때문으로, 그 뒤틀린 현실을 어떻게든 바로잡으려다 보니 자연스레 목소리가 커질 수밖에 없다. 그리고 장애인이 처한 현실이 너무 열악하다 보니 시정될 게 하나둘이 아니다. 그래서인지 그의 장애인 관련 칼럼은 문장이 몹시 길다. 할 얘기가 정말 많은 것이다. 그러다 보니 때로는 문장이 뒤엉켜 핵심이 흐려지기도 하고, 어떨 땐 엉뚱한 곳으로 비켜가 버리기도 한다. 하지만 문학적 에세이의 경우는 아주 단아하고 품위가 넘친다. 가령, '목련꽃, 이별과 사랑'은 소담하게 피어난 아름다운 목련꽃이 비바람에 애틋하게 지는 자연의 섭리를 사랑과 이별의 이치에 빗대, 만남과 헤어짐 그리고 피어남과 시듦이 결국은 하나임을 깨달으며, 눈부시게 벙글 목련 꽃망울을 설레는 마음으로 기다린다. 장애인의 복지 향상을 위해 애면글면 애태우며 항변해야만 하는 치열한 삶의 현장에서 잠시 벗어나 마음의 정화를 누리는 그의 모습은, 비정한 투사에서 벗어난 정감 넘치는 시인의 순수한 모습 그대로이다. 사실 장애인과 비장애인이 차별 없이 함께 평화롭게 살아가는 둥근 세상의 모습은, 특별한 별천지가 아니라 '만물이 서로 돕는' 자연의 이치와 신의 섭리대로 사는 그런 세상이라는 점에서, 모든 존재가 지닌 본래의 순수한 모습을 회복하는 것에 다름 아니다. 그의 말마따나 '있는 그대로의 자연'의 모습이 바로 진리이므로, 현상의 차별에 저항하면서도 근원적인 본질은 낙천적인 평안에 머물 수 있는 것이다.

그가 그동안 장애인야간학교를 운영하며 여러 차례 배움터를 잃을 위기에 처했지만, 굳은 의지와 선한 이웃들의 응원으로 이를 잘 극복해 왔다. 이 책의 주된 내용은 그간 장애인야간학교가 겪었던 수난의 역사이자 또한 선한 사람들이 함께 지켜온 자랑스러운 역사의 기록이다. 지난 2월 25일 열린 '제16회 모두사랑야간학교 졸업식' 치사에서, 그는 침통한 어조로 현재 야간학교가 처한 어려움을 말했다. 장애와 차별을 이겨내고 맞이한 영광의 졸업을 축하하는 날에, 학교장인 그가 굳이 이런 말을 해야만 하는 것은 일차적으로는 재학생들의 분발을 촉구하는 채찍의 의미였겠지만, 분위기는 썰렁해져 버렸다. 그는 현재 야간학교가 '뜨는 해에서 지는 해로 변하고 있다'고 현 상황을 비유적으로 표현했다. 작년 초부터 시작된 학교 부지 매각 계획에 따라 야간학교의 이전이 불가피해졌기 때문이다. 그간 10여 년을 무상으로 임대해 주던 교육청 소유의 현 부지가 서구청에 매각돼 공용주차장으로 조성될 계획이다. 물론 주차장 확대로 주민들의 숙원이 해결되는 순기능이 있을 것이지만, 그래도 성인 장애인의 생명줄인 교육기관을 없애 주차장을 만드는 것은 쉽게 수긍하기가 어렵다.

물론 야간학교도 나름의 자구책을 마련하고자 최선을 다하고 있다. 더구나 작년 말에 학교 형태의 평생교육시설로 인가를 받은 만큼, 이전하더라도 학교 형태의 교육시설을 갖추어야 하므로 상당한 재원 마련이 필요하다. 어찌어찌 보증금을 마련해 학교 이전을 하더라도 교실이나 교무실 등의 리모델링을 해야 하고 또 매달 만만찮은 월세를 내야 하는 등 쉽게 움직일 수 없는 그런 여건이다. 작년 초 면담에서 설동호 교육감이 학교 형태를 갖추지 못해 법적 지원이 어렵다며 난색을 표해,

시의회 송대윤 교육위원장과 정기현·구미경 의원들의 노력으로 성인 장애인지원 조례를 제정해 법적 지원근거를 마련하였다. 그리고 작년 말 '학교 형태의 평생교육시설'로 인가도 받았으니, 이제 시청과 교육청이 지원할 수 있는 기본적인 여건은 두루 갖춘 셈이다.

이제 모두사랑장애인야간학교는 성인 장애인의 평생교육시설이면서 비장애인과 장애인이 함께 통합교육을 받는 모범적인 교육시설로 성장했다. 특히 수준별 교육이나 다양한 현장학습 등의 교육과정 운영으로 전국에서 가장 부러움을 받는 야학이 되었다. 무엇보다도 전 현직 교사들로 이루어진 교사진은 전국 최고의 교육수준을 유지하는 비결이다. 이렇게 전국 최고의 장애인야학이 대전에 있다는 것은 우리 지역의 자랑이고 대전시청과 대전시교육청의 자부심이기도 하다. 물론 그간 시교육청의 건물 무상임대와 프로그램 지원과 시청의 사무직원 지원 등이 이런 자랑의 원동력이 되었음을 밝히며 깊이 감사드린다.

따라서 시청과 교육청이 그간 애써 이룩한 야학의 성과가 단절되지 않고 계속 지속되도록 관심과 지원을 부탁드린다. 이 책의 판매 수익금은 5월에 열릴 '야학 이전기금 마련 우금치 공연'의 입장권 판매 수익 등과 함께 학교이전비용으로 쓰일 예정이다. 이 책은 오 교장이 그간 언론 등에 기고한 칼럼이나 각종 행사에서 행한 축사나 훈화, 그리고 야간학교와 관련된 각종 언론 보도 등을 모은 것이다. 이렇게 다양한 형태의 글을 모았기에 산문집이라 부르지 않고 굳이 사화집(앤솔로지, Anthology)이라 한 것이다. 이 글들은 장애인 인권과 복지 향상에 대한 그의 열정과 헌신의 모습을 오롯이 담고 있다. 칼럼이나 축사, 훈화와 언론 보도 등 다양한 형태의 글들이 아름다운 꽃다발처럼 한데 묶여 있기에, 발표순서나 매체에 관계없이 마음에 드는 글들을 가려서 재미있게 읽을 수 있다.

우리 지역 장애인교육계의 부도옹인 그가 지금의 야학 폐교 위기를 또다시 슬기롭게 이겨내고, 우리의 자부심인 야간학교를 계속 발전시킬 수 있도록 그를 응원하고 격려하자. 사실 비장애인들이 공교육으로 책임져야 할 성인장애인교육을 중증장애인인 그가 민간 교육으로 대신 감당해온 것이니, 야학의 지속적인 발전은 우리 사회의 부채인 셈이다. 그리고 무엇보다도 장애인이 고통 받는 세상은 비장애인들의 수치임을 되새기며, 그가 오뚝이처럼 다시 우뚝 설 수 있도록 그와 기꺼이 함께하자. 우리 모두 진심을 다해 서로 합하여 선을 이루도록 하자.

(2016년 3월, 오용균 사화집 『차별 없는 둥근 세상을 꿈꾸며』 해설)

애틋한 그리움과 사랑의 헌시

　　오용균 시인은 장애인의 사회적 권리와 인권 향상에 헌신한 사회운
동가이자 교육자로 널리 알려져 있으며, 70대인 지금도 모두사랑장애
인야간학교 교장으로 대전지역 성인 장애인교육을 책임지는 장애인 운
동가로 살아가고 있다. 그의 이런 활달한 사회활동에 대한 사회적 평가
가 대단한 데 비해, 그가 이미 세 권의 시집과 산문집을 낸 문인임을 아
는 사람은 그리 많지 않다. 대전작가회의 회원이기도 한 그가 세 번째
시집과 산문집을 낼 적에 해설을 쓴 인연으로 이번 네 번째 시집도 함께
하게 되었으니 그와 아주 각별한 사이임이 드러난 셈이다.

　　사실 그와 나의 만남은 문학이 아닌 장애인 교육으로 비롯됐다. 이제
20년 가까이 되었으니 제법 아련하지만, '한 장애인이 장애로 인해 정상
적인 교육을 받지 못한 성인 장애인을 위해 야간학교 설립을 준비하고
있다'는 신문기사를 보고 찾아가 만난 게 인연의 시작이었다. 그렇게 장
애인야간학교 준비모임부터 함께하며 지금까지 야간학교 교사로 작은
힘이나마 그를 돕고 있다. 그는 천직인 군인으로 복무하던 중 뇌종양 제
거 수술의 후유증으로 40대 후반에 중도 장애인이 되었다. 장애인 대부

분이 후천적 장애인인 현실을 돌이켜 보면 그의 삶이 유별나 보이지는 않는다. 하지만 그의 경우는 뜻밖의 불운과 초인적인 재활 성공의 개인 승리에 그치지 않는다는 게 남다르다. 그는 개인적 시련을 사회적 변혁의 동력으로 승화시켜 장애인 운동가 특히 '장애인교육계의 오뚝이'로 거듭나, 장애인이 비장애인과 당당한 모습으로 함께하는 사회를 만드는 데 남은 삶의 열정을 불태우고 있다. 이제 고희(古稀)를 넘긴 노인이지만, 장애인과 비장애인의 구별이 없는 대안적 사회를 향한 열정과 강인한 실천 의지 등에서 끝내 쓰러지지 않는 부도옹(不倒翁)이 되었다.

이렇게 각별한 인연을 가진 그의 새 시집에 해설을 쓴다는 것은 당연한 도리이고 그만큼 기쁜 일이기도 한데, 이번 글쓰기 작업은 유난히 힘들었다. 무엇보다도 그가 시인의 보편적인 화법에서 상당히 벗어나 있다 보니, 그의 시세계 또한 모호하고 혼란스러웠기 때문이다. 그의 예전 시집들에서도 그랬지만, 시인의 의도를 구체적이고 생동감 넘치는 비유나 상징으로 그림을 그리듯 보여주기보다는 추상적인 관념어로 직접 설명하는 태도가 훨씬 심해졌기에 더욱 그랬다. 그는 예전 시집에서, 달무리를 그려 밝은 달을 넌지시 드러내는 동양화의 간접적 묘사법인 '홍운탁월(烘雲托月)'기법을 강조했다. 이렇게 '그리지 않고 그리는' 동양화 기법을 시에 적용하면 '말하지 않고 말하는 시'에 해당한다. 하지만 정작 그의 시에 드러나는 시적 화자는 사물을 통해 말하거나 이미지를 전면에 내세우는 간접 화법을 쓰지 않고 직설적으로 말해 버린다는 점에서 좀 자가당착적이다. 이는 홍운탁월의 경지와는 다른 직접화법이다. 만약 그의 시가 전반적인 흐름을 동양적인 여백의 예지가 드러나도록 시적 대상을 다른 사물에 빗대어 그 사물이 스스로 말하도록 하는 여운의 멋을 살렸더라면 시적 긴장감을 더 팽팽하게 살려냈을 거라는 점에서 무척 아쉽다. 마치 서까래를 직접 때리지 않고 기둥을 슬쩍 쳐서 서까래까지 울리도록 하는 이른바 성동격서(聲東擊西)의 묘책을 그의 시적 화법으로 고민해 볼 필요가 있다고 본다. 왜냐하면 홍운탁월의 기법이야말로 시의 내용과 표현을 하나로 일체화시켜 시를 생생하게 살아나게 하는 시적 기법이기 때문이다.

이런 아쉬움을 떨치고 그의 시들을 꼼꼼히 읽어 보면, 그의 지론인 홍운탁월의 기법을 정작 자신의 시편에서 살려내지 못하는 여러 원인을 찾아볼 수 있다. 그의 약력을 살펴보면 그는 1급 장애인으로 휠체어 생활을 한 뒤인 50세의 나이에 시인으로 등단하였다. 그러니까 문학청년의 뜨거운 열정과 동료들과의 치열한 합평회의 좌절을 겪지 않은 채, 문학에 대한 순정을 가슴 깊이 간직해 오다 비로소 시인이 된 것이다. 하여 짧은 시에 자신의 감정과 의지를 절제된 시어로 담아내 독자들의 가슴에 화살이 되어 날아가 정곡을 찌르거나, 가슴 속 시위를 울리는 노래를 만드는 여러 기법을 익힐 기회가 적었기에 불가피한 점이 있음을 나름 감안해야 한다. 또 그가 어느새 70대 노인에다 장애로 몸이 점점 굳어지다 보니 그런 고도의 기법을 구사하기 위해 의식의 팽팽한 긴장감을 지속하기가 무척 힘들다는 점도 고려해야만 한다, 가족에 대한 깊은 사랑을 표현하는 시에서는 그냥 말하듯이 자신의 감정을 들려줘도 무방하지만, 그가 오래도록 천착해온 장애인의 교육이나 인권에 대한 시의 경우엔 오히려 적절한 거리 두기에 실패한 채 그냥 구호나 주장에 치우쳐 생동감 넘치는 시적 형상화를 보여주지 못한다. 가령「지적장애인들에게 배움은 진리」라는 시는 우선 제목부터 장애인 교육의 절박한 필요성을 추상적 관념어로 연결하면서 오히려 말하고자 하는 의도의 당위성을 훼손시킨다.

장애 자녀를 등에 업고
눈비를 맞는
엄마의 눈물과 땀

교육을 하면 뭘해?

얄궂은 매질을 당할 때마다
가슴이 숭숭 뚫리는 구멍

벌들이
꽃과 꽃 사이를 오가며
꽃들에게 피해를 주지 않듯

몸이 불편하지만
남에게 피해를 주지 않는데
마음만은 장애가 아닌데

겸손하고 당당하게 오늘을 살며
장애인 인권과 권리를 찾아가리.

– 「지적장애인들에게 배움은 진리」 전문

　　시적 화자의 적절한 거리 두기의 실패는 약자에 대한 배려가 없는 매정한 승자독식의 사회구조에 대한 분노와 한탄을 보여주는 시들에서 더욱 두드러진다. 그런데 문제는 이렇게 원초적 감정을 날것 그대로 분출하는 것이 왜곡된 사회구조의 극복에 대한 바른 전망을 가로막고 나아가 사회적 약자와의 연대를 통한 변혁의 동력 결집을 어렵게 한다는 것이다. 바꾸어 말하면 우승열패(優勝劣敗)의 왜곡된 사회구조를 올곧게 바꾸려는 자세나 노력이 아직은 제대로 갖추어져 있지 않음을 드러낸다는 것이다. 「빙어 2」는 청정수에서 사는 빙어를 잡아 산 채로 먹어 치우는 인간의 비정함을 '피곤하고 더러운 세상'이라고 비난하면서도 약육강식의 자연 질서에서 벗어나 약자와 강자가 평화롭게 공존하는 세상을 만들려는 다짐으로 나아가지 못하고 '따뜻하게 배려하는 세상/ 그런 사람은 없을까?'라고 자문하는 것으로 끝나고 만다.

댐 인근의 빙어는
청정수에서 자란다

어미 빙어는 어부들을 피하는
지혜를 가르친다

어쩌다 잡힌 빙어는
초장에 발라 먹히고

어미가 인간에게 겪은
극심한 스트레스와 트라우마는

자신의 운명에도 영향을 미쳐
인간은 마지막까지 몸부림치며

빙어를 쳐다보고
가공할만 한 입으로 먹어치운다

피곤하고 더러운 세상
따뜻하게 배려하는 세상
그런 사람은 없을까?

- 「빙어 2」 전문

　이렇게 자기 변혁을 통한 사회 변혁의 전망을 잃어서일까? 이승에서
더는 감내하기 힘든 육체적 고통의 절정에서 문득 벗어나 영원한 안식
의 세계를 꿈꾸는 시편들이 많이 눈에 띈다. 이는 흰색의 이미지로 처연
하게 드러나는데, '암으로 세상을 떠난 어머니가 입은 하얀 치마저고리,

천상의 꽃처럼 아름다운 안개꽃, 뽀얀 달무리에 젖은 하얀 민들레 홀씨, 하얀 선인장 꽃, 하얀 달과 별' 등의 하얀 이미지엔 서글픈 죽음의 예감이 깃들어 있다. 서른셋의 나이에 남편을 여의고 전통시장에서 거북등처럼 갈라진 손등으로 생선 노점상을 하며 홀로 오 남매를 사랑과 헌신으로 길러주신 어머니, 언제든 나를 믿어주고 나에게 희망을 걸었던 어머니가 암으로 고통을 겪다가 하늘나라로 가신 뒤, 시인도 장애의 힘겨운 고통에서 벗어나 어머니가 가신 어머니 나라로 불현듯 떠나고 싶은 마음을 가져본다. 그러다 화들짝 놀라 자신의 불효를 뉘우치는 모습에서 죽음의 그림자가 어른거릴 만큼 그의 건강은 때로 벼랑 끝에 선다.

너에게 희망을 걸었지!

하는 짓마다 예뻐하시고
부족한 점이 있어도
좁은 소견이 보여도

언제나 기다려주시고
언제나 손을 잡고 자랑하셨던
아들이 머리 숙입니다

몸이 불편하니
스스로의 고통이 많아
어딘가로 가고 싶은 때도 있는
애잔한 마음

어머니 나라로
떠밀어 가고 싶은 마음도

천상의 길섶에서 다 보고 계시지요?

이 슬픈 잘못
어머니께 석고대죄 합니다.

- 「사모곡 8 - 나를 믿어주시던 어머니」 전문

　깊은 사랑과 아낌없는 헌신으로 그가 당당하게 살아갈 수 있도록 격려해 주시고 믿어주던 어머니의 정갈하던 모습이 여전히 자신의 삶을 새롭게 일깨우는 원천임을 절감할 때마다 그는 눈물을 흘리며 어머니에 대한 사랑을 고백한다. 누구나 다 가슴 속 사랑의 등불로 고이 간직하는 어머니지만, 어머니 생전에 휠체어를 탄 모습을 보여야만 했고 또 그로 인해 어머니의 가슴을 미어지게 했던 시인에게 어머니는 지금도 자신의 불편한 삶을 당당하게 다잡는 원동력이다. 돌아가신 어머니에 대한 애틋한 그리움은 여전히 그의 삶을 지탱하는 버팀목이다.
　그가 군인을 천직으로 알고 오직 앞만 보고 달리던 삶을 뜻밖의 질병으로 어쩔 수 없이 멈추었을 때 새삼스레 발견한 소중한 대상은, 힘든 중도 장애인으로서의 고통을 견디게 해 주고 지금의 새로운 사회적 삶을 가능하게 해 준 아내이다. 그와 아내는 '언제나 친구처럼/ 언제나 동생처럼'(「달과 별들의 교향곡」) 살아온 정겨운 부부로, 별과 달이 서로를 밝고 따뜻하게 비추듯 상대를 높이고 세워 주며 장애인 운동가를 기꺼이 응원하는 아내로 행복하게 살아가고 있다. 사실 이 시집은 시인을 당당한 모습으로 길러주신 어머니에 대한 애틋한 그리움의 노래이자 별처럼 빛나는 존재인 아내에게 바치는 헌시가 주를 이룬다. 부부의 지극한 정이야 동서고금에 본질적 차이가 있으랴만, 사랑의 직접적인 표현을 꺼리는 유교적 가부장 문화에서 자란 세대에겐 그저 무덤덤한 속정으로 대신하는 게 상례다. 하지만 그는 아내에 대한 사랑 표현에 아주 적극적이다. 더구나 중도 장애인이 되어 휠체어에 의지한 그의 분신이

되어 함께하는 아내에게 그는 깊고 뜨거운 사랑과 고마움을 표현한
다.

그에게 아내는 별처럼 눈부신 존재이자 삶의 활력을 끊임없이 충전
해주기에, 그는 아내에게 기꺼이 달이 되고자 한다. 그는 존재하지만 자
신을 애써 드러내지 않는 달을 자처한다. 달은 해처럼 멀리 있지 않고
훨씬 우리 가까이에 있다. 달을 자처하는 그의 가까이엔 이지가지 아픈
사연들을 간직한 이웃들이 모인다. 그는 그들을 다독이며 연민의 정으
로 감싸고자 한다. 마치 달의 인력이 지구의 자전축 기울기를 안정적으
로 유지해 줌으로 해서 계절이 변화하고 물이 뒤바뀌며 생물들이 살아
가게 하는 것처럼 말이다. 물론 그가 이렇게 기꺼이 달처럼 살 수 있는
것도 아내가 항상 별처럼 밝은 모습으로 지켜주기 때문이다.

> 너를 생각하며
> 수많은 행복을 심을 때
>
> 멀리 있는 것 같아도
> 늘 가까이 있는 나의 별
> 아름답게 피어 있는 별꽃
>
> 가슴에 묻어 둔 옛 이야기와 함께
> 소중한 당신 사랑
>
> 나는 당신의 달이 되고 싶다
> 달무리 가까이
> 초롱초롱하게 빛나는
>
> 이보게, 내 가슴에 자란 꽃

나를 맞이해 주었으면 해요.

- 「가슴에 피는 별꽃」 전문

보다 근원적으로 그의 삶을 지탱해 주는 힘은, 아내와 어머니 외에 늘 그의 삶 속에서 일하시는 절대자의 섭리이다. 그는 전에 '올해의 장애극복상'을 수상하며 가진 언론 인터뷰에서 장애인의 고통과 절망을 이겨낼 수 있었던 계기를 다음과 같이 설명한 적이 있다.

"가족들의 위로가 컸지. 특히 우리 집사람이 위로해 주고, 힘을 주고, 그랬지. 또 퇴원하자마자 집사람이 나를 기도원으로 데려갔어. 거기서 1주일 동안 얼마나 울었는지 몰라. 거기서 하도 울어서 내 장애의 2/3는 거기에서 극복했던 것 같아. 나머지는 살아가면서 이겨냈지만."

평생 군인으로 살아온 그가 어쩔 수 없이 군복을 벗어야 했을 때 그는 죽고 싶을 정도의 좌절을 겪었다 한다. 하지만 그는 아내와 어머니의 헌신과 기도 그리고 자신의 삶을 통해 일하시는 절대자의 의지를 읽고 이에 순종하면서 장애인운동가로 거듭났다. 그는 중도 장애인이 되었지만 장애인이 절망하지 않아도 되는 그런 세상을 만들기 위해 안간힘을 다해 헌신하고 있다. 이렇게 오뚝이 같이 일어서는 그도 이젠 나이 탓인가 자신의 소명으로 알고 매진해온 장애인 운동가로서의 삶이 문득 자신을 드러내려는 허망한 욕심은 아니었는지 회의감을 느끼기도 한다.

자식들 밥상머리에서
어록처럼 남긴 유언

할 일 두고 죽을 수 없는
실상은 지고 가야 할 내 몫

침대에 누워 지나는 구름 보니
헛된 욕심을 키울 뿐
방황하는 한 마리 새야

- 「산다는 것」 부분

그는 독실한 기독교 신자이다. 또 자신의 삶에서 일하시는 절대자의
의지와 사랑에 기꺼이 순종하고자 하며 천국에 대한 소망을 가진 신앙
인이다. 그래서 그는 자신의 장애도 신의 섭리로 여기고 이에 순응함으
로써 신에게 빛나는 영광을 돌리고자 소망한다.

푸른 샛강 위에 별들
별똥별이 되어

강 건너 백사장에
가지런히 묻고

사계(四季) 지나도록
애잔하게 지나는 순간들은

가슴 태우며 바람매질한 달 조각을
창문에 걸어 놓고 있다

언제나 영안(永安)이
가슴에 남아

사랑과 진실 그리고 소망 사이에
마디마디 굽어 쌓인

당신의 손길

육체의 진실에
머리 숙이며 속죄양이 되어

뜨거워진 눈 속에서
하늘의 영광이 빛나는
별이 되게 하소서.

- 「나의 별이 되니」 전문

그러나 많은 신학자들의 연구에 의하면 내세로서의 천국에 대한 소망이 기독교 교리로 표면화된 것은 11세기에 와서라고 한다. 사실 예수는 천국이 내세에 누릴 빛나는 영광의 장소가 아니라 지금 우리 가운데 있음을 이미 2천 년 전에 설파했다. 우리가 지금 장애의 유무, 지위의 높고 낮음, 부의 많고 적음 등으로 차별하지 않고 형제자매처럼 서로 사랑하는 그 가운데 천국이 있다는 것이다. 사실 천국은 하늘에 있는 나라가 아니라, 절대자의 이름을 부르기 꺼리는 당시 유대인들이 하느님의 정의와 사랑이 이루어지는 '하느님나라'를 에둘러 표현한 것이라 한다.

예수가 '회개하라. 천국이 가까이 왔느니라.'고 선포할 때의 회개인 메타노니아(metanoia)는 단순히 죄의 뉘우침을 뜻하는 게 아니라, 기존의 가치관에서 벗어나 새롭게 세상을 보는 것을 의미한다. 죄의 근원을 뜻하는 헬라어는 휴브리스(hubris)로, 스스로를 과도하게 부풀려 자신을 모든 일의 중심으로 여기는 것을 뜻한다고 한다. 따라서 천국의 구원은 죄의 근원인 자만 즉 지나친 자기중심적 사고에서 벗어나, 사적 이해보다는 공적 가치를 중시하고, 정의가 강물처럼 흐르도록 하는 것을 의미한다. 즉 자신이 먼저 변화하고 나아가 세상을 더 나은 곳으로 변화시키는 것이 진정한 구원이라는 것이다.

장애인 운동가로서 그는 지금껏 기독교 신앙을 바탕으로 장애인의 보편적 인권 향상과 교육받을 권리 보장을 위해 헌신해 왔다. 이는 그 누구도 부정할 수 없는 사실이다. 그렇지만 그의 소명의식이 강하면 강할수록 혹시 자기만족이나 자기중심적 사고에 갇힌 것은 아닌지 자문해 볼 필요가 있다. 그는 이미 「산다는 것」이란 시에서 '침대에 누워 구름을 보며 헛된 욕심을 키운' 것은 없는지 자성하고 있는데, 이런 자기 성찰이야말로 그를 자기 변혁을 통한 세상의 변혁으로 인도해 줄 것이라 본다. 그리고 진정한 자기 경신(更新)은 수동적 존재로서 모든 걸 절대자에게 맡겨버리는 데에서 벗어나, 조금씩 자신을 능동적으로 바꾸어나가는 시도로 비로소 가능해진다.

　사실 우리는 모두 별이다. 단순히 비유가 아니라, 우리 몸을 이루는 물질은 수십억 년 전 수천 광년 떨어진 곳에서 별이 폭발하며 만들어진 것들이라고 한다. 그러기에 우리는 별의 물질로 이루어진 존재이고 그런 만큼 우주의 모든 생명과 물질은 서로 연결돼 있고, 세상의 모든 것이 이렇게 서로 연관되어 있다. 따라서 우리는 이런 우주의 장엄함과 경이로움에 겸허한 마음으로 옷깃을 여미며 모든 것을 존중해야 한다. 그리고 이 경이로움과 신비를 노래하는 것이 바로 시(詩)이다.

　자신의 삶 속에 깊이 개입해 일하시는 절대자의 섭리에 순종하며, 아내와 어머니의 헌신과 기도로 장애인 운동가와 시인으로 거듭난 그의 삶이 앞으로 끊임없는 자기 경신을 통해 모두가 행복한 세상을 이루어내길 진심으로 빈다.

(2018년 2월 오용균 시집 『사모곡』 해설)

화엄의 바다를 찾아가는 보살행

　시인 이은봉은 한결같다. 이제 법률적인 노인의 나이가 되어 대학 강
단을 떠나는 정년을 코앞에 두고 있지만, 꾸준한 창작활동으로 예전 문
학청년의 순수하고 뜨거운 열정을 오롯이 지켜내고 있다. 그 열정은 다
양한 체험과 오랜 경륜으로 푹 삭여져 보다 넉넉하고 너그러운 모습으
로 계속 진화하고 있다. 그는 정년퇴직으로 공적 삶의 한 매듭을 짓게
된 기념으로 그간에 내놓은 11권의 서정시집에서 126편의 시를 골라 이
시선집을 묶는다. 지난 2007년에 그간 출간한 6권의 시집에서 고른 시
선집을 낸 바가 있으니 이번이 두 번째 시선집이다. 하지만 첫 시선집
이후에 출간된 시집부터 고르지 않고 다시 11권의 시집 모두를 대상으
로 새롭게 고른 만큼 그 성격이 좀 다르다.

　지난 첫 시선집을 낼 때 그는, 그간 6권의 시집을 간행하는 과정을 통
해 초창기 자신의 시 작업에 대한 기대와 환상에서 벗어났음을 고백한
바 있다. 자신의 창작활동이 세상을 향기로 가득 채워 온통 빛날 것이라
는 기대에서 벗어나, 그간의 작업을 되돌아보는 계기로 삼았다는 것이
다. 특히 자본주의 근대를 살아가는 고민과 처방을 시로 표현하려 했음

을 강조했다. 이번의 작업 역시 지금까지의 자신의 시적 작업을 총체적으로 되돌아보는 계기가 되리라 본다.

그는 억압과 절망 속에서도 유쾌한 낙관으로 이를 극복해 왔듯이, 이번 작업과정에서 겪은 멋쩍은 일화를 먼저 고백한다.

"까닭 없이 126이라는 숫자가 나를 계속 유혹했다. 시를 고르며 내내 한심하고 회심했다. 기껏 이러한 정도의 수준에 불과하다니!"

126이란 숫자에 대한 유혹은 아마 화투놀이에서 9를 뜻하는 '갑오' 때문일 테지만, 굳이 이런 걸 순순히 밝히며 뉘우친다. 그런데 이런 일화는 사업가의 경우엔 오히려 자기 미화의 계기가 되기도 한다. 대표적인 대중적 필기구였던 '모나미' 볼펜에 적힌 '153'이란 숫자가 바로 그런 경우다. 기독교인인 회사 대표가 부활한 예수가 다시 뱃사람으로 돌아간 제자들에게 나타나 그물 칠 곳을 알려줘 그물 가득 153마리의 물고기를 잡았다는 성경의 일화에서 따왔고 또 9를 뜻하기도 하는데, 결과적으로 큰 성공을 거두었다고 한다. 사정이 이러하니 시인 또한 그런 유혹을 받을 만하다. 중요한 것은 각각의 시가 나름의 사연 속에 쓰인 만큼 다 소중할 테지만, 선정한 시들이 고른 수준을 보여주면 될 뿐이다. 다만 시인이 그만큼 자기성찰에 민감하다는 걸 확인하는 것으로 충분하다.

이번 시선집의 대상이 첫 시선집과 상당 부분 겹치다 보니 첫 시선집에 실렸던 시들이 다 빠진 듯하다. 그래서 처음 여섯 권 시집의 표제작들이 없다는 점이 우선 눈에 띈다. 독자들은 그간 익숙히 보아온 시들이 없어 아마 좀 아쉬운 면도 있으리라 본다. 더구나 시인 스스로 표제작으로 삼은 작품이 없는 만큼, 그의 시적 여정을 살펴보는 과정에서 부득이한 경우 이번 시선집에 없는 작품을 살펴보는 경우도 있음을 미리 밝힌다.

지금 그 마음으로

처음 그 마음으로

살아라 한다 목백합나무 잎사귀

위로 고이는 아침 이슬처럼

그렇게 살아라 한다

내가 이런 말 할 수 있을까만 그래도

지금 그 마음으로

그 착한 마음으로

고향 들녘, 송아지 잔등 위

로, 쏟아져 내리는 봄햇살처럼

그렇게 살아라 한다

애초의 마음으로

지금 그 마음으로, 살아라 한다

내가 이런 말 할 수 있을까만 그래도

설레이는 참새의 앞가슴

앞가슴 털의 따뜻함으로

살아라 한다 처음 그 마음으로

시작하는 마음으로

살아 있을 때까지 살아

움직일 수 있을 때까지

꿈틀거릴 수 있을 때까지

저기 북한산 연봉 위

늙어 더욱 찬란한 소나무 등걸 하나

청청청, 솟아오르고 있다

솟아오르며 환히 웃고 있다.

- 「지금 그 마음으로」 전문

시인은 애초에 가졌던 처음 그 마음을 간직한 채, 순수하고 착하며 따뜻하고 곧게 살아갈 것을 주변의 자연에 빗대 다짐한다. 시인이 대학 1학년 때 아버지가 큰 빚을 져 이사한 용두동 언덕의 낡고 비가 새는 집은 한국전쟁 피난민들이 모여 살던 해방촌에 있었고(「용두동집」), 그는 이곳에서 자취생활을 하며 독서에 몰두하거나, 친구들과 다방에 모여 "오늘이며 내일의 역사를 지껄여대다" "조국이니 민중이니 하는 말들"에 가슴을 치며 "반유신의 불화살로 날아가고 싶어 온몸이 뾰쪽뾰쪽 날이 서기도" 한다(「싸락눈, 대성다방」). 급기야는 순수한 이상을 이루려 눈 오는 날 독재에 저항하다 스스로 감옥행을 택한 친구도 생겨, 그의 순수하고 드높은 이상을 떠올리며 그를 걱정하기도 한다(「스스로 걸어 들어간 녀석은 지금」). 그래서 그의 초기 시는 유신독재의 억압을 어둠과 겨울 눈보라 그리고 죽음으로 비유하면서, 그에 분연히 맞서는 자유와 평등과 사랑의 혁명을 예감하는 역사의식을 보여준다.

죽음 속에서 죽음의 풀밭 속에서
싹이 튼다 죽음의 뿌리를 뚫고
그렇다 사랑의 싹이다
죽음이여 이윽고 사랑의 어머니여
긴 겨울이 끝나고, 겨울의 눈보라가 끝나고
어둠 가운데, 어둠의 긴 동굴 가운데
싹이 튼다 죽음의 뿌리를 뚫고
그렇다 자유의 싹이다
죽음이여 끝없는 자유의 아버지여
죽음을 먹고, 푹 곰삭은 죽음의 심장을 먹고
기어코 생명의 꽃대궁 솟아오른다
봄날 아지랑이 솟아오른다
한꺼번에 사랑을, 자유를 밀어올리는

오래 기름진 밭이여 희망이여

배추씨도 무씨도 함께 환호하는

풍성한 식탁의 예감이여

죽음을 먹고, 고통으로 죽음의 심장을 먹고

벅찬 가슴으로 달려가는 수레바퀴

죽음 속에서 죽음의 뿌리 속에서 오히려

찬란한 생명의 운산이 여기 있다 죽음이여

매듭 굵은 이 나라 역사가 비로소 싹을 틔운다.

- 「죽음에 대하여」 전문

　시인은 어둡고 긴 겨울의 죽음을 이겨내고 희망의 싹을 틔우는, 생명의 깊고 신비한 원리인 현묘지도(玄妙之道)를 본다. 죽음과 사랑이 서로 대립하면서도 어느 임계점을 넘으면 극적으로 융합하는 화엄의 세계를 깨닫는다. 그래서 시인은 위 시에 대응하는 '「사랑에 대하여」'에서, 겨울이 가고 봄이 오면 봄 동산에서 작은 생명들이 자유롭게 살아나는 것을 "배우고, 깨닫는다"고 고백한다. 문제는 이런 배움과 깨달음이 인식 차원의 알음알이에서 그쳐서는 안 된다는 점이다. 사랑과 자유 그리고 평등과 해방이 추상적이고 상호의존적인 개념으로만 인식되는 데에서 나아가, 이를 구체적인 상황에 맞추어 역동적인 활동으로 바꾸어 내야만 진정한 변화가 시작되기 때문이다. 물론 당시 젊은 시인이 폭압적인 군부독재의 위력에 물리적으로 맞서 변혁을 추동하기엔 역부족인 게 엄연한 현실이다. 하지만 그런 극한적인 상황에서도 "우두커니 서 있을 수는 없지" 다짐하며, 그대와 함께 지푸라기라도 뭉쳐 동아줄을 만들어 죽음의 강물 너머로 건너려고 안간힘을 다한다(「길 끝에」). 엄혹한 절망적 상황에 "쓰러지"고 "허우적대"면서도 희망을 향한 지난한 몸짓을 멈추지 않는 이 도저한 믿음이야말로 시인이 가진 뛰어난 미덕으로 보인다. 자신이 처한 자리에서 형편에 맞게 최선을 다하는 이런 자세가 바로 시인을 늘 역사의 현장에 동참하게 하는 원동력이 되었으리라.

시인은 이렇게 가야할 세상에 대한 믿음을 잃지 않으면서도 겸허하게 자기 자리를 지켜나간다. 그는 늘 열린 마음으로 주변의 작은 자들과 기꺼이 함께한다. 자신이 젊은 시절을 산언덕 동네인 용두동 해방촌에서 살았기에, 길음동이나 미아동 산동네 사람들의 고단함 속에 간직된 인정에 충분히 공감할 수 있다. 하늘 아래 첫 동네인 산동네 사람들은 척박한 현실 속에서도 서로 부대끼며 싸우다가도 서로를 보듬어가며 내일에 대한 희망을 일구어간다. 남루한 살림살이에 날것의 감정으로 살아가는 그들이지만 하늘과 별빛에 가장 가까운 사람들임을 시인은 안다. "복되어라, 가난한 사람들! 하늘나라가 너희 것이라"는 예수의 축복 대상이 바로 이들인 것이다. 이런 역설이 바로 중생과 부처가 하나되는 화엄의 세계가 아닐는지. 그래서 시인은 산동네에 내리는 솜이불 같은 눈송이를 보며 '설움이면서도 은혜요 희망'이라고 노래한다.

> 축복이요 함박웃음이요 사랑이요
> 여기 길음동 산언덕
> 산언덕 슬레이트 지붕 위에도
> 덧씌운 루핑 위에도
> 환희요 떨어져 내리는 기쁨이요
> 보아도 눈 부릅뜨고 보아도
> 은혜요 층층이 늘어선 가난을 덮는
> 한숨을 덮는 솜이불이요 떡가루요
> 버리고 온 고향 사람들
> 눈물겨운 인정이요 거친 손마디
> 덥석 부여잡는 설움이요 반가움이요
> 무너져 내리는 담벼락

낡아 찢어진 벽보 위에도
일렁이는 추억이요 그리움이요
이따금 바람 불러와
온통 세상 뒤흔들어도
노랫소리요 아직은 벅찬 내일이요
즐거움이요 그리하여 여기
엉덩이를 비비며 모여 사는 사람들
사람들 넓은 치마 섶이요
젖가슴이요 젖가슴으로 껴안는 희망이요.

-「길음동 - 산언덕 내리는 눈」 전문

시인은 우리나라 중심부인 서울에서 멀리 떨어진 변방에서 태어나고 살아가는 이른바 마지널 맨(marginal man), 곧 주변인이다. 물론 나름 일가를 이룬 시인이고 존경받는 대학교수로 사회적으로 성공했어도, 그의 심성과 삶의 행태를 추동하는 힘은 바로 시골사람의 정서다. 그래서 그는 늘 주변 이웃들의 고통과 신음소리에 민감하게 반응하며 끝내 외면하지 못한다. 그러다 붉은 물이 든 사람으로 낙인찍히기도 하고, 한때는 직장에서 쫓겨나 유랑의 시절을 건너야 했다. 이렇게 주변인 의식으로 이웃과 소통하는 그는 '달'과 같은 존재다. 태양처럼 뜨겁고 눈부셔 감히 쳐다볼 수 없는 '너무 먼 당신'이 아니라, 소주잔 기울이며 정담을 나눌 수 있는 '이웃의 장삼이사'이다. 그는 존재하지만 자신을 애써 드러내지 않는 '달'과 같으며, 태양처럼 멀리 있지 않고 훨씬 가까이 있다. 그는 이지가지 아픈 사연들을 간직한 채 기울어진 삶을 서로 다독이며 사는 이웃들을 연민의 정으로 가까이 끌어당긴다. 마치 달의 인력이 지구의 자전축 기울기를 안정적으로 유지해 줌으로 해서 계절이 변화하고 물이 뒤바뀌며 생물들이 살아가게 하는 것처럼 말이다. 이렇듯 달과 같은 주변인들이 있기에 이 세상의 변화와 조화가 가능한 것이니, 그가 "내 몸에는 달이 살고 있다"고 말하는 것은 바로 우리 삶을 살 맛 나게 해주는 세상사의 이치에 다름 아니다. 즉 삶의 근원적인 질서인 원형이정(元亨利貞)의 순리로 살아가고자 하는 시인의 바람을 말한 것이다. "겨울 가을 여름 봄이 아니라/ 봄 여름 가을 겨울"(「봄 여름 가을 겨울」)인 것이다.

　내 몸에는 달이 살고 있다 옥토끼의 달, 계수나무의 달, 때 되면 옥토끼는 아직 절구질을 한다 계수나무 그늘 아래 떡방아를 찧다 인절미며 쑥절편, 백설기며 시루떡 함께 나누어 먹는 달은 지금 많이 아프다

　……홍건히 피 흘리는 달, 아랫도리 절룩이는 달, 내 몸의 물관부를 따라 출렁출렁 뛰어다니는 달……

　뚜벅뚜벅 대보름이 다가오고, 마침내 몸 가득 채우는 달, 때로 달은 흘러넘치기도 한다 밖으로 빠져나가기도 한다 그러면 달빛 너무 지쳐 피빛으로 붉으죽죽하다 그 달빛, 세상 향해 촉촉이 내려앉는 모습, 보고 싶다 아름답게.

- 「달」 전문

　사실 우리가 사는 지구는 우주의 중심이 아니다. 우주 속에서 지구는 태양계 가장자리를 차지한 '창백한 푸른 점'으로 어둠에 둘러싸인 외로운 티끌 하나에 불과하다고 천체물리학자 칼 세이건은 말한다. 따라서 우주의 광대함과 장엄함 앞에서 인간은 아주 취약한 존재에 불과하며, 특별한 존재가 아니라고 한다. 다른 동식물과 유전적 친족관계에 있으며, 우리 몸을 이루는 물질들 - 혈액 속 철분, 뼈 속의 칼슘, 뇌 속의 탄소, 수분 속의 산소 등은 수천 광년 떨어진 수십억 년 전 적색거성들에서 만들어진 것이라 한다. 이렇게 보면 우리 모두 오랜 별의 자손이고

빛나는 존재인 것이다. 시인의 직관과 상상력을 통해서만 인간과 우주가 연결되는 것이 아니라, 우리를 구성하는 원소들을 통해서도 긴밀하게 연결되어 있다. 우주의 모든 물질이 서로 연결되어 있고, 세상의 모든 것이 서로 연결되어 있는 것이다. 이것이 바로 불교에서 말하는 화엄의 바다이다.

우리나라가 미국 기독교 문명에 의해 근대화되면서 인간 중심의 가치관과 지구 중심의 우주관을 내면화하게 됐지만, 우리의 원래적 영성은 동식물은 물론 사물까지도 공감과 배려의 관계로 보아왔다. 해님과 달님 이야기, '비가 오시네.'란 표현이나 뜨거운 물도 식혀서 버리고 까치밥을 남겨두는 풍습 등이 이를 증명해 준다. 야생영장류학자들의 연구에 의하면 원숭이나 유인원이 사는 열대우림 지역이나, 야생영장류가 흔한 인도 중국 일본 등의 종교에선 인간과 다른 동물 간에 엄격한 경계를 두지 않는다고 한다. 유독 야생영장류가 없는 유대계 기독교만이 인간을 예외적인 특별한 존재로 취급하는 신앙을 가지게 됐다는 것이다. 시인은 천주교 영세를 받았지만 불교 종립고등학교를 다니면서 배운 불교적 교양 때문인지, 인간과 만물이 다 연결돼 있음을 쉽게 받아들이고 이를 시로 형상화하고 있다. '나는 별, 별빛과 태초로부터 연결되어 있으며, 질긴 동아줄로 얽힌 관계임'을 시적 상상력과 직관을 통해 노래한다(「휘파람 부는 저녁」).

나와 남, 나와 자연, 나와 사물이 결국 하나라는 시인의 인식은 특히 '바람의 시'에 잘 드러난다. 물론 바람이 부는 과학적 이유는 기압차 때문에 일정한 방향으로 공기가 흐르는 것이다. 그러나 시인에게 바람은 움직이는 생명력이고 사람의 마음이 자유롭게 모아져 이루는 역사이고 우리가 사는 이 땅에서 이루고자 하는 소망이기도 하다(「바람이 좋아하는 것」, 「바람의 파수꾼」). 기독교에서는 세상을 살아 움직이게 만드는 신비스런 힘의 존재(spirit)를 우리 주변에서 움직이는 바람(wind)의 모습으로, 우리 내면에서 움직이는 숨(breath)으로 표현한다. 바람은 초월적이면서도 내재적인 그런 신령한 힘인 것이다. 따라서 타인과 자연 또는 사물 모두에 이런 신령스런 힘이 내재해 있다고 보게 될 때, 우리는 만물에 자비심과 연민의 정을 가지게 된다. 시인이 시에 드러나는 자신을 '각자 선생'으로 부를 때도 바로 이런 자각 또는 깨달음을 표현하면서, 모두가 다 스스로 이런 자각을 가질 수 있다는 믿음을 동시에 함축하고 있다고 보인다.

시인은 이번 시선집의 표제작을 「초식동물의 피」로 정했다. 시인이 동식물은 물론 사물까지도 자신과 하나가 되는 화엄사상을 체화(體化)하고 있음은 이미 살펴본 바 있다. 이렇게 만유와 내가 둘이 아닌 하나로 차별 없이 모두 소중한 존재라면, 만유가 서로 평화롭게 공존하는 삶이 가장 바람직한 관계라 할 수 있다. 그리고 이를 가장 비폭력적으로 실현하는 방법은 바로 피 흘림이 없는 먹을거리인 풀과 채소와 열매를 먹는 초식동물의 삶을 사는 것이다. 이는 성경의 창세기에도 제시돼 있다.

하나님이 말씀하시기를 "내가 온 땅 위에 있는 씨 맺는 모든 채소와 씨 있는 열매를 맺는 모든 나무를 너희에게 준다. 이것들이 너희의 먹을거리가 될 것이다. 또 땅의 모든 짐승과 공중의 모든 새와　땅 위에 사는 모든 것, 곧 생명을 지닌 모든 것에게도 모든 푸른 풀을 먹을거리로 준다" 하시니, 그대로 되었다. (창세기 1장 29-30절)

생명이 있는 모든 것에게 모든 푸른 풀을 먹을거리로 주었다는 것이다. 물론 상징적인 이야기지만 깊은 의미가 담겨 있다. 그렇다고 채식주의자가 되라는 명령은 아닐 것이다. 만유의 폭력적인 관계에서 벗어나라는 가르침을 먹을거리를 통해 상징적으로 표현한 것이리라. 그래서 시인도 들농사를 지어 곡식과 푸성귀를 먹는 선조들의 유전자에 대한 사랑과 믿음을 표현하는 것이리라. 육식을 혐오하거나 거부하라는 것이 아니라, 우리 안의 피를 부르는 욕정에 대한 절제를 당부하는 것이리라. 폭력적인 피 흘림의 관계에서 벗어나려는 마음가짐으로 만물과 평화로운 관계를 이루려는 노력을 통해 우리 삶을 변화시켜 보자는 시인의 예지이리라.

이 땅에서 선조들이 어떻게 살아왔는지 나는 잘 모른다

염소처럼 작고 조그만 눈, 토끼처럼 크고 두툼한 귀, 수탉처럼 헐떡이는 작은 가슴이 유전자에 박혀있는 것을 보면 선조들 또한 산천초목을 호령하던 사자나 호랑이는 아니었던 듯싶다

그들 역시 기껏해야 마을 주변이나 맴도는 초식동물 따위로 자분자분 들판을 일구며 겨우겨우 목숨을 부지해왔으리라

이런 선조들의 후손인 내가 무릎을 다쳐 지금 절룩이며 걷고 있다

단지 돌부리에 걸려 넘어졌을 뿐인 데도 엉성하기 짝이 없는 유전자가 자꾸만 상처를 키우고 있다

그래서일까 입고 있는 옷도 남루해 보이고, 벗고 있는 마음도 남루해 보인다

절룩이는 다리도 남루해 보이지만 이 모든 것이 시간이 만드는 일이라는 것을 내 어찌 모르랴 마음이 만드는 일이라는 것을!

초식동물도 동물인 만큼 내게도 와락 더운 피 돌 때가 있다

가슴 가득 별빛으로 설움 쏟아져 내릴 때가 있다

더러는 그리움의 낯빛을 하는 저 별빛…… 용케 잘 견뎌내고 있는 나는 초식동물의 피를 받은 것이 늘 고맙다

출렁이는 강물을 따라 황금 부스러기 달빛을 밟으며 들일을 마치고 성큼성큼 집으로 돌아왔을 선조들을 생각하면 오래오래 아랫배가 뻑뻑해지고는 한다 사랑과 믿음이 생기고는 한다.

- 「초식동물의 피」 전문

한결같은 모습으로 시대가 부르는 삶의 현장에서 늘 작은 자들과 함께하면서도, 유쾌한 낙관으로 절망을 이겨내며, 만유에 대한 사랑과 공존이라는 화엄의 바다를 찾아가는 보살행을 보여준 시인의 시적 성취와 삶의 자취에 마음 깊이 경의를 표한다. 이런 시인과 가까이 함께한다는 것은 복된 일이라 여겨 감사한다. 다만 이제 학자로서의 고된 의무에서 자유로워지는 계기를 맞는 만큼, 모처럼 흩어져 살던 가족들과 한자리에 모여 오순도순 정을 나누며 안식을 누리기를 진심으로 빈다. '빨간 맨드라미'처럼 단심을 간직한 노모, 두 가슴을 도려내는 아픔을 이겨내고 '기왓장'처럼 시인을 지켜주는 웅숭깊은 아내, 제 앞갈망하며 사는 아이들, 용두동 산언덕에서 함께 유학하던 누이와 동생들까지 봄꽃이 흐드러지게 핀 고향에서 '주산리 꽃잔치'를 벌이며 이웃과 자연과 사물까지 평화롭게 함께 살아가는 '보살행'을 보고 싶다. 그리고 그 길에 기꺼이 함께하고 싶다. 이은봉 시인은 '화엄의 바다를 찾아가는 보살행'을 이미 이렇게 보여주고 있다.

(2018년 6월, 이은봉 시선집 『초식동물의 피』 해설)

깨달음의 예지叡智와 회향廻向의 미학

1. 시인은 '잠수함 속의 토끼'

최근에 우리 민족은 일촉즉발의 전쟁위기에서 벗어나 새로운 평화시대를 열어가는 역사적 격변을 경험하고 있다. 제2차 세계대전 종전 후 자본주의 국가의 맹주인 미국과 사회주의 국가의 맹주인 소련이 세계를 분할하여 대립하던 냉전체제가 1980년대 말 세계적 화해 분위기 속에 종식된 뒤에도, 한반도는 지구상에서 유일한 냉전의 섬으로 남아 민족의 활력이 크게 제약받아 왔다. 그런데 이제 그런 지정학적·역사적 한계에서 벗어나 우리 민족의 활력을 회복하고 그 운명을 스스로 개척해갈 수 있는 절호의 기회를 맞은 것이다. 이런 새로운 비약의 변곡점을 맞아 다시금 민족적 미래에 대한 예전의 예언이 주목받고 있다. 물론 조선후기나 일제강점기에 크게 부흥했던 각종 비기(秘記)나 신비체험을 강조하는 민중종교 등의 묵시록적 종말사상을 새삼 주목하여, 현재적 결과를 과거의 비유적 암시에 억지로 맞추는 견강부회를 말하고자 하는 것은 아니다. 오히려 고대과학을 체계화한 아리스토텔레스의 이원론적 세계관을 지지해 온 기독교의 사제이자, 과학적이고 합리적인 사고에 길든 유럽의 지성이 70년대에 한반도에 대해 밝힌 공개적 전망을 말하고자 한다. 루마니아 출신의 소설가이자 프랑스인 신부로, 우리에게 『25시』란 소설과 영화로 널리 알려진, 게오르규의 『25시를 넘어 아침의 나라로』가 바로 그것이다.

게오르규의 소설에서 말하는 '25시'는 작중인물 코루가 신부가 말하듯, 하루의 마지막 시간이 지나가버린 뒤의 '폐허의 시간, 메시아가 와도 구원해줄 수 없는 절망의 시간'으로, 관료적 기술주의에 빠져 개인의 존엄성과 가치를 부인하는 서구사회의 인간부재 상황을 상징한다. 이렇게 서구 물질문명의 붕괴를 절망적으로 상징한 표현이, 하루 24시간을 더 연장해 한계를 넘어 편리함의 극한을 제공하고자 하는 인간 가능성의 상징으로, 대기업의 전국적 유통망의 편의점에 일상적으로 쓰이는 건 정말 아이러니다. 더구나 게오르규가 『25시』에서 서구 물질문명에 절망하며 '빛은 동방에서 온다.'며 동방에서 빛을 발할 영적 부흥의 도래를 예언했고, 1974년 한국을 방문해, 그 절망에서 인간을 구원할 동방은 바로 동양의 '작은 나라'인 한국이라고 선언했음을 상기하면 더욱 그렇다.

그가 동양의 작은 나라 한국을 주목한 것은, 기독교 사제답게 '우리의 구주인 예수님이 보잘 것 없는 작은 마을 베들레헴에서 태어났듯이, 지금 인류의 빛도 작은 곳에서부터 비쳐올 것'이며, '수없는 고난을 스스로의 힘으로 번번이 이겨낸 민족'인 '한국 사람들은 성서의 '욥'과 같은 존재'이기 때문이다. 물론 이는 사도 바울이 기독교를 이방인에게 전도하며 세속적 가치를 전복하는 신의 섭리를 아름답게 설파한 편지문서를 통해 널리 알려진 내용인 만큼, 나름 합리적으로 또 심정적으로 이해가 가능하다.

"그러나 하나님께서 세상의 미련한 것들을 택하사 지혜 있는 자들을 부끄럽게 하려 하시고 세상의   약한 것들을 택하사 강한 것들을 부끄럽게 하려 하시며, 하나님께서 세상의 천한 것들과 멸시 받는 것   들과 없는 것들을 택하사 있는 것들을 폐하려 하시나니"(고전 1:27~28).

그러나 지도상에서 한국이 '아시아와 유럽 그리고 아프리카가 연륙된, 이 세상에서 가장 큰 대륙이 시작되는 위치에 열쇠처럼 걸려있기에 세계의 모든 난제들이 열쇠의 나라 한국에서 풀릴 것'이라거나, '아시아를 아름답게 만들고 이 세상을 아름답게 만들기 위하여 하나님은 그 자리에 한국이라는 귀고리를 달아 놓은 것'이라는 등의 직관적 전망은 좀 지나친 감이 있다.

하지만 정작 게오르규의 『25시』에서 우리가 주목해야 할 것은, 시인을 '잠수함 속의 토끼'로 비유한 것이다. 잠수함에 산소측정기가 없던 시절, 잠수함 맨 밑바닥에 둔 토끼가 꾸벅꾸벅 졸면 산소가 부족함을 알아채고 수면 위로 부상했다고 한다. 수병 중에서 가장 환경에 대한 감수성이 예민했던 게오르규는 어느 날 산소를 측정하는 토끼가 죽자 잠수함 밑바닥에서 토끼 대신 산소가 부족함을 알리는 일을 맡았으며, 이 체험을 바탕으로 시인을 '잠수함 속의 토끼와 같은 존재'로 정의했다. 즉 시인은, 이 사회의 병적 징후를 맨 먼저 알아차리고 이를 알리는 존재라는 것이다.

2. 시대의 고통을 아파하는 시정신

시인을 '이 사회의 병적 징후를 맨 먼저 알아차리고 이를 알리는 존재'라고 할 때, 이 사회의 병적 징후란 무엇인가. 무엇보다도 개인의 존엄성을 이루는 자유와 평등이 억압되는 권위적 사회구조를 들 수 있다. 각 분야별로 권력을 가진 기득권 세력이 자신의 이해관계를 관철하기 위해 차별과 배제의 카르텔로 자신의 지배력을 강화하는 현실이 바로 병적인 사회구조다. 대안사회를 고민하는 사회학자들이 지적하듯이 1%의 탐욕이 99%를 어렵게 만드는 그런 구조 말이다. 시인은 소수 권력자의 횡포에 신음하는 다수 민중의 아픔에 민감하게 반응하며 공감한다. 수많은 서민을 괴롭히는 사회구조를 민감하게 파악하고 그들과 함께 아파하며 그것의 극복을 공적으로 외치는 것이 바로 시인의 살아있는 시정신이다. 조선시대 후기 뛰어난 민중 시인이자 실용주의 사상가인 정약용은 유배지에서 아들 학연에게 보낸 편지에서 시인의 자세에 대해 이렇게 말한다.

> "시대를 아파하고 세속을 분개하지 않는 시는 시가 아니며
> 아름다운 것을 아름답다고 하고 미운 것을 밉다고 하며
> 착한 것을 권장하고 악을 징계하는 뜻이 담겨 있지 않은 시는 시가 아니다."

시대를 아파하고 세속을 분개한다 할 때, 우리는 언뜻 뜨거운 분노의 폭력적 분출을 떠올리기 쉽다. 그러나 시적 분노는 자신을 불태우고 주변을 파괴하는 네크로필리아(Necrophilia, 죽음지향성)가 아니라, 인간의 나약함을 포용할 줄 아는 거룩한 분노로 세상을 다시 살아나게 하는 바이오필리아(biophilia, 생명지향성)이다. 따라서 각 개인의 가치를 수단이 아닌 목적으로 여기며, 개개인의 공적 삶의 조건을 최상의 상태로 상상하는 것이 바로 시대를 아파하는 시인의 시정신이라 할 수 있다.

그런데 시인을 '이 사회의 병적 징후를 맨 먼저 알아차리고 이를 알리는 존재'라고 하면, 대개 예언자(선지자)적 지성을 생각하기 쉽다. 재난이나 큰 불행의 조짐을 민감하게 알아차리고 그것이 가져올 엄청난 불행을 미리 알리는, 그런 예언자를 떠올린다. 하지만 히브리 성경에 등장하는 수많은 선지자들은 앞으로 벌어질 일을 미리 예측하는(predict) 점쟁이 역할을 하는 것이 아니다. 그들은 자신이 들은 신(神, 절대 진리)

의 공평무사(公平無私)한 진리를 대신 전해주는 대언자(speaker)이다. 신의 모든 피조물들이 서로 연결돼 있는 형제들이며 그런 만큼 마땅히 서로 존중하며 평화롭게 공존하는 것이 바로 신의 뜻이자 우리가 앞으로 나아갈 길임을 대신 말하는 것이다. 세계적인 법철학자 '마사 누스바움'은 배제된 자들이 자신들의 목소리를 찾고 인정받을 수 있도록 공감의 상상력을 발휘하는 시인의 시정신이 실현되는 '시적 정의'를 다음과 같이 말한다.

"나의 '시적 정의'라는 개념 속에 구축된 판단의 기준은 이 시험을 통과할 것이다. 친밀하면서도 공평   하며, 편견 없이 사랑하고, 특정한 집단이나 파벌의 지지자와는 달리 전체에 대해 그리고 전체를 위해 생각할 줄 알고, '공상' 속에서 개별 시민들의 내적 세계가 갖는 풍성함과 복잡함을 이해하고 있는 문   학적 재판관은, 휘트먼의 시인과 같이, 풀잎사귀들 속에서 모든 시민들의 평등한 존엄-또한 성적 갈망   과 개인적 자유의 보다 신비로운 이미지들까지도-을 본다."

3. 깨달음의 예지

세종시에서 활동하는 시인들의 시를 읽으며 드는 첫 느낌은, 자아와 세상에 대한 총체적 인식과 그것의 의미를 직관적으로 관조하고 있다는 것이다. 이는 그들이 지천명(知天命)의 50대에서 종심(從心)의 70대에 이르는, 인생을 한 발 떨어져 그 의미를 되짚어볼 수 있는 나이에 있기 때문으로 보인다. 이들은 우리나라가 최단기간에 이룩한 산업화와 경제성장의 주역으로 살아오면서, 치열한 경쟁구도에서 나름대로 일정한 자리를 잡았거나 또는 정년퇴직으로 현장에서 벗어나, 비로소 자신의 삶과 이웃의 모습 그리고 세상사에 대해 지그시 바라보는 마음의 여유를 가지게 된 것이다. 그래서 이들의 시엔 자신과 이 세상의 정체성에 대한 영적 성찰이 돋보인다.

김백겸 시인은 왕성한 지적 탐구와 과학기술에 대한 깊은 소양으로 인문학적 교양과 첨단정보통신 기술력을 겸비한, 그야말로 박학다재(博學多才)한 하이브리드 문인이다. 그의 시를 읽기 위해선 동서고금의 철학과 신화에서부터 최근의 첨단기술이나 다양한 성애 표현에 이르기까지 자유자재한 시상의 흐름을 종횡으로 숨 가쁘게 좇아야 한다. 그는 천성적으로 질문하고 배우기를 좋아하는 학인(學人)이다. 스스로도 "상형象形의 어머니 가이아Gaia가 일자一者의 힘을 사방에 부적으로 드러낸 풍경 속에서 나는 의심으로 괴로운 학인學人(「월하독작月下獨酌」)"이라고 스스로를 규정한다. 우주생성의 궁극적 실재인 일자(一者) 혹은 전일자(oneness)의 작용으로 비로소 존재하게 된, 모든 형상의 모태인 지구 가이아의 자기조절력과 기묘한 운행원리에 대해 의문을 제기하는, 탐구자로서의 괴로움을 토로한다. 이렇게 존재와 우주에 대해 근원적인 질문을 제기하는 시인은, 특정 종교의 시각을 절대화하며 그 안에 안주하지 못하기에 괴롭다. 하지만 특정 종교의 교리에 얽매이지 않고 다양한 종교적 접근으로 자신과 세상을 입체적으로 인식할 수 있기에 스스로 자유로울 수 있다. 시인은 불교, 힌두교, 기독교, 신화와 철학의 우주와 존재에 대한 다양한 인식체계를 자유롭게 넘나든다.

그의 시 「매트릭스matrix를 노래함」은 현대의 첨단기술문명이 만들어낸 가상현실과 인공지능의 세계가 결국은 우리를 가짜 욕망의 이미지에 사로잡힌 포로로 만들 것임을 경고한다. 이를 좀 더 구체적으로 이해하기 위해서는 「현도玄道의 매트릭스matrix」, 「시뮬라크르simulacre」 등을 연계해 보아야 한다. 시인은 우리가 살아가는 현실세계가 사실은 기호와 데이터와 이미지가 거미줄처럼 엮여 만드는 가상현실의 신세계임을 민감한 촉수로 인지하고 이를 풍자적으로 고발한다.

전기자동차 테슬라를 만든 최고경영자 일론 머스크가 말했듯이 "지금 우리가 살고 있는 이 세상이 사실은 컴퓨터 시뮬레이션이며 뇌에서 '만들어진 가상의 세상"으로, "현실일 가능성은 10억분의 1"에 불과하다는 것이다. 그렇기에 사람들은 가상현실이 만들어내는 기호와 데이터와 이미지가 거미줄처럼 한데 엮인 가짜 욕망에 휘둘려 허둥대며 삶을 소진해버린다.

> 프로그램 창세기가 열리고
> '나는 생각한다, 고로 나는 존재한다'라는 데카르트의 명제가 '기호는 생각한다, 고로 기호는 존재한   다'라는 명제로 바뀐 신세계
> 기호와 개념들이 하늘의 별처럼 바닷가 모래처럼 복사되는 신세계
> 인간 시대 기호론자들이 바이블 선지자처럼 추앙받는 신세계
> 인류 문명은 기호시대 수면 아래로 잠기고 기호를 신으로 모신 컴퓨터와 로봇이 불사영생을 얻는   에덴 설화가 새롭게 창조된 신세계
>
> 아들아 불구경 가자
> 매트릭스가 일원성신과 산천초목을 수놓은 시뮬라크르 미궁을 불구경 가자
> 매트릭스가 인간시대의 중생과 아라한과 보살과 부처도 분서갱유한 거미줄 화택으로 불구경 가자
> ─「메트릭스matrix를 노래함」 전문

우리 현실세계를 움직이는 가짜 욕망의 이미지를 그는 불타는 집, '화택'이라 지적한다. 불이 타오르는데도 가짜 이미지에 속아 인간시대가 이룬 영원한 생명의 지혜마저 불살라버린 우리의 어리석은 모습을 절박하게 고발한다. 우리는 시인의 이런 예지의 가르침에 문득 우리의 어리석은 모습을 실감하며 돌이켜 볼 수 있다. 문제는 가짜 욕망에 자신과

모든 진리의 가르침마저 소진해버린 우리의 어리석은 모습을, 시인이 아들과 함께 저만큼에서 구경하고 있다는 점이다. 시뮬라크르 미궁에서 불나비처럼 스스로를 불사르는 현대인의 어리석은 자승자박 행태를 비판하려는 의도였겠지만, 시인이 밝은 눈으로 알아챈 위기의 낌새를 어떻게든 어리석은 중생에게 알려 도움을 주려는 보살행까지 나아가는 것이 바로 시대를 아파하는 시인의 모습이기에 못내 아쉽다.

연용흠 시인은 원래 소설가로 두각을 나타낸 중견작가인 만큼, 탄탄한 서사구조 속에 일상에 대한 깊은 성찰과 깨달음을 정갈하면서도 핍진한 언어로 그려낸다. 그의 첫 시집의 표제작인 「소금밭에서 배꽃 보다」를 보면, 분별하려는 생각이 일어나기 전의 맑고 밝은 본래의 마음자리를 찾아가는 과정을 그림을 그리듯 보여준다. 선사(禪師)들이 본래의 자기 모습인 참 나를 찾는 견성(見性)의 과정을 잃어버린 소를 찾아 돌아오는 과정으로 표현하듯이, 뒷걸음치는 칡소가 달빛 아래 배꽃처럼 하얀 소금밭과 하나가 되는 과정을 은은한 실루엣(silhouette)으로 그려낸다. 이는 헛된 욕망에 대한 집착으로 미쳐 날뛰는 마음의 고통에서 벗어나 본래의 고요한 마음자리를 찾아 참된 평화를 누리는 과정을, 검은 소가 하얀 소로 변해가는 열 단계로 그린 십우도(十牛圖) 혹은 심우도(尋牛圖)를 시인 나름의 깨달음으로 바꾼 선시(禪詩)이자 십우도송(十牛圖頌)이다. 그래서 예스러우면서도 장중한 의고체(擬古體)의 말투를 적절히 쓰고 있다.

늦은 밤 불면으로 나온 사내 눈에 불쑥 든 것이
백로일 것이로되

저 소금밭에서 달빛 끌고 가는 것 역시 놈이라면
종일 하늘 날다가 창자에 눌러 붙은 허기를 털기 위해
가느다란 다리로 사뿐 내려와

떼 지어 유영하는 깊은 바다의 물고기 맛을
물갈퀴 얇은 막에 간직해야 할 것인즉

상像으로 어림하여
소금밭에 백로가 사뿐히 걸었다는 것이
윤곽으로는 보이는 바 없이
천지간 달그림자만 지척에 놓인 꼴로 마음만 보았을 터

명命을 놓아버린 혼백 보내듯 헛손질로 눈에 든 새를 한번 쫓아보시라

달빛에 취한 김에 손발은 지느러미처럼 흔들고
짠맛이 배어 썩지 않을 환영이라면
정녕 마음에 박힌 상像이 새가 아닌 그저 물고기
혹은 칡소의 뒷걸음으로 알아도 괜찮지 싶은데
현란한 배꽃과 소금의 흰 빛 서슬이 뒤엉킨다 해도
정말이지 괜찮지 싶은데

                                    -「소금밭에서 배꽃 보다」 전문

　시인은 늦은 밤 소금밭에서 달빛을 끌고 가는 백로의 모습에서 사내
의 맑은 마음자리를 문득 보았지만, 사내는 아직도 눈에 보이는 새의 모
습에 집착하고 있다. 이는 "명命을 놓아버린 혼백 보내듯 헛손질로 눈
에 든 새를 한번 쫓아보시라"에서 드러나듯, 망자의 혼백을 보내는 초혼
(招魂)의 의식이 망자가 입던 옷을 흔들며 아직도 남아있는 망자의 혼
백을 붙잡아두려는 마음을 표현하는 고복의식(皐復儀式)인 만큼, '쫓아
보시라'는 표현이 사실은 '붙잡아두려는' 마음의 반어적 표현임을 알 수
있다. 하지만 바로 그런 집착에서 벗어나 백로든 물고기든 칡소든 현
란한 배꽃과 소금의 흰 빛이 한데 뒤엉켜 구별되지 않는 있는 그대로의

마음자리, 맑게 하려는 의식조차 없어진 그 자리가 정말 괜찮다고 여기는 경지에 이른다. 이는 십우도에서 아홉 번째 자리인 '소도 사람도 모두 잊고 본래의 자리에 돌아온' 반본환원(返本還源)의 경지에 해당한다. 진정 근원으로 돌아와 보니, 백로든 물고기든 칡소든 배꽃이든 소금이든 굳이 구별할 필요 없는, 모든 것이 있는 그대로 아름다운 모습임을 진정으로 깨닫게 되는 것이다.

하지만 진정한 견성의 모습은 여기에 그치는 것이 아니다. 마지막 단계인 입전수수(入廛垂手), 저자에 들어가 손을 드리우고 세속의 중생과 함께하는, 바보 성인의 풍모에까지 나아가야 하기 때문이다. 마치 십자가에서 죽은 예수가 죽음의 권세를 끊고 부활한 이후 곧바로 영광의 하늘로 오르지 않고, 식민지 백성들이 고통을 겪는 삶의 현장인 갈릴리로 간 것처럼 말이다. 깨달음을 얻은 싯달타가 부처로서 저 높은 곳에서 홀로 경배 받지 않고 바로 속세의 저잣거리로 내려가 45년 간 중생을 교화하며 구제하는 모습을 보인 것이나, 슈바이처가 예수의 생애를 연구해 신학박사 학위를 받고 고고한 신학자로 살지 않고 뒤늦게 의사가 되어 아프리카에 가서 원주민을 치료하고 돌보는 데 여생을 보낸 것이 다 '입전수수'의 자리에 도달한 예라 할 수 있다. 따라서 이 시의 사내 역시 '정말이지 괜찮지 싶은데'라는 분별없는 마음에 그치지 않고 백로, 물고기, 칡소, 배꽃, 소금을 있는 그대로 바라보고 느끼고 맛보며 중생에게 도움을 주며 살아가는 데까지 나아가야 하는 것이다.

홀쩍하게 큰 키에 짧게 깎은 머리로 휘청휘청 걸으며 묻는 말에만 애써 대답하는 정용기 시인은 늘 단정하면서도 자신에게 엄격하다. 그야말로 글 아는 지식인으로서의 문인(文人)의 자세에 대해 아주 민감한 그런 시인이다. 그의 두 번째 시집 첫머리에 있는 '시인의 말'에서도 이런 엄격함이 확인된다. 그는 먹고사는 데 급급하여 마땅히 분노해야 할 일을 무심하게 지나친 것에 깊은 죄책감을 느끼며, 산을 뒤덮은 나무들의 두근거림과 저녁 산그늘의 그윽함 속에 스스로를 가두는 종신형 귀양살이를 자청한다. 물론 자연을 벗 삼은 자연친화적 삶이 무슨 귀양살이냐고 타박하며 오히려 소극적이고 현실 도피적이라고 지적할 사람도 있겠지만, 부박한 시류에 휩쓸리지 않고 늘 제 모습을 지키는 자연 속에서 진지한 자아성찰과 절제된 삶의 태도로 세상에 선한 영향을 끼치겠다는 다짐으로 여겨도 무방하리라. 무엇보다도 최소한의 자기성찰도 없이 대중 앞에서 나붓거리는 소위 지도층의 허망한 모습과 대비해 보면, 그 의미가 결코 작다고만 할 수 없다. 사실 한 사람이 생각을 바꾸고 맑아지면 세상이 그만큼 변하기 때문이다. 시인은 이렇게 자기성찰과 절제된 삶으로 나름 올곧게 살아가지만, 굳이 자신을 드러내려 하지 않을 뿐이다. 시인의 두 번째 시집의 표제작인 「도화역과 도원역 사이」를 통해 이런 태도를 살펴보자.

> 환승역에서는 늘 허둥대고
> 낯선 역이 지나갈 때마다 마음은 한 칸씩 졸아든다.
> 종착역 가까운 곳 도화역과 도원역 사이에 제물포역이 있고
> 경주 이씨 상가를 가려고 제물포역을 빠져나오면
> 내려본 적 없는 도화역이 자꾸 눈에 어린다.
> 무심코 지나온 낯선 도시의 무수한 불빛들
> 내 안에서 만발하여 한 시절 흘러간 곳
> 그곳이 도화역이었으려나
> 꽁무니만 보인 채 멀어져 간 전철이
> 내가 가 닿을 수 없는 먼바다 어디쯤에서
> 힘겹게 끌고 온 불빛 풀어 놓고
> 한바탕 꽃 천지를 이루는 곳
> 그곳이 도원역일라나.
> 문상객의 발길을 밝히는 조등이
> 잘 무르익은 복숭아꽃이로다.

경주 이씨 영정에 언뜻언뜻 밑그림으로 깔려 있는

지나간 봄 풍경이 마음을 쑤신다.

– 「도화역과 도원역 사이」 전문

시인은 지인의 죽음을 조문하기 위해 목적지인 제물포역에서 내려 상가를 찾는다. 그런데 제물포역이 공교롭게도 도화역과 도원역 사이에 있다는 걸 알고서, 상가의 조등이나 고인의 영정 등에서 동양에서 꿈꾼 이상사회인 '무릉도원'을 연상한다. '무릉도원'이 중국 남북조시대의 유명한 전원시인인 도연명이 제시한 자유·평등·평화가 이루어진 이상적인 사회를 가리킨다는 것은 익히 알려진 내용이다. '무릉도원'은 중국 허난성의 무릉에 사는 한 어부가 고기를 잡으러 강에 나갔다 떠내려 오는 복사꽃을 따라가니 동굴이 나오고 그 안에 들어서니 진나라 때 전쟁을 피해 온 사람들이 아주 자유롭고 평화롭게 살고 있더라는 얘기에서 유래한 고사성어로, 현세와 다른 별천지를 뜻한다. 서양에서는 16세기 영국의 정치가인 토마스 모어가 쓴 『유토피아』에 '무릉도원'과 유사한 이상세계가 묘사된다. 토마스 모어는 아메리고 베스푸치가 카나리아 제도에서 아메리카 대륙까지를 여행한 기록 『신세계』를 읽고서, 아메리카 인디언들이 자연에 순응하며 자유롭고 평화롭게 공동체를 이루고 사는 모습에 감동하여 이를 이상적인 세계로 묘사했다 한다.

이렇게 본다면, 동서고금을 막론하고 이상세계란 자유·평등·평화가 이루어진 세계를 가리킴을 알 수 있다. 차이가 있다면, '무릉도원'이 '~이 없는 사회'를 꿈꾼다는 점에서 좀 소극적이라는 것이다. 이는 도연명이 남북조시대라는 혼란기에 관료사회의 혼탁함에 염증을 느껴 벼슬을 버리고 전원으로 돌아와 농사를 지으며, 그런 폐단이 없는 사회를 꿈꾼 데서 비롯되었기 때문이다. 물론 이런 꿈 자체가 당시의 혼란한 세상에 대한 소극적 저항이기도 하지만, 보다 적극적으로 '~을 극복한 사회'를 꿈꾼 것은 아니라는 걸 감안해야 한다. 하지만 '유토피아'는 유럽의

'어디에도 없는' 사회를 아메리카 인디언들이 '권력과 권위와 국가가 없는 아나키 민주주의 사회'를 이미 실현하고 있음을 확신하고서 제시한 것이라는 점에서, 실현 가능한 세계이다. 무릉도원이 현실세계에서 벗어난 세계에 대한 막연한 꿈으로 머문다면, 유토피아는 실제로 존재했던 세계이기에 우리가 힘을 모아 다시 회복하면 된다는 점에서 실현 가능한 꿈이라 할 수 있다. 유토피아에 대한 토마스 모어의 비전을 현대적 표현으로 바꾼다면, 직접 민주주의와 촘촘한 사회안전망 속에서 국민 누구나 당당하게 복지를 누리는 그런 사회로, 불완전하긴 하지만 이미 북유럽 등에서 시도되고 있다. 따라서 시인도 무릉도원에 대한 아련한 그리움에서 벗어나, 여럿이 함께 그런 꿈을 꿀 때 현실 속에서 조금씩 실현 가능함을 인식하고 보다 적극적인 태도를 가져보는 것이 좋을 듯하다.

함순례 시인은 섬세한 공감능력으로 주변의 아픔에 민감하게 반응하며, 상대가 부담스럽지 않게 슬그머니 다가와 명아주지팡이가 되어주는 그런 넉넉함을 간직한 시인이다. 그는 늘 삶의 무게중심을 낮게 유지한다. 말을 앞세우며 커다란 동작으로 나붓거리지 않고, 무거운 삶의 멍에로 애통해하는 사람들을 직접 찾아다니며 조용히 그들과 함께한다. 그 멍에의 무게를 가늠하거나 잘잘못을 따지기보다 그들의 하소연을 귀담아 듣고 지친 어깨를 감싸주며, 그들의 있는 그대로의 모습을 긍정하고 받아들인다. 깊은 바다가 계곡물과 강물의 근원을 따지지 않고 모두 융숭하게 받아들여 결국 함께 어울려 깊게 흐르듯이 말이다. 시인은 우주의 모든 사물과 존재가 끝없는 시간과 공간 속에서 서로의 원인이 되며, 대립을 초월하여 하나로 융합하여 화엄의 세계를 이루는 이치를 이미 깨우치고 있다.

산지팡이 서너 개 화암사 바위에 기대어 있다

한 사람 지팡이 들고 산을 오른다

두 사람 지팡이 놓고 산을 벗는다

갈팡질팡 내려놓은 자리, 거기

山門에

쓰러지고 일어서는 일 다 길이다

―「거기, 화엄華嚴」 전문

　사람마다 다 타고난 기운과 재능이 다른 만큼 각자의 근기(根機)에 따라 깨달음의 크기나 시기 또한 천차만별이다. 하지만 이런 다름이 차별과 배제의 기준이 되지 않고 서로 화합과 조화로 융합되는 거기가 바로 화엄의 세계라는 것이다.

바람이 들썩이는 호숫가
비닐돗자리 손에 든 아이가
풀밭으로 걸어간다
신발 벗어 한 귀퉁이 두 귀퉁이
메고 온 가방 벗어 세 귀퉁이
마지막 귀퉁이에 제 몸 내려놓는다

삼라만상을
돗자리에 전부 모셨다

―「일곱 살, 우주宇宙」 전문

시인은 일곱 살 아이가 바람이 이는 호숫가 풀밭에 비닐돗자리를 펴고 신발과 가방 그리고 제 몸으로 돗자리의 네 귀퉁이를 누르고 앉은 모습에서 우주와 삼라만상을 본다. 동양에서 우주생성의 원리를 맨 처음 체계적으로 설명한 책은 기원전 2세기에 편찬된 백과사전 『회남자』다. 여기에서 우주는 공간적 개념인 우(宇)와 시간적 개념인 주(宙)가 합해서 이루어진 말로 설명된다. 현대 과학이 정의하는 137억 년 전에 생성되어 940억 광년의 공간 속에 지금도 계속 팽창하고 있는 무한 우주 또한 시간과 공간이 합해진 개념이다. 이 시에서 삼라만상을 모신 돗자리와 네 귀퉁이 등은 우리나라 태극기의 구조와 매우 유사하다. 우리 태극기가 태극선과 팔괘를 기본구조로 하듯, 이 시엔 하늘과 땅의 음양과 동서남북을 상징하는 4괘가 잘 조화를 이루고 있다. 태극기는 우리 조상인 동이족 출신의 제왕 복희씨가 만든 주역의 우주관을 표상한 것으로, 그 핵심은 음양과 천지인 삼재를 원형[archetype]으로 하는 태극의 문화의식이다. 이 시에는 하늘과 땅 그리고 일곱 살 아이로 표상되는, 분별에 물들지 않은 인간이 우주 변화의 근본을 이룬다는, 태극의 무화의식이 잘 드러나고 있다.

이 시의 가장 큰 미덕은 4괘와 상응하는 네 귀퉁이를 지그시 누르는 역할을 신발과 가방과 아이가 대등하게 하고 있다는 점이다. 특히 아이가 돗자리 중앙에 앉지 않고 한 귀퉁이를 맡음으로 해서 서구의 인간 중심의 세계관에서 벗어나 동양적 합일사상을 보여주고 있다는 점이다. 천문학자 칼 세이건은 우주탐사선 보이저 2호의 카메라가 포착한 지구의 아주 작고 창백한 푸른 점을 보고서, 우리 인간이 우주에서 우월한 존재라는 생각은 망상임에 불과함을 지적한 바 있다. 우리 인간의 몸을 구성하는 원소들이 모두 별에서 온 것이라는 것 또한 과학적 사실이다. 이런 과학적 사실을 우리 동양사상은 일찍이 우주적 실재와 개별적 재가 궁극적으로는 하나라는 범아일여(梵我一如)로 표현했는데, 이 시는 이를 짧은 표현 속에 시각적으로 보여준다.

이렇듯 세종시 시인들은 민감한 그들의 촉수로 현실 세계의 이러저러한 구별과 배제의 사회구조가 사실은 현상계에 대한 미혹과 집착에서 비롯된 허상임을 포착하고, 이런 깨달음의 예지를 감각적인 언어로 그리듯이 보여준다.

4. 회향廻向의 미학

시인이 우리 시대와 사회의 병폐에 대한 조짐을 민감하게 포착한다 할 때, 그런 인식은 순간적인 직감으로 찾아온다. 그런 병폐가 모든 존재와 사물이 서로 긴밀하게 연결돼 있음을 자각할 때 극복될 수 있음을 문득 깨달았다고 해도, 그 깨달음만으로는 문제를 해결하기에 충분하지 않다. 그런 깨달음이 자신의 생각과 행동의 변화로 이어져 마침내 세상을 바꾸어나가야 비로소 우리 시대의 병폐가 치유될 수 있기 때문이다.

시인이 가짜 욕망의 이미지로 이루어진 시뮬라크르 미궁에서 불나비처럼 스스로를 불사르는 어리석은 현대인의 모습을 그저 불구경하듯 방관하는 것은, 세상의 변화가 본질적으로 불가능하다는 허무주의적 태도로 보여 안타깝다. 시인이 밝은 눈으로 알아챈 위기의 낌새를 어떻게든 어리석은 중생에게 알려 도움을 주려는 보살행까지 나아가는 것이 바로 시대를 아파하는 시인의 모습이기 때문이다. 진정한 깨달음은 저자에 들어가 손을 내밀어 세속의 중생과 함께 그 깨달음을 지켜나가는 보임(保任)의 과정을 거쳐야하였다.

"얼어붙은 얼음이 곧 물인 줄 아는 것이 견성이고, 그 견성을 토대로 하여 그 얼음을 녹이는 것이 보 임이며, 그와 같은 보임이 있고 난 다음에 물을 자유롭게 이용하여 식수로도 이용하고 빨래도 하고 논과 밭에 물을 댈 수도 있게 된다."

시인들이 꿈꾸는 '~을 극복한 사회'로서의 유토피아는 실현 불가능한 막연한 꿈의 세계가 아니라, 일찍이 아메리카 인디언들이 실현했던 것처럼 우리가 다시 재현할 수 있는 실현 가능한 세계이다. 따라서 유토피아에 대한 아련한 그리움에서 벗어나 여럿이 함께 그런 꿈을 현실 속에서 조금씩 실현하려는 적극적인 태도가 필요하다. 전 지구가 폭염과 산불로 불타고 있는 지금의 현실은 시인의 예감이 아닌 실제상황이다. 이를 극복하기 위해선 우주의 모든 사물과 존재가 하나로 연결돼 서로의 원인이 되고 있기에, 인간과 자연의 대립을 초월하여 하나로 융합되는 화엄의 세계를 실천할 때 우리의 어머니 지구 가이아가 스스로의 자기조절 능력을 회복해 불타는 지구에서 벗어날 수 있는 것처럼, 지금 바로 시인의 선한 영향력을 끼치도록 노력해야 한다.

이런 선한 영향력은 거창한 구호나 큰 결단에서 시작되는 것이 아니다. 오히려 작은 생각의 변화와 절제된 생활을 실천하려는 자세로 시작된다. 이때 생각의 변화는 우리가 첨단 기술문명에 휘둘리기 전에 모든 생명과 사물까지를 공경하고 공존하던 그 마음자리를 되찾을 때 가능하다. 유준화의 시 「편지」는 타인을 포함한 삼라만상을 공경하는 보살행을 노래한다.

편지를 쓰고 싶어 편지를 썼습니다
편지를 읽어줄 사람이 있어 편지를 썼습니다
편지를 보내는 마음이 기뻐서 편지를 썼습니다
편지를 부치러 가는 길이 좋아서 편지를 썼습니다
편지를 받는 분의 미소가 그리워서 편지를 썼습니다
아주 먼 곳에 있어도 먼 곳이 아닌 그대 곁에서

잘 지내고 있음을 보여드리고 싶었습니다
기다리는 마음이 일주일 아님, 일 년이면 어때
한날한시에 이 세상에 같이 살아있고
편지를 보낼 수 있는 사람들이 소중해서 편지를 썼습니다
고목나무 꼭대기에 매달린 까치집에도 편지를 쓰겠습니다
보이는 것 보이지 않는 것 모두가
소중한 내것이 되도록 편지를 쓰겠습니다
이 편지 당신에게 드립니다

- 「편지」 전문

    자신이 얻은 깨달음이나 애써 닦은 공덕을 기꺼이 남들과 나눌 때 그 깨달음은 구체적 현실로 드러나고 또 공덕은 끊임없이 커지고 확산된다. 그래서 불교에서는 이런 나눔을 회향(廻向)이라 해서 강조한다. 회향하지 않은 공덕은 일회적으로 고갈될 수밖에 없지만 공덕을 대중에게 회향하면 긍정적인 영향력의 연쇄작용을 일으켜 끊임없이 재창조되어 완전한 불성을 이룰 수 있다고 보기 때문이다. 그래서 견성성불의 마지막 단계를 입전수수(入廛垂手), 저자에 들어가 손을 드리우고 세속의 중생과 함께하는 자비의 실천으로 보는 것이다. 이는 성경도 마찬가지다.

    예수는 버림받은 자들의 고통을 연민의 정으로 동정하며 아파한다. 예수가 생전에 쓰던 아람어에서 '동정하다'란 말의 어원은 '자궁'이라고 한다. 즉 엄마가 뱃속의 아기를 생각하는 것처럼 남의 처지를 생각한다는 것이다. 이렇게 남의 아픔에 공감하며 그런 아픔이 없는 다른 세상, 대안적 세상을 지향하는 게 연민과 동정의 원래적 의미다. 따라서 동서양을 막론하고 시는 이웃의 아픔에 공감하며 그것을 승화시키는 바로 그런 것이다.

    정완희의 시 「장항선 열차를 타고」는 저자에 들어가 세속의 중생과

함께하는 자비의 모습, 이웃의 아픔에 공감하며 그런 아픔이 없는 다른
세상을 꿈꾸는 회향의 모습을 보여준다.

기차는 칙폭거린다
대천항에서
함지박에 갈치와 넙치를 얹어
새벽열차로 자유시장에 푸른바다를 펼쳐냈던
생선장수 아주머니는 귀향중이다
날마다 대천항에서 천안의 자유시장까지
몸 불편한 남편과 아들의 학비걱정을 안고
하루분의 삶을 붙들고 돌아가는
붉은 노을이 내리는 들판
삽교 지나면 어둠이다
오늘은 대천역에서 바퀴달린 행거를 끌고
내일이면 함지박에 갈치를 담고
바람 같은 세상 한 바퀴 돌아
자유시장으로 돌아올 아침
잠시 멈춰선 광천역에서
토굴 새우젓 젓갈이라고
간판을 붙인 가게 옆으로
홀로계신 어머니의 유리창 불빛이 보인다
어머니는 지금 무얼하고 계실까
날마다 스쳐지나가는 친정집
기차는 칙폭거린다
그리움의 산모퉁이를 돌아
커브 길을 달리며 대천역으로 가는
기차는 칙폭거린다

－「장항선 열차를 타고」 전문

(2018년 11월, 『세종시마루』 창간호)

공감과 포용의 후마니타스 미학

1. 일체동근一切同根의 후마니타스 상상력

시인은 '자신이 누구이며 어떻게 살아야 하는가?'라는 근원적 질문에 끝없이 열려있는 존재다. 이런 열림 속에서 자신의 존재의미를 찾는 작업은 필연적으로 시대와 타자에 대한 관계맺음으로 확산된다. 지금 이곳에서 살아가는 존재라는 삶의 조건에서 벗어나 진공 상태로 자의식에 함몰된 채로는 진정한 존재 의미를 찾을 수 없으며, 우주에 존재하는 삼라만상이 다 서로 의존하며 살아갈 수밖에 없기 때문이다. 따라서 시인은 모든 존재에 상상력으로 공감하며 관계를 맺는다. 시인은 그들의 예리한 직관적 촉수로 타자의 신음과 고통에 민감하게 반응할 줄 안다. 로마의 철학자이자 정치가였던 키케로는 이렇게 타자의 경험을 상상할 수 있는 능력의 중요성을 일찍이 주목한 바 있다. 그는 이런 민감성을 '후마니타스(humanitas)'로 불렀는데, 요즘 표현으로 바꾸면 '인문학적 상상력' 또는 '인류애'라 할 수 있다.

인문학적 상상력은 고착된 신조로부터 벗어날 것을 요구한다. 영혼과 육체, 물질과 마음을 구분하는 이원론적인 우주관이 아리스토텔레스 이후 2000년 동안 기독교의 강력한 지지 아래유럽을 지배하는 신념이었지만, 이런 지구와 인간 중심의 오만한 우주관은 인간과 우주에 대한 과학적 이해가 시작되면서 비로소 무너진다. 이제 우리는 우주에 가득한 수소 구름이 뭉쳐 별이 되고 그 별이 폭발하면서 쏟아져 나온 원소들이 뭇 생명과 우리 인간의 몸을 이루게 된 것임을 안다. 그래서 미국의 천문학자 할로 섀플리는 인류는 '별 먼지'로 이루어졌으며, "우리는 뒹구는 돌들의 형제요, 떠도는 구름의 사촌이다."고 말했다. 그는 우리가 속한 태양계도 은하의 중심에서 멀리 떨어진 변방에 있음을 밝혔다. 그를 만나 천문학자의 길을 걷게 된 칼 세이건은 지구 또한 태양계의 중심이 아닌 변방의 '창백한 푸른 점'에 불과함을 발견했다. 이런 천문학을 비롯한 과학적 발견을 통해 우리는 인간과 지구 중심의 우주관이 얼마나 오만한 편견이었나를 알게 되었다.

우리는 우주의 별들이 지구의 모래알보다 40배나 많으며, 이 무한한 우주가 계속 팽창하며 변화하고 있음을 안다. 그야말로 제행무상(諸行無常)과 범아일여(梵我一如)가 종교적 직관이 아닌 과학적 사실이며 우주적 진리인 것이다. 결국 우리는 자신을 포함한 모든 생명체가 아주 나약하고 부서지기 쉬운 취약한 존재이며, 그런 만큼 모든 생명이나 사물이 서로 배려하고 존중하며 함께 살아야 하는 관계임을 깨닫게 된다. 옛 시인들은 이런 진실을 영적 직관과 공감의 상상력을 통해 깨닫고, 이를 실천하는 삶이 곧 자유로운 삶이고 진리임을 짧은 시로 노래했다. 동양적 예지의 시적 표현인 선시(禪詩)나 동양 경전의 깨달음의 노래 등이 바로 그것이다. 따라서 진정한 '후마니타스'는 타인은 물론 모든 사물까지도 다 일체동근(一切同根)으로 긴밀히 엮여 있기에 만물과 평화롭게 공존하는 가치관의 실천에까지 확산되어야 한다.

2. 공감과 포용의 후마니타스 미학

　최근에 신작시 다섯 편씩을 발표한 세 시인들의 작품을 보면, 이들이 대체로 소외된 자들이나 스러져가는 것들에 대해 깊은 공감의 상상력을 발휘해 이들을 적극 포용하고 있음이 우선 눈에 띈다. 이는 문학적 상상력이 우리 사회의 주류에서 배제되거나 잊힌 이들의 목소리를 대변해 주는 공적 역할을 충실히 하고 있는 것으로 보인다. 김영서 시인과 이선희 시인이 특히 그렇다.

　먼저 김영서 시인은 시의 제목부터 아주 담백하다. 그 내용이 자못 풍자적이고 해학적인데도 제목은 그 날카로움과 유연성에서 벗어나 매우 솔직담백하다. 가령 '검은등뻐꾸기'란 제목은 산행을 좋아하는 사람은 봄철에서 초여름까지 익히 들어 친근한 울음소리의 주인공을 가리킨다. 그러나 내용을 읽기 전에는 그 이름이 무척 낯설 것이다. 아마 '홀딱벗고'란 표현에 이르러서야 비로소 재미있는 전설을 기억하며 무릎을 칠 것이다. 그래서 제목을 차라리 '홀딱벗고 새'라 했으면 좋았을 텐데 하며 아쉬워할 것이다. 제목이 바뀌면 수행을 게을리하다 죽은 스님의 원혼이 새가 되어, 모든 집착과 망상을 떨쳐버리고 목숨을 건 용맹정진의 자세로 '홀딱벗고' 불도를 닦아 성불하라는 교훈적 일깨움이 자연스레 주제가 될 것이다.

　그런데 굳이 시인이 제목으로 '검은등뻐꾸기'를 고집한 것은 독자들의 이런 바람에서 벗어나고자 함일 것이다. 실제로 이 시의 주제는 '검은등뻐꾸기'의 얄미운 생존전략을 애틋하면서도 숙명적인 나름의 진화적 선택으로 인정하는 것이다. 봄철에 피를 토하듯 처절한 울음으로 우리의 가슴을 저미는 소쩍새도, 쫓겨난 왕이 애달픈 신세를 한탄하는 전설과 어울려 많은 시인들의 밤잠을 설치게 하지만, 그 또한 둥지를 짓지 않고 남의 둥지에 알을 낳는 비정한 숙명의 주인공이다. 시인이 '홀딱벗고'의 전설보다는 소쩍새처럼 알을 남에게 위탁해 키우는 검은등뻐꾸기의 '탁란(托卵)' 생태와 그 비정한 업(業)을 주제로 선택한 것은, 아마도 엄격한 수행을 강조하는 도덕적 교훈에 빠지는 것을 경계하기 위함으로 보인다.

검은등뻐꾸기의 네 마디 울음은 듣는 이의 처지나 바람에 따라 각기 달리 들린다. 따라서 정진을 소홀히 하는 게으른 스님들을 일깨우고자 하는 노스님의 처지에서 들으면 '빡빡깎고', '밥만먹고'. '잠만자고', '똥만 싸고' 하는 승려에게 '홀딱벗고' 마음공부에 전념하라는 내용으로 들릴 것이다. 엉큼한 아저씨에겐 '홀딱벗고 좋을시고' 노래가 나오지만, 아줌마는 '지랄하고 자빠졌다'고 이를 가볍게 눙쳐버릴 수 있다. 시인은 자신의 생각이 아닌 검은등뻐꾸기의 심정이 되어, '탁란'의 비정함에서 벗어나려 울어대지만 결국 어쩔 수 없는 숙명이라면 이 또한 받아들이는 것도 좋다고 인정한다. 기록에 의하면 아리스토텔레스가 뻐꾸기의 이런 '탁란' 생태를 관찰했다고 하니, 새들의 숙명적 생태와 오랜 진화적 선택을 굳이 인간의 도덕적 기준으로 나무랄 일은 아닌 것이다.

시인은 뻐꾸기가 자신의 알을 뱁새나 다른 새의 둥지에 몰래 낳으려고 쫓고 쫓기는 생존전략을 펼치는 것을 자연의 신비로 받아들이고, 이런 생존경쟁 또한 다양성을 유지하는 자연의 선택임을 긍정하는 것이 바람직함을 직감으로 알고 이를 형상화한 것이다. 인간의 자기중심의 도덕적 기준이 자연생태에 적용되면서 지구상의 엄청난 생물종이 멸종에 이르렀음을 돌이켜보면, 시인의 직관이 바른 것임을 알 수 있다. 또 생각을 확대해 보면, 우리 인간도 자연이라는 큰 집에 아주 잠깐 위탁해 사는 그런 존재에 불과한데도, 우리가 가진 것들이 영원한 내 것인 양 집착하고 망상에 빠져 늘 결핍 속에 괴로워하고 사는 건 아닌지 살펴볼 일이다. 오히려 둥지를 짓지 않고 자식에 집착하지 않는 뻐꾸기의 생태가 진정 자유로운 삶인지도 모른다. 다만 제목이 너무 솔직담백해서 독자들의 접근성을 떨어뜨린다는 점은 생각해 볼 필요가 있어 보인다. '홀딱벗고 새'로 제목을 정해도 내용 전개에 큰 무리는 없기 때문이다.

미미미도 미미미도

허공에서 피아노 건반을 누드린다

아저씨 귀에는 홀딱벗고 좋을시고 홀딱벗고 좋을시고

아줌마 귀에는 지랄하고 자빠졌네 지랄하고 자빠졌네

네 음절이 인생의 전부라면

탁란이 운명이라면

입으로 업을 푸는 중이다

아직도 네 음절 밖에 익히지 못했거나

숲속의 건반이 네 개 이거나

네 개의 숲이 외마디소리를 내거나

사자진언 이거나

몇 생을 울면

보이지 않는 곳에서

숲과 내 몸을 울림통으로 만들 수 있을까

몇 생을 울어도 업에서 벗어날 수 없다면

울기위해 탁란을 선택했거나

미미미도 미미미도

산다는 거 참 힘들거나

홀딱벗고 홀가분하게 떠나거나

지랄하고 자빠져도 좋을거나

                           - 영서, 「검은등뻐꾸기」 전문)

　그의 시 「고추나방」 또한 곤충이 시적 화자로 나서, 우리에게는 해충
인 담배고추나방의 입장에서 자신의 살아가는 모습을 아주 느긋하게
보여준다. 사실 이 시를 실감 나게 느끼려면 농촌에서 담배나 고추 농사
를 지어봐야 하겠지만, '전생은 담배냄새 풀풀나는 담배나방/ 고추밭에
실한 놈들이 내 아이들 침실이라오'라는 표현을 통해서 담뱃잎을 갉아

먹으며 살던 담배나방이 고추밭으로 옮겨가 알을 낳고 유충이 고추 열 매로 파고 들어가 과육을 먹으며 자란다는 사실을 알 수 있다. 그런데 매운 짬뽕에 쓰인 고추 열매 속에서 자라고 있던 애벌레가 벌건 국물을 뒤집어쓴 채 홍합 아래 그 모습을 드러내면서 짬뽕 값은 떨어지고, 고추밭 고추 속에서 느긋하게 잠을 즐기는 애벌레는 땅속에 들어가 번데기로 겨울을 날 준비를 한다. 담배나방은 아주 느긋하게 매운 짬뽕을 즐기는 사람들을 비웃는데, 여기서 우리는 분통이 터진다. 고추 열매 속에 작은 구멍을 뚫고 침투한 어린 유충이 과실 속에서 자라기 때문에 제대로 방제를 할 수 없는 우리의 한계를 마음껏 비웃기 때문이다. 앞서 본 뻐꾸기와 뱁새의 쫓고 쫓기는 생존경쟁처럼, 농부와 고추나방도 이렇게 치열하게 경쟁한다.

언뜻 인간의 과학적 방제능력이 월등히 우월할 듯 보이지만 실상은 그리 쉽지 않다. 마치 눈에 보이지 않는 바이러스의 놀라운 변이능력에 현대의학이 허겁지겁 그 뒤를 좇듯이, 담배나방에도 결국 뒷북을 치는 형세다. 현재로서는 고추나방이 알을 낳지 못하도록 예방하는 것이 상책인데, 독성 농약을 써야 하는 만큼 일방적인 승리는 어려워 보인다. 아니면 담배와 고추를 함께 심지 않고 다량 재배를 피하는 것도 방책이지만, 고추가 농가 소득에 중요한 작물인 만큼 그도 만만치 않다. 물론 시인이 작품에서 실질적인 고추나방 방제대책을 제시하려는 건 아니다. 오히려 인간의 턱없는 자만과 우월의식이 자연 속 작은 생물들과의 경쟁에서 쉽게 무너질 수 있음을 경고하는 게 시인의 의도로 보인다. 인간이 자연 앞에 또 다른 생물 앞에 더욱 겸허한 자세로 소박하게 살아가는 법을 배워야 함을, 고추나방의 도발적 태도를 통해 일깨우려는 것일 게다.

그의 다른 시 「한겨울 고물상」, 「바람처럼 뜬다」, 「동백여관」은 우리 사회에서 소외되고 잊힌 사람들의 남루한 삶을 애정 어린 시선으로 드러낸다. 시인은 그들이 자신의 목소리로 존재 의미를 말하도록 해 스스로 존엄을 되찾도록 한다. 「한겨울 고물상」은 '허리 굽은 할머니, 만원짜리 자전거, 외국인 노동자' 등 '상처투성이로 버려진 것들'마저 오직 자신의 무게로 존재 가치가 매겨지는 힘거운 현실을 무심한 저울의 모습을 통해 보여준다. 다만 이런 객관화의 모습이 마지막 부분 '너 이리 좀 와 바/ 몇 근이나 되나 달아보자/ 깡통난로 옆이 시끄럽다'를 덧붙임으로 해서 흐트러지는 것이 아쉽다. 오히려 '고물상에서는 모든 것을 무게로 따진다/ 눈금이 떠는 이유다'로 끝을 맺는 것이, 이 사회에서 배제된 이들이 겪는 삶의 고단함과 무게를 훨씬 여운 있게 보여 줄 수 있기 때문이다.

「바람처럼 뜬다」는 봄바람에 한껏 몸이 달아오른 팔순 가까운 춘자 씨가 짐자전거를 타고 번개탄을 사러 언덕 아래로 양 다리를 벌리고 신나게 내달리면서, 상쾌하게 스치는 바람 속에 지나온 추억을 떠올리는 모습을 역동적으로 보여준다. 높은 언덕 위 달동네에서 연탄을 때며 살다 보면 늘 필요한 게 번개탄인지라, 이를 구실 삼아 낡아빠진 짐자전거를 타고 신나게 언덕길을 내달리다 보면 마음은 금세 한때 눈부셨던 꽃다운 나이인 방년으로 되돌아감을 아주 낙관적이면서도 흥겹게 형상화하고 있다. 「한겨울 고물상」에서 보여준 상처투성이의 버려진 것들이 「바람처럼 뜬다」의 낙관적 활기 속에서 자기 존재의미를 한껏 높이고 있는 것이다.

「동백여관」 또한 고물상이 등장한다. 고물을 나르는 집게차가 오가는 허름한 골목길의 고물처럼 낡고 퇴색한 동백여관에서, 오래된 부드러운 사랑을 간직한 채 잊히지 않길 원하는 동백기름 바르고 옛 정취를 간직한 여인의 모습이 애잔하다.

김 시인은 우리 주변에서 상처를 안고 배제되고 잊힌 사람들의 초라하지만 아직도 정취와 추억을 간직한 모습을 다시 살려냄으로 해서 그들 스스로 삶의 활기를 되찾을 수 있도록 그들을 따뜻하게 포용한다. 이런 포용의 공감능력과 그들에 대한 낙관적 믿음이 바로 시인이 견지해야 할 후마니타스 미학이라 할 수 있다.

이선희 시인의 민감한 공감능력과 넉넉한 포용력은 주변의 작은 것들에 자신을 활짝 열어놓게 한다. 그는 일상 속에서 무심코 지나치는 작은 것들에 따뜻한 애정을 보이며 그들의 존재의미를 있는 그대로 인정한다. 그에게는 하루살이나 멸치 같은 작은 곤충이나 물고기는 물론 맥주 캔이나 못의 뾰족한 촉 또는 밥그릇의 밥알까지가 시적 대상이 된다. 그는 시적 대상에 자신의 감정을 이입시킨 뒤 민감한 상상력으로 대상의 경험을 자신의 일부로 만든다. 이를테면 하루살이 되기, 맥주 캔 되기, 뾰족한 못 되기, 멸치 되기, 밥알 되기를 통해 작고 배제된 것들과 기꺼이 하나가 된다.

그는 하루살이의 짧은 삶과 덧없는 죽음을 '읽어주는 이 없는 유서'로 표현해, 하루살이의 죽음이 우리의 관심에서 벗어나 방치되고 있음을 안타까워한다. 하루살이는 여름철 저녁 무렵에 하얀 형광불빛을 향해 엄청난 떼로 몰려들어 혐오감을 주는 성가신 존재이지만, 모기처럼 남의 피로 목숨을 연명하지 않으므로 해충으로 매도하기도 어렵다. 하지만 여름철 강변에 사는 주민이나 상인들의 일상생활을 몹시 힘들게 하는 점은 분명해, 관공서의 대대적인 방제작업이 이뤄진다. 문제는 대개 한강이나 낙동강 등 상수원 보호구역에서 출몰하기 때문에 직접 살충제를 뿌려대기도 쉽지 않다는 점이다. 그나마 하루살이가 비교적 수질이 좋은 곳에서 살기에 하루살이 떼의 출현이 인근 강이나 하천의 수질 개선의 지표이기도 해 마냥 부정적으로만 볼 일은 아니라는 점이다. 따라서 하루살이의 천적인 잠자리나 거미 그리고 개구리 등의 개체 수를 늘려 생태계의 균형을 회복하는, 친환경적인 해결책 모색이 필요하다.

사실 하루살이에 대한 우리의 인식은 많이 왜곡돼 있다. 하루살이란 이름부터가 잘못 돼 있다. 물론 성충으로서 짧은 삶을 사는 건 분명하지만, 물속에서 유충으로 1년에서 3년 정도를 지내다 성충이 되어 우리 앞에 나타나 이삼 일이나 두 주 정도 사니까, 한살이가 그리 짧은 곤충

은 아니다. 그런데 우리 눈앞에 보이는 것만 기준으로 삼아 하루살이를
부정적인 비유로 쓰고 있으니, 하루살이가 '떼거리로 시위'하는 것도 나
름 근거 있는 항변인 셈이다. '하루살이 인생'이란 표현이 삶의 덧없음
을 비유한 데 반해, 예수의 비유에선 '하찮은 잘못'의 의미로 쓰이고 있
다. 예수는 서기관과 바리새인들을 향해, "소경된 인도자여 하루살이는
걸러내고 약대는 삼키는도다."라며 그들의 위선적인 행태를 비판한다.
즉 하찮은 잘못은 지적하고 따지면서 큰 불의나 부정은 쉽게 저지르는
잘못된 행태를 하루살이와 약대의 대조를 통해 생생하게 드러낸다. 이
렇듯 우리가 쓰는 '하루살이'의 비유는 '덧없고 하찮은 것'을 의미하는데,
이는 어디까지나 하루살이에 대한 우리의 피상적 판단에 따른 것이다.
사실 하루살이는 생태계를 이루는 소중한 존재이고, 멀리 고대 석탄기
부터 등장했던 존재로 살아있는 화석으로 불린다는 것을 기억할 필요
가 있다.

이선희 시인의 「하루살이 유서」를 여러 번 읽다 보면 우리에게 이런
일깨움을 줌을 확인할 수 있다.

뜨거운 한 철 날갯짓은 의무다
모깃불과 극약향에 쫓기면서도
멀리 높이 닿고자 윙윙대다
누군가의 손바닥을 간신히 빠져나왔다

간혹 모기로 오해받기도 했다
평생 다리 뻗어 쉬지 못하고
쉽게 손상되지 않는 날개로
성가신 존재일지언정
남의 피로 목숨을 연명하지 않았다

불 켜진 유리창 앞에 모여
좀 더 살아보겠다고
떼거리로 시위하던
거미줄에 걸린 늘비한 하루살이 시체들

아주 썩지도 못하고
무엇을 말하고 싶은지
비뚤비뚤한 하루를 산 흔적
한 자 두 자
떨어져 행이 되기도 하고
수북이 모여 연을 이루기도 하는
읽어주는 이 없는 유서
구석에 구겨져 있다

— 이선희, 「하루살이 유서」 전문

그의 시 「깡통의 허리」는 500cc 맥주캔이 시적 대상이며 화자이다. 병맥주에 비해 캔 맥주는 맛의 변화가 적어 맥주의 신선도를 더 잘 유지한다. 병맥주보다 공기 유입이 적고 또 빛의 차단도도 높기에 공기에 닿아 산화되는 걸 억제하기에, 캔 맥주를 흔들어 마시면 솟구치는 거품과 함께 맥주의 시원하게 쏘는 풍미를 즐길 수 있다. 게다가 가볍고 휴대하기도 좋고 쉽게 찌그러뜨려 버리기도 수월하니 그야말로 엄지 척이다.

그러나 맥주 캔이 자신의 본분을 다한 뒤에 미련 없이 '허리 꺾어' 찌그러지는 숙명에 감사하는 이유로 '차라리 거품 없는 생은 수모였으므로'를 제시하는데, 이는 바로 앞 구절의 '누구는 김이 빠진 시간을 연장하려고/ 물구나무를 서 보지만'과 대비시켜 보아야 그 의미가 선명해진다. 그 대비로 생명력의 화끈한 분출 없이 양을 채우기에 급급한 우리네 삶의 비루한 모습을, 떠날 때를 알고 깨끗이 떠나는 깡통의 뒷모습을 통해 질타하고자 하는 것은 아닐까. 사소한 일상의 단면이지만 삶의 충만함이나 질적 고양에 소홀한 우리의 모습을 되돌아보게 한다.

3. 나약함의 인정과 더불어 살기

김가연 시인은 앞의 두 시인의 세계나 지향과 많이 다르다. 앞의 두 시인이 타인이나 주변의 대상과 공감하고 포용하는 상상력으로 자신의 삶을 보다 충만하게 하고 활기차게 하는 데 반해, 김가연 시인은 자기 생활의 테두리 안에서 자신의 나약함에 천착하며 벼랑과 같은 절망 속에서 죽음을 예감하면서도 가까스로 삶의 소망을 붙잡고 있다.

그는 「벚꽃 피다」에서, '혼자 앓다' 깨어난 뒤 하늘 '그 끝 어딘가에/ 내 다음 생의 이력이 있지 않을까 생각하'며 죽음을 예감한다. 그래서 '벚꽃 같은 흰나비 떼가 날아오르는 것을/ 시린 눈으로 바라보기도' 한다. 그가 죽음을 두려워하지 않고 찬란한 비상으로 예감하는 것은 아마도 궁극적 존재인 절대자에 대한 깊은 신뢰가 있기 때문으로 보인다. 이는 '별들이 지나간 하늘에는/ 당신의 눈빛 같은 것이 보이기도 했습니다'라는 고백에서 확인되는데, 여기에서 '당신의 눈빛'은 그 앞에 언급된 아버지나 오빠가 아닌 절대자의 자애로운 눈빛임을 알 수 있다.

시인의 시에 등장하는 화자 '나'는 시인 자신을 상당 정도 대변하는 것으로 보이는데, 「오후 4시의 길」에서 '나'는 항상 '길의 끝점을 생각하거나/ 돌아갈 거리를 걱정'하는 나이인 듯하다. '무얼 하기엔 좀 늦고/ 그냥 말기엔 아쉬'운, 넘치는 호기심으로 새롭게 도전하기엔 두렵고 감당할 자신이 없는, 인생의 오후 4시에 접어든 것이다. 화자인 '나'는 지금까지 살아온 경험을 통해 누구나 삶의 여러 굽이와 다양한 선택이 있지만 결국엔 큰 차이가 없다는 것을 안다. 왜냐하면 '모든 길은 시작된 곳에서/ 다시 만나게 된다는 걸' 이미 알고 있기 때문이다. 우리가 열심히 살아가는 것이 사실은 죽어가는 것이듯, 이는 인간을 비롯한 모든 생명의 피할 수 없는 숙명이다.

시인은 이런 숙명 앞에서 안개 속을 헤매듯 방황하기도 하고, 때론 절망의 절벽까지 가기도 하지만 '안개의 아버지'인 당신 즉 절대자의 섭리와 보살핌 안에서 소망의 기쁨을 누리기도 한다. 이는 그의 시 「안개의 계절」에 잘 드러나 있다. "절벽까지 가서/ 당신을 불러오기도 하고// 우주의 종소리 같은/ 살구꽃을 문 밖에 그려넣기도 하였다"

이렇듯 시인은 병약하고 새로운 도전이 힘든 상황에서 때론 방황하고 때론 절망하면서도 끝내는 절대자의 섭리를 확인하고 삶의 기쁨을 회복하곤 한다. 시인은 굳이 자신의 나약함을 감추기 위해 소리를 높이거나 필요 이상의 과장된 행동을 보이지 않는다. 그저 있는 그대로 자신의 취약한 모습을 긍정하기에, 오히려 쓸모없이 버려지는 것들에 민감하게 반응할 수 있다. 이는 「사과 꽃」에서 확인할 수 있다. 이 시에는 화자인 '나'가 직접 드러나진 않지만, 봄철 이른 새벽에 사과밭에서 사과꽃 솎아주기 작업을 하며 느끼는 안타까움이 잘 나타난다. 사과나무의 저장양분 낭비를 줄이기 위해 사과꽃눈 하나에 한 송이 꽃만 남기고 나머지 꽃송이를 잘라내면서 미안함과 아픔을 느끼고 그 상처를 다독인다. 이는 시인 자신이 아픔과 상처를 겪어보았기에 민감하게 반응할 수 있는 것이다.

우리는 자신의 나약함을 인정할 때 타인의 고통에 민감하게 반응하고 공감할 수 있다. 그러나 그 민감함과 공감이 나와 가까운 주변에만 제한적으로 적용될 때 그 고통은 근본적인 치유가 어렵다. 사실 우리 모두의 삶은 안개 속을 걷는 것처럼 불확실하다. 불확실하기에 서로 의지하고 더불어 함께할 때에야 수많은 어려움을 이겨낼 수 있다. 특히 우리의 삶을 힘겹게 하는 조건들이 사회구조적 문제일 때 이의 극복은 상처입은 사람들이 서로 어깨 걸고 함께 나아갈 때 가능하다.

그의 시 「바람 아래」는 작은 갯메꽃과 물새가 서로를 받아들이고 함께하는 삶을 통해 바람을 극복할 가능성을 잘 보여준다.

바람이 지나고
길들은 일제히 바다로 이어집니다
낮은 섬들이 옛이야기처럼 봉긋합니다

새들은 저녁 숲에 깃들고
하늘은 낮은 자세로 내려옵니다

바다를 건너온 바람이
모래사장에 가뿐 내려앉습니다

바람 아래
발자국을 내려놓고
낮은 해조음 소리를 듣습니다

키 작은 갯메꽃과
물새 발자국이

서로 묵인하며
돌아봅니다

순간, 서로를 환하게 비춰줍니다

　　　　　　　　　　　　　- 김가연, 「바람 아래」 전문

시인의 삶은 시대와 공간을 벗어날 수 없다. 그래서 자신이 살고 있는 동시대의 어둠을 더 예민하게 자각하는 사람이 바로 시인이다. 시인이 동시대의 어둠을 증언하고 나약한 이웃들과 힘을 모아 어둠을 밀어내고 마침내 새벽을 열어젖히려 노력할 때, 비로소 자신의 절망이나 막막함도 온전하게 극복될 수 있다. 그래서 이탈리아의 철학자 조르조 아감벤은 시인을 동시대의 어둠을 자각하고 증언하는 자라고 정의한다.

"시인은 자신의 시대에 시선을 고정함으로써 빛이 아니라 어둠을 자각하는 동시대인이다. 따라서 동시대인이란 이 어둠을 볼 줄 아는 자, 펜을 현재의 암흑에 담그며 써내려갈 수 있는 자이다."

시인은 그들의 예리한 직관적 촉수로 타자의 신음과 고통에 민감하게 반응할 줄 아는 '후마니타스(humanitas)' 상상력으로 타인은 물론 모든 사물까지 일체동근(一切同根)으로 긴밀히 엮여 있음을 자각하고 만물과 평화롭게 공존하는 가치관을 실천하는 존재다. 김영서, 이선희, 김가연 시인 또한 그런 존재로 동시대의 어둠을 밝혀나가길 소망한다.

(2018년 11월, 『포에지 충남』 제16집)

한국문학, 현실의 아픔을 정화하는 씻김굿 되어야

1. 문학의 시대는 끝났는가?

광주항쟁으로 시작된 격정의 80년대는 87년 6월 항쟁으로 그 역사적 에너지를 뜨겁게 분출하여 국민주권 시대를 열어젖히며 바야흐로 민중문학의 절정기를 맞는다. 광주의 민중항쟁을 잔혹하게 짓누르고 집권한 신군부는 민중의 각성과 결집을 막고자 70년대부터 진보문학운동을 선도해오던 《창비》나 《문지》를 계급의식 격화와 사회혼란 조성을 구실로 폐간했다. 그러자 각 지역의 문학 동인과 젊은 문학인들이 비정기 간행물인 '무크지'를 발간하며 정권의 문화탄압에 맞서 민족민중문학의 열망을 이어갔다. 80년대의 《실천문학》, 《시와 경제》, 《반시》, 《마산문화》, 《민족과 문학》(광주), 《지평》(부산), 《삶의 문학》(대전)' 등은 유격전적 문화운동이자 대안문화운동으로 그 시대적 역할을 감당했다. 90년대에 이른바 세계화로 표현되는 자본시장의 지구화로 삶이 자본에 종속되고 첨단산업 중심으로 산업구조가 재편되면서, 노동자나 농민 등 이른바 민중의 에너지를 결집하는 대규모 투쟁의 시대가 불가능하게 된다. 이로 인해 90년대 중반의 노동계 총파업 이후 노동운동이 점차 쇠퇴하기 시작한다. 특히 98년의 외환위기 이후 안정적인 노동지위가 크게 위축되면서 역사적 주체로서의 민중의식 또한 크게 퇴색한다. 흔히 얘기하는 '민중이 사라진 시대', '혁명이 불가능한 시대'가 된 것이다. 이렇게 민중의 역사적 변혁 에너지가 위축되면서 '민족민중문학' 또한 서서히 사라져가게 된다.

이는 '가라타니 고진'의 『근대문학의 종언』에서 극명하게 드러난다. 고진은 문학평론가 김종철을 필두로 많은 비평가들이 문학 판을 떠난 것에서 문학의 쇠퇴 조짐을 포착하고, 문학이 사회를 선도하던 시대, 문학이 시대적 과제를 떠안고 나름의 영향력을 행사하던 시대는 기본적으로 끝났다고 판단하고, 근대문학의 종언을 선언한다. 그는 문학이 그 사회적 힘을 잃게 된 원인을, 나라마다 이미 국민국가를 확립했기 때문이라고 본다. 하지만 그의 이런 진단은 적어도 우리에겐 부적절하다. 아직도 우리에겐 민족분단의 극복과 통일국가 수립이라는 민족적 과제가 여전히 남아 있고, 문학이 민족의 동일성과 정체성 형성에 나름대로 기여할 시대적 요구가 남아있기 때문이다.

이처럼 고진의 진단과 평가가 성급했다고 하면, 민중의 역사적 에너지 결집이 쉽지 않다고 해서 민중문학 또는 문학의 시대가 끝났다고 판단하는 것 또한 성급한 일이다. 물론 90년대에 실제로 민중문학이 크게 쇠퇴하고 이른바 후일담 문학이 사소설 형태로 성행하는 현상은 리얼리즘에 바탕을 둔 민중문학의 역할이 끝났음을 입증한다고 판단할 수 있다. 하지만 이는 문학행위를 사회구성체 변화에 대응하는 피동적이고 부수적인 현상으로 본다는 점에서 문제가 있다. 문학은 본질적으로 개인적 자아와 사회적 자아의 자기표현으로 비롯되는 것인 만큼, 집단적 응집력이 약화된 채 물신화된 시장구조에 얽매인 삶의 모습 또한 문학적 형상화의 대상일 뿐이다. 문학이 윤리적 당위성을 표방하며 사회제반 현상을 선도하는 것만이 문학의 사회적 역할인 것은 아니다. 민중문학의 출현이 시대적 요구에 의한 것이라면, 민중문학의 소멸 또한 시대변화에 따른 불가피한 양태일 뿐이다. 근대문학의 종언이니 민중문학의 소멸이니 하는 진단은 결국 문학에 대한 새로운 변화 요구에 적절한 유연성으로 대응하려는 노력이 부족했던 것에 대한 냉정한 평가로 보아야 할 것이다. 따라서 문학의 시대는 끝난 것이 아니라 시대환경의 변화에 걸맞은 진화가 필요한 것이다.

2. 그렇다면 문학이란 무엇인가?

그렇다면 오늘날 우리에게 문학이란 무엇인가. 역사적 주체로서의 민중이 사라진 시대에 문학은 어떻게 진화해야 하는가. 시장화 된 세상에서 사물화 된 개인들로 파편화된 채 살아가는 현대인들에게 문학은 무엇인가. 이렇게 어려운 때일수록 근본을 되돌아보는 법고창신(法古創新)의 자세가 필요하다. 조선시대 최고의 사상가이자 시인인 다산 정약용은 그 아들에게 주는 편지에서, '나라를 근심하고 시대를 아파하며 세속에 분개하는' 시가 참된 시이며, '백성에게 혜택을 주려는 마음가짐을 지니지 못한 사람은 시를 지을 수가 없다'고 가르쳤다. 지나치게 문학의 공리적 기능에 치우쳤다는 비판이 가능하지만, 아파하는 이웃의 고통에 민감하게 반응하며, 그런 아픔이 극복된 세상을 꿈꾸는 것이 바로 시(문학)란 것이다. 지금 이곳에서 파편화된 채 이웃의 고통에 둔감한 사람들에게 그 아픔을 함께 느끼도록 자극을 주고, 아파하는 사람들에게 연민의 정으로 공감하는 것이 바로 문학의 원래 모습인 것이다. 그러니까 역사적 주체로서의 민중이 존재하지 않는다 하더라도, 삶의 아픔이 있는 곳이라면 언제나 문학은 존재할 수 있는 것이다. 이것이 바로 문학의 존재 이유이다.

이는 서양도 마찬가지다. 서양문화의 큰 축을 이루는 헤브라이즘의 근본인 성경문학 또한 마찬가지다. 성경에 묘사된 예수의 삶의 행태를 한마디로 요약하면, 자비와 사랑의 실천이다. 물론 그의 사랑은 보편적인 인류애를 지향한다. 하지만, 그의 사랑엔 우선순위가 있다. 그는 버림받은 아웃캐스트(outcast)들에게 기쁜 소식을 전하며 그들과 기꺼이 함께한다. 그는 버림받은 자들의 고통에 연민의 정으로 동정하며 아파한다. 연민을 뜻하는 '컴패션(compassion)'의 라틴어 어원인 'compati'는 '함께 고통 받다(com-함께, pati-고통 받다)'는 뜻이라고 한다. 그리고 예수가 생전에 쓰던 아람어에서 '동정하다'란 말의 어원은 '자궁'이라고 한다. 즉 엄마가 뱃속의 아기를 생각하는 것처럼 남의 처지를 생각한다는 것이다. 이렇게 남의 아픔에 공감하며 그런 아픔이 없는 다른 세상, 대안적 세상을 지향하는 게 연민과 동정의 원래적 의미인 것이다. 따라서 동서양을 막론하고 문학은 이웃의 아픔에 공감하며 그것을 승화시키는 바로 그런 것이다.

조지 오웰은 「나는 왜 쓰는가」란 산문에서, 자신이 글을 쓰는 이유를 네 가지로 제시하는데, 이 중에서 그가 제일 중시하는 것은 역사적 진실을 지키기 위해 분투하고자 하는 역사적 충동과 무고한 사람들의 억울함에 대한 분노라는 정치적 목적으로, 그는 이런 이유 때문에 스페인 내전에 참전했고 이를 바탕으로 『카탈로니아 찬가』를 썼다고 밝힌다. 그는 마지막으로 자신의 글이 맥없고 의미 없는 허튼소리가 될 때는 바로 정치적 목적이 결여됐을 때라고 고백한다. 이렇게 본다면 정약용의 공리주의적 태도가 그리 지나친 게 아닌 셈이다. 정치적 무관심으로 이웃의 고통을 외면하는 행위는 결국 자신의 안위도 보장할 수 없다는 진실을 간결하지만 강렬한 울림으로 노래한 독일의 신학자 '마르틴 니묄러'의 입장 또한 정치적이다.

그들이 처음 왔을 때

나치가 공산주의자들을 잡아들였을 때,
나는 침묵을 지켰다
나는, 그래, 공산주의자가 아니었다

그들이 사민주의자들을 잡아가두었을 때,
나는 침묵을 지켰다
나는, 그래, 사민주의자가 아니었다

그들이 노동조합원들을 잡아들였을 때,
나는 저항하지 않았다
나는, 그래, 노동조합원이 아니었다

그들이 유대인들을 잡아들였을 때,
나는 침묵을 지켰다
나는, 그래, 유대인이 아니었다

그들이 나를 잡으러 왔을 때,
나를 위해 저항할 수 있는 사람이 더 이상 아무도 남아있지 않았다

3. 무엇을 어떻게 할 것인가?

'소강(小康)사회'는 2500년 전 『예기(禮記)』에 나오는 공자와 제자 '자유'의 대화에서 유래하는데, 의식주를 걱정하지 않는 물질적으로 안락한 사회, 비교적 잘사는 중산층 사회를 의미하므로 오늘날 우리의 모

습에 해당한다. 하지만 개인주의가 팽배하고 능력과 힘을 사유화(私有化)하며 그것이 대대로 세습되고, 사회적 약자인 노인과 과부 어린애 등이 돌봄을 받지 못하는 그런 사회로, 지금의 우리 현실과 비겨도 큰 차이가 없다. 이렇게 사회 전반은 물질적으로 넉넉하지만, 빈부격차가 고착되고, 사회적 약자가 방치되는 데 대한 분노의 마음을 가지고 그들의 아픔에 적극적으로 공감하는 것, 그것이 바로 문학의 자리이다.

앞에서 살펴본 공감과 연민의 마음은 남의 고통을 함께 느끼는 데서 그치지 않고, 그 고통이 제거된 세상을 꿈꾸는 데까지 나아가야 한다. 그래서 『예기』에서는 '소강사회'의 대안으로 '대동(大同)사회'를 다음과 같이 묘사한다. "큰 도(道)가 행해지면 천하가 공정해진다. 현명한 사람과 능력 있는 사람을 뽑아 쓰면 신의가 돈독해지고 화목해진다. 그래서 사람들은 자기 어버이만 어버이로 모시거나 자기 자식만 자식으로 사랑하지 않고 남의 어버이나 자식도 자기 가족처럼 여기게 된다. 노인은 안락하게 여생을 보낼 수 있게 되고, 젊은 사람들에게는 일자리가 있으며, 어린아이들은 훌륭하게 양육되고, 홀아비·과부·고아, 그리고 의지할 데 없거나 병든 사람들도 모두 부양을 받게 된다. 남자에게는 직분이 있고 여자에게는 시집갈 곳이 있다. 재물이 쓸모없이 땅에 버려지는 것을 싫어하고 또한 그 재물을 개인의 이익만을 위해 가지지도 않는다. 힘은 자기 자신에게서 나오지 않는 것을 싫어하고 또 그 힘을 자신만을 위해 쓰지도 않는다. 그러므로 나쁜 꾀는 생기지 않고 도적떼도 생겨나지 않아서 대문을 닫지 않고 살 수 있게 된다. 이러한 세상을 '대동'의 세상이라고 부른다."

'대동사회'의 꿈은 오늘날 북유럽의 복지국가의 모습과 유사하니, 동서고금을 막론하고 사람다운 삶, 인간의 존엄이 보장되는 삶의 모습은 큰 차이가 없는 셈이다. 그러기에 민족주의 사학자이자 아나키스트인 신채호도 이런 꿈에 매료돼 연해주에서 《대동》이란 주간지를 간행하기도 했다. 이렇게 공유정신으로 서로 보살피는 복지국가의 꿈, 인간다운 삶의 꿈은 지금 이곳 우리의 삶이 도달해야 할 이상적 모습이자 이 시대가 지향할 시대정신으로 우리 문학이 있어야 할 자리이다.

4. 제안 : '제노사이드 종단벨트' 작업, 화해와 상생의 씻김굿 프로젝트

민중이 사라진 시대, 더 이상 삶의 현장에서 문학으로 대중과 함께하는 작업이 쉽지 않은 세상이 되었다고 탓하지 말자. 지금 고통 받는 사람들이 있는 이곳이 삶의 현장이자 바로 문학의 자리이고, 고통을 극복하는 세상을 함께 꿈꾸는 것이 우리 문학인의 역할이다.

한국작가회의도 파편화된 일상 속에서 작은 소유에 안주하는 부박한 세태에 휩쓸려 전국 지회와 본부가 함께하는 작업이 많이 줄어들었다. 문학은 도처에 흩어진 아픔을 찾아 기록하고 기억하며 그 아픔에 합당한 이름을 붙여 그 한을 씻어주는 작업이며, 또 살아있는 사람끼리의 화해를 도모하게 해주는 씻김굿 역할이 바로 우리 진보문학이 진화해야할 모습이다.

굴곡진 역사 속에서 우리 국토 어디인들 아픔 없는 곳이 있으랴만, 지금도 우리 민족사와 강산을 관통하는 한(恨)으로, 한국전쟁 전후 겪은 '학살의 상처'를 들 수 있다. 정확하진 않지만 민간인 집단 학살 희생자가 어림잡아 100만은 될 것이라 하니, 이를 기억하고 기록하여 진상을 밝히고 원혼들의 억울함을 달랜 뒤 유가족들의 아픔을 진심으로 위로하고 적절한 보상을 하며, 더 이상 이런 만행이 되풀이되지 않도록 학살현장을 평화교육의 장으로 승화시키는 일은 모든 지역이 함께할 수 있는 보편적 이슈라 할 수 있다. 물론 이를 문학으로 형상화하는 작업은 구체적 인물과 사건을 중심으로 화석화된 역사를 육화(肉化)된 현실로 복원해내는 작업이어야 할 것이다. 일단 서울에서 제주까지 남북으로 길게 종단하는 민간인 집단학살 기록 작업을 가칭 '제노사이드 종단벨트 작업'으로 명명해 보자.

구체적인 진행방법은 한국작가회의 13개 지회가 그 사업취지와 작업 방법 등을 공유한 뒤 각 지회별로 전담팀을 구성한 뒤, 해당 지역의 학살 현장을 중심으로 기록과 증언 등을 취재하고 이를 분석 정리해 학살 개요를 작성하도록 한다. 그 과정에서 특별히 이야깃거리가 될 것들을 찾아 별도의 문학적 형상화작업을 거친다. 이렇게 지회별로 정리된 자료와 문학작품(시, 소설, 희곡, 시나리오 등)을 전국단위로 수합하여 별도의 책으로 묶어낸다. 이 일련의 작업을 대전에서 총괄하는 방법도 고려해 볼 수 있다. 가령 대전의 '산내학살사건'은 해방전후 남한 지역 내 단일장소로는 최대 학살지이고, 희생자가 제주에서 서울까지 남한 내 대다수 지역민들이 고루 있어 전국 각지의 유족들이 함께할 수 있고, 또 국토의 중간에 위치한 교통의 요충지라 진행과정의 점검이나 회합 등에 편리할 것으로 판단되기 때문이다.

대전시 동구 낭월동 골령골(뼈잿골)에서 1950년 6월 하순에서 7월 중순까지 3차에 걸쳐 자행된 '산내학살사건'은 대전형무소 재소자와 대전충남북 일원의 보도연맹원 등 최대 7000여 명이 군경에 의해 집단학살된 것으로 추정되는 사건이다. 당시 대전형무소 재소자 중에는 제주 4.3 관련자나 여순사건 관련자도 있었고, 서울 경기 등의 형무소 재소자들이 인민군에 의해 석방되어 고향으로 돌아가다 대전역에서 다시 붙잡혀 희생된 경우도 있었다 한다. 또 1951년 1.4 후퇴 시 '부역행위특별처리법'에 의해 부역혐의자로 체포되어 산내에서 처형당한 사건까지 포함하면 그 희생자는 훨씬 늘어날 것으로 보인다.

이 작업과정은 일련의 '동심원 만들기 작업'이라 부를 수 있다. 같은 중심을 가지면서 반지름이 다른 두 개 이상의 원이 모여 이루는 동심원은 이 작업의 성격에 부합한다. 중심은 지금 이곳에서 현재 진행 중인

'집단학살의 아픔'이다. 여기에 각 지역에서 복원한 크고 작은 '학살의 기억'이 각기 반지름이 다른 여러 개의 원을 이룬다. 이렇게 반지름이 다른 원들이 아픔에 공감하는 문학인들에 의해 아픔의 연대체로 네트워크를 이루고, 과거의 아픈 상처를 복원한 뒤 아직도 중음신(中陰身)으로 구천을 떠도는 원혼들을 맑고 깨끗하게 씻겨 천도를 빌어주면 마침내 산자와 죽은 자의 화해가 이루어지게 된다. 이렇게 제노사이드 기억을 문학적으로 형상화하는 작업이 바로 현실의 아픔을 정화하는 씻김굿이다.

씻김굿은 삶과 죽음의 화해에만 그치지 않고 살아있는 사람들끼리 서로 위로하고 용서하고 화해하는 상생의 자리로까지 나아가는 것이 특징이다. 따라서 우리는 민간인 집단학살의 억울한 죽음들을 위로하고 정화하는 동시에 또 다른 희생자인 한국전쟁 중 지역 좌익과 북한 정치보위국에서 자행한 우익인사에 대한 보복학살 희생자들 또한 그 원혼을 맑게 씻기는 데까지 나가야 한다. 물론 우익인사 희생자들은 반공애국지사로 위령탑이 건립되고 각종 추모시설이 건립되는 등 국가로부터 그에 합당한 기림을 이미 받고 있다. 이렇게 군경에 의한 희생자에 대한 예우와 상당한 차이를 보이지만, 모두가 전쟁의 광기가 부른 참혹한 희생이라는 점에서 망자의 원혼을 천도한 뒤 살아남은 사람들끼리 서로 위로하고 용서하고 화해하는 것이 곧 씻김굿의 핵심이라 할 수 있다. 씻김굿은 망자들의 맺힌 한을 풀어주는 절차들을 통해 결국은 현실의 엉킨 실타래도 동시에 풀어내는 일이다.

이런 상생과 화해의 씻김굿을 남한의 중심부인 대전에서 좌우익에 의한 모든 학살 희생자의 유족들과 시민들이 모여 함께하는 굿판으로 기획해 실행할 수 있다면, 그야말로 국민화합과 진영화합의 큰 마당이 될 것이다. 우리 한국작가회의가 기획하는 '제노사이드 종단벨트 작업'이 국민화합의 기폭제가 되고 또 그 과정에서 문학의 힘과 가치를 확인하는 소중한 기회가 될 것이며, 문학인의 자부심 또한 자연히 회복될 수 있을 것이다. 이것이 바로 한국문학이 현실과 만나는 방법이며 또한 진보문학의 힘이다.

5. 사례 : 산내학살 희생자의 유족, 작가 김성동

『만다라』의 작가 김성동의 선친 김봉한은 일제강점기 경성콤그룹의 일원으로 활동하다 해방 후 예비검속으로 대전형무소에 수감됐고, 한국전쟁 발발 직후 눈물의 골짜기인 산내 뼈잿골에서 학살당했다. 김봉한은 남로당 지도자인 박헌영의 복심비선(腹心秘線)으로 대전·충남의 야체이카(세포)로 활동했다. 김봉한은 남로당 외곽단체를 대상으로 당면과제를 제시하고 투쟁지침을 하달하는 한편, 무장대 조직을 준비하기도 하는 등 비공식적 문화부장 역할을 했던 중견간부였다. 김봉한은 풍채가 뛰어나고 도량이 넓었으며, 겉으론 부드러우나 안으로는 군센 외유내강의 조직운동가였다. 특히 타고난 명민함으로 보통학교를 마친 뒤 일본대학 강의록으로 독학해 숙명여전 수학 강사를 역임했다.

김성동은 아버지에 대한 아득한 그리움에서 벗어나 아버지와 아버지 세대의 꿈과 좌절을 역사 속에 온전히 자리매김하는 작업을 『꽃다발도 무덤도 없는 혁명가들』로 마무리했다. 김성동은 산내학살 피해자의 유족이면서도, 그간 진상규명과 명예회복을 위한 공식적인 활동에 미온적이다가, 2016년 제66주기 17차 대전산내학살사건 희생자 합동위령제에 유족으로 참가해 추모사 '제망부가(祭亡父歌)'를 제문으로 올렸고, 선친에 대한 애끓는 사부곡(思父曲)으로 쓴 중편소설 「고추잠자리」를 계간《황해문화》겨울호에 발표했다.

김성동의 어머니 한희전은 남편의 예비검속과 학살 이후 얻은 속병 가슴앓이에 평생 시달렸다. 인민공화국 시절엔 독립운동 애국자의 유가족이라며 인민공화국 사람들이 시켜 조선민주여성동맹위원장을 맡았다가 8년 징역을 살았고, 그 고문 후유증으로 극심한 고통을 겪었다. 김성동은 어머니의 모진 삶에 대해 쓴 단편 「민들레 꽃반지」를 2012년 계간지《창작과 비평》여름호에 발표했고, 이 작품으로 제1회 '이태준 문학상'을 수상했다. 「민들레 꽃반지」는 "아름다운 우리말과 글을 살린 문장으로 한국 현대사의 한 장면을 처연하면서도 뼈아프게 보여주어 작품의 밑절미가 이태준 문학정신에 가장 닿아있다"는 평가를 받았다. 그의 어머니는 금년 3월에 97년의 길고도 모진 삶에서 벗어나 마침내 안식을 얻었다.

다음에 덧붙인 글들은 김성동과 그의 부친의 산내 학살과 모친의 모진 삶, 가혹한 가족사의 아픔을 문학으로 승화시킨 그의 작가생활 등에 대해 금강일보에 틈틈이 발표한 칼럼들을 모은 것이다. 우리 대전 출신의 작가로 산내학살의 아픔을 상징적으로 살펴보는 작은 계기가 되리라 기대한다. 마지막으로 김성동의 선친을 포함한 산내학살 희생자들의 영령을 위로하는 뼈잿골의 추념식 자리에서 내가 추모시로 낭독한 시를 덧붙였다.

'꽃무혁'으로 대전을 찾은 김성동의 육필원고 (금강일보, 2014.03.02.)

영동 지방의 기록적인 폭설 여파로 강원도 횡성과 홍천에 인접한 경기도 양평의 산속 토굴에 칩거 중인 '만다라'의 작가 김성동을 만나러 가는 길에 걱정이 앞섰지만 토굴 진입로에 세운 '절 아닌 절'이란 뜻의 '비사난야(非寺蘭若)' 표지석에 이르는 찻길은 다행히 눈이 녹아 있었다. 하얀 눈이 남아있는 급경사 진 굽이 길을 조심스레 올라 겨우 토굴에 이르자 어지럽게 흩어진 서책 더미 속에서 벽난로에 불을 지피는 백발의 김성동이 저만큼에서 맞이한다. 전에는 서재와 거실 그리고 작은 법당

이 벽이 없는 채로 자연스레 구분이 됐는데 이젠 발 디딜 틈도 없이 책과 원고 더미가 불쏘시개나 장작과 마구 뒤엉킨 가운데 쪼그리고 불을 피우는 모습이 늙은 산사람의 모습 그대로다.

그는 최근 자신의 운명을 현재의 모습으로 떠다박지른 아버지에 대한 아득한 그리움에서 벗어나 아버지와 아버지 세대의 꿈과 좌절을 역사 속에 온전히 자리매김하는 작업을 『꽃다발도 무덤도 없는 혁명가들』로 1차 마무리했다. 그가 필생의 화두로 삼았던 아버지 세대의 이야기를 모은 좌익 독립운동가 열전(列傳) '현대사 아리랑'에서 빠진 21분의 이야기를 덧붙여 74분 어르신의 이야기를 새로운 자료를 보완해 200자 원고지 4000매의 개정증보판을 낸 것이다. 그는 이번 작업의 의미를 이렇게 말한다. "난 '꽃무혁'이라고 줄여서 말하는데, '꽃무혁'을 쓰려고 내가 소설가 '쯩'을 얻은 지도 몰라 사실은. 이걸 쓰기 위해서 이 책을 쓰기 위해서." 그러니까 '꽃무혁'의 출간이 김성동의 작가생활 40년을 결산하는 작업인 셈이다. 그렇다고 그가 아버지 세대의 꿈을 일방적으로 미화하는 것은 아니다. 그간 남북의 현대사에서 잊힌 그들의 모습을 있는 그대로, 그들의 한계까지 엄정하게 보여주는 태도를 시종 견지한다. 절에서 나와 40년 동안 헌 책방에서 모은 자료를 바탕으로 현대사를 온몸으로 살아낸 어르신들의 모습을 담담하게 토박이 조선말로 보여준다.

그는 충남 보령 출신이지만 어려서 대전으로 이사해 서대전초등학교와 삼육중학교를 다녔다. 또 경성콤그룹의 일원으로 대전·충남 야체이카로 활동하다 예비검속으로 대전형무소에 수감됐던 그의 부친이 눈물의 골짜기인 산내 뼈잿골에서 학살당한 아픔을 가슴에 품은 채 '만다라' 이후 한동안 산내 구도리에서 살았으니 그에게 대전은 고향이나 진 배없다. 3월 4일부터 4월 20일까지 대전문학관에서 열리는 대전작가회의 기획전에 그의 '꽃무혁' 육필원고 4000매가 전시된다. 사실 그는 컴맹이다. 물론 인터넷도 못하니 오로지 기억과 문헌자료에 의존해 200자 원고지에 세로로 글을 쓰는 가내수공업자다. 그래서 그의 검지 마디엔 굳은살이 박여있다. 요즘 같은 자동화시대에 그의 정갈한 육필원고를 확인해 보는 것도 이번 전시회의 알짬 볼거리의 하나가 되리라 생각한다.

하지만 이번 기획전의 핵심은 대전지역의 진보적 문학단체인 대전작가회의의 짧지 않은 역사와 그들의 문학적 역량을 다양한 결과물들을 통해 입체적으로 확인함으로써 대전문학의 수준과 위상에 대해 시민들이 나름의 문화적 자긍심을 느끼도록 하는 것이다. 특히 70년대 말의 암울한 시대상황에 대한 저항의지로 출발한 대전의 자생적인 문학운동 단체였던 '삶의 문학' 동인들이 자유실천문인협의회 활동을 거쳐 89년 '대전·충남민족문학인협의회'를 결성한 뒤 지역에서 활동하던 '화요문학', '새날', '젊은시' 등의 동인들과 결합해 98년 사단법인 '민족문학작가회의 대전·충남지회'를 창립하고, '한국작가회의 대전지회'란 새 이름을 갖게 된 역사가 이번 전시회에 오롯이 드러난다.

'대전작가회의'가 지향하는 진보문학은 보다 넉넉하고 너그러운 세상을 이루기 위해 시대와 불화하는 것도 기꺼이 감내한다. 하지만 지향점이 같은 이들과 어깨 걸고 공생공락의 아름다운 세상을 이루고자 노력한다. 무엇보다 우리 민족의 역사적 아픔을 공감의 언어로 치유하는 일에 역량을 집중하고자 노력한다. 물론 그 과정에서 자기중심적인 독선과 아집에서 벗어나 품격을 잃지 않은 채 보다 많은 사람들과 함께하도록 노력한다. 왜냐하면 다양한 세력과 공존하는 지혜와 포용력이 진보의 미래를 결정하기 때문이다.

김성동의 제망부가(祭亡父歌) (금강일보, 2016.09.11.)

아침 일찍 경기도 양평의 한 야산 토굴에 칩거 중인 작가 김성동 형이 전화를 했다. 찌는 듯 무덥던 8월 하순 토굴을 찾은 이후, 그가 최근에 쓴 중편소설 「고추잠자리」 발표 지면 찾기가 또 어려워지나 싶었다. "영호! 그간 여러 가지로 애 많이 썼는데, 그냥 계간지《황해문화》에 발표하기로 했어. 김명인 교수가 오랜 출장 끝에 내가 보낸 편지를 늦게 받아보고 급하게 통화했더라고." 전업작가인 그에겐 너무 적은 원고료 문제로 엽서를 보내고 답장이 없어 속을 끓이다 마침 '불교문예'에서 게재하겠다고 해 그러기로 했는데, 소통에 좀 차질이 있었지만 원고료를 좀 올려 처음 정한 대로 '황해문화'에 작품을 주기로 한 것이다.

김성동 형이 선친에 대한 애끓는 사부곡(思父曲)으로 쓴 중편소설 「고추잠자리」를 전해준 건 6월 27일 산내 뼈잿골에서 열린 위령제에서였다. 그 자신 산내학살 피해자의 유족이면서도, 그간 진상규명과 명예회복을 위한 공식적인 활동에 미온적이지만, 이번 제66주기 17차 합동위령제에 유족으로 참가해 추모사 '제망부가(祭亡父歌)'를 제문으로 올렸다. 그의 선친 김봉한은 남로당 지도자인 박헌영의 복심비선(腹心秘線)으로 대전·충남의 야체이카(세포)로 활동했다. 김봉한은 남로당 외곽단체를 대상으로 당면과제를 제시하고 투쟁지침을 하달하는 한편, 무장대 조직을 준비하기도 하는 등 비공식적 문화부장 역할을 했던 중견간부였다. 김봉한은 풍채가 뛰어나고 도량이 넓었으며, 겉으론 부드러우나 안으로는 굳센 외유내강의 조직운동가였다. 특히 타고난 명민함으로 보통학교를 마친 뒤 일본대학 강의록으로 독학해 숙명여전 수학 강사를 역임했다.

김성동은 1983년 초 해방 전후를 배경으로 아버지 이야기를 그린 장편소설 「풍적」을 연재하다 강제중단당하며 한동안 아버지 얘기를 쓰지 않았다. 그의 작품 속 아버지는 늘 부재중이고, 주인공은 그 아버지를 애타게 기다리는 소년에 머물렀다. 보이지 않는 탄압 이후 아버지 이야기를 에둘러 가려는 일종의 자기검열인 셈이다. 하지만 그는 회갑이 지나면서 아버지 세대의 민족수난사를 적극적으로 쓰기로 결심한다. "아버지보다 곱을 살았으니 이제는 죽어도 좋다고 생각했어." 그는 근현대사의 질곡 속에서 나라와 민족을 지키기 위해 산화해간 아버지 세대의 순수한 이상과 뜨거운 열정, 그리고 헌걸찬 행적의 문학적 형상화에 진력한다. 그가 필생의 화두로 삼은 아버지 세대의 이야기를 모아 내놓은 좌익혁명가 열전(列傳) 『현대사 아리랑』과 개정판 『꽃다발도 무덤도 없는 혁명가들』은 아버지에 대한 아득한 그리움에서 벗어나 마침내 아버지 얘기를 역사 속에 온당히 자리매김하기 위한 작업이었다.

그의 선친 김봉한은 1917년 생으로, 금년에 우리 나이로 100세가 된다. 그는 자신이 소설가가 된 것은 오로지 아버지 이야기를 쓰기 위해서였으며, 절에 들어간 것도 결국은 작가가 되기 위한 위장입산이었다고 고백한다. 그는 아버지께 제사를 올리고 향불을 피우는 간절한 심정으로, 아버지가 불러주는 대로 적으며 일주일 만에 230여 장의 중편소설을 썼다. 그가 산내 위령제에서 올린 제문 '제망부가'는 중편 「고추잠자리」 맨 앞의 프롤로그이기도 하다. 그런데 발표 지면이 없다는 것이다. 문제는 지면을 알아보려면 일단 원고 파일이 있어야 하는데, 그는 컴맹이니 난감했다. 그래도 일이 되느라고 가끔 교유하는 박용래 시인의 딸 진아 씨가 파일로 옮겨놓았다. 그 파일을 얻어 제문과 중편을 합한 뒤 출판사 '창비'의 지인에게 그의 소설을 봐달라고 메일을 보냈다. 더구나 4년 전 《창작과비평》에 어머니 얘기를 쓴 「민들레꽃반지」가 게재됐으니 아버지 얘기가 짝을 이뤄 묻혔던 현대사의 일면을 복원해낸 의미가 크다는 점을 누누이 강조했다. 그러나 기다림 끝에 지면 관계로 게재가 어렵다고 했다. 망설이다 한겨레신문 최재봉 기자에게 사정을 말하고 원고 파일을 보낸 뒤, '남로당 아버지 소설로 썼는데, 발표 지면 마땅치 않네요'란 기사가 나갔고, 마침내 《황해문화》에 수록되게 된 셈이다. 전화 마지막에 김성동 형이 말했다. "아버지의 삶이 간단치 않더니 아버지 얘기를 쓴 소설도 우여곡절이 많구나, 휴우!"

민들레 꽃반지 끼고 (금강일보, 2018.03.18.)

지난 금요일 우유와 포스트로 간단한 아침식사를 하며, 전날 비가 와서 포기했던 산행을 해야지 하며 하루 일정을 계획하는데 휴대전화가 울렸다. '아침부터 누구지?' 하며 전화를 받으니 『만다라』의 작가 김성동 형이다. 경기도 양평군 청운면 우벚고개의 가파른 언덕 위 외딴집 생활을 청산하고, 옥천면 용문산 입구로 이사를 한 뒤 찾아보지 못한 터라 마음이 찔렸다. 더구나 당뇨가 심해져 지인이 줄기세포 임상치료 대상자로 소개해줘 일본을 오가며 치료한다는 소식을 들은 터라 더 면목이 없었다. 나의 무심함을 꾸짖으려니 하며 "건강은 어떠시냐"고 물으니, 대뜸 어머니가 어제 저녁 열반하셨다는 부고를 전한다. 토요일에 성남 화장장으로 발인을 한다니 양평병원 장례식장에 곧장 다녀와야 했다.

평소처럼 맞벌이를 하는 아들 집 청소를 한 뒤 출발하기로 하고 집을 나서는데 친구 이은봉 시인이 소식을 듣고 연락을 했다. 금년 8월 말 광주대에서 정년을 맞는데, 전날 수업을 끝내고 세종에 있는 집에 와 있으니 함께 양평으로 가잔다. 서둘러 청소를 마치고 집에 와 검정 양복을 입고 세종시에 가니 약속시간인 오전 11시가 조금 넘었다. 부지런하고 활동적인 이은봉 시인인지라 최근 문단에서 벌어지는 미투운동에서부터 충청도 정치인의 수난사까지 다양한 뒷얘기를 듣다보니 어느새 자그마한 시골병원 장례식장에 도착했다.

대개의 조문객이 밤에 오다 보니 점심 무렵의 빈소는 한적했다. 칠십 대의 백발인 김성동 형과 누님이 검은 상복을 입고 우리를 맞이한다. 순 탄치 않았던 결혼생활이어서인지 성인이 됐을 아들 미륵이와 딸 보리 는 보지 못하고, 영정 속 노모를 향해 합장하고 절을 올렸다. 뛰어난 천 재로 소학교만 마치고 독학으로 영어 · 수학을 공부해 숙명여전 교수를 하던 남편 김봉한은 남로당 지도자인 박헌영의 복심비선(腹心秘線)으 로 대전 · 충남의 야체이카(세포)로 활동하다 예비검속으로 대전형무소 에 수감됐다가 한국전쟁 발발 직후 산내 뼈잿골에서 희생됐다.

그 뒤로 평생 속병을 얻어 고생을 하며 모진 삶을 살아온 그녀의 삶 이 마침내 안식을 얻게 된 것이다. 성동 형이 살던 구도리 집을 찾으면, 김영호가 우리 아들 술을 먹여 힘들게 한다며 내 앞에서 타박을 해 나를 무안하게 했던 기억이 난다. 서울로 이사를 간 뒤 세검정 집에 갔다 미 륵이가 실수로 방문을 잠갔을 때, 베란다 난간으로 나가 창문을 넘어 문 을 열어준 뒤로 비로소 타박의 대상에서 벗어났었다. 양평의 외딴 집 앞 에서 혼자 밭을 매시던 모습을 멀리서 뵌 뒤로 요양원에 모셨다는 얘길 들었으니, 중년의 영정 사진과는 퍽 달랐을 노년의 모습은 기억나지 않 는다.

영정 앞에 향을 피우다 보니 향로 위쪽으로 어머니의 모진 삶에 대해 쓴 단편 「민들레 꽃반지」가 게재된 계간지 《창작과 비평》이 놓여 있다. 그의 어머니 한희전은 남편의 예비검속과 학살 이후 얻은 속병 가슴앓 이에 평생 시달렸고, 인민공화국 시절엔 독립운동 애국자의 유가족이 라며 인민공화국 사람들이 시켜 조선민주여성동맹위원장을 맡았다가 8년 징역을 살았고, 그 고문 후유증으로 극심한 고통을 겪었다. 97년의 길고도 모진 삶에서 벗어나 마침내 안식을 얻었으니, 풍채 좋고 도량이 넓으며 늘 부드러웠던 남편이 그녀에게 정표로 준 민들레 꽃반지를 끼고 그녀의 삶에서 가장 빛나던 그 짧은 시절의 행복을 함께 추억하고 있으리라. 김성동은 이 작품으로 제1회 '이태준 문학상'을 수상했다. 「민들레 꽃반지」는 "아름다운 우리말과 글을 살린 문장으로 한국 현대사의 한 장면을 처연하면서도 뼈아프게 보여주어 작품의 밑절미가 이태준 문학정신에 가장 닿아있다"는 평가를 받았다.

김성동은 오래 전에 중단했던 대하소설 『국수』를 결국 마무리해 출간을 앞두고 있다. 조선조 말 전통 예인들의 희망과 좌절을 당대의 풍속사 속에 생생한 조선말로 재현해내 문단에 큰 반향을 일으켰던 작품을 마무리한 것이다. 그는 작년에 아버지의 행적을 그린 중편소설 「고추잠자리」를 발표하면서 부모의 한 많은 삶을 문학적으로 형상화했다. 그는 이제 해방에서 한국전쟁까지 이른바 '해방 8년'의 우리 민족의 굴곡진 현대사를 그린 역사소설을 계획하고 있다. 우리 땅 어느 곳에서나 질긴 생명력으로 자라나 왕성하게 번지는 민들레 같은 민초들의 삶을 그린 역작을 기대해 본다.

　　꽃그늘로 오시는 임
　　– 산내 뼈잿골에서

　　평생 땅을 훑으며 사는 농투성이든
　　옹이 박힌 손에 기름 마를 날 없는 테바치든
　　파리한 손가락으로 글을 짓는 샌님이든
　　내남없이 고루 웃음 짓는
　　맑고 곧은 그런 세상 그려보겠노라
　　밤새 골목길을 숨죽이고 헤매다
　　문득 안경알 반짝이며 멋쩍게 미소 짓던 임이여

어둠 속에서도 아침을 움켜쥐고
푸른 하늘을 굳게 간직한 채
할퀴며 덤벼드는 미친 파도에
수없이 뒹굴고 엎어져 자맥질해도
그예 무릎 세우고 곧추 허리 펴고
매운 바람결에 쫓긴 작은 새들 보듬으며
순순히 꽃그늘을 내어주던 임이여

갈라진 가슴밭에 흥겹게 물을 대고
맨발로 첨벙대며 얼싸절싸 써래질하며
신새벽의 카랑한 풍경소리를
흙고무래로 곱게 빗질하던 임이여
그 고운 마음씨 마침내 생채기 되어
시샘 많은 뻐꾸기에 둥지를 빼앗긴 채
소쩍새 핏빛 울음 마른 침으로 삼키며
가슴 속 풀무질 숯덩이 되어 차마 잠들지 못하는 임이여

어둑새벽이면 맑은 이슬로 내리고
햇살 펼치면 아지랑이로 피어오르며
손가락 끝에 노오란 민들레 꽃반지로 찾아와
함께 어깨 걸고 부둥켜안고 무동 태우며
결코 시들지 않는 함성으로 하얗게 풍매화로 날아올라
온 들판에 꽃덤불로 끝내 살아나시라 끝끝내 살아나시라

(2015년 4월 17일, 산내 뼈잿골에서 억울하게 희생된 영령들, 그리고 김
성동의 부친 김봉한과 일제강점기 독립운동과 해방 후 혁명활동을 함께했
던 동지들의 영령을 추모하는 추념식에서 추모시로 낭독된 시로, 추념식에

는 김성동, 안재성, 최용탁, 남궁 담 등의 작가들이 함께하였다)

(2018년 11월, 『작가마당』 33호)

불확실성 시대의 탄력적 · 개방적 글쓰기
-성배순 시창작의 원동력을 찾아-

1. 문학의 시대에서 불확실성의 시대로

민주화를 위한 민중항쟁이 사회 변화를 견인하던 70, 80년대엔 이른바 민족민중문학이 사회변혁을 앞장서 추동했다. 전두환 군사독재정권이 진보적인 성향의 출판사를 폐간하자 전국 각 지역의 문학인들은 비정기적 간행물인 '무크지'를 발간하며 정권의 문화탄압에 맞서 민족민중문학의 열망을 이어갔다. 80년대의 《실천문학》, 《시와 경제》, 《반시》, 《마산문화》, 《민족과 문학》(광주), 《지평》(부산), 《삶의 문학》(대전)' 등은 유격전적 문화운동이자 대안문화운동으로 그 시대적 역할을 감당했다. 90년대에 이른바 세계화로 표현되는 자본시장의 지구화로 삶이 자본에 종속되고 첨단산업 중심으로 산업구조가 재편되면서, 노동자나 농민 등 이른바 민중의 에너지를 결집하는 대규모 투쟁은 사실상 어려워진다. 노동운동은 90년대 중반의 노동계 총파업 이후 점차 쇠퇴한다. 특히 98년의 외환위기 이후 안정적인 노동지위가 크게 위축되면서 역사적 주체로서의 민중의식 또한 크게 퇴색한다. 흔히 얘기하는 '민중이 사라진 시대', '혁명이 불가능한 시대'가 된 것이다. 이렇게 민중의 역사적 변혁 에너지가 위축되면서 '민족민중문학' 또한 서서히 빛을 잃는다.

'가라타니 고진'은 『근대문학의 종언』에서, 문학평론가 김종철을 필두로 많은 비평가들이 문학 판을 떠난 것에서 문학의 쇠퇴 조짐을 포착하고, 문학이 사회를 선도하던 시대는 끝났다고 판단해 근대문학의 종언을 선언한다. 그는 문학이 그 사회적 힘을 잃게 된 원인을, 나라마다 이미 국민국가를 확립했기 때문이라고 본다. 하지만 그의 이런 진단은 적어도 우리에겐 부적절하다. 아직도 우리에겐 민족분단의 극복과 통일국가 수립이라는 민족적 과제가 여전히 남아 있고, 문학이 민족의 동일성과 정체성 형성에 나름대로 기여할 시대적 책무가 남아있기 때문이다.

사실 문학의 사회적 역할이 윤리적 당위성을 앞세워 사회 제반 현상을 선도하는 데만 있는 것은 아니다. 민중의 집단적 응집력이 약화된 채 물신화된 시장구조에 얽매인 모습 또한 문학적 형상화의 대상일 뿐이다. 민중문학의 출현이 시대적 요구에 의한 것이라면, 민중문학의 소멸 또한 시대변화에 따른 불가피한 양태이다. 근대문학의 종언이니 민중문학의 소멸이니 하는 진단은 결국 문학에 대한 새로운 변화 요구에 적절한 유연성으로 대응하려는 노력이 부족했던 것에 대한 냉정한 평가로 보아야 할 것이다. 따라서 문학의 시대는 끝난 것이 아니다. 다만 시대환경의 변화에 걸맞은 진화가 요구되는 불확실성의 시대가 된 것이다.

우리는 정보기술의 놀라운 혁명으로 도래한 지식기반의 급속한 확장 속에서 데이터가 가장 중요한 자산으로 부상하는 디지털 시대를 살고 있다. 일반 대중들은 소셜 미디어로 제공되는 즉흥적이고 선정적이며 신뢰하기 힘든 품질 낮은 정보의 범람 속에서 수동적인 데이터 소비자로 전락하고 있다. 역사학자 '유발 하라리'의 지적처럼, 인류는 인지력을 적극 활용한 이야기의 힘으로 오늘날과 같은 극적인 성공을 이룩했다. 하지만 호모사피엔스의 최대 장점인 생각하는 힘의 바탕인 독서와 글쓰기는 경박한 트위터나 선정적인 동영상의 범람으로 급격히 몰락하고 있다. 이렇듯 21세기가 책의 시대가 아닌 것은, 독서인구의 급감과 책의 물리적 형태 변화 시도가 세계적으로 다양하게 벌어지는 것을 통해서도 알 수 있다.

'유발 하라리'는 『21세기를 위한 21가지 제언』에서 그 대안을 이렇게 제시하고 있다. 더 이상 종이 묶음이라는 책의 물리적 형태에 굳이 집착할 필요가 없으며, 어떤 주제에 대한 깊은 탐구와 몰입이 가능한 '책의 경험' 유지가 중요함을 강조한다. 흔히 말하듯이, 전근대적인 농업사회에서는 노홧(know-what) 개념이, 산업사회에서는 노하우(know-how)가 생활의 모토였다면, 21세기 '초(超)정보화 사회'에서는 정보에 묻히지 않고 유익하고 필요한 정보만을 여과 선택하는 '노휘치(know-which)'의 시대가 된 것이다. 다만 '유발 하라리'는 고품질 정보에 대해 소비자가 합당한 대가를 지불해야만 소비자를 상품으로 악용하지 않을 것임을 덧붙이고 있다. 따라서 우리 문학인들도 과거의 빛나던 시절의 추억에 머물러 변해버린 시대현실을 탓하기보다는, 디지털화한 현실 속에서 다양한 자기진화를 실험하면서 그 현실 적합성을 높여나가는 적극적이고 유연한 자세 변화가 필요하다.

2. 고통의 실체를 드러내는 문학

시장화 된 세상에서 사물화 된 개인들로 파편화된 채 살아가는 현대인들에게 문학은 무엇인가. 이렇게 어려운 때일수록 우리의 근본을 되돌아보는 법고창신(法古創新)의 자세가 필요하다. 18세기 조선 최고의 문학인이었던 연암 박지원의 문학사상을 집약한 말이 바로 법고창신이다. 그는 당시 조선 문단이 중국 고전의 겉모습만을 시대착오적으로 본뜨는 것에서 벗어나, 중국의 당대 현실을 참되게 그리고자 한 그 내면정신을 본받아야 함을 지적한다. 따라서 '지금 조선'의 현실을 참되게 노래하는 것이 바로 『시경(詩經)』의 정신을 올바로 계승하는 것이라고 강조한다. 무릇 작가는 고정된 작법에서 벗어나 시의 적절하게 변통할 줄 알아야 한다는 것이다. 이렇듯 고문의 전통을 충실히 계승하면서도 보수적인 시류에 맞서 자신의 문학적 진보성을 견지한 점에서 연암은 오늘날 민족문학론과 리얼리즘론의 선구가 되었다.

조선시대 최고의 사상가이자 시인인 다산 정약용은 그 아들에게 주는 편지에서, '나라를 근심하고 시대를 아파하며 세속에 분개하는' 시가 참된 시이며, '백성에게 혜택을 주려는 마음가짐을 지니지 못한 사람은 시를 지을 수가 없다'고 가르쳤다. 지나치게 문학의 공리적 기능에 치우쳤다는 비판이 가능하지만, 아파하는 이웃의 고통에 민감하게 반응하며, 그런 아픔이 극복된 세상을 꿈꾸는 것이 바로 시(문학)란 것이다. 지금 이곳에서 파편화된 채 이웃의 고통에 둔감한 사람들에게 그 아픔을 함께 느끼도록 자극을 주고, 아파하는 사람들에게 연민의 정으로 공감하는 것이 바로 문학의 원래 모습인 셈이다. 그러니까 역사적 주체로서의 민중이 존재하지 않는다 하더라도, 삶의 아픔이 있는 곳이라면 언제나 문학은 존재할 수 있다. 이것이 바로 문학의 존재 이유다.

'유발 하라리'는 인류가 그간 구축해 온 수많은 이야기들의 허구성을 지적한다. 동서고금의 수천 가지 설화들은 결국 인간의 발명품일 뿐, 우리가 살아가는 우주는 그런 이야기처럼 작동되지 않기 때문에 진실이 아니라는 것이다. 다만 이런 허구적 이야기의 힘으로 의미 있는 제도를 만들고 사회적 협동력을 발휘해 인류역사를 발전시켜 왔다는 점은 긍정적으로 본다. 그는 허구와 실체를 구별하는 기준은 그 이야기의 주인공이 고통을 느끼는지 살펴보는 것이라고 말한다. 특정 대기업이나 종교와 민족은 직접 고통을 겪는 실체가 아니다. 대기업의 파산이나 종교전쟁이나 민족 간 분쟁으로 고통을 겪는 노동자와 국민 개개인의 아픔이 유일한 실체이기 때문이다. 따라서 그 개개인의 고통을 최소화하려는 노력이 중요하다고 역설한다. 삶의 의미나 우주의 의미, 자신의 정체성에 대해 신실을 알아내는 가상 좋은 출발점은, 고통을 먼저 관찰하고 그것의 실체가 무엇인지 탐구하는 것이란다. 이는 바로 연암이나 다산이 말한 내용과 일맥상통한다. 바로 삶의 아픔을 관찰하고 그 아파하는 사람들에게 연민의 정으로 공감하는 것이 바로 이야기(문학)의 원래 모습이라는 것이다. 동서고금을 막론하고 인생의 의미에 큰 질문을 던지는 선각자들의 공통된 시각이라 할 수 있다.

3. 성배순의 발랄한 회복탄력성

성배순의 두 번째 시집 『아무르 호랑이를 찾아서』에서 가장 눈에 띄는 특징은 그의 당당하고 발랄한 회복탄력성이다. 그에게 기존의 동물 생태 이야기가 가지는 단선적인 순환구조는 도전의 대상이자 저항의 대상이다. 가령 「사바나 암사자」의 경우를 살펴보면 알 수 있다. 일반적으로 사자들이 무리를 이루는 프라이드(pride)는 수사자 1~3마리와 암사자 10마리 안팎으로 구성된다. 이때 암컷은 대부분 별 저항 없이 받아들여지지만 수컷은 기존의 우두머리 수컷을 쫓아내고 새로운 우두머리가 되지 못하는 한 받아들여지지 않는다. 그런 만큼 수사자 중 장성하여 프라이드를 얻고 암컷을 거느리는 개체는 전체의 5% 안팎에 불과하다고 한다. 새로운 수사자가 프라이드를 장악하면 제일 먼저 하는 일은 기존 수사자의 새끼를 다 죽이는 것이다. 새끼가 없어진 암사자는 얼마 후 발정기가 찾아오기에 이 또한 자손 번식을 위한 길이다. 그래서 프라이드의 수사자가 바뀌면 사냥이 가능할 정도로 자란 새끼는 도망간다. 덜 자란 새끼는 어미와 함께 무리를 떠나거나 수사자에게 죽는 길 뿐이다. 그런데 「사바나 암사자」의 경우, 기존의 사바나 사자 무리의 생존법을 거부하고 자신의 어린 새끼를 숨기고 지키기 위해 수사자 몰래 사냥에 전념하는 모습을 보인다.

비릿한 피 냄새, 쉰 고기 냄새가 가깝다
서열 싸움에서 이긴 새 수컷이 눈에 들어오자
암사자는 진저리를 친다
잘 안 나오는 젖을 물고 칭얼대는 새끼를 억지로 떼어낸다
등 쪽으로 당겨 올라간 배를 일으킨다
젠장, 새끼 엉덩이를 핥아 줄 시간이 없다
서둘러 새끼 목을 물고
사─분 사─분 사분사분 삽삽삽
암갈색 피부를 닮은 갈대숲으로 숨는다
건기 다음엔 우기가 반복되는 곳 사바나, 의 법은
자기 새끼만 살아남게 하기 위해 다른 새끼를 죽이는
수컷의 법
두리번두리번 암컷의 눈은 언제나 산만하다
어제는 영역 안에서 어렵게 잡은 사슴을
하이에나 떼에게 빼앗겼다
주변에서, 황금 갈기를 바람에 휘날리며
새로 등극한 수사자는 코골기를 멈추지 않았다
암컷은 뒷발로 흙을 파낸다
누구도 대신해 주지 않는 이 싸움
꼬리에 달려 있는 발톱으로 등줄기를 후려쳐 본다
저어기 먹잇감이다
하쿠나 마타타
수컷이 잠에서 깨기 전
갈대숲 속 새끼를 발견하기 전

이 사냥을 끝내야 한다
전력실주, 지금은 서것만이 표적이다

– 「사바나 암사자」 전문

    사바나 암사자가 주어진 운명의 길을 순순히 따른다면, 사자의 무리
인 프라이드는 새 수사자가 기존 수사자 새끼를 처단한 뒤의 평온과 질
서를 유지해 갈 수 있다. 그러나 이 암사자는 자신에게 주어진 운명에
저항하고 프라이드의 새로운 우두머리가 된 수사자의 눈을 피해 젖먹
이인 새끼를 지키고자 최선을 다한다. 이런 암사자의 노력이 다행히 수
사자의 눈을 피하고 또 프라이드에서 벗어나 새끼와 함께 떠돌이가 되
는 경우 치러야 할 대가는 작지 않다. 암사자에게 만만찮은 대적이 되는
하이에나 무리에게 먹이를 빼앗기거나 아예 죽임을 당할 수도 있다. 그
런데도 이 암사자는 '하쿠나 마타타'란 주문을 외우며 '모든 것이 다 잘
될 거야' 또는 '걱정할 것 없어'라고 스스로를 달랜다. 오랫동안 사자들
의 생태를 지탱해 온 자연법칙을 거스르는 반사회적인 저항을 지탱해
주는 이런 낙관적 태도의 바탕엔, 어떤 시련이나 역경에도 굴하지 않고
오히려 이를 디딤돌 삼아 더 꿋꿋하게 튀어 오르는 암사자의 강인한 정
신의 근력이 있다. 이 마음의 근력이 바로 성배순 시의 기저를 이루는
회복탄력성이다. 그래서 그의 시는 애련에 물든 가냘픈 떨림이나 우리
전통적 서정시에 주로 드러나는 인고의 미덕 등은 찾아보기 어렵다. 그
의 시는 당당하고 활달하다. 그의 이번 시집의 표제작인 「아무르 호랑
이를 찾아서」도 그렇다.

지금쯤 아무르 강물에 몸을 적신 그가 푸르르
황갈색 몸 털기를 하겠다.
장백산맥을 타고 백두산으로 들어 왔겠다.
서둘러 아름드리 숲으로 간다.

으앙 스무 살 아가가 칭얼대며 쫓아온다.
으아앙, 서른의 아가가 고막에 대고 소리치며 운다.
안 돼! 절대 뒤 돌아보지 마!
귀를 막으며 커다란 너럭바위 밑 굴속으로 들어간다.

이제 함경산맥을 거친 그가 태백산맥을 내려오다가
방향을 틀어 차령산맥으로 들어 왔겠다.
사람에게 노출을 꺼리는 그가 은밀한 그가
꼬리를 살짝 치켜들고 두둥실 나타나면
어훙, 닮은 두 눈이 마주치면
아기가 자라지 못하게 척척 모든 걸 대신 해주던 팔다리
옛다~ 던져 주리라.
커다란 아가를 업어주던 휜 등도
옛다~ 내밀리라.
그렇게 완전히 먹히고 나면
호랑이는 내가 되고 나는 호랑이가 되고
사뿐사뿐 산 넘고 물 건너 집으로 갈 테다.
가장 먼저 벽과 천장에서 사탕을 떼어내고
어흐훙! 눈을 휘둥그레 뜨고
어른, 아기들에게 소리칠 테다.
당장 이 집에서 나가!

– 「아무르 호랑이를 찾아서」 전문

　　우리 민족의 정기를 상징하는 백두산 호랑이가, 광활하게 펼쳐진 만
주 벌판의 침엽수림 속으로 굽이쳐 흘러가는 아무르강(우리가 흔히 흑
룡강이라 부르는) 강가에서 물놀이를 즐기다 백두산을 지나 차령산맥
으로 들어와 마침내 나와 만나게 된다. 나와 은밀하게 눈을 마주친 아무

르 호랑이에게, 나는 그간 오로지 아가들에게 헌신하던 팔다리와 흰 등을 기꺼이 내밀고 완전히 먹혀 마침내 아무르 호랑이가 된다. 호랑이가 되어 다시 집으로 돌아온 나는 과보호로 아직도 사탕이나 먹으며 칭얼대는 어른 아기들을 집에서 내쫓고 호랑이처럼 당당하게 내 삶을 살겠다고 선포한다. 이 시에서 나는 아무르 호랑이의 이동경로를 굴속에서 나름 측정하며 기다리다 기꺼이 자신을 내어주고 스스로 호랑이가 되어, 집에 돌아가 당당하고 위엄을 갖춘 호랑이로서 푸른 기상을 떨치며 살아가겠다는 포부를 밝힌다. 흑룡강 주변을 맴도는 호랑이의 활달한 기상이 그간 가족들에 대한 헌신으로 남루해져 버렸는데, 마침내 내 안에 잠들어 있던 아무르 호랑이를 살려낸 것이다. 이런 당당함은 「코끼리 사냥법」에선 가족과 사회를 지켜내는 지혜로운 모성으로 드러난다.

노련한 사냥꾼은 코끼리 사냥을 할 때 늙은 암컷을 공격한다지?

무리를 이끄는 늙은 암컷을 공격하고 아기 코끼리들을 모조리 사냥한다지?

동물원에 끌려간 아기 코끼리들 흐엉 흐엉 코를 높이 들고 울부짖는다.

할머니! 여기는 사방이 막혀 있어요. 아기코끼리들이 커다란 귀를 펼쳐본다. 할머니! 어떤 풀이 독이 없는 거예요? 할머니! 몸에 진흙을 발라야 하는데 흙이 안 보여요. 할머니! 할머니! 쉴 새 없이 떠드는 아기코끼리들의 저주파 언어가 동물원 허공 위를 날아다닌다. 조련사의 불훅이 몸을 찌를 때마다 급하게 코를 들어 훌라후프를 돌린다. 붓으로 그림을 휘갈긴다. 할머니가 사라진 마을에서 아기코끼리들이 혼자서 늙는다.

역사 사냥꾼은 늙은이를 공격해야 그 무리가 흐트러진다는 걸 알고 있다지?

밥만 축내는 쓸모없는 노인을 숲에 버렸다는 거짓의 역사를 그래서 만들었다지?

    그런 줄도 모르고 우리는, 얼마나 많이 고개를 숙였는지.

    흰 한복을 곱게 입은 그 가수가 '꽃구경'을 부를 때에도

    마을에서 노인이 사라진 후, 골목을 서성이는 아이들, 주먹을 날리는
아이들, 구석에 앉아 검은 비닐봉지를 코에다 대는 아이들, 놀이터 그네
에 앉아 혼자 늙고 있다는데,

    노련한 사냥꾼은 사냥할 때 늙은 암컷 먼저 공격한다지?

                                                    -「코끼리 사냥법」

    노련한 코끼리 사냥꾼은 무리 중에서 가장 늙은 암컷을 공격한다. 위
험을 감지한 코끼리는 귀를 높이 들어 주변을 경계하며 무리를 지어 방
어 준비를 하는데, 이 모든 과정을 지휘하는 코끼리가 바로 늙은 암컷이
다. 이 우두머리 암컷이 죽으면 코끼리 무리 전체가 뒤흔들려 정상적인
생활을 할 수 없다고 한다. 시인은 노인의 지혜, 특히 늙은 할머니의 깊
은 애정과 지혜가 한 집안을 지탱하는 원동력임을 넌지시 말하며, 고려
장 이야기가 거짓의 역사임을 간파한다. 사실 고려장 이야기는 일제강
점기에 일제에 의해 만들어진 이야기임이 점차 밝혀지고 있다. 한 가족
과 사회의 전통과 역사를 지탱하는 정체성의 뿌리를 간직한 노인을 폄
훼해야 그 민족의 정기와 전통이 시들어버릴 것이기 때문이다. 한 사회
의 뿌리와 전통을 축나거나 모자라지 않게 옹글게 간직하는 것은, 바로
어머니를 중심으로 이어가는 모계사회의 힘이라 할 수 있다. 성배순의
시에 드러나는 이런 당당한 여성성의 회복은 호전적이고 남성배타적인
편협한 여성주의가 아니라 가정과 사회를 따뜻한 사랑과 섬세한 공감
으로 온전하게 지켜가는 그런 것이다. 가수 장사익이 부른 애절한 노래
'꽃구경'에 드러나듯, 자신을 버리는 자식의 안전한 귀가를 오히려 염려
하는 지극한 어머니의 사랑이 바로 고려장 이야기의 숨은 교훈임을 알

수 있다. 이런 할머니의 지극한 사랑과 지혜가 지독한 가난을 이겨내고 가족을 다시금 회복하게 해 준다. 가족과 사회가 겪는 시련의 극복도 뜨거운 사랑과 냉정한 지혜를 갖춘 할머니의 담대함으로 가능하다는 인식이 그의 시에 담겨있다.

4. 글에도 소리와 빛깔이

연암 박지원은 「종북소선 자서」에서 '바람과 구름, 천둥과 번개, 비와 눈, 서리와 이슬 및 새와 물고기, 짐승과 곤충 등이 웃고 울고 지저귀는 소리에도 성(聲)·색(色)·정(情)·경(境)이 지금까지 그대로 남아 있다'면서, 글에도 소리와 빛깔이 있음을 말한다. 다양한 감각적 이미지를 통해 시적 대상의 모습을 생생하게 묘사하는 시적 표현의 묘미를 그렇게 밝힌 것이다. 성배순의 시는 기존의 시적 규범에 충실하면서도 시의 적절한 변통을 통해 자신의 시세계를 입체적으로 전달하려 애쓴다.

우리가 일상생활에서 그때그때 필요에 따라 선택한 작은 소품들이 잠깐의 부주의로 구석에 방치돼 녹슬고 있는 모습을 제목에서 시각적으로 표현한 작품이 바로 「구석의 구석의 구석의」다.

언제부터
머리카락, 동전, 빵조각들과 어울리기 시작한 거니?

이사 오고부터였니?
머리핀, 목걸이, 반지를 훔치기 시작한 것이?
유리조각, 검정볼펜, 압핀은 왜 삼킨 거니?
몸이 온통 푸르딩딩하구나

어미들이 문 걸어 잠그고 나가

밖에서 맞는 동안

안에서 씩씩하게 독을 키우고 있는 구석

　아이들

– 「구석의 구석의 구석의」 전문

　가족들이 쓰던 다양한 물건과 부스러기들이 집 안 구석구석 눈길 닿지 않는 곳에서 서운한 마음을 간직한 채 주인과 만나게 될 날을 기다리는 모습을 아이들과 대화하듯 생생하게 보여준다. 우리는 그 정경을 머릿속에 그려보며 물건 주인의 마음까지도 헤아릴 수 있다. 이렇듯 글에도 빛깔이 있다.

　그런가 하면 「다시, 4월」은 세월호 참사 희생자들에 대한 애도와 추모의 정을 침몰하는 세월호에서 꽃잎처럼 스러지는 젊은 희생자들의 모습을 시각적으로 재현해내, 시를 눈으로 읽으며 곧바로 가슴을 치며 애통해하게 된다.

　꽃,

　꽃,

　　잎,

　　잎, 들이

　　피기도 전에

　　갑자기 떨어졌다

　　깊은 바닥에 오랜 '세월' 동안

　　움직이지 않고 가만히 박혀있다

304개의 화인이다

진도 팽목항에 떠도는,

- 「다시, 4월」 선문

하찮고 비천한 정보들이 넘쳐나는 남루한 세상에서 과거의 안정적 가치관을 고집하기엔 정보기술의 발전이 눈부시게 빠르다. 이렇게 변화무쌍한 세상의 불확실성 속에서 살아남기 위해서는 유연한 탄력회복성이 관건이다. 몸의 근육 키우기 못지않게 정신의 근력을 키우는 일이 중요하다. 아직 겪어보지 않은 새로운 세상의 도래에 위축되지 않고 당당히 맞으려면, 스스로를 끊임없이 새롭게 경신하는 노력이 필요하다. 물론 균형 잡힌 시각을 갖추는 건 기본이다. 성배순 시인은 다행히도 자기 안에 잠든 담대함과 원숙한 지혜를 당당하게 살려내는 유연함과 팽팽한 탄력성을 간직하고 있다. 그의 이런 개방성과 탄력성은 시인 자신은 물론 『세종시마루』에 함께하는 시인들에게 향기로 전해져 세종문학을 더욱 충만하게 할 것으로 기대한다.

(2019년 6월, 『세종시마루』 제2호)

금당 이재복의 삶과 문학[1]

1. 용봉龍峰 대선사大禪師 금당錦塘 이재복李在福

이재복은 태고종 승려이자 대전충남 현대문학의 초석을 다진 시인이고 또 대전지역 불교교육의 개척자이다. 그는 약관의 나이에 출가한 후 평생 동안 부처님의 가르침을 수행하고 그 진리를 대중에게 널리 교화한 업적으로 대종사(大宗師)에 이르렀고, 대전충남지역 유일의 불교종립학교인 보문학원을 설립하여 보문중고등학교 교장으로 34년간 2만여 명의 제자를 길러내고 퇴임한 뒤 태고종 종립대학인 동방불교대학 학장을 역임하다 입적한 걸출한 교육자이며, 대전일보에 연작시「정사록초(靜思錄抄)」를 발표하고 한국문학가협회 충남지부장을 역임하는 등 대전충남문학 발전에 크게 기여한 공로로 문학부문 제1회 충남문화상을 수상한 대전충남 현대문학의 거목이다.

---

1   이 글은 2013년 『대전문학의 始源』에 발표한 글을 대폭 수정 보완한 것임

이렇게 많은 업적을 남긴 이재복의 삶의 역정과 사상적 기반엔 불교가 자리하고 있다. 그는 민족의 수난기인 일제강점기에 태어나 생후 6개월 만에 아버지와 형들을 전염병으로 여의고 적빈(赤貧)의 가정에서 홀어머니의 지극한 사랑과 기대 속에 3대 독자의 삶을 살았다. 약관인 15세에 계룡산 갑사로 출가하여 이혼허(李混虛) 스님을 은사로 사미계를 받아 불가에 입문했으며 법호(法號)는 용봉(龍峰)이다. 당대 우리나라 최고의 강백(講伯)이자 평생을 청정한 불도량에서 불교학 연찬에 정진하신 석전(石顚) 박한영(朴漢永) 스님을 은사로 모시고 6년간의 공부를 마치자 은사스님께서 지어주신 아호(雅號)가 금당(錦塘)이다. 23세에 동국대학교의 전신인 혜화전문학교 불교과에 입학하여 명석한 지혜로 수석을 놓친 적이 없으며, 문장력과 필력이 뛰어나 강사스님들의 칭송을 받았고 전 과정을 수석으로 졸업했다. 이렇게 뛰어난 재능과 남다른 원력으로 혜화전문 재학 중에도 법륜사 포교사로 활동하였으며, 24세엔 육당 최남선 선생의 서재인 일람각(一覽閣)에서 서사(書司)로 근무하며 만여 권의 장서를 섭렵하였다. 또한 이곳을 찾는 당대 석학들인 오세창, 정인보, 변영만, 이광수, 홍명희, 김원호, 고희동 등과 교유하며 그들의 가르침을 받았다. 해방 직후에 충남불교청년회장으로 산간불교의 대중화·현대화라는 시대적 사명을 깊이 인식하고 마곡사에서 주지 및 승려대회를 열어, 대전충남 유일의 불교종립학교 설립을 발의하고 적극 추진해 보문중고등학교를 설립 운영하여 불교이념으로 교화된 수많은 인재를 양성 배출했다. 1954년 분규 발생으로 한국불교가 심각한 위기에 처했을 때 정법(正法) 수호의 기치 아래 종단 수호에 진력했으며, 56년엔 불교조계종 충남종무원장을 맡아 지역 종단을 지키는 데 주력했다. 1962년엔 불교재건 10인 위원, 비상종회 교화분과위원장으로 선임되어 불교종단의 화합에 앞장서 승려의 근본을 굳건히 지켜냈다. 1966년 대전불교연수원을 설립하고 원장에 취임하여 1991년까지 불교의 현대화·대중화에 크게 기여했다.

1970년 태고종(太古宗) 창종(創宗) 이후에는 중앙종회 부의장, 종승위원장을 맡아 태고종의 종풍(宗風) 진작과 종단의 혁신에 크게 기여했으며, 중앙포교원장을 거쳐 종립 동방불교대학장의 소임을 맡아 종단의 교육사업을 주관하는 등 종단 발전에 전심(專心)했다. 그는 중생들에게 보살승의 대승적 삶을 몸소 실천하는 참 불교인으로 살았고, 한국불교의 대중화·현대화·생활화를 몸소 실천하였다.

이재복은 타고난 섬세함과 주변 작은 것들의 떨림에 예민하게 공명할 줄 아는 감수성을 지닌, 생래적인 시인이다. 그는 21세에 불교성극단을 조직해 일본을 순회하며 「전륜성왕(轉輪聖王)」의 각본을 쓰고 주연을 맡아 공연하는 등 일찍부터 그 예술적 재능을 발휘했다. 특히 육당 최남선의 서재에서 서사로 근무하면서 교유하게 된 당대 최고의 문인들—이광수, 홍명희, 변영만, 정인보—의 영향을 받고, 혜화전문학교 시절 서정주, 오장환, 신석정, 조지훈, 김구용, 김달진 등과의 교유를 통해 문학적 감수성을 발전시키며 시 창작에 힘쓰게 된다. 공주공립중학교 교사로 근무하는 동안 문예반을 만들어 이어령, 최원규, 임강빈 등 예비 문인들을 지도하였으며, 공주사범대학 국문학과 학과장 시절에도 최원규, 임강빈 등 문학 지망생들과 일주일에 한 번씩은 꼭 시회(詩會)를 개최하였는데, 이원구, 정한모, 김구용, 김상억 선생 등도 함께하는가 하면, 가끔은 서정주, 박목월 등이 들러 격려하는 등 진지하고 수준 높은 모임으로 학생들의 문학적 열정에 큰 영향을 끼친다. 그는 38세에 한국문학가협회 충남지부장으로 선출되고, 이듬해엔 동인지《호서문단》을 창간하며, 대전충남 현대문학의 초석을 다진 공로로 제1회 충남문화상(문학부문)을 수상한다. 수상 이후 대전일보에 연작시 「정사록초(靜思錄抄)」를 50여 회에 걸쳐 연재 발표하며, 45세엔 한국예술문화단체 총연합회 충남지부장으로 선출된다. 52세엔 한국문인협회 충남지부장으로 선출되고 충남문화상 심사위원으로 선임된다. 그가 남긴 문학작품은 단시 108편, 산문시 63편, 행사시와 시조 등 231편에 이른다. 그의 시론에 의하면, 기존의 서정과 기교에서 벗어나, 현실의 수난과 절망 속에서 생존과 진실에 이르기 위한 깊은 생각의 통로가 곧 시이다. 결국 그에게 시는 구도자적 소명의식의 발로인 셈이다.

그는 침체된 한국불교를 중흥시키기 위해서는 학교를 설립하여 후학들을 양성하는 게 가장 좋은 길이라는 신념으로, 해방 직후 충남 일원 사찰과 암자들을 찾아다니며 불교학원 설립의 필요성을 설득했고, 충남불교청년회를 조직하고 회장이 되어 공주 마곡사에서 충남도내 사찰 주지 및 승려대회를 열고 보문중학원 설립을 발의하였고, 충남 여러 사찰 소유의 토지 및 임야를 증여받아 대전 원동초등학교 3개 교실을 빌려 보문중학원을 설립했다. 이때 그의 나이 28세였으니 그의 불교교육사업에 대한 원력(願力)이 대단했음을 알 수 있다. 29세에 정식으로 보문초급중학교로 설립인가를 받아 대전 최초의 사립중학교이자 대전충남 유일의 불교종립학교를 개교한다. 이후 37세에 보문중고등학교 교장으로 부임한 이래 72세까지 34년간 2만여 명의 제자를 길러내고, 보문고등학교장 퇴임 후엔 다시 태고종 종립대학인 동방불교대학 학장으로 취임하여 불교대학 발전에 힘쓰다가 74세를 일기로 대전불교연수원에서 지병으로 입적한다. 그가 평생 전심전력하여 온 사업은 바로 교육사업이다. 그가 이렇게 교육에 전심하게 된 것은 승려나 불자만의 불교에서 벗어나 사회 변화에 맞추어 다른 사람들과 어울려 함께 살아가는 세상 속에서 커 나가야 한다는 생각에서 비롯된 것으로, 이런 목표를 달성하기 위해 사회와 국가에 이바지할 수 있는 '사람 교육'이 가장 급선무라 여긴 것이다. 특히 보문이라는 학교이름에서도 알 수 있듯이 '보현보살의 행원을 본받고 문수보살의 지혜를 배워 마침내 이 땅에 불타의 자비가 실현되는 불국토를 만들겠다.'는 것이 보문의 건학이념이자 교육

---

2 최원규, 金塘의 詩世界, 『靜思錄抄』, 149쪽, 문경출판사, 1994

목표로, 이는 개인의 완성과 사회 국가의 완성을 하나로 융합하는 원대한 이상이다.

2. 금당 이재복의 삶과 문학

1) 인연 가꾸기와 보살행의 실천

그는 충남 공주군 계룡면 중장리에서 아버지 이정선과 어머니 이래덕의 3남으로 출생했다. 생후 6개월 만에 왜고뿔(일본독감)이 마을에 돌아 아버지와 형들이 이틀 만에 다 사망하여 3대 독자로 홀어머니의 과잉보호와 극진한 사랑 속에 자랐다. 아버지는 의협심 강한 호남(好男)으로 술과 도박에 탐닉해 집안이 기울어져 집과 전답을 다 팔아버려 이집 저집에서 신세를 지며 어머니의 삯바느질로 어렵게 생계를 유지했다. 무책임한 아버지에 대한 어머니의 적개심과 신경질은 아들인 그에게 어머니에 대한 분노의 감정으로 옮겨지고 이것이 나중에 자신의 지나친 완벽증(결벽증)과 결합해 정신질환으로 발전하지만, 자기 마음 속의 상처와 어머니에 대한 지나친 의존이 가져온 적개심 등을 스스로 살펴보게 되면서 질병의 원인이 된 적개심을 버리면서 3개월 만에 스스로 치유하기도 했다.

> 내 어릴 적 자라던 곳은 첩첩산중이었오.
> 三冬에 눈이 발목지게 쌓인 아침이면
> 함박꽃만한 짐승들 발자욱이
> 사립문 밖으로 지나간 걸 더러 보았오.
> 三代獨身, 불면 꺼질듯한 나는 강보에 싸여 있고

아버지 마지막 꽃상여는 "어하 넘차" 떠났다는데……

— 「思鄕」 부분

　　약관 15세에 출가하여 계룡산 갑사에서 이혼허(李混虛) 스님을 은사
로 사미계를 받아 불가에 입문했으며 법호(法號)는 용봉(龍峰)이다. 이
미 갑사에서 큰 깨달음을 얻은 뒤 마곡사, 대승사, 대원암, 봉선사, 금용
사 등에서 그 깨달음을 더욱 굳게 다지는 보임(保任)을 하였고, 18세에
한국불교계 일본시찰단에 참여하는 등 그 큰 법력을 인정받았다. 그는
이미 개인의 완성과 사회의 완성이 결국은 둘이 아닌 하나로 통합 또는
융합되어야 함을 깨닫고 계율 중심의 형식보다는 부처님 가르침의 근
본정신을 중심으로, 변화하는 중생들의 현실에 적절하게 적용하여 이
세상을 바로 불국토의 이상사회로 만드는 대승(大乘)보살행을 자신의
사명으로 삼았다. 이런 깨달음과 사명의식이 그가 28세의 나이로 침체
된 한국 불교를 중흥시키기 위해서는 학교를 세워 후진을 양성하는 길
밖에 없다는 굳은 신념으로 지역의 주지와 스님들을 설득해 보문중학
원을 설립하는 교육활동의 원동력이 되었다. 여기서 그가 정한 '보문중
학원'이란 이름에 그의 사명의식이 잘 표현되어 있음을 주목해야 한다.
보(普)는 지혜를 실천하는 행원(行願)이 뛰어났던 보현보살(普賢菩薩)
을 가리키고, 문(文)은 지혜의 완성을 상징하는 문수보살(文殊菩薩)을
가리킨다. 이를 종합하여 그는 불교교육의 지향점을 이렇게 정리한다.
"보현의 행원을 본받고 문수의 지혜를 배우며 마침내 불타의 자비를 이
땅에 실현하기 위하여 끝까지 정진한다." 이런 확고한 사명의식이 있었
기에 그가 혜화전문학교 시절 내내 그의 법호인 우뚝 솟은 봉우리 '용봉
(龍峰)'처럼 탁월한 성취를 보여 수석 졸업을 할 수 있었으리라 판단된
다. 이를 혜화전문에서 그와 동문수학한 조영암 스님은 그의 열반을 추

모하는 시에서 이렇게 표현했다³.

대원암 강당에서 在福 學人이
석전 대강백께 큰 칭찬 받았어라
앞으로 이 나라에 크신 강사 나온다고

혜화전문 학교 옹달샘터 우물가에
유도복 입고 앉아 샘물에 점심들새
靑雲의 높은 꿈들이 오락가락하였지.

혜화전문 삼년동안 한결같은 수석이라
龍峰은 그때부터 높은 뫼 빼어났지
수석을 시샘턴 동문 여기 모두 남았는데.

새벽에 일어나서 관음예문 외는 사내
소동파 누님 지은 관음예문 거꾸로 외던 사내
온 종파 다 찾아봐도 용봉밖에 없었는데

설산과 나와 당신 다 한동갑인데
설산도 건강하고 나도 여기 멀쩡해라
용봉은 어인 연고로 그리 바삐 떠났나.

대전 중도에서 보문학원 맡아갖고
반세기 숱한 영재 한없이 길러낸 공

---

3   용봉 대종사 금당 이재복 선생 전집 8권, 20-21쪽, 종려나무, 2009

저승이 캄캄한들 알아줄 이 있으랴.

가기 며칠 전에 동문만찬 자청하고
마지막 저녁 먹고 훌훌히 떠난 사람
다시금 어느 별 아래 만나질 수 있으랴.

용봉은 눈뜬 사람 크게 눈뜬 사람
생사거래에 무슨 상관 있으리만
저 언덕 사라져가니 못내 가슴 아파라.

문장도 아름답고 글씨 또한 빼어났네.
호호야 그 인품을 어느 누리 또 만나리
이 다음 영산회상에 다시 만나 보과저.

　　　　　　　　 – 趙靈巖, 「哭 龍峰 李在福 學長」 전문

　　그가 이렇게 중생 속에 뛰어들어 중생과 고통을 나누는 '살아있는 불
교'의 필요성을 강조하고 재가(在家)불교의 진흥을 주장하며 이 땅에 부
처님의 사랑과 자비가 꽃피게 하는 보살행을 일관되게 주장하고 또 실
천했음은 그의 어록들을 통해서도 확인된다[4].

　　"불교는 세상을 등지는 出世間의 종교가 아니며, 僧과 俗, 世間과
出世間, 중생과 부처가 따로 구분되는 것은 아니다. 번뇌가 곧 보리요
(유마경) 탐욕이 곧 불성이다.(대법무행경) 오늘날 한국불교는 割愛
辭親하고 세속을 떠나 無餘涅槃에 드는 것이 불교의 진면목인 것처

4 　용봉 대종사 금당 이재복 선생 전집 8권, 56-57쪽, 종려나무, 2009

럼 왜곡되어 있다. 중생속에 뛰어들어 중생과 고통을 나누는 살아있는 불교의 재정립이 매우 필요한 시점이다."

마치 가족과의 인연을 내어던지고 육신마저 벗어버린 후에 얻어지는 평온만이 불교의 참모습인 양 하는 것은 왜곡된 모습이라는 것이다. 오히려 일체만물이 다 저마다의 인연에 따라 생멸조화(生滅造化)하는 것인 만큼 인연의 소중함을 알아서 자신에게 주어진 인연을 잘 가꾸는 것이 바로 불교의 참모습이란 것이다. 그래서 그는 15세에 어머니 곁을 떠나 출가했으면서도 홀로 어린 남매를 기르느라 고생만 한 어머니를 남부럽잖게 모셔보겠다는 아들로서의 자세를 잊지 않고 서글퍼한다. 그를 도와 충남지역문단을 지켜온 김대현 시인은, 그의 시 「어머니」를 읽고 감동해서 그와 함께 울었던 추억을 얘기하며, 그는 금당이라는 아호만큼이나 고결한 인격과 지극한 효심을 지닌 분임을 회고한다[5].

나는 그 「어머니」제호의 작품을 들고 참으로 좋습니다 하고 한 번 조용히 읊어보았더니, 선생의 눈에는 눈물이 가득히 넘치는 것을 가리지 못해 손수건을 꺼내었다.

보람도 헛된 날로 하여 넋은 반은 바스러져
간간이 망령의 말씀 꾸중보다 더 아픈데
서럽도 않은 눈물을 어이 자주 흘리시오.

갈퀴같은 손을 잡고 서글퍼 하는 나를
고생이 오직하냐 되려 눈물 지우시고
갈수록 금 없는 사랑 하늘 땅이 넓어라.

5   용봉 대종사 금당 이재복 선생 전집 8권, 142쪽, 종려나무, 2009

　　금당 선생은 말했다. 나는 아버지를 일찍 여의어서 얼굴조차 모르며, 어머니가 나를 길러 영화를 보려고 너무나 고생을 하셨는데, 하고 눈물을 닦는 효심에 나도 감회되어 눈물이 핑 돌던 그런 순간도 있었다.

– 김대현, 「金塘 선생의 片貌」 부분

　　혜화전문학교 시절 당대 최고의 대강백에게 '앞으로 이 나라의 크신 강사가 되리라고 칭찬을 받고 또 3년 전 과정을 수석으로 마쳐 그의 법호인 우뚝한 산봉우리 용봉(龍峰)을 이미 입증한 그가, 홀어머니로 고생만 하고 호강도 못시켜 준 아들을 오히려 위로하는 어머니의 그 가없는 사랑의 모습에 눈물짓는 것이다.

2) 겸허한 자세와 거름의 역할

　　이재복은 당대 최고의 석학이나 문인들과 교유하고 또 내로라하는 시인이면서도 제자들의 가능성을 일찍 알아보고 북돋우고 칭찬을 아끼지 않는 모습 또한, 문학이 기존 문인만의 문학에서 벗어나 문학적 소양을 가진 모든 사람들의 것이어야 함을 몸소 실천하는 그런 것이라 할 수 있다. 그래서 그의 문하에서 기라성 같은 문인들이 배출될 수 있었던 것이다. 그의 중학교 시절 제자이자 또 공주사범대학의 제자이기도 한 임강빈 시인은 그의 이런 맑고 너그러운 풍모를 회고한다[6]. 공주사범대학 시절, 아직 한국전쟁의 상흔이 채 가시지 않은 시절에 〈시회(詩會)〉 조직을 주도하여 제자들과 함께 시를 낭송하고 합평도 하고 또 교수들의

6　용봉 대종사 금당 이재복 선생 전집 8권, 145쪽, 종려나무, 2009

시평(詩評)이나 해설을 듣기도 하는 그런 기회를 외진 공주에서 매주 거르지 않고 열었다니 그의 문학사랑 그리고 제자와 후학 사랑이 얼마나 극진한지 알 수 있다. 더구나 중앙 문단 문인들과의 오랜 교유를 충분히 활용해 서정주, 박목월 등 이미 일가를 이룬 시인들을 초청해 학생들에게 문학의 새로운 경지를 일깨워 주었다고 한다. 이는 그가 일찍이 보살행을 자신의 사명으로 깊이 인식한 바 있기에 가능한 일이었다고 본다. 그는 모든 사람들의 가능성을 믿었고 이를 스스로 깨닫도록 일깨우는 것이 바로 스승이라 생각했다.

　　錦塘은 좋은 作品을 만나면 칭찬에 인색하지 않았다.
　　반면 수준 이하다 싶으면, 直說을 피하고 그 특유의 우회법으로 더 열심히 하라고 진심으로 격려해주셨다. 절대로 면박을 주는 일이 없었다.
　　또 이 〈詩會〉와 뗄 수 없는 것은 쟁쟁한 분들이 이곳을 찾았다는 일이다. 당시 공주에 기거하고 계시던 金丘庸, 鄭漢模 선생을 비롯해서 張瑞彦, 金尙憶 선생도 거의 빠지지 않았고, 가끔 木月이나 未堂도 지나는 길에 들러서 詩講義로 우리들 눈을 뜨게 해 주셨다.
　　　　　　　　　　　　　　　　　　　　　　　　-임강빈,「〈詩會〉언저리」부분

　그의 가르침을 받고 나중에 시인과 교수가 된 최원규가 스승인 그의 빛나는 글들이 캄캄한 벽장 가방 속에 묻혀 있는 것이 안타까워 원고 발표를 간곡히 간청 드리고 그의 오랜 지기인 미당이나 정한모 김구용 조연현 등이 원고를 청했지만 번번이 사양하였다 한다. 제자들의 재능 발굴에 그렇게 적극적이면서도 정작 자신의 이름을 내는 일은 극구 사양하였다니, 이는 정녕 자신의 깨달음을 위해 현실을 떠나는 것이 아니라, 자신의 깨달음을 미루고 먼저 중생을 구제한다는 불타의 근본사상인 보살행에 충실하기 위함인가!
　그의 제자이면서 보문고등학교에서 그를 교장선생님으로 모시고 10

년을 교직원으로 같이 생활하고 또 충남문인협회 지부장인 그를 사무국장으로 가까이서 보필하는 등 그와 오랜 세월 곁에서 함께해온 최원규는 그 이유를 이렇게 진단한다. "그 까닭은 선생님의 인품이 한마디로 겸허와 인내 그리고 완벽을 바탕으로 한 삶의 신조와 결벽증 때문이다." 이재복 자신도 「겸손」이란 산문에서 겸손이야말로 사회와 자연과 자신을 조화시키는 지혜의 길이며, 사람대접을 받으며 서로 돕는 인정 속에서 살 맛 나게 사는 즐거운 삶의 비결임을 밝힌다. 그러면서 겸손한 마음과 열등감은 전혀 다름을 강조한다. 열등감은 스스로를 깔보는 비굴한 감정이고, 스스로를 믿는 자신감과 너그러움에서 우러나는 부드러운 여유가 바로 겸손이라는 것이다[8].

그는 보문중고등학교 교장으로 재직하는 동안에도 학생들이 자신의 능력을 스스로 믿지 못하고 열등감에 빠져 자포자기하는 것을 늘 안타깝게 여기고, 누구나 똑같이 깨달을 수 있는 바탕을 지녔다는 부처님의 말씀을 들려주며 자신을 믿고 그 재능을 발견하고 체험할 것을 강조했다. 그래서 그는 보문학원을 설립하면서 '보문'이라는 학교 이름을 통해 그 건학이념을 이렇게 밝힌 바 있다. "보현의 행원을 본받고 문수의 지혜를 배우며 마침내 불타의 자비를 이 땅에 실현하기 위하여 끝까지 정진한다." 이 건학이념과 함께 그는 '보문학원의 교사강령'을 이렇게 제시한다[9].

(1) 교사는 학생의 성실한 길잡이다.

항상 뜨거운 정열과 깊은 사랑으로 임하라.

(2) 교사는 학생의 거울이다.

말씨와 몸가짐에 있어서, 학생들의 잘못이 곧 나의 잘못임을 알라.

---

7 최원규, 金塘의 詩世界, 『靜思錄抄』, 148쪽, 문경출판사, 1994

8 용봉 대종사 금당 이재복 선생 전집 7권, 520-521쪽, 종려나무, 2009

9 용봉 대종사 금당 이재복 선생 전집 7권, 461-462쪽, 종려나무, 2009

(3) 교사는 학생을 가꾸는 거름이다.

항시 그들이 새롭게 움트고, 아름답게 꽃피며, 건실한 열매를 맺을 수 있도록 나를 바친다.

이 교사강령 중 그가 몸소 보여준 모습은 학생들을 가꾸는 거름의 역할이다. 그들이 타고난 재능을 아름답게 꽃피우고 건실한 열매를 맺을 수 있도록 기꺼이 그 밑거름이 되는 것, 이것이 바로 밀알 한 알이 썩어야 많은 열매를 맺는다는 그 이치가 아니겠는가. 그가 교사나 학생들에게 자주 들려주는 불교 이야기는 어리석은 제자 츄울라판타카 이야기이다. 매우 어리석어 그의 친형마저 포기해버린 그를 부처님은 늘 인자한 말씀으로 달래며, '너는 너의 어리석음을 걱정하지 말라'고 격려하며, '빗자루로 쓸어라' 한 마디 말을 늘 되풀이해서 외워 보라고 가르쳐 주셨다. 그는 부처님의 격려로 빗자루로 쓸고 또 쓸며 한 마디 말씀을 외우고 또 외우며 정진하다가 문득 왜 부처님께서 이런 가르침을 주셨을까 하는 의문이 들어 이를 깊이 생각하다가 마침내 깨달음을 얻었다. 즉 지혜의 빗자루로 마음의 어리석음을 쓸어냈던 것이다. 이렇게 해서 바보 츄울라판타카는 부처님의 수제자인 아아난다보다도 먼저 성자인 아라한의 자리에 오르게 됐다고 한다. 이 예화를 들려주며 그는 늘 강조한다. 저마다 타고난 본바탕을 깨닫게 하는 사람이 곧 스승이고 깨달아가는 사람이 곧 제자라고 말이다[10].

3) 일상 속의 인격 완성

그가 바보 츄울라판타카 이야기를 하면서 또한 함께 강조하는 생활

---

10 용봉 대종사 금당 이재복 선생 전집 7권, 470~472쪽, 종려나무, 2009

습관은 청소다. 그중에서도 모두가 싫어하는 변소 청소다. 그는 부처가 되는 공부가 어려운 경선을 외우고 엄청난 고행을 견디고 하는 데에 있는 게 아니라 우리가 매일같이 겪는 신진대사인 똥 누고 오줌 누는 일과 같은 하찮은 일상사를 떠나 다른 데 있지 않음을 강조하면서, 어렸을 때부터 익힌 좋은 습관이 좋은 인격을 형성하듯이, 깨달음 또한 더럽고 하찮은 일을 기쁜 마음으로 전심을 다해 하다 보면 문득 도달하는 것임을 일깨우고자 했다. 그래서 부처님도 손수 빗자루를 들고 청소하셨으며 제자들에게 청소의 이로움을 말씀하셨다고 그 자상한 이야기를 들려준다[11].

불가에는 厠屎送尿라는 말이 있다. 아시는 똥을 눈다는 말이고 송뇨는 오줌을 눈다는 말이다. 똥 누고 오줌 누는 일, 그것은 누구나 날마다 빼놓을 수 없는 日常的인 普通의 행동으로서 매우 하찮은 일 같지마는, 그러나 道를 닦아서 부처가 되고 부처 행동하는 것이 이 똥오줌 누는 일을 제쳐 놓고 따로 다른 데 있지 않다는 뜻을 보인 말이다. 한 번 깊이 吟味해볼 만한 말이 아닌가.

(중략)

그런데 寺院에서는 변소를 雪隱이라고 표시한다. 그것은 옛날 중국에 이름 높은 高僧이었던 雪竇從顯禪師가 江西의 靈隱寺에 있으면서 自進하여 뒷간 치우는 책임을 맡아서 精進하다가 문득 佛道를 크게 깨쳤다는 故事에서 由來된 말이다.

부처님께서는 福을 짓고자 하는 衆生으로 하여금 좋은 밭에〔勝田〕깨끗한 업〔清淨業〕을 심게 하셨다. 부처님께서 손수 빗자루를 들고 동산을 쓰으셨다. 제자들과 함께 다 쓸고 나서 食堂에 들어가 앉으셨다.

_____

11   용봉 대종사 금당 이재복 선생 전집 7권, 523쪽, 종려나무, 2009

부처님은 이윽고 여러 제자들에게 말씀하셨다.

"대체로 淸掃하는 일에 다섯 가지 훌륭한 이익이 있나니, 첫째는 자기의 마음이 깨끗해지는 것이요, 둘째는 다른 사람의 마음을 맑게 하는 것이요, 셋째는 모든 하늘〔諸天〕이 기뻐하는 것이며, 넷째는 단정한 업〔正業〕을 심는 것이며, 다섯째는 목숨을 마친 뒤에는 마땅히 天上에 나는 것이니라."

– 「변소·청소」 부분

1982년부터 보문고등학교 교사로 재직하다 정년퇴임한 김영호는, 그가 퇴임하던 1989년까지 8년을 교장선생님으로 모셨는데 그의 큰 인품과 대인의 도량을 그가 퇴임한 뒤 수많은 교장선생님을 겪으며 비로소 알게 됐다고 한다. 당시 18학급의 작은 학교와 뒤떨어진 시설 등에 불만을 가진 교사들이 많았는데, 그가 퇴임하고 나서 재단이 바뀌고 학교가 고속 성장을 하면서 불교종립학교의 가치나 교육현장의 소중한 원리가 급격히 퇴색하는 걸 피부로 체감하고서야 비로소 그가 대 교장(大 校長)임을 깨달았다고 말한다[12].

"내가 이 학교에 부임했을 때 이재복 교장 선생님이 65세였는데 그후 퇴임하실 때까지 8년을 모셨고 다른 선배 선생님들 또한 그분을 교장선생님으로밖에 겪지 못했으니까 그분이 너무 오래 계셔서 학교가 발전하지 못하고 침체된다고 여겼지요. 하지만 우리나라 현대 3대 법사 중 한 분이고 원로 교육자이자 원숙한 시인임은 누구나 인정했기에 그분 앞에선 일단 위축이 되곤 했지요. 더구나 그분이 기골도 장대하시고 천천히 걸으시며 조용조용히 말씀하시면 다들 설득이 되

---

12 대전작가회의조사연구팀, 『대전문학의 始源』, 64-65쪽, 심지, 2013

기에, 그냥 불평 정도였지 오히려 그분이 있기에 교사들이 인격적인 대우를 받는다며 감사하곤 했지요. 특히 다른 사학에서 보문으로 옮겨온 분들이 꽤 많았는데 열악한 사학의 형편에서도 대전 최초로 김장철이면 김장 보너스도 지급할 정도로 선생님들 복지에 신경 써준 그런 학교임을 또한 자랑하곤 했지요. 교장실 앞을 지나며 교장실을 넘겨보면 늘 불교경전을 읽고 계시는 모습을 볼 수 있었고, 선생님들의 자율성을 최대한 보장해 주었지요. 당시 교사들이 열심히 입시지도를 하여 전국적인 수준의 성과를 내고 해도 애썼다고 담담하게 말씀하시곤 끝이라서 입시에 관심이 적다고 불평을 하곤 했는데, 그분이 보문학원을 설립하던 건학이념과 학교운영방침이 결국은 원만한 인격완성에 있음을 나중에야 깨달았지요. 요즘 혁신학교가 입시 위주의 학교 운영에서 벗어나기 위해 작은 학교를 유지하며 교사 학부모 학생이 혼연일체가 되어 서로 교감하며 공동체 의식을 가지고 민주시민의식을 실천해 학교 구성원의 만족도를 크게 높이고 있는데, 그분은 이미 그런 교육철학을 실천하신 셈이지요. 나도 30년이 훌쩍 넘게 교직생활을 하였는데, 그 당시 3개 학년 18학급일 때가 제일 좋았어요. 무엇보다도 학생들과 교사의 직접적인 접촉이 가능해서 지식보다도 인간적인 감화를 통해 서로 성숙해감을 경험할 수 있었거든요. 그래서 30년 전의 제자들과 이제는 함께 늙어가는 처지에서 제자이자 친구처럼 지내고 있습니다. 제자들과의 이런 정겨움도 그분이 학생들을 믿고 또 교사들을 존중해 주었기 때문에 가능했음을 그분이 떠나고서야 알았습니다. 정말 훌륭한 분입니다."

그가 입적한 뒤에 그를 추모하는 동료 제자들이 그를 다양하게 추억하며 그를 기리고 있지만 그들의 추모에서 공통되는 것은, 그의 동료나 제자들이 겪는 방황과 고통까지도 큰 아량으로 너그러이 감싸 안아 그들이 스스로 자신의 가능성을 발견하고 자신에 대한 믿음을 회복하여 자신의 길을 갈 수 있도록 한다는 점이다. 그를 추모하는 글들에서 그런 예를 찾아보면, 학생운동을 하다 정학을 당한 소위 문제 학생의 전학을 기꺼이 수용하여 그가 자신의 재능을 발휘해 우리나라 최고의 극작가로 성장하는 계기를 마련해 주기도 했고, 학생들의 자치능력을 길러주기 위해 학생회비를 학생회가 직접 집행운영하고 결산하도록 보문 초창기에 이미 시도했으며, 그 스스로 카운슬러 교육을 받은 뒤 대전지역 최초로 상담실을 개설 운영해 학생들의 고민을 진지하게 경청하려 했고, 만화에 빠진 학생의 재능을 인정하고 격려해 훌륭한 교수로 성장시키기도 했고, 무엇보다도 학생들이 조회시간에 부정선거를 규탄하는 집회를 하도록 인정했다는 점 등을 들 수 있다. 사실 어느 것 하나 쉽지 않은 일들이다. 더구나 학생들의 교내 시위 등은 학교장의 책임이 뒤따르는 일임에도 학생들의 순수한 의협심과 정의감을 수긍한다는 건 학교장의 결단과 철학이 없으면 불가능한 일이기 때문이다.

이는 교사들의 사회참여 활동에도 그대로 적용되었다고 한다. 김영호 교사는 80년대 초에 지역 문화운동을 선도한 『삶의 문학』 동인으로 또 문학평론가로 활동하면서 자연스레 젊은 문인들이 주축이 된 〈자유실천문인협의회〉 소속으로 활동하고 있었다고 한다. 87년 당시 전두환 정권은 거대 야당인 신민당의 직선제 개헌 요구에 대해, 체육관에서 대의원들이 대통령을 뽑는 현행 간선제 헌법을 유지하겠다는 내용의 이른바 '호헌'담화를 4월 13일 발표했고, 이에 저항하여 〈자유실천문인협의회〉 소속 문인들이 실명으로 호헌철폐를 주장하는 선언서를 동아일보에 광고로 게재했는데, 여기에 김영호 교사를 비롯해 당시 대전의 현직 교사 문인 3명이 동참하고 있음을 파악한 교육청은 해당 학교장들에게 진상파악과 관리 책임을 추궁하는 일이 벌어졌다고 한다. 개별 교사가 학교 밖의 사회활동에서 하는 일을 학교장이 어떻게 알겠는가만, 교육청이 닦달을 하니 학교장인 그도 김영호 선생을 불러 경위를 파악하고 했는데, 학교장으로선 잘 알지도 못하는 일로 엉뚱하게 책임 추궁을 당하니 화가 날 법도 하지만, 늘 그렇듯이 잘잘못을 따지거나 질책하지 않은 채 우리가 처한 곤경을 잔잔한 음성으로 토로해 서로 인간적인 관계는 잃지 않았다고 한다. 김영호는 오히려 자신 때문에 70대 노인이 어려움을 겪는 것에 대해 진심으로 죄송했다고 한다[13].

"교육청에서 경위서를 요구하고 학교장의 관리 책임을 추궁하고 하던 어느 날 교장선생님이 부르 시는 거예요. 교장실에서 그분이 어렵게 얘기를 꺼내시는데, 교육청도 위에서 책임 추궁을 당하는 등 어려움을 겪으면서 이런 제안을 해왔는데 김선생의 의사는 어떠냐는 겁니다. 사실 우리는 그런선언에 동의하지 않았는데 그 문인단체 소속이다 보니 그냥 이름을 도용당했다는 식으로 조선일보에 광고를 내려고 하는데 동의하느냐는 겁니다. 물론 광고비는 교육청에서 낸답니다. 잠시 생각해 보니 이게 배신자가 되라는 거 아닙니까. 당시 내가 30대 중반으로 앞으로 살날이 훨씬 많은데 인생의 배신자가 될 수는 없는 거라는 생각이 들어 그렇게 말씀드렸지요. 제가 인생의 배신자가 되면 남은 인생이   뭐가 되겠습니까. 교장선생님의 어려움은 정말 죄송하지만 교육청의 제안은 거절하겠습니다. 그랬더니 한참 침묵하더니 이러시는 겁니다. 그래, 인생의 배신자가 될 수는 없지. 김선생의 말이 맞아. 그러시는 겁니다. 이해해 주셔서 감사합니다 하고 인사를 하고 교장실을 나오는데 내가 교장이라도 쉽지 않은 결단이시구나 하는 생각이 들어 존경스러웠습니다. 다행히 많은 지식인들의 호헌 철폐 선언이 이어지고 전국의 시민들이 호헌 철폐 운동에 동참하면서 소위 6월 항쟁이 벌어졌고 전두환 정권의 6·29 선언으로 직선제 개헌이 받아들여지며 우리의 처벌 문제도 사라졌지요.

---

13 전작가회의조사연구팀, 『대전문학의 始源』, 67-68쪽, 심지, 2013

그분의 퇴임 뒤 다른 교장선생님들을 겪어보니 그 도량이 비교가 되지 않아요. 아마 다른 교장신생님 밑에서 그런 일을 겪었으면 엄청 시달림을 받았을 겁니다."

4) 영적 깨달음과 구도(求道)의 시

그는 이미 혜화전문학교 시절부터 시를 쓰기 시작했으며, 당대 최고의 석학이나 문인들과 교유하고 또 그들과 문학적인 교감을 이루면서 그의 시세계도 성숙해 갔다. 그는 시를 절묘한 언어 표현으로 보는 형식주의적 관점에서 벗어나 진실에 이르기 위한 사고과정으로 보는 본질주의적 관점을 취한다. 그는 유고(遺稿)로 남은 육필 원고에서 그의 시에 대한 관점을 이렇게 밝히고 있다. '우리가 시문(詩文)을 기다림은 수난의 오늘을 정확히 전망하며, 오히려 절망적인 그 속에 요구되는 새로운 생존에의 모습을 부각하기 위하여 이미 있어온 서정과 기교를 차라리 경원(敬遠)하고, 진실에 이르기 위한 하나의 생각하는 시가 이루어지기를 스스로 기약하는 바이다. 오히려 절망적인 그 속 깊이에 요구되는 생존의 새로운 입상(立像)을 부조(浮彫)하기 위하여'[14]. 그의 이런 시관(詩觀)을, 그의 문학을 대표하는 50편의 연작시 「靜思錄抄」의 첫째 작품을 통해 분석해 보자.

> 한밤에 외로이 눈물지우며 발돋움하고 스스로의 몸을 사르어 어둠을 밝히는 촛불을 보라. 이는 진실로 生命의 있음보다 生命의 燃燒가 얼마나 더한 榮光임을 證據함이니라.
>
> ─「靜思錄抄 1」 전문

---

14 최원규, 金塘의 詩世界, 『靜思錄抄』, 149-150쪽, 문경출판사, 1994

고요히 혼자 자신의 내면을 응시하는 깊고 고요한 밤, 눈물처럼 촛농을 흘리며 타오르는 한 자루의 촛불이 마침내 어둠을 밝히는 깃을 보며, 양초라는 존재가 자신을 사를 때에야 비로소 어둠을 밝히는 자신의 본질을 입증하는 것을 깨달아 보라는 것이다. 우리가 지혜를 통해 욕심 성냄 어리석음의 어둠 속에 가려져 있는 스스로의 밝은 본성인 불성을 깨달아, 나와 이웃과 자연과 서로 의존하며 공존하는 상관상의(相關相依)의 아름다운 인연 속에서 서로를 내어주는(사르는) 관계를 맺을 때 비로소 그 존재의미를 찾을 수 있다는 깨달음을 고요하고 편안한 정밀감(靜謐感) 속에 드러내고 있다. 그가 시를 보는 관점에서 밝히듯이, 이 작품은 서정이나 기교에 얽매이지 않고 진리에 이르는 고요한 깨달음을 깊은 명상을 통해 드러내는 구도(求道)의 방편이다.

이는 김대현 시인이 그를 추모하는 글에서 소개한, 「靜思錄抄 17」에 대한 자작시 해설에 관한 일화에서도 확인된다. 김대현은 「靜思錄抄 18」로 기록하고 있지만 이재복의 전집 중 문학집에 수록된 작품으로는 「靜思錄抄 17」이다. 김대현은 이재복의 연작시가 대전일보에 연재될 때 몇 편을 스크랩하거나 옮겨 적은 뒤 그의 집을 방문하여 「靜思錄抄 17」에 대한 자작시 해설을 청했다고 한다. 그는 몹시 좋아하며 신이 나서 설명했는데, "이 작품에 제시된 내용 가운데에는 나의 신앙이 있고, 서원도 함께 새겨진 것이라고 하면서 '고요'란 그러한 선의 경지, 寂寂惺惺 생각만 해도 신나는 것 아니겠소? 그 自性 실상의 鐘聲을 기리는 그때의 표정과 순심같은 것에 저으기 감동을 받은" 일화를 소개하고 있다.(김대현, 「金塘 선생의 片貌」)[15]

여러 가지 먼 것으로부터 지켜 있는 이 고요를 絶望과 救援의 사무친

---

15 용봉 대종사 금당 이재복 선생 전집 8권, 140쪽, 종려나무, 2009

하늘을 흔들어 어느 비유의 우렁참으로 깨우쳐 줄 새벽을 믿으랴. 텅 비인 나의 가슴 鐘이여.

─「靜思錄抄」 17 전문

자질구레한 삶의 여러 가지 번잡(煩雜)을 떨쳐내고 내면에 침잠하여 나의 본모습을 헤아리며, 문득 쌓였던 번뇌와 그 어떠한 생각과 자각도 사라지고 캄캄한 무지의 어둠을 뚫고 한 줄기 새벽빛을 부르는 깨우침의 종소리가 우렁차게 울리며, 타고난 본성을 순간적으로 깨치는 그야말로 확철대오(廓撤大悟)의 경지를 간절히 추구하는 구도자의 모습이 아주 간결하면서도 정갈한 표현으로 드러나 있다. 그래서 그는 이 시의 해설을 요구하는 김대현 시인에게 이 작품에 자성(自性)을 깨우치고자 하는 자신의 신앙이 있고, 확철대오의 서원(誓願)도 함께 새겨진 것이라고 말한 것이다. 즉 일체의 번뇌망상이 텅 비어버린 적적(寂寂)의 경지에 오는 순간적인 영적 깨달음〔惺惺〕인 적적성성(寂寂惺惺)의 멋진 경지에 대한 소망을 이루고자 하는 것이다.

그에게 시인이란 거미처럼 자신을 드러내지 않고 인식의 허공에 언어의 그물을 던지고 집요하게 의미를 찾는 그런 존재이다. 이런 집요한 의미 추구는 결국 자신과의 오랜 싸움이기 때문에 외로운 작업일 수밖에 없다.

거미, 너 시인아. 어이 망각의 그늘에 潛在하여 문득 돌아다보면 거기 있는 듯 없는 듯 고운 무늬로 흔들리며 이미 認識의 허공에 투망하여 자리 잡는 그 執拗한 모색은 하나 黑點처럼 외로움을 지켜 있는가.

─「靜思錄抄 6」 전문

이렇게 시인은 자신과 자연 또는 사회와의 관계 속에서, 깊이 있는 의미를 오랜 기다림 끝에 마침내 섬세하고 치밀한 그야말로 정치(精緻)한 언어로 건져 올리는 그런 외로운 존재임을 탄식 속에 자각하고 있다. 물론 시인에게 '어이 ~ 있는가' 라고 묻는 문상 짜임으로 표현되고 있지만 이는 질문이라기보다 시인 자신의 모습에 대한 자각의 탄식이다. 사실 이 작품은 그가 20대 후반에 쓴 「거미」라는 시를 시인을 등장시켜 객관화한 것으로, 이 두 작품을 비교해 보면 시인에 대한 그의 인식을 보다 명확하게 알 수 있다.

> 存在와 外延. 그것이 하나의 認識으로 어울리는 一瞬. 결국은 그 虛脫한 建築의 中心部에서, 어두운 視野를 안고, 그지없는 空間을 投網하여 지켜 있는, 분명히 執拗한 黑點은 문득 나의 에스프리와 連鎖되어, 銀의 紋樣인 듯, 때로 곱게 흔들리우며, 未來의 그늘로 번지어간다.
>
> ─「거미」전문

사실 존재의 개념에 대한 내포와 외연의 관계는 반비례이지만, 다양한 존재의 개별적이고 특수한 모습 속에 담긴 보편적인 의미가 씨줄과 날줄이 얽히듯 교차하며 아름다운 무늬를 이루는 그 순간, 시인인 '나'의 자유분방한 정신(esprit)과 이어지며 섬세하고 정갈한 언어로 포착되어 그것이 시의 모습으로 남아 내 인식이 한 차원 고양되는(번지어가는) 것이다.

5) 반복과 변주

이렇듯 그의 시 상당 부분은 하나의 소재에 대한 인식이 여러 번 반복되고 또 변주(變奏)되는데, 이는 그의 결벽증에 가까운 완벽에 대한 집착에서 비롯되는 것 같다. 그래서 「어머니」라는 자유시가 시조 「어머니」로 변주되고, 「자유」라는 시가 「靜思錄抄 12」로 변주되고, 「촛불」이라는 시조가 자유시 「靜思錄抄 14」, 「靜思錄抄 1」로 변주된다. 이런 시적 변주 중에서, 「촛불」이라는 시조가 자유시 「靜思錄抄 14」로 어떻게 변주되고 또 맑은 풍경(風磬)소리처럼 우리의 어리석음을 조용히 깨우치는 선시(禪詩) 「靜思錄抄 1」로 어떻게 변주되는지를 살펴보자.

「촛불」은 시조의 4음보 형식과 3행의 행배치를 그대로 지키면서 기승전결의 4연으로 구성돼 있다. 이 시조의 시상의 흐름을 간략하게 정리해 보면 이렇다. ① 도입부에서 시적 화자인 '나'와 시적 대상인 '촛불'을 동일시한다. ② 전개부에서 '몸째로 빛을 켜들고 그믐밤을 지키'는 촛불의 존재 의미(본질)가 밝혀지고 ③ 빈 방안에서 촛불을 마주하고 '고운 얼'과 옥 같은 살결을 가진 진리(부처)를 추구하는 나의 모습으로 전환되고 ④ 언어와 분별을 여읜 경지에서 밝은 지혜에 다가서는 설렘을 촛불이 흔들리는 모습을 빌려 끝맺음을 하고 있다. 이런 구성을 통해 '나'라는 화자가 깊은 밤 촛불을 마주하고 스스로 촛불이 되어 흔들리며 어둠을 밝히는 꽃잎처럼 밝은 지혜를 깨달아가는 설렘을 압축적으로 표현하고 있다.

「靜思錄抄 14」에 오면 이런 자각의 과정은, 훨씬 구체적인 시어들과 다양한 시적 표현법을 통해 감각적으로 형상화된다.

어둠일레 지닌
나의 사랑은

한 올 실오라기같은 보람에
불꽃을 당겼어라
옛날에 살 듯
접동새도 우는데

눈물로 잦는
이 서러운 목숨이야

육신을 섬겨
부끄러움을 켤거나
神의 거룩함을 우러러 섰을거나

이 한밤 황홀한
외로운 넋이

바람도 없는 고요에
하르르 떠는

어느 그리움에 취한
나비일러뇨

–「靜思錄抄 14 – 촛불」 전문

「촛불」이라는 시조와 시상 전개는 유사하지만 그 감각적 형상화를
통해 구도자로서의 시인의 모습이 훨씬 구체적으로 다가온다. 깊은 밤
에 감각적인 육신의 한계를 뛰어넘어 영혼의 거룩함을 갈구하는 외로
운 구도자의 모습을 '그리움에 취한 나비'로 구체적으로 묘사한다. 고요
하고 깊은 밤에 외로이 흔들리며 어둠을 밝히는 촛불의 모습을 '하르르
떠는 어느 그리움에 취한 나비'로 대상화하는 것은, 촛불처럼 잡힐 듯
잡히지 않는 진리를 향해 끝없이 나아가는 구도자로서의 우리의 모습
—감각의 한계 속에 유한한 삶을 살면서도 영원한 진리에 이르고자 애
쓰는 서러운 목숨(생명)—에 다름 아니기 때문이다. 이런 점에서 시인
이재복의 지향을 한마디로 압축한다면 세속적인 세간에 살면서도 출세
간의 진리 추구를 멈추지 않는, 어둠 속에서 밝고 아름다운 꽃을 향해
날갯짓을 계속하는 나비의 모습이 아닐까. 결국 그에게 시는 서정이나
기교에 얽매이지 않고 진리에 이르는 고요한 깨달음을 깊은 명상을 통

해 드러내는 구도(求道)의 방편임을 다시금 확인하게 된다. 이런 인식이 보다 간결하면서도 맑은 지혜의 목소리로 압축된 선시(禪詩)가 바로 「靜思錄抄 1」이다.

그의 「靜思錄抄 1」은 앞에서 살펴보았듯이, 우리가 지혜를 통해 욕심 성냄 어리석음의 어둠 속에 가려져 있는 스스로의 밝은 본성인 불성을 깨달아, 나와 이웃과 자연과 서로 의존하며 공존하는 상관상의(相關相依)의 아름다운 인연 속에서 서로를 내어주는(사르는) 관계를 맺을 때 비로소 그 존재의미를 찾을 수 있다는 깨달음을 고요하고 편안한 정밀감(靜謐感) 속에 드러내고 있다. 이것은 고승들이 중생의 무지를 일깨우느라 크게 꾸짖는 '할' 도 아니고, 또 잠든 우리 영혼을 힘껏 내리쳐 지혜로운 삶으로 이끄는 따끔한 죽비소리도 아닌, 우리 영혼을 맑게 울려 주는 풍경(風磬)소리 같은 선시(禪詩)이다. 고즈넉한 오후 아담한 절집의 처마 끝에 매달려 청아하게 울리는 풍경소리! 속이 텅 빈 풍경 속에 매달린 물고기의 모습은 눈을 뜨고 잠을 자는 물고기처럼 잠든 영혼을 일깨우기 위함이런가. 그래서 시인은 「靜思錄抄 17」에서 '텅 비인 나의 가슴 鐘이여'라는 표현을 통해, 깊은 밤에도 잠들지 않는 맑은 영혼이 온갖 번뇌망상을 비워낸 상태에서 비로소 깨달음이 가능함을 말한다. 그런데 「靜思錄抄 1」에서는 이를 간결하면서도 맑은 지혜의 목소리로 압축하여 밝힘으로 해서 우리들 내면에서 이에 감응하여 울리는 풍경소리를 들어보라는 것이다.

이재복 시의 이러한 구도자적 지향을 보문고 17회 졸업생이자 시인으로 광주대학교 문예창작과 교수인 이은봉은 다음과 같이 말한다[16].

그의 시가 지니고 있는 이러한 가치는 우선 깊고 높은 정신차원을 바

---

16 용봉 대종사 금당 이재복 선생 전집 8권, 101쪽, 종려나무, 2009

탕으로 하는 사색미 혹은 명상미를 보여준다. 여기서 말하는 사색미 혹은 명상미는 깊이 있는 사유를 통해 주체와 사물의 진실을 탐구하는 데서 현현되는 아름다움을 가리킨다. 이를테면 묵언정진의 고요, 곧 靜思와 함께 하는 지적이고 영적인 아름다움이 다름 아닌 그것이라고 할 수 있다.

　　- 이은봉, 「금당 李在福 시의 정신지향」 부분

6) 분단 현실과 분단 극복의 비원悲願

70년대 이후 그가 거의 시작(詩作)활동을 하지 않은 것에 대해서는, 대체로 70년대 초 유신 이후 표현의 자유가 크게 위축되는 권위적인 군사정권 하에서 시를 쓴다는 것이 큰 의미가 없다는 인식 때문일 것으로 추측한다. 하지만 그가 왕성하게 시작활동을 하던 60년대까지만 해도 그는 위에서 보듯 개인적인 초월의지를 깊은 사색을 통해 맑은 이미지로 보여주는 명상시만 쓴 것은 아니다. 그의 사상적 지향은 항상 소승적 해탈보다 대승적 보살행에 있기 때문이다. 그는 출가 이후 줄곧 중생 속에 뛰어들어 중생과 고통을 나누는 '살아있는 불교'의 필요성을 강조하고 재가(在家)불교의 진흥을 주장하며 이 땅에 부처님의 사랑과 자비가 꽃피게 하는 보살행을 일관되게 주장했는데, 그의 그런 인식은 일련의 시에서 확인된다. 그가 해방되던 해에 쓴 「錦江橋」, 한국전쟁 중에 쓴 「錦江湖畔 所見」, 한국전쟁 휴전 후에 쓴 「分裂의 倫理 – 지렁이 臨終曲」, 회갑이 지나서 쓴 「꽃밭」등은 바로 우리 민족 현실에 대해 안타까워하고 걱정하며 우리 민족의 나아갈 길에 대한 애절한 비원(悲願)을 표현하고 있다. 「錦江橋」는 민족 해방과 함께 곧바로 강대국에 의해 국토가 분단된 우리 민족의 현실을 안타까워하며 불길한 앞날을 예측하고 있다. '한 세기의 지혜를 받치어 이룩된' 금강다리가 '억세게 흐르는 현실의 물살' 위에 지주가 '파괴된 위대' 앞에서 즉 그 위풍당당한 모습이 서글프게 무너져버린 모습 앞에서 도선장에서 '수런거리는 초조한 모습의 그림자들'을 통해 우리 민족이 앞으로 겪어야 할 불길한 미래를 '뿌연 바람 이는' 모래밭으로 시각화하고 있다.

그는 「錦江湖畔 所見」에서 한국전쟁으로 마구 부서진 육중한 철교인 금강다리의 '철근이 튀기쳐나온 지주'에 '무거운 원한이 엉기었음'을 보면서 우리 민족의 서글픈 현실에 대해 생각한다. 가마니로 둘러친 선술집, 옹기종기 붙어 있는 난가게들, 양담배와 양과자를 파는 되바라진 아이들, 새로운 소문에 귀를 기울이는 하루살이 생활 속에서 '슬프고 호사로운 어둠이 겹겹이 밀려'온다고, 우리 민족의 힘겨운 현실에 대한 비판적 생각을 말한다.

그의 우리 민족현실에 대한 이런 생각은 「分裂의 倫理 – 지렁이 臨終曲」에서는 더욱 절망적으로 드러난다. 그는 우리 민족의 분열의 원인과 책임을 명확히 따지려 하지 않는다. "두 개의 단절은 어느 것이 주둥이고 꼬리인지 짐짓 분간을 못할레라." 이미 해방 직후 '억세게 흐르는 현실의 물살'로 파괴된 금강다리 앞에서 우리 민족이 앞으로 겪어야 할 불길한 미래를 '뿌연 바람 이는' 모래밭으로 예견한 바대로, 강대국에 의한 국토의 분단이 민족의 분단으로 이어지면서 급기야 동족상잔의 비극을 겪었기 때문이다. 문제는 이런 단절이 결국 어느 한 쪽의 진정한 발전도 어렵게 한다는 점이다. 그래서 그는 '뜻하지 않은 재앙에 부딪쳐 서로 피흘리다 자진해 죽어버릴 아픔이 있어 끊어진 제가끔 비비꼬아 뒤틀다 뒤집혀 곤두박질함이여!'라고 탄식한다.

검젖은 흙 속에 묻히어 찌르르 찌르르 목메인 소리. 기나긴 밤을 그렇게 세우던 지렁이 한 마리. 기다린 몸뚱아리 꾸불꾸불 햇볕 쪼이러 후벼 뚫고 나와, 검붉으리한 살결을 부끄러운 줄 모르고 질질 끌고 다니다가 어이하다 잘못 두 동강이로 끊기우고 말았다.

끊어진 부위는 정녕 허리께쯤이라 짐작이 가나 둔하게스리 용쓰는 두 개의 斷切은 어느 것이 주둥이고 꼬리인지 짐짓 분간을 못할레라.

한 번 잘리운 것이매, 어찌 구차히 마주 붙고자 원함이 있으리요마는, 한 줄기 목숨 함께 누리어 살아오던 長物이 이런 뜻하지 않은 재앙에 부딪쳐 서로 피흘리다 자진해 죽어버릴 아픔이 있어 끊어진 제가끔 비비꼬아 뒤틀다 뒤집혀 곤두박질함이여!

차라리 슬픈 것뿐일진댄 또 한 번 못난 소리 찌르르 찌르르 울기나 하련만 창자와 목청이 따로 나누인 이제야 어인 가락인들 고를 수 있으리오. 그저 함부로 내둘러 그싯는 헝클어진 旋律이 마지막 스러질 때까지 두 개의 微微한 몸부림이 따 위에 어지러울 따름이로다.

– 「分裂의 倫理 – 지렁이 臨終曲」 전문

그가 70년대 이후 거의 시작(詩作)활동을 하지 않은 것은 위압적 시대적 상황뿐만 아니라 어쩌면 우리 민족현실에 대한 이런 절망이 자리하지 않았나 싶다. 그가 회갑을 넘긴 나이에 쓴 「꽃밭」은 우리 민족의 나아갈 길에 대해 소박하지만 간절한 바람을 이렇게 노래한다.

노란 꽃은 노란 그대로
하얀 꽃은 하얀 그대로

피어나는 그대로가
얼마나 겨운 보람인가

제 모습 제 빛깔따라
어울리는 꽃밭이여.

꽃도 웃고 사람도 웃고
하늘도 웃음 짓는

보아라, 이 한나절
다사로운 바람결에

뿌리를 한 땅에 묻고
살아가는 인연의 빛,

너는 물을 줘라
나는 모종을 하마

남남이 모인 뜰에
서로 도와 가꾸는 마음
나뉘인 슬픈 겨레여
이 길로만 나가자.

-「꽃밭」전문

그의 명상시가 결국은 고요한 생각을 통해 진리에 이르고자 하는 깨달음을 추구하는 시라면, 그의 참여적인 시는 그가 평생 동안 강조하고 실천하고자 했던 '성과 속' '세간과 출세간'이 결국은 둘이 아니라 하나이기에 중생의 현실 속에서 고통을 함께하며 그들에게 고통을 여의는 법을 간절하게 제시하고 또 함께 나아갈 것을 호소한다. 민족의 화합과 하나됨을 위한 노력의 전제는 한 민족의 뿌리에서 서로 다른 색깔의 꽃을 피운 것을 인정하는 것이다. 나는 맞고 너는 그르다는 분별을 여의고 저마다 다른 자신의 본성을 꽃피운 남남이 나름대로 애써 이룩해온 보람을 서로 도와 가꾸어가자는 것이다. 물론 너무나 소박한 바람인 듯하지만, 우리가 한민족이라는 뿌리에 대한 확고한 인식만이 우리의 슬픈 민족현실을 바꾸어나가는 출발점이 될 것이라는 점은 분명하다는 점에서 그의 삶의 행적이 응축된 진심의 무게가 느껴진다.

나는 맞고 너는 그르다는 분별을 여의고 저마다 다른 본성을 인정하자는 이런 자세는 바로 불교의 공(空)사상에 바탕을 두고 있다. 이재복은 이런 공사상을 오랜 불교 수련과정을 통해 깨닫고 있다. 그가 쓴 「零」이라는 시는 30대 중반에 쓴 시이지만, 이미 선악(善惡), 시비(是非), 고락(苦樂), 유무(有無)의 양 극단을 떠난 중도(中道)에 대한 깨달음을 노래하고 있다. 사실 '영(零)'은 우리가 흔히 '공(空)'이라고도 지칭하는데 여기에 오랜 불교교리인 '공사상(空思想)'이 자리하고 있다. 그런데 과학적 논리보다는 형이상학적 사변과 직관적 인식을 중시하는 인도수학에서 영(0)을 발견했다는 것은, 근본적이고 중대한 발전은 오히려 형이상학적 사변에서 시작됨을 입증해 준다. 이 영(0)의 발견은 10진법과 기수법 등 수학 발전과 인류문화 발전에 크게 기여하게 된다.

공사상은 부처가 보리수 아래에서 깨달은 진리인 연기(緣起)에 그 뿌리를 두고 있다. 현상계를 유전(流轉)하는 모든 존재는 서로 의존하는 상의상대(相依相待)의 인연(因緣)에 의해 생멸(生滅)하므로 고정 불변하는 자성(自性)은 없다는 것이다. 이처럼 일체 만물은 단지 원인과 결과로 얽힌 상호의존적 관계에 있기 때문에 제행무상(諸行無常) 제법무아(諸法無我)로 모든 것이 공(空)하다는 것이다. 원효(元曉)는 『기신론소(起信論疏)』에서 공이라는 진리가 모든 사람에게 본래부터 갖추어져 있는 것으로 파악하였다. 본래 내 몸에 갖추어져 있는 그 진실을 자각하는 자가 곧 부처이기에, 승려·속인·남자·여자 등 모두가 깨달음을 얻어 부처가 될 수 있다고 역설하였다. 이는 대승불교의 발전과 함께 모든 존재는 다 부처가 될 수 있는 성품을 지니고 있다는 실유불성(悉有佛性)의 사고로 확대된다.

물론 영(0)의 중도가 허무함을 의미하는 것은 아니다. 중도는 자아나 존재에 대한 집착에서 벗어나야 함을 강조하기 위한 한 방편이므로, '절망에서 벗어나 구원으로 통하는 미지의 문'이 될 수 있는 것이다. 따라서 우리 민족의 화합도 서로를 부정하는 데서 벗어나 상호의존적 존재임을 서로 인정할 때 비로소 가능해 지는 것이다. 지금 우리는 그 미지의 문 앞에 있다.

1
零은 나를 否定하고, 나는 零을 否定한다.
여기서, 悲劇이 나를 分娩하였느니라.

2
누구의 運算으로도 어쩔 수 없는 虛無한 段階에서
나는 또 하나의 秩序를 斷念하고야 만다.

3
모든 것을 지워버리고 또 構成시키는 너는,
絶望에서 救援으로 통하는 未知의 문이었다.

4
그리하여, 零 아래 또 있는 아득한 數列 안에,
宿命을 견디어 가는 나의 寄數가 적히어 있더니라.

— 「零」 전문

3. 금당 이재복에 대한 오해와 용서

이재복이 불교 중흥을 위한 일념으로 28세에 설립하고 키워온 대전 충남지역 유일의 불교종립학교인 보문중고등학교를 34년 만에 떠나게 된 것은 표면적으로는 그에 대한 오해와 음해 때문이었지만, 그 근저엔

사학운영에 대한 가치관의 대립이 있다. 보문 동창들은 설립자인 그의 보문학원에 대한 진심과 충정 그리고 교육자로서의 높은 인품 등은 십분 이해하면서도, 모교의 외형적 성장이 지지부진한 것에 대해 쉽게 납득하지 못한 것이다. 당시 이재복 교장 강제축출사태를 막으려 애쓴 강태근 교수의 회고담을 보면 이를 확인할 수 있다. 강 교수는 이 교장의 장남인 이동영 교수와 고교 동기이자 막역지우로 당시 사태가 터무니없는 오해나 모해임을 인정하면서도, 동창들의 과격한 분노를 애교심의 발로로 이해할 부분도 있었다고 말한다. 다만 부도덕한 방법으로 은사님의 인품까지 매도하며 불명예스런 축출을 모의하는 것은 제자 이전에 인간의 도리가 아니라고 생각하고, 동창회를 설득해 이 교장의 명예퇴진과 학교 재단의 이전으로 사태를 일단락 짓는 데 일조했다〔간담상조(肝膽相照)의 고사(故事)를 생각하며[17]〕. 강 교수의 회고에 의하면, 당시 이동영 교수는 어려운 재정 형편에서도 정도를 걸으며 오로지 학교 발전을 위해 헌신한 부친에 대한 이런 음해가 견디기 어려워 '진실을 밝힐 수 있다면 할복이라도 해서 입증하고 싶은 심정'을 토로했다 한다. 이재복 교장은 퇴임한 후 동방불교대학 학장에 취임해, 한국불교의 3대 법사로 추앙받는 그가 불교대학 발전에 크게 기여할 것으로 기대했으나, 보문학원을 타의로 떠나게 된 후유증인지 창졸간에 입적하게 되었으니 참으로 안타깝고 애석한 일이다.

　물론 우리나라가 짧은 기간에 권위적인 계획개발로 압축적인 경제성장을 이룬 만큼, 성장지상주의가 사회의 지배적 가치가 되면서, 윤리적인 본질적 가치가 무시되는 사회구조 속에서 일어난 일로 그 불가피성을 이해할 수도 있다. 문제는 그 과정에서 갖가지 근거 없는 음해가 난

17　벽파 이동영 교수 정년기념 논총 간행위원회,『화엄세계와 한국고전건축 연구』, 4-6쪽, 2015

무하면서 한 개인과 가족의 존엄과 삶이 심각하게 훼손되고 돌이킬 수 없는 상처를 남겼다는 점에서, 이제라도 그 진실을 밝히고 명예를 회복할 필요가 있다고 본다.

이재복은 이런 억울함 속에 보문학원을 떠나며 남긴 퇴임사인 「보문학원을 떠나며」에서, 침체된 한국불교를 중흥시키기 위해 설립한 보문학원에서 획기적인 발전을 이루지 못하고 떠나는 아쉬움과 서글픔을 토로하면서도, 다음 생에서도 부처의 은혜 속에서 가르치는 교육자의 소임을 다하겠다고 서원해 숙연함을 느끼게 한다. 그러나 그가 겪은 마음의 고통과 이를 이겨내려는 의지는 「용서와 친화」란 글에 잘 드러나 있다. 그는 빅토르 위고의 『레미제라블』과 불경 『증일아함경(增一阿含經)』의 일화를 예로 들어 원수를 원한으로 갚지 않고 용서하고 친화하는 일이 이 세상에 평화와 행복을 가져오고, 바람직한 민주주의 사회를 이룩하는 근본임을 강조한다. 억울함과 분노를 용서와 친화로 승화하는 것이 자신을 이롭게 하고 남도 이롭게 하는 자리이타(自利利他)의 보살행임을 몸소 보여준 것이다. 이렇게 애써 자신을 절제하고 올바른 가르침으로 깨우치려 했음에도 그가 병석에서 그렇게 허망하게 입적한 것을 돌이켜보면, 오히려 그가 받은 상처의 크기와 깊이를 헤아릴 수 있어 마음이 처연하다.

이재복은 대중들에게 불교를 강의한 '대승불교 10강'에서, 부처의 한량없는 용서와 중생에 대한 적극적인 긍정의 자세에 대해 자세히 설명한다. 열반경의 '모든 중생이 다 불성이 있다'는 부처의 말을 설명하면서, 극단적인 악인들을 예로 든다. '일천제성불(一闡提成佛)'은 부모를 죽이거나 부처의 몸에 피를 낸 '일천제(一闡提)'같은 악의 화신도 성불할 수 있음을 말한다. 심지어는 부처의 사촌 동생이면서 부처를 모함하고 협박하며 죽이려고 한 '제바달다(提波達多)'에게 부처는 '너도 다음 세상에 부처를 이룰 것이다. 부처가 된다.'고 예언했다고 한다[18]. 이렇게 부처의 무궁부진한 자비의 모습을 널리 가르친 그는, 자신의 제자들이 자신을 음해하고 모욕한 것을 기꺼이 용서하고 다시 친밀한 관계로 지내길 원했다.

강태근 교수는 이재복 교장의 통한(痛恨)을 잘 알면서도, 배은망덕한 사람들의 음해로 정신질환을 앓을 지경에까지 이른 막역지우인 이동영 교수에게 '이제 그만 당신도 미움의 그물에서 놓여나라고'하며 용서를 권했다. 강 교수는 이 교수가 결국 그들을 용서하고 포용하는 것을 보고 그가 내린 용단이 선친에 대한 지극한 효심에서 비롯되었음을 알고 감동받았음을 고백하고 있다(이동영 교수 정년퇴임 기념 축사, 「푸른 언덕에 황혼은 내리고」). 결국 이재복 시인과 이동영 교수는 자신들에게 가해진 배은망덕한 음해의 상처를, 부처의 한량없는 용서의 가르침을 통해 신앙적으로 또 문학적으로 승화시킨 것이다.

4. 금당 이재복의 사상과 문학의 계승

이재복은 3남으로 태어났으나 생후 6개월 만에 독감으로 아버지와 형들이 이틀 동안에 세상을 떠나면서 졸지에 3대 독자로서의 삶을 살게 되었다. 그런 만큼 어머니의 사랑은 지극하면서도, 한편으로는 자식과 남편을 잃은 상처를 그에게 공격적으로 쏟아내는 등 양 극단을 오갔고, 이런 어머니의 적개심이 그에게 일찍부터 내면화되었다 한다. 그는 40대 후반에 장남을 잃는 참척(慘慽)의 아픔을 겪으며 정신질환을 앓게

---

18 용봉 대종사 금당 이재복 선생 전집 1권, 201-205쪽, 종려나무, 2009

되는데, 일찍이 내면화된 그 적개심의 실체를 파악하고 이를 없애면서 치유가 됐음은 이미 앞에서 살펴본 바 있다. 이동영 교수는 형의 부재로 갑작스레 장남이 되어 아버지를 지극한 효심으로 모시게 된다. 이재복 시인의 어머니에 대한 지극한 효심과 이를 잘 표현한 시 「어머니」와 「사모곡(思母曲)」 그리고 시조 「어머니」는 앞에서 「어머니」를 통해 살펴본 바 있다. 그런데 그의 장남 이동영 교수의 효심 또한 이재복 시인 못지않다. 이 교수는 화엄사상과 사찰건축에 대한 이해가 깊다. 그래서 오랫동안 대표적인 화엄도량인 구례 화엄사에 대해 천착해 왔고, 화엄사에서도 특히 '효대'에 지대한 애정을 쏟아왔다. 그는 화엄사 효대에 관한 연구논문 「화엄세계의 지상 현현화」에서 효대의 의미에 대해 이렇게 설명한다[19].

"화엄사의 긴 진입공간의 마지막에 승화공간으로서 효대가 설치된 것은 이색적이며 중요한 의미를 갖는다. 그것은 불교와 유교의 원융회통이요 세간과 출세간의 조화를 의미한다. 유교적인 효와 불교적인 무애가 하나로 회통되는 화엄정신의 반영이 이러한 가람배치로 나타났다고 볼 수 있다."

그는 또 정년퇴임기념논문집의 「감사의 글」에서 선재동자처럼 험난했던 화엄세상살이에 대한 여정에서, 화엄사를 에워싼 지리산 능선들을 보며 '그림보다 더 곱게 겹쳐진 능선들이 모두 이 효대의 처연한 아름다움을 위해 마련된 듯싶다'고 고백한다. 그와 그의 선친이 추구했던 세간과 출세간을 회통하는 이런 보살행의 실천은, 인간이 현실 속에서

---

19 벽파 이동영 교수 정년기념 논총 간행위원회, 『화엄세계와 한국고전건축 연구』, 56-59쪽, 2015

겪는 욕망을 있는 그대로 긍정하는 데에서 비롯된다. 그래서 이재복 대종사는 유마경에서 말한 '번뇌 즉 보리'를 상소한다. 그는 대승보살행을 강조하면서도 세속적인 것을 죄악시하는 불교계의 풍조를 신랄하게 비판하면서, 은둔의 불교에서 벗어나 불교의 대중화를 실현하려면 인간 욕망의 가치를 인정해야 한다고 강변한다. 사실 번뇌 망상에서 벗어나 궁극적 진리를 한 순간 마음으로 깨우쳤다 해도 몸이 현실적으로 존재하는 한 연기관계의 단절은 불가능하다. 번뇌로부터의 진정한 해방은 삶이 끝나는 무위열반(無爲涅槃)에서야 가능한 것이므로, 살아있으면서 완전한 깨달음의 상태를 지속한다는 것은 불가능하기 때문이다. 그러기에 대승적 열반은 현실 속에서 치열한 구도와 중생 교화로 개인과 사회를 동시에 이롭게 하는 보살행의 실천으로 비로소 가능해지는 것이다.

이동영 교수는 효대에 관한 위의 논문에서 "효는 유한한 인간을 무한으로 이끌어 주는 위대한 힘이다. 효는 생을 아득한 과거로부터 영원한 미래로 연결시켜주는 근원적 생명의지이다."고 말한다. 이렇게 본다면 금당 이재복 시인의 문학과 불교사상은 이동영 교수를 통해 이어지는 것이라 할 수 있다. 사실 이 교수는 선친을 이어 불교연수원 원장으로 대승불교의 보살행을 실천하고 있으며, 선친의 문학적 자료를 모아 대전문학관에 기증하고 선친의 절창인 「꽃밭」을 새긴 시비를 대전문학관 뜨락에 세웠다. 특히 선친의 종교인·문학인·교육자로서의 행적을 살뜰하게 모아 전 8권 4천여 쪽의 "용봉 대종사 금당 이재복 선생 전집"을 간행하고, 그 5주년을 기념해 2014년에 금당문학축전을 개최한 것 등이 이 교수의 선친에 대한 지극한 효심에서 가능했으며, 이를 통해 금당 이재복의 문학과 불교사상은 다시금 부활하고 있다. 물론 아직도 그의 문학에 대한 온당한 평가가 이루어지지 않고, 대전문학을 대표하는 문인으로 선정돼 있지 않은 점 등은 우리 후학들이 유족들과 힘을 모아 꼭 이루어야 할 일이다. 아울러 이재복 선생 전집 간행사에서 약속했듯이 금당학술재단을 설립하여 후학을 양성하고, 금당선생의 사상을 연구하며 그 결과를 널리 보급하고 교육하여, 그가 끼친 큰 자취를 기리는 것 또한 우리가 기꺼이 감당해야 할 몫이다.

<참고문헌>

· 용봉 대종사 금당 이재복 선생 전집 간행위원회, 『龍峰 大宗師 金塘 李在福 先生 全集』 전8권, 종려나무, 2009
· 李在福 詩選集, 『靜思錄抄』, 문경출판사, 1994
· 대전작가회의조사연구팀, 『대전문학의 始源』, 심지, 2013
· 한국문인협회 대전지부, 『大田文學』 4호, 1991
· 송백헌 평론집, 『진실과 허구』, 민음사, 1989
· 벽파 이동영 교수 정년기념 논총 간행위원회, 『화엄세계와 한국고전건축 연구』, 2015
· 프리초프 카프라, 『현대물리학과 동양사상』, 범양사, 2012
· 프리초프 카프라, 『새로운 科學과 文明의 轉換』, 범양사출판부, 1998
· 이시우, 『천문학자, 우주에서 붓다를 찾다』, 도피안사, 2007
· 아베 마사오, 『선과 현대신학』, 대원정사, 1996
· 도법, 『그물코 인생 그물코 사랑』, 불광출판사, 2008
· 길희성, 『보살예수』, 현암사, 2006

(2019년 8월, 연구총서 Ⅱ 『1950년대 대전문학』)

판도라의 동굴

1. 개와 늑대의 시간

성배순 시인은 동화작가이기도 하다. 이는 그가 동심의 세계에서는 무한하게 확장 가능한, 열린 이야기구조에 익숙함을 뜻한다. 우주의 생성과정에서 신과 인간이 한데 어울려 벌이는 복잡하고 아주 치졸한 감정다툼을 다루는 신화에서부터 쇠오줌과 말똥 등 우수마발(牛□馬勃)의 하찮은 것들까지 아우르는 풍성한 이야기들이 그에겐 아주 친근한 삶의 이야기가 된다. 그래서 그는, 그리스 신화의 아폴론과 아테나, 사포와 파온, 메두사 이야기나 노자와 장자의 걸림 없는 무애자재(无涯自在)의 삶 그리고 나무꾼과 선녀 이야기나 여우 놀이 등 동서고금의 설화를 자유로이 넘나든다. 그에게 설화적 세계는 산업화 이전의 가난하고 단순하며 불편한 원시사회를 의미하지는 않는다. 오히려 고대의 원시 사회에서 벗어나 지금의 눈부신 산업사회를 가능하게 한 진보와 문명에 의문을 가진다. 우리 인간에게 진보와 성장 그리고 다른 생명체에 대한 압도적 우위를 가능하게 한 선각자인 프로메테우스의 선물인 '불'

은 무조건적인 찬양의 대상이 아니라 '오랜 의문'에 해당한다. 프로메테우스란 이름이 의미하듯 '앞을 보며' 끝없이 돌진한 결과 인류가 처한 오늘의 생태적 위기를 보면, 진보가 과연 우리에게 이로운지 해로운지 그 구분이 쉽지 않은 상황이기 때문이다. 완전한 어둠이 찾아오기 전 어스름한 황혼 무렵에, 저만큼 실루엣으로 보이는 것이 내가 기르던 개인지 아니면 나를 해치러 오는 늑대인지 분간할 수 없는 '개와 늑대의 시간'에 우리가 있다.

프로메테우스가 털 없는 원숭이에게
부싯돌 속의 불 왜 몰래 주었을까
그것이 오랜 의문이라는 듯.

사슴을 쫓던 그때 동굴 속에서
슬금슬금 기어 나오던
달큰한 익힌 고기 냄새만 아니었더라도
쓰레기더미 옆을 지나다가
뼈다귀에 붙은 고기조각 핥지만 않았더라도
사람들의 우리 속으로
스스로 들어가지 않았을 것이라는 듯.

어둑어둑 저녁이 물드는 지금
인간의 친구로 있어야 하는지 말아야 하는지
근질거리는 송곳니로
이 쇠창살 끊어야 하는지 말아야 하는지
골똘히 생각하는 유기견의 우리 속
저 개 같은 것 보고 있자니
갑자기 겨드랑이가 근질거리는 듯.

  빙하기인 기원전 4만 년경, 인간과 늑대는 서로 먹을 것을 사냥하며
다투어야 하는 경쟁자였다. 그런데 프랑스의 쇼베 동굴(Chauvet Cave)
에서 벽화와 함께 어린아이와 늑대로 추정되는 동물 발자국이 나란히
발견되면서, 인류가 기원전 3만 년경에 이미 동물을 사육했으며, 동물
과 정서적 관계를 맺으며 효과적으로 사냥을 했을 것으로 학자들은 추
정했다. 늑대를 길들인 개와 인간의 공생과 교감은, 서양문명의 기원을
다룬 호메로스의 〈오디세이아〉에 오디세우스의 충견 아르고스(Argos)
의 감동적인 이야기에서도 확인된다. 아르고스는 그리스 연합군과 함
께 트로이 원정을 떠난 주인이 돌아오기까지 20년을 늙고 병든 몸으로
기다리다 마침내 돌아온 주인을 만나고서 곧바로 숨을 거둔다. "인간에
게 가장 훌륭한 친구는 개다"라는 프러시아 프리데릭 대제의 말을 입증
해 주는 이야기라 하겠다. 이는 프로메테우스 이야기에서도 확인할 수
있다.

  프로메테우스와 에피메테우스 형제는 제우스 형제와 티탄족 간의 전
쟁에서 제우스의 편에서 싸운 대가로 땅의 생명체들을 되살리고 인간
을 번성케 할 임무를 띠고 지상에 내려온다. 프로메테우스는 진흙으로
신의 모습을 본뜬 최초의 인간 남자를 만들고, 에피메테우스는 여러 동
물들을 만들어 제우스가 보낸 선물들을 골고루 나누어 주다보니, 정작
프로메테우스가 만든 인간에게 줄 선물은 남아있지 않았다. 그래서 프
로메테우스는 신의 소유물인 불을 훔쳐다 인간에게 선물로 준다. 모든
동물들을 만들어 각기 필요한 것들을 선물로 준 에피메테우스의 모습
에서 인간과 동물이 원초적으로 공생과 교감의 관계임을 알 수 있다. 에
피메테우스가 동물들에게 선물을 골고루 나누어주는 기준은 이른바 각
자무치(角者無齒)이다. 강한 뿔을 가지면 날카로운 이가 없는 식으로
각기 존재방식에 맞게 고유한 특징을 가지게 한 것이다. 이렇듯 모든 존

재는 서로 보완적인 존재로 기꺼이 공존할 때에야 비로소 평화롭게 살 수 있음을 생존조건으로 준 셈이다.

2. 선물 가득한 판도라의 항아리

제우스는 불을 훔친 인간들에게 벌을 주기로 결심하고, 대장장이의 신인 '헤파이스토스'를 불러들여 여자인 '판도라'를 만들게 하고 에피메테우스에게 선물로 전해준다. 에피메테우스는 판도라를 아내로 맞이하고, 판도라는 매일같이 제우스가 건네준 항아리를 보며 궁금해 하다 호기심을 못 이기고 뚜껑을 열자, 욕심, 시기, 원한, 복수, 질병 등 수많은 죄악과 재앙들이 빠져나와 사방으로 흩어졌고, 놀라서 재빨리 닫았지만 이미 모든 재앙은 빠져나가버리고 맨 밑바닥에 있던 '희망' 만이 남게 된다. 모두가 익히 아는 이 이야기에서 우리는 저항적인 선각자인 프로메테우스에만 주목하고 그 동생 에피메테우스와 판도라는 원망의 대상으로 폄하한다.

에피메테우스는 그 이름대로 '나중에 생각하는 자'이다. 판도라와 결혼 당시 형인 프로메테우스에게서 "제우스의 선물을 절대 받지 마라."는 충고를 받았지만, 아름다운 판도라에게 푹 빠져 형의 충고를 무시하고 신들이 준 선물인 판도라를 아내로 맞이하면서 시작된 재앙으로 대홍수가 일어나 판도라와 함께 죽게 된다. 대개는 이렇듯 어리석은 에피메테우스 때문에 인간 세상에 불행이 시작되고 결국 홍수로 멸망하게 되었다며 원망한다. 그러나 그 후일담을 보면, 에피메테우스와 판도라 부부의 딸인 퓌라가 프로메테우스의 아들 데우칼리온을 남편으로 맞아 대홍수 이후 우리 인간의 조상이 되었고, 우리에겐 온갖 불행과 재앙 속에서도 굴하지 않는 희망이 남게 된다. 에피메테우스의 후예인 우리는 프로메테우스처럼 앞을 내다보는 예지를 가지지는 못했지만, 지난 자취를 뒤돌아보며 반성할 수 있는 능력을 가지게 되었다. 사실 미래를 훤히 내다보며 여러 재앙과 어려움을 요리조리 피하며 산다면 그게 무슨 낙원이겠는가. 어린애들이 감기나 수두 등 크고 작은 질병들을 힘들게 겪고 나면 부쩍 야물어지고, 자라면서 겪는 수많은 실패나 좌절 등을 안으로 삭이며 이겨내면 그만큼 성숙해지지 않던가. 부부 사이도 작은 문제로 부딪치며 아옹다옹하다가도 가족에게 큰 어려움이 닥치면 한 마음으로 서로를 북돋우며 함께 이겨나가지 않던가. 견디기 힘든 시련이나 고통도 주변의 우정 어린 위로와 격려로 잘 감내하면 서로 진정한 이웃이 되지 않던가. 동구 앞 늠름한 느티나무도 비바람에 살갗이 찢어지고 가지가 부러져도 마침내 그 찢기고 터진 몸으로 팔을 벌려 넉넉한 그늘을 드리우지 않던가. 이와 같이 고통과 시련은 먼 훗날 우리 삶을 더욱 풍요롭게 하고 성숙하게 해 결국엔 축복이 되지 않던가. 사실 신이 인간에게 벌로 준 '판도라'는 재앙을 불러온 여자를 가리키지 않고, '많은 선물을 받은 여자'를 뜻한다. 제우스가 판도라를 보고 만족하여 기꺼이 생명을 불어넣자, 여러 신들이 다투어 판도라에게 선물을 준다. '아프로디테'는 아름다움, 교태, 거부할 수 없는 욕망을 선물하고, '헤르메스'는 뛰어난 말솜씨와 재치, 마음을 숨기는 법을, '아테나'는 방직기술 등을 선물한다. 이렇게 많은 선물을 받은 여자인 판도라에게서 대홍수 이후 우리 인간의 새로운 삶과 역사가 가능하게 된다. 새로운 존재를 낳는 판도라의 그 원초적이고 근원적인 생명력은 성배순의 시 「암컷론 2」에 잘 드러난다.

거무튀튀한 등에
찰싹 달라붙은
하얀 새끼 알.
어부바하다가

등의 살 속으로
품어버렸네.

물갈퀴 손 펼쳐
펑펑, 생살 찢고
너덜너덜 등짝.
폴짝폴짝 넘어가는
열 마리, 백 마리
피파개구리 새끼들.

– 「암컷론 2」 전문

그런데 여기서 시인이 굳이 '여성'이란 표현 대신 '암컷'으로 표현하고 있음에 유의해야 한다. 여성은 선천적으로 타고난 생물학적 구분이 아니라 후천적으로 학습된 사회문화적 구분을 뜻한다. 이른바 섹스(Sex)가 아닌 젠더(Gender)로서의 여성을 가리킨다. 여성의 권리 및 평등을 중요시하는 여성주의자들에겐 좀 거북하겠지만, '암컷'이야말로 원초적이고 근원적인 생명력을 가장 싱싱하게 전달하는 살아있는 표현이라 생각된다. '여성'이란 표현이 주는 어딘지 싱싱한 생명력이 제거된 건조하고 엘리트주의적인 느낌은, 인간 이외의 암컷 생명체가 가진 근원적인 생명력을 포괄하지 못하기 때문이다. 「암컷론 2」에서 암컷의 생살을 찢고 열 마리 백 마리 태어난 새끼들은 개구리들이지만, 이런 헌신적인 생명력은 암컷 딱따구리에도 똑같이 적용된다.

한낮 공원 벤치 위 서른 안팎의 여자
꽃무늬 블라우스 세 번째와 네 번째
단추를 연다. 동그랗게 드러나는
맨살 속으로 어린 아기, 연신 고개를

들이받는다. 지나가는 행인들
얼른 자리 피하고 어머나, 어머나
폐경이 된지 오래된 아주머니 둘
야하다, 아름답다, 중얼중얼 실랑이한다.

나무 구멍 밖으로 얼핏 보이는
암컷 딱따구리의 동그란 맨살……
혈관이 모여 있는 곳의 따뜻한 체온
아기에게 좀 더 깊이 느끼게 하려고,
나무를 쪼던 부리, 악물고는
뭉텅뭉텅 붉은 깃털 뽑아 만든
쪼글쪼글 포란반. 들여다보고 있자니,
공연히 팽그르 눈물 돈다.

                                    - 「포란반」 전문

　대체로 암컷 조류들은 번식기가 되면 배 부분의 깃털이 다 빠지면서
붉은 살이 휑하니 드러난 포란반이 저절로 생겨난다. 혈관이 모여 있는
맨살로 알을 품으면 따뜻한 체온이 직접적으로 전달되기 때문인데, 딱
따구리의 경우는 좀 특이해서 알과 맞닿는 배 부분의 털을 날카로운 부
리로 스스로 미련 없이 뽑아버리고 맨살로 알을 품는다. 이렇게 털을 뭉
텅뭉텅 뽑아내는 고통을 감내하는 딱따구리의 쪼글쪼글한 포란반은 그
헌신적 희생이 두드러져 아기엄마나 나이든 아주머니들의 눈물을 자아
낸다. 아기 엄마와 암컷 개구리와 딱따구리의 새끼에 대한 헌신이 서로
온몸으로 전해져 눈물을 팽그르 돌게 한다. 마치 개와 인간이 서로 깊게
교감하고 공존하며 기쁨을 누리듯이 말이다. 우리 자신이 우주와 자연
의 일부로 다른 동물과 연결돼 있다는 시인의 인식은 암컷에 대한 뜨거
운 공감을 통해 뭇 생명에 대한 포용력과 일체감으로 확산된다. 아기엄

마와 암컷 개구리와 딱따구리가 거울 신경세포를 통해 서로 교감함으로써 인간 중심의 사고에서 벗어나 모든 것들이 결국 한 뿌리에서 나온 '만유동근(萬有同根)'임을 온몸으로 느끼는 것이다.

3. 판도라의 동굴

성배순은 이번 시집의 맨 첫머리 '시인의 말'에서 상서로운 동방의 동물인 청여우에 대한 기다림을 말하고 있다. 청여우는 「비 오는 날 여우야 뭐하니」에서도 등장한다. 청구국은 중국의 동쪽에 있는 군자의 나라인 우리나라를 가리키는데, 중국의 문헌인 『산해경(山海經)』에는 '청구산(靑丘山)의 양지바른 남쪽 언덕에는 옥돌이 많이 널려 있고, 음지인 북쪽 언덕에는 청확(靑䨼)이라는 질 좋은 푸른 염료가 나며, 이 산에 꼬리가 아홉 개 달린 여우처럼 생긴 짐승이 산다'는 기록이 전해진다. 삼키면 만물의 이치를 깨닫게 되는 구슬을 지니고 초자연적인 능력을 발휘해 사람을 홀리는 매혹적인 여성으로 변신하기도 하는 여우는, 천하가 태평해지는 상서로운 조짐을 알려주는 상상 속 동물이다. 시인은 매혹적인 여성으로 변신해 고귀한 미남 백작과 가면무도회에서 춤추는 어린 시절의 꿈을 가능하게 해줄 청여우를, 어린 시절 여우놀이에 대한 추억을 떠올리며 애타게 부른다.

폭풍우 쏟아지는 한낮, 어렸을 때처럼 다시 묻는다. 여우야 여우야 뭐하니?

소설 안나카레리나 미남 장교, 브론스키 백작의 사랑을 꿈꾸니? 아니면 인생의 신 포도처럼 십 만 리 밖의 풍경을 바라보니?

늑골 깊은 어디쯤 옥이 많은 남쪽을 지나 북쪽의 푸른 흙길을 밟고 동쪽으로 300리쯤 청구국의 검은 청빛 청여우가 톡톡 꼬리를 친다. 청구술을 보이며 손을 내민다.

빨간 구두를 신고 둥둥 떠 있는 도시, 청빛 세종호숫가에서 백작과 춤을 출 가면을 비춰본다.

죽었니? 살았니? 청여우, 귀 쫑긋거리며 다시 묻는다. 죽었니? 살았니?
— 「비 오는 날 여우야 뭐하니」 전문

'시인의 말'에서 시인은 매혹적인 여성으로 멋진 삶을 가능하게 해 줄 청여우를 따라 집을 나선다. 시간을 거슬러 '동굴 속 아기에게 젖을 물리고 있는 여자'를 바라본다. 여자는 '돌아오지 않는 남자를 찾아 동굴을 나서고, 바위산을 넘어, 뿌연 강을 건너' 도시 한가운데 서 있다. 여자 앞에 '검은청빛 낯빛 고운 여우 응애응애 꼬리를 나풀대고' 있다. 시인이 바라보는 여자는 사실은 시인 자신의 갈망이 투사된 페르소나다. 그런데 이 여자는 동굴 속에서 아기를 키우고 또 남자를 찾아 동굴을 나선다. 그런데 왜 번듯한 규모와 가구를 갖춘 '주택'이 아닌 '동굴'에 사는가. 각종 가구와 집기 그리고 장식들이 모두 생략된 채 남자와 아기가 함께 살아가는 최소한의 소박한 자립 공간을 '동굴'로 의미하는 게 아닐까. 마치 간디의 오두막처럼, 복잡한 시스템과 편의시설 속에서 그 환경조건에 전적으로 의존하는 존재로 살아가는 게 아니라, 작지만 소박한 동굴에서 가족들이 서로 가까이 몸을 맞대고 가난하지만 생기 있는 인간 관계를 이루며 자급자족 속에 각자 품위를 지키며 당당하게 살고자 하는 것이다. 이는 그의 두 번째 시집의 표제작인 「아무르 호랑이를 찾아서」에서도 드러난다.

지금쯤 아무르 강물에 몸을 적신 그가 푸르르
황갈색 몸 털기를 하겠다.
장백산맥을 타고 백두산으로 들어 왔겠다.
서둘러 아름드리 숲으로 간다.
으앙 스무 살 아가가 칭얼대며 쫓아온다.
으아앙, 서른의 아가가 고막에 대고 소리치며 운다.
안 돼! 절대 뒤 돌아보지 마!
귀를 막으며 커다란 너럭바위 밑 굴속으로 들어간다.

이제 함경산맥을 거친 그가 태백산맥을 내려오다가
방향을 틀어 차령산맥으로 들어 왔겠다.
사람에게 노출을 꺼리는 그가 은밀한 그가
꼬리를 살짝 치켜들고 두둥실 나타나면
어흥, 닮은 두 눈이 마주치면
아기가 자라지 못하게 척척 모든 걸 대신 해주던 팔다리
옜다~ 던져 주리라.
커다란 아가를 업어주던 휜 등도
옜다~ 내밀리라.
그렇게 완전히 먹히고 나면
호랑이는 내가 되고 나는 호랑이가 되고
사뿐사뿐 산 넘고 물 건너 집으로 갈 테다.
가장 먼저 벽과 천장에서 사탕을 떼어내고
어흐흥! 눈을 휘둥그레 뜨고
어른, 아기들에게 소리칠 테다.
당장 이 집에서 나가!

　　　　　　　　　　　　　－「아무르 호랑이를 찾아서」 전문

우리 민족의 정기를 상징하는 백두산 호랑이가, 광활하게 펼쳐진 만주 벌판의 침엽수림 속으로 굽이쳐 흘러가는 아무르강(우리가 흔히 흑룡강이라 부르는) 강가에서 물놀이를 즐기다 백두산을 지나 차령산맥으로 들어와 마침내 '나'와 '너럭바위 밑 굴속'에서 만나게 된다. 나와 은밀하게 눈을 마주친 아무르 호랑이에게, 나는 그간 오로지 가족들에게 헌신하던 팔다리와 흰 등을 기꺼이 내밀고 완전히 먹혀 마침내 아무르 호랑이가 된다. 호랑이가 되어 다시 집으로 돌아온 나는 과보호로 아직도 사탕이나 먹으며 칭얼대는 어른 아기들을 집에서 내쫓고 호랑이처럼 당당하게 내 삶을 살겠다고 선포한다. 나는 아무르 호랑이의 이동경로를 굴속에서 나름 측정하며 기다리다 기꺼이 자신을 내어주고 스스로 호랑이가 되어, 집에 돌아가 당당하고 위엄을 갖춘 호랑이로서 푸른 기상을 떨치며 살아가겠다는 포부를 밝힌다. 흑룡강 주변을 맴도는 아무르 호랑이의 활달한 기상이 그간 가족들에 대한 헌신으로 희미해져 버렸는데, 마침내 내 안에 잠들어 있던 아무르 호랑이를 당당하게 살려낸 것이다.

　　청구국의 청여우와 아무르강가에서 사는 아무르 호랑이는 결국 우리 몸속에 잠들어 있는 민족의 웅혼한 기상과 강인한 생명력 그리고 원숙한 지혜를 상징하는 우리 민족의 원형(原型, prototype)이라 할 수 있다. 이런 강인한 생명력과 지혜는 그의 시 「사랑니」에서도 확인할 수 있다.

　　　박물관에서 천 오백년 전 왕비의
　　　어금니를 본다. 하루에도 몇 번씩
　　　올랐다 내렸다 하는 열,
　　　옷 벗었다가 껴입었다가를 반복한다.
　　　치아 없는 잇몸이 아파 병원에 간다.
　　　아직도 나오지 못한 사랑니

어금니 뒤에 하얗게 숨어 있다.
뿌리 턱 쪽에 매복하고 있다.
세상에, 쉰 나이에 사랑니라니.

구다라 늙은 왕비 치아를 두고
누구는 어금니다 누구는 사랑니다
말한다. 천수를 누렸다는 왕비
몸이 풍화되고 나서야 드러낸
저 사랑니로 갑자기 어린 후궁이 된다.
살아서는 차마 드러내지 못했던 사랑,
죽어서도 끝내 보이지 않던 사랑,
혼백이 다 흩어지고 나서야
비로소 드러낸 사랑, 이라니……

내 몸 속 숨어 있던 사랑니
왜 지금서야 모습 보이는지
곰곰 생각해보고 또 생각해보는데
온몸의 열기, 갑자기 냉기로 바뀐다.
둥글게 웅크려 이불로 둘둘 말다가
후다닥 거울 앞에 선다.
몸 여기저기 하얗게 허물 벗겨진다.

－「사랑니」전문

'나'는 쉰 나이에 뒤늦게 나오는 사랑니로 인한 잇몸 통증과 온몸의 열
기로 엄청난 고통을 겪는다. 마침 박물관에서 천오백 년 전 왕비의 어
금니 유물을 보며, 그 안내문과 묘지석의 내용이 다른 점을 착안해 아마
젊은 후궁과의 감추어진 사랑이 사랑니 유물로 인해 '혼백이 다 흩어지

고 나서야' 비로소 드러난 게 아닌가 생각하며 그 천오백 년 사랑 이야기에 감탄한다. 자연스레 사랑니를 남긴 젊은 후궁과 쉰 나이에 사랑니로 고통을 겪는 자신을 비교하며 곰곰 생각해 본다. 이 시에 나온 내용으로 유추하면, 공주박물관에 전시된 무령왕 왕비의 어금니 유물을 본 소회를 자신의 처지와 연결한 것으로 보인다. 시인은 무령왕 당시 차마 드러내지 못했던 어린 후궁과의 사랑 이야기가 마침내 천오백 년 뒤에야 드러나듯이, 자신의 몸속에 숨어 있던 뜨거운 사랑의 감정을 새삼스레 긍정하고서 거울 앞에 서니 몸의 하얀 허물이 벗겨짐을 느낀다. 이는 갱년기에 뒤늦게 자라는 사랑니를 자연스레 겪는 몸의 퇴화라는 세간의 고정관념에서 벗어나, 다시 사랑을 느끼고 사랑할 만한 새로운 몸으로 거듭남을 의미한다. 사실 사랑니는 인간의 대표적인 퇴화기관의 하나라 한다. 식물을 주식으로 하던 옛 인류는 턱관절이 지금의 인류보다 훨씬 길었기에 사랑니도 당연히 정상적으로 나왔으나, 인류가 불을 사용해 음식을 조리해 먹으면서 턱관절 길이가 줄어들어 사랑니가 제대로 자랄 수 없게 되었다는 것이다. 살 안에 파묻혀 있다가 사랑을 느낄 나이의 10대나 20대에 뒤늦게 나타나기에 '살안니'로 부르다 '사랑니'로 변했다는 민간어원설도 전해지며 영어로는 '지혜의 이((wisdom tooth)'라 부른다니, 시인이 인생의 지혜를 깨우칠 나이인 50대에 사랑니가 나는 건 전혀 이상한 일은 아닌 셈이다. 오히려 이는 시인의 내면에 잠들어 있던 왕성한 생명력과 밝은 예지가 몸의 기억을 통해 표면화된 것이라 볼 수도 있다. 즉 '동굴'로 상징되는 자연 질서에 순응하는 삶, 욕구를 절제하며 자급자족하는 소박한 삶에서 오는 당당한 품위를 되찾는 것으로 볼 수 있다. 이는 남성중심의 사회구조 속에서 권위주의적 가장이 누리던 무절제한 욕망의 표출이 가져온 가정 파괴적 상황에서도 인내하며 가정을 지켜온 어머니의 모습에서도 확인된다. 그의 시 「여름 지나 가을」을 보자.

근처 산이란 산에 밤나무 꽃이 지천인 지금은
길쭉하니 노란 수꽃이 작고 동그란 암꽃을 품에 감춘 지금은
비릿함을 바람에 실려 동네방네 퍼뜨리는 지금은
밤나무들이 기억한 내 인생의 일화가 향기처럼 퍼지고 있네.

뾰족구두에 양산을 든 밤꽃 냄새 나는 여자를 데리고
아버지는 개선장군마냥 5년 만에 나타나는데
밥해라 이브자리 펴라 주문도 당당한데
아버지의 여자에게 풀 먹인 호청이불을 새로 꺼내주고
어머니는 한여름에 어깨를 옹송그리며
올망졸망 우리들을 꼬옥 안아주는데.

수꽃에 가려져 보이지 않던 암꽃이 점점 둥글게 자라는 지금은
하얀 솜털 수꽃이 나무 밑에 수북이 쌓여가는 지금은
할머니는 서방 잡아먹었다며 어머니께 악다구니를 쓰는데
어머니 뱃속 알밤은 토실토실 잘도 자라고
젊디젊은 아버지 사진을 제사상에 놓고
눈앞이 흐려져 잘 안 보이는구나 애야
이제는 네가 밤을 치거라
어머니는 내게 칼을 넘겨주는데.

— 「여름 지나 가을」 전문

　밤꽃이 비릿한 냄새를 지천으로 날리며 흐드러지게 피는 한여름에 '나'는 '밤나무들이 기억한 내 인생의 일화'를 떠올린다. 집을 나갔다 5년 만에 '밤꽃 냄새 나는' 젊은 멋쟁이 도회지 여자를 데리고 개선장군마냥 돌아온 아버지의 터무니없는 위세를 '어깨를 옹송그리며' 참고 감수하던 어머니는 이제 할머니의 악다구니를 느긋하게 무시하며 아버지 제

사를 준비하며 밤을 치던 칼을 내게 넘겨준다. 여기서 아버지를 둘러싼 세 여성의 태도가 각기 다르게 나타난다. 이른바 '시앗을 보면 길가의 돌부처도 돌아앉는다.'는 속담처럼 남편의 바람기에는 돌부처처럼 점잖은 여인도 화를 낸다는데, 어머니는 한여름에 시앗을 위한 이부자리를 펴며 어깨를 옹송그리며 죄인처럼 위축된 채 오롯이 그 고통을 감수한다. 이렇게 속 썩이던 남편이 먼저 세상을 뜬 뒤에도 올망졸망한 자식들을 기르며 집안을 잘 건사했건만, 할머니는 '서방 잡아먹었다며 어머니께 악다구니를' 쓴다. '며느리 시앗은 열도 귀엽고, 자기 시앗은 하나도 밉다'는 옛말이 꼭 맞다. 할머니도 가부장적 사회구조 속에서 말 못하고 인고의 세월을 지냈으련만, 아들의 행태엔 인자하고 며느리의 고통엔 무감각하다. 아마 할머니 자신이 할아버지의 외도를 겪었다면 당연히 엄청난 마음고생을 했을 텐데 말이다. 가정을 돌보지 않고 외도까지 하는 아버지를 감내하며 시앗까지 보살피던 어머니는 그런 인고의 과정을 이겨내며 이젠 할머니의 악다구니를 가볍게 무시할 정도로 내성을 키웠고 또 그만큼 당당해졌다. 이렇게 당당해진 어머니에게 '밤 치는 칼'을 넘겨받은 나는 이제 할머니처럼 여성의 권리에 무감각하고 그저 자신의 처지를 운명으로 받아들이며 인고의 세월을 이겨내고 비로소 두 발로 우뚝 선 어머니를 보며, 할머니나 어머니와 달리 처음부터 당당하면서도 강인한 생명력을 갖춘 지혜로운 여성으로 삶의 품위를 지켜나갈 것으로 보인다.

아름다움과 재치 있는 말솜씨로 남자의 마음을 훔치며 생살을 찢는 고통을 참아내고 새 생명을 낳아 기르고, 가족을 위해 헌신하며 가족의 건강과 평화를 지혜롭게 지켜내는, 원초적이고 근원적인 생명력의 상징이 바로 '암컷'이다. 이는 노자가 도덕경 제6장에서 말한 '곡신불사 시위현빈(谷神不死 是謂玄牝)'의 세계다. 스스로를 겸허히 낮은 곳에 두고 모든 것을 포용하여 품고 새로운 생명을 창조하고 길러내는 골짜기의 신은 죽지 않으며, 이를 현묘한 암컷이라 부른다는 뜻이다. 천지 만물이 생성되어 존재하게 하는 근원인 골짜기가 바로 포용과 창조의 여성성이라는 것이다. 자연의 도(道는)는 여성성이 제공하는 끊임없는 창조에 있으며, 그 도는 결코 중단됨이 없이 면면히 이어지고, 아무리 써도 다함이 있을 수 없다는 것이다. 계곡은 모든 물을 받아들이고 또 그만큼 내어놓는다. 즉 현묘한 암컷은 모든 것을 받아들이고 또 내놓는다는 점에서 우주의 자궁이 되어 천지만물의 뿌리가 된다. 이 골짜기의 여성성은 바로 동굴의 이미지와도 상통한다. 그 여성성의 동굴에서 만물이 태어나고 다시 돌아가 안식을 얻는 것이다. 그리스 신화의 최초의 여성인 판도라의 '동굴'에서 인간과 자연의 근본적 생명력에 대한 믿음으로 만물이 낳고 자라고 또 안식을 얻는 것이다.

4. 경이로움의 회복

성배순의 이번 시집엔 유독 남편과의 이야기가 많다. 특히나 남편이 학교 선생님을 그만두고 농사를 짓기로 한 뒤 겪는 가슴앓이, 그 뒤로 이어진 여러 가지 사업의 실패와 좌절 등을 자신의 어머니 세대처럼 삶에 대한 낙관적 믿음으로 이겨내려는 시인의 고뇌가 잘 드러나 있다.

어느 날 문득 아무런 대책 없이 생업인 교사직을 그만 둔 남편 때문에 부부는 한동안 냉담한 채 말없는 갈등을 겪으며 서서히 새로운 현실에 순응해 간다(「우리는 순한 짐승이 되어」). 그 뒤 남편은 게으른 낭만파 농부가 되어 생계를 심각하게 걱정하게 한다. 그런 아내의 마음을 아는지 모르는지, 남편은 새벽 는개가 자욱하게 낀 저수지의 아름다움을 나에게 확인시키고(「시인과 농부 2」), 꽃과 작은 생명 때문에 밭농사도 논농사도 짓지 못하고 풀밭으로 방치하는 남편을 보며 아내는 '굶을 수도 있겠구나'하고 걱정한다.

지금 한창 꽃이 이쁘니 보러 가자고 그가 떼를 쓴다.

감자를 심기로 한 밭은 개망초가 하얗게 하늘거린다.

군데군데 시뻘건 양귀비꽃과 노란 애기똥풀도 냄새를 풍긴다.

감자를 심기로 하고서 왜 안 심었냐고 물어보자

감자를 심으려고 풀을 뽑으려 했는데 풀이 너무 이쁘더라며

그 풀이 이렇게 꽃을 올렸다고 짜잔, 오히려 자랑을 한다.

모내기를 하려면 논에 물을 대 소독을 해야 하는데

미꾸라지며 우렁이며 꼬물거리는 생명을 못 죽이겠다며

그만 벼농사를 포기하자던 그, 그 논에 객토를 해

밭을 만들자던 그, 감자를 심어 감자를 구워주겠다던 그……,

그와 함께 살면 굶을 수도 있겠구나, 중얼거리며

꽃송이를 머리에 인 채 거들먹거리는 잡초를 뽑는다.

벌들은 잉잉거리고, 앞산의 뻐꾸기는 뻐국 뻐국대는데.

　　　　　　　　　　　　　　　　　－「시인과 농부 1」 전문

　남편의 대책 없음에 대한 현실적 걱정이 보다 실감 있게 표현된 시는 「꽃을 보면 배가 고프다」이다. 소를 끌고 가던 노인이 아름다운 수로부인을 보고 반해서 꽃을 꺾어 바치며 불렀다는 고대 가요 '헌화가'의 구조를 빌린 이 작품에서 남편이 위험한 절벽 벼랑을 기어올라 환하게 웃으며 안겨준 진분홍 철쭉 한 송이는, 아내의 머릿속에 가득한 밀린 고지서의 숫자들에 대한 걱정 속에 '먹지도 못하는 꽃을!'이란 탄식을 자아낸다. 이런 현실적 어려움 속에서도 남편은 내 손을 '꿈속에서도' 놓지 않는 나무꾼처럼(「선녀의 나무꾼처럼」) 나에게 전적으로 의존하며 매달린다. 나는 이렇게 순박하고 마음결이 고운 나무꾼에 붙잡혀 30년 동안 아이 셋을 낳고 살아온 현실에서 이제라도 벗어나 본래의 자리인 '옥황상제의 선녀' 자리로 돌아가길 꿈꾼다. 즉 작은 '동굴' 속 애옥살이에서 벗어나 '옥황상제가 있는 나의 집을 향해' 힘껏 날아오르려 애쓴다

(「나무꾼의 선녀를 내려놓으리」). 급기야 집을 팔고 임대아파트로 이사를 한 뒤 나는 답답함과 막막함에 소갈증에 시달리며 어려움을 잊기 위해 짐짓 장자의 달관을 흉내내면서 고려 말 서민들의 막막한 삶의 비애를 체념적으로 노래한 '청산별곡'의 후렴구를 불러보기도 한다(「얄리얄리 얄라셩 얄라리 얄라」). 그런 아내의 비애를 알았는지 남편은 부지런히 인력시장을 찾아다니더니, 오래 묵혀두었던 사냥총을 꺼내 기름칠을 하며 모처럼 남성의 사회문화적 역할을 되찾으려 한다(「근황」).

그러나 시인이 남편의 갑작스런 생업 포기 이후 겪어야 했던 여러 좌절과 실패 그리고 현실의 힘겨움에도 불구하고, 남편에 대한 불만이 치명적인 적대감으로 옮겨가진 않는다. 이는 '시인과 농부' 연작의 현실적인 시인과 감성적인 남편의 모습에서 확인되듯, 아내에 대한 남편의 깊은 사랑과 고운 심성에 대한 믿음이 있기 때문이다. 하지만 무엇보다도 주변 작은 것들의 아름다움과 소중함에 대한 남편의 경이로움의 표현에 시인도 깊게 공감하기 때문으로 보인다. 남편은 새벽 네 시에 아내를 경운기에 태우고 '한 치 앞도 볼 수 없이 뿌연' 는개가 가득 낀 저수지를 바라보며 환상적인 아름다움이라고 감탄한다(「시인과 농부 2」). 밭에 가득 자란 개망초와 애기똥풀 그리고 양귀비꽃의 아름다움과 향기에 취해 감자 심기를 포기하는 남편, 논물에 소독약을 풀면 미꾸라지나 우렁이 죽을까 봐 벼농사를 포기하는 남편 때문에 '그와 함께 살면 굶을 수도 있겠구나' 하고 걱정하면서도 남편을 원망하진 않는다(「시인과 농부 1」). 이는 시인이 대대로 물려받은 원초적인 생명력에서 오는 회복탄력성으로 지금의 이 어려움을 결국은 이겨낼 것이지만, 남편과 함께 삶의 경이로움에 대한 자각을 잃지 않는 한 삶의 품격 또한 회복하리라 기대된다. 이런 삶의 경이로움에 대한 인식이 사람과 자연의 감응 속에서 아주 짜릿하게 표현된 작품이 바로 「박태기」이다.

박수무당 김석출 그이가 말이어

한복 곱게 차려 입고
느티나무 그늘에 앉았단 말이지.
볼에 빵빵하게 바람 넣고
씰룩씰룩 날라리 풀 때는
온 몸 오소소 소름이 돋는다 말이여.
바람 갈 길 못가고
주변 풀 흔든단 말이여.
나뭇가지 못 견디고
팡팡 꽃 터트린다는 얘기,
두 말하면 잔소리지 뭐여.
8살 징채 잡던 그이가
시들지 않는 하얀 꽃
밤새워 만들던 그이가 말이여.
죽어서야 비로소 피우는
환장할 진보랏빛 꽃 앞에서
지나가는 아낙들
가슴 시퍼레지도록 안아보고
한참 섰다 간단 말이지.
입에 밥풀떼기 묻힐 수 있다면
어디든지 달려가 작두를 타던
그이의 신명나는 춤판이
한창인 지금은 봄 절정이란 말이지.

－「박태기」전문

대개 남부 지방의 박수무당은 신 내림을 받은 강신무(降神巫)가 아니
라 배워서 무당 노릇을 하는 학습무가 대부분인데, 박수무당 김석출은
귀신을 맞아들여 무당과 신령이 하나 되면 작두 위에 올라타 덩실덩실

춤을 추는 강신무이면서도 밤새 악기를 불며 악사 노릇도 하는 아주 영력(靈力)이 강한 무당인 듯하다. 그는 징을 치고 날라리를 불며 굿판의 흥을 돋우며 아낙들 가슴을 온통 흔들어 놓고 풀잎도 흔들어댄다. 그가 접신(接神)하여 신령과 하나가 돼 작두 위에서 뛰어오를 때면 진분홍빛 박태기 꽃은 나뭇가지든 몸체든 뿌리든 가리지 않고 물들인 밥알처럼 마구 흩뿌려져 피어난다. 이렇게 사람과 자연이 서로 신비로운 힘으로 연결되어 하나가 될 때 우리 인생의 봄도 절정에 달한다. 이 얼마나 놀라운 삶의 경이로움인가!

(2019년 9월, 성배순 시집 『세상의 마루에서』 해설)

친일반민족문학 톺아보기

지난 7월 일본의 경제도발로 한일 간의 대결 국면으로 긴장이 고조되면서, 이른바 사회지도층이나 전문가 그룹과 일반 국민의 인식차가 확연하게 갈렸다. 내가 함께하고 있는 지역 문인들의 단체 대화방에서도 한일 경제 갈등이 화제가 되었는데, 한 인문학 교수는 무능한 정부가 벌인 외교 참사로 기업과 국가경제가 큰 손해를 보고 국제적 고립을 면치 못할 거라며 걱정을 태산같이 했다. 그의 그런 과민반응이 쉽게 이해되지 않아 사태를 보는 내 나름의 의견을 제시했다. 일본의 부품업체가 우리나라의 완성업체를 상대로 수출을 중단하겠다는 발상 자체가 어이없는 행태로 결국 일본경제의 타격이 더 클 것으로 예상되며, 무엇보다도 이젠 우리의 국력이나 기술력이 일본과 수평적인 수준이 되었기에 일본의 이번 도발은 성공하지 못할 것이라고 말했다. 그리고 이번 경제도발의 근본 의도는 일제의 강제징용에 대한 일본 기업의 배상 판결에 대한 반발에서 비롯된 역사문제가 경제문제의 탈을 쓰고 드러난 것으로 이번 기회를 극일(克日)의 기회로 삼아야 한다고 보았다. 그 인문학 교수가 이런 의견에 밀려 대화를 중단하며 일단락되었지만, 언론이나 방송 등에서는 연일 전문가들이 나와 일본과 우리나라의 경제력과 국력 그리고 기술력의 격차를 과장해 정부의 무모한 응전을 탓하면서, 시민들의 자발적인 일본상품 불매와 일본 여행 자제 노력을 감정적인 대응으로 폄하했다. 그런데 그 전문가들은 정작 이성적이고 합리적인 구체적인 대응 방안을 제시하진 않는다. 시민들의 거센 아베정권 반대 운동 때문에 직설적으로 말하진 않지만 앞뒤 맥락으로 짐작해 보면, 강대국 일본의 요구를 수용하면서 그들의 도움을 받는 것이 이 위기를 극복하는 길이라는 게 그들 전문가들의 대안임을 알 수 있다. 그러니까 현실의 엄중함을 제대로 인식하지 못한 시민들의 경솔하고 감정적인 대응에서 벗어나 차분하게 실력차를 인정하고 현실에 순응하고 그들의 요구에 따르며 안전을 보장받자는 것이다.

사실 사회지도층이나 전문가들의 이런 대응방식은 매우 낯익은 모습이다. 그들은 늘 강력한 힘에 대한 순응을 운명으로 여겨왔다. 그 원조에 해당하는 자가 바로 윤치호다. 그의 집안은 대한민국 제4대 대통령 윤보선을 배출한 명문가이지만, 민족문제연구소가 발간한 『친일인명사전』에 일곱 명이나 부끄러운 이름을 올렸다. 윤치호는 19세기 말에 일본과 중국 그리고 미국에 유학한 조선 최초의 국제적 근대 지식인이자 대표적인 엘리트였다. 그는 한때 개화 관료로 독립협회를 이끌기도 했으나 105인 사건의 주모자로 옥고를 치르다 전향하고 석방된 뒤 극단적인 친일반민족주의자로 변신한다. 그는 한 신문과의 인터뷰에서 "약자가 항상 순종해야만 강자에게 애호심을 불러일으켜 평화의 기틀이 마련되는 것이다."라고 말했다. 그는 영어로 쓴 일기에서 조선의 야만 상태를 혐오하고 문명국인 일본을 동방의 낙원이라고 예찬하며 축복받은 일본에서 살고 싶다고 피력했다. 그는 우리 조선인들의 민족성이 열등하다고 보고 독립운동가들은 악마와 같은 존재라고 혐오하며 "약자가 할 수 있는 최선의 방책은 강자의 호감을 사는 것"이라고 강변했다. 이렇게 살다가 막상 해방이 되자 "행운처럼 찾아온 해방이니 과거는 잊고 다 함께 협력하자."고 눙쳤다.

우리 근대문학을 일군 선구적 문학인들 또한 비슷한 길을 걸었다. 자주독립과 신교육 사상을 담은 신소설의 효시로 평가받는 『혈의 누』를 쓴 이인직은 사실은 선각자가 아니라 나라를 팔아먹은 매국노였다. 그는 이완용의 비서로 통감부 외사국장 고마쓰와 만나 조선을 팔아먹는 비밀협상을 벌였다. 그는 한일병탄을 종주국을 중국에서 일본으로 옮기는 것으로 인식하고, 한일병합의 대가로 귀족의 작위와 은사금을 받게 됨을 확인하자 '대단히 관대한 조건'이라며 기뻐했다. 실무협상을 벌인 이인직의 보고를 받은 이완용은 통감 데라우치와 만나 30분 만에 한일합방의 협상을 끝냈다. 그런데 우리는 아직도 교과서에서 이인직을 민족의 선각자로 칭송하고 있으니 참으로 안타까운 일이다.

동경 유학 시절 2.8 독립선언서를 작성했고 상해임시정부 기관지 《독립신문》의 편집책임자였던 이광수는 수양동우회 사건으로 옥고를 치른 뒤 변절하여 친일반민족행위에 앞장섰다. 그는 천황의 신민답게 살고 싶다는 굳은 신념으로 창씨개명을 하고 "조선인은 전연 조선인인 것을 잊어야 한다고, 아주 피와 살과 뼈가 일본인이 되어버려야 한다고. 이 속에 진정으로 조선인의 영생의 길이 있다고 … 조선놈의 이마빡을 바늘로 찔러서 일본인 피가 나올 만큼 조선인은 일본인 정신을 가져야 한다."라고 주장했다. 이른바 '이마빡 론'으로 '뼛속까지 친일'이라는 이명박 대통령의 원조라 할 수 있다. 그는 해방 후 반민특위에 검거돼 마포형무소에 수감된 뒤 「나의 고백」이란 참회서를 반민특위에 제출했으나 참회가 아닌 변명으로 일관해 빈축을 샀다. 그는 고백서에서 일부 인사라도 일본에 협력하는 태도를 보여줘 민족의 목전에 임박한 위기를 모면하는 길이라 여겨 친일에 나섰다는 '희생론'을 내세우는 뻔뻔함을 보였고, 병자호란 때 청나라에 끌려갔다 돌아온 부녀자들이 홍제원에서 목욕을 하고 서울로 돌아오면 유린당한 정조 문제를 따지지 않고 집안에서 받아들이게 한 인조의 '홍제원 목욕론'을 내세워 친일파 문제도

'삼천만 민족 전체로서 홍제원 목욕을 하고 다시는 죽더라도 이민족의 지배를 받지 말자고 서약함이 옳으며', 로마의 망각법이나 남북전쟁 후 미국의 사면법을 적용해 과거를 잊고 용서함이 바람직하다고 주장했으니, 화려한 말재주로 시류에 영합하는 궤변론자답다. 이광수의 이런 뻔뻔함에 대해 3.1운동 당시 민족대표 33인 중의 하나로 천도교의 중심인물이었던 최린은 반민특위 공판정에서 입을 닥치라고 소리 지르며, 자신의 친일 행위를 시인하고 솔직한 참회를 했다. 당시 최린은 "민족 대표의 한 사람으로 잠시 민족 독립에 몸담았던 내가 이곳에 와서 반민족행위를 재판 받는 그 자체가 부끄러운 일이다. 광화문 네거리에서 소에 사지를 묶고 형을 집행해 달라. 그래서 민족에 본보기로 보여야 한다."는 참회의 말을 남겼다.

이광수와 함께 근대문학의 서장(序章)을 연 최남선 또한 기미독립선언서를 작성한 독립운동가였으나 나중에 변절하여 중추원 참의와 만주 건국대학 교수 등을 역임하였는데, 당시 군수 연봉의 10배가 넘는 고액 연봉자로, 대다수 친일반민족행위자가 결국은 출세나 신분상승 그리고 금전적 이익을 위해 기꺼이 대세에 순응했음을 알 수 있다. 최남선은 해방 후 마포형무소에서 자신의 과오를 뉘우치는 「자열서(自列書)」를 썼는데, 자책의 성의를 나타냈다는 점에서 이광수와는 다른 모습을 보였다. 그는 감히 허물도 꾸미고 잘못을 변명하는 죄를 거듭하지 않겠다고 다짐하며 결코 대중의 꾸짖음을 탓하지 않겠다며 죄를 범한 전후사정을 쭉 나열했다. 물론 변절의 이유로 학자로서 학문연구를 중단할 수 없다는 절박한 필요 때문이었다고 변명하지만, 이광수 식의 물타기나 희생자 코스프레는 하지 않으니 다행이다. "해방 이래로 중방(衆謗)이 하늘을 찌르고 구무(構誣)가 반(半)에 지나되 이를 인수(忍受)하고 결코탄하지 아니함은 진실로 어떠한 매라도 맞는 것이 자회자책의 성의를 나타내는 일단이 될까 하는 생각이 있기 때문이었다."

'단군 이래 최대의 시인'이니 '부족방언의 마술사'니 하며 사후에 민족

시인 또는 국민시인으로 추앙받는 서정주의 친일의 변은 너무 노골적이다. 그는 한 문학지와의 인터뷰에서 "해방이 그리 빨리 올 줄 알았으면 친일하지 않았을 것"이라고 말했다. 그는 『나의 문학적 자서전』에서 '일본 중심의 대동아공영권'의 꿈이 현실화 되는 분위기에 젖어 수치스런 친일행위와 친일 문학작품을 쓰는 일을 하게 되었다'고 회고한다. 나아가 그런 선택이 당시 우리 민족에게 주어진 운명으로 여기고 이에 순응하는 것이 괜찮을 듯했고 이는 다수 동포가 다 그러했으리라며 '공범론'으로 자신의 죄과를 가리려 한다. 그는 자신이 친일파도 아니고 또 부일파(附日派)도 아닌 종천순일파라고 합리화한다.

나는 이때 그저 다만,
좀 구식의 표현을 하자면—
'이것은 하늘이 이 겨레에게 주는 팔자다'하는 것을
어떻게 해서라도 익히며 살아가려 했던 것이니
여기 적당한 말이려면
'종천순일파(從天順日派)' 같은 것이 괜찮을 듯하다.
이때에 일본식으로 창씨개명까지 하지 않을 수 없었던
우리 다수 동포 속의 또 다수는
아마도 나와 의견이 같으실 듯하다.

-〈종천순일파〉 일부

그는 해방 후 극우반공과 친 이승만 노선을 천명하며 이승만의 영향력 확산을 위해 이승만 전기를 집필 발간했으나 이승만 집안 어른들에게 경칭을 사용하지 않았다는 이유로 이승만의 지시로 발매금지 조치를 받았지만, 눈치 빠른 정치적 행보 덕에 초대 문교부 예술과장으로 승승장구한다. 박정희 군부정권시기엔 베트남전 참전을 찬양하는 시를 썼으며, 5공화국 시절엔 전두환과 군부를 공개 지지하는가 하면, 전두환을 단군 이래 최고의 미소를 가진 대통령으로 미화하고, 전두환의 56회 생일을 축하하는 축시 「처음으로」에서 겨레와 하늘의 찬양을 받는 분으로 노골적으로 아부 찬양하고, 자유실천문인협의회에서 전두환이 체육관 선거를 지속하겠다는 4.13 호헌 조치를 철폐하라는 선언에 대항하여, 4.13 호헌은 위대한 구국의 결단이라며 지지하기도 했다. 서정주는 친일반민족과 극우반공 친독재의 길을 걸었어도, 중앙일보는 서정주 사후 그의 문학을 민족문학이자 국민문학이라 칭송하며 '미당문학상'을 제정 시상했으나 한국작가회의 자유실천위원회 '친일문학상 반대모임'의 줄기찬 노력으로 17년 만에 폐지되었다.

> 1986년 가을 남북을 두루 살리기 위한
> 평화의 댐 건설을 발의하시어서는
> 통일을 염원하는 남북 육천만 동포의 지지를 받고 있나니
>
> 이 나라가 통일하여 흥기할 발판을 이루시고
> 쉬임없이 진취하여 세계에 웅비하는
> 이 민족 기상의 모범이 되신 분이여
>
> 이 겨레의 모든 선현들의 찬양과
> 시간과 공간의 영원한 찬양과
> 하늘의 찬양이 두루 님께로 오시나이다
>
> — 〈처음으로〉 끝 부분

해방 후 친일반민족행위자를 한 명도 제대로 처벌하지 못한 우리나라와 달리, 제2차 세계대전 후 나치협력자 청산의 모범국가로 알려진 프랑스는 12만 5천 명이 재판을 받고 그 중 9만 5천 명이 실형을 선고받았는데, 사형선고를 받은 6,700명 중 1,500명이 처형되었다. 나치 독일

로부터 나라를 되찾은 드골 대통령은 언론인과 작가들에 대해 특히 가혹하게 단죄해 대부분을 교수대로 보냈다. 그는 이렇게 가혹하게 내하는 이유를 "위대한 프랑스의 미래를 위해 우리 민족의 정신을 타락시킨 매국노를 처단했을 뿐이다."라고 말했다.

일제강점기 마지막 총독 아베 노부유키는 패망 후 조선을 떠나며 이런 말을 남겼다. "우리는 비록 전쟁에 패했지만, 조선이 승리한 것은 아니다. 장담하건데 조선인이 제정신을 차리고 옛 영광을 되찾으려면 100년이 더 걸릴 것이다. 우리 일본은 조선인에게 총과 대포보다 더 무서운 식민교육을 심어놨다. 조선인들은 서로 이간질하며 노예적 삶을 살 것이다. 그리고 나 아베 노부유키는 다시 돌아온다."

아베 노부유키의 이런 섬뜩한 예언이 실현될 가능성은 없어 보인다. 물론 아직도 일부 사회지도층이나 전문가들이 식민사관에 물들어 일본의 이익을 위해 날뛰지만, 대다수 국민들은 이성적으로 판단하고 집단적 지성의 힘을 평화적 방법으로 표현하며 우리 민족의 주체적 미래를 만들어나가고 있기 때문이다. 이제 일본의 경제도발이 3개월이 되었지만, 전문가들의 우려와 달리 오히려 일본이 더 곤경에 처해가고 있음을 확인하며, 우리 민족이 그간 악의적인 이념대립과 독재에 저항하며 이루어온 민주적 역량과 평화적 열망이 민족대화합의 새로운 민족 도약기를 만들어 가고 있음을 본다.

일본의 경제도발을 계기로 친일반민족문학가들에 대해 나름 톺아보면서 새삼 문학이란 무엇인지 다시 묻는다. 여러 답변이 있겠지만, 결국은 글 아는 자가 글로 이 세상을 향해 말하는, 자못 엄정한 학문이 바로 문학이 아닌가 싶다. 그 엄정함이란 매천 황현이 유교적 세계관에서 벗어나지 못해 동학을 요술로, 동학도를 비적으로 매도하면서도 망국의 한을 글 아는 자의 무능으로 통감하고 절명시(絶命詩)를 쓰고 스스로 자결해 그 책임을 다하는, 바로 그런 것이 문학의 근본 자세인 엄정함이 아닌가 싶다. 황현의 그런 엄정함과 함께, 드골이 위대한 프랑스의 미래를 위해 민족정신을 타락시킨 문인들을 매국노로 단호히 처단함을 돌이켜보며 모골이 송연함을 느낀다. 오래 전에 황희 정승이 말한 "칼을 벼리듯 붓을 벼려라"는 말을 다시 가슴 속에 새기며 옷깃을 여민다.

(2019년 11월, 『세종시마루』 제3호)

공감과 존중의 미학
- 최광 시인의 시세계

1. 소설과 시 사이

  최광은 한 월간문예지에 소설로 신인문학상을 받으며 등단해 단편소설집을 냈고, 100여 편의 시를 발표해 오다 작년에 첫 시집 『글로벌 농법』을 펴냈다. 요즘 문학계에 여러 장르를 오가며 작품 활동을 하는 작가들이 늘고 있지만, 그가 이런 문학계의 추세에 슬며시 편승한 것 같지는 않다. 그는 시집 첫머리 '시인의 말'을 통해, '시인이 많은 문학회에서 어깨너머로 시를 곁눈질'하면서 '시가 문학의 뿌리임'을 깨닫고, 그간 받은 시집들을 텍스트 삼아 '은유와 상징으로 모티브를 시로 형상화하는 재미를 느꼈다'고 밝힌다. 심지어는 소설을 쓰는 중에도 언뜻 스치는 모티브를 메모해 '미미한 대상의 떨림'을 포착하고자 했다고 하니, 시에 대한 관심과 애정이 각별하다 하겠다. 이는 그의 시 「소설fiction 레시피」를 통해 확인된다. 그가 생각하는 소설이란 이런 것이다.

  손님을 초대했다
  느긋하게 밥을 먹으며 속 있는 얘기를 나누려면

만찬을 차려야 할 거야

반주도 한 잔 곁들여야 하겠지

그가 좋아하는 술이라야 좋지

요리는 뭐로 한 담

그 나물에 그 밥으로는 식상할 거야

메뉴가 산뜻하지 않으면 기분을 잡칠 수도 있어

인스턴트나 배달음식은 아무래도 성의가 없어 보여

뭐 산뜻한 식재료가 없을까

마트나 재래시장이라도 가봐야 하겠어

식재료도 문제지만

레시피를 짜는 게 더 문제야

들기름이나 참기름 같은 고정관념 말고

정향이나 올리브 같은 참신한 향신료가 필요해

프로메테우스와 내통해서라도

요리는 부드럽고 감칠맛이 나야 해

오래오래 추억과 여운이 남도록

－「소설fiction 레시피」 전문

　　산뜻한 식재료를 정성껏 준비한 뒤 자신만의 참신한 레시피와 향신료로 감칠맛이 나게 만든 요리가 바로 소설이고, 독자들에게 오래도록 추억과 여운이 남도록 하는 게 바로 소설가의 바른 자세라는 게 그의 생각이다. 물론 다양한 식재료마다 그 속성에 어울리는 조리순서와 조리법이 있기 마련이고, 이런 배합이 적절할 때라야 그 요리가 독특한 맛을 내 오래도록 여운을 남기고 마침내 오래 간직할 추억이 될 것이다. 조리사는 오랜 조리과정과 다양한 경험을 거쳐 재료에 따른 적절한 조리법을 찾아 나름의 갈피를 잡아나갈 것이다.

　　그런데 시인은 왜 군이 소설에 픽션이란 영어를 덧붙였을까. 소설이 24절기의 하나인 소설(小雪)과 동음이의어라서 문학의 갈래임을 명확히 하기 위해서였을 테시만, 한자를 써도 되는데 굳이 픽션을 강조한 건, 소설이 실제 일어난 일의 기록이 아니라 충분히 일어날 개연성이 있는 이야기, 진짜 같은 이야기를 꾸며낸 것임을 강조하기 위해서인 듯싶다. 물론 허구적 상상력을 내세운다 해도 그것이 전혀 터무니없는 허무맹랑한 이야기라면 독자들의 외면을 받기 십상이다. 그래서 대개는 작가 자신이 직접 보거나 겪은 사건이 소설의 밑절미가 된다. 다만 그 재료들이 구체적인 배경 속에서 인물들이 벌이는 여러 사건들을 통해 흥미진진하고 설득력 있는 인과관계를 이어가기 위해 간접 경험이나 기발한 상상력을 덧붙이거나 순서를 바꾸기도 하고 과장 또는 생략으로 강약을 조절해 작가가 말하고자 하는 의도를 돋보이게 한다.

이렇듯 소설이 오랜 조리과정을 통해 손님에게 코스 요리로 음미되는 데 반해, 시는 감각적인 색깔과 맛으로 혀끝에 짜릿하게 전해지는 애피타이저와 같다. 시인은 일상 속의 여러 재료에서 신선한 맛과 색깔을 우려내 손님에게 경이로움 속에 감동을 준다. 그 경이로운 맛과 색깔은 시인이 순수하게 열린 마음으로 대상을 대할 때 순간적인 직관을 통해 새롭게 발견된다. 그런 직관과 깨달음은 시인이 의도적인 집착에서 벗어나 순수한 마음으로 대상을 대할 때 도둑처럼 찾아든다. 마치 윌리엄 블레이크가 말하는 '벌거벗은 마음'일 때 비로소 보이는 그런 것이다. 시인은 온통 잡동사니뿐인 음습한 골짜기에서 문득 삶의 한 절정을 포착해 내 독자에게 보여주고, 독자는 그 절정의 맛과 색깔을 떨리는 가슴으로 느낀다.

동북방 음습한 데로 가라는데
골짜기 시린 물에 눈을 씻고
눈을 밝혀도
잡동사니뿐

욕심을 버리고 산에서 내려가려는데

먼 데가 아닌 한 걸음 앞에

번쩍 산삼이 눈에 띈다

산삼의 빨간 열매는 한 생의 애달픈 절정

둘러보니 여기저기 번쩍번쩍

심 봤다!

- 「詩」 전문

물론 이런 소설과 시의 차이가 장르의 우열을 말하는 것은 아니다. 최광 시인의 고백처럼 시인이 대다수인 문학회에서 비로소 '시가 문학의 뿌리'임을 소설가로서 깨닫지만, 이런 깨달음이 시인들의 우위적 선민의식을 인정하는 것은 아니다. 시와 소설은 삶의 진실을 독자에게 전하고자 하는 언어예술로 그 어법이나 전달방법이 미묘한 차이를 보이는, 그러기에 상호 보완적인 문학일 뿐이다. 어느 한 장르가 다른 장르를 폄하해도 좋은 독보적 위치에 있을 수는 없다. 사정이 이러함에도 대개의 문학회가 다수의 시인으로 구성되다 보니 시인의 비교 우위적 우월감이 싹트기도 한다. 이런 유치한 비교의식을 극복하기 위해, 문학인들 스스로가 다양한 문학 장르나 다른 예술형태로 자신의 생각과 느낌을 표현해 보면서 보다 입체적이고 효율적인 전달방법을 고민하고 실험해 보는 것은 매우 바람직한 태도로 보인다. 마치 한 가지 모드의 자동차보다 하이브리드 자동차가 비용 대비 효율이 뛰어난 것처럼 말이다. 진공청소기로 유명한 영국의 전자제품회사 다이슨이 전기차 개발 사업에 뛰어들었다가 고비용 저수익으로 최근 사업을 접은 사례를 보더라도 한 가지 모드만 집착하고 고집하는 것으로는 살아남기 어려움을 알 수 있다.

일반적으로 소설가가 시를 쓸 때의 장점은 언어 구사나 시상의 구성 등이 비교적 탄탄하다는 점이다. 서사문학을 통해 익힌 적확한 단어를 구사해 구수하게 이야기를 들려주거나 구체적 장면을 보여주는 화법에 익숙한 장점이 발현되기 때문이다. 더구나 복잡한 사회구조 속에서 다양한 관계망을 통해 나름의 존재의미를 추구하는 과정이 짧은 서정만으로 감당하기엔 부족하기 때문에 더욱 그렇다. 그래서 서정문학에서도 구체적 배경 속에서 인물들이 벌이는 사건들을 통해 삶의 진실을 드러내고자 하는 이야기시가 시도되기도 한다. 또한 서사문학 속에 인물들의 느낌과 생각을 대변해 주는 시를 삽입해 이야기의 입체적 호소력을 높이기도 한다. 따라서 시냐 소설이냐의 양자택일의 접근보다는 양장르의 적절한 조화를 통해 작품의 표현력을 극대화하려는 열린 자세가 필요하다고 본다.

최광 시인은 '일상과 자연에서 얻은 작은 깨달음과 사회와 역사에서 얻은 모티브를 은유와 상징으로 시로 형상화하는 재미를 느꼈다'고 고백한다. 소설에 익숙한 시인이 그간 다른 시인들에게 기증받은 시집들을 텍스트 삼아 시적 형상화에 열중해 그 재미를 알았다는 것이다. 그런데 문제는 '은유와 상징'이라는 시적 형상화 기법을 너무 의식하다 보니 적확한 언어 구사와 인과적 구성에서 벗어나 자신도 모르게 논리적 비약에 빠진다는 데 있다. 이는 이번 시집의 표제작인 「글로벌 농법」에서 확인된다.

> 해진 바지에 비스름한 헝겊을 덧대고 바느질하듯
> 리조트 잔디밭의 흠결을 메꾸려고
> 모판처럼 네모나게 잔디를 키운다
> 벼농사를 짓던 농부가 뙤약볕에서
> 무논에 물을 대듯이
> 호스로 골고루 물을 뿌린다
> 그럼에도
> 햇살은 오늘 아무런 표정이 없다

신기하다

단지 풀만 키워도 밥이 되고 돈이 된다면

곡식과 채소도 스스로 자라고 열매를 맺는

인공지능 작물이 나온다

인간과 동식물이 서로 사랑하는 호환의 윤리도 생긴다

시시포스 신화의 고통을 대신할 로봇도 나온다

부처님 말씀처럼 해마다 타자로 윤회하여

존재의 간통이 이루어진다

카프카의 변신으로 저승사자와 교대근무도 가능하다

심지어

- 「글로벌 농법」 전문

  인공지능 작물이란 표현으로 보아 인공지능으로 작물을 관리해 생산성을 획기적으로 향상시키는 '스마트 팜'에서 모티브를 얻은 듯하다. 이 모티브를 통해 시인은 앞으로 인공지능 시대가 가져올 인간 소외와 암울한 미래상인 '디스토피아'에 대한 우려를 과장된 상황을 나열하며 경고한다. 그런 시인의 의도는 알겠는데, 암울한 디스토피아의 상황을 가져오는 조건이 여가나 스포츠 활동을 위한 잔디재배가 돈이 되는 잔디 산업의 등장에서 비롯된다는 게 자연스레 연결되지 않는다. '단지 풀만 키워도 밥이 되고 돈이 된다면'이라는 조건에서 파생되는 암울한 미래 가정에 그 인과성이 부족하다. 잔디산업의 상업성이 아니라 잔디산업에 적용된 인공지능과 빅 데이터를 활용한 자동화기술의 적용으로 농부의 직접적인 육체노동이 사라진 '스마트 팜'의 등장이 인공지능 시대의 현실화를 앞당겨 디스토피아의 암울한 미래가 예상됨을 지적해야 인과성을 가지게 되기 때문이다. 이는 시인이 눈여겨 본 모티브를 은유와 상징을 통해 시적 형상화하는 걸 너무 의식하다 보니 논리적 비약에 빠진 것으로 여겨진다. 중요한 것은 시와 소설의 장점을 적절히 활용하는 균형감각을 잃지 않는 것이다.

2. 아날로그와 디지털 사이

「글로벌 농법」에서 묘사된, 스스로 자라고 열매 맺는 인공지능 작물을 관리하는 '스마트 팜' 운영이나 유전자 조작 작물 재배나 획기적인 육종법을 활용하는 인공지능 시대는 이미 우리 생활 속에 자리 잡고 있다. 우리나라는 세계 최고의 정보기술 강국답게 인터넷이나 디지털 기기 그리고 쇼셜 웹이 우리 삶을 무모할 정도로 지배하는 환경 속에서 살아가고 있다. 대부분의 사람들이 거의 모든 시간을 온라인에 접속한 채로 살아가다 보니 심각한 디지털 중독 사회에 살고 있음을 잘 인식하지 못할 정도다. 거의 모든 사람이 언제 어디서든 고개를 숙이고 모바일 인터넷과 쇼셜 웹에 빠져 살아가고 있다.

남들이 다 스마트 폰을 쓴다기에
아날로그 한 정이 든 아날로그 폰을 버리고
스마트하게 스마트 폰을 샀다가
너무 스마트하게 정보가 흘러넘쳐서
도로 아날로그 폰을 구했는데
엊그제 갑자기 불통이다
뭔가 메시지가 떴는데 도통 알아먹을 수가 없고
의식이 몽롱한 상태이거나 잠꼬대 같아
세상의 모든 인연은 이 요물 같은 폰으로 통하는데
좌불안석, 머리에 마비 현상이 와서
헐레벌떡 서비스 숍에 갔더니

뇌사 상태라네

저장된 게 죄 없어진다네

아니, 이 요물 같은 폰에게도 생명이 있단 말이냐

세상의 인연이 일순간에 사라지는

그야말로 뇌사상태에 빠질 지경이다

– 「믿는 도끼」 부분

스마트 폰의 정보 과잉 때문에 아날로그 폰을 구했다가 저장된 정보를 다 수용할 수 없는 환경으로 뇌사 상태에 빠진 아날로그 폰 때문에 머리가 마비되는 고통을 겪다가 다시 스마트 폰으로 교체할 수밖에 없는 디지털 시대의 슬픈 자화상이 잘 드러난다. 시인이 느끼는 이런 공포는 세계적인 엔지니어이자 기업가인 '엘론 머스크'조차도 인공지능의 위험성을 꾸준히 지적해 왔음을 상기해 보면 당연한 반응이라 할 수 있다. 과학자들은 인공지능에 대한 이런 공포의 대부분이 인공지능을 과도하게 '의인화'하는 데서 생겨난다고 지적한다. 사실 인공지능은 기계가 스스로 생각하고 자신의 의지로 반응하는 것이 아니라 인간의 목적에 의해 주어진 알고리즘이나 프로그램에 의해 과거의 빅 데이터를 통계적으로 학습하는 것이기 때문이다. 인공지능의 다양한 활용이 기존의 일자리를 빼앗을 수 있다. 가령 자율주행 자동차의 등장으로 운전기사들이 일자리를 빼앗기는 일이 벌어질 것이다. 하지만 과학자들은 인공지능이 할 수 없는 창의적이거나 감성적인 일을 계발하여 우리의 영역을 지키고 확대하는 일이 필요하다고 한다. 이를테면 시적 감정을 느끼고 시적 표현을 하는 것은 인공지능 기계로는 불가능하다는 것이다. 그렇다고 인공지능 예술이 불가능한 것도 또한 아니다. 인공지능과 예술가의 협업이 실제로 시도되고 있기 때문이다. 사실 예술과 기술은 같은 어원을 가지고 있으며, 서로를 포괄하는 개념으로 쓰이다가 17세기 근대과학이 등장하면서 분리되었다. 따라서 인공지능의 심층학습 능력이 예술가의 상상력 확대의 자극제가 된다면 서로의 상생이 가능할 수도 있다.

디지털과 인터넷이 전반적으로 우리 삶을 편리하고 풍요롭게 하는데 크게 기여하고 있음을 굳이 부정할 필요는 없다. 특히 감정과 편견에 좌우되는 인간의 비이성적인 태도가 초래하는 혐오와 전쟁 등의 문제점을 돌아본다면, 오히려 학연 지연 혈연 등의 감정과 편견에 치우치지 않고 통계적 학습에 의거한 인공지능의 객관적이고 무미건조한 결론이 차라리 더 공정하고 신뢰할 만하다고도 볼 수 있다. 다만 지나치게 기술문명에 의존해 스스로 제어하지 못하고 기계에 조정당한다면, 잠시라도 기술문명에서 벗어나 보는 훈련은 필요하다고 본다. 이를테면 과거의 전통사회가 가졌던 아날로그적 삶의 장점들 –사람들이 서로를 존중하고 돕는 공동체적 삶의 방식과 인간의 삶이 자연적 과정에 순응하는 순환적 생활방식– 을 재발견하여 삶의 균형과 활력을 회복해 보는 것이다. 그야말로 아날로그와 디지털의 조화와 균형이 필요하다.

3. 포스트 트루스와 역사적 진실 사이

세계 최고의 정보기술 강국답게 우리는 페이스북이나 유튜브 등 맞춤편집이 가능한 소셜 미디어가 일상화된 환경에서, 범람하는 가짜 뉴스 중에서 자신이 원하는 정보만 골라보는 인지편향이 강화되는 삶을 살고 있다. 이른바 객관적인 사실이나 진실보다 개인의 신념이나 감정이 여론 형성에 더 큰 영향을 미치는 탈진실(포스트 트루스, Post-truth)의 시대에 개인의 비판적 사고가 작동하기 몹시 어려운 환경인 것이다. 사정이 이렇다 보니 기존의 거대 언론이나 방송 등 전통 미디어인 '레거시 미디어(Legacy Media)'가, 언제 어디서든 접근 가능하고 소통이 가능한 유튜브나 인스타 라이브 방송 등 일인 미디어에 위협받는 시대가 되었다. 물론 일인 미디어는 부정확한 사실의 남발로 공신력이 부족하고 무엇보다 자극적이고 선정적인 거짓 선동이 난무하는 등 그 폐해가 심각하다. 하지만 미디어 환경의 변화와 디지털 매체가 가진 강한 폭발력으로 전통 미디어의 사실 왜곡이나 정치 편향에 맞서 일부 건전한 일인미디어가 감추어진 진실을 드러내는 대항미디어의 역할을 하기도 한다.

우리 민족이 겪은 현대사의 질곡에 대해서도 역사적 진실이 많이 왜곡되거나 숨겨져 있다. 특히 미국과 소련의 냉전 구도 속에서 한반도에 수립된 두 개의 정부가 서로 대립하다가 그 냉전적 대립이 가장 극단적인 열전(熱戰)으로 벌어진 것이 바로 한국전쟁이다. 전쟁의 당사자인 남한과 북한의 피해는 극심해서, 수백만 명의 사상자와 1천만 명에 달하는 이산가족과 전쟁고아가 발생하였고, 막대한 산업시설이 파괴되었으며 농토가 황폐해졌는데, 특히 이념 대결로 인한 동족 간 학살이나 미군 주도의 민간인 학살 등이 자행되는 등 전쟁의 잔혹함이 극단적으로 드러나기도 했다.

한국전쟁 당시 미군에 의한 수많은 양민학살 중 전 세계를 경악과 분노에 휩싸이게 만든 사건은 1950년 10월 17일부터 12월 7일까지 52일 동안 자행된 황해도 '신천군 대학살'이다. 당시 신천군 인구의 4분의 1에 해당하는 3만5천여 명이 잔인하게 학살되었고, 전쟁 중 양민학살을 금지한 제네바협약이 채택된 뒤에 발생한 대량살육으로 전 세계에 큰 충격을 주었다. 20세기 최고의 화가인 피카소는 국제기자단이 작성한 신천 대학살 기사를 읽고 충격을 받아 이를 인류의 양심에 고발한 그림이 바로 '조선에서의 학살(Massacre in Korea)'이다.

당시 미군은 철수하면서 북쪽에 남아 있는 자는 모두 실질적 적으로 간주해 학살하였다. 피카소 '조선의 학살' 판독이란 부제가 붙은 「백로」란 시를 보자.

유이오 이쪽저쪽

논배미에 벼가 파랗게 자랄 무렵

아시벌인가 이듬벌인가

지아비들이 백로처럼 엎드려 호미로 김을 매던 시절

유에스 아미가 지프를 타고 달리다가 총질을 했다.

노발대발 화가 난 촌장 어른이 두루마기자락을 날리면서

동네 사람을 이끌고 부대로 쳐들어갔다.

도통 말귀를 알아듣지 못하는 코배기들에게

논배미에 처박힌 지아비들을 어쩔 거냐고 호통을 쳤다.

황급히 달려온 조선인 통역이 조치를 취할 테니 걱정 말라며

촌장 어른을 살살 달래서 밀어내고

철커덕 철문을 잠가버렸다.

다음날, 동네 담벼락에 포고문이 나붙었다.

절대로 백로처럼 흰옷을 입지 말라.

- 더 캡틴 오브 유에스 아미 -.

- 「백로」 부분

피카소가 고발한 학살의 주인공으로 알려진 미군 중위 윌리엄 켈리 해리슨(William Kelly Harrison)은 한국전쟁에 참전하기는 했지만 정작 신천군 사건 당시에는 신천에 있지도 않았음이 나중에 확인돼 미군에 의한 학살설이 부정되었다. 소설가 황석영은 장편소설 「손님」에서, 신천군 사건을 기독교 우파와 좌파간의 사상 대립과 대결이 폭력으로 악화된 끝에 일어난 동족 간 학살사건으로 해석하였다. 2002년 4월에 MBC에서 방영된 "이제는 말할 수 있다 : 망각의 전쟁 - 황해도 신천 사건"에 따르면 중공군이 들어온 이후 유엔군이 남쪽으로 물러가기 직전에 우익에 의한 마지막 학살이 있었다면서, 결국 신천군 사건은 해방 전후의 좌-우 대립과 갈등, 그리고 6.25 전쟁 등의 복합적인 원인이 맞물

려 터진 비극적인 사건이라며 좌우 대립의 결과로 일어난 비극적 학살극이라는 황석영 작가의 주장에 손을 들어주었다.

　최광 시인은 '조무래기 코흘리개 시절 귀동냥한 얘기'로 미군에 의한 양민학살의 기억을 되살리고 있지만, 피카소가 그린 그림과는 직접적인 관련이 없다. 피카소 그림의 소재는 황해도 신천에서 10월부터 12월에 벌어진 만행인데 반해, 시인이 어린 시절 들은 이야기는 한국전쟁 발발 전후에 벌어진 일로 시차가 있기 때문이다. 하지만 중요한 것은 미군의 양민학살이든 동족 간의 비극적 학살이든 전쟁의 광기가 부른 야만적 학살이란 점에서는 동일한 사건이라 할 수 있다. 즉 화가 피카소나 최광 시인이 말하고자 하는 역사적 진실은 전쟁의 야만과 비극을 인류의 양심에 고발한 점에서 같다. 요즘도 전쟁의 책임을 물으며 극단적인 혐오와 분노를 폭력적으로 표현하는 사람들이 여전히 성조기와 태극기를 흔들며 평화와 민족화합을 격렬하게 반대하는 것을 보면서, 인간의 편견과 감정이 역사적 사실보다 더 큰 영향을 미치는 탈진실[Post-truth]의 시대임을 실감한다. 피카소의 그림에는 갑옷과 무기로 무장한 군인들이 벌거벗은 부녀자와 어린애들에게 공격적인 사격자세를 취하고 있다. 그 냉혹한 모습이 전쟁의 잔혹함을 섬뜩한 살기로 전달하고 있다. 이런 전쟁의 잔혹함을 외면하고 타자에 대한 불타는 분노와 혐오의 광기 앞에 휴머니즘이나 비판적 역사인식이 작동하기란 불가능하다. 전쟁에 대한 진정한 극복은 열전(熱戰)을 통한 승리에 의해서가 아니라, 전쟁을 하지 않고 평화롭게 공존하며 서로 화합하며 공존공영으로 나아가는 데에 있음을 역사는 증명해 준다.

4. 공감과 존중의 미학

 최광 시인의 시에서 발견되는 큰 미덕은 대상에 대한 따뜻한 공감을 통해 작은 존재들을 기꺼이 존중한다는 점이다. 생명을 우주 만물의 근원으로 보는 생명존중 사상이 그 바탕에 자리하고 있기에 가능한 일이다. 이렇게 주변 생명을 따뜻하게 대하는 마음은 사물과의 상호의존적인 공생으로까지 확산된다. 그의 시 「담쟁이」와 「동행」을 이어서 보면 이를 확인할 수 있다. 「담쟁이」는 비바람과 혹한의 눈보라를 수삼 년 견디며 강인한 생명력으로 잘려나간 산더미를 떠안고 있는 옹벽에 팔을 뻗어 에워싸며 무성하게 자란 멋진 담쟁이 넝쿨의 대견한 자기 인식이 드러난다. 「동행」은 고속도로 방음벽처럼 시야가 깜깜하게 막힌 절망적인 상황에서도 그 방음벽이 와르르 무너지지 않고 모진 시련을 감당할 수 있도록 담쟁이 넝쿨이 감싸 안고 함께 살아가는 상호의존적인 공존의 삶을 잘 그려낸다.

> 차창으로 드문드문 스쳐 가는 고속도로 방음벽
> 소리를 막으려다가
> 눈을 가로막았다
> 순간순간 시야가 없는 막막한 공간
>
> 어느 시절 깜깜한 세월을 산 적이 있다
> 시끄러운 세상 손바닥으로 하늘을 가린 적도 있다
> 그 시절
> 해를 다시 볼 수 있을까 절망했으나
> 먹구름 사이에서 해가 언뜻언뜻
> 빛을 뿌려주었다

구름과 해가 함께 가고

어둠 속에서 촛불이 타오르듯이

그 방음벽

홀로 감당할 수 없어

와르르 무너지지 않게

담쟁이 넝쿨이 감싸 안고 있다

- 「동행」 전문

  이런 상호의존적인 관계는 인간과 자연만물을 일체화하는 통합적인 생명철학 사상의 발현으로, 일찍이 동학의 2대 교주인 해월 최시형이 말한 삼경설(三敬說)과 일맥상통한다. 해월은 사람을 하늘처럼 섬기고 나아가 천지만물을 똑같이 소중하게 여기는 경천(敬天), 경인(敬人), 경물(敬物)을 삶의 실천적 원리로 삼았는데, 그의 생명사상의 바탕은 바로 만물에 대한 공경심이다. 이는 한울님을 인간과 자연세계에서 멀리 떨어진, 가까이 하기엔 너무 먼 초월적인 존재로만 여기는 것이 아니라, 인간과 만물 안에 내재한 한울님을 잘 살려나가려는 마음을 가리킨다. 그래서 해월은 '하늘과 땅과 세상의 돌이나 풀이나 벌레나 모두가 한울님을 모시지 않은 것이 없다(천지만물 막비시천주야, 天地萬物 莫非侍天主也)'고 한다. 모든 존재에는 한울님이 함께하시는 만큼, 모든 존재를 존중하고 공경해야 하며, 다른 존재의 아픔과 기쁨을 함께 느끼는 마음가짐을 가져야 한다는 것이다. 불교의 화엄경에 '조그마한 티끌 안에 우주가 있다(일미진중 함시방, 一微塵中 含十方)'는 말씀 또한 같은 이치를 말한다. 이런 삶의 실천원리는 우리의 삶을 자연적 순환과정에 순응시키는 농경적 생활 방식을 지킬 때 비로소 가능해진다. 비바람을 피해 헛간 구석에 둥지를 틀고 새끼를 낳아 보듬은 동박새 둥지에 손을 얹어 따뜻함을 확인한 농부가 천지신명이 둥지에 계신다고 깊게 공감하는 모습은 농경적 삶의 방식을 간직했기에 가능한 것이다.

작은 새 한 마리가 헛간 구멍으로 드나들더니
구석에 몰래 둥지를 틀고 알을 낳았다
상수리만 한 알 서너 개
수억 년 파도에 부대낀 몽돌이다
모나지 않고 둥글어야 목숨을 부지하는가.

새끼들 입을 보살피느라 연신 나들던 어미 새
헛간에 호미를 찾으러 간 농부에게 들키고 말았다
포르르 날아 도망칠 수 있으련만
털끝 하나 다치지 않도록 새끼들을 보듬고
가만히 엎드려 옥쇄한다
비바람을 피해 세 든 죄밖에 없다고
죽은 듯 눈을 감고 경전을 외고 있다
농부가 발돋움을 해서 가만히 손을 얹어 본다
미동도 하지 않는데 따뜻하다
누리가 잠잠하다
어허, 천지신명이 둥지에 계시는구나.

-「동박새」전문

　　동박새는 눈 주위에 하얀 고리가 있는 녹황색의 몸을 가진 작은 새로, 제주도에서는 동백꽃의 꿀을 빨아먹으며 자연스럽게 동백나무의 꽃가루받이를 하기에 '동박생이'라고 부르기도 한다. 주로 나뭇가지 사이에 밥그릇 모양의 둥지를 트는데, 이 시에서는 비바람을 피해 농부의 헛간에 날아들어 둥지를 틀었다. 그런데 새끼를 품고 있다가 농부에게 들킨 작은 동박새가 눈을 감고 외는 경전은 무엇일까. 동학 초기의 삼칠주(三七呪) 21자 주문은 아닐 것이다. 누구나 한울님을 모시고 있는 신령한 존재임을 자각하라는 어려운 기도문을 외는 게 쉽지 않을 것이다. 아마도 해월이 말한 '어찌 사람만이 홀로 하느님을 모셨다고 이르리오. 천지만물이 다 하느님을 모시지 않은 것이 없느니라.'는 주문이었을 게다. 농부가 작은 동박새의 따뜻한 체온을 느낀 뒤 '천지신명이 둥지에 계시는구나'라고 경탄하는 데서 이를 알 수 있다. 농부는 동박새의 따뜻한 체온에서 모든 존재에 한울님이 함께하신다는 것을 몸으로 체득한다. 그렇게 작은 생명의 고귀함을 존중하는 마음으로 동박새와 농부가 평화롭게 공생하는 것이다.

최광 시인의 이런 공감과 존중의 미학은 세종문학의 소중한 자산으로 남아 세종문화의 맥을 이어갈 것으로 기대된다. 마치 오하 김재붕 선생이 중앙 중심의 역사관에서 벗어나 내 고장 역사를 사실대로 찾는 향토사관을 주창하고 고향의 소중한 백제문화유산을 발굴 보존하는 데 앞장서 오늘날 세종문화의 정체성을 확립해 온 것처럼 최광 시인이 세종문학의 든든한 지킴이가 되어줄 것이라 믿는다.

(2019년 11월, 『세종시마루』 제3호)

共感

삶에 문학을 얹었다

包容

신석정의 부안시절과 한 농투성이의 기록문학

1. 신석정의 「꽃덤불」

태양을 의논하는 거룩한 이야기는
항상 태양을 등진 곳에서만 비롯하였다.

달빛이 흡사 비오듯 쏟아지는 밤에도
우리는 헐어진 성터를 헤매이면서
언제 참으로 그 언제 우리 하늘에
오롯한 태양을 모시겠느냐고
가슴을 쥐어뜯으며 이야기하며 이야기하며
가슴을 쥐어뜯지 않았느냐?

그러는 동안에 영영 잃어버린 벗도 있다.
그러는 동안에 멀리 떠나버린 벗도 있다.
그러는 동안에 몸을 팔아버린 벗도 있다.

그러는 동안에 맘을 팔아버린 벗도 있다.

그러는 동안에 드디어 서른여섯 해가 지나갔다.

다시 우러러보는 이 하늘에
겨울밤 달이 아직도 차거니
오는 봄엔 분수처럼 쏟아지는 태양을 안고
그 어느 언덕 꽃덤불에 아늑히 안겨보리라.

　이 시는 신석정이 40세 되던 1946년 2월 서울 종로 기독교청년회관에서 '조선문학가동맹'이 회원을 대상으로 개최한 '전국문학자대회'에 김기림과 함께 참석해 낭송한 시로, 신석정 시의 본질을 확인할 수 있는 작품이다. 흔히 신석정을 일제강점기에 '낭만적인 전원생활을 노래한 대표적인 목가시인'으로 평가한다. 특히 그가 1931년에 〈시문학〉의 후기동인으로 가담해 활발한 시작활동을 펼쳤기 때문에 '박용철, 정지용, 김영랑'으로 대표되는 〈시문학〉 동인의 일반적 경향인 '현실과 유리된 감상적 낭만주의' 시인으로 쉽게 범주화되기 때문에 더욱 그렇다. 그러나 그의 삶과 문학적 역정을 살펴보면 이런 평가가 너무 소박한 것임을 알 수 있다.
　신석정의 삶은 자신이 살던 시대의 현실적 억압에 대한 굽히지 않는 저항과 그것을 극복한 자유롭고 평화로운 세계에 대한 지향을 일관되게 추구하는 그런 삶이었다. 이는 그의 어린 시절에서도 확인된다. 그가 부안보통학교(초등학교) 6학년 때 담임선생님이 수업료를 못낸 동료 학생을 발가벗겨 개구멍으로 오가게 하는 야만적인 벌칙을 가하는 걸 보고 전교생을 선동해 동맹휴학을 주도한 일로 정학을 당했다가 일년 늦게 졸업한 일을 보면, 당시 그의 나이가 17세였다고 하나 일제강점기 군대식의 엄격한 훈육 속에서도 위축되지 않고 불의에 적극 맞서는 성격이었음을 알 수 있다. 이는 그가 20대 중반에 노장사상에 심취하고 루소와 노도우의 사상을 섭렵한 후에 불교에 귀의할 것을 결의하고 서울에 있는 혜화전문학교를 다니며 영호 스님의 문하생이 되었으나, 불경 공부보다 문학공부에 관심을 기울여 〈시문학〉 동인들과 어울리며 「촛불」「슬픈 목가」 등의 낭만적인 작품을 발표하지만, 폭압적인 일제강점기의 현실을 외면한 것은 아니었다는 데서도 확인된다. 물론 시인자신은 당시의 작품들을 '그저 꿈과 낭만이 짙을 뿐 그 무서운 일제의 폭정에 쥐꼬리만치도 저항하지 못하고 자연에 도피처를 구하거나, 터지는 가슴을 막을 길 없이 가슴 깊이 울어예던 소리 없는 통곡의 자취에 불과한 것들'이라고 겸허하게 말한다. 나아가 시인은 일제의 폭정 속에서 보내야 했던 자신의 청소년기를 '차라리 금수나 야만으로 태어나지 못한 것을 한탄했던' 버리고 싶은 유산이라고까지 말한다(「버리고 싶은 유산」). 하지만 그가 생각하는 시란 '인생을 보다 더 아름답게 영위하려고 의욕하고 그것을 추구 갈망하는 데서 제작되는 시인의 한 분신'이며, '시의 감흥은 우연히 하늘에서 내려온 선녀도 아니요 항상 우리 뜨거운 가슴에서 살고 부단히 움직이는 역사와 더불어 성장하고 응결하여 탄생된다는 것'을 강조한다(「나는 시를 이렇게 생각한다」). 따라서 그의 이런 문학관에 비추어 본다면, 그의 초기 시에 드러나는 목가적 이상향은 현실과 유리된 감상(感傷)의 세계가 아니라 야만적인 일제의 폭압 속에서 시인이 응당 되찾아야 할 당위적 세계에 대한 지향의 상징적 표현이라 볼 수 있다. 그래서 시인은 30년대 후반에 들어 '어머니'란 중개자를 내세우는 유아적 태도에서 과감히 벗어나 자신이 살고 있는 시대적 현실을 '어둠'이나 '밤'으로 직시하게 된다.

그가 〈시문학〉 동인으로 활동하며 중앙 문단의 기대와 관심을 모으던 중, 모친의 작고 소식을 듣자 소작농으로 힘겨운 삶을 살아가는 아내를 위해 김기림의 간곡한 만류를 뿌리치고 시골인 부안으로 낙향하는 모습에서도 현실을 외면하지 않고 직시하는 그의 태도를 알 수 있다.

고향에서 소작농으로 아이들을 키우며 어렵게 살면서도 일제의 폭압적 행태가 극렬해지는 40년대에 친일문학지인 〈국민문학〉으로부터 원고 청탁서가 날아들자 찢어버리고 그 이후 해방까지 절필했다든가, 경찰서의 출두명령을 피하며 해방될 때까지 창씨개명을 거부했다든가, 정신대 모집을 강요받고 괴로워하는 고향의 공무원 후배에게 공문서를 없애버리라 했다든가 하는 일련의 행적들을 보면, 그가 창백한 책상물림이 아니라 '갖고 싶은 내일, 가져야 할 내일의 세계를 양심 있는 인간과 더불어 그리워하는'(「나는 시를 이렇게 생각한다」) 강직한 선비풍의 인물임을 알 수 있다.

이런 강직한 그였기에 해방 직후의 짧은 감격과 격동적 혼란 속에서 참다운 민족해방과 자주적인 독립국가의 건설을 비통한 심정으로 「꽃덤불」로 노래할 수 있었으리라. 이 시는 일제강점기의 어둡고 고통스러웠던 과거를 돌이켜 보면서 새롭게 이루어나가야 할 민족의 미래를 '태양'과 '꽃덤불'로 형상화하고 있다. 1연과 2연에서 시인은 일제강점기에 우리 민족이 일제의 압박 속에서도 간직하고 키워온 조국광복에 대한 간절한 소망을 반복과 변주를 통해 강조한다. 3연과 4연은 일제 36년 동안 우리 민족이 보여준 다양한 삶의 태도를 나열하며 담담하게 회상한다. 끝으로 5연에서는 그런 간절한 소망과 희생 끝에 얻은 광복이지만 해방 직후의 치열한 이념 대립과 사회적 혼란으로 여전히 현실은 '차가운 달빛이 비치는 어두운 밤'이기에 우리 민족이 화합하고 단결하여 이루어야 할 자주적인 민족국가를 '태양이 쏟아지는 봄의 아늑한 꽃덤불'로 또다시 소망할 수밖에 없는 것이다. 그는 해방 직후 그 감격을 서울에서 펼칠까 생각했지만 뜻을 바꿔 고향에서 '중학설립기성회'를 조직해 개교를 준비했고, 부안중학교가 개교하자 고향 중학교의 국어교사가 되어 지역 교육과 문학 발전에 기여하게 된다. 이렇게 그는 평생을 고향에서 교사와 시인으로 살면서 주어진 현실을 외면하거나 회피하지 않고 여러 차례 필화(筆禍)를 겪으면서도 역사성과 시대의식을 망각하지 않는, 서정과 역사의식을 융합한 지행합일의 삶을 산 시인으로, 오히려 시간이 흐를수록 그 진가가 되살아나고 있다.

2. 신석정이 본 일제강점기의 다양한 삶의 모습

「꽃덤불」의 3연과 4연에는 일제 36년 동안 우리 민족이 보여준 다양한 삶의 모습이 회상의 형태로 드러난다. 똑같은 가락 속에 반복되는 우리 민족의 모습은 다양하면서도 애틋하다. 먼저 조국의 광복을 간절히 소망하며 그 소망을 실현하기 위해 애쓰다 끝내 산화해간 사람들을 회고한다. 가령 '정의로운 일을 맹렬히 하는' 목표 아래 결성된 '의열단'의 지도자로 일본제국주의의 심장부를 총칼로 공격하던 약산 김원봉이 그런 단발적인 저항의 한계를 절감하고 중국에 세운 군관학교를 졸업한 이육사는 그 굳은 기개와 의지로 일제에 맞서는 적극적인 독립운동가로 활동하는 한편, 남성적이고 미래지향적인 시로 그 기상을 노래했지만 끝내 조국의 광복을 보지 못한 채 옥사했다. 이육사와는 그 결이 다르지만, 맑고 순수한 영혼을 간직한 채 끝없이 자신을 성찰하며 자기희생의 의지를 다지던 순결한 시인 윤동주도 일본 유학 중 불령선인으로 체포돼 해방 직전에 옥사했다.

그런가 하면 수많은 독립운동가들이 3.1 만세운동 이후 일제의 압제를 피해 만주나 미국 등 해외로 망명하여 교육을 통한 계몽운동이나 무장투쟁 등 여러 가지 모습으로 조국의 광복을 위해 헌신했다. 또한 수많은 서민들이 일제의 가혹한 식민지 수탈로 농토를 빼앗기고 삶의 터전을 잃은 채 마침내 북간도나 러시아로 이주할 수밖에 없는, '매운 계절의 채찍에 갈겨 서릿발 칼날진 그 위에 선'(이육사, 「절정」) 것 같은 참혹한 삶 속에서 해방된 조국을 그리며 유랑해야만 했다.

그 과정에서 한때 독립을 위해 앞장서던 많은 지사들이 일제의 지속적인 압제 속에 독립에 대한 신념과 소망을 지키지 못하고 뜻을 굽혀 일제의 앞잡이가 되기도 했다. 구한 말 개화기의 대표적인 선각자 중 한 사람인 윤치호는 윤보선 전 대통령의 삼촌으로 명문가 출신의 지식인이다. 그는 조선인 최초의 일본 유학생이자 중국과 미국에서도 공부한 당시 최고의 엘리트였다. 하지만 그는 조국 조선의 비루하고 낙후된 식민지 현실에 낙담하고 우리 민족의 잠재역량을 과소평가한 채 결국은 일제와 타협하고 적극적인 친일의 길을 갔다. 한때 독립협회 회장과 독립신문 사장을 지냈으며 우리가 부르는 애국가의 가사를 작사했지만 변절하고 친일파로 전향하여 일본 귀족원 의원을 지냈다.

　우리나라 근대문학의 아버지로 평가받는 춘원 이광수는 일본 유학 시절 3.1운동보다 앞서 2.8 독립선언문을 작성했고, 상해임시정부의 기관지인 〈독립신문〉의 편집장을 지냈으며, '수양동우회 사건'으로 투옥되기도 했다. 그러나 감옥에서 병보석으로 풀려난 이후 적극적인 친일파로 돌변해 친일단체인 조선문인협회 회장을 지냈고, 일제의 강요로 어쩔 수 없이 창씨만 하는 대부분의 경우와 달리 '가야마 미츠로'로 일본식 창씨와 개명에 앞장서기도 했다. 나아가 일본제국주의 입장에서 우리 조선을 바라보는 역사관인 소위 '식민사관'으로 우리 민족의 잠재력을 비하하는 정체성론과 타율성론을 주장하며 〈민족개조론〉을 주장했으며, 총독부 기관지인 매일신보에서 우리 조선인의 '피와 살과 뼈가 일본인이 되어야' 한다고 강변하기도 했다.

　"나는 지금에 와서 이런 신념을 가진다. 즉 조선인은 전연 조선적인 것을 잊어야 한다고. 아주 피와 살과 뼈가 일본인이 되어버려야 한다고. 이 속에 진정으로 조선인의 영생의 길이 있다고… 조선놈의 이마빡을 바늘로 찔러서 일본인 피가 나올 만큼 조선인은 일본인 정신을 가져야 한다." (매일신보. 1940. 9. 4.)

3. 신석정의 낙향기에 강제 징용된 농민 김장순

신석정이 낙향해 친일문학 활동과 창씨개명을 거부하며 절필한 채 나름의 지조를 지키며 가난한 소작농으로 살던 시기에, 신석정보다 10여 년 연하인 농민 김장순은 당시 동아일보사 사주인 지역 대부호 김성수의 아들 때문에 억울하게 일본에 강제 징용된다. 김장순은 그 아픈 개인사를 58세인 해방 35주년 광복절에 집필한 뒤 다시 66세에 정리하여 기록문학 〈일본탈출기〉를 남겼다. 신석정 시인의 고향인 부안에서 살던 한 농부가 일본 강제징용 실상을 리얼하게 기록한 〈일본탈출기〉의 고찰을 통해, 해방 70년을 맞아 진정한 민족해방의 의미를 되새기는 계기로 삼음은 물론 신석정 문학을 이해하는 토대로 삼을 수 있다.

농부 김장순은 네 살 때 아버지가 세상을 떠나 과부의 아들로 외할머니와 함께 장남의 무거운 책임감으로 어린 시절을 보냈다. 그는 장남의 책임감으로 10대 후반에 큰돈을 벌겠다며 바람 찬 흥남비료공장에 갔다가 혹독한 추위에 결핵만 얻고 돌아왔다. 체력의 한계를 절감한 그는 공무원 시험 준비에 매진하여 주경야독의 독학으로 당시 읍면서기 자격시험(오늘날 9급 공무원시험)에 상위권으로 합격했다. 지금도 공무원 시험 합격이 쉽지 않지만 당시 초등학교 졸업 학력으로는 아주 대단한 일이었다. 이렇게 어렵게 고향의 면사무소 서기가 되었지만, 그는 지역 유지 아들의 뒷배를 봐주기 위한 짝짜꿍에 걸려 20대 초반에 일본 오사까에 있는 '시바다니 조선소'에 징용으로 끌려가게 되었다니, 그 억울함과 분함이 오죽했겠는지 짐작이 간다. 당시 그의 자리를 차지한 사람은 지역 유지를 넘어 전국 굴지의 언론사인 동아일보와 유명대학인 보성전문(고려대학교) 소유주인 인촌 김성수의 아들이었으니, 소극적인 저항에 그칠 수밖에 없었다 한다. 더구나 늙은 외할머니와 과부인 어머니에게 피해가 갈까 봐 그는 결국 징용에 끌려가게 된다. 하지만 특유의 강인함과 지혜로 밀선을 타고 일본을 탈출해 부산을 거쳐 고향에 최초의 귀향자로 돌아와 10개월의 일본생활을 마감할 수 있었다고 한다.

김장순이 그 아픈 개인사를 굳이 해방 35주년 광복절에 집필하기 시작한 것은, 우리 후학들이 일제강점기의 아픈 현대사를 구체적인 개인사를 통해 실감나게 인식하고, 나아가 해방의 참된 의미를 찾길 일깨우려 했던 것임을 짐작할 수 있다. 즉, 국민들의 각성으로 민주적인 국가 또 진정한 의미의 주권국가를 이루고, 전쟁이 없는 평화로운 세상을 만들어나가자는 것으로, 이런 그의 소망은 결국 신석정이 「꽃덤불」에서 간절히 바라던 '참다운 민족해방과 자주적인 독립국가의 건설'과도 같다.

김장순은 〈일본탈출기〉의 맨 끝에 붙인 후기에서 자신의 심경을 이렇게 밝힌다.

"이 글은 내가 58세 때인 1979년에 썼던 것을 다시 1987년에 정리한 것인데, '일본탈출기'란 제목이 조금 마음에 걸린다. 불과 열 달쯤의 일본에서의 고생이 그리 대단할 것도 없고, 나보다 수백 배 더 심한 고초와 괴로움을 당한 사람이 얼마나 많을 것이며, 똑 같은 태양, 꼭 같은 달과 별 아래서 꿈길에도 고국을 그리며 눈물짓는 사할린 억류동포의 창자가 끊어지는 슬픔에 어찌 비할 수 있으랴!

보통학교(초등학교) 동기동창 김기성은 학교 앞 도로에 일렬로 학생들, 기관장, 유지들이 가득 모인 가운데, '오오기미니 메사레 따루….' 군가를 제창하는 환송회에서 국민복에 전투모로 늠름한 자세로 소위 성전(聖戰)에 나서던 그날이 마지막이 되었다. 어느 땅 어느 곳에서 무덤도 없이 외로운 영혼으로 떠도는지…. 징병, 학도병, 징용, 정신대 등으로 끌려가 개죽음이 되어 그 이름조차 잊힌 우리 조선인이 그 얼마일꼬….

'일본 탈출기' 운운 한다는 것이 송구할 뿐이다. 그저 나라 잃은 시절에 한 가난한 사람이 겪은 이런 일도 있었다는, 하찮은 수기의 한 토막쯤으로 나 스스로 여기는 것이다."

농민 김장순과 '민요기행'을 통해 만난 신경림 시인이 잘 표현했듯이, 김장순의 삶은 '착하게 사는 게 제일이랑께'를 신념으로 일제강섬기와 한국전쟁 등 현대사의 격랑을 헤쳐 온 삶이었다. 이웃과 고향의 모든 것들을 깊이 사랑한 '작은 사람' 김장순에게 깊은 생채기를 낸 가해자 김성수의 얕은 꼼수는 과연 역사에서 잊힐 만한 것인가를 이미 죽은 김장순의 혼령을 대신해 물어 본다.

4. 인촌 김성수의 친일행적

백년전쟁	김성수 친일행적	국민TV
주요 친일단체		**직책 및 활동**
소도회		이사
조선방송협회		평의원
국민정신총동원 조선연맹		발기인, 이사, 참사
국민정신총동원 조선연맹 비상시국민생활개전위원회		제2부 의례 및 사회풍조쇄신부 위원
조선유도연합회		이사
국민총력 조선연맹		이사 겸 참사,이사 겸 평의원, 산무국 후생부 참사 및 위원, 삼무이사
흥아보국단(설립) 준비위원회		준비위원
조선임전보국단		발기인, 감사
조선사회사업협회		평의원
국민동원총진회		감사

백년전쟁	김성수 친일행적	국민TV
타 친일활동 및 행적		**직책 및 활동**
기원제거행준비회		발기인
경성지역 협화회 관계 관민유지 간담회		참석
기원2600년 축전		초청
부여신궁 근로봉사 등		2회 참여
임전대책협의회		명단 포함, 불출석
징병제실시감사축하대회		참석
처우감사총궐기 전선대회		준비위원

한국전쟁기에 이승만 정부에서 부통령을 지낸 바 있는 인촌 김성수
는 호남을 대표하는 대부호의 아들로 태어나 일본 와세다 대학을 나온
지식인으로, 전 민족이 떨쳐 일어난 3.1 만세운동으로 크게 놀란 일제가
그간의 무단통치를 문화통치로 바꾸는 일환으로 민간지의 발행을 허가
하면서 창간된 동아일보의 사주이자 중학학원의 소유주이다. 특히 동
아일보의 설립이 가능하게 된 것이 바로 우리 민족의 희생과 저항의 결
과로 말미암은 것임은 주목할 만하다. 그래서인지 동아일보는 전국 13

도 자산가와 유지들이 발기인이 돼 '민족주의, 민주주의, 문화주의'를 사시(社是)로 '조선민중의 표현기관임을 자임하며 창간되었다. 이렇게 민족지를 표방한 동아일보는 1920년대까지만 해도 좌파 성향의 기자들이 있어 민족지의 면모를 보일 수 있었다. 하지만 30년대 후반 중일전쟁 이후 일제의 언론통제가 강화되면서 조선총독부의 기관지와 차이가 없는 친일 노선을 걷게 된다.

사주인 김성수는 중일전쟁 이후 이 전쟁의 의미를 확산시키기 위한 라디오 시국강좌를 담당하는 한편 국방헌금 1000원을 헌납하는가 하면 전조선시국강연대의 일원으로 강원도 일대에서 시국강연을 했다. 사주의 이런 친일행태는 결국 동아일보의 보도행태에 크게 영향을 끼쳐 일제의 시책을 변호하고 선전하는 데 주력해 사실상 총독부 기관지 노릇을 하게 된다. 그간 동아일보와 조선일보는 민족지를 자부하며 그 근거로 일제에 의해 강제 폐간되었음을 강조했다. 하지만 폐간 당시 태평양전쟁을 앞두고 종이 한 장 잉크 한 방울이라도 아껴야 하는 절박한 상황에서 물자절약 차원으로 비롯되었음이 학계의 정설이다. 이는 '조선일보는 신문통제의 국책과 총독부 당국의 폐간 방침에 순응하여 폐간한다'는 조선일보의 폐간사에서도 확인된다. 두 신문은 일제의 방침에 적극 협력하는 취지에서 폐간했고 그 대가로 동아 조선의 사주에게 각각 100만원과 82만원이란 거액의 보상금을 지급했다는 문서를 KBS 취재진이 2003년 일본 국회도서관 헌정자료실에서 찾아내 '강제 폐간'을 위장한 '합의 폐간'임이 사실로 입증된 바 있다.

동아일보 폐간 이후 조선에 징병제가 실시되자 매일신보에 징병격려문을 기고했으며, 학도지원병제도가 실시된 이후엔 보성전문학교의 지원율을 높이기 위한 각종 활동에 나섰으며, '대동아 성전에 대해 반도 동포가 가지고 있는 의무를 위해 목숨을 바치라'고 독려하는 글을 매일신보에 게재했다. 또 총독부 기관지인 경성일보에 '학병 미지원자는 모두 원칙대로 징용되어야 한다'는 입장을 밝히기도 했다.

가난한 과부의 아들로 태어난 김장순이 주경야독으로 어렵게 고향인 줄포면사무소의 서기가 되었지만, 갑자기 보안면사무소로 전근 발령이 나면서 뜻밖에도 징용 영장을 받고 억울하게 일본의 오사카로 끌려가게 되는데, 이 모든 것이 당시 학도병에 지원해야 할 김성수의 아들이 학병을 피해 고향인 줄포면사무소 직원으로 들어오기 위한 음모였음이 결국 드러난다. 김성수 자신이 교장으로 있던 학교의 학생들에게 전쟁터에 나가라고 독려하고, 학병에 나가지 않으면 징용되어야 한다고 강변하던 그가 정작 자기 아들은 빼돌리고 대신 가난하고 힘없는 과부의 아들을 죽음의 땅으로 내몬 것이다. 민족지도자임을 자부하는 그가 동족을 사지(死地)로 내몰면서 자기 가족은 뒤로 빼돌리는 비인간적이고 반민족적인 처신을 한 것이다.

해방 후 제헌국회에서 친일파 처단을 위해 구성한 반민족행위자조사위원회에서 처벌 대상으로 삼은 적극적 친일파의 기준을 보면 김성수의 행적은 그에 꼭 맞는다. 특히 '일제의 침략전쟁을 위한 징용, 징병, 위안부 차출에 앞장서 동포를 사지(死地)로 내몬 자들'이란 기준에 부합한다. 더구나 쉽게 드러나지 않는 시골 면사무소에서 저지른 이런 비열한 행태는 그의 친일행적에 반드시 첨가되어야만 할 사안이라 할 수 있다.

5. 역사적 책임과 사죄 필요

동아일보사는 창간 100주년을 몇 년 앞두고 사주였던 김성수의 행적을 기리는 작업을 진행하고 있다. 특히 김성수의 친일행적에 대한 논란을 희석하기 위한 작업으로, 그의 친일의혹이 동시대인의 회고나 구술 자료 등을 함께 활용하지 않고 일부 문헌자료에만 의존하는 등 구체적 행적 확인에 한계가 있다고 주장하는 연구논문 등을 발표하고 있다. 그런가 하면 정부기구인 친일반민족행위진상규명위원회가 2009년 최종 보고서를 통해 김성수를 반민족행위자로 선정해 관보에 그 이름을 올린 것에 대해 그 유족들이 행정안전부 장관을 상대로 '친일반민족행위 결정 취소 청구소송'을 내기도 했다. 이에 서울행정법원은 사실상 원고 패소 판결을 내렸다. 재판부는 국가가 반민족행위자 결정에 있어 '친일반민족행위자 진상규명에 관한 특별법' 제2조 제11호(징병이나 징용을 선동하거나 강요한 행위)와 제17호(일본제국주의 통치기구 외곽단체의 간부로서 적극 협력한 행위)의 적용은 타당하다고 보았으나, 제13호(기관이나 단체를 통해 내선융화 또는 황민화운동을 적극 주도한 행위)에 대한 부분은 유족들의 주장을 일부 인용하여 김씨가 이를 적극 주도했다고 평가하기 어렵다고 판단했다. 그러나 전체적으로 보아 김성수에 대한 친일반민족행위자 결정은 문제가 없다고 판시한 것이다.

동아일보의 김진경 기자는 '일제말기 인촌 김성수 친일 논란에 대한 재검토'란 논문(역사학연구 제 55집)에서 '해방직후 친일파로 인식되지 않던 김성수가 친일 의혹을 받게 된 것은 박헌영 등 좌익세력이 그를 친일파로 낙인하여 건국과정에서 배제시키려고 고의적으로 김성수 명의의 학병지원 독려 기고문이 수록된 '반역자와 애국자'란 영문 팸플릿을 배포한 이후부터라고 주장한다. 그는 특히 김성수 대신 연설문을 도맡아 썼던 측근 유진오의 증언을 통해 문제의 글은 매일신보 기자가 쓴 것이라고 본다. 따라서 굳이 그에게 책임을 묻는다면 자신의 이름 도용이나 기사 날조를 묵인했다는 점이라면서 '김성수 본인이 제대로 인지하지 못한 행적이 친일행위로 인식되고 있는 상황임'을 강조한다. 물론 김성수가 교육사업과 문화산업에서 이룬 업적이라든가 또 이승만의 독재에 항거해 부통령을 사임한 것 등은 나름 인정해야 한다고 본다. 하지만 그의 친일행적이 어쩔 수 없는 상황이라기보다는 자신의 기득권을 지키기 위한 고육책이었음은 부인하기 어렵다고 판단된다. 김진경 기자가 주장하듯이 자신도 모르게 피해자가 되었다는 것은 그의 서거에 대해 민족지도자로 국민장까지 치른 국민에 대한 예의가 아니다. 이제라도 공로는 공로대로 잘못은 잘못대로 인정하는 것이 진정한 민족 지도자의 모습일 것이다.

김장순의 억울한 징용은 천행으로 그가 살아 돌아와 이렇게 기록문학을 남겨 세상에 알려지게 되었고, 이제는 김장순이나 그 자리를 빼앗은 김성수의 아들이나 다 고인이 되었다. 김장순이 〈일본탈출기〉에서 자신을 사지로 내몬 김성수 아들의 이름을 굳이 실명으로 공개하지 않은 것을 보면 그가 배상이나 법적 책임을 염두에 두지는 않았음을 알 수 있다. 당시 김성수 아들도 20대의 학생이었으니 그가 그런 음모를 꾸몄을 리는 없다. 아마 모든 과정이 결국은 김성수의 사회적 권력에 기대어 진행되었을 것이다. 그러므로 이런 비열한 음모의 책임은 아버지인 김성수에게 돌아갈 수밖에 없으며, 이는 아무리 분가루를 덧칠해도 지워지지 않는 친일행적의 명백한 근거의 하나이며, 그 엄중한 역사적 책임을 김성수란 이름이 져야만 하는 것이다. 김진경 기자가 간과하고 있는 것은 김성수의 친일행적 논란이 단순히 매일신보에 게재된 날조기사 하나에만 해당되는 것이 아니라, 수많은 문헌자료와 인터뷰 좌담회 친일단체 가입 활동 등을 통해 종합적으로 입증되고 있다는 점이다. 민족문제연구소에서 조사한 김성수의 친일행적 자료를 덧붙인다.

김진경 기자와 직접 만나 〈일본탈출기〉와 김성수의 행적에 대해 서로의 의견을 솔직하게 나눈 다음날 그에게 보낸 메일이다.

감사합니다. 대전 김영호입니다. 어제 허심탄회한 얘기 고맙습니다.
서로 의견이 다른 부분도 있지만, 다양한 관점을 겸허하게 확인할 수 있어 좋았습니다.
아무쪼록 김장순의 생채기가 아물 수 있도록 인촌 선생 가족들의 진심어린 사죄가 있었으면 좋겠습니다.

생존이 위협받는 절박한 상황에서 개인적 악의 없이 벌어진 일이라고 변명할 수도 있지만, 적어도 민족지도자로 손경받는 인촌 집안이라면 이제는 진정성을 가지고 그 잘못을 시인하고 용서를 구하는 게 바른 도리라고 생각합니다.

좋은 소식 기다리겠습니다.

좋은 만남, 고맙습니다.

대전에서 김영호 두손모음.

— 2015년 9월 18일 발송 메일

(2015년 11월)

"사람은 착허게 사능 게 젤이란게!"

금년 삼월 초하루에도 우리 형제들은 어김없이 부모님이 잠드신 정읍 선산에 모였다. 일곱 남매 중 둘이 함께하지 못했지만, 부부 동반인지라 며느리 사위까지 모두 열 명이었다. 아버지께서 우리 곁을 떠나신 지 11년이고 어머니도 6년이 되었지만, 정읍 선산의 양지바른 쪽 뻗은 왕솔나무 밑에 두 분이 함께 수목장으로 잠들어계신다. 두 분은 일제강점기에 태어나 식민지 백성의 한을 온몸으로 겪었고, 한국전쟁의 참혹함을 두려움 속에 감내했으며, 농투성이로 한평생 7남매의 자식들과 부대끼다가 그예 그 무거운 짐을 벗으셨다. 이제는 정읍사 박물관을 마주 보는 산중턱에서, 두 분이서 굽은 등을 서로 두드리며 동편제 계면조 가락에 맞춰 얼쑤 하며 추임새를 넣고 계실 게다.

아버지가 시골집에서 3년 동안 치매로 지내시다 상태가 위중해 대전의 요양병원으로 옮긴 지 채 일주일도 되지 않아 운명하신 건, 새 학기가 시작된 3월 2일이었다. 수업 중에 위급하다는 연락을 받고 요양병원으로 달려갔지만 아버지는 이미 운명하신 뒤였으니, 결국 임종도 못 지킨 불효자가 되었다. 그러나 그런 무거운 자책감 사이로 '아 이제 아버지가 그간의 무거운 삶의 멍에에서 벗어나 마침내 자유를 얻으셨구나!'라는 안도감이 들었다. 특히 전날 병원을 찾았을 때 힘겹게 가쁜 숨을 몰아쉬다 산소 호흡기를 달았지만 몹시 괴로워하시는 모습을 보면서, '이런 상태로 오랜 시간 괴롭게 지내신다면 얼마나 고통스러울까' 하는 생각에 마음이 무거웠기 때문에 그랬는지도 모른다. 어머니도 임종 직전 자주 의식을 잃곤 할 때 형수가 요양병원 중환자실의 연명치료를 말했지만 굳이 따르지 않은 것도 똑같은 이유에서였다. 그래도 다행인 건 아버지께서 '큰손자 대학 가는 걸 볼 수 있을까' 했는데, 큰손자가 아버지가 운명하신 그 전날 대학병원 인턴 발령을 받아 장례식장 특실을 할인받아 이용할 수 있었으니 그것도 당신의 마지막 복이었다. 어머니는 돌아가실 때까지 장손이 근무하는 대학병원에서 정기 진료와 잦은 입원치료를 직원의 직계존속으로 할인받았다.

아버지는 뛰어난 기억력과 자상하고 꼼꼼한 글쓰기로 고향인 줄포에서 향토 사학자로 인정받는 분이었지만 주변 사람은 물론 자식들에게도 짐이 되는 걸 몹시 부담스러워했다. 얼마 되지 않는 유산이지만 치매가 발병하기 전에 논밭을 다 처분해 자식들에게 현금으로 나누어주셨다. 형과 나를 시골로 불러 어떻게 나누어줄 것인가 물었고, 우리는 형편이 어려운 자식들에게 먼저 목돈을 준 뒤 살만 한 자식은 조금 주면 좋겠다고 말했다. 전주에 유학해 대학을 나온 누나와 나는 그냥 이름만 올릴 정도로 받았고, 일정 금액은 어머니 몫으로 남겨두었다. 이렇게 가족에 대한 나름의 책임을 다 감당한 뒤 얼마 안 가 정신이 혼미해져 정읍에 있는 아산병원에 입원하셨다. 의식이 오락가락하면서 이러다 큰일을 당하는 게 아닌가 하였지만, 결국 치매로 판정돼 퇴원 수속을 밟았다. 그런데 아버지가 계속 당신의 바지 주머니를 두드리기에 확인해 보니 꽁꽁 접은 만 원짜리 지폐 뭉치였는데 신기하게 딱 당신 입원치료비만큼이었다.

이는 일제강점기 받은 교육의 영향이기도 하지만 가난한 과부의 큰아들로 감당해야 했던 책임감이 자식들에게까지 미친 것으로 보인다. 대전에 있는 우리 집에서 몇 개월 지내실 적에도 그랬다. 가끔 고향 친구들 생각이 나면 며느리가 운전해 시골에 모셔다 드리곤 했는데, 그때마다 고맙다며 용돈을 주시는데 그게 기름 값과 통행료에다 조금 웃돈을 얹은 정도였다. 이렇듯 평생을 가족들을 위해 헌신했으면서도 가시는 날까지 가족들에게 부담을 주지 않으려 하셨다. 운명하신 날도 자로 재듯이 손자가 발령받는 날을 택해 결국은 자식들의 부담을 덜어주었으니, 부모의 깊은 사랑이 하늘에 닿았으리라.

아버지는 일본에 강제 징용을 다녀온 걸 빼고는 평생을 시골에서 지내셨다. 하지만 주경야독으로 일제강점기에 공무원시험에 합격하실 정도로 학구적이어서 늘 신문이나 책을 읽으며 견문을 넓혀 생각이 젊은이 못지않게 트인 분이었다. 지게로 소금동이를 지고 전국을 떠돌던 소금장수 아버지를 일찍 여읜 한미한 출신이지만, 김해 김씨 삼현공파 가문임을 자랑스레 여겨 해마다 김해에서 올리는 시제에 참석하고 족보도 여러 질 만들어 자식들에게 나누어주셨다. 그러면서도 대추나무 연걸리듯 줄줄이 찾아오는 제사 모시기를 시대에 맞게 변화시킬 줄 알았다. 타향살이하는 자식들이 매번 제사 때마다 찾아올 수 없는 현실을 인정하고 또 한글세대에 맞게 한글로 구어체 제문을 지어 낭독하기도 했다. "조상 할아버지 오늘 자식들이 다 함께하지는 못했지만, 나름 열심히 사느라 그런 것인 만큼 할아버지께서도 너그럽게 토닥여주실 줄로 믿습니다. 조상님들 은혜를 잊지 않고 감사한 마음으로 조상님들께 부끄럽지 않게 살아갈 것을 다짐하며 정성으로 차린 음식을 올립니다." 그래서 우리는 제사 스트레스를 모르고 자랐다.

수목장 문제도 그렇다. 아버지께서 애써 마련한 선산이 가까운 정읍에 있기에 설득이 쉽지 않았다. 아버지 팔순 생신에 가족이 모인 자리에서 자연스레 수목장 얘기를 꺼냈다. 아버지는 선산에 이미 당신과 어머니의 가묘까지 만들어놓았는데 굳이 화장할 필요가 있느냐며 불편해하셨다. 하지만 손자 세대에 가면 지금의 성묘 문화가 유지되기 어렵다는 데엔 동의하셨다. 그래서 가족 납골묘를 만들면 어떠냐고 하시면서도, 이 또한 일정 기한이 지나면 없애야 하는 문제를 인정하셨다. 논란 끝에 '우리 부모님까지는 매장하고 나부터 화장한다.'는 인식 때문에 우리나라 장묘문화가 변하지 않는다는 나의 지적에, '하긴 그렇구나!' 하며 화장해 선산 양지 쪽 왕솔나무 밑에 뿌리는 데 동의하셨다. 흙에서 와 흙으로 돌아가는 게 순리라는 당신의 평소 지론에다, 시대 변화를 흔쾌히 받아들이는 자세 때문에 가능했으리라. 자식들과 어머니의 수고를 덜어주기 위해 설에 모여 전반기 제사를 한꺼번에 모시고, 추석 차례에 후반기 제사를 모아 치르는 파격을 결정한 것도 바로 당신이었다.

이렇듯 유교적 가치관을 중시하면서도 이를 탄력적으로 변용할 줄 아는 자세는 상당 부분 당신의 비판적 지성 덕분으로 보인다. 내가 초등학교 일학년 때 4월 학생혁명이 발발했던 기억이 난다. 아버지가 신문을 움켜쥐고 부르르 떨면서 '이런 쳐 죽일 놈들'하며 흥분하셨는데, 지금 생각해 보니 최루탄에 맞아 숨진 김주열 군의 시신이 바다에 떠오른 것에 대한 분노의 표현이었다. 그 뒤 군부독재에 대해서도 매우 비판적이었는데, 특히 개발독재로 마을 입구를 지키던 당산나무를 사정없이 베어버리고 지붕개량입네 주택개량입네 하며 획일적으로 강요하던 새마을운동에도 몹시 부정적이었다. 이런 비판적 시각과 발언이 이른바 '막걸리 반공법'이 시퍼렇던 시절에 주변의 눈총을 사면서, 어머니는 이를 늘 못마땅해 하셨다. 자기주장이 너무 강해서 남을 불편하게 해 적을 만든다는 것이었다. 그러나 이런 비판적 안목이 낡은 타성이나 인습을 과감히 벗어나게 해, 제사나 수목장 등에 열린 자세를 보일 수 있었으리라.

아버지는 네 살 때 할아버지가 돌아가셔서 과부의 아들로 외할머니와 함께 장남의 무거운 책임감으로 어린 시절을 보내셨다. 그래서인지 우리 자식들 기억 속의 아버지는 늘 강인한 모습이었다. 내가 초등학교 6학년 수학여행 때 가정형편이 어려워 서울에 못 가고 혼자 가위바위보로 아카시아 잎사귀를 따내며 무료한 며칠을 보낼 때, 아버지 모습이 지금도 선하다. 당시 작은아버지를 곰소에 있는 수산학교(지금의 고등학교)에 보내느라 아버지는 머리도 깎지 못한 채 덥수룩한 모습으로 지내셨다. 아들의 수학여행은 못 보내도 동생 학비는 감당하셨던 것이다. 덕분에 나는 당시 애들에게 선망의 대상이던 전차를 타 보지 못했고 또 피아노도 보지 못했다. 피아노는 중학교에 가서 보았지만 전차는 끝내 타 보지 못했다. 어른이 되면 꼭 타보려 했지만 고등학생이 되기 직전에 역사의 뒤안길로 사라져버렸기 때문이다. 정년퇴직 후 아내와 함께 동유럽을 여행하며 헝가리와 체코에서 트램을 타 보았으니 소원은 이룬 셈이다. 이렇듯 책임감이 강한 아버지는 우리 자식들의 유약함을 늘 안타까워하셨다.

약골에 비위가 약하고 입이 짧아서 우리와 식사를 함께하는 일이 드물었던 아버지의 음식 수발은, 소박맞은 뒤 평생을 우리 집에서 함께 사신 큰고모가 아버지 입맛에 맞게 감당하셨다. 10대 후반에 아버지는 장남의 책임감으로 큰돈을 벌겠다며 바람 찬 흥남비료공장에 가셨다가 혹독한 추위에 결핵만 얻고 돌아왔다 한다. 결국 공무원 시험 준비에 매진하여 주경야독의 독학으로 당시 읍면서기 자격시험(오늘날 9급 공무원시험)에 상위권으로 합격했다고 하니, 초등학교 졸업 학력으로는 대단한 일이었으리라. 더구나 당시 공무원이 되면 징병이나 징용에서 벗어날 수 있어 요즘 못지않게 경쟁이 심했다고 한다. 그래서인지 아버지는 자식들의 학업이 부진한 것을 애석해 하셨고, 학교 문턱에도 못 간 어머니를 탓하기도 하셨다. 어머니가 욱하는 성격에 무뚝뚝하게 대거리를 할라치면 "니 어매 오가리 개패는 소리 좀 들어봐라. 어이구!"하며 획 나가버리셨다.

과부의 아들로 어렵게 고향의 면사무소 서기가 되었지만, 결국 아버지는 지역 유지 아들의 뒷배를 봐주기 위한 짝짜꿍에 걸려 20대 초반에 일본 오사까에 있는 '시바다니 조선소'에 징용으로 끌려가게 되었다니, 그 억울함과 분함이 오죽했겠는가. 당시 아버지 자리를 차지한 사람은 지역 유지를 넘어 전국 굴지의 언론사와 유명대학 소유주인 인촌의 아들이었으니, 소극적인 저항에 그칠 수밖에. 더구나 늙은 외할머니와 과부인 어머니에게 피해가 갈까 봐 하릴없이 징용에 끌려갔다고 한다. 하지만 특유의 강인함과 지혜로 밀선을 타고 일본을 탈출해 부산을 거쳐 고향에 최초의 귀향자로 돌아와 10개월의 일본생활을 마감했단다.

아버지의 강제징용 수기인 〈일본탈출기〉에 대한 에피소드가 있다. 80년대 중반에 서울의 사회과학 출판사 '학민사'에서 수기 출간을 계획했던 적이 있다. 당시 신군부의 언론 및 문화탄압 정책으로 진보문학을 선도하던 '창비'와 '문지'가 폐간당하면서, 그 공백을 각 지역의 문학동인들이 부정기간행물인 무크지 형태로 동인지를 발간하며 민족문학의 명맥을 이어갈 때였다. 나와 친구들이 함께했던 〈삶의 문학〉이 6호 원고를 가지고 서울의 출판사를 물색하던 중, '학민사'와 인연이 닿아 김학민 사장 댁에서 하룻밤을 자며 우리가 일정액을 부담하며 출간할 것을 논의하다가, 아버지가 인촌의 아들 대신 일본에 징용 가야 했던 기막힌 사연을 쓴 〈일본탈출기〉 얘기가 나왔고, 김사장이 관심을 보이며 줄포에 있는 우리 시골집을 찾아 겨울밤을 지내기도 했다. 한데 뜻밖에도 당시 충남 출신의 이건복 사장이 운영하는 '동녘'출판사에서 〈삶의 문학〉 6호를 전액 출판사 부담으로 출간하기로 협의가 급진전되면서, 처음 얘기했던 '학민사'와 관계가 불편해지고, 〈일본탈출기〉 출간도 없었던 일이 되어버렸다. 그 뒤로 이른바 '민중교육' 사건으로 '삶의 문학' 동인들 다수가 해직의 시련을 겪으며 각자 생활에 기고 동인활동도 위축되고 교육운동 등으로 삶의 반경이 넓어지면서 〈일본탈출기〉는 오랫동안 서랍 속에서 빛을 보지 못했다.

80년대에 등단한 뒤 자유실천문인협의회에서 활동하면서 자연스레 진보적인 문인들과 교유하게 되었고, 신경림 시인이 민요기행을 하면서 우리집을 들르게 되며 아버지와 친해져 아버지에 대한 시와 고향 줄포에 대한 시를 쓰기도 했다. 시에 드러나지 않은 선친의 한 맺힌 이야기를 아버지의 혼령이 신경림 시인에게 들려주는 형식으로 내가 써 보았다.

"긍게, 민요 기행 한다고 변산반도를 찾던 신경림 시인이 우리 둘째 애의 소개로 우리 집에 들른 게 첫 만남이었고만. 서로 촌놈들이라 그런지 마음이 금방 통하드만. 거기다 밤새 술을 마심서 이야기보따리를 풀응게 바로 친구가 되었지. 나이야 내가 위지만, 마음이 맞으면 친구 아니겠어? 그 담부터 내가 같잖은 글이라도 끄적거리면 신 시인에게 보여 주고 했지. 그런 게 인연이 되았는지 신 시인이 나를 주인공으로 '줄포'라는 시를 썼드라고. 일제 때 보통학교(지금의 초등학교)만 겨우 나온 나 같은 무지렁이한티, 정말 영광이지. 나중엔 내가 살아온 이야기를 아예 한 편의 근사한 글로 썼드만('신경림 시인의 인물 탐구'라는 부제로 출간된 《사람 사는 이야기》). 그럼서 고향에서 좀 떠들썩하기도 했지. 내가 댕겼던 줄포보통학교는 거 시 쓰는 서정주가 나온 학교여. 그 양반 아버지가 인촌(동아일보 창업주 김성수) 집안의 마름이라 방구깨나 뀌었지. 고래등 같은 집 마당을 거니는 걸 멀리서 보면, 어린 맘에도 기가 죽드라고. 나야 네 살 때 아버지가 돌아가심서 홀어미와 살았응게 더 주눅이 들었지. 그래도 낮에는 일하고 밤에는 열심히 공부혔어. 비빌 언덕이 없응게 공부밖에 더 허겄는가. 함께 사시던 외할머니가 새벽마다 장독대에 찬물을 떠놓고 치성을 드렸지. 그 덕인지, 1944년에 '부안군 읍면서기 자격시험'에 6등으로 합격혔지. 요즘도 9급 공무원시험 합격이 쉽지 않드만, 그때는 더혔지. 그래서 고향인 줄포면사무소에 임시직으로 발령을 받았을 땐, 집안은 물론이고 동네의 경사였지. 근디 항상 좋은 일 끝에 꼭 마가 끼드라고. 전라북도에서 시행하는 강습소 수료 자격시험에 또다시 상위권으로 합격헌게, 보안면사무소로 전근이 되드만. 인자 느긋허게 정식 임명장이나 기다리자 허고 있는디, 날벼락도 유분수지, 엉뚱허게 징용 영장이 나왔드랑게. 나중에 알고 봉게 그게 결국은 음모였더라고. 고래 싸움에 새우 등 터지고, 왕솔나무 밑에서 곡식 못 자라는 거나 같은 거였드라고. 인촌 집인의 한 못난 위인 땜시 내가 대신 일본에 징용으로 끌려간 거였웅게. 결국 과부의 아들인 내 처지를 한탄허는 수밖에 더 있겄능가. 1944년 10월 19일, 그 유명헌 관부연락선을 타고 부산을 떠났지. 영화에서 본 현해탄을 건너는 게 낭만적이지? 그치만 천하에 약골이고 비위까지 약해 입도 짧은 나 같은 사람이, 일본에서 어떻게 살아남을 수 있을지 걱정하느라 밤새 뒤척였지. 다음 날 일본의 공업 도시 대판에 있는 '시바다니 조선소'에 배치가 되었어. 전쟁 말기라 일본도 식량이 부족혀서, 배가 고파 죽을 지경이었당게. 견디다 못해 밤에 몰래 기숙사를 나와 먹을 걸 찾아다니다, 밀감 농장을 찾았는디 정말 살았다 싶드랑게. 근디 당시 일본 정부에서 밀감을 팔지 못하게 통제를 하는 거여. 그래도 어떡허겄어. 두 손 싹싹 빌며 사정사정해서 밀감 몇 개를 사 가지고 기숙사 동료와 나눠 먹웅게 살 것 같드만. 그나마 내가 일본어를 제법 헝게 일본인 행세를 함서 밀감을 조금씩 살 수 있었지. 근디, 기숙사에서 사람들이 하도 팔라고 해서, 돈을 받고 나누어 주다 봉게 제법 장사가 되드랑게. 그럭저럭 당시 40개월 월급이 되는 1,200원의 거금을 모았당게. 하지만 뭐허겄능가. 관부연락선이 두절됨서부텀 집에 송금을 헐 수가 없었웅게. 그래도 돈이 좀 모이니까 어떻게든 고향에 돌아가야겄다는 생각이 간절해지드만. 11월부터 미군 폭격기 B29들이 어찌나 공습을 해 쌓는지 무서워 살 수가 없었웅게. 거기다 지진으로 땅이 갈라지고 집들이 땅속으로 꺼지는디, 정말 무섭등만. 일단 조선소를 벗어나야 살겄드라고.

이듬해 3월에 일본인들도 넋이 빠졌웅게, 조선소를 무사히 탈출혔어. 그 뒤 '다까시고'와 '히메지'에서 막노동을 험서 일본을 뜰 기회를 엿보았지. 근디 연합군의 공습이 갈수록 심해지는 거여. 어찌나 폭탄을 쏟아 대는지 정말 금방 죽을 것만 갔드라고. 마침 하숙집 주인이 소개혀서, 7월 하순 '시모노세키'로 옮겼지. 그려도 조선 사람들이 있어서, 부산으로 가는 배를 수소문혔지. 그래도 고향에 갈 팔자였는지 부산으로 가는 작은 배를 구할 수 있었어. 그간 모은 돈의 대부분을 주었지만, 그 판에 돈이 무슨 문제겠능가. 마침내 일본을 탈출할 수 있었지. 이렇게 1945년 8월 10일 밤에 시모노세키를 출발혔어. 낮에는 미군의 공습 땜시 섬에 숨고, 풍랑이 잔잔한 밤에만 살살 움직였지. 열흘 만인 8월 20일 10시, 드디어 꿈에도 그리던 부산에

도착혔어. 그렇게 해방된 이후에 도착한 셈이지. 근디 이상허드라고. 해방되었다는디도 일본군이 무장한 채 경비를 서고 있어서 그런지, 해방의 벅찬 감격이나 기쁨이 도무지 느껴지지 않드랑게. 당시 부산 역 주변은 일본군이 없어서 그런지, 배설물이 가득혔어. 다들 서로 타겠다고 덤벼드는디 정말 아수라장이었지. 겨우 비집고 올라타, 대전 역에서 호남선으로 갈아타고, 21일 오후 늦게 마침내 고향에 돌아왔지. 뜻밖의 악몽으로 시작된 일본 징용이 이렇게 10개월로 끝을 맺었지. 난 그래도 천운이 따랐능가벼, 고향에 돌아와 가정을 이루고 살 수 있었응게 말이어. 그래서 일본 징용 체험을 자식들에게나 전할라고 '일본 탈출기'라는 제목의 수기로 써 보았지. 근디 어떻게 알았는지 어느 출판사에서 책으로 내자며 우리집을 찾아오기도 혔어. 잘되나 싶더니 그냥 유야무야되어 버리더라고. 처음엔 좀 아쉬웠는디, 한편으로는 다행스럽기도 혔어. 왜냐하면 일본에 징용 가게 된 게 우리나라 굴지의 대재벌가의 음모 때문이라고 떠들면, 서슬이 시퍼런 그 권력이 혹여 내 자식들을 핍박하지 않을까 걱정이 되어 영 찜찜혔거든. 그려도 이젠 이야기혀도 되겠지. 내가 인자 산 사람도 아닝게. 이미 저승에 와 있는 사람이 그간의 아픈 속사정을 말헌들, 귀신의 넋두리를 누가 탓할 수 있겠능가."

아버지가 70대 후반에 몇 번 책의 출간을 언급했지만, 오랜 기간 문학계 언저리에서 침묵하던 내 처지였던지라 선뜻 나서지 못하다가, 아버지가 우리 곁을 떠나신 뒤에야 책을 내게 되었으니 못난 자식으로 인해

유고집을 내는 심정은 못내 비통하였다. 그래도 아버지 영전에 늦게나마 올려드림을 한 가닥 위안으로 삼고 또 일제강점기를 겪지 않은 후학들이 그 글을 통해 우리 현대사의 아픔을 체감하고 이를 극복하는 평화의 역사를 만들어나가는 계기로 삼는다면 아버지께서는 흐뭇해할 것이다.

아버지가 남긴 원고는 일제강점기에 교육받은 분들이 대개 그렇듯이 한자를 많이 섞어서 편지지에 쓴 것이다 보니, 다시 파일로 옮겨 적으며 한자어를 한글로 바꾸었고 꼭 필요한 한자어는 한글 옆에 한자를 나란히 적어 이해를 돕도록 했다. 그리고 일제강점기의 풍속과 관련된 용어들은 각주를 붙여 설명했다. 아버지는 일제강점기 교육 중 좋은 것은 메모하는 교육이라며 늘 일기를 적고 또 농사일지를 기록했다. 그래서인지 우리 집 옆 줄포중고교에 줄지어 늘어선 벚나무의 꽃이 언제 피는지를 10년 간 관찰하며 개화주기를 파악하고, 줄포면의 역사와 풍속 그리고 사람들의 개인사까지 일목요연하게 쭉 꿰었다. 동네사람들은 집안의 잊어버린 제삿날을 물어 확인하기도 했고, 언쟁이나 재산 다툼 등 집안의 대소사를 아버지에게 물어 그 해결책을 찾기도 했다.

이렇게 아버지 글을 파일로 옮기면서 전에 읽었던 글을 다시 꼼꼼히 확인하며, 아버지의 그 놀라운 기억력과 탐구열 그리고 고향에 대한 깊은 애정에 고개를 숙였다. 시골의 가난한 농사꾼이자 대서쟁이인 아버지의 촘촘한 기억을 통해 일제강점기에서 최근까지 줄포의 역사와 문화가 구체적인 인물들의 복원을 통해 미시사로 되살아나게 된 것이다. 최근 한 야당 인사가 자기 아내를 비하하며 '줄포 촌년이 출세했다'고 하면서 자신들의 결혼을 반대했던 장인을 영감탱이라고 폄하하면서 줄포가 부끄러운 유명세를 타기도 했다. 하지만 아버지는 〈일본탈출기〉는 58세인 해방 35주년 광복절에 집필한 글을 다시 66세에 정리하고 덧붙임으로써, 우리 후학들이 일제강점기의 아픈 현대사를 구체적인 개인사를 통해 실감나게 인식하고, 나아가 해방의 참된 의미를 찾길 일깨우려 했다. 즉, 국민들의 각성으로 민주적인 국가 또 진정한 의미의 주권국가를 이루고, 전쟁이 없는 평화로운 세상을 만들어나가는 것이 결국 우리가 해야 할 일임을 일깨우려 한 것이다.

〈일본탈출기〉가 책으로 발간된 뒤 동아일보의 김진경 기자가 연락이 와 직접 만나 아버지를 사지로 내몬 김성수의 행적에 대해 서로의 의견을 솔직하게 나눈 다음날 그에게 보낸 메일이다.

"감사합니다. 대전 김영호입니다. 어제 허심탄회한 얘기 고맙습니다. 서로 의견이 다른 부분도 있지만, 다양한 관점을 겸허하게 확인할 수 있어 좋았습니다. 아무쪼록 김장순의 생채기가 아물 수 있도록 인촌 선생 가족들의 진심어린 사죄가 있었으면 좋겠습니다. 생존이 위협받는 절박한 상황에서 개인적 악의 없이 벌어진 일이라고 변명할 수도 있지만, 적어도 민족지도자로 존경받는 인촌 집안이라면 이제는 진정성을 가지고 그 잘못을 시인하고 용서를 구하는 게 바른 도리라고 생각합니다. 좋은 소식 기다리겠습니다. 좋은 만남, 고맙습니다.

대전에서 김영호 두손모음. (2015년 9월 18일)"

물론 김진경 기자는 아무런 답변도 주지 않았고, 인촌 가족들은 어떠한 반응도 보여주지 않았다. 2017년 4월 대법원은 김성수의 증손자 김재호 동아일보 사장과 인촌기념회가 행정자치부 장관을 상대로 제기한 '친일반민족행위 결정취소' 소송에서 원고 일부 패소를 판결한 원심을 확정했다. 문재인 정부가 출범한 이후, 금년 2월 13일 국무회의는 인촌 김성수가 받은 건국공로훈장 취소를 의결했다. 김성수에 의해 사지에 내몰렸던 가난한 농투성이인 선친께서도 지하에서 이 소식을 듣고 아마 이렇게 스스로를 위로하셨을 게다. "사람은 착허게 사능 게 젤이란 게!"

아버지는 당신이 잠드신 곳을 늠름하게 지켜주는 우뚝 선 왕솔나무처럼 크신 분이다. 아버지의 〈일본날출기〉를 읽은 공주의 최은숙 시인은 아버지가 맛깔나게 묘사한 줄포의 일제강점기 모습이 너무나 생생해서 결국 변산반도를 돌아 줄포를 다녀왔다고 한다. 대구에서 역사 공부를 하는 어떤 분은 재미가 있어 두 번이나 읽었다고 했다. 때마침 아버지의 책이 2015년 광복절에 출간이 되면서 한국방송 대전지사 라디오 방송에서 인터뷰 요청을 했는데, 마침 진행자가 전주 지사에 근무했던 적이 있어 부안과 줄포를 잘 아는데, 아버지의 책을 읽으며 생생한 현장감을 느꼈다고 했다.

아버지는 어려서부터 동네 어른들의 구성진 옛날 얘기를 들으며 스스로 이야기꾼이 되는 꿈을 꾸기도 했다고 한다. 독학하던 시절 일본어로 된 세계문학전집과 우리 현대문학작품을 열심히 읽었다는데, 고고 시절 대청마루 한쪽에 쌓인 아버지의 책들에서 김소월의 시집 〈진달래꽃〉과 이태준의 〈문장강화〉 그리고 〈박열 투쟁기〉를 찾아 읽었던 기억이 난다. 아마 내가 이렇게 문단의 한 귀퉁이나마 참여하게 된 것도 순전히 아버지의 영향 때문이었다고 본다. 하지만 정식으로 문학 수업을 받지 않은 아버지의 글이 사람들에게 주는 그 감동과 생생한 재미를 정작 오랜 문학수업을 받은 나는 따라가지 못하고 있으니, 왕솔나무 밑에서 애송이 제대로 자라지 못하는 것처럼 여전히 아버지의 큰산을 넘지 못하는가 보다. 하지만 이제 손자들을 넷이나 두었으니 나도 손자들에게 재미있고 맛깔스런 이야기를 들려줄 정도는 되기 위해 더욱 분발해야겠다고 다짐해 본다.

아버지는 돌아가시기 전 3년 동안 치매를 앓았다. 자식들도 몰라보았지만 그 누구에게도 웃으며 존댓말을 쓰는 예쁜 치매였다. 마지막 요양원에서도 간호사나 요양보호사에게 가장 인기 있는 할아버지였다. 아버지와 죽이 맞았던 신경림 시인이 잘 표현했듯이 아버지의 삶은 '착하게 사는 게 제일이랑께'를 신념으로 일제강점기와 한국전쟁 등 현대사의 격랑을 헤쳐 온 삶이었다. 이웃과 고향의 모든 것들을 깊이 사랑한 '작은 사람'에게 깊은 생채기를 낸 유력자의 얕은 꼼수는 과연 역사에서 잊힐 만한 것인가를 죽은 혼령을 대신해 물으며 글을 마친다.

(「부안이야기」, 2018년 여름, 통권 제18호)

스토리밥작가협동조합의 대전 문화예술인 휴먼 라이브러리

휴먼 리서치 : 문학평론가 김영호
-성장과정과 삶의 기록

1. 성장과정과 삶의 기록

○ 소년기 : 전북 부안군 줄포면 줄포리에서 6남 1녀 중 둘째 아들로 태어났다. 본적은 줄포면 난산리였는데, 70년대 대학시절에야 난산리가 소작인들 중심의 사회주의 운동이 강성해 이들을 체포하려는 경찰들을 살해하면서, 당시 전주경찰서가 마을 전체에 휘발유를 뿌리고 마을을 태워버리려 했음을 방송을 통해 알게 되었다. 당시 난산리에 할머니랑 남아있던 어머니는 전주경찰서에 끌려가 갖은 고문을 당했고, 아버지는 젊은 남자들을 무조건 잡아가는 경찰을 피해 줄포리로 피해 은신하다 나중에 어머니가 줄포로 나오면서 내가 태어난 것이다. 학교 문턱도 가 보지 못한 어머니는 당시 영문도 모른 채 끌려가 곤경을 치른 후유증으로, 위급한 상황이면 생똥을 싸는 고통을 평생 겪으셨다.

서정주가 다닌 줄포국민학교를 졸업한 아버지는 독학으로 일제시대 공무원 시험에 우수한 성적으로 합격해 고향 면사무소에 근무했다. 하지만 고향 출신의 재력가인 인촌 김성수의 대학생 아들이 학병을 피하려고 줄포면사무소 직원으로 부임하면서, 과부의 아들로 가난하고 연줄 없는 아버지가 대신 일본 조선소에 징용으로 끌려가는 일을 겪었다. 억울하게 권력자의 희생양으로 징용에 끌려가 살아올 기약이 없었지만, 아버지는 유창한 일본어 실력으로 일본인 감귤 밭에서 감귤을 사다 합숙소에서 팔아 돈을 모은 뒤 조선소를 탈출했고, 밀선을 타고 밤에만 현해탄을 건너 마침내 부산에 도착했지만 이미 해방 된 지 3일 후였다고 한다. 이렇게 기적적으로 아버지가 일본에서 돌아오지 못했다면 아마 우리 형제들은 태어나지 못했을 지도 모른다.

줄포국민학교로 가는 길 중간에 공동 우물이 있고 그 옆에 마당이 넓고 지붕이 아주 높다란 초가가 있는데, 바로 서정주 아버지가 김성수 집안의 마름으로 살던 집으로, 이 집에서 고려대 총장과 국무총리를 지낸 김상협이 태어났다.

초등학교에 입학하던 해에 4.19 학생혁명을 겪었는데, 아버지가 신문을 읽으며 '이런 죽일 놈들!' 하며 분개하던 기억이 난다. 아마 최루탄에 맞아 죽은 김주열 군의 시신 발견 소식이었을 것으로 생각되며, 떨리는 목소리로 하야 성명을 읽던 이승만 대통령의 목소리도 기억난다. 곧바로 2학년 때 겪은 5.16 군사 쿠테타는 면사무소 스피커를 통해 며칠이나 계속되던 '반공을 국시로 하고'로 시작하는 방송으로 기억된다.

○ 청소년기 : 누나가 전주에 있는 고등학교에 진학하면서 나도 전주로 유학을 가게 돼, 신흥중고등학교 6년과 삼수를 하기까지 8년의 전주 생활을 하게 되었다. 기독교 학교인 중고교시절 채플과 성경 시간을 통해 기독교를 접하게 되지만, 보수적인 목사님들의 불타는 지옥에 대한 노골적인 위협이 싫어 오히려 기독교와 멀어지게 된다. 하지만 강당에서 화음에 맞춰 배우는 찬송가나 반별로 벌이는 찬송경연대회 등은 함께 소리를 맞추어 화음을 이루어가던 좋은 기억으로 남아있다.

고등학교 시절에 겪은 민주시민교육도 기억에 남는다. 학생회장 직접선거의 열기나 유세도 재미있었지만, 무엇보다 백미는 가을에 강당에서 전교생을 대상으로 학생회비 에 대한 결산보고회였다. 공개적인 자리인 만큼 후배들의 날카로운 지적과 비판 등으로 학생회장이 쩔쩔매는 것을 보는 재미가 정말 쏠쏠했다. 민주화가 상당히 진전된 지금도 고등학교에서 직접 민주주의를 체험하기가 쉽지 않은데 60년대 후반에 이런 경험을 한 것은 대단히 실험적이면서도 훌륭한 교육경험으로 남아있다. 그래서인지 고등학교 당시 학생회장 출신이었던 정세균 선배는 국회의원을 거쳐 지금은 국회의장이 되었다.

중학교 3학년 때 무장공비들의 청와대 습격사건을 겪으면서, 예비군이 창설되고 고등학교에 학도호국단 체제가 도입되어 고등학교에 입학하자마자 교련 1기로 군사훈련을 받게 되었다. 고3 때엔 소위 실미도 사건이 발발했는데, 당시 교련 선생님께서 이게 무장공비가 아니라 우리나라 북파공작원의 소행임을 구체적인 근거를 제시하며 언론에 앞서 알려준 게 기억에 남는다.

중고등학교 시절 우등생으로 수업료 일부를 면제받고 다녔지만, 점차 수학에 흥미를 잃어 대학 입시를 앞두고는 수학을 포기하는 '수포자'가 되었다. 예비고사와 본고사를 치르던 시절이라 공주사대에서 요구하는 국영수만 잘 하면 되었지만, 수학에서 과락을 하는 바람에 결국 삼수까지 하면서도 공주사대에 가지 못했다. 결국 삼수 끝에 당시 서울의 숭실대학교와 대전의 대전대학교가 합해진 숭전대학교 국문과에 후기로 입학하게 되었다.

국문과에 다니면서 수학을 배우지 않는 것도 좋았지만, 젊은 문학평론가로 영문과에 부임한 김종철 선생의 글을 읽는 재미와 국문과 강의를 하던 김현승 선생의 시를 읽으며 친구들과 문학청년의 꿈을 키우는 게 삼수의 아픔을 이겨내는 힘이 되었다.

당시 국문과 선후배 사이로 모인 친구들이 서로의 시와 소설을 읽고 합평을 하다가 대학 졸업반 무렵에 〈창과 벽〉 동인지를 만들게 되었고, 80년대 초에 종합문예지 〈삶의 문학〉으로 확대하면서 전국적인 문학 동인으로 평가를 받게 되었고, 급기야 6집부터 동녘출판사에서 무상으로 출판해 판매까지 해 주면서 자연스레 작가로 인정받게 되었다. 대학 시절 시를 가르치신 조재훈 선생님의 추천으로 창비의 평론집에 글을 청탁받아 발표하면서 문학평론가로 인정받고 활동하게 되었으니, 훌륭한 스승들의 영향과 배려가 문학 활동의 큰 계기가 되었다.

○ 장년기 이후 : 대학원을 마치고 27세의 늦깎이로 군대에 가서 어수룩한 공병대원으로 군복무를 하던 중 아내가 다니던 서울 창현교회에서 결혼을 했고, 제대 뒤에 운 좋게도 대전에 있는 보문고등학교에 임용이 되어 중고를 오가며 정년퇴직을 하게 되었다.

2005년부터 2년간 전교조대전지부의 대변인으로 대외홍보 역할과 각종 토론회 등에 참석해 대전지부의 입장과 철학을 대변했으며, 2007년부터 4년간 대전교육연구소장으로 대전교육의 현안을 분석하고 합리적인 대안을 제시하는 역할을 하며, 나름 교육운동가로 활동하는 동안 문학과 격리된 채 생활했다. 그러다 2011년 창비에서 편저 『선생님, 시 읽어 주세요』를 내면서 문학계로 복귀하였으며, 2012년부터 2년간 대전작가회의 회장을 맡으면서 비로소 본격적인 문학인으로 활동하며 대전지역 진보문학계의 이익과 입장을 대변하였고, 대전충남민예총 이사장을 겸임하면서 진보진영 문화예술계의 위상 확립을 위해 대외적 역할을 해 나갔다. 2013년 대전문학의 원로문인들을 새롭게 조명하는 『대전문학의 시원』을 공동 저술하였고, 개인문학평론집 『지금 이곳에서의 문학』을 발간하는 등 그간의 문학평론가로서의 작업을 일차 정리했다. 2014년에 사화집 『모두가 행복한 나라를 꿈꾸다』, 2015년 8월에 편저 『일본탈출기』, 2016년 7월에 편저 『시스루 양말과 메리야스』를 발간했다.

2017년 11월 16일부터 대전문학관에서 전시하는 대전지역 중견작가전에 조대작가로 선정되어 2018년 2월 말까지 지역민들과 함께하고 있다. 보문고등학교 교사로 정년퇴직한 후 대전민예총 이사장과 대전문화재단 이사로 활동하며 지역의 진보문화예술계를 대변하는 역할을 계속하고 있으며, 한 달에 한 번씩 금강일보에 칼럼을 연재하고 있다.

2. 문학을 처음 만나고 또 시작하게 된 동기와 배경

문학에 나름 재능이 있다고 평가를 받은 것은 초등학교 2학년 때로 기억된다. 지금은 그 담임선생님의 성함도 잊었지만, 일기를 써내는 숙제에 아버지 심부름으로 우체국에 가서 등기우편을 부친 일을 대화체를 섞어 작성했는데, 밥 먹고 놀고 공부했다는 식의 천편일률적인 일기에서 벗어나 특별한 경험을 입체적으로 전달했다면서 문학 천재라며 극찬하시던 담임선생님의 모습이 지금도 눈에 선하다.

그 일이 있은 후, 정말 내가 재능이 있는 걸까 의문을 품은 채 아버지께서 젊은 시절 읽었던 일어판 문학전집 속에서 한글로 된 이광수의 소설이나 김소월의 시집을 뒤적이며, 전문 문학인의 작품세계를 나름 맛보았다.

전주에서 중고등학교를 다니던 시절, 중학교에서 시인 허소라 선생님을 만난 것도 영향을 끼쳤다. 허 선생님은 수업 시간에도 당신이 쓴 시를 읽으며 그 창작배경을 설명해 주곤 했는데, 제갈공명을 기리는 '촉상'이란 시를 감정을 넣어 낭독하시던 모습이 기억난다. 허소라 선생님은 신석정 선생께 사사를 받았다며 스승을 자랑했는데, 고등학교 교과서에서 신석정의 목가풍의 시를 배우게 되었고, 당시 전주상고에서 국어교사로 재직 중임도 알게 되었다.

그런데 이상한 일은 신석정 시인이 아주 목가적이고 낭만적인 전원시를 쓰는데도, 전주에서 조그마한 정치적 사안이 발생하면 신석정 시인이 그 배후로 경찰서에 연행되었다는 말들이 낮은 목소리로 전해지곤 했다. 나중에 어른이 되어서야 신석정 선생님이 일제강점기에 끝까지 창씨개명을 거부했고, 해방 직후 사회주의 계열의 시인들과 널리 교유했고 또 나름 이념 대립을 넘어 민족의 진정한 해방을 꿈꾸는 시를 발표해 요주의 인물로 지속적인 감시와 억압을 받았음을 알게 되면서, 생전에 직접 찾아뵙지 못한 것을 애석해하곤 했다.

고교시절 방학 때 시골 고향집에서 대청마루 한쪽에 쌓인 일본어 문학전집 속에서 이태준의 『문장강화』를 발견해 읽으며 우리말의 아름다움과 감동적 문장이나 글쓰기에 대해 관심을 가지게 되었고, 이상의 시집을 읽고 이를 흉내 낸 시들을 써 보기도 했다. 특히 아나키스트로 일본에서 활약하며 일본인 애인과 함께 옥살이를 한 박열의 투쟁기를 읽으며, 학교에서 배우는 개량주의적인 민족주의자들과 달리 아주 급진적인 민족주의자들이 있음을 어렴풋이 알게 되었다.

숭전대학교 대전캠퍼스(현 한남대학교)에선 당시 20대 후반의 젊은 문학평론가 김종철 선생의 영향으로, 『창작과 비평』『문학과 지성』 등 문예 계간지를 열심히 읽었다. 국문과에 출강하던 김현승 선생님은 가끔 지나치긴 했지만 직접 배우진 못했고, 공주사대에서 출강하던 조재훈 선생님께 시론을 배우며 김현승 선생님의 시세계를 동경하여, 고독에 침잠하며 절대자와 대면하는 시들에 관심을 가지게 되었다.

이런 선생님들의 영향도 있지만 무엇보다도 문학청년들인 친구들과의 만남이 결정적인 계기가 되었다. 당시 문학인을 꿈꾸던 국문과 2-3년 선후배들이 모여 합평회를 하거나 함께 같은 책을 읽으며 토론하며 지식인인 문학인의 사회적 역할과 책임에 대해 고민하면서, 그런 생각을 짧은 에세이로 써 보기도 했으나 주된 창작활동은 단연 시 쓰기였다. 대학 2학년 때는 '사태(沙汰)라는 제목의 긴 산문시를 써서 교내 문학제에서 장려상을 받기도 했다.

대학 4학년 때 친구들과 그간 합평해 온 작품들을 모아 동인지『창 그리고 벽』을 출간했는데, 비용은 친구들끼리 모아 해결했다. 이를 계기로 우리는 자연히 창벽 동인이란 이름으로 불리기 시작했고, 대학 졸업 후『창과 벽』으로 개명해 1년에 한 번 동인지를 냈는데, 대부분이 시나 소설을 쓰다 보니 나름 문학 이론과 문학계의 과제 등을 분석하고 대안을 제시하는 문학평론의 필요성을 절감하면서, 누가 이 일을 할 것인가 논의하다 결국 내가 나서게 되면서 시와 문학평론을 함께 하게 되었다.

그러다 80년에 신군부가 정권을 잡으면서 비판적 지식인의 보루 역할을 하는 문학 계간지를 폐간하면서, 그 공백을 각 지역의 동인지들이 부정기 간행물인 무크지 형태로 메우게 되는데, 우리 동인들도 본격적인 대안이 되자는 강한 책임감으로 5집부터 두꺼운 종합문예지『삶의 문학』을 펴내게 되면서 전국적인 대안 문학으로 주목을 받았고 급기야 6집부터는 서울의 동녘출판사에서 출판해 주겠다는 제안을 받아 재정과 판매 부담에서 벗어나 동인지의 내용 확대와 높은 수준 유지에 신경을 쓰게 되었다. 6집부터 전국적인 문학지로 평가를 받으며 동인들 각자가 기존 중앙문학계에서 청탁을 받아 글을 쓰고 자연스레 중앙문단에 데뷔해 전문 작가로 활동하게 되었다.

3. 지금까지 예술의 과정, 실패와 성과 등

지역의 사립대학 출신 문학도들이 모여 전국적인 수준의 문예지를 만들고 80년대 초 신군부의 문화탄압에 저항하는 대안문학의 사회적 역할을 감당했다는 점에서『삶의 문학』의 활동은 지역 문단을 넘어 우리 문학사에 일정한 족적을 남겼다는 점에서 그 의미가 크다고 자부한다.

『삶의 문학』 6집이 중앙 문단의 호평으로 전국적인 주목을 받게 되면서 광주의 『오월시』 동인인 김진경으로부터 함께 교육운동 무크지를 만들자는 제안을 받아서 시작한 『민중교육』이 85년 신군부의 저항세력 탄압의 희생양이 되어 상당수 필자들이 해직되거나 국가보안법 위반으로 구속되었다. 이는 당시 신군부가 저항세력의 거점인 대학을 사전 봉쇄하려는 학원안정법 제정을 위한 치밀한 작전 하에 벌어진 대대적인 문화 학살이었다.

당시 나와 김흥수 시인은 실천문학사 송기원 주간의 부탁으로 『농민문학』을 만드는 작업을 맡아 전국 농촌을 다니며 현장 기록들을 모으는 일을 하느라 『민중교육』에는 직접 참여하지 않았고, 또 글을 쓸 기회를 달라는 후배들의 요청으로 선배 그룹들은 거의 『민중교육』에 기고하지 않았다. 그런 사정으로 『삶의 문학』 동인 중 후배 그룹들이 대부분 해직당하면서 동인 활동은 크게 위축되었다.

충남대학교 김정숙 교수는 〈대전문학의 정체성 연구〉란 논문에서 『삶의 문학』의 의미를 이렇게 평한다. "『삶의 문학』은 관변 주도의 기관지나 잡지, 이데올로기의 결과물이 아니라 대전에서 자생적으로 발간된 종합문예지이다. 『삶의 문학』은 삶의 진실을 새로운 형식에 담고자 했던 기획의 산물이라고 할 수 있다. 이것은 뚜렷한 문학관과 문학의 민주화와 현실의 민주화를 이룩하고자 하는 목표의식 그리고 그것의 구체적 실현태로서 삶의 현장과 연계한 형식 실험을 통해 80년대에 반응한 문학-문화적 실천이다. 또한 전국적으로 다른 지역의 목소리들-서울의 『시와경제』, 광주의 『오월시』, 청주·대구의 『분단시대』, 마산의 『마산문화』 등 탈지역적 연대의 의미도 지니고 있다. 『삶의 문학』은 이데올로기나 담론 자체에 한정되지 않고 삶 속으로 육박해 가고자 하는 의지의 산물로 여겨진다. 『삶의 문학』이 보여준 정서적 특징을 드러내는 작가와 작품들을 발굴하고 연구한다면, 순수지향적 문학지도로 호명되는 대전문학에 '삶-진보적' 문학지도를 함께 그려 넣을 수 있지 않을까 기대해 본다. 이것이 『삶의 문학』이 지닌 독자성이고, 더 나아가 대전문학의 한 갈래로 설정될 수 있겠는 이유이다."

『민중교육』 사건 이후 해직이나 사정기관의 감시 등으로 동인들의 사회적 활동이 크게 제약되면서, 대다수 동인들은 각자 삶의 위치에서 나름의 문학 활동을 전개하거나 아니면 교육자로서 생활을 감당해내는 소시민적 삶을 살게 된다. 하지만 삶의 진실을 추구하는 가치관과 지향은 내면에 간직돼 있어 다시 교사로서의 교육운동에 뛰어들어 전교조 1세대로 활동하게 된다.

나도 전교조대전지부의 대변인 활동을 시작으로 대전교육연구소장으로 재직하는 동안 문학 활동과는 거리를 둔 채 교육운동에 매진하다 대전작가회의 회장을 맡으면서 다시 문학 활동을 하게 되었고, 그간의 지지부진한 문학 활동을 정리해 평론집과 산문집 등을 내게 되었다.

이젠 대전민예총 이사장을 맡으며 지역의 진보적인 문화예술인들과 힘을 합해 대안적인 문화예술의 입지를 확보하고 정당한 평가를 받을 수 있는 일에 최선을 다하고자 한다. 이것이 그간 비틀거리며 걸어온 문학인의 길을 명예롭게 매듭짓는 일이라 생각한다.

4. 지금 자신을 이룰 수 있었던 요인, 개인적이고 내부적인 요인과 외부, 사회적 관계의 요인 등

80년대는 나름 신진 비평가로 평가받으며 활동한 적도 있지만 『민중교육』 사건 이후 의도하진 않았지만 후배들을 곤경에 빠뜨렸다는 자책감에 한동안 절필하고 문학과 절연된 삶을 살았다. 『만다라』의 작가 김성동이 말하듯, 나는 재능이 뛰어나진 않지만 어쩔 수 없는 문학인인 듯하다. 그리고 무엇보다도 젊은 시절 문학인을 꿈꿨던 아버지의 영향과 대학시절 만난 『삶의 문학』 동인들의 우정 어린 격려가 문학을 포기하지 않게 한 원동력이 되었다.

문학 활동 과정 중 만난 훌륭한 선생님들과 선배님들의 격려도 큰 힘이 되었다. 대학 시절 영미시를 배운 바 있는 김종철 선생님의 문학을 대하는 엄정한 자세와 치밀한 글쓰기는 늘 귀감이 되었다. 하지만 김종철 선생님은 학창시절엔 가까이하기엔 너무 먼 분으로 큰 산이었다. 물론 이제는 국내는 물론 세계적인 생태이론가로 활동하시면서 문학과는 일정한 거리를 둔 글쓰기를 계속하고 계시지만, 엄정한 글쓰기 자세는 여전히 본보기가 되고 있다. 지금은 많이 부드러워지셔서 만나면 과거보다는 친밀하게 대하지만 그래도 역시 어려운 분이시다.

공주사대에서 출강을 나와 시를 가르치신 조재훈 선생님은 우리 『삶의 문학』 동인들에게 가장 직접적이고 지속적인 영향을 끼친 분이다. 늘 점잖고 과묵하시지만 술이 취하시면 과격하게 돌변하시기도 한다. 그래도 항상 온화한 모습으로 우리 동인들이 어려울 때 교직 자리도 추천해 주시고, 또 중앙 문단에 글을 발표할 수 있는 기회도 열어주시곤 했다. 지금은 공주의 원로 문인으로 농사를 지으며 왕성하게 시를 쓰며 생활하신다.

교직원노조에서 대변인과 대전교육연구소장으로 생활하면서 자연스레 지역의 시민사회단체와 관계를 맺게 됐고, 그런 인연으로 대전작가회의 회장을 역임하고 또 대전충남민예총 이사장도 맡게 되었다. 민예총이 각 지역마다 독립 법인으로 등록하면서 대전충남민예총에서 대전민예총으로 나뉘고서는 이제 대전민예총을 총괄하는 역할을 하고 있다. 물론 대부분의 실무적인 일은 상임이사와 각 부문별 운영위원들이 하고 있지만, 그들의 격려와 배려로 그간의 문학 작업을 책으로 묶는 일을 할 수 있었다.

지금은 대전민예총 이사장으로 대전광역시 문체국과 대전문화재단의 문화예술정책을 협의 조정하면서, 보수적인 주류예술계와 진보적인 비주류예술계의 적절한 균형과 조화를 위해 나름 힘을 보태고 있다. 이렇게 지역에서 진보적인 문화예술계를 대변하는 입장과 역할이 내 문학의 기반이 되고 또 나를 추동해가는 주요한 동력이 되고 있다.

5. 지금까지 해온 작업이 지금 자신에게 어떤 의미를 가지고 있는지

70년대의 문학청년에서 이제 나름 지역의 중견작가이자 선배그룹으로 자리매김하면서 지난날의 문학역정을 돌이켜보면, 남루한 자취만 확인할 뿐이어서 때론 쓸쓸하고 허허롭기만 하다. 하지만 나름 글을 아는 지식인으로서 그 시절이 요구하는 역할을 두렵지만 조금이나마 감당하려고 애쓴 흔적이 남아 있다. 이렇게 비틀거리며 여러 차례 해직의 위험 앞에 시달렸지만 오랜 교직생활을 어렵사리 정년으로 마감했다. 이렇게 지역에서 오랜 절필 기간을 지낸 뒤 다시 글을 써오고 그것을 책으로 묶어내고 한 것은 나름 부끄러운 삶의 흔적이나마 남긴 것으로 이를 위안으로 삼는다.

이제 정년퇴임을 하고 모처럼 시간에 쫓기지 않으면서 농익은 글을 쓰리라 기대했지만, 여전히 분주한 현실 앞에서 퇴색해 감을 느낀다. 그나마 후배들에게 누를 끼치는 선배가 되지 않으려고 현실적 이슈에 대해 칼럼을 통해 발언도 하고 또 시위 현장에 함께하려 애쓰고 있다. 위안이 되는 것은 유대 민족의 해방자로 추앙받는 모세도 40년의 곤궁한 광야생활 끝에 80대에야 민족의 지도자가 되었으니, 60대 중반인 나에게도 아직 시간은 많이 있다는 점이다.

6. 내가 하고 있는 일과 대전이라는 공간이 가진 상관, 그리고 의미

대전은 나와 아내에겐 제2의 고향이지만 우리 자녀들에겐 삶의 터전이자 정겨운 고향이다. 이젠 찾아뵐 부모님이 계시지 않는 내 고향 줄포는 형제들의 추억 속에서 살아있을 뿐, 명절이 되면 대전으로 찾아오는 자녀와 손자들을 기다리는 입장이 되었으니 이제 대전이 내 안식처인 셈이다.

내 문학청년의 꿈을 『삶의 문학』 동인들과 키우던 곳도 바로 이곳 대전이고 지금도 이곳에서 문학 활동을 하고 있으니 대전은 내 문학의 터전이기도 하다. 더구나 80년대 지역 문학 동인으로 지역을 벗어나 전국적인 평가를 받은 만큼, 그 궤적을 지역의 문학사에 제대로 자리매김하고 우리를 따르는 후배 문인들이 대전문학의 중추로 성장할 수 있는 밑거름의 역할을 기꺼이 감당해야 한다고 생각한다.

한때 진보문학 운동은 나름의 순수함을 지키고자 정부기관의 지원을 받는 것을 꺼린 적도 있었다. 그러나 그런 지원이 결국은 국민의 세금인 만큼 보수 문학단체와 진보 문학단체가 고르게 혜택을 받아 실력으로 공정하고 공평하게 경쟁하며 발전해 나가는 것은 문학인 이전에 시민으로서 누려야 할 당연한 권리로 당당히 요구해야 한다고 생각한다. 그 길에 선배로서 앞장서 후배들에게 조금이나마 도움이 되도록 노력할 생각이다.

7. 내가 하고 있는 작업에 대해 느끼는 매력과 또 단점

말과 글이 가지는 감동의 힘은 큰 매력이다. 교육운동을 하면서 전교조대전지부의 대변인으로 활동한 적이 있다. 수많은 교육 현안에 대해 보도 자료를 내고 또 방송 인터뷰나 토론으로 우리 조직의 생사를 설득하는 일을 현장 교사로 아이들을 가르치면서 함께 해야 하는 힘겨운 시기였다. 하지만 첨예하게 이해가 갈리는 사안의 경우, 반대 측 주장의 문제를 논리적으로 비판하고 합리적인 대안을 말과 글로 제시해 설득함으로써 우리 주장을 관철할 때의 그 기쁨이 바로 말과 글의 힘이자 매력이다.

무엇보다도 물리적 충돌이 가져오는 파괴적인 결과를 피하면서, 설득을 통해 상대를 바른 길로 유도해 상생하는 평화적인 방법이라는 점은 글이 가진 중요한 매력이다. 하지만 말이나 글이 도통 먹히지 않는 폭압적인 상황에선 붓이 꺾이고 문인의 살이 터지는 무력감에 빠질 수밖에 없다는 단점도 있다. 그야말로 말보다 주먹이 앞서는 야만의 시절을 우리는 군사독재 시절에 수없이 겪지 않았던가?

그러나 역사는 결국 글로 살아남는다. 그 엄혹한 시절에도 봄이 오고 꽃이 피듯이 수많은 격문이나 저항문학은 폭압을 뚫는 화살이 되어 오늘도 우리의 가슴 속에 뜨거운 숨결과 노래로 남아있음을 보면, 당대를 뜨겁게 살았던 문학인의 작품은 역사가 되어 살아남으니 문학인의 작품 활동은 고통이면서도 축복인 것이다.

8. 지금 하고 있는 일의 전망, 그리고 앞으로 예상할 수 있는 사회적 가치와 역할

80년대 사회적 변화를 선도하던 문학의 역할은 이른바 자본의 세계적 지배가 이루어지는 90년대 이후 개인의 삶이 연대를 통한 사회적 저항의 활력을 잃고 파편화되면서 그 영향력이 크게 위축되었다. 그리고 다양한 영상매체의 눈부신 발전으로 인해 깊은 사유에 기반을 둔 문학 작업은 문화예술의 변방으로 밀려나 고사 직전에 이르렀다. 이른바 '문학의 시대는 끝났다'라는 탄식이 '가라타니 고진'의 『근대문학의 종언』에서 극명하게 드러난다. 고진은 문학평론가 김종철을 필두로 많은 비평가들이 문학 판을 떠난 것에서 문학의 쇠퇴 조짐을 포착하고, 문학이 사회를 선도하던 시대, 문학이 시대적 과제를 떠안고 나름의 영향력을 행사하던 시대는 기본적으로 끝났다고 판단하고, 근대문학의 종언을 선언한다. 그는 문학이 그 사회적 힘을 잃게 된 원인을, 나라마다 이미 국민국가를 확립했기 때문이라고 본다. 하지만 그의 이런 진단은 적어도 우리에겐 부적절하다. 아직도 우리에겐 민족분단의 극복과 통일국가 수립이라는 민족적 과제가 여전히 남아 있고, 문학이 민족의 동일성과 정체성 형성에 나름대로 기여할 시대적 요구가 남아있기 때문이다.

이처럼 고진의 진단과 평가가 성급했다고 하면, 민중의 역사적 에너지 결집이 쉽지 않다고 해서 민중문학 또는 문학의 시대가 끝났다고 판단하는 것 또한 성급한 일이다. 물론 90년대에 실제로 민중문학이 크게 쇠퇴하고 이른바 후일담 문학이 사소설 형태로 성행하는 현상은 리얼리즘에 바탕을 둔 민중문학의 역할이 끝났음을 입증한다고 판단할 수 있다. 하지만 이는 문학행위를 사회구성체 변화에 대응하는 피동적이고 부수적인 현상으로 본다는 점에서 문제가 있다. 문학은 본질적으로 개인적 자아와 사회적 자아의 자기표현으로 비롯되는 것인 만큼, 집단적 응집력이 약화된 채 물신화된 시장구조에 얽매인 삶의 모습 또한 문학적 형상화의 대상일 뿐이다. 문학이 윤리적 당위성을 표방하며 사회 제반 현상을 선도하는 것만이 문학의 사회적 역할인 것은 아니다. 민중문학의 출현이 시대적 요구에 의한 것이라면, 민중문학의 소멸 또한 시대변화에 따른 불가피한 양태일 뿐이다. 근대문학의 종언이니 민중문학의 소멸이니 하는 진단은 결국 문학에 대한 새로운 변화 요구에 적절한 유연성으로 대응하려는 노력이 부족했던 것에 대한 냉정한 평가로 보아야 할 것이다. 따라서 문학의 시대는 끝난 것이 아니라 시대환경의 변화에 걸맞은 진화가 필요한 것이다.

그렇다면 오늘날 우리에게 문학이란 무엇인가. 역사적 주체로서의 민중이 사라진 시대에 문학은 어떻게 진화해야 하는가. 시장화 된 세상에서 사물화 된 개인들로 파편화된 채 살아가는 현대인들에게 문학은 무엇인가. 이렇게 어려운 때일수록 근본을 되돌아보는 법고창신(法古創新)의 자세가 필요하다. 조선시대 최고의 사상가이자 시인인 다산 정약용은 그 아들에게 주는 편지에서, '나라를 근심하고 시대를 아파하며 세속에 분개하는' 시가 참된 시이며, '백성에게 혜택을 주려는 마음가짐을 지니지 못한 사람은 시를 지을 수가 없다'고 가르쳤다. 지나치게 문학의 공리적 기능에 치우쳤다는 비판이 가능하지만, 아파하는 이웃의 고통에 민감하게 반응하며, 그런 아픔이 극복된 세상을 꿈꾸는 것이 바로 시(문학)란 것이다. 지금 이곳에서 파편화된 채 이웃의 고통에 둔감한 사람들에게 그 아픔을 함께 느끼도록 자극을 주고, 아파하는 사람들에게 연민의 정으로 공감하는 것이 바로 문학의 원래 모습인 것이다. 그러니까 역사적 주체로서의 민중이 존재하지 않는다 하더라도, 삶의 아픔이 있는 곳이라면 언제나 문학은 존재할 수 있는 것이다. 이것이 바로 문학의 존재 이유이다.

민중이 사라진 시대, 더 이상 삶의 현장에서 문학으로 대중과 함께하는 작업이 쉽지 않은 세상이 되었다고 탓하지 말자. 지금 고통 받는 사람들이 있는 이곳이 삶의 현장이자 바로 문학의 자리이고, 고통을 극복하는 세상을 함께 꿈꾸는 것이 우리 문학인의 역할이다.

문학은 도처에 흩어진 아픔을 찾아 기록하고 기억하며 그 아픔에 합당한 이름을 붙여 그 한을 씻어주는 작업이며, 또 살아있는 사람끼리의 화해를 도모하게 해주는 씻김굿 역할이 바로 우리 진보문학이 진화해야 할 모습이다.

9. 이 일을 하려는 후배들에게 하고 싶은 말

글을 쓴다는 것은, 글 아는 자가 글로 세상을 향해 말하는, 자못 엄정한 자기 발언이다. 그 엄정함이란 매천 황현이 유교적 세계관에서 벗어나지 못해 동학을 요술로 매도하면서도 망국의 한을 글 아는 자의 무능으로 통감하고 절명시(絶命詩)로 그 책임을 다하는, 바로 그런 것이 글 쓰는 자의 근본 자세로서의 엄정함이 아닌가 싶다. 결국 글을 쓴다는 것은 현재 자기가 살고 있는 상황에서 '나는 누구이며 또 어떻게 살아야 하나?'란 물음에 대한 그때그때의 진지한 답변이라고 생각한다. 지금 여기서 어떻게 살 것인가에 대한 물음으로 과거의 역사적 사건을 끊임없이 대면하고 그 의미를 묻고 나름의 바람직한 답변을 구체적인 모습으로 형상화하는 것이 바로 문학이기 때문이다. 하여 문학이란, 늘 지금 이곳에서의 문학일 수밖에 없다. 그 글을 쓸 당시의 상황에서 어떻게 사는 것이 바람직한 모습인가에 대한 끊임없는 질문에 대한 나름의 답변이기 때문이다.

(2017년 12월, 삶에 예술을얹다)

共感

包容

금강칼럼 - 휴브리스와 메타노이아

문화재의 이름 찾기

    지금은 좀 소강상태이지만 동춘당공원 내에 자리한 대전시 민속자료 제2호 '송용억 가옥' 명칭 변경 논란은 여전히 남아있다. 문화재 명칭 변경은 문화재위원회 전문가들의 검토를 바탕으로 사회적 합의를 얻어 이뤄져야 되기 때문에 대전시는 최근 '송용억 가옥'의 명칭을 '호연재'로 변경한다고 입법예고했다.

    현재는 이의신청기간으로 다양한 의견을 충분히 수렴한 뒤 심도 있는 논의를 거쳐 결정하겠다는 것이다. '송용억 가옥'은 대덕구 송촌동에 있는 조선 중기 고택으로 사대부가 건축양식이나 생활상을 살펴볼 수 있어 대전시 민속자료로 지정 관리돼 왔다. 대전시는 '송용억 가옥'이란 명칭이 1990년대 당시 가구주인 동춘당의 후손 송용억 씨의 이름을 붙인 것으로 문화재 명칭으론 적합하지 않다는 입장이다.

    따라서 현 가옥에서 300여 년 전 23년간 생활하며 200여 수의 생활한 시를 남긴 조선시대 최고 여류시인 김호연재를 기려 '호연재'로 변경해야 한다는 것이다. 이에 대해 은진 송씨 문정공파 종중은 동춘당의 증손이자 호연재의 남편이었던 송요화의 호 '소대헌' 또는 그의 아들 송익흠의 호 '오숙재'가 사용돼야 한다고 이의를 제기하고, 조선시대 건축물에 여자의 이름을 넣는 것은 그 유래를 찾아볼 수 없다며 반대 입장을 밝히고 있다.

호연재의 남편 송요화는 동춘당 송준길의 증손자로 효성이 지극해 아침저녁으로 홀어머니의 안부를 묻는 혼정신성을 빠뜨리지 않았다고 한다. 그는 과거공부와 어머니를 모신다는 명분으로 회덕을 떠나 형인 송요경의 임지를 따라다녔고, 시인들과 교유하며 전국 명승지를 찾아다니는 등 비교적 자유분방하게 생활했다.

이는 그의 행적을 새긴 묘표에 '속이 넓고 속되지 않아 천품이 자유로운 가운데 품행이 독실했다'라는 기록에서도 드러난다. 호연재는 큰아들을 따라다니는 시어머니와 남편의 부재 속에 큰 집안 살림을 도맡으며 겪는 가난과 고독을 시로 승화시켜 많은 생활한시를 남겼다.

하지만 호연재의 최종 목표는 '호연재자경편'의 '아름다운 말과 착한 행실, 교화의 밝음에 있어 어찌 남녀가 의당 할 일이 다르다는 이유로 흠앙하고 본받지 않겠는가'에서 나타나듯, 가난을 선비의 떳떳한 도리로 여기며 군자의 도를 실천하는 여성군자였으니, 그녀의 호만큼이나 호연한 기상을 실천하고자 했다. 바로 이 점이 그녀를 조선시대 다른 여성문학인과 구별해 여성적 정감과 호연한 기상을 융합한 시세계를 보여주는 최고의 시인이자 지행을 겸비한 진보적 여성으로 자리매김하게 한다.

그래서 동춘당 집안에서도 호연재를 공경하고 흠모했다고 한다. 그녀가 마지막 남긴 시는 아들 송익흠에게 주는 '부가아'로, 뜻을 높이 세우고 품행을 단정히 하며 오직 노력하길 바라는 병든 어머니의 간절한 마음이 담겨 있으니, 지금 송씨 문중에서 말하는 '오숙재' 명칭 또한 그녀의 가르침 없이 어찌 가능했겠는가를 먼저 살펴야 한다.

무엇보다 이런 명칭 변경의 출발이 '송용억 가옥'이 문화재청의 문화재로 지정돼 그 소유권이 국가로 이전되면서 자연스레 그 문화재적 가치를 다시 따져보게 됐음을 생각해 볼 필요가 있다. 단순히 고택 소유주를 명시하는 사유재산 문화재 성격이 아니라 국가문화재로서 그 건물과 관련된 역사적 인물의 지명도나 문화적 가치 등을 고려해야 하는 것이다.

우리는 한때 대전 유일의 국가 보물 동춘당에 은진 송씨 문정공파 종손이 생계유지를 이유로 음식점을 운영해 시민들의 빈축을 산 적이 있음을 아픈 마음으로 기억하고 있다. 마찬가지로 종중에서 힘을 모아 '송용억 가옥'을 사유재산 문화재로 끝까지 지키지 못한 어려운 현실을 되돌아봐야 하지 않나 싶다.

더구나 호주제가 부계혈통만을 인정해 양성평등과 개인의 존엄성을 이념으로 하는 헌법정신에 위배된다는 위헌 판결을 받아 폐지되고 새로운 가족관계등록부제가 시행된 지 6년째인 지금, 조선시대 건축물에 여자의 이름을 넣는 것을 탓하는 것은 사회적 타당성과 합리성을 인정받기가 쉽지 않을 듯하다. 호연재는 은진 송씨 문정공파의 자랑스러운 종부로 일상생활 속에서 부덕(婦德)을 실천한 분이기 때문이다. 강릉에는 허난설헌, 대전에는 김호연재. 허난설헌의 위작설이 나오는 현실을 감안하면 조선시대 최고의 여류시인 호연재를 기리는 것은 종중만이 아닌 우리 대전의 자랑이 아니겠는가!

(금강일보 2014.12.21.)

영양羚羊의 무모한 달리기

흔히 포식자와 피식자의 냉혹한 생존법칙을 말할 때 아프리카 초원을 떼 지어 달아나는 영양과 이를 쫓는 치타를 예로 든다. 이 경우 우리는 영양들이 오로지 치타를 피하려고 혼신의 힘을 다하는 것으로 이해하지만 사실은 그렇지 않다고 한다. 세계적인 진화생물학자인 매트 리들리는 세렝게티 초원에서 치타와 영양의 질주를 관찰하던 중 영양이 치타와 치열한 속도경쟁을 벌이는 게 아니라 다른 영양보다 더 빨리 달아나려는 내부경쟁에 몰두함을 발견했다고 한다. 그렇다면 영양의 대응은 매우 근시안적이고 어리석은 것으로 보인다. 나만 어떻게든 살고 보자는 영양의 이런 행태는 내부의 희생을 전제로 이루어진다는 점에서 소모적이고 퇴영적이다. 이런 행태가 정글 속에서 계속된다면 아프리카 영양은 결국 자멸의 길을 걸을 것이기 때문이다.

이렇게 외부의 위협이 분명한데도 내부경쟁에만 몰두해 나만 빨리 달려 살아남는 것도 과연 생물학적 진화라 부를 수 있을까. 내부의 일정한 희생을 당연시하는 내부경쟁의 강화는 외적 대응력의 약화라는 치명적인 결과를 가져온다는 점에서 오히려 퇴행이라 할 수 있다. 치열한 경쟁에서 이기는 자만이 살아남는다는 자연선택설이 모든 동물에 적용되는 철칙이 될 수는 없다. 오히려 경쟁보다는 상호부조와 상호지지를 통해 더 좋은 조건을 만들어내는 자연법칙 또한 존재함을 많은 생물학자들이 밝히고 있으며 다윈도 이를 인정한 바 있다.

가령 나무가 매서운 추위를 이겨내기 위해 나뭇잎 스스로 수액 흡수를 중단하고 아름다운 단풍으로 물든 뒤 낙엽으로 떨어지는 게 바로 그런 상호협력의 모습이다. 설치류들이 먹을 것을 구하기 어려워 서로 경쟁이 불가피한 겨울을 이겨내기 위해 아예 겨울잠을 자면서 현명하게 경쟁을 피하며 함께 살아남는 것 또한 상호부조의 모습이다. 이렇듯 영양들도 소모적인 내부경쟁에서 벗어나 서로 힘을 모아 치타의 공격에 맞선다면 어떻게 될까. 아마도 생물학적 생존본능에서 벗어나 사회적 진화를 이루게 될 것이다.

최근 세계적인 경제위기 속에서 국가경쟁력을 높여 침체에 빠진 국가적 위상을 회복하고 국민의 삶의 질을 높여주기보다는 오직 국내의 권력 장악에만 몰두하는 정권 핵심부의 탐욕적이고 추악한 암투를 보면서 영양의 무모한 달리기를 연상함은 지나친 비약일까. 국가나 국민보다는 사적 조직 지키기와 개인의 영달에만 집착하는 그 모습이 나만 살고보자는 영양의 모습과 크게 달라 보이지 않는다. 이런 영양의 무모한 달리기는 다른 조직에서도 확인할 수 있다.

요즘 새해를 맞아 새롭게 조직을 개편하면서 드러나는 인사잡음이 그렇다. 인사가 만사라고 공정하고 투명한 과정을 거쳐 적재적소에 인재를 배치하는 것이야말로 조직의 발전을 좌우하는 시금석임을 누구나 인정한다. 하지만 현실은 이런 원칙과는 영 다른 경우가 많다. 무엇보다도 사적인 인연을 앞세워 인사권자의 권한을 강화하려는 경우가 그렇다. 그래서 무슨 '삼인방'이니 '십상시'니 하는 용어가 나타나게 된다. 이 또한 인사권자가 조직의 외적 경쟁력보다는 조직 내부의 요직에 자기 사람을 심어 자기 권력을 강화하는 데에만 관심을 가진다는 점에서 내부경쟁에서만 살아남으려는 영양의 무모한 달리기와 유사하다.

최근에 주변에서 이와 유사한 행태에 대해 들었다. 새해 조직개편을 위한 인사에서 인사권자가 조직 내부의 인사원칙을 무시하고 자기 사람을 조직 전면에 내세우려 했단다.

인사권자는 자신의 고유권한을 내세우며 인사위원회의 추인을 강요했는데 그가 내세운 기준이 아주 황당했단다. 이 사람은 싫어서 안 되고, 저 사람은 그냥 잘할 것 같으니까 그 자리에 적합하다고 강변했다니, 봉건왕조에나 있을 법한 행태라서 차마 믿기지 않을 정도다. 이런 막무가내식 전횡에 맞서 일부 피해자와 이에 동조하는 구성원이 힘을 모아 며칠 동안 격렬히 저항한 끝에 인사원칙을 겨우 지켜냈다고 한다. 이렇듯 크고 작은 조직들이 오로지 내부경쟁에만 몰두해 냉혹한 외부 현실에 대한 저항력을 잃게 되면 그 조직들은 결국 무너지고 말 것이다. 영양의 무모한 달리기에서 벗어나 상호부조의 정신으로 모두가 행복한 조직을 만들어 외적 환경에 대응해야 하는 것은 우리가 영양보다 현명한 사회적 존재이기 때문이다.

(금강일보 2015.01.18.)

성인장애인 교육권 보장해야

　작년 새해 벽두에도 '기로에 선 성인장애인의 교육권'(본보 2014년 1월 6일자 3면)이란 제목의 안타까운 글을 이 지면에 쓴 적이 있다. 성인장애인에 대한 맞춤형 교육으로 전국에서 가장 모범적인 장애인교육기관이자 우리 지역의 자랑인 '모두사랑장애인야간학교'가 무상임대 중인 건물 철거와 부지 매각으로 배움터를 잃을 상황에 처했으나, 임기 종료를 앞둔 김신호 교육감과의 면담을 통해 그 위기를 가까스로 모면하게 됐음을 전하며 차기 교육감에게까지 그 조치가 이어질지 일말의 우려를 표명했었다.

　당시 김 교육감은 교육 기회를 놓친 장애인이나 노인 등 사회적 약자에 대한 보살핌과 평생교육을 비롯한 야간학교 운영 보장은 교육자인 교육감의 당연한 의무로, 교육청 소유로 장애인야간학교에 무상임대 중인 갈마동의 구 서구의회 건물이 철거되고 부지가 매각되더라도 장애인야간학교가 중단 없이 운영되도록 대안을 모색하는 일에 대한 교육감으로서의 철학이나 의지가 명확함을 천명했다.

또한 김 교육감은 차기 교육감도 자신의 이런 결정을 무시하지 못할 것임을 강조했다. 하지만 구체적인 지원시스템 구축으로 뒷받침되지 않는 최고책임자의 선의나 의지는 지속될 수 없다는 당시의 걱정이 결국 현실화되는 듯하다. 김 전 교육감의 약속은 작년 7월 이후 '6개월 연장'으로 끝이 나고 장애인야간학교는 내달 말까지 현 건물을 비우도록 통보받은 상태다.

매서운 꽃샘바람 속에 길거리로 나앉게 된 장애인야간학교는 작년 10월 설동호 교육감과의 면담에서 구체적인 대안을 요구했다. 하지만 "이런 학교가 있는 줄 몰랐다"는 설 교육감의 당혹감 표현으로 "차기 교육감도 장애인야간학교 지원을 외면하지 못할 것"이라던 김 전 교육감의 호언장담은 허언이 되고 말았으니 참 애석한 일이다. 오용균 교장은 설 교육감의 인수위원회 구성 당시 특수교육담당 인수위원에게 학교 건물 문제를 보고해 대책을 마련해 줄 것을 간절히 건의했는데도 보고가 안 된 것인지 아니면 장애인교육에 대한 교육감의 의지가 부족한 것인지, 교육감의 당혹감 표현에 무척 놀랐다고 한다.

그래서인지 관계자와 협의해 대책을 마련하고 그 결과를 알려주겠다는 설 교육감의 약속은 지켜지지 않은 채 오히려 그간 평생교육 차원에서 지원하던 교육청의 보조금 지원마저 올해 들어 중단됐다고 한다.
돌이켜 보면 장애인야간학교가 현재 배움터로 사용하고 있는 구 서구청 부지 매입부터가 애초에 무리였던 듯하다.

국민의 정부 시절인 2001년 7·20 교육환경개선 계획이 천명된 후 갈마2초등학교 신설 계획으로 매입한 현 부지는 학생 수 변화추세 등을 면밀하게 따져보지 못한 채 당시 교육청의 기채발행 순위가 전국에서 두 번째로 높은 상황에서 무리하게 추진됐고, 야간학교가 현 건물에 입수하던 2005년에야 학생 수 감소와 교육재정 악화로 학교 신설이 무산됐다. 현재 교육청에서 서구청에 매각 추진 중인 지금의 상황도 전반적인 지방재정 악화 현실을 감안하면 계획대로 실행될지 의문이지만, 서구청에서는 현 부지를 매입해 보건소와 공용 주차장으로 활용할 계획이라고 하니 교육기관을 없애 주차장을 만드는 게 과연 옳은 일인지 의문이 든다.

장애인야간학교는 작년 10월 설 교육감과 면담하면서 성인장애인 교육 활성화 자료를 제시하면서 장애인평생교육시설 확보를 요구했다. 현 건물을 철거하고 매각할 수밖에 없다면 다른 대도시처럼 대체공간을 마련해 달라는 것이다. 지방자치단체의 장애인 교육권 보장이 '장애인복지법'이나 '장애인 등에 대한 특수교육법'에 명시돼 있기 때문이다. 설 교육감의 지론처럼 '요람에서 무덤까지' 학습하고 교육받아야만 행복한 삶을 영위할 수 있는 평생교육의 시대가 됐다.

그런 만큼 성인장애인들이 효과적인 평생학습을 할 수 있도록 기본적인 정책을 마련해주고, 자율적이고 다양한 학습을 통해 자기계발과 혁신능력을 갖춰 나갈 수 있도록 지원해 줘야 한다. 더구나 교육청과 달리 대전시가 올해도 장애인야간학교에 운영비를 계속 지원하는 등 나름의 법적 책임을 감당하고자 하는 상황에서, 16일로 예정된 설 교육감과의 면담에서 교육청의 전향적인 태도 표명으로 성인장애인들에게 따뜻한 설 선물이 주어지길 기대해 본다.

(금강일보 2015.02.15.)

성인장애인 배움터, 진정성 있는 대책 필요

지난달에 이어 다시 성인장애인 교육기관인 '모두사랑장애인야간학교' 지키기에 대한 글을 써야 하는 마음은 착잡하기만 하다.

설날을 앞둔 2월 16일, 특수교육담당 장학관과 장학사, 그리고 재정과 사무관 등 실무진을 대동한 설동호 대전시교육감을 상대로 오용균 모두사랑장애인야간학교장과 김영호 · 박영진 자원봉사교사, 그리고 박영기 사무국장이 함께하는 연석회의가 열렸다. 마침 당일에 '성인장애인의 교육권 보장해야'(2월 16일자 3면)란 칼럼이 게재된 금강일보를 들고 회의장에 들어가면서, 칼럼 말미에 쓴 대로 '설교육감과의 면담에서 교육청의 전향적인 태도 표명으로 성인장애인들에게 따뜻한 설 선물이 주어지길 기대'하는 마음으로 회의에 임했다.

상호 인사를 건넨 뒤, 곧바로 오 교장이 격앙된 목소리로 전임 김신호 교육감 시절부터 교육청에 지속적으로 요구한 성인장애인교육 활성화 대책이나 야학 건물 임대계약 만료에 따른 대체공간 마련 등에 대한 교육청의 임시방편과 무성의한 태도 등을 질타하기 시작했고, 특수교육담당 장학관이 이에 거세게 항의하면서 회의 분위기가 급속히 냉각됐다.

특히 안전행정부의 지방재정법 개정에 따른 보조금 지원규정 유권해석에 대해서는 대전시청이 작년 하반기에 보건복지부에 의뢰해 야학에 대한 지원을 계속하는 데 반해 교육청은 이에 소극적으로 대처한 것을 추궁할 때는 대립이 고조되기도 했다.

하긴 실무진이 해당 규정이나 법률을 보수적으로 해석하고 이를 지키려는 태도를 마냥 나무랄 수는 없다. 하지만 법률이나 규정을 기계적으로만 해석 적용하는 것은 자칫 법치만능주의 신화에 빠질 위험이 있다. 법이 만인에게 공평하게 적용돼야 함은 지당하지만 법이 강자와 약자에게 일률적으로 적용되는 게 곧 정의 실현을 의미하는 것은 아니다.

왜냐하면 기존의 법은 이미 강자의 이익을 지키기 위한 것이기 때문이다. 가령 야학의 경우 제도권이 감당하지 못한 성인장애인을 위한 민간주도 교육기관이다 보니 그 열악한 환경이 법으로 정한 시설기준을 갖추지 못해 등록된 학교가 아니므로 결국 교육청 지원이 불가능하다는 점을 보면 그렇다.

정부나 지자체에서 설립한 특수학교라면 애초 이렇게 교육감을 찾아와 대책 마련을 요구할 일이 없을 터이니 성인장애인 야학과 일반 특수학교에 똑같은 규정이나 법률을 적용하는 걸 어찌 '정의로운 법 적용'이라 할 수 있겠는가. 물론 법을 자의적 잣대로 재단해 강자의 법이 돼선 안 되겠지만 기계적인 법 적용으로 사회적 약자를 아예 배제하거나 외면하는 것을 정당화해서도 안 된다.

판사가 정상을 참작할 만한 사유가 있다고 판단한 경우에 그 재량권을 인정하는 것도 법에 내재된 이런 불평등을 개선하기 위해서라 할 수 있다. 그래서 우리나라 3대 청빈법관 중의 한 사람인 방순원은 "법도 눈물을 지닐 수 있는 것"이라고 하지 않았는가.

야학 문제는 세세한 규정과 법률 유권해석으론 해결되기 어렵다. 실무진의 조치로 접근할 일이 아니라 교육감의 정무적 판단과 철학, 의지로 해결해야 할 사안이다. 사실 교육감은 대전의 초·중·고 교육을 책임진 자리이지만 대전지역 모든 유권자의 선택으로 가능한 자리로, 초·중·고 자녀를 둔 학부모만 유권자로 삼지 않은 것은 그가 제도권 교육만 감당하는 것이 아니라 시민들의 평생교육까지 책임지는 위치이기 때문이다. 성인장애인 교육은 '장애인 등에 대한 특수교육법'의 적용을 받는다.

이 법에 '등'자 한 자를 넣기 위해 수많은 성인장애인들이 오랫동안 단식과 시위 등 눈물겨운 노력을 벌여온 것은 장애 때문에 교육받지 못했던 성인장애인의 교육권을 확보하기 위함이었다. 따라서 야학의 배움터를 지켜주는 것은 교육감의 정무적 능력을 가늠하는 시금석이자, 독실한 기독교인이자 장로인 그의 진면목을 확인하는 기회이기도 하다.

예수는 '안식일이 사람을 위해 생긴 것이지 사람이 안식일을 위해 생긴 것이 아니다'라고 했다. 무엇보다 예수의 사랑은 명사가 아니라 동사다. 슬픈 소식을 듣고 긍휼함으로 눈물을 흘리며 직접 찾아가 보듬고 눈물을 닦아주는 분이 바로 예수다. 임대 만료기간인 3월이 가고 있다. 장애인의 배움터를 지키려는 진정성 있는 대책이 필요하다.

(금강일보 2015.03.15.)

원도심 활성화와 인문학적 상상력

옛 충남도청사에서부터 대전역을 잇는 원도심에 모여 있던 많은 공공기관이 신도심인 둔산으로 옮겨가며 한때 무기력하게 공동화 되던 원도심이 이젠 제법 활력을 되찾았다. 그간 원도심을 되살리기 위해 재생사업에 앞장선 지역민들의 자구책과 대전시가 꾸준히 추진한 '원도심 활성화사업'이 나름 효과를 거둔 셈이다.

특히 지역경제 활성화에 문화예술을 접목한 사업이 성공을 거뒀다는 점에서 그 의미가 자못 크다. 시민들이 도심에서 펼쳐지는 각종 문화예술 공연 · 전시 등을 통해 문화적 권리를 누림은 물론 지역 문화예술가들과 자연스레 어울리는 예술적 상호작용을 통해 지역의 문화적 수준을 높이고 경제도 살릴 수 있었기 때문이다. 무엇보다 지역 문화예술가들이 자신의 재능을 발휘하고 시민들의 사랑 속에서 예술적 기량을 향상시켜 지역 문화예술을 활성화시킨 점 또한 큰 수확이라 할 수 있다.

그런데 원도심 활성화사업이 일정 정도 성공을 거두자 규모가 축소

되고 방향이 보여주기식 전시·공연 중심으로 고착되면서 사업의 지속적인 가치 창출이 가능할지 의문이 든다. 특히 사업 초기 병행했던 문화탐방이나 조사연구사업, 취약지역을 되살리는 기운생동 프로젝트 등이 예산 축소를 이유로 중단되면서 원도심 문화·역사를 복원하는 작업이 어려워졌기 때문이다.

물론 각종 문화예술 공연·전시 등이 시민들에게 볼거리·즐길거리를 제공하고 지역을 활성화 한다는 건 인정한다. 하지만 볼거리가 사람들을 불러모으는 시간은 극히 제한적일 수밖에 없다. 볼거리 외에 오래 기억되는 이야기와 문화적 표지물을 만들어낼 때 시민들의 지속적인 접근이 가능하다. 따라서 지역민의 삶에 인문학적 상상력을 덧붙여 살아있는 이야기를 만들어내는 작업은 그 지역의 가이드 역할은 물론 지역민에게 자부심과 긍지를 심어줄 수 있다는 점에서 꼭 필요하다.

실제 대전작가회의와 대전문화재단이 공동으로 추진한 원도심의 문화에 대한 조사연구사업은 그 성과가 큰 것으로 평가받았다. 원도심을 중심으로 펼쳐진 현대문학의 현장을 탐방해 지역문인들의 삶과 문학을 살펴보고 이를 구체적으로 서사화(스토리텔링)해 대전의 문학지형도를 그려낸 결실이 바로 '대전문학의 시원(始原)'이란 저서다. 이는 원도심을 중심으로 펼쳐진 대전문학의 흔적을 새롭게 복원해 대전 현대문학의 형성과정 등을 살펴보고, 시민들이 작가별 탐방 코스를 따라 대전문학의 현장을 찾아봄으로써 대전문학에 대한 자긍심을 높이고 나아가 원도심 활성화에도 기여하도록 하고자 한 것이다.

사실 이 작업은 원도심을 중심으로 활동한 작고문인과 현역문인을 안배해 대전문학의 과거와 현재를 잇는 현장 중심의 대중적인 대전현대문학사를 완성해간다는 장기적 안목으로 시도됐다. 지속적인 계획은 원도심 사업 축소로 일단 1차로 중단돼 아쉽지만 그 결과물은 작년에 이어 계속 금강일보에 연재되면서 그 성과를 인정받고 있다.

문제는 '원도심 활성화사업'처럼 대전시에서 문화재단에 사업을 위탁하는 경우 그 사업 유형이나 내용에 대한 협의가 쉽지 않다는 점이다. 대전시는 사업 목적만 제시하고 구체적인 내용과 추진은 문화재단에 일임해 문화재단이 컨트롤타워로서 탄력적인 조정 역할을 하게끔 돼있지 않다는 것이다. 가령 원도심을 중심으로 대전문학 지형도를 만들겠다는 야심찬 연속사업이 예산 축소로 중단될 때 심사위원들이 내세운 약속은 "조사연구사업의 필요성은 십분 공감하되 예산이 많이 소요되는 사업이므로 격년제로 실시한다"는 것이었다.

하지만 그 약속대로 격년이 되는 올해 대전시에서 사업 유형과 방향을 확정해 문화재단에 위탁하는 통에 과거의 약속은 사라져버렸다. 그간 준비해 온 문화예술단체들은 대전시의 이런 변화에 큰 허탈감을 느꼈을 것이다. 사실 조사연구사업은 문화예술의 뿌리다. 조사연구사업의 토대 없이 어떻게 문화예술의 꽃을 피울 수 있겠는가? 미국을 대공황에서 구한 4선 대통령 루스벨트가 실시한 '문화뉴딜'을 참고할 필요가 있다.

당시 '연방프로젝트 넘버원' 문화뉴딜 프로젝트 중 '연방작가프로젝트'는 지역의 역사 · 문화유산 등을 수집 편찬해 미국적 전통과 역사를 복원했다. 이것이 지금까지도 출판되고 있는 그 유명한 '아메리칸 가이드 시리즈'로 이 프로젝트는 지역민의 긍지가 됐다. 대전도 이제 원도심 활성화사업에 인문학적 상상력을 도입해야 한다. 따라서 추경을 통해 문화탐방이나 조사연구사업을 되살려 대전의 문화적 긍지를 찾아야 한다.

(금강일보 2015.04.12.)

성인장애인 교육지원조례 제정을 기대하며

장애인에 대한 바른 자세를 보여주는 일화로 성경에 나와 있는 예수와 제자의 문답을 들 수 있다. 선천적 맹인을 보고 제자들은 그 장애가 누구의 죄 때문인가를 스승에게 묻는다. 장애를 죄의 결과로 보는 당시의 사회적 편견이 반영된 질문이다. 예수는 이런 편견을 즉각 부정한다.

그 누구의 죄 때문도 아니고, 하나님이 하시는 일을 나타내기 위해서라고. 장애는 과거의 문제가 아니라 미래의 문제이고, '왜'가 아니라 '어떻게'의 문제라는 것이다. 혹자는 "하나님이 자신의 영광을 드러내고자 엄청난 고통을 특정인에게 강요한단 말이냐'라고 항변한다.

하지만 그 뒤 예수의 행동을 보면 그런 뜻이 아니다. 일할 수 있는 낮에 나를 보내신 이, 즉 신의 일을 우리가 행해야 한다며 그 소경의 눈을 뜨게 하는 이적(異蹟)을 행한다. 이렇게 본다면 예수가 행한 것처럼 우리도 따라야 하는 셈이다. 즉 장애인이 그 장애로 좌절하지 않고 당당한 사회인으로 살아가게끔 그들과 스스럼없이 함께하며 그들의 인간다운 삶이 가능한 세상을 만들기 위해 애써야 하는 것이다.

그간 대전의 성인장애인 민간교육기관인 '모두사랑장애인야간학교'가 배움터를 잃을 위기에 처해 이를 해결하고자 많은 노력이 있었다. 설동호 시교육감 면담과 행정부서와의 접촉을 통해 대전교육을 책임진 교육청의 진정성 있는 대책 마련을 간절히 촉구했다. 하지만 한결같은 답변은 "장애인복지법이나 특수교육법 등 성인장애인 교육에 대한 법적 근거는 있으나 야간학교가 학교형태라는 법적 요건을 갖추지 못했기 때문에 지원이 어렵다"는 것이다.

특히 지방재정법 시행으로 명시된 법적 요건 준수가 강화돼 어쩔 수 없다는 것이다. 오히려 성인장애인 문제이니 대전시에 대책을 요구해야 하며, 법적 요건이 마련된다면 그때는 시에 호응해 지원하겠다는 것이다. 이에 대전시는 "교육 주무관청인 시교육청이 너무 미온적이며, 교육청이 먼저 적극적으로 대책 마련을 요구한다면 함께 논의해 보겠다"는 식이다. 이렇게 서로 책임을 미루고 있지만 '절에 간 색시' 신세인 야간학교로서는 우선 법적 요건 마련에 최선을 다할 수밖에 없다.

다행히 각종 교육 현안에 적극 대응해 대전교육가족들의 신뢰를 받고 있는 시의회 교육위원회를 찾아가 현황을 설명하고 대책 마련을 요구했다. 합리적이고 개혁적인 송대윤 교육위원장과 정기현·구미경 의원을 면담한 결과, 정 의원이 주관해 '성인장애인교육지원조례'를 발의하기로 했다. 먼저 오는 29일 오후 2시 시의회 대강당에서 '성인장애인 교육지원조례 제정을 위한 정책토론회'가 개최될 예정이다. 토론회 이후 구체적 조례안이 발의돼 시의회를 통과한다면 전국 최초로 성인장애인 교육지원의 법적 요건이 마련된다. 그야말로 대전이 성인장애인 교육권의 일대 전기를 마련한 선도적 도시로 기록되는 셈이다.

지난달 17일 대전 평송청소년문화센터에서 열린 장애인의 날 기념 사랑의 음악회 '희망을 노래하다'에 참석한 설 교육감은 "가슴과 가슴으로 전해지는 넉넉한 사랑이 아름다운 선율로 퍼져나가 모두 함께하는 행복한 사회를 열어가길 바란다"고 말했다. 교육감의 말처럼 '모두 함께하는 행복한 사회'를 어떻게 만들지 고민해야 한다. 성인장애인의 배움터 보장도 결국 '왜'가 아닌 '어떻게'의 문제다.

　모두사랑장애인야간학교의 이전 시기가 우여곡절 끝에 7월로 연장됐지만 새 배움터 마련이 쉽지 않다. 한 가지 제안을 해보고 싶다. 설 교육감 면담 시 함께한 재정과 사무관은 '잉여건물'이 없다고 했다. 발상을 바꿔 대전시 산하기관이나 시교육청 산하학교에서 유휴공간을 찾아내 야간학교와 공유하는 묘책을 찾아보는 것도 한 방안이 아닐까 싶다. 특히 중구나 동구에 있는 일부 초등학교는 학생 수 급감으로 유휴공간이 상당하다고 한다. 6개 학년 전교생이 200여 명에 불과하고 한 학급당 16명 수준인 학교도 있다.

　이런 추세라면 앞으로 폐교까지 고민해야 할 터이니 유휴공간을 야간학교와 공유하며 상생하는 지혜를 짜볼 만도 하지 않을까. 물론 교육감의 의지와 교육청의 지혜가 필요한 일이다. '왜'가 아니라 '어떻게'의 자세로. 우리나라 장애인의 절반 정도가 초졸 이하 학력인 현실을 더 이상 외면할 순 없다. 성인장애인의 고통은 결국 비장애인 모두의 수치이기 때문이다.

(금강일보 2015.05.11.)

성인장애인 교육권 확보의 청신호

우리 지역 성인장애인 교육의 자랑인 '모두사랑장애인야간학교'의 배움터 보장 문제로 촉발된, 성인장애인의 교육권 확보에 청신호가 켜졌다. '시민과 동행하는 열린 의회'를 지향하는 대전시의회가 주최한 '성인장애인 교육권 확보를 위한 정책토론회'가 지난 3일 열려 전국 최초의 '성인장애인교육지원조례' 제정이 가능하게 됐기 때문이다.

이날 대전시의회 대회의실에 들어서며, "법적 요건 미비로 모두사랑장애인야간학교 배움터 마련 등 각종 지원이 어렵다"라는 시교육청의 답변을 듣고 힘겨운 발걸음으로 시의회 교육위원회를 찾았던 지난 4월을 떠올렸다. 성인장애인 교육의 어려움에 관해 경청한 뒤 지혜를 모아 대안을 찾아보겠다던 송대윤 교육위원장과 정기현·구미경 의원이 그 약속을 지켜 전국 성인장애인의 교육권 확보에 새 전기를 마련한 것이다.

인사말에서 김인식 의장은 "장애인 등 사회적 약자와의 동행하겠다"

고 약속했고, 송대윤 교육위원장은 "장애인의 한 사람으로서 장애인이 마음 놓고 교육받을 수 있는 안이 나오길 바란다"고 말했다. 이번 토론회를 주관한 정기현 의원은 "내년부터 법령이나 조례에 지출근거가 있어야 보조금 지원이 가능하므로 오늘 토론회를 통해 성인장애인 교육에 보조금 지원이 가능한 조례를 제정할 수 있도록 활발한 정책 제안을 해 달라"고 당부했다.

주제발표에 나선 한남대학교 사회복지학과 이영미 교수는 "열악한 환경에서도 장애성인들의 문해교육과 학령기 학교교육을 시행하고 있는 장애인야간학교에 '학력인정평생교육시설'에 준하는 설비투자와 인력지원으로 정규교육기관으로 제도화시키려는 노력을 기울여야 한다"고 촉구했다.

전국야학협의회 김기룡 전문위원은 "그간 '학교형태의 장애인평생교육시설 운영지원에 관한 조례'를 제정한 사례가 없기 때문에 이번 조례 제정의 의미가 크지만 특정 영역으로 제한하지 말고 더 포괄적인 내용의 '대전시 장애인평생교육지원 조례'를 검토해 보는 것도 좋을 것"이라고 제안했다. 특히 "전국 최초의 광역 수준의 장애인평생교육지원에 관한 조례가 될 수 있으므로 실현 가능하고 미래지향적인 내용을 반영한 모범적인 조례로 추진할 필요성이 있다"고 강조했다.

대구 질라라비장애인야학 조민제 정책실장은 "성인장애인 교육에 관한 조례가 전무한 상황에 대전에서 해당 조례를 제정한다는 것은 전국적으로 매우 의미 있는 일이며, 장애인야학 지원은 시청과 교육청이 분담해 지원하는 것이 전국적인 대세이므로 이제는 무엇이 필요한가와 더불어 어떻게 지원할 것인가를 함께 논의해야 할 때"라고 주장했다.

한편 이번 토론회를 통해 오는 7월까지 연장된 모두사랑장애인야간학교의 배움터 이전에 대한 실질적인 책임을 대진시와 교육청이 분담하기로 천명한 것은 그간의 신경전에서 벗어나 진일보한 일로 특기할 만하다. 특히 이인기 대전시 장애인복지과장은 "작년에 국민권익위원회에 '미등록 장애인평생교육시설에 대한 예산지원의 법적 근거 마련에 대한 질의'를 통해 장애인평생교육시설 지원체계 개선안의 의견 조치를 교육부를 비롯한 17개 광역자치단체 및 교육청이 제도 개선 권고조치를 받았다"고 설명했다.

이 과장은 권익위 권고대로 시설기준을 충족시키지 못하는 미등록 장애인교육시설의 경우 3년 정도의 유예기간을 두는 예비등록제를 실시해 등록하게 한 후 재정을 지원해 시설 운영을 정상화하는 안을 제시했다. 이에 부응해 김용선 대전시교육청 행정국장은 "7월까지 모두사랑장애인야간학교가 대체공간을 마련하지 못한다 하더라도 강제집행하지는 않을 것이며, 학교로 사용할 건물을 임대하면 시청과 협의해 공동으로 임대료를 지급해 학교가 운영되도록 하겠다"고 약속했다. 그간 제시된 여러 안 중에서 가장 협력적이고 실현 가능한 안이라 생각하며, 조례 제정과 별도로 장애인야학의 배움터 문제 해결이 가능해진 셈이다.

정기현 의원은 "대전시와 교육청이 해야 할 일을 별도로 제시하는 두 개 조례로 나눠 제정을 추진할 예정"이라고 밝혔다. 전국적인 기대를 받고 있고, 또 교육청과 대전시가 그간 모두사랑장애인야학을 실질적으로 지원해 전국에서 가장 모범적인 야학으로 평가받도록 한 만큼 조례 제정을 통해 좋은 결실을 맺길 기대한다.

(금강일보 2015.06.08.)

'씽씽토크'로 여는 아름다운 세상

음악에 대한 순수한 사랑과 뜨거운 열정을 간직한 채, 상업성에 연연하지 않고 자기가 좋아하는 장르에 천착하며 세상과 소통하려는 음악인들이 우리 주변에 있다. 비주류 음악인으로 분류되는 이들은 기획사의 상업성이나 제도권 음악의 규율에 얽매이지 않고 자유롭고 독립적인 뮤지션으로 살아가고자 한다.

이들이 바로 '인디음악인'들이고 이들의 축제가 '인디음악축전'이다. 문제는 '구슬이 서 말이라도 꿰어야 보배'란 속담이 말해주듯, 자유로운 영혼의 인디음악인들이 세상과 소통하는 창구가 마련돼야 그들의 음악이 대중들의 검증과 사랑을 받을 수 있다는 점이다. 대전에서 이런 창구 역할을 인터넷 음악방송 '씽씽토크(Sing Think Talk)'가 맡고 있다. '씽씽토크'를 기획·진행한 인디음악인은 활발한 공연활동으로 지역민의 사랑을 받고 있는 '파인애플밴드'의 보컬이자 리더인 박홍순이다.

박홍순은 이미 팟캐스트 '김PD오늘'을 통해 각종 음악 공연을 선보였고, 시와 음악을 결합한 시노래 콘서트 '도·시·락(道·詩·樂)'을 정기공연하며, 지하철이나 마을도서관 등에서 이웃 주민들과 노래로 만나는 '힐링음악회'를 꾸준히 열어왔다. 또 음악인들이 모여 재능기부를 통해 아름나움을 나누는 '모나미(美)' 음악바자회도 계속하고 있다. '모나미'는 '모으고 나누는 아름다운 친구들'이란 뜻으로 예술인들의 재능을 모아 도움의 손길이 필요한 이웃을 찾아가 사랑을 나누는 사랑실천 모임이다.

이렇게 오지랖이 넓은 그가 전문인터넷방송국 CAM의 제작 후원으로 영상과 음질을 향상시킨 라이브 음악방송으로 음악애호가들을 찾아가고 있다. '씽씽토크'란 이름은 '파인애플밴드'가 지역주민들과 음악으로 만나던 '힐링음악회' 때부터 쓰던 이름으로, 원래 '세상을 향해 노래로 자신의 생각을 말하는 음악인들의 수다 터'의 뜻이었는데, 이제 고정 프로그램화 하면서 지역의 실력 있는 뮤지션들을 발굴·조명하고, 음원을 발매하거나 제작 준비 중인 뮤지션들을 초청해 라이브로 노래와 함께 음악 수다를 떨며 그들이 창문을 열고 세상을 향해 날아가기를 희망한다는 뜻을 보탰다. 이제 갓 50대가 된 그가 후배들을 위해 세상과 소통하는 창구 역할을 기꺼이 자임한 셈이다. 그의 배려로 그간 자신의 음악세계를 어렵게 지켜온 후배 인디음악인들이 모처럼 날개를 활짝 펼수 있게 됐으니 정말 아름답고 흐뭇한 일이다.

그간 '씽씽토크'를 찾은 음악인들은 지역의 실력파에서, 해외에서도 인정받는 전국구 음악인에 이르기까지, 또 헤드락과 어쿠스틱 밴드에서 오카리나 연주자와 컨트리 가족밴드에 이르기까지 다양한 장르음악을 선보였으며, 유튜브 동영상 예고편을 보고 서울에서 찾아온 열성팬이 생길 정도로 인기를 끌고 있다. 그는 이렇게 충분히 검증된 뮤지션들이 '인디음악축전'을 통해 대중들과 대면해 수준 높은 음악을 들려줄수 있도록 기획하고 있다. 그의 이런 헌신적인 노력이 우리 대전 음악발전의 견인차가 되도록 그가 기획 진행하는 '씽씽토크'와 시노래 콘서트

'도·시·락' 등의 정기공연이 옴니버스 음반으로 제작·배포될 수 있도록 대전시가 관심을 갖고 지원해 줬으면 좋겠다. 계제에 대전시 인터넷방송국에서도 '씽씽토크'를 사이트맵으로 연결시켜 시민들이 다양한 장르의 음악과 뮤지션을 동영상으로 만날 수 있게 한다면 시민들의 문화적 권리 향상에도 기여할 것이다.

특히 그가 대전 현대문학의 거목인 금당 이재복 시인(1918~91)의 시에 곡을 붙여 노래한 '목척교'는 유튜브에 목척교 주변의 영상과 함께 탑재돼 있어 많은 사람들의 사랑을 받고 있다. 목척교는 대전 원도심의 랜드마크다. 따라서 각종 행사나 대전시가 제작하는 영상물에 '목척교'를 배경음악으로 써 볼 것을 적극 권한다. 누구나 쉽게 따라 부를 수 있는 곡으로, 대전시민의 애창곡이 될 것이다. 이재복 시인도 기리고 목척교로 상징되는 대전에 대한 자긍심도 높일 수 있으리라 기대한다. 우리도 시노래 '목척교'를 '목포의 눈물'처럼 만들어보자.

(금강일보 2015.07.05.)

한 농투성이의 '일본탈출기'

해방 70년이자 분단 70년에 맞는 8월은 감회가 유별나다. 공자는 자신의 삶을 되돌아보며 '칠십에 종심소욕불유구(七十而從心所欲不踰矩)'라고 말했다. '마음이 하고자 하는 대로 하더라도 법도를 넘지 않았다'는 뜻이니, 도덕과 양심에 욕망이 순화되는 경지에 이르는 데 70년이 걸렸다는 것이다.

공자와 같은 성인도 세속적 이해에 대한 집요한 욕망에서 벗어나 '진정한 자유'를 얻는 게 쉽지 않았음을 고백한 셈이다. 그렇다면 공자만한 경지는 아니더라도, 해방 70년을 맞은 우리는 일제강점기의 아픔과 상처에서 벗어나 진정 자유롭고 자주적인 민족국가의 꿈을 이루며 살고 있는가. 또한 분단 70년을 맞아 민족분단의 아픔을 치유해 가며 통일시대의 소망을 실현해가고 있는가. 이런 자문에 답변이 쉽지 않으니 8월을 맞는 감회가 유별난 것이다.

아버지께서 우리 곁을 떠나 정읍 선산의 양지쪽 우뚝한 소나무 밑에 잠드신 지 8년이 됐다. 아버지는 일제강점기 3·1운동 직후에 태어나 식민지 백성의 한을 온몸으로 겪으셨다. 아버지는 네 살 때 할아버지가 돌아가셔서 과부의 장남으로 무거운 책임감 속에 어린 시절을 보내셨다. 그래서 보통학교(현재 초등학교)를 마친 10대 후반에 큰돈을 벌겠다며 바람 찬 흥남비료공장에 취업했지만 혹독한 추위로 결핵만 얻고 돌아 왔다고 한다. 결국 공무원시험 준비에 매진해 주경야독으로 당시 읍면 서기 자격시험(오늘날 9급 공무원시험)에 상위권으로 합격했다고 하 니, 초등학교 졸업 학력으로는 대단한 일이었으리라.

이렇게 과부의 아들로 어렵게 고향의 면사무소 서기가 됐지만 1944 년 지역 유지 아들의 뒷배를 봐주기 위한 짬짜미에 걸려 20대 초반에 일 본 오사카에 있는 '시바다니 조선소'에 징용으로 끌려가게 됐다니 그 억 울함과 분함이 오죽했겠는가. 당시 아버지 자리를 차지한 사람은 지역 유지를 넘은 전국 굴지의 언론사와 유명대학의 소유주인 인촌 김성수 의 대학생 아들이었으니 저항해도 소용없는 상황이었으리라.

당시 친일 언론매체에 '학도여 성전(聖戰)에 나서라'며 학병 지원을 적극 독려하던 인촌이 정작 아들의 징집을 피하기 위해 가난하고 힘없 는 지방공무원의 현직을 빼앗고 사지(死地)로 내몬 셈이다. 선친은 끝 까지 거부하면 늙은 외할머니와 함께 사는 과부 어머니에게 피해가 갈 까 봐 결국 징용에 끌려갔다고 한다. 하지만 특유의 강인함과 지혜로 밀 선을 타고 일본을 탈출해 부산을 거쳐 고향에 '최초의 귀향자'로 돌아와 10개월의 일본생활을 마감할 수 있었다고 한다.

선친은 당신의 그 기막힌 징용 이야기를 해방 34주년인 1979년 광복 절에 쓰기 시작해 9월 24일 '일본탈출기'로 끝맺은 뒤, 66세인 1987년에 다시 정리하고 후기를 덧붙였다. 후기에서 선친은, 주한 영국대리공사 아담스가 1950년 10월 8일자로 본국에 띄운 보고서에서 "일본 치하의 한국인들은 모두 막노동꾼뿐이었으므로 영국 정부는 훈련된 행정관리를 한국에 파견해 통치토록 하라"고 한 망언을 인용한 뒤, "이 얼마나 모욕적인 짓거리며 우리를 분노케 하는가.

그러나 우리는 전혀 반성할 점이 없는지 자성해 봐야 할 것이다"라며 우리의 각성을 촉구했다. 이로 보면, 일제강점기를 겪지 않은 후학들에게 당신의 기구한 삶을 통해 우리 현대사의 아픔을 체감하고 이를 극복하는 평화의 역사를 만들어나가는 계기로 삼고, 나아가 해방의 참된 의미를 찾을 것을 일깨우려 했음을 알 수 있다.

'농무'의 시인 신경림이 '민요기행'을 하다가 선친을 만나고서 '농사꾼 대서쟁이 김장순 씨에게'란 부제가 붙은 시 '줄포'를 남겼다. 그리고 선친에 대한 추억을 '신경림 시인의 인물 탐구'란 부제로 출간된 '사람 사는 이야기'에 소개하기도 했다. 이런 사연들까지 두루 엮은 '일본탈출기'가 이번 광복절에 앞서 한 권의 책으로 출간될 예정이다. 선친의 삶은, 신경림 시인이 잘 표현했듯이 '착하게 사는 게 제일이랑께'를 신념으로 일제강점기와 현대사의 격랑을 헤쳐 온 삶이었다. 광복절을 앞두고, 한 농투성이(농부를 얕잡아 이르는 말)에게 깊은 생채기를 낸 인촌 집안의 얕은 꼼수는 과연 역사에서 잊힐 만한 것인가를 죽은 혼령을 대신해 물어본다.

(금강일보 2015.08.02.)

'기억하기'와 '바로잡기'

지난 15일 광복 70주년 경축사에서 박근혜 대통령이 "건국 67주년"이란 표현을 쓰면서, 잇따라 이인호 KBS 이사장과 보수적 기독교단체인 한기총, 그리고 새누리당 김무성 대표 등이 건국 67주년의 역사적 의미를 강조하고 있다. 그러나 이는 위헌적 소지가 다분한 인식이다. 1948년 제헌헌법과 1987년 개정된 현행 헌법 모두 3·1운동 직후 대한민국임시정부가 수립된 1919년을 대한민국 '건립' 시기로 명시하고 있기 때문이다.

우리 헌법 전문에 '유구한 역사와 전통에 빛나는 우리 대한민국은 3·1운동으로 건립된 대한민국임시정부의 법통과 불의에 항거한 4·19 민주이념을 계승한다'며 1919년을 '건립' 시기로 명시하고 있는데도, 굳이 1948년 제1공화국 출범을 건국으로 내세우는 건 '반(反)헌법적 주장'이라는 비판이 가능하다. 따라서 헌법정신에 부합하려면 임시정부가 수립된 4월 11일을 건국절로 하든지, 민족을 앞세워 10월 3일 개천절을 건국절로 하든지 해야 할 것이다.

이런 반헌법적 주장은 국민의 역사인식과도 크게 동떨어진 것이다. 지난 19일 여론조사 전문기관 리얼미터가 건국 시점에 대한 국민인식을 조사한 결과, '3·1운동과 임시정부가 수립된 1919년'이라는 응답이 63.9%로 나타나 국민 다수는 1919년 임시정부 수립을 대한민국 건국으로 보는 것으로 조사됐다. 이런 국민들의 건전한 역사인식 앞에서, 친일의 역사를 가리고 친일파를 적극 옹호한 이승만을 건국 대통령으로 치켜세우기 위해 1948년을 '건국'으로 봐야 한다고 주장하는 새누리당 김무성 대표와 뉴라이트 진영이 머쓱해진 셈이다.

건국절 논란을 통해 우리는 역사가 기억과의 싸움임을 알 수 있다. 3·1운동의 역사적 감격과 임시정부 수립의 국권 수호의지를 오롯이 기억할 때 비로소 제1공화국 수립을 건국절로 부르려는 역사 왜곡을 바로잡을 수 있기 때문이다. 최근 영화 '암살'의 기록적인 흥행도 이를 입증해 준다. 이 영화를 통해 두 사람의 독립운동가가 부각됐다. 바로 '김원봉과 김구'다. 김구는 전 국민의 필독서인 '백범일지'를 통해 이미 국민적 영웅으로 부각돼 있지만, 비밀결사인 의열단의 지도자인 김원봉은 그간 남과 북에서 잊힌 독립운동가였다. 그런데 영화를 통해 김원봉과 김구를 대비해 보는 등 국민의 현대사에 대한 관심이 크게 높아졌다.

우선 김구가 육십만 원, 김원봉이 일백만 원인 일제가 내건 현상금의 차이를 통해 김원봉의 치열한 삶의 무게를 느꼈음직하다. 그러나 두 사람의 가장 큰 차이는, 김원봉은 당시 중국과 러시아 등 주변국의 변화와 이념 등을 오직 조국 독립의 목표와 연결시킨 데 반해, 김구는 완고하게 임정법통만 고집했다는 점이다. 흔히들 김원봉의 치열한 무장 독립투쟁은 인정하면서도 해방 후 북한에 가 국가검열상과 노동상 등 고위직을 맡았다는 이유로 그를 배제한다.

그러나 많은 사료들을 보면 그는 일관된 민족주의자일 뿐이다. 그래서 좌우를 넘나들며 독립운동세력을 적극 연합해 내려는 데 온힘을 쏟았다. 이에 비해 김구는 좌익계열에 지나칠 정도의 적대감을 보여 독립운동의 운신 폭을 크게 줄였다. 해방 이후에는 오로지 '임시정부 봉대론'에만 매달려 민족의 앞날을 바른 길로 견인하지 못한 점 또한 아쉽다. 하지만 김구에 대한 국민의 인식은 '백범일지'의 주관적 기록에만 의존해 상호 모순적인 내용이나 과장 등을 충분히 걸러내지 못한 채 신화화됐다.

결국 김원봉은 남북 모두에서 그의 진정성이 곡해되며 제대로 평가받지 못한 데 비해, 김구는 지나친 완고함과 테러와의 연계성 등 숱한 의혹에도 불구하고 친일파들의 도움으로 불가침의 영웅으로 부각된 면이 있다. 물론 그의 조국과 민족을 위한 헌신을 폄훼하자는 것은 아니다. 다만 그의 자서전에 나타나는 여러 가지 모순점과 주관적인 과장 등을 구체적 사료와 행적을 대비해 가며 객관적으로 보자는 것이다.

역사는 신화의 세계가 아니라 구체적 삶의 객관적 평가이기 때문이다. '김구 청문회' 1·2권을 통해 김구의 신화화된 이미지를 넘어 김구의 역사적 실체를 추적해온 재야사학자 김상구가 9월 개강하는 '대전문예아카데미'를 통해 대전시민을 찾는다. 그를 통해 지난 역사를 기억하는 일, 나아가 왜곡된 역사를 바로잡는 일의 중요성을 체감해 보자.

(금강일보 2015.08.30.)

'저기'에서 '여기'로의 제사

 이번 추석 연휴는 대체휴일을 도입했지만 지난해보다 하루 짧은 4일 연휴였다. 일찍 성묘를 마친 사람들은 번잡을 피해 해외로 나들이를 떠나 추석 연휴 동안 인천공항을 통해 해외로 떠난 여객 수가 모두 35만여 명에 하루 평균 8만여 명으로 역대 최다를 기록했다 한다. 그래도 대다수 서민들은 예년처럼 엄청난 교통체증에 시달리면서도 기꺼이 고향을 찾았다. 고향이 주는 평안함과 누렇게 물든 들녘의 풍요로움, 그리고 가족이 주는 정겨움이 이런 어려움을 즐겁게 감수하게 해준 것이리라.

 부모님이 다 우리 곁을 떠난 뒤로 고향을 찾는 수고로움을 던 지도 꽤 됐다. 덕분에 힘겨운 귀성행렬에서 드디어 벗어났다는 안도감이 앞서지만 퇴락한 빈집만 덩그러니 지키고 있을 고향을 떠올리면 허전함과 쓸쓸함에 가슴 한편이 저려오기도 한다. 그래도 세상사는 돌고 도는 게 순리인지라, 어느덧 우리 집으로 찾아오는 아이들을 맞을 준비를 하며 자식들의 힘든 귀성길을 걱정하게 됐으니, 이제 우리가 아이들이 찾아드는 고향이 된 셈이다. 며느리일 때나 시어머니가 돼서나 아내는 명절이면 으레 시끌벅적하고 기름 냄새를 풍기며 흥청거려야 한다며 기쁘게 음식을 준비하고 잠자리를 살피고 하니 그래도 다행이다.

아버지는 네 살 때 할아버지가 돌아가시고 홀어머니 밑에서 외롭게 지내서인지 딸 하나, 아들 여섯의 칠남매를 두고 자식들 뒤치다꺼리에 허리 펼 날 없이 사셨다. 일제강점기에 태어나 고향 세도가의 아들 대신 억울하게 일본에 징용으로 끌려갔다 천운으로 전쟁터를 탈출해 귀국한 아버지는 그 강인함으로 한국전쟁과 가난의 고통을 온몸으로 감당하셨다. 홀시어머니와 까다로운 시동생 틈에서 칠남매를 건사하며 밭두렁에 엎드려 사신 어머니 또한 격동의 세월을 힘겹게 보내셨다. 더구나 학교 문턱에도 못 가 글자와 숫자도 모르셨으니 격변하는 세상사는 얼마나 두려웠겠나 생각하면 숨이 턱 막혀온다. 그래서인지 두 분이 우리 곁을 떠나실 때 '아, 이젠 힘든 세파에서 벗어나 부모의 무거운 짐을 그예 벗으셨구나!' 하는 안도감이 들기조차 했다.

이제 두 분은 정읍 선산의 양지바른 쪽 우뚝한 소나무 밑에 한줌 유해로 함께 잠들어 계신다. 우리는 부모님 생전에 동의를 얻어 선산 소나무 밑에 수목장으로 모신 뒤 해마다 두 분의 기일에 모인다. 아버지 기일인 삼월에는 선산에 모여 두 분이 잠든 소나무 주변 잡목을 정리하고 식당에 모여 부모님을 추억하며 점심을 먹고, 어머니 기일을 즈음해 만날 장소와 날짜를 정한 뒤 헤어진다. 막내 제수씨가 총무를 맡아 매달 내는 회비를 관리하니 음식 준비의 힘겨움으로 동서들끼리 신경전을 벌이지 않아도 되니 내내 화목하기만 하다. 어머니 기일은 추석 무렵이라서 명절 인파에 휩쓸리지 않도록 지난 8월 말 경기 포천에 있는 리조트를 얻어 남매들이 부부 동반으로 모여 탁 트인 풍경 속에서 맛있는 음식을 사 먹으며 화기애애하게 보내고, 추석은 각자 자기 가족끼리 다복하게 지냈다.

사실 제사의 어려움은 그 번잡한 준비과정에 있다. 음식 재료를 구색을 맞춰 정성스레 준비하고 다듬고 조리해 격식을 갖춰 차린다는 게 보통 어려운 게 아니다. 지방을 써 붙이고 신위를 모시고 예를 갖춰 차례를 지내는 남성들에 비해 차례상을 준비하고 치우고 또 친척들을 맞는 일이 다 여성들의 힘든 일이다. 사실 벽에 지방을 붙이고 그 밑에 차린 차례상을 조상이 흠향하는 것의 근본 의미는 무엇일까? 조상의 신령이 벽 너머에 계신 것이 아니니 우리의 몸 안에 살아있는 부모의 곧은 정신을 기억하고 이어가는 것이 바로 제사의 참뜻이 아닌가.

　　그래서 동학의 2대 교주인 해월 최시형은 이천 앵산동에서 '향벽설위(向壁設位)'가 아닌 '향아설위(向我設位)' 제례법을 반포한다. 부모의 정령은 자손의 심령에 융합되어 있으므로 제사상은 벽이 아니라 나를 향해 차려야 한다는 것이다. 받듦의 대상인 조상의 정령이 벽 너머 '저기'에 따로 있는 게 아니라 '여기'에 있는 우리 마음에 살아있으니 우리 앞에 상을 차리고 모두 고귀한 존재(한울님)인 시어머니와 며느리가 함께 만든 음식을 서로 나누며 조상의 뜻을 기리는 게 제사의 참모습이란 것이다. 우리도 이번 추석에 '저기'에서 '여기'로의 제사를 지내며 마음의 기쁨을 누렸다.

(금강일보 2015.10.04.)

'덮어쓰기'의 데자뷔

40년 만의 극심한 가뭄 속에 귀한 가을비가 조금 내리더니 날씨가 부쩍 서늘해졌다. 바람결이 스산한데 정국마저 한 치 앞을 내다볼 수 없으니 더욱 처연한 느낌이 든다. 야당과 상당수 국민들이 반대하는 역사교과서 국정화 방침을 대통령이 강경하게 천명하고 이에 부응해 여당 대표가 '역사 전쟁'을 선언하면서 국민들의 걱정과 시름은 깊어만 간다.

이렇게 역사교과서 국정화에 대한 찬·반 논란이 격돌하면서 근거 없는 억측과 주장이 난무하고 있다. 급기야 친일 논란이 있는 박정희 전 대통령이 사실은 비밀 독립군이었다는 주장까지 나왔다. 지난 20일 새누리당 이장우 대변인은 박근혜 대통령이 선친의 친일·독재행위를 미화하기 위해 국정화를 강행하려 한다는 야당의 주장을 반박하면서 "박정희 전 대통령이 독립군을 도왔다는 증언이 있다"라고 주장했다. 이 대변인은 그 근거로 "독립운동을 한 공로로 건국훈장 독립장을 받은 백강 조경환 선생께서 박 전 대통령을 '독립군을 도운 군인'으로 기억했다"라고 강조했다.

이 장면을 보며 가장 먼저 든 생각은 어디선가 본 것 같다는 기시감 (旣視感·데자뷰)이었다. 그렇다. 1980년 전두환 대통령 당선 당시 그의 전기 '황강에서 북악까지'에 대통령의 선친이 악질 일본인 순사를 강에 처박고 만주로 간 독립운동가라는 내용이 있었다. 하지만 사실은 동네 노름꾼의 빚보증 문제로 순사의 소환을 피하다가 일어난 우발적 사건으로 밝혀졌다. 전두환 대통령도 당시 아버지의 독립운동 전력을 자랑스레 내세우지 않은 걸 보면 권력의 눈치를 보느라 나온 작가의 과잉반응임이 입증된 셈이다.

이승만 정부 시절 어용신문 '민중일보' 윤보선 사장의 추천으로 서정주가 2년여의 집필 끝에 완성한 '이승만 박사전'은 이승만의 눈 밖에 나 발매금지 처분을 당했다. 그 이유는 자신을 미화하는 내용이 부족해서가 아니라 집안 어른들께 경칭을 사용하지 않았기 때문이었다니 권력의 비위 맞추기는 늘 어려운 일인가 보다. 중요한 것은 전두환의 전기를 써 기피인물이 된 천금성 작가나 이승만의 전기를 쓰고 손가락질 당한 서정주 시인을 보며 역사 '덮어쓰기'의 위험성과 무모함을 타산지석으로 삼는 것이다.

그러면 앞에서 이장우 대변인이 내세운 근거는 과연 타당한지 따져보자. 민족문제연구소나 역사학자, 그리고 전 '의문사진상규명위원회' 조사관이나 '친일반민족행위 진상규명위원회' 사무처장 등이 밝힌 반박을 종합해 보면 객관적 근거가 없어 보인다. 우선 증언자인 조경한 선생의 이름부터 틀렸고, 2004년 세계일보에 기고된 의병정신선양회 이기청 사무처장의 글에 바탕을 둔 그 내용을 입증할 기록이 없고, 또 구체적 사실관계가 잘못된 내용이 많다. 일제 말 만주에서 중경에 있는 임시정부까지 조선인 병사를 빼돌리는 게 사실상 불가능하고, 백강 선생을 찾을 당시 박정희 최고회의 의장은 대통령이 아니었으며, 백강 선생의 집도 면목동이 아닌 흑석동인 점 등 기초적인 사실에서 오류가 많다고 한다.

이 증언 외 문서자료인 박영만의 소설 '광복군' 상·하권과 이를 받아 쓴 '창군전사'와 '육사졸업생', '월간조선'의 '박정희의 만군인맥' 기사 등은 그 원전이 모두 소설 '광복군'임을 상기할 필요가 있다. 더구나 그 책을 읽은 박정희 대통령이 불같이 화를 냈고 박영만은 돈 한 푼 못 받았다고 당시 광복회장인 김승곤이 이기청의 글에 대해 반박하는 인터뷰에서 증언한 바 있다. 또 실제 광복군 활동을 한 장준하가 대통령 선거에서 야당 후보를 지지하며 박정희 후보의 일본군 장교 전력을 계속 비판하는 데도 이를 전혀 반박하지 못한 점이라든가, 그가 만주군관학교 입교를 위해 일본 천황에게 충성을 맹세하는 혈서를 썼다는 '만주신문'이 일본에서 뒤늦게 발견된 걸 보면 '비밀 독립군' 주장이 허구임이 분명해진다.

얼굴의 티나 주름을 분칠로 잠깐 가릴 수는 있으나 말끔히 없앨 수는 없다. 더구나 역사는 개인의 가정사가 아니라 민족의 집단 기억이기 때문에 '덮어쓰기'로 가릴 수 없다. 그래서 박근혜 대통령도 야당 대표 시절 "어떤 경우든지 역사에 관해 정권이 재단하려 해서는 안 된다"라고 여러 차례 강조하지 않았던가.

(금강일보 2015.11.01.)

질문을 잃어버린 세상

    첫눈이 내린 뒤 기온이 뚝 떨어졌다. 바람을 막으려고 마스크를 쓰고 목을 움츠린 채 사무실로 들어오는 직장 동료가 한마디 한다. "마스크를 하고 오니까 사람들이 다들 나를 따가운 시선으로 쳐다보는 것 같아 억지로 밭은기침을 해댔다니까, 참 나!" 아마도 최근 박근혜 대통령이 긴급 국무회의에서 마스크를 쓴 시위대를 수니파 극단주의 무장단체인 IS(이슬람국가)와 비교하면서 시작된 '복면금지법' 제정 움직임에 대한 시민들의 불편한 심리를 표현한 것이다. 그래서인지 다른 동료들이 맞장구를 친다. "국민이 애들인가, 복장도 자기 마음대로 못 하고.", "맞아, 선글라스도 못 끼게 하려나?"

    시민들의 불편한 심기에서 드러나듯 여당이 추진하는 집회나 시위 중 복면 착용을 금지하고 처벌하는 집회 및 시위에 관한 법률(이하 집시법) 개정안, 일명 '복면금지법' 제정이 그리 순조롭게 진행되지는 않을 듯하다. 복면금지법은 지난 17·18대 국회에서도 추진됐지만 해당 상임위원회에 상정조차 되지 못한 채 무산된 바 있는데, 이는 인권 침해와 과잉규정 논란 등 위헌 소지 때문이었다. 지난 2003년 헌법재판소는 외교기관이 위치한 지점 100m 내에선 집회와 시위를 할 수 없도록 한 집시법 제11조 제1호 규정에 대해 위헌이라고 결정하며, '집회의 자유는 시간·장소·방법과 목적을 스스로 결정할 권리를 보장하는 것이므로 주최자는 집회의 대상·목적·장소 및 시간에 관해, 참가자는 참가의 형태와 정도, 복장을 자유로이 결정할 수 있다'라고 설명했다. 국가인권위원회도 2009년 '복면금지법은 집회 및 시위의 자유를 중대하게 위축시킬 것'이라며 헌법재판소의 기존 결정을 재강조했다.

물론 독일·오스트리아·스위스·노르웨이·캐나다 등 일부 선진국에서도 마스크 착용을 법안으로 금지하고 있다. 하지만 집회나 시위 자체를 제한하기보다는 과격하고 폭력적인 극우 범죄단체의 테러나 폭동이 우려되거나 누군가를 공격하기 위한 목적범의 경우로 그 구성요건이 엄격하게 제한돼 있다. 이들 나라들은 집회나 시위의 자유가 폭넓게 용인돼 대통령이나 총리의 관저 또는 의회 담장에 붙어 시위하는 게 일상화돼 있는 대표적인 인권선진국으로 우리나라와의 단순 비교는 어렵다. 우리의 경우 이들 선진국과 달리 국가안보나 공공의 안녕을 내세워 국민의 자유와 권리를 일시 정지시키는 1970년대의 '긴급조치'와 그 발상이 유사하다는 시민사회단체의 우려가 더 설득력이 있어 보인다.

그런데 이런 복면금지법 논란은 사실 부차적인 현상에 불과하다. 정작 중요한 건 광화문 집회에 10만여 명이 전국 각지에서 왜 모였는지에 대한 질문이 잊혔다는 점이다. 53개 노동·농민·시민단체가 참가한 광화문 집회의 공식 명칭은 '민중총궐기대회'로 '일자리·노동, 농업, 민생 빈곤, 민주주의, 인권, 세월호, 사회공공성' 등 11대 요구사항을 내걸었다. 그런데 이렇게 다양한 요구사항을 나열하다 보니 민중의 생존권 요구라는 핵심이 불투명해지고 이마저도 일부의 폭력시위와 강경진압 논란에 묻혀버렸다. 한 여성 아나운서는 이 점을 아쉬워하며 자신의 인스타그램에 "저들이 왜 거리에 나와 물대포를 맞아야했는지, 주변을 돌아봤으면 좋겠다"라고 토로하기도 했다.

　이런 '왜'라는 질문은 국내 언론이 아닌 외신 보도에서 비교적 쉽게 확인된다. 세계적인 유력지인 '뉴욕타임스(NYT)', '월스트리트저널(WSJ)', '교도통신' 등은 이번 민중총궐기의 핵심 요구를 이렇게 압축하고 있다. 노동·농민정책과 한국사교과서 국정화 반대 등 현 정부의 실정(失政)에 대한 국민의 강력한 비판이라는 것이다. 외신들은 이런 비판을 가혹하게 억압하며 대결자세를 선명히 한 대통령의 대응이 결국은 국격을 추락시킨다고 걱정하면서, 특히 마스크를 쓴 자국 시위대를 IS와 비교한 데 대해선 '정말로(Really)'라며 놀라움을 금치 못한다. 질문이 사라진 우리의 뒤틀린 현실이 다른 나라 사람들에겐 경악의 대상인 셈이다. '놀라운 경제발전과 활력 있는 민주주의를 일궈낸 자랑스러움'(뉴욕타임스)이 왜 이렇게 후퇴하게 됐나. '왜'라는 질문을 잃어버린 세상에선 문제의 원인을 정확히 짚을 수 없는 만큼 바른 해결책도 찾을 수 없다. 따라서 '왜'라는 질문을 되찾을 때 비로소 활력 있는 민주주의를 일궈낸 자랑스러움도 회복할 수 있으리라.

(금강일보 2015.11.29.)

표현의 자유와 공감 결여

지난 11월 18일 검찰이 '제국의 위안부'를 쓴 박유하 교수를 명예훼손 죄로 기소하면서 공권력에 의한 학문과 표현의 자유 억압 논란이 이어지고 있다. 서울동부지검의 기소 이후 일본과 미국의 지식인들이 이에 항의하는 성명을 발표한 데 이어 국내의 많은 문화예술계 지식인들도 기소를 비판하는 성명을 발표했다. 하지만 국내·외 지식인들의 비판 성명은 미묘한 차이를 보이며 두 갈래로 나뉜다. 일단 연구자의 저작에 형사책임을 묻는 건 적절하지 않다는 점에는 일치된 의견을 보인다. 하지만 단순히 공권력에 의한 언론 탄압으로 보면서 검찰의 공소 취하를 요구하는 것은 위안부 문제의 본질을 흐린다고 우려하면서 찬·반 진영의 공개토론을 요구하는 한 흐름이 한·일 양국의 지식인 사회를 가르고 있다.

'제국의 위안부'가 간행된 건 2013년 8월이고, 위안부 할머니들이 이 책의 109곳에서 허위 사실을 적시해 자신들의 명예를 훼손했다며 민·형사 고소와 책의 판매 금지, 그리고 자신들에 대한 접근 금지를 요구하는 가처분 신청을 제기한 건 2014년 6월이었다. 그 후 지난 2월 재판부는 가처분 신청을 일부 인용, 원고 측에서 수정 신청한 53곳 가운데 34곳을 삭제하지 않고 출판해선 안 된다는 결정을 내렸다. 이 사건을 수사한 서울동부지검은 보도자료에서 '검찰은 유엔 조사자료, 헌법재판소 결정, 미 연방하원 결의문, 일본 '고노 담화' 등 객관적 자료를 통해 박 교수의 책 내용이 허위 사실로 일본군 위안부 피해자들의 명예를 훼손했음을 확인했다'라고 밝혔다.

흔히 표현의 자유는 "나는 당신이 하는 말에 찬성하지는 않지만 당신이 그렇게 말할 권리를 지켜주기 위해서라면 내 목숨이라도 기꺼이 내놓겠다"라는 볼테르의 말로 대변된다. 하지만 볼테르가 말한 관용이 표현의 무한한 자유를 의미하는 건 아니다. 이성적 판단과 인간애에 바탕을 둔 포용력으로 맹신과 불신에서 비롯된 반목과 분쟁을 치유하는 것이지, 사회적 약자나 종교적 신념에 대한 모욕까지 허용하는 건 아니다. 지난 1월 프랑스에서 테러 공격을 당한 주간지 '샤를리 에브도'의 경우처럼 무함마드의 누드 만평을 게재해 무슬림들의 신앙을 조롱하고 모욕하는 것까지 표현의 자유로 옹호할 순 없는 것이다. 그래서 당시 '나는 샤를리다'란 구호에 반발해 '나는 샤를리가 아니다'란 구호가 등장했음을 기억해 볼 필요가 있다.

'제국의 위안부' 기소 사건은 피해자가 처벌을 원치 않으면 기소를 할 수 없는 명예훼손죄이기 때문에 검찰의 기소를 비판하기 전에 위안부 할머니들의 인식과 처벌의사를 먼저 살피는 게 중요하다. 이는 산케이신문 가토 전 지국장의 명예훼손죄 기소처럼 권력자들이 특권을 지키기 위해 비판적 표현에 형사처벌로 대응하는 명예훼손죄 악용과는 전혀 다르다. 위안부 문제는 일본군 위안소 제도에서 파생된 반인도적 국가폭력이자 전쟁범죄임을 국제사회에서 이미 인정받고 있다. 하지만 박 교수는 조선인 위안부는 일본군의 강제 연행이 아닌 조선인 업자나 포주의 모집에 의한 매춘부이기 때문에 일본은 인신매매를 묵인한 정도의 도의적 책임만 있으며, 그녀들은 일본의 전쟁 수행을 돕는 애국적 존재였기에 '일본군과 동지적 관계'였다고 주장하며 위안부를 바라보는 시각을 재조정할 것을 요청한다.

그러나 이런 그의 주장은 근거 부족과 심한 논리적 비약으로 위안부 할머니들이 명예훼손을 당했다고 느낄만한 소지가 매우 크다. 위안부 징모 책임을 조선인 업자에게 위임했다 해도 위안소 제도를 관리·통제한 일본군의 책임이 희석되는 건 아니기 때문이다. 또 조선인 위안부와 일본군이 동지적 관계였다는 주장의 근거는 '후루야마 고마오'의 소설 '개미의 자유'에 등장하는 조선인 위안부의 의식이다. 이런 소설 속 인물의 의식을 역사적 현실에 대한 해석의 근거로 삼는 것은 허구와 현실을 동일시하는 논리적 비약일 뿐이다. 이는 그의 역사적 피해자에 대한 공감의식 결여에서 비롯된다고 보인다. 동양 최고의 역사가인 사마천은 단순히 역사적 사실만 재현한 것이 아니라 억울하게 궁형의 치욕을 겪은 자신의 체험을 승화시켜 특정한 역사적 상황에 처한 인물과 영혼으로 교감해 그의 삶을 진실에 가깝게 재해석해 냈다. 박 교수가 위안부 문제의 다양하고 복잡한 측면을 제시하며 현실적으로 가능한 해결책을 모색한 점은 높이 사지만 중요한 점은 피해 당사자들의 납득이 전제돼야 하며, 외교적 타협이 아니라 피해자의 고통을 치유하는 정의로운 해결책을 함께 모색해야 한다는 것이다.

(금강일보 2015.12.27.)

내부자들과 내부고발자들

병신년(丙申年) 새해를 맞는 연휴를 용인 수지의 딸네 집에서 보냈다. 둘째를 임신한 딸애가 입덧을 하며 첫째를 돌보기가 힘들어 도와주러 간 것이다. 아들네는 둘째가 아직 돌이 되지 않아 며느리의 친정 부모가 와 계시니, 어디서나 친정 부모가 시집간 딸 뒷바라지에 나서야 하는 세상인가 보다.

연휴를 보내는 가장 흔한 일이 '등산, 영화보기, 사우나'라고 한다. 좀 색다른 일은 없을까 했는데 이번 연휴에 결국 두 가지를 했다. 늘 종종거리며 부산스러운 아내와 달리 허드렛일이나 하는 내 처지가 딱했는지 사위가 새해맞이 등산을 하잔다. 등산화도 없이 겨울 등반을 하는 게 좀 부담스러웠지만 운동화로 조심스레 눈길을 걸어 광교산 등반을 무사히 마쳤다. 등산을 마친 사위는 이제 영화를 보자며 인터넷 검색을 하더니 다 매진이란다. 그래도 포기하지 않더니 오전 6시 30분 빈자리가 있단다. 그래 꼭두새벽에 일어나 한겨레신문에 연재되던 웹툰 '내부자들'을 본 아련한 기억을 떠올리며 세 시간짜리 확장판을 보게 됐다. 천만 관객을 동원한 영화답게 이른 새벽인데도 극장 안이 가득했다. 다들 범죄드라마의 스릴에 푹 빠져 세 시간이 지루한 줄 몰랐다.

사실 웹툰 '내부자들'은 미완으로 연재가 중단됐는데, 감독이 원작에 나름의 결말을 덧붙여 흥미진진한 범죄드라마로 완성시켰고, 웹툰 원작자인 윤태호 작가도 이 영화에 만족했다고 한다. 웹툰과 영화 1차 개봉작의 큰 차이는, 웹툰이 우리 사회의 고질적 부패와 비리 시스템을 밝히는 데 주력했다면, 영화는 거대한 권력 핵심들이 벌이는 치밀한 범죄에 가해지는 통쾌한 응징으로 관객에게 후련한 카타르시스를 느끼게 해 준다는 것이다. 하지만 이번에 나온 확장판에선 에필로그에서 반전이 이뤄진다. 조폭 안상구와 정의로운 검사 우장훈의 활약으로 교도소에 갇힌 거대 언론사의 논설주간 이강희가 교도소장실에서 누군가의 전화를 받으며 하는 말이 관객들을 다시금 붙잡는다. "대중은 스트레스 때문에 씹을 안주거리가 필요할 뿐, 어차피 대중은 개·돼지입니다. 적당히 짖어대다 알아서 조용해질 겁니다. 조금만 버티면 됩니다. 오른손이 아니면 왼손으로 쓰면 됩니다." 개봉작의 통쾌한 결말이 주는 후련함을, 확장판에서는 정치에 대한 시민들의 각성으로 바꾼 것이다. 권력 핵심의 추악한 내면을 직시하고 이들의 실체를 드러내 심판하는 일이 결국은 우리 스스로의 책임임을 일깨우는 것이다.

'내부자들'은 언뜻 '내부고발자들'을 연상시킨다. 실화를 바탕으로 한 할리우드 영화 '인사이더'와 제목이 같기 때문이다. '인사이더'는 한 담배회사 부사장의 내부고발로 시작된 담배회사 소송 실화를 다룬다. 미국의 3대 담배회사 중 하나인 '브라운 앤드 윌리엄스'의 부사장이었던 제프리 위건드 박사는 인체에 치명적인 암모니아 화합물을 담배에 넣는 것을 제지하려다 '의사소통 능력 미달'을 이유로 해고된다. 그는 비밀엄수약정서에 서명했기에 비밀을 말할 경우 소송으로 부와 명예를 모두 잃을 수 있는 처지였지만 양심에 따라 회사 부조리를 언론에 폭로한다. 이후 50개 주정부는 담배회사를 상대로 259조 원의 천문학적 소송을 제기해 승소하고 담배의 유해성을 알리는 규정을 만든다.

영화 '내부자들'은 권력 중추를 이루는 정치계 · 재계 · 언론계 · 조폭 등 소수 핵심 집단을 의미하는 '이너서클(Inner circle)'의 의미가 더 강하다. 물론 배신당한 조폭 안상구의 언론 폭로를 통해 그들의 비리가 드러난다는 점에서 '내부고발자들(Whistleblower)'의 의미도 있다. 영화 속 안상구는 정의로운 검사와 힘을 합해 복수를 하고 수형생활을 마친 뒤 세상 속으로 웃으며 복귀한다. 하지만 사회질서와 공익을 파괴하는 다양한 불법행위를 막기 위해 호루라기를 불어 이를 외부에 알리는 현실 속 내부고발자들은 충분한 보호를 받지 못하고 있다. 물론 '부패방지법'과 '공익신고자보호법'이 시행되고 있지만 공직자와 공공기관 부패행위에 대한 내부고발만 보호 대상으로 삼는 등 범위가 제한적이다. 미국이 '권한 남용이나 재원 낭비, 정책이나 관리의 실패, 조직이나 상관의 부당한 결정 등에 대한 내부고발'을 포함해 포괄적으로 보호하는 것과 대비된다. 국민과 공익을 위한 것이라면 누구든 나서서 비리를 고발하고 시정을 요구하는 것, 이것이 바로 건강한 선진국을 이루는 개혁의 시작이 아닐까.

(금강일보 2016.01.24.)

예술인 신년하례회 유감

　우리 지역 문화예술인들이 한자리에 모여 대전 문화예술의 발전을 한마음으로 기원하는 '문화예술인 신년하례회'는 지난 2010년부터 매년 대전문화재단 주최로 열리던 '화합의 한마당'이었다. 이 행사가 금년에 대전예총 주최 행사로 바뀌면서 뒷말이 무성하다. 행사명에서 문화계가 배제된 것을 비롯해 전국적인 연합예술단체 중 하나인 대전예총이 단독으로 행사를 주최하면서 문화원이나 대전민예총 등이 동참을 꺼리면서 "지역 문화예술계를 편 가르기 하는 부적절한 조치였다"라는 비판이 일고 있다. 급기야 대전시의회 문화체육관광국 업무보고에서 대전문화재단이 그 책임을 엄중하게 추궁 당하는 일까지 벌어졌다.

　그 행사 내용 또한 문제다. 예년에 없던 예총 회원단체들의 시상식을 행사에 포함시켜 문화계 인사와 예총이 아닌 예술단체 회원들이 졸지에 들러리가 돼 버렸다. 시상식은 대전예총 내 10개 협회 추천으로 각 부문별로 10명씩 대전시장 공로상과 대전예총 회장 명의의 예술문화상을 시상하는 것이었다. 이쯤 되면 '예술인 신년하례회'가 예총만의 내부

행사로 전락했다는 비판에 상당한 이유가 있음이 입증된 셈이다. 더구나 대전예총만의 잔치를 시에서 지원한 1500만 원의 행사비로 늘려리까지 세워 치렀으니 '원님 덕에 나발'을 불었다고나 할까. 결국 시민의 세금이 문화예술계의 위화감을 조장하고, 대전예총의 상실감을 달래려고 행사를 '양보'(대전문화재단 대표의 시의회 발언)한 대전문화재단은 치도곤을 당했으니, 한편의 블랙코미디가 따로 없다.

사실 대전문화재단 설립 필요성을 앞서 제기하며 여론 조성에 힘쓴 바 있는 대전민예총은 재단의 지속적인 발전을 누구보다 간절히 바란다. 그런 만큼 최근의 여러 사태로 대전문화재단의 위상과 역할에 많은 우려가 번지는 현실이 무척 안타깝다. 그간 각종 인사나 이사 공모 등에서 드러난 잡음 등을 보면서 인사권이나 실질적인 조정권 행사가 어려운 재단의 입장을 십분 이해한다. 하지만 재단의 그런 한계가 각종 파문의 책임을 면제해 주는 것은 아니다. '대전예총 밑에 대전문화재단'이라는 시의회 의원들의 뼈아픈 비판도 바로 그런 책임을 묻는 것이다. 대전문화재단은 지역의 문화예술계를 화합시키고 각종 이해관계를 조정하며 부문 간 고른 발전을 유도해 지역민의 문화예술 욕구를 충족시킬 의무가 있기 때문이다. 이때 무엇보다 필요한 것이 조정자로서의 균형 감각이다.

저울에 매단 물건과 추가 수평을 유지하도록 하는 비결은 양쪽의 형평을 맞추는 것이다. 무거운 쪽은 덜어내고 가벼운 쪽은 더해주는 이른바 '억강부약(抑强扶弱)'의 자세를 갖추는 것이다. 대전문화재단은 공공재단이기 때문에 어느 한쪽 단체에 치우치거나 다른 쪽을 배제해서는 안 된다. 부문별로 형편에 맞게 꼭 필요한 만큼 지원하고 또 지나치면 덜어내 나름의 형평을 유지해야 한다. 줄기나 잎이 웃자라면 오히려 그 나무는 연약해지고 그만큼 열매의 수확이 줄어드는 게 자연의 순리다.

사회의 이치도 마찬가지다. 지역별·세대별·계층별·장르별 문화 격차가 존재하는 게 엄연한 현실이라면 이를 적극 해소하려고 노력하는 것이 문화재단과 대전시가 갖춰야 할 바른 자세다. 대전문화예술계의 핵심세력인 대전예총이 상실감을 느낀다면 다른 부문과 단체가 느끼는 열패감은 얼마나 클 것인가를 살펴봐야 한다. 이번 예술인 신년하례회에서 파생된 문화계나 다른 예술단체의 위화감은 봉합하기보다는 해결해야 한다. 그런 점에서 대전문화재단이 조정자의 역할을 적극 회복하고 문화계나 대안 예술단체 등에 더 관심을 가져야 한다.

시민이 행복하고 살맛나는 대전을 기필코 만들겠다는 권선택 시장의 시정 목표와 그 의지를 많은 시민들이 지지하고 있다. 특히 활력 넘치는 문화융성도시로 거듭나겠다는 권 시장의 비전에 문화예술계의 기대가 큰 것 또한 사실이다. 하지만 뚜렷한 문화예술시정이 실감나지 않는 것은 왜일까? 야당 시장과 야당 중심 시의회를 선택한 사람들의 대다수가 서민들과 건전한 시민사회단체였음을 되돌아봐야 한다. 물론 대전시민 모두의 보편적 행복을 증진해야 하는 시장의 입장을 십분 이해한다. 하지만 적극적인 지지층을 소홀히 해서는 안 된다. 입술이 없으면 이가 시린 법이다. 대전문화재단 또한 특정단체 편향에서 벗어나 그 위상을 회복해야 한다. 다시 문화재단이 주최하는 '문화예술인 신년하례회'를 기대한다.

(금강일보 2016.02.28.)

'살암시민 살아진다'

　따뜻한 햇살 아래 하얀 목련의 도톰한 꽃망울이 슬며시 벙그니, 문득 4월이 가까이 왔음을 알겠다. 고교에 입학한 1969년, 이맘때면 음악시간에 '4월의 노래'를 배웠다. 바로 전 해 김신조를 비롯한 북한 무장간첩단이 청와대로 침투한 사건 여파로 예비군이 창설됐고, 이듬해 교련이 고교 필수과목이 되면서 우리는 얼룩덜룩한 교련복을 입은 채 교정의 목련나무 아래서 '4월의 노래'를 흥얼거렸다. 목련꽃 그늘 아래서 '젊은 베르테르의 슬픔'을 읽는다는 노랫말처럼 사랑에 빠진 베르테르의 뜨거운 열정에 공감하면서도 자살에 이르는 사랑의 상처에 전율하던 기억이 새록새록 떠오른다. 그런가 하면 T.S. 엘리어트의 시 '황무지'에 나오는 '사월은 가장 잔인한 달'이란 구절을 배우며, 생명이 움트는 4월에 1차 세계대전 후 황폐해진 유럽의 문명세계를 안타까워하며, 신의 자비를 갈구하는 마음을 자연과 대조해 표현했다는 설명을 알 듯 모를 듯 어정쩡한 채로 수긍하며, '사월은 잔인한 달'이라고 떠들던 기억도 떠오른다.

　최근 재일교포 작가 김석범이 제주 4·3사건을 소재로 쓴 일본어 대하소설 '화산도'의 완역본 12권을 읽었다. 작가가 30년에 걸쳐 200자 원고지 2만 2000장 길이로 완성한 대작이라 한동안 푹 빠져 읽었다. 그는 이 작품으로 아사히신문의 오사라기지로상과 마이니치문예상을 받았다. 작년 4월에는 이 작품을 포함한 4·3사건 관련 작품활동으로 제주 4·3평화재단이 제정한 '제주4·3평화상'의 첫 수상자가 되기도 했다. 작가는 '화산도'의 국내 완역을 기념해 동국대에서 개최한 국제학술심포지엄에 참석할 예정이었지만 4·3평화상 수상소감에서 밝힌 '친일파가 주축이 된 이승만 정부가 임시정부의 법통을 계승할 수 있느냐'라는 발언이 문제가 돼 주일한국대사관이 방한에 필요한 여행증명서 발급을 거부하면서 입국이 좌절됐다.

4·3사건은 1948년 4월부터 1954년 9월까지 제주도민 3만여 명이 희생된, 해방 후 한 지역에서 일어난 최대 규모의 집단 학살로, 우리 현대사 최대의 '제노사이드(Genocide)'라 할 수 있다. 그 참혹한 비극의 역사는 오랫동안 금기의 대상으로 감춰졌다. 아주 간헐적으로 4·19학생혁명 후, 또 6월 항쟁 후 역사의 표면에 떠오르곤 했지만 여전히 침묵을 강요당했다. 그 침묵의 시간, 제주의 희생자와 유족들은 온몸에 낙인된 상처와 두려움을 감내하며 '살암시민 살아진다(참고 살다 보면 살게 된다)'라는 제주도 말을 유일한 위안으로 스스로를 달래며 피폐한 삶을 살아야 했다.

1970년대 말, 제주 출신 작가 현기영이 소설 '순이 삼촌'을 발표하면서 4·3은 대중들의 관심 속에 되살아났다. 4·3 당시 단일 사건으론 최대 희생자를 낸 '북촌리 주민학살'로 생긴 트라우마로 끝내 자살하고야 마는 '순이 삼촌'을 추적한 이 작품은, 큰 충격 속에 4·3을 공적 논의의 장으로 드러내는 계기가 됐다. '순이 삼촌'이 4·3의 한 현장을 실감나게 형상화한 데 비해 '화산도'는 4·3 발발 직전인 1948년 2월부터 제주 빨

치산의 무장봉기가 완전히 진압되는 1949년 6월까지 제주도와 서울, 일본 등지를 넘나들며 4·3을 총체적이고 입체적으로 다뤘다. 하지만 제일교포의 시선으로 비교적 거리를 유지하다 보니, 제주도민이 겪은 잔혹한 희생의 현장감은 다소 떨어지지만, 남북과 해외교포의 복합 구도 속에서 사태의 원인과 한계, 나아가 역사적 책임 등을 심도 있게 다뤘다는 점에서 높이 평가받을 만하다.

그간 희생자와 유족 등 제주도민의 끈질긴 진상 규명 노력, 그리고 6월 항쟁 이후 4·3의 진실에 대한 정치권의 관심이 고조되면서 마침내 '4·3특별법'이 제정됐고, 55년 만에 '제주4·3사건 진상보고서'가 채택되면서 노무현 대통령은 국가권력에 의한 대규모 주민학살에 대해 국가 원수로서 사과했다. 박근혜 정부가 출범하면서 제주 4·3 희생을 화합과 상생의 정신으로 미래지향의 창조적 에너지로 승화시키고자 첫 국가기념일로 지정, '4·3 추념식'을 치르게 됐다. 하지만 그 추념식 첫해부터 박 대통령은 참석하지 않았고, 올해도 해외순방으로 참석이 어렵다고 한다. 물속에서 가슴 터지는 고통을 참고 작업하다 물 위에 떠오른 해녀가 '호오이' 숨비소리를 내며 둥근 '테왁'을 끌어안고 숨을 고르듯, 이미 진상이 밝혀져 수면 위로 떠오른 희생자와 유족들에게 이제 정부가 기꺼이 그들의 '테왁'이 돼 더 이상 '잔인한 사월'이 되지 않길 간절히 바란다.

(금강일보 2016.03.27.)

달빛기행

음력 보름인 지난 21일은 오전까지 제법 많은 봄비가 내렸다. 전날 밤엔 강한 바람결이 거친 쇳소리를 내는 통에 창문을 잠가야만 했다. 아침에 보니 흐드러진 철쭉과 영산홍이 간밤의 바람에도 붉은 꽃잎을 소담하게 간직한 채 비에 젖고 있었다. 그래서인지 오후엔 비가 갤 것이라는 기상예보가 실감나면서, 지난달 예약한 창덕궁 달빛기행을 무사히 마칠 거라는 안도감을 느꼈다.

우리나라 고궁 중 유일하게 세계문화유산으로 등재된 대표적 왕궁이자 가장 한국적인 아름다움을 간직한 창덕궁을 둘러본 것은 몇 년 전이었다. 문화해설사의 안내를 받으며 탐방로를 따라 편안하게 둘러보면서, 특별히 후원(後園)의 그 고요하면서도 자연스러운 아름다움에 깊은 감명을 받았었다. 그런데 달빛 아래 보는 후원은 또 어떤 모습일까 하는 기대와 설렘 속에, 이번 달빛기행을 주선해준 제자의 호의에 문득 가슴이 뜨거워졌다.

인터넷으로만 예약을 받으며, 관람인원을 하루 선착순 100명으로 제한하기 때문에 예매 시작 후 5분도 안 돼 매진된다는 달빛기행. 대기업 사장님의 불호령도 여기선 통하지 않는다고 한다. 이렇게 어려운 일을 가뜩이나 동작이 굼뜨고 지악스럽지 못한 내가 언감생심, 어찌 꿈이나 꿀 수 있겠는가. 그런데도 오는 8월 말 정년퇴임을 앞둔 걸 알게 된 50대 제자가 우리 부부에게 퇴임 기념으로 큰 호의를 베풀었으니, 그 마음이 고맙기만 하다. 게다가 시집 간 딸이 왕복 기차표까지 마련해 주니, 이렇게 깊은 사랑으로 준비된 나들이를 빗길인들 막을 수 있겠는가.

딸애가 명륜동에 살 때 창덕궁의 정문인 돈화문 앞길을 자주 지나면서도 그 의미를 잘 알지 못했는데, 이번에야 자세히 알게 됐다. 돈화문은 현재 남아있는 궁궐 정문 중 가장 오래된 것으로, '돈화'란 명칭은 '중용'의 '대덕돈화(大德敦化)'에서 가져왔다고 한다. 군주가 큰 덕으로 백성들을 감화시켜 도탑게 한다는 뜻이니, 오늘날 국민을 힘들게 하고 걱정만 끼치는 지도자와 정치인들이 옷깃을 여미고 깊이 새겨들을 내용이 아닌가 싶다.

조선 건국 후 맨 처음 세운 궁궐로 왕조 제일의 법궁(法宮, 임금이 사는 궁궐)인 경복궁은 넓은 평지 위에 직선 축을 따라 전각들이 들어서 권위와 위엄, 그리고 질서와 절제미가 돋보이지만 다분히 위압적이다. 창덕궁은 북악산을 등지고 비단처럼 맑고 고운 금천을 앞에 두르는 배산임수(背山臨水), 중요 행사를 치르고 국사를 논의하던 인정문과 선정전 뒤 임금과 왕비의 침전인 희정당과 대조전을 둔 전조후침(前朝後寢) 등 궁궐 건축의 일반적 원칙을 충실히 따르고 있다. 그러면서도 주변 자연환경인 산과 언덕 등의 지형을 최대한 살려 전각들을 자유롭게 배치하고 있다는 점에서 근엄함보다는 편안함과 자연미가 돋보인다. 특히 산과 언덕에 둘러싸인 조선시대 최대 규모인 10만여 평의 후원은 골짜기마다 인공 정원을 두면서도 지형지세를 그대로 살리는 등 인위적 손길을 최소화해 자연의 아름다움을 더욱 돋보이게 한다. 단순히 보고 즐기는 정원이 아니라 골짜기를 오르내리며 몸으로 느끼며 동화되는 정원이란 점에서 외국의 예쁜 정원과도 구별된다. 이런 후원의 고유한 자연미가 궁전의 조형미와 탁월한 조화를 이루기 때문에 유네스코의 세계문화유산으로 지정되었으리라.

후원에서도 자연의 아름다움과 군주의 높은 덕이 조화를 이룬 곳은 역시 규장각이 포함된 주합루와 부용지 일대다. 사각형 모양의 연못에 하늘을 상징하는 둥근 섬을 만든 부용지에 비친 주합루의 모습은 자신을 '모든 시냇물을 비추는 달'로 비유했던 정조의 모습을 떠오르게 한다. 정조는 '임금은 배와 같고 백성은 물과 같다'는 지론을 토대로 백성을 정사의 근본으로 여기면서 요순과 같은 성왕정치를 추구한 통치자였다. 그는 신분과 정파를 뛰어넘어 등용한 젊고 유능한 학자들을 규장각에 모아 기득권에 찌든 조선의 시스템을 근본적으로 개혁코자 했다. 아버지 사도세자를 참배하는 그의 능행길은 백성들의 민정을 직접 살피고 민원을 해결하는 기회이기도 했다. 그는 붕당정치를 벗어나 탕평을 추구한 평화주의자이며, 개인의 대토지 소유를 제한하고, 시전의 특권인 금난전권을 폐지해 정경유착을 근절하는 등 일반 백성들의 민심을 적극 수용해 기득권층의 왕이 아니라 백성을 부모처럼 돌보는 백성의 왕이고자 했다. 그는 저 말단 노예나 서얼에까지 밝은 달빛이 미치기를 원했고, 정적도 포용할 줄 아는 소통의 리더십을 보였다. 부용지에 어린 우뚝한 규장각의 모습에서 정조의 그 도도한 정신을 기리자니, 흐리던 구름 사이로 밝고 둥근 달이 두둥실 떠올랐다.

(금강일보 2016.04.24.)

오두막 황제

이번 8월 말 정년퇴직을 앞둔 37년 차 교사로 맞은 스승의 날에, 뜻밖에도 며느리가 꽃바구니를 선물로 보냈다. 초등학교 교사로 같은 사도의 길을 가는 며느리는 장미와 카네이션이 가득한 꽃바구니에 꽂은 편지에, 현직에서 마지막으로 맞는 스승의 날을 기억하며 아버지의 꿋꿋한 모습을 본받겠다고 다짐했는데, 나도 노년에 접어든 은사님을 찾아 뵈어야겠다는 생각이 문득 들었다.

대학시절, 넘치는 열정으로 과격하고 서툴기만 했던 문학청년의 치기를 따뜻하게 격려해 주고, 유명 중앙문예지에 추천해준 조재훈 선생님이 어느새 팔순이라니 더욱 그리워졌다. 작년 여름 사모님께서 먼저 하늘나라로 가신 뒤, 거친 밭일에 매달려 그 외로움을 달래시던 선생님. 작년 광복절에 출간된 선친의 유고집 '일본탈출기'를 보내드렸더니, 육필 편지로 책을 읽은 소감과 의미를 조목조목 전해 오셨다. 전에도 졸저를 보내드리면 단정하면서도 비스듬히 누운 필치로 꼼꼼한 격려와 조언의 말씀을 주시곤 했다. 이렇듯 선생님은 제자에게도 소홀함이 없이 정성으로 대하여 우리에게 인격적 본보기가 되셨다.

전화를 드렸더니 반가워하면서도 바쁠 텐데 찾아오냐며 사양하시는 걸, 겨우 설득해 공산성 앞에서 만나기로 약속을 했다. 대전충남민예총 초대 회장으로 모셨던 조성칠 당시 사무처장이랑 함께 공주에 가니, 예상대로 선생님께서 먼저 와 계셨다. 원고는 약속날짜에 받기 어려워도 다른 약속은 꼭 미리 오시는 분이다. 물론 원고가 늦어지는 것은 스스로에게 엄격한 분이다 보니 만족할 때까지 고쳐 쓰시기 때문이다. 차를 마시고 선생님 잘 가시는 음식점을 물으니 금강 가에 있는 칼국수 집을 말씀하신다. 금강을 내려다보는 창가에서, 주문서를 옆에 두고 수육과 맥주, 그리고 칼국수를 시키는 선생님을 보며, 혹시 선생님께서 계산하시려는 게 아닌가 하는 불안한 생각이 언뜻 들었다. 60대 제자가 선생님을 모시는 자리인데 기회를 주시겠지 마음을 다독이면서, 고기를 거의 안 드시는 선생님께서 우리를 위해 수육을 시키신 걸 보면 왠지 불안했다. 아니나 다를까 계산서를 찾는 내 손을 완강히 뿌리친 선생님께서 결국 계산을 하셨다.

작년에 선친의 유고집을 받으신 선생님께서 네 번째 시집 '오두막 황제'를 보내주신 게 생각난다. 시집 제목에서 알 수 있듯이, 선생님은 세속적인 성공이나 권위 등의 압박에서 벗어나 자신의 가치관과 존엄을 지키며 평생 고고한 학자이자 시인으로 살아오셨다. 힘깨나 쓰는 보직 등을 애써 뿌리치고, 막중한 책임과 고난이 뒤따르는 '민주화를위한전국교수협의회' 대전충남지회장과 대전충남민예총 초대 회장을 맡으시면서 갖은 억압과 음해를 감내하셨다. 바닥이 좁고 보수적인 분위기가 지배적인 공주에서 평생 비타협적인 개혁의지를 간직한 채, 금욕적인 생활태도로 자족하며 올곧게 선비정신을 지켜왔다. 비록 세속적인 성공과 권력은 가지지 못했지만 학자와 시인의 도도한 자부심으로 세속적 인습을 당당하게 거부할 수 있었기에 '오두막 황제'로 자처하시는 것이다.

선생님의 시집엔 '오두막 황제'란 어구나 시는 등장하지 않는다. 그런데도 굳이 이런 표제를 내세운 것을 보며, 그리스의 철학자 디오게네스를 떠올렸다. 2500년 전에 서양사 최초로 세계시민주의를 주장했고, 금욕적 자족을 강조하는 견유학파의 생활방식을 최초로 실천했으며, 무소유의 참된 자유를 강조하는 스토아학파에 영향을 미친 디오게네스는, 행복을 자신의 내부에서 찾는 점에서 부처와도 통한다. 그는 사람들이 잘못된 인습에서 벗어나 단순한 자연생활로 돌아갈 것을 요구했다. 선생님도 자족·자립·자연의 삶을 실천하는 참 자유인이다. 선생님의 길동무는 낮달이나 바람, 돌 또는 초록빛이다. 특히 '낮달'은 어머니의 이미지와 어울려 그의 시의 핵심을 이루는데 가난과 배고픔, 그리고 약자의 온갖 설움이 켜켜이 서린 서러운 땅을 조용히 비추는 낮달은 강렬하고도 뜨거운 태양과 대조된다. 너무 밝아 정면으로 볼 수 없고, 가까이 가면 모두를 태워버리는 태양이 아니라 존재하되 드러내지 않는 낮달은 우리를 밝게 비추면서도 정겹게 바라보며 함께할 수 있다. 선생님 또한 늘 우리를 밝게 비추면서도 자신을 드러내지 않는 낮달처럼 '오두막 황제'의 자유롭고 도도한 삶을 우리에게 본보기로 보여주고 계신다.

(금강일보 2016.05.22.)

금당문학의 제자리 매김을 위해

　　작가 한강의 '채식주의자'가 세계 3대 문학상 중 하나인 맨부커 국제상을 수상하면서, 그간 빈사 상태에 빠졌던 한국문학이 다시 소생할 것이란 기대가 커졌다. 하지만 '채식주의자'가 국내에서 출간된 2007년 국내 소설의 시장 판매 점유율은 30% 수준을 밑돌았고, 한강의 수상 효과가 기대되는 지금도 한국소설의 침체는 여전하다. 이런 현실을 보면 이번 수상 이후 번역만 잘 되면 한국소설의 노벨문학상 수상도 가능하다는 희망은 본말이 전도된 것이라 생각된다. '채식주의자'를 번역한 데보라 스미스는 한국의 노벨상에 대한 집착에 당황하면서 "작가가 좋은 작품을 쓰고 독자가 그 작품을 잘 감상하고 즐기게 되면 그것만으로 충분한 보상이 된다"라고 말했다. 국내의 문학창작 및 향유가 먼저 활성화돼야 함을 에둘러 지적한 것이다.

　　도종환 의원이 대표발의한 문학진흥법 제정 공포로, 그간 지원을 위한 법적 근거가 없어 오랜 침체기에 빠진 문학계에 비로소 숨통이 터졌다. 8월이면 국가와 지방자치단체는 문학 진흥에 관한 구체적 시책을 강구하고, 문학창작 및 향유와 관련된 국민의 활동을 권장·보호·육성하도록 노력해야 한다. 이를 위해 문학진흥기본계획을 수립·시행하고, 문학단체나 기관의 활동을 지원하며, 국립·공립·사립 문학관을 설립·운영해야 한다.

대전엔 시립 대전문학관이 설립돼 운영되고 있으므로, 문학진흥법 제정에 걸맞은 조례 개정으로 대전문학관의 위상을 강화하고 사업 활성화를 위한 적극적인 지원책을 마련해야 한다. 그간 신생 문학관임에도 불구하고 적극적 운영으로 위상을 빠르게 정착시킨 점을 높이 평가하며, 이제 5년 차를 맞은 만큼 시민의 문학적 자긍심을 높이고 일상에 스며드는 문학 활성화 사업 등을 구상해 볼 필요가 있다고 본다.

무엇보다도 대전문학관 상설전시실에 모신 대전의 대표문인을 확대해야 한다. 현재는 상설전시실에 대표문인 5인의 유품 80여 점이 전시돼 있다. 하지만 대전문학관 설립 당시 대표문인 선정에 지역 문학계의 충분한 참여와 논의가 부족했던 만큼 누락된 문인이 없었는지 확인해야 한다. 나도 당시 기자들의 전화를 받고 최상규 작가가 빠져있음을 지적한 바가 있으나, 갑작스러운 통화로 충분히 기릴 만한 작고문인을 깜빡 놓쳐 몹시 안타까웠다. 금당 이재복 시인의 경우가 그렇다. 그는 타고난 섬세함으로 주변 작은 것들의 떨림에 예민하게 공명할 줄 아는 감수성을 지닌 생래적인 시인이다. 금당은 혜화전문학교 시절 서정주·오장환·신석정·조지훈·김구용·김달진 등과 함께 시 창작에 힘써 단시 108편, 산문시 63편, 행사시와 시조 등 231편의 문학작품을 남겼고, 교육자로 이어령·최원규·임강빈 등 예비문인들을 지도해 후학육성에도 힘썼다. 한국문학가협회 충남지부장, 한국예술문화단체총연합회 충남지부장, 한국문인협회 충남지부장을 역임했고, 동인지 '호서문단'을 창간하는 등 대전·충남 현대문학의 초석을 다진 공로로 제1회

충남문화상(문학 부문)을 수상했다.

이렇게 대전·충남 현대문학의 초석을 다진 거목이 대전의 대표문인에서 빠져 있는 현실을 더 이상 방치해선 안 된다. 이는 대전문학의 귀중한 자산을 우리 스스로 배제하는 어리석은 일이다. 물론 80평 정도의 대전문학관 상설전시실이 애초 다섯 분의 대표문인을 전시하기 위해 전시공간이 정형화돼 있어 전시대상을 확대하려면 약간의 공간변형 작업을 해야 한다. 하지만 이제 문학진흥법에 따른 조례 개정으로 예산 지원을 확대하면 쉽게 가능하리라 본다.

금당문학에 대한 재평가는 지역의 원로문인에게도 큰 자극이 되리라 본다. 애초에 지역 문인의 사후 5년이 지난 뒤 엄정한 심사를 거쳐 결정하도록 규정돼 있으므로, 다른 문인들도 나름의 문학적 성과만 이룬다면 대표문인의 반열에 오를 수 있기 때문이다. 가령 2012년 작고한 홍희표 시인의 경우도 조금 시간이 지나면 그의 문학적 성과를 논의해 볼 수 있으리라 본다. 대전문인에 대한 엄정한 평가에 따른 대표문인 확대 작업엔 문학단체의 구분이 있을 수 없다. 지역의 문인협회나 작가회의 등도 그 지향을 뛰어넘어 한마음으로 앞장서야 한다. 그 첫 작업으로 금당문학이 제자리를 찾도록 해 유족들이 선친의 문학적 명예를 되찾게 하고, 시민들의 문학적 자긍심을 한껏 북돋워야 한다.

(금강일보 2016.06.19.)

대전문학의 진흥을 위해

　최근 지역 문화예술계의 가장 뜨거운 이슈 중 하나로, 대전·충남 문학의 개척자인 정훈(1911~92) 시인의 고택 보존 무산을 들 수 있다. 모처럼 지역문화예술계가 한목소리로 고택 보존의 필요성을 강조하며, 대전시와 중구 등 유관기관에 책임있는 대책을 촉구하는 본격적인 서명운동을 시작한 다음날, 고택을 매입한 요양병원은 건물을 전격 철거했다.

　박용래(1925~80) 시인이 20여 년 살던 오류동 집이 공영주차장으로 바뀐 이래 또다시 지역문화예술의 소중한 유산이 사라지면서, 지역의 문화예술인이 대책 마련을 위한 간담회를 열었다. 그 간담회에서 나는, 무엇보다도 정훈 선생의 고택 보존에 선제적이고 적극적으로 대응하지 못한 지역 문화예술계의 자성을 역설했다. 정훈 선생의 유족들이 고택 매도 의사를 밝힌 것이 3년 전이었는데도, 지역의 문학단체 등이 실질적인 대응 방안을 마련하지 못한 채 이를 방치했기 때문이다. 물론 지역 문학단체나 문학인들이 당면하고 있는 열악한 창작환경 실태를 감안하면, 이들의 소극적 대응에 도의적 책임 이상을 묻기는 쉽지 않다. 따라서 지역문화유산의 지정·보존에 책무가 있는 대전시나 중구 등이 일련의 사태에 미온적으로만 대처한 것은 엄중한 책임을 묻지 않을 수 없다. 국제적인 과학문화도시로 대전의 위상을 제고해 시민의 삶의 질을 향상시킨다는 민선 6기 후반기 시정 목표에 비춰보면 더욱 그렇다.

대전의 대표문인 두 사람의 유적이 허망하게 사라지는 것을 지켜본 지역 문학계의 상실감과 소외감은 가히 패닉 상태라 할 만하다. 지난 2월에 제정·공포된 '문학진흥법' 제정 이유에도 명시돼 있듯 영화·만화·음악·공예·대중문화예술 등은 별도의 법률이 제정돼 체계적인 지원이 이뤄지는 데 반해, 한 나라 문화예술의 기초가 되는 문학은 이렇게 민간영역의 활동에만 의존한 채 방치되면서 빈사 상태에 빠졌음이 이번 사태를 통해 지역민들에게까지 입증된 셈이다. 이번 사태를 계기로, 8월 4일부터 시행될 문학진흥법에 의거, 대전시가 지역 실정에 맞는 문학진흥 세부시행계획을 매년 수립·시행하는 과정에, 지역의 문학관련단체를 적극 참여시켜 실효성 있는 대전의 문학진흥 관련사업을 기획·시행해 문화도시 대전의 위상을 제고해야 한다.

먼저, 이번 사태의 의미 있는 해결을 위해 정훈 시인의 고택 터에 시인의 업적을 기억하고 기리는 유허비(遺墟碑)나 시비(詩碑) 등을 건립해 지역 문학인들의 상처를 달랠 필요가 있다. 나아가 이를 계기로 대전의 작고 문인과 원로 문인의 자료와 유적 등을 파악하기 위한 실태조사를 실시해야 한다. 이를 바탕으로 보존이 필요한 유적 등은 문학단체나 기관의 심사를 거쳐 대전시 보존대상으로 지정·관리한다면 유사 사태를 예방할 수 있다.

다음으로, 작고 문인을 대상으로 대전의 대표문인 지정을 대폭 확대해야 한다. 대전문학관 설립 당시 대표문인 선정에 충분한 논의가 부족했던 만큼, 누락된 문인은 없었는지 확인해야 한다. 특히 정훈 선생과 함께 대전·충남 현대문학의 초석을 다진 금당 이재복(1918~91) 시인의 경우, 그 문학적 업적이나 유품 등이 아들인 이동영 전 교수에 의해 8권의 전집으로 정리돼 꼼꼼하게 보존돼 있는 만큼 대전의 대표문인으로 서둘러 지정해야 한다. 아울러 이재복 시인의 제자인 홍희표 시인 또한 작고한 지 5년이 다 돼 가므로 그의 문학적 성과도 논의해야 한다.

마지막으로, 차제에 문학진흥법 시행에 걸맞게 대전문학관의 위상을 제고해야 한다. 대전미술관이나 고암미술관 등이 독립기구로, 그 기관장이 상근하며 책임경영을 하는 데 반해, 대전문학관은 대전문화재단 산하기구로 그 기관장이 비상근에 1년 임기로 책임경영이 어려운 실정이다. 따라서 대전문학관도 독립기구로 운영하면서 관장도 2년 임기의 상근직으로 그 위상을 높여 책임경영을 보장해야 한다. 그 피드백은 엄정하되, 기본적으로 시민들의 문학 향유활동 육성과 지역 문학인의 창작활동 활성화가 최종 목표임은 말할 것도 없다.

(금강일보 2016.07.17.)

김성동의 제망부가 祭亡父歌

　아침 일찍 경기도 양평의 한 야산 토굴에 칩거 중인 작가 김성동 형이 전화를 했다. 찌는 듯 무덥던 8월 하순 토굴을 찾은 이후, 그가 최근에 쓴 중편소설 '고추잠자리' 발표 지면 찾기가 또 어려워지나 싶었다. "영호! 그간 여러 가지로 애 많이 썼는데, 그냥 계간지 '황해문화'에 발표하기로 했어. 김명인 교수가 오랜 출장 끝에 내가 보낸 편지를 늦게 받아보고 급하게 통화했더라고." 전업작가인 그에겐 너무 적은 원고료 문제로 엽서를 보내고 답장이 없어 속을 끓이다 마침 '불교문예'에서 게재하겠다고 해 그러기로 했는데, 소통에 좀 차질이 있었지만 원고료를 좀 올려 처음 정한 대로 '황해문화'에 작품을 주기로 한 것이다.

　김성동 형이 선친에 대한 애끓는 사부곡(思父曲)으로 쓴 중편소설 '고추잠자리'를 전해준 건 6월 27일 산내 뼈잿골에서 열린 위령제에서였다. 그 자신 산내학살 피해자의 유족이면서도, 그간 진상규명과 명예회복을 위한 공식적인 활동에 미온적이지만, 이번 제66주기 17차 합동위령제에 유족으로 참가해 추모사 '제망부가(祭亡父歌)'를 제문으로 올렸다. 그의 선친 김봉한은 남로당 지도자인 박헌영의 복심비선(腹心秘線)으로 대전·충남의 야체이카(세포)로 활동했다. 김봉한은 남로당 외곽단체를 대상으로 당면과제를 제시하고 투쟁지침을 하달하는 한편, 무장대 조직을 준비하기도 하는 등 비공식적 문화부장 역할을 했던 중견간부였다. 김봉한은 풍채가 뛰어나고 도량이 넓었으며, 겉으론 부드러우나 안으로는 군센 외유내강의 조직운동가였다. 특히 타고난 명민함으로 보통학교를 마친 뒤 일본대학 강의록으로 독학해 숙명여전 수학강사를 역임했다.

김성동은 1983년 초 해방 전후를 배경으로 아버지 이야기를 그린 장편소설 '풍적'을 연재하다 강제중단당하며 한동안 아버지 얘기를 쓰지 않았다. 그의 작품 속 아버지는 늘 부재중이고, 주인공은 그 아버지를 애타게 기다리는 소년에 머물렀다. 보이지 않는 탄압 이후 아버지 이야기를 에둘러 가려는 일종의 자기검열인 셈이다. 하지만 그는 회갑이 지나면서 아버지 세대의 민족수난사를 적극적으로 쓰기로 결심한다. "아버지보다 곱을 살았으니 이제는 죽어도 좋다고 생각했어." 그는 근현대사의 질곡 속에서 나라와 민족을 지키기 위해 산화해간 아버지 세대의 순수한 이상과 뜨거운 열정, 그리고 헌걸찬 행적의 문학적 형상화에 진력한다. 그가 필생의 화두로 삼은 아버지 세대의 이야기를 모아 내놓은 좌익혁명가 열전(列傳) '현대사 아리랑'과 개정판 '꽃다발도 무덤도 없는 혁명가들'은 아버지에 대한 아득한 그리움에서 벗어나 마침내 아버지 얘기를 역사 속에 온당히 자리매김하기 위한 작업이었다.

그의 선친 김봉한은 1917년 생으로, 금년에 우리 나이로 100세가 된다. 그는 자신이 소설가가 된 것은 오로지 아버지 이야기를 쓰기 위해서였으며, 절에 들어간 것도 결국은 작가가 되기 위한 위장입산이었다고 고백한다. 그는 아버지께 제사를 올리고 향불을 피우는 간절한 심정으로, 아버지가 불러주는 대로 적으며 일주일 만에 230여 장의 중편소설을 썼다. 그가 산내 위령제에서 올린 제문 '제망부가'는 중편 '고추잠자리' 맨 앞의 프롤로그이기도 하다. 그런데 발표 지면이 없다는 것이다. 문제는 지면을 알아보려면 일단 원고 파일이 있어야 하는데, 그는 컴맹이니 난감했다. 그래도 일이 되느라고 가끔 교유하는 박용래 시인의 딸 진아 씨가 파일로 옮겨놓았다. 그 파일을 얻어 제문과 중편을 합한 뒤 출판사 '창비'의 지인에게 그의 소설을 봐달라고 메일을 보냈다. 더구나 4년 전 '창작과비평'에 어머니 얘기를 쓴 '민들레꽃반지'가 게재됐으니 아버지 얘기가 짝을 이뤄 묻혔던 현대사의 일면을 복원해낸 의미가 크다는 점을 누누이 강조했다. 그러나 기다림 끝에 지면 관계로 게재가 어렵다고 했다. 망설이다 한겨레신문 최재봉 기자에게 사정을 말하고 원고 파일을 보낸 뒤, '남로당 아버지 소설로 썼는데, 발표 지면 마땅치 않네요'란 기사가 나갔고, 마침내 '황해문화'에 수록되게 된 셈이다. 전화 마지막에 김성동 형이 말했다. "아버지의 삶이 간단치 않더니 아버지 얘기를 쓴 소설도 우여곡절이 많구나, 휴우!"

(금강일보 2016.09.11.)

여행과 타산지석의 교훈

37년의 긴 교직생활을 정년퇴직하고 회갑을 앞둔 아내와 모처럼 멀리 동유럽여행을 다녀왔다. 사실 중국의 변방이지만 다양한 소수민족의 독특한 전통문화가 살아있는 윈난에 가고 싶었다. 처음엔 아내도 선뜻 동의해 차마고도의 발원지인 푸얼, 천년 역사를 간직한 리장고성, 그리고 전설 속의 유토피아인 샹그릴라를 찾는다는 설렘에 관련 서적을 읽고, 여행 비디오도 보았다. 그런데 우연히 텔레비전 홈쇼핑에서 해외여행상품 광고를 본 아내가 동유럽여행이 먼저라며 서둘러 전화예약을 해버렸다. 물론 언젠가 유럽여행을 하겠다며 커다란 세계지도를 거실 벽에 붙이고, 세계여행 프로그램을 시청할 때마다 지도를 확인하곤 했으니 굳이 반대할 이유야 없지만, 그래도 윈난에 대한 아쉬움이 남았다.

독일 프랑크푸르트 공항으로 갔다가 프라하에서 인천공항으로 돌아오는 길고 힘겨운 비행기 탑승, 관광버스로 독일에서 오스트리아와 헝가리를 거쳐 체코를 횡단하는 여행이니 제법 힘든 여정이었다. 그래도 버스로 동유럽 여러 나라를 국경 없이 자유롭게 다니니 국내여행처럼 편안하면서도 한편으론 부러웠다. 우리도 북한을 지나 시베리아를 횡단해 유럽까지 철로를 잇는 원대한 구상을 여러 번 제시했지만, 그 구상을 구체화하는 작업은 극단적인 대립 속에 막혀버렸으니 더욱 그랬다. 우리는 프랑크푸르트 공항으로 마중 나온 체코 관광버스를 타고 프라하까지 막힘없이 다녔다.

두 차례 세계대전의 전범국가인 독일은, 패전 후 강제 분단과 막대한 전쟁배상금 부담의 어려움 속에서도 경제기적과 민족통일을 이뤄내고 이제 유럽연합의 종주국으로 그 위상을 떨치고 있다. 우리는 일제의 식민지에서 해방된 감격도 잠깐, 연합국의 국토 분할점령과 분단, 그리고 동족상잔의 상처 속에서 눈부신 경제성장을 이뤘지만, 세계 유일의 분단국가인 냉전의 섬으로 남아있다.

오스트리아는 히틀러의 독일에 강제 합병돼 2차 세계대전에서 패한 뒤, 민족분단을 막고 이념대립에서 벗어나고자 10년간 강대국의 신탁통치를 받고서, 영세 중립국을 선택해 자주적 민족국가의 토대 위에서 다시 선진국으로 발돋움했다. 요즘 우리의 현대사 연구가 활발해지면서, 미군정기 연합국의 신탁통치안에 대해 냉정하고도 심도 있는 분석이 이뤄지고 있다. 김기협은 '해방일기'에서, 신탁통치안에 대한 극단적인 대립과 민족적 저항이 사실은 당시 한 보수언론의 의도적인 왜곡보도로 비롯됐음을 꼼꼼하게 제시한다. 허상수의 '4·3과 미국'은, 미국이 이미 태평양 전쟁 때부터 한반도 신탁통치를 구상했으며, 루스벨트 대통령은 20년에서 길게는 40년의 신탁통치를 구상했음을 밝히고 있다. 문제는 신탁(Trusteeship)이 단순한 위임통치보다는 자주적 임시정부 구성 후 연합국의 원조나 후원을 뜻한다는 점이다. 이런 점에서 당시 중도보수인 송진우나 중도좌파인 여운형이 신탁통치안에 대한 진지한 논의를 주장했음을 되돌아볼 필요가 있다. 김기협은 오스트리아와 비교하면서, 우리의 항일저항운동이나 해방 후 건국 준비 등을 고려해 보면, 5년의 후원을 받으며 유럽처럼 사주적 발전의 기틀을 충분히 마련했을 것이라 본다.

체코는 360여 년 외세의 지배를 받았고, 히틀러의 침공에 항복했지만 전쟁의 참화에서 국민과 문화유적을 지켜냈다. 무엇보다 자국의 안보와 이익을 앞세우는 지혜를 가지게 됐다. 우리가 지금 겪고 있는 미국의 미사일 방어망 논란을 체코는 10년 전에 겪었다. 미국은 체코의 MD(Missile Defense)가 이란의 핵미사일을 막기 위한 방어용임을 강변했지만, 러시아는 크게 반발하며 선제공격을 경고했다. 이에 체코의 이익과 안보를 앞세운 시민사회와 야당들은 적극적인 기지반대운동으로 이를 무산시켰다.

여행은 단순히 공간 체험을 확대하는 것이 아니다. 오히려 그 공간 속에 살아있는 역사를 통해 내가 처한 삶의 어려움을 풀어낼 지혜를 얻는 데 그 의미가 있다. 나름의 역사적 환경에 지혜롭게 대처한 타산지석의 교훈을 찾을 수 있기 때문이다.

(금강일보 2016.10.09.)

가짜 예언자와 전근대적 두려움

　　박근혜정부 들어 워낙 커다란 사건들이 잇따르면서 이에 적응하기가 너무 힘겹다. 새 정부가 우리 사회의 안전을 강조하며 행정안전부를 안전행정부로 개편했지만, 곧바로 대학 신입생 환영회에서 지붕이 무너지는 대형사고가 일어났다. 당시 부실한 대응체계는 정부의 위기대처 능력을 의심하기에 충분했다. 새 정부 출범 다음 해에 겪은 사상 초유의 대형사고인 '세월호 참사'에서도 정부의 대응은 도무지 이해할 수 없었다. 텔레비전으로 생중계되는 데도 아주 기본적인 구조 매뉴얼도 없이 우왕좌왕하며 수많은 희생자들을 지켜보는 어처구니없는 일을 겪었다. 그 엄청난 참사의 원인이나 책임 규명 등은 여전히 안갯속에 있다. 다음엔 이름도 낯선 '메르스 사태'를 겪었지만, 정부의 무능한 헛발질은 계속됐다. 국민들은 이런 과정을 겪으며 스스로 살 길을 찾아야 함을 온몸으로 학습해야 했다.

　　금년엔 경주 지진에 대한 부실한 대응, 백남기 농민의 죽음에 대한 치졸한 책임 전가로 국민들은 또다시 분노 속에 각자도생의 슬픈 처지를 확인해야 했다. 이렇게 국민에게 실망을 안겨준 정권의 부끄러운 속살이 최근 최순실 게이트로 드러나면서, 그간 쌓여온 국민들의 분노가 전 국적으로 폭발하고 있다. 대통령이 최순실의 국정농단에 자신이 일부 연루됐음을 사과하고 주요 피의자들이 검찰 조사에서 대통령의 지시를 실토하자 급기야 대통령이 직접 수사를 받겠다고 하면서, 이번 사태가 '박근혜-최순실 게이트'임이 명확해졌다. 이번 사태로 겪은 국민들의 절망감과 분노가 무척 거세 과연 대통령의 국정 운영이 가능할지 의문 이다. 특히 국민들이 분노하는 부분은 국민이 부여한 국정 운영의 헌법 적 권한을 사적 인연의 민간인에게 스스로 위임했다는 점이다. 더구나 합리적 사고와는 거리가 먼, 주술적 사고에 갇힌 사람에게 말이다.

유한한 인간에게 미래의 불확실성은 존재의 근본적 조건이기에, 자 동적으로 전개되는 역사란 없다. 따라서 예정된 미래를 꿰뚫어보고 미 리 알려줄 수 있는 예언자란 있을 수 없다. 구약성서를 보면, 난국으로 고통 받는 백성들에 대한 뜨거운 공감으로 출발하여, 임박한 미래의 심 판과 파멸을 예고하면서, 삶의 근본적인 방향 전환을 요구하는 것이 바 로 예언자의 역할이다. 그들은 지배계급의 부당한 권력을 고발하고 가 난한 백성들을 수호한다. 그들은 대개 외세에 의해 민족 공동체가 위기 에 처했을 때 등장한다. 그들은 미래를 미리 드러내는 것이 아니라, 미 래를 바람직한 방향으로 변화시키려 노력한다. 따라서 개인의 치부나 권력에 주술을 이용하는 것은 가짜 예언자이며, 이에 현혹된 사람은 자 아의식의 나약함을 드러낼 뿐이다.

이번 최순실과 대통령의 부적절한 관계는, 자신의 생각과 행동을 이 성으로 통제하면서 불확실한 미래를 스스로의 힘으로 만들어나가는 근 대적 인간성의 결여에서 온 것이다. 마치 1930년대 1700만 독일인들이 민주주의 선거에서 오스트리아 출신의 떠돌이인 히틀러를 선택한 것과 유사하다. 당시 독일인들은 이성보다는 게르만족의 신화에 의존하고자 했는데, 이를 학자들은 '근대에 대한 두려움'이라 부른다. 사실 박 대통령의 자질과 능력에 대한 의심과 최태민 사이비 목사와의 관계가 가져올 불행에 대한 경고는 2007년부터 있었다. 하지만 이런 경고는 '부모를 흉탄에 잃은 불쌍한 근혜'라는 무조건적인 동정 속에 묻혀 버렸다. 따라서 박 대통령을 동정하고 맹목적으로 지지한 유권자들과 대통령에게 무조건 복종하는 여당과 정부 고위 관료들의 행태 또한 오늘의 불행을 가져온 공범임을 이번 기회에 철저하게 반성해야 한다. 물론 국민의 마음을 얻지 못하고 전투력도 부족한 진보세력들의 실패 또한 전근대적 퇴행을 가져오는 데 책임이 있음을 진지하게 돌아봐야 한다.

이탈리아 출신의 화학자로 파시즘에 맞서다 아우슈비츠 수용소에 수감됐지만 극적으로 살아나, 국가 폭력을 증언하고 희생자들의 고통에 대해 깊이 성찰한 작가 '프리모 레비'는, 어떤 예언자도 미래를 보여줄 수는 없으며 미래는 우리 스스로 만들어가는 것임을 강조한다. "우리는 앞을 못 보는 채 손으로 더듬어가며 우리 자신의 미래를 건설해야 한다. 새로운 우상을 세우지 말고 자신의 미래를 밑바닥부터 건설해야 한다."

(금강일보 2016.11.06.)

우상을 넘어서

　　박근혜 대통령의 거듭된 대국민담화에도 하야와 퇴진을 요구하는 국민들의 촛불은 더 거세지고 있다. 구체적 근거와 정황이 속속 드러나는데도 자신의 잘못을 인정하지 않고 책임을 떠넘기며 변명으로 일관하는 모습이 국민의 분노를 더 부채질하기 때문이다. 더구나 성실히 수사를 받겠다던 그간의 약속마저 천연스레 뒤집으면서 인간적 연민마저 사라져버렸다. 오죽하면 콘크리트 지지기반인 대구·경북의 지지율이 전국 평균인 4%보다 더 낮은 3%를 기록하겠는가. 물론 아직도 거친 표정과 험악한 욕설로 촛불 국민에 맞서는 극소수의 지지자들이 있지만, 국민의 마음을 되돌리긴 너무 늦었다. 국민들은 이미 박근혜 이후를 꿈꾸고 있기 때문이다.

　　이런 와중에도 경북 구미에선 '박정희 대통령의 99회 탄신제'가 박근혜 대통령 지지자들과 퇴진을 요구하는 시위자들의 충돌 속에 치러졌다. 그간 "박정희 대통령은 반신반인(半神半人)으로 하늘이 내렸다는 말밖에는 할 말이 없다"라고 찬양하던 남유진 구미시장은, 이번에는 "박정희 대통령은 가난과 보릿고개의 궁핍을 없애고, 대한민국을 선진국의 반열에 올려놓은 위대한 인물"이라며 그간의 낯 뜨거운 신격화를 삼갔다.

이번 '박근혜-최순실 게이트'를 통해 박근혜 대통령의 무능과 민낯이 드러나면서, 국민들은 그간의 무조건적이고 비이성적인 동정에서 비로소 벗어나게 됐다. 그렇다면 박정희 전 대통령에 대한 향수와 낯 뜨거운 우상화는 과연 합당한가. 우리나라의 고도성장과 근대화는 박정희의 초인적인 지도력만으로 가능했는가. 박정희 개인의 지도력이 온전히 인정되려면, 당시 우리와 비슷한 조건의 다른 나라들은 그런 지도자가 없어 정체됐음을 입증해야 된다. 하지만 동시대의 대만·홍콩·싱가포르 등 아시아 신흥공업국들은 개발독재자가 없었어도 우리를 능가하는 고도성장을 이뤘다. 따라서 경제학자들은 1950년대에서 1970년대가 세계자본주의의 황금기였기에 동아시아뿐만 아니라 세계 각국이 국가 주도 성장을 이뤘다고 본다. 오히려 대한민국은 국가 주도 성장을 이룬 나라들이 보편적으로 복지제도를 정비한 데 반해, 폭압적인 국가동원체제 속에 노동자·농민이 배제되면서 심각한 소득불균형과 양극화의 후유증을 남겼다고 비판한다. 또 보릿고개를 없앤 것은 윤보선 대통령 후보의 이중곡가제 공약을 가져와 가능했고, 경제개발계획도 민주당 정권이 준비한 것을 실시한 것에 불과하다며, 박정희 개인의 지도력으로 보긴 어렵다고 한다.

무엇보다도 박정희 대통령의 18년 개발독재와 유신통치를 종결시킨 10·26 사건이 단순한 우발적 사건이 아니었음을 돌이켜볼 필요가 있다. 당시 박정희 정부는 부산에서 시작된 유신철폐 시위가 마산으로 확산되면서 격렬한 국민적 저항에 직면했었다. 대학생이 시작한 시위였지만 절대 다수의 시민들이 참여한 대규모 항쟁으로 발전한 것은, 물가고 등의 경제난과 인권을 탄압하는 유신체제에 대한 저항 때문이었다. 자신과 육사 농기인 박정희를 저격한 김재규 중앙정보부장은 자신의 저격행위를 "야수의 심정으로 유신의 심장을 쏜 민주주의 회복혁명"이라고 말했다. 당시 박정희는 유신체제를 고집하며 "시위대에게 내가 직접 발포를 명령하겠다"라고 호언하는가 하면, 경호실장 차지철은 "캄보디아에선 300만 명을 쏴 죽이고도 까딱없었습니다. 우리나라에서 폭동이 일어나면 한 100만 명이나 200만 명 처치하는 게 무슨 문제겠습니까?"라고 공언하는 아주 야만적인 시절이었다.

이제는 그런 야만의 시절과 단호히 절연해야 한다. 지금은 전제군주의 폭정을 참으며 작은 시혜에 눈물 흘리며 감동하는 봉건왕정시대가 아니다. 국민이 당당한 모습으로 인간다운 권리를 만끽하는 민주주의 시대이며, 재벌 중심 경제체제에서 그간 배제됐던 중소기업인과 자영업자, 노동자와 농민 등이 성장의 과실을 고루 누리는 경제민주화연대의 진정한 공화국을 이뤄야만 하는 시대다. 이것이 바로 촛불의 정언명령이며, 박근혜 이후에 대한 우리의 꿈이다. 이런 꿈은 우리가 그간 내면화해 왔던 박정희·박근혜에 대한 우상화를 넘어설 때 비로소 가능해진다. 박정희 신드롬은 조작된 신화였음이 이젠 명확하지 않은가.

(금강일보 2016.12.04.)

어제와 결별하자

　박근혜 대통령 탄핵소추안의 조속한 심판결정을 바라는 국민의 여론을 반영하듯 헌법재판소가 총력을 쏟으면서 그 결정이 빨라질 것으로 보인다. 연인원 천만 명을 넘긴 촛불시민들과 대다수 국민의 염원은 박 대통령 탄핵에 대한 빠른 심판을 넘어, 그간 자행한 온갖 위헌과 위법행위에 철저한 사법적 책임을 물어 지도자의 책임에 대한 시금석으로 삼는 것이다. 나아가 박정희 개발독재시대의 왜곡된 신화까지 극복해, 진정한 국민 주권의 민주복지시대를 열어가길 소망하고 있다.

　물론 군부독재의 권위주의적 통치에 따른 권력남용이나 인권유린, 정경유착에 따른 양극화 심화와 뿌리 깊은 부정부패 등 박정희 시대의 유산에 대한 극복이 필요함은 분명하다. 그러나 박정희 이전 이승만 독재의 유산 또한 극복의 대상이다. 사실 우리나라 헌정 사상 최초의 대통령 탄핵은 이승만이다. 물론 임시정부에서의 일이긴 하지만, 지금과 유사한 면이 많다. 1919년 4월 상해임시정부는 국호를 대한민국으로 정하고 이승만을 국무총리로 선출했다. 그 뒤 9월에 국무총리제가 대통령제로 개정되면서 이승만은 대통령이 되었다. 그러나 이승만은 피선된 뒤 7년 동안 정부행정을 집정하지 않은 채, 자의적인 법령 발표와 제왕적 독재, 방만한 재무집행 등으로 1925년 3월 상해임시정부의정원의 탄핵을 받아 대통령직에서 면직된다. 당시 탄핵심판 내용은 이렇다. "임시대통령 이승만은 시세에 암매하여 정견이 없고 무소불위의 독재행동을 감행하였으며, 포용과 덕성이 결핍하여 민주주의 국가 정부의 책임자 자격이 없음을 판정함."

우리 지역이 낳은 민족사학자 신채호는 이승만을 국무총리로 선출한 임시정부 제1회 임시의정원회의에서, 일본을 대신해 미국이 한국을 통치해 달라고 청원하는 '위임통치론'을 주장한 이승만을 신임할 수 없다며 반대했다. 이승만이 대통령으로 선출되자 다시 격렬히 반대하다가 결국 임시의정원에서 해임된다. 그는 독립은 결코 외교로는 쟁취할 수 없다고 주장하고, 외교적 독립노선을 채택한 당시 임시정부를 비판하며 반(反)임시정부활동을 전개했다. 그는 영웅호걸의 지도에 의해서가 아니라 각성한 민중의 혁명적 선구에 의해 민족해방과 사회혁명을 이룰 수 있다고 '조선혁명선언'에서 주장했다. 이 주장은 영화 '암살', '밀정'으로 유명해진 일제강점기 폭력투쟁 항일비밀결사인 '의열단'의 민족해방이론이 되었다. 이렇듯 이승만은 대한민국 임시정부 구성 당시부터 신채호에게 그 자격을 인정받지 못했고, 이는 헌정 사상 최초의 탄핵심판 결정으로 입증되었다.

뉴라이트 학자와 국정교과서는 임시정부에서 탄핵당한 이승만을 건국 대통령으로 찬양하지만, 한국전쟁 당시 보여준 무능과 불법 자행, 그리고 민간인 학살 등에 대해 끝내 사과를 거부했고, 86세의 나이에 온갖 불법을 동원한 부정선거로 4월 혁명을 촉발해 결국 하야할 수밖에 없었음을 상기할 필요가 있다. 이승만은 하야 성명 이후에도 국정 혼란을 이유로 사임서 서명을 거부하는 등 권력에 대한 추한 집착을 보였다.

1960년 4월 혁명은 고교생의 시위로 시작됐지만 도시 하층민에서 부녀자까지 온 국민이 참여해 과거의 적폐를 없애고 민족 자주의 새로운 시대를 열고자 한 시민혁명이었다. 김수영 시인은 당시 새로운 시대에 대한 소망을 어제와의 결별로 노래했다. "우선 그놈의 사진을 떼어서 밑씻개로 하자/ 그 지긋지긋한 놈의 사진을 떼어서 조용히 개굴창에 넣고/ 썩어진 어제와 결별하자."

물론 어제와 결별하고 새날을 맞이하는 데엔 많은 인내가 필요하다. 그래서 '불타는 인내'로 무장해야 한다. 라틴아메리카 최초로 민주선거를 통해 집권해 칠레에 개혁적인 사회복지정책을 편 아옌데 대통령이 군부쿠데타로 피살된 직후 민중시인 네루다도 세상을 떠난다. 민중을 위해 투쟁한 평화주의자 네루다의 장례식에 참여한 칠레 시민들은 분노와 슬픔으로 '인터내셔널가'를 부르며 군부에 항의하는 최초의 시위를 한다. 이렇게 시작된 칠레 민중의 민주화 촛불은 17년 동안 타올라 마침내 민주정부를 되찾았다. 일찍이 네루다는 노벨상 수상식에서 랭보의 시를 인용했었다. "여명이 밝아올 때 불타는 인내로 무장하고 찬란한 도시로 입성하리라."

(금강일보 2017.01.01.)

희생양과 집단적 자아도취

　민족 최대의 명절 설을 보내며 형성될 설 민심을 잡기 위한 정치인과 지지세력 간의 여론전이 지나칠 정도로 과열되더니, 그예 설날에 60대의 한 박사모 회원이 아파트에서 투신해 숨지는 일이 일어났다. 지난달 초에 한 스님이 박근혜 대통령 체포 등을 요구하며 분신한 데 이은 안타까운 죽음이다. 그런가 하면 한 기초의원의 네이버 밴드 모임에 '박 대통령 탄핵반대 결사대 모집'이란 제목으로 친필 유서와 태극기를 준비한 노인들이 목숨을 걸고 한강에 뛰어들어 탄핵 반대 결의를 보여줄 것을 부추기는 글이 올라와 자살 조장 논란이 증폭되고 있다. 해당 밴드에서 활동하는 그 의원은 그간 광화문 촛불집회 참가자들을 "종북 빨갱이 ○○들"이라고 폄훼하며 "군인들이 나서 총으로 쏴 죽일 것"을 촉구해 군 인권센터가 내란선동 및 명예훼손 혐의로 검찰에 고발한 5명 중 한 명이다. 이렇듯 대통령 탄핵을 둘러싼 국민들의 편 가르기와 대립이 점점 심화되는 것을 보며 무엇보다도 박 대통령의 책임이 크다고 생각한다. 박 대통령이 헌법을 준수하며 정상적으로 대통령직을 수행했다면 이런 극단적 대립과 희생이 일어나지 않았을 것이기에 그렇다.

그런데 극한 대립을 부추기는 박사모와 탄핵반대 태극기 집회 참가자들의 모습에서 왠지 낯익은 데자뷔(기시감・旣視感)를 느끼게 된다. 우선 언론 보도와 특검 조사에서 밝혀진 대로 태극기 집회 참가자들을 움직이는 동력이 수상한 돈을 매개로 한다는 점이다. 이른바 자발적이 아닌 관제데모란 것이다. 이는 이미 부패한 이승만 독재정권을 무조건 옹호하는 애국단체연합, 서북청년단, 조선민족청년단 등 극우 사회단체들의 폭력적이고 광신적인 행태와 그 뒤 군사정권기의 각종 관제시위 등에서 익히 보아왔다. 이번 태극기 집회에서 대형 성조기나 십자가를 앞세우고 방언이 터지듯 통성기도를 하며 극단적 분노를 쏟아내는 모습 또한 민주화 이후 흔히 보는 모습이 됐다. 이는 한국전쟁을 겪으며 월남한 북한 개신교인들이 남한 개신교의 중심 권력으로 부상하면서 친미반공 성향을 형성한 저간의 사정에서 기인한 듯하다. 한데 이들의 대중집회가 이렇게 동원된 것인데도 나름 뜨거운 열정을 유지하는 원동력은 무엇일까. 이들이나 극우세력이 촛불집회 참가자들이나 각종 개혁세력에게 보이는 극단적 증오와 깊은 혐오감이 바로 해방 이후 그들을 이끈 원동력이 아니었을까. 그들은 강력한 권위를 가진 지도자를 열망하고 그 지도자를 자신과 동일시하며 무한 복종하는 성향을 보인다. 그만큼 그들의 열정적 증오는 위험하다. 그래서 사회심리학자 에리히 프롬은 이런 집단적 자아도취가 자아도취적인 지도자와 결합되면 파괴와 전쟁을 유발한다면서 경고한 바 있다.

특검 조사나 헌법재판소 심리를 통해 박 대통령의 각종 국정농단과 헌법유린 행태가 매일 밝혀지고 명백한 증거가 차고 넘치는데도 박사모 등 지지자들은 이런 현실을 애써 외면한다. 그들에게 박 대통령은 털어도 먼지가 나지 않는 순결한 지도자이며, 억울하게 수난받는 희생양이다. 대통령 측 대리인인 서석구 변호사는 헌재 변론에서 "소크라테스도 예수도 여론 모함으로 사형선고를 받고 십자가를 졌다"라며 대통령을 예수로 비유했다. 앞서 이정현 의원도 "나보고 예수를 팔아먹은 유다가 돼 달란 말이냐"라며 국회 탄핵 의결을 결사반대하면서 대통령을 예수로 간주했다. 히틀러의 최측근으로 나치 독일에서 국가대중계몽선전장관 자리에 앉아 나치 선전 및 미화를 책임졌던 괴벨스는 당시 박사학위를 가진 인텔리였다. 그는 히틀러의 자서전을 읽고 일기에 이렇게 썼다. "이 사내는 도대체 어떤 사람인가? 절반은 범인(凡人)이고 절반은 신(神)이다. 진짜 예수가 아닐까? 어쩌면 세례 요한인지도 모른다." 결국 이들의 공통점은 강력한 지도자에 대한 집단적 자아도취 속에서, 지도자의 몰락을 부당한 현실에 의한 희생양으로 합리화하며 반대세력에 대한 강한 증오를 가진다는 점이다. 이들에게 세속 정치는 광신자들의 종교인 셈이다. 광신은 어떤 경우에도 타협을 거부하는 것이 그 본질이라 상대편을 포용하거나 상대와 소통하는 게 불가능하다. 이런 광신적 극단주의를 극복하는 길은 폭력적 비합리성에서 벗어나 객관적으로 현실을 직시하고 비판적으로 사고하는 이성의 힘을 회복하는 것밖에 없다. 이성의 회복만이 비합리적인 무모함에서 벗어나 품위 있는 시민으로 거듭나게 해 주기 때문이다.

(금강일보 2017.02.05.)

대전 판도라

얼마 전에 사진작가인 친구의 제안으로 공주에 있는 '풀꽃문학관'을 찾았다. 따뜻한 서정을 곱게 간직한 나태주 시인과 정겹게 식사를 하고, 운치 있는 찻집에서 향긋한 차를 나누었다. 훈훈한 마음으로 유성으로 들어서는데 길옆으로 '국민적 토론 없는 핵 재처리 실험 반대!'라 적힌 펼침막이 눈에 띄었다. 얼마 전에 상영된 국내 최초 원전 재난 블록버스터 '판도라'가 누적 관객 500만 명을 넘기면서 원전사고에 대한 경각심이 높아진 터라 관심이 갔다. 자연재해가 적어 전국에서 가장 살기 좋은 곳이 대전이라는 한 친구의 생각에 오히려 울진, 부산, 경주, 영광 등 원전지역 못지않은 방사능 위험지역이라는 지적이 나왔다. 얼마 전에 본 충격적인 영상물 '대전 판도라'를 소개했더니, 탐사보도의 모범으로 평가받는 독립언론 '뉴스타파'의 해당 홈페이지에서 확인해 보자는 쪽으로 의견이 모아졌다.

영화 '판도라'는 박정우 감독의 말처럼 우리 현실을 90% 이상 반영한 영화로, 영화 속 배경인 '한별원전'은 전 세계의 원전단지 중 가장 큰 부산의 고리원자력발전소가 그 모델이다. 영화 속 사고 발생 원전은 우리

나라에서 가장 오래된 '고리1호기'로 현재 39년째 가동 중인데, 다행히도 금년 6월 영구 정지할 예정이다. 그간 고리1호기에서 많은 사고가 있었다. 2012년 작업자의 실수와 기계 고장이 겹쳐 12분 동안 전원의 완전 상실로 원자로가 냉각되지 않으면서, 최악의 경우 후쿠시마와 같은 대형 참사로 이어질 수 있는 아찔한 상황이 벌어지기도 했다. 이런 대형사고가 한 달여 동안 조직적으로 은폐되다가 한 부산시의원에 의해 세상에 알려졌고, 다음 해에는 제어케이블 시험성적서 위조사실이 확인되기도 했다. 고리원전은 반경 30㎞ 이내에 380만의 시민이 거주하며, 울산석유화학단지와 현대자동차공장 등 핵심 경제시설이 위치해 사고 발생 시 인명과 재산의 피해는 영화보다 훨씬 더 참혹할 것으로 예상된다. 미국의 한 원전전문가는 최악의 경우 2400만 명이 피난 가는 상황이 발생할 수 있다고 경고하면서, 그런데도 신고리 5·6호기를 추가 증설하는 것은 미친 짓이라고 강력 비판하기도 했다.

'대전 판도라'는 유성구에 있는 한국원자력연구원이 1987년부터 2013년까지 1699개의 사용후 핵연료봉을 연구와 실험 목적으로 고리원전, 울진원전, 영광원전 등으로부터 운반 보관해 왔음을 고발한다. '죽음의 재'로 불리는 폐연료봉은 우라늄과 세슘, 플루토늄 등 방사성 물질을 포함하는 고준위 방사성폐기물인데도 지난 30년간 제대로 된 안전시험도 하지 않은 운반용기로 운송됐다고 한다. 또한 핵발전소에서 주로 고속도로를 통해 이송되는데, 핵연료봉 운반차량의 무게보다 설계하중이 미달하는 교량을 수시로 지나는 등 이런 위험천만한 사실조차 원자력연구원은 파악하지 못한 것으로 드러났다. 방사성폐기물을 쌓아놓은 저장고는 내진설계조차 돼있지 않았고, 원자력연구원이 영광원전이나 울산원전보다 총 방사능 배출량이 더 많았던 기간도 여러 번 있었던 것으로 확인됐다. 대전의 150만 시민이 핵발전소 주민들 못지않게 방사성 물질에 노출돼 온 것이다. 원자력연구원에서 그간 중수누출, 방사성

요오드검출, 방사능피폭, 우라늄시료 분실, 방사성폐기물 무단폐기 등 크고 작은 사고들이 빈발했다니, 안전 불감증이 얼마나 심각한지 알 수 있다.

　문제는 원전 밀집도가 세계 1위인 우리나라의 현실에서 원전사고 피난처는 존재하지 않는다는 점이다. 후쿠시마 원전사고 이후 원전 안전 신화가 붕괴되면서 많은 나라가 앞다퉈 탈핵을 선언하며 에너지정책을 전환하고 있는데, 유독 우리나라만은 노후 원전의 수명을 연장하고 신규 원전을 추가 증설하는 등 세계적 추세에 역행하는 기현상을 보여 무척 안타깝다. 더구나 '미래형 원자력 시스템 개발'이란 미명하에 원자력연구원에서 준비하는 핵 재처리작업인 '파이로 프로세싱' 공정은 세계적으로 성공한 사례도 없고, 천문학적 비용에 일반 원전보다 훨씬 위험한데도 강행되고 있다. 가히 '핵 재앙'이라 할 수 있는 '대전 판도라'는 과연 열릴 것인가. 국제환경단체인 그린피스코리아는 이렇게 묻는다. 우리는 정말 이대로 가만히 있어도 괜찮을까?

(금강일보 2017.03.05.)

격대육아 유감

새벽녘에 잠이 깨 창밖을 보니 어둑어둑해 망설이다 거실에 나와 텔레비전을 켜니, 박근혜 전 대통령이 서울구치소에 수감됐다는 특보가 방송되고 있다. 시계를 보니 오전 6시가 조금 넘었고 봄비가 소리 없이 부슬거리고 있다. '아 그래서 어두웠나 보다' 생각하는데, 아내가 구속 소식을 물으며 나온다. "한 개인으로선 불쌍하다"라는 아내의 말에, "많은 사람들의 마음을 너무 아프게 하고 힘들게 했으니 자업자득이란 생각이 앞선다"라고 얘기하며 아침식사를 하다, 문득 시계를 보니 아들네 집에 가야할 7시 40분이 넘었다. 서둘러 집을 나서니 우산을 쓰고 지나는 사람들 모습에, 우산을 가져올까 망설였지만 출근을 앞두고 동동거릴 며느리 생각에 그냥 이슬비 속을 달렸다. 다행히 아들네 집이 가까워 뛰어가 보니, 며느리가 두 손녀의 밥을 먹이며 큰애 머리 손질을 하고 있다. 잠시 후 며느리가 둘째를 데리고 출근하는 것을 큰손녀와 함께 배웅했다.

정년퇴직을 하고 둘째의 출산을 앞둔 딸네에 가서 출산 후 산후조리원을 나올 때까지 한 달 넘게 출산 뒷바라지를 하다가 온 뒤로, 사위가 해외출장을 가게 되면 딸네에 가 육아를 돕고 있다. 며느리는 둘째를 낳은 뒤 일 년간 친정부모가 아들네에 머물며 육아를 도와주셨고, 작년엔 며느리가 육아휴직을 했다. 하지만 며느리가 금년에 집에서 조금 멀어진 초등학교로 복직하면서 출근길에 둘째를 어린이집에 데려다 준다. 첫째는 유치원 차량이 8시 40분에 집 앞에 오면 우리가 태워 보내고, 하교 시간에 맞춰 데려와 돌보는 게 우리 부부의 일이 됐다. 물론 시간제로 도우미를 고용할 수도 있지만 200m 정도 떨어진 곳에 우리가 사는데 굳이 그럴 필요가 없고, 또 첫째는 태어날 때부터 우리가 돌봐서 정이 들어 기쁜 마음으로 맡게 됐다.

몇 년 전 한 방송사에서 '격대육아법의 비밀'이란 프로그램을 특집으로 방영한 뒤, 그 내용이 책자로 소개되기도 했다. '격대육아법'이란 할아버지·할머니가 손자·손녀를 맡아 돌보며 교육하는 것을 뜻한다. 우리 전통사회에서 오랫동안 이어온 전통육아법이지만, 산업화 이후 농촌이 해체되고 핵가족화가 되면서 사라져 버렸다. 지금의 조부모들은 어렸을 적 할머니의 융숭 깊은 사랑과 할아버지의 넉넉한 너털웃음의 기억을 간직하고 있을 것이다. 부모와는 달리 군둥내가 나면서도 한없이 넉넉하고 무조건적인 그 깊은 사랑은 떠올리기만 해도 문득 마음이 편안해진다.

미국 노스캐롤라이나대학 엘더 교수팀의 역학조사에 의하면 할아버지·할머니와 함께 자란 아이의 자존감이 높고 졸업성적이 좋으며, 성인이 된 후까지 성취도가 높다고 한다. 서구에서 일고 있는 이런 격대육아의 영향을 확인해 주는 인사들이 꽤 있다. "내가 편견 없이 자랄 수 있었던 것은 모두 외할머니 덕분이었다"라고 말한 미국 최초의 흑인대통령 버락 오바마를 위시해 오프라 윈프리, 빌 클린턴, 퀴리 부부, 빌 게이츠 등이 격대교육을 경험했다. 그런데 문제는 노인들에게 격대육아가 기쁨이면서도 큰 고통이 되고 있으니 유감이다. 육아를 위해 상경한 할머니와 지방에 홀로 남은 할아버지의 고통이 사회 문제로 부각되고 있음을 보면 그 심각성을 알 수 있다.

나도 딸네에 갈 때 아내와 함께 가서, 힘이 드는 청소나 가재도구 수선 정리 등을 대신하곤 한다. 두 애 육아에 기진한 딸애를 보면 뭐라도 도움이 될 일을 해 줘야겠다는 생각에서다. 출근에 앞서 동동거리는 며느리를 볼 때도 딸애를 보는 똑같은 심정에서 집안 정리나 청소 등을 해 준다. 아내는 딸네 집에서 팔을 걷어붙이고 일하다 집에 내려오면 며칠씩 앓거나 결국 병원 신세를 져야 한다. 이제 뭔가 사회적 돌파구 마련이 필요하다. 복지국가인 북유럽 국가들처럼 육아나 보육을 사회적 책임으로 인식해 국가가 그 부담을 가족과 나누는 인식 전환과 그에 상응하는 보육정책을 과감히 시행해야 한다. 문제는 재원이 아니라 복지정책을 시행하려는 의지에 있다. 북유럽국가 복지정책의 틀이 대공황 시절에 세워진 걸 보면 복지가 경제성장으로 선순환 되는 것임을 알 수 있다. 우리도 경제성장이 삶의 질 향상으로 이어질 때 밝은 미래가 가능하다. 문제는 돈이 아니라 사람다운 삶에 대한 확고한 믿음과 이를 이뤄가려는 의지다.

(금강일보 2017.04.02.)

갈빗대와 하와

　최근 한 대통령 후보의 시대착오적이고 가부장적인 발언이 화제가 되고 있다. 한 인터뷰에서 "설거지는 여자가 하는 일로 하늘이 정한 것"이라는 여성 비하 발언을 한 것이다. 이는 기본적으로 후보 자신의 권위적이고 가부장적인 가치관의 표현이지만, 시대착오적인 편견의 표출이란 점에서 국민적 공분(公憤)을 사고 있다. 대선 후보 초청 토론회에서 여성 후보의 강력한 사과 요구에 "남들이 스트롱맨이라고 부르길래 웃자고 한 말"이라며 너스레를 떨다가 마지못해 "'말이 잘못됐다면' 사과하겠다"라며 어정쩡하게 사과하고, 그의 아내까지 방송에 나와 남편의 진의를 애써 변론했지만 그의 여성 비하 행태는 거침이 없다.

　그가 2005년 펴낸 자서전 '나 돌아가고 싶다'에서 대학 1학년 당시 하숙집 동료에게 돼지흥분제를 구해주고, 그 동료가 짝사랑하던 한 여학생을 상대로 성폭행 범죄를 모의했다는 충격적인 내용을 기술하면서 "장난삼아 한 일이지만 그것이 얼마나 큰 잘못인지 검사가 된 후에 비로소 알았다"라고 한 것이 알려지면서 파문은 더 커졌다. 한국여성단체

연합을 비롯한 28개 여성단체는 "피해자에 대한 진지한 사과가 없고, 또 성폭력 문제를 근절해야 할 국가 지도자로서 성평등감수성과 지질이 부족하다"라며 즉각 후보 사퇴를 요구하는 성명을 냈다. 특히 자서전을 쓴 시점에 그가 검사를 거친 9년 차 정치인이었다는 점은 더욱 용서하기 어렵다는 것이다.

인류의 절반이 여성인 세상에서 이런 시대착오적 행태는 여성 유권자의 분노를 자극해 득표에 막대한 손실을 가져오기 때문에 모든 후보들이 신경을 곤두세운다. 다른 후보가 강원지사와 평창올림픽에 대한 얘기를 나누다 북한의 미녀응원단에 대해 "자연 미인"이란 표현을 무심코 했다가 바로 사과한 것이 바로 그런 경우다.

사정이 이러한데도 여성 비하 행태를 한 후보의 지지율이 조금씩 오르는 기현상은 어떻게 이해해야 할까. 아마 권위적인 지도자에 대한 향수가 아직도 남아있기 때문일 거고, 또 근본주의 기독교인들의 왜곡된 여성관도 나름 영향을 끼치고 있다고 본다. 창세기에 보면 두 가지 버전의 창조 이야기가 나온다. 하나는 유대민족의 바빌론 포로기에 쓰였고, 두 번째는 통일왕국 형성 이후 쓰이면서 내용이 좀 다르다. 첫 번째 창조 이야기에서는 '그들을 남자와 여자로 지어내셨다'라고 남녀의 수평적 관계가 강조된다. 두 번째 창조 이야기는 우리가 흔히 알고 있듯이, 아담이 혼자 있는 것이 좋지 않다고 생각한 야훼가 아담을 깊이 잠들게 한 뒤 그의 갈빗대 하나를 뽑아 여자를 만든다. 이 이야기를 문자 그대로 해석하는 근본주의적 기독교인들은 여성은 남성을 돕는 종속적 조력자로 인식한다. 하지만 성서학자들은 솔로몬시대 지배계급에 의해 남성의 가부장적 여성 지배를 신의 형벌로 받아들이게 하려는 의도가 반영된 것이라고 본다. 이런 역사적 맥락을 무시하고, 남성의 갈비뼈가 여성보다 하나 적다고 믿는 사람도 꽤 된다고 한다. 사실 첫 여성의 이름인 '하와'는 '갈빗대', '생명'을 뜻한다고 한다. 그러므로 아담과 하와의 관계는 지배와 종속의 관계가 아닌 서로를 생명처럼 아끼고 협력하는 친밀한 관계다.

덧붙여 뱀의 유혹에 넘어간 하와가 선악과를 따 먹으며 아담에게 권해 타락시켰다며 원죄의 책임을 여성에게 묻는 성경 구절이 여성혐오증으로 발전했다. 초대교회는 "남자는 하나님의 형상이요, 여자는 남자의 영광"이라든가 "여자는 조용히 언제나 순종하는 가운데 배워야 한다"라는 바울의 말을 강조한다. 종교개혁가인 칼뱅도 "남편은 아내의 머리가 돼 이끌어야 한다. 아내는 남편의 결정에 정숙하게 따라야 한다"라고 말한다. 하지만 첫 번째 창조 이야기에서 확인하듯, 여성과 남성은 똑같이 하나님의 형상을 따라 창조된 존재로 서로 보완하며 일치를 추구하는 수평적 관계임이 분명하다. '여성 혐오'의 불명예를 쓰게 된 바울이 그의 서신에서 여성 사역자를 앞세우는 모습이나 당시 평민이나 이방인에게 적극 선교하는 그의 급진적인 평등주의 실천을 보면 초대교회가 제도화되면서 바울의 모습을 왜곡한 것인지도 모른다. 중요한 것은 원죄의 편견이 만들어낸 여성 혐오의 시대착오적 이미지를 극복해 남녀 모두 하나님의 형상을 따라 창조된 존재로서의 그 존귀함을 우리의 삶 속에서 회복하려 노력하는 것이다.

(금강일보 2017.04.30)

편견을 넘어서

청년실업과 노년층 가난이 심각한 사회문제인 현실에서 정년퇴직한 연금생활자로 해외여행을 하는 게 마음 편한 일은 아니다. 하지만 가난한 신혼시절과 애들 뒷바라지로 갖은 고생을 함께한 아내와 모처럼 바깥나들이를 하는 게 사치는 아니라고 스스로를 다독였다. 이번 나들이엔 준비할 게 많았다. 한때 공산주의 블록의 종주국으로 숨막히는 공포정치의 대명사였던 '철의 장막'의 심장인 모스크바를 시작으로 북유럽 국가를 거쳐 다시 모스크바를 통해 귀국하는 12일의 긴 여정이었기 때문이다. 더구나 우리나라 초봄이나 초가을 날씨라 점퍼나 스웨터 등을 다시 꺼내 짐을 꾸리니 캐리어 두 개가 그득했다. 자연경관은 노르웨이가 장관이라지만 개인적으론 세계적 교육 강국 핀란드를 간다는 설렘이 컸다. 물론 세계 최고의 북유럽 복지시스템을 살펴보는 것도 관심사였다.

해외여행의 가장 힘든 일은 역시 장시간의 비행기 탑승이다. 러시아 항공을 이용한 직항로였는데도 거의 10시간이 걸렸다. 기내식에서 디저트로 맛본 단맛이 강한 초콜릿 케이크와 아이스크림으로 추운 나라

음식을 실감할 수 있었다. 흔히들 모스크바 여행 하면 성 바실리 성당과 붉은 광장을 떠올리듯 우리도 자연스레 그곳을 찾았다. 버섯 모양의 8개 탑이 예쁘게 어울린 바실리 성당은 동화 속 궁전 같아 인상적이었다. 그런데 일행들은 '붉은 광장'이 단조로운 광장임을 보며 낯설어했다. 현지 가이드가 눈치를 채고 얼른 설명을 덧붙였다. 동족상잔의 비극을 겪은 분단국가에 살면서 학습 받은 냉전적인 이념대결의 영향으로 '붉은' 이란 수식어에서 피비린내 나는 공산혁명의 참상을 떠올리는데, 러시아어로 '붉은색'은 '아름답다'는 뜻으로, 오랫동안 소련과 러시아의 정치·사회적 구심점이 됐단다. 화합을 뜻하는 프랑스의 콩코드 광장에서 단두대 처형이 벌어진 것과 대조되는 곳이다. 그런데도 우리는 그간 배워온 공산혁명 참상의 흔적을 찾으려 했으니, 선입견과 편견으로 지레짐작한 셈이다.

핀란드 교육은 입시교육에 지친 우리나라 교사와 학부모에게 크게 관심을 받은 바 있다. 나도 나름 열심히 자료를 찾아 공부해 강연도 하고, 또 이를 소개하는 글들을 쓴 적이 있다. 이번은 패키지여행이라 학교 현장을 찾을 순 없지만, '경쟁은 기업이 추구하는 것이지 교육이 추구할 바는 아니다'라는 현지 가이드의 말로 아쉬움을 달랬다. 핀란드를 비롯한 북유럽국가의 교육목표는 낙오자가 없도록 돕는 것이다. 소수를 위한 특별반을 만들어 평균적 학생들을 차별하는 것이 아니라, 평균의 가치를 존중하며 평등하게 살아가는 것이다. 우리는 탁월한 소수를 위해 나머지가 희생하는 구별과 배제의 무한경쟁 구조 속에서 승자독식의 지배논리를 내면화하다 보니, 보편적 복지와 삶의 상향평준화에 대한 사회적 거부감이 있다. 그래서 북유럽국가들이 과도한 복지제도로 어려움을 겪어 복지를 축소하고 있다느니, 우리나라는 강성노조 때문에 경제성장이 둔화되고 있으며, 인구가 많아 복지국가로 가는 길이 어렵다는 주장에 쉽게 동조하고 그렇다고 믿는다. 그러나 이 믿음 또한 사회적 편견이 아닐까. 그들의 복지제도에 약간의 조정이 있긴 하지만 대대적 복지제도 축소는 없기에 국민 행복지수가 1·2위를 다투는 섯이다. 또 북유럽 복지는 우리나라의 두 배 인구를 가진 독일의 복지모델을 발전시킨 것이므로 인구가 적어 복지가 가능해진 게 아닌 셈이다. 실은 북유럽식 복지 도입에 따른 세금 부담을 꺼리는 기득권층 논리를 추종하는 우리 사회의 편견에 불과한 것이다.

핀란드의 여성 대통령 할로넨은 지도력을 인정받아 연임에 성공했고, 노조 이익을 대변하는 변호사로 활동한 미혼모로 10년 넘게 동거한 남성 보좌관과 대통령 취임 후 결혼했다. 아이슬란드 최초의 여성 총리였던 시귀르다르도티르는 동성커플임을 공표하고, 동성결혼이 허용되자 정식으로 동성 파트너와 결혼했다. 미혼모와 성적 소수자에 대한 사회적 편견이 공고한 우리나라에선 꿈같은 일일 수 있다. 그러나 결혼이 선택인 현실이 이미 우리 곁에 와 있음을 알 수 있다. 문제는 선입견이나 편견으로 옳다 그르다 재단하는 데 있다. 다양한 개인의 선택을 다름으로 존중하는 사회, 평균적 삶의 향상에서 행복을 찾는 복지사회에 대한 추구는, 북유럽에 대한 선망에서 벗어나 우리 스스로가 편견을 넘어서려 노력할 때 비로소 가능할 것이다.

(금강일보 2017.05.28.)

우연과 착각

오랜 직장생활을 정년으로 마치고 연금생활자로 살다 보니 건강보험료에 민감하다. 연금소득은 직장생활에 비해 절반도 안 되는데 그간의 직장건강보험료보다 약간 적은 보험료를 납부하기 때문이다. 물론 자녀의 직장건강보험에 피부양자가 되면 보험료를 따로 납부 안 하지만 연금소득이 연 4000만 원을 조금 웃도는 수준이라 해당되지 않았다. 어떤 이는 퇴직금을 일부 수령해 연금소득을 줄여 자녀의 직장건강보험에 올리기도 한단다. 일종의 편법이라 너무 좀스럽게 보여 그냥 지역건강보험으로 옮겼다. 오래된 집과 자동차 등을 점수화하다 보니 20만 원이 조금 안 돼 안도했다. 우리나라 복지제도 중 가장 자랑할 만한 제도이고 또 병원 출입이 잦은 아내가 그만큼 혜택을 받으니 이 정도는 감수할 만하다 여겼다.

그런데 5월 건강보험료 납부고지서 청구금액이 50만 원 가까이 돼 어이가 없었다. 아니, 4월에 건강보험료 정산을 하면서 '건강보험 폭탄'이란 말들이 있곤 했지만, 수당도 없는 연금 생활자에게 이렇게 많은 보험료를 청구하는 건 너무 가혹하다 싶어 화가 났다. 자동이체를 신청해 메일로 고지가 되는데 이번은 정산 보험료라 고지서를 보냈나 싶어 다시 고지서를 보니 내 이름이 분명하다. 그래도 건강보험공단에 알아봐야 겠다 싶어 애써 주말과 주일을 보내고 월요일 오전 9시에 전화를 했다. 내 주민등록번호를 대니 자동이체 대상자라 고지서가 발부된 적이 없단다. 그래 고지서를 다시 확인해 보니 올해 건강검진 대상자가 셋으로 나와 있는데, 나는 부양 대상자가 아내뿐이고 우리는 작년에 건강검진을 했다 하니, 그러면 다른 사람이 아니냐고 한다. 그런가 하며 다시 고지서 겉면의 주소지를 확인하니 이름은 같은데 집 호수가 다르다. 나는 211동 1002호인데 고지서는 211동 202호 김영호다. 우편배달부가 이름만 보고, 내 우편물 여러 개와 함께 우편함에 넣었고, 나도 이름만 보고 크게 놀란 것이다. 아, 우연히 같은 라인에 이름이 같은 사람이 살다 보니 이런 착각으로 며칠 동안 괜히 걱정했구나 싶어 허탈한 웃음이 나왔다.

이렇게 우연과 착각이 겹치는 경우가 왕왕 있다. 소설 '만다라'의 작가 김성동 형이 할아버지 때부터 살았던 고향 집과 밭을 찾아봐야겠다며 대전에 들른 적이 있었다. 이제 칠순을 넘긴 김성동 형이, 우리 현대사와 시국에 비분강개하며 2박 3일씩 통음(痛飮)을 하던 시절이니, 20년쯤 전이다. 내가 운전하며 그와 함께 충남 예산군 광시면의 옛집을 찾았다. 그가 어린 시절 굴곡진 현대사로 희생된 선친을 애타게 그리워하던 외딴 오막살이집은, 이제 큰길에서 좀 떨어진 시골마을이 되었다. 그의 옛 집터에서 사는 산지기를 찾아, 집에 딸린 밭은 어쨌느냐고 다그치자, 늙수그레한 산지기는 말을 더듬으며 "마을이 생기며 작은 밭이 집 안의 텃밭이 되었다"고 어눌하게 말했다. 중간에서 말리기도 어려워 산지기가 내온 지적도를 물끄러미 바라보니, 해당 토지가 전(田)이 아니라 임야로 돼 있었다. 그러니까 성동 형이 살았던 옛집은 야트막한 언덕으로 마을에서 좀 외진 곳에 있어 지목(地目)이 임야로 등재된, 이른바 토지임야였던 것이다. 그래, "형 이곳이 밭이 아니라 임야로 등재돼 있는 걸로 보아 산지기 아저씨가 밭을 팔거나 한 건 아니네!"하며 격앙된 분위기를 가라앉힐 수 있었다. 형이나 그 산지기나 토지임야를 그냥 밭으로 알고 살았던 데서 오해가 생겼던 셈이다.

우리는 이렇게 우연과 착각이 겹쳐 엉뚱한 오해를 하기도 하고 또 심하게 대립하기도 한다. 그런데 찬찬히 되짚어 보면 착각이 우연히 겹치면서 사태가 비화한 경우가 많다. 이런 허탈한 경험을 하면서 우리의 부족함에 대한 반성적 성찰의 필요를 절감한다. 특히 지나친 자기 확신은 매우 위험하다. 헤아릴 수 없이 많은 별들 중 우리 눈으로 확인 가능한 별은 7000여 개에 불과하다고 한다. 내 눈으로 본 것만을 마냥 장담할 순 없다. 따라서 진리에 대한 지나친 집착에서 자신을 해방시켜야 한다. 불완전함을 겸손하게 인정하고 자신과 자신이 처한 현실에 대해 끊임없이 회의하는 정신만이 우리를 착각에서 벗어나게 해주기 때문이다.

(금강일보 2017.06.25.)

낮달 열전

　천안 삼거리의 능수버들이 휘늘어진 가지를 봄바람에 살랑살랑 흔들 듯 느긋하면서도 살살 휘감기는 충청도 사투리를 아주 맛깔나게 구사하는 작가로 흔히 이문구와 김성동을 든다. 이들이 어릴 적 익힌 한학(漢學)의 영향으로 충청도 양반의 기품어린 반가풍(班家風) 보령 사투리의 대가라면, 강병철은 새조개처럼 탱탱하고 쫄깃하면서도 갯내음의 비릿함이 살아있는 서산 사투리가 일품이다. 그래서 '보령 사투리 잡아 먹는 스산 사투리'라 한다던가. 강병철이 그간 만난 지인들, 특히 충청 출신 작가들과의 막역한 인연을, 이만큼 떨어진 관객의 입장에서 그려 낸 에세이집 '작가의 객석'을 펴냈다.

　그가 구성진 '스산 사투리'로 그려낸 인물들은 대부분 전국적 지명도를 가진 작가들로 성장했다. 개중엔 진보 교육감으로 불리는 최교진 세종시교육감과 김지철 충남도교육감도 있지만, 이들도 이 지역에 뿌리를 두고 활동한 인물들로 지역의 문인이나 교육자들에게 친근한 인물들이다. 그래서 충청지역 독자들은 등장인물들을 이런저런 인연으로 만나본 경우가 많아, 이 책이 훨씬 친근감 있으리라. 나도 한 분만 빼고는 다 알기에 그들의 모습을 떠올리며 읽는 재미가 쏠쏠했다.

강병철은 등장인물들의 특징적 모습을 재미있는 일화를 중심으로 생생하게 그려낸다. 이렇게 일화 중심으로 인물들을 짧게 그린다는 점에서 '소전(小傳)'이고, 여러 편의 소전을 엮었기에 '열전(列傳)'이라 할 수 있다. 이 재미있는 열전을 읽으며 우선 눈에 띄는 점은 그의 구성진 입담이다. 작가는 화자가 돼 주인공의 애환이 담긴 이야기를 맛깔나게 들려주는 무대 위 소리꾼이다. 그는 텁텁하고 컬컬한 목청으로 인물의 특성과 행태를 구성진 가락으로 노래한다. 그 사연에 따라 진양조에서 자진모리까지 자유롭게 넘나드는 장단으로, 소리꾼 앞에 둥글게 모여 앉은 관객들의 마음을 들었다 놓았다 하며 인물들의 삶에 빠져들게 한다. 이렇게 사설조와 아니리가 뒤섞인 문체를 더욱 빛나게 하는 것은, 인물들의 행태를 날것으로 보여주는 나름의 너름새가 있다는 점이다. 이 너름새는 아주 재치 있는 의성어와 의태어로 등장인물들을 우리 눈앞에 살아나게 한다. 시인 윤중호가 만취하면 만화 주인공처럼 '~깡!' 하는 탄식을 내지르며 쓰러진다든가, 조재훈 시인이 어린 시절 겪은 가난을 '똥글똥글 뭉쳐진 검은 똥처럼'이라고 빗댄다든가, 말없이 슬쩍 가까이 다가서는 모습을 그려내는 '스믕하니' 등을 머릿속으로 그리며 읽다 보면 인물들의 처지와 모습이 입체적으로 떠오른다.

그가 그린 인물들 대부분은 여전히 지역에 뿌리를 두고 살아가고 있다. 그들의 지위와 사는 곳은 각기 다르지만, 공통된 특징은 우리나라 중심부인 서울에서 떨어진 변방에서 태어나고 살아가는 이른바 마지널맨(Marginal man), 곧 주변인들이란 점이다. 나름 사회적으로 성공한 경우에도 이들의 심성과 삶의 행태를 추동하는 힘은 바로 촌놈의 정서다. 그래서 늘 주변 이웃들의 고통과 신음소리에 민감하게 반응하며 끝내 외면하지 못한다. 그러다 붉은 물이 든 사람으로 낙인찍히기도 하고, 직장에서 쫓겨나 유랑의 시절을 견뎌야 했다. 이렇게 주변인 의식으로 이웃과 소통하는 그들은, 조재훈 시인이 즐겨 쓰는 '낮달'과 같다. 태양처럼 뜨겁고 눈부셔 감히 쳐다볼 수 없는 '너무 먼 당신'이 아니라, 소주잔 기울이며 정담을 나눌 수 있는 '객석의 장삼이사'다. 그들은 존재하지만 자신을 애써 드러내지 않는 '낮달'과 같으며, 태양처럼 멀리 있지 않고 훨씬 가까이 있다. 그들은 이지가지 아픈 사연들을 간직한 채 기울어진 삶을 서로 다독이며 사는 이웃들을 연민의 정으로 가까이 끌어당긴다. 마치 달의 인력이 지구의 자전축 기울기를 안정적으로 유지해줌으로써 계절이 변화하고 물이 뒤바뀌며 생물들이 살아가게 하는 것처럼 말이다. 이렇듯 낮달과 같은 주변인들이 있기에 이 세상의 변화와 조화가 가능한 것이니, 강병철이 그린 '낮달 열전'은 우리 삶을 살맛나게 해주는 사람들의 얘기 바로 그것이라 할 수 있다. 사족을 붙인다면, 그의 작업이 일화 중심의 소전(小傳)에서 벗어나 인물들의 삶을 추동하는 근원 키워드로 바싹 다가가는 정전(正傳)으로 발전해 나가길 기원한다.

(금강일보 2017.07.23.)

택시운전사와 부정하기

    영화를 그리 자주 보는 편은 아니라서 명절 뒤끝이나 집안 행사 언저리에 가끔 아들이나 사위와 극장을 찾곤 한다. 이번 '택시운전사' 관람은 교육연구기관인 대전교육연구소에서 주최한 회원 친목행사에 함께한 것이다. 아내는 당시 서울대 앞에서 외국원서 전문서점인 '서당골'을 운영하며 광주 출신 학생들에게 익히 들었고, 그 잔혹한 참상을 다시 보는 게 고통스럽다며 사양했다.

    극장 주차장이 만원이라 주변을 두 바퀴나 돌다 정부 3청사 후문 앞에 겨우 주차를 했다. 상영시간에 맞추긴 했지만 자리가 맨 앞쪽이라서, 큰 화면에서 자동차가 달리는 첫 장면부터 어지럼증을 느꼈다. '택시운전사'는 1980년 5월 광주의 진실을 처음으로 세상에 알린 독일 ARD방송국 카메라 기자 힌츠페터와 서울의 택시운전사 김만섭의 광주 취재 실화를 바탕으로 한 영화다. 그간 5월의 광주를 다룬 영화들과 달리 외국인 목격자의 시선에서 광주의 참극을 담담하게 담아내 관객들의 호응도가 높은 듯하다. 더구나 문재인 대통령과 고(故) 힌츠페터 기자의 부인 에델트라우트 브람슈테트 여사가 용산의 한 영화관에서 깜짝 관람을 하면서 흥행놀이에 탄력을 받아 이번 주말 천만 관객을 넘겨 금년 첫 천만 영화가 될 것으로 보인다.

당시 나는 대학원을 마치고 27살에 입대한 '할배'로, 원주의 한 향토사단 공병대에 배치됐다. 공병학교 교육도 받지 않은 어수룩한 '돌공병'이었다. 목욕탕을 직영하는 부대답게 배치받자마자 목욕탕에 가게 됐다. 불콰하게 취한 병장들에게 신고식을 하는데, 대학 졸업자라니 "너 때문에 우리가 뺑이 친다"며 수건을 건넸다. "머리에 묶고 시위할 때 구호를 외치라"고 다그쳐 그냥 서 있었다. 쪼그려 뛰기를 한참 하고서야 욕조에 들어갔는데 눈앞이 캄캄했다. 매일 이렇게 괴롭힌다면 살아갈 수 있을지 막막했다. 하지만 막상 작업장에서 똑같이 땀 흘리며 막노동을 하다 보니 서로를 위할 줄 아는 게 공병대의 의리라서 곧 적응했다.

공병대 부사관엔 공수부대 출신이 많다. 특수훈련 중 부상당해 오는 것이다. 공병대에 폭파나 지뢰 매설 등의 임무가 주어지기 때문인데, 5월 말쯤 광주 출신 공수부대 중사가 왔다. 우리 중대에 전라도 출신 사병이 많아 그랬는지, 그가 광주의 참상을 말했다. "야 진짜 징허더마. 총 맞고 대검에 찔린 시민들이 쫙 깔렸는디, 눈뜨고 볼 수 없당께. 나는 낙하훈련 중 부상당해 병원에 있어 작전에 나가지는 않았어. 여그 온께 마음이 낫당께." 나는 며칠 전 받은 친구의 편지를 떠올렸다. 지금 광주대학교 문예창작과 교수인 이은봉은 편지에 '광주는 빨간 피로 물들고 피비린내가 진동한다. 광주를 알리려 유인물을 만들어 뿌리고 있다'라고 했는데, 용케 보안 검열을 통과한 것이다.

'택시운전사' 흥행 못지않게 5·18 관련 가짜 뉴스 또한 극성이다. 영화에 나오는 독일 기자는 푸른 눈의 간첩이었고, 그를 도왔던 택시운전사는 안내와 경호를 책임진 북한 요원이라는 것이다. 출처는 칼럼니스트 김동일이 보수매체 '뉴스타운'에 기고한 '영화 택시운전사의 주인공은 간첩!'이란 글이다. '5 · 18 광주민주화항쟁 당시 계엄군에 체포된 시민군들이 실제로는 북한 특수군이었다'라고 주장한 지만원 씨가 북한군 배후설을 주장한 바로 그 매체다. 지난 11일 광주지법은 지 씨와 '뉴스타운'에 "5 · 18 단체 등에게 8200만 원을 배상하라"고 선고했다. 최근 법원이 모두 33가지 내용이 진실을 왜곡했다며 배포 금지를 결정한 '전두환 회고록'도 "5 · 18은 북한군이 개입한 폭동"이라고 주장했다. 작년 '신동아' 인터뷰에서 당시 보안사령관으로서 북한군 침투와 관련된 정보보고를 받은 적이 있느냐는 물음에 "난 오늘 처음 듣는데"라고 답했다가 스스로 말을 바꾼 것이다. 이런 가짜 뉴스와 거짓말을 보며, 지난 3월 영국 히드로 공항으로 가는 비행기에서 본 영화 '나는 부정한다'가 떠올랐다. 홀로코스트를 부정하는 역사학자에 맞서 그 왜곡된 의도를 입증하는 역사학자 립스타트의 4년의 재판 실화를 다룬 영화. 이 영화의 제목에 생략된 목적어를 넣으면 이렇다. 나는 거짓이 승리하는 것과 진실이 침묵하는 것을 부정한다. 5월의 진실 또한 왜곡과 거짓에 대한 적극적 부정을 통해 점차 밝혀지고 있다.

(금강일보 2017.08.20.)

우리집 '쑤기'

　　결혼 37년이 되는 이번 결혼기념일은 손자들 뒤치다꺼리하느라 정겨운 말 한마디 건네지 못했다. 초등학교 교사인 며느리가 여름방학을 끝내고 출근하면서 유치원 다니는 큰손녀 등원과 퇴원을 챙기고, 손녀 둘이 손이 맞아 어지럽힌 집안 정리도 하며 우리 나름대로 사회단체나 교회 모임을 하다 보니 기념일을 지나치기도 한다. 아들네 가족과 우리집에서 저녁을 먹고 "오늘이 우리 결혼기념일인데"라고 잠깐 확인했지만, 손녀들의 웃음 속에 금세 묻혀버렸다.

　　아내는 이름이 둘이다. 주변 친구나 지인들에겐 김정미로 불리지만, 공적 서류나 여권 등엔 본명인 김정숙을 쓴다. 애들이 학창시절에 가족사항을 적을 일이 있을 땐 혼란을 겪기도 했다. 늘 주변에서 김정미로 불리는데 학교엔 낯선 본명을 써야 하니 왜 이런 불편을 겪는지 잘 납득되지 않는 것이다. 내가 몇 번이나 애들에게 상황을 설명했지만 1980년대에 태어난 세대가 한국전쟁 직후 세대의 상황을 이해하기 쉽지 않은 듯했다.

아내는 강원도 춘천에서 방앗간 집 큰딸로 태어나 그 흔한 보릿고개도 모르고 윤기가 흐르는 하얀 쌀밥을 먹고 자랐다. 어렸을 땐 아버지의 사랑을 독차지해 집에선 '금실이'라는 애칭으로 불렸단다. 초등학교에 입학하며 본명인 김정숙으로 불렸는데, 한국전쟁의 상흔이 뚜렷하고 휴전선에 인접해 반공의식이 유별난 지역인 게 문제였다. 친구들은 그저 재미로 김일성의 부인 김정숙과 이름이 같다며 "빨갱이래요, 빨갱이래요!"라며 놀려댔단다. 요즘 같으면 이런 경우 학교의 주선으로 이름을 쉽게 바꿀 수 있지만 당시엔 행정 처리가 까다로웠다. 그래서 궁여지책으로 본명과 별도로 김정미로 부르도록 해 놀림에서 벗어나도록 했단다. 지금도 가족이나 친구들은 김정미가 익숙하지만, 서류상으론 다시 김정숙이 된다.

요즘은 문재인 대통령과 김정숙 여사를 '이니와 쑤기'란 애칭으로 부르다 보니 상황이 많이 달라졌다. 이젠 남북을 아우르는 여사님 이름이 됐으니 본명을 당당히 쓰라며 권하게 됐다. 그래도 어린 시절 학교에서 놀림거리가 되고, 또 어른들이 빨갱이 김일성 부인을 들먹이다 보니 아내는 아직도 상처가 남아있는 듯하다.

영부인 김정숙 여사는 아내와 같은 또래지만 서울에서 태어나 자라다 보니 그런 놀림을 받지 않은 듯하다. 성격이 활달하고 유쾌해 상남자 못지않은 것도 우리집 '쑤기'와 비슷하지만 아내는 현대사의 아픔을 고스란히 간직한 그늘이 있다.

아내는 춘천에서 태어나고 자랐지만 장인어른과 장모님의 고향은 전남 함평이다. 장모님은 함평 해보면 모평에서 방앗간 집 딸로 곱게 자라 결혼했으나, 한국전쟁 당시 인민유격대가 주둔하던 불갑산 토벌작전인 '대보름 작전'을 전후해 함평지역에서 수많은 민간인이 학살당할 때 첫 남편이 산으로 피신했다 붙잡혀 희생됐다. 2007년 이후 두 차례의 진상조사가 있었고, 현재까지 확인된 함평민간인학살사건 피해자만 1164명이라고 한다. 장모님이 과부가 돼 아들 하나를 데리고 친정에 돌아왔을 때 장인어른은 방앗간의 젊은 직공이었는데, 둘이 눈이 맞아 춘천으로 달아나 살림을 차렸다. 두 분은 방앗간을 하며 금세 살림이 폈는데, 고향에서 장인어른을 불러 새장가를 보내는 바람에 춘천과 함평에서 두 집 살림을 하게 됐다. 처가는 이렇게 세 집이 얽힌 복잡한 가족사로 다 상처를 입게 된다.

따지고 보면 장인어른이나 장모님의 잘못이라기보다 우리 현대사의 회오리에 휘말려 피눈물을 흘렸으니 다 희생자인 셈이다. 어려서 아버지를 비명에 잃은 큰처남은 이 씨로, 김 씨 동생들과 어울리면서도 겉돌다 마음의 상처를 안은 채 일찍 세상을 떠났다. 우리 '쑤기'도 새 살림을 차린 아버지와 못내 불편했지만 그분 또한 영면하셨고, 훌쩍 큰 키에 시원시원하던 장모님의 여장부 스타일은 이제 회갑을 넘긴 아내에게 남았다. 두 애들이 결혼해 자녀를 둘씩 둬 이제 10명 대가족의 마님이 된 우리 '쑤기', 놀림받던 어린 시절의 상처와 역사의 채찍에 휘몰려 어쩔 수 없이 고통을 줬던 부모님 시절을 이제 다 용납하고, 손자들에게는 전쟁이 없는 평화로운 세상을 물려주길 간절히 기도한다. 칼을 쳐서 보습을, 창을 쳐서 낫을 만드는 그런 세상 말이다.

(금강일보 2017.09.17.)

팩트 체크와 출구전략

  가장 신뢰받는 언론매체로 평가받는 JTBC의 〈뉴스룸〉에 '팩트 체크' 코너가 생기면서 고위 관료나 정치인들 주장의 사실 여부가 기자들과 전문가들의 집중 분석을 통해 곧바로 드러나는 시대가 됐다. 지난 대선에서도 후보자들의 주장과 반박이 실시간 팩트 체크를 통해 그 진실이 가려지면서 후보 선택의 중요한 변수로 작용했다. 촛불정부 출범 이후 각종 정책에 대한 찬반 역시 팩트 체크에 의해 고의적 왜곡이 시정되곤 한다. 하지만 이런 비판적 판단이 합리적이고 건전한 사회적 양식이 된 와중에도 여전히 '가짜 뉴스'를 맹신하는 사람들 또한 상당하다. 특히 종교적 신념이나 정치적 이념에 치우친 사람들의 맹목적 태도는 토론은 그만두고 대화조차 어려울 정도로 배타적이어서 그 진실을 가리는 게 정말 어렵다.

  최근 세계적 뉴스채널 CNN의 단독보도를 근거로 국내에서 관심이 집중된 '박근혜 인권침해' 기사도 대다수 언론의 의도적인 편집과 짜깁기에 의해 사실이 크게 왜곡된 경우다. 비영리 외신번역 언론기관 〈뉴스프로)의 전문번역가들에 의해 기사 전문이 번역 보도되면서 그 진실이 드러나고 있다. 국내 인론사의 워싱턴 특파원 보도는, 박근혜의 국제 법률 자문기관인 MH그룹이 제기한 인권침해 주장을 CNN이 크게 보도하면서 국제적 파장을 낳을 것이란 기자의 판단을 팩트인 양 전하고 있다. 그러나 번역된 기사 전문은 인권침해 주장을 구치소와 검찰의 반박과 함께 제시해 오히려 MH그룹 주장을 반박하는 구조로 돼 있다. 특히 기사 후반부에 독재자의 딸 박근혜의 범죄와 탄핵과정을 밝히면서 UN 인권위원회가 한국에 별 영향을 미칠 수 없을 거라는 비평가의 지적을 덧붙이고 있다. 오히려 이를 계기로 박 전 대통령이 엄청난 특혜를 받으며 구치소 생활을 하는 것이 국정감사를 통해 밝혀지면서, CNN 보도의 파장이 워싱턴 특파원의 바람과는 정반대로 박근혜의 특혜에 대한 부정적 인식 확산으로 바뀌고 있다.

지난달에도 한 언론사의 워싱턴 특파원이 트럼프 대통령의 트윗을 일부러 오역하면서 청와대와 공방을 벌이는 일이 있었다. 백악관 대변인의 공식 논평보다는 자신의 즉흥적이고 오락가락하는 트윗에 의존하는 트럼프의 발언에 우리가 굳이 일희일비할 필요는 없다. 하지만 일부 언론들은 그의 오발탄에 지나치게 얽매여 그 의도를 부풀리고 우리 정부와의 갈등관계를 부각하려 애쓴다. 그러다 보니 UN의 강력한 대북제재로 북한이 겪는 에너지 공급난을 고소해 하는 트럼프의 발언인 '북한에선 주유하러 길게 줄을 서고 있다(Long gas lines forming in North Korea)'를 '긴 가스관이 북한에 형성 중이다'로 번역해 러시아와 북한, 그리고 한국을 잇는 러시아 극동개발 계획에 적극적인 문재인 대통령의 의지를 트럼프 대통령이 비판했다는 식으로 악의적으로 오역하게 된 것이다.

CNN 보도와 트럼프 대통령 트윗의 의도적 편집이나 오역 등은 기자

를 앞세운 언론사의 정치적 의도에 따른 것이라 볼 수 있다. 이들 언론
사들은 그들의 존재이유인 객관적 사실의 공정보도보다는 기득권 세력
의 이익 대변에 충실하다 보니 이런 블랙코미디의 행태를 버젓이 벌이
는 것이다. 이는 우연한 실수라기보다는 보수 기득권세력을 조여 오는
적폐청산 프레임에서 벗어나려는 의도적인 출구전략에서 비롯된 것으
로 보인다. 각종 가짜 뉴스들이 버젓이 유력 보수언론이나 지상파 방송
을 통해 전파되는 걸 보면, 이제 거짓말은 일부 정치세력의 유력한 무기
가 됐다.

　거짓은 사실이 결여돼 있다는 점에서, 거짓말의 반대는 객관적 사실
이라 할 수 있다. 따라서 교활한 거짓말에 대한 최선의 대안은 비판적
사고에 바탕을 둔 엄격한 '팩트 체크'라 할 수 있다. 팩트 체크의 기반이
되는 비판적 사고는 의심을 품는 회의하는 정신에서 비롯된다. 이제 오
로지 물질적 가치가 모든 가치를 압도하는 '기업화된 사회'에서 '대마불
사(大馬不死)'의 몸집 불리기 행태가 사회 전 분야에 만연하고 있다. 하
지만 더 이상의 성장이 쉽지 않은 상황에서 과연 지속적인 발전은 가능
한 것일까 하는 의문을 제기해 봐야 한다. 또 우리의 우방은 우리 민족
의 이익에 우선하는 것인가 등도 감정이 아닌 사실에 바탕을 두고 냉정
히 따져볼 일이다. 엄밀한 팩트 체크로 성장 프레임에서 벗어나 복지와
상생의 새로운 출구전략을 찾아볼 일이다.

（금강일보 2017.10.22.）

휴브리스와 메타노이아

지난여름 무더위 못지않게 지역의 대학가를 뜨겁게 달군 뉴스는 바로 한남대의 서남대 인수 추진이었다. 동문들이 오랜 숙원인 의대 설립 실현을 기대하는 데 반해, 경쟁 사학들은 한남대의 열악한 재정 지표를 훤히 알기에 의심과 경계의 눈초리를 보냈다. 수시모집을 앞두고 지명도를 높이려는 거란다.

나도 1970년대에 대전의 변두리인 오정골에서, 나사렛이란 변방에서 사회적 약자와 함께하며 새로운 세상에 대한 기쁜 소식을 전한 예수를 배우며, 누추한 주변인인 '마지널 맨(Marginal man)'이 세상의 당당한 주인이 되는 가능성에 가슴이 달아오르곤 했다. 이렇게 한남가족의 한 사람으로 의대 설립의 꿈을 잘 알지만, 예수교장로회 교단 목사들이 대다수인 학교법인이 서남대 인수에 도움을 줄 형편은 아니기에 그 실현 가능성이 미심쩍었다. 더구나 학령인구의 급속한 감소로 내후년부터 대학 입학 정원이 고교 졸업생보다 많아지는 이른바 '역전 현상'이 시작되고, 앞으로 5년 후면 학령인구가 100만 명이 줄어드는 현실에서 빈사 상태의 부실 사학을 떠안는 게 쉽게 납득되지 않았기 때문이다.

언론기사의 사실 여부는 조금만 노력하면 알 수 있다. 가령 예수교장로회 총회에서 한남대의 서남대 인수자금 대출이 논의될 거라는 학교 관계자의 말이 사실인지, 대한예수교장로회통합 총회 홈페이지를 찾아보면 된다. 전국에서 1500여 명의 대의원이 참석하는 총회라 모든 안건이 홈페이지에 사전 탑재되는데, 여러 번 확인해 봤지만 한남대 자금 지원 안건은 없다. 또 총회연금재단 홈페이지를 찾아보면, 그간 투자 관련 사고가 많아 기금운용방식이 전문투자사 위탁방식으로 바뀌었고, 기금운용위원회에서 투자의 타당성과 자금회수 가능성 등을 따져 결정하면 연금재단 이사회는 이를 추인하는 식인데, 연금재단 이사회의 긍정적인 답변을 받았다는 등 금방 성사될 듯 분위기를 만든다. 하지만 막상 인수자금 대출이 불발로 끝나자, 대학 측이나 언론 그 누구도 그간의 어설픈 추진과정에 대해 한마디 반성도 없다. 오히려 '플랜 B' 운운하며 끝까지 추진하겠다는 소식을 전하며 자신들의 진정성을 강변하니, 정말 큰일이란 생각이 든다.

'플랜 B'로 서남대 구성원과 남원시민에겐 희망고문이 조금 연장됐다. 하지만 전북의 금융계나 언론계는, 내년 지방선거를 의식한 주민 무마책이자 일종의 퍼포먼스라며 냉담하게 사태를 주시하고 있다. 전북은행의 한 지점장은 남원시의 제1금고인 농협과 제2금고인 전북은행이 시와 보조를 맞추겠다는 것이고, 무엇보다도 '조건이 되면 대출하겠다'라는 식의 지극히 원론적인 얘기라며 크게 의미를 두지 말라고 선을 그었다. 전북의 한 기자는 교육부의 대학제도과 담당자와 통화해 보니, 한남대의 자기자본금 확충 없이 외부차입금에 의존한 정상화계획서는 결국 승인할 수 없다는 답변을 들었다고 전했다.

사실 예장총회연금재단의 자금 지원이 불발됐을 때가 출구전략의 적기였는지 모른다. 그간 인수를 위해 최선을 다했는데 이렇게 돼 아쉽다면서 빠져나오면 남원시와 서남대 관계자들을 달랠 수 있었을지도 모르겠다. 그런데 애초에 능력이 안 되는데도 끝까지 가보겠다는 맹목적 확신은 일종의 자기기만처럼 느껴진다. 무엇보다 이렇게 출구를 막아버리면 결국 엄청난 책임 추궁이 불가피하지 않을까 걱정이다. 학교 내 구성원들의 인내도 임계점에 와 있기 때문이다.

죄의 근원을 뜻하는 헬라어는 휴브리스(Hubris)로, 스스로를 과도하게 부풀려 자신을 모든 일의 중심으로 여기는 것을 뜻한다. 역사학자 토인비는 휴브리스를 보편화해 이렇게 경고한다. 성공으로 인해 교만해져 남의 말에 귀를 막고 독단적으로 행동하다 판단력을 잃어 결국은 파멸에 이르게 된다고. 새떼에 부딪혀 엔진에 불이 나 뉴욕 허드슨강에 불시착해 승객 전원을 구조한 설리 기장은, 자신의 판단과 결정이 필요한 208초 동안 오직 155명 승객의 안전만을 생각했다고 한다. 진정한 리더의 모습은 바로 이런 것이다.

죄의 근원인 자만에서 벗어나는 길은 성공에 대한 지나친 집착과 자기중심적 사고에서 벗어나는 것이다. 예수가 촉구하는 회개인 메타노이아(Metanoia)는 죄의 뉘우침을 뜻하는 게 아니라, 기존의 가치관에서 벗어나 새롭게 세상을 보는 것을 의미한다. 사적 이해보다는 공적 가치를 중시하고, 우리 곁의 사회적 약자를 배려하고 존중하며, 정의가 강물처럼 흐르도록 하는 것이다. 이런 예수의 가르침인 메타노이아의 실천은 한남대 정문에서 찬바람에 천막생활을 하는 비정규직 노동자의 절규에 귀 기울이고 그들의 눈물을 닦아주는 것으로 시작된다. 해방신학을 깊이 연구한 총장의 메타노이아를 기대한다.

(금강일보 2017.11.19.)

담벼락에 대고 욕이라도

　지난달에 목원대 신임 동문회장 취임식에 다녀왔다. 도안 신도시로 옮긴 뒤 주변이 급격히 개발됐기에 할 수 없이 휴대전화 내비게이션을 켜고 찾아가니, 전에는 멀리 떨어진 벌판이었던 것 같은데 주변이 번화가가 돼 놀랐다. 정문 앞을 지나는데 수위 아저씨가 벌떡 일어나 거수경례로 맞아 또 놀랐다. 취임식장 앞에 길게 늘어선 화환 행렬을 보며 신임 동문회장의 큰 영향력이 실감나 다시 놀랐다.

　목원대 김병국 신임 동문회장은 충북 옥천에 있는 교동식품 대표로 대전민예총의 청년유니브연극제를 매년 후원하면서 예술과 기업이 함께하는 메세나를 실천하는 분이다. 더구나 민주화 운동권 출신으로 현재 대전세종충남민주화운동계승사업회 이사장을 맡고 있으니, 이날 취임식엔 대전·충남 대다수 시민사회단체 대표들이 총출동한 듯했다.
　김 회장은 운동권 분위기가 전혀 없는, 맑고 푸근한 미소를 지닌 충청도 아저씨의 모습에, 약간 어눌한 말투이면서도 정감이 넘치는 호인이다. 그러니 내빈들이 넘치고 총장을 비롯한 대학 구성원들이 식장을 가득 메운 게 아니겠는가. 놀랍고 또 부러웠다. 얼마 전까지만 해도 우리 지역의 대표적 '분규 사학'으로 언론에 오르내렸는데, 이렇게 민주동문회가 총동문회를 주도하게 되다니, 큰 변화를 실감할 수 있었다.

그러나 전임 동문회장의 40여 분에 걸친 이임사를 긴박감 속에 들으며 목원대가 아주 힘겹게 오늘에 이르렀음을 깨달았다. 전임 회장은 자신이 2대에 걸쳐 책임을 맡는 동안 모교의 온갖 비리에 맞서 겨우 비리의 끝을 자른 데 불과함을 힘겹게 말했다. 그 얘기를 들으며 이미 익숙한 풍경을 다시 보는 데자뷔를 느끼고 깜짝 놀랐다. 전임 총장과 이사장이 한데 어울려 학교 옆 부지를 500억 원에 사들여 초대형 건물을 신축하려 한 걸 알고 법적 투쟁 끝에 어렵게 중단시켰다는 부분은 참 신기했다. 한남대가 망해가는 부패 사학인 서남대를, 500억 원을 빌려 초대형 사학으로 비약하겠다는 야심을 보인 것과 정말 유사하지 않은가. 몇 년간의 법적 다툼 끝에 힘겹게 이를 막아냈지만 목원대는 그 후유증으로 부실 사학 판정을 받기도 했다며 안타까워했다. 전임 회장의 반대 논리는 지극히 상식적이었다. 학령인구가 급격히 줄어드는데 시대적 추세에 역행하는 건 모교를 망하게 하는 길이라고 판단했다는 것이다.

그밖에도 모교 동문 교수나 교직원들 상당수가 무모하고 자멸적인 투자 사업에 부화뇌동해 동문회를 핍박하는 데 앞장서고 또 학생회를 회유해 총장이나 이사장의 호위부대로 활용하는 것 등도 어디선가 익히 본 듯해 계속 듣기가 몹시 괴로웠다. 그래도 그 길고 험난한 싸움 끝에 교내 민주화에 앞장선 신임 총장의 축하 속에 민주동문회의 대부격인 신임 동문회장에게 발전의 토대를 마련해 줬으니 전임 회장의 소임을 훌륭히 마친 셈이다. 그래서인지 모두 숨 죽인 채 듣던 이임사가 끝나자 오랜 박수가 이어졌다.

'플랜 B'를 내세워 서남대 인수계획을 끝까지 추진하겠다며 옥쇄의 비장함마저 내비치던 한남대의 무모한 도전은, 얼마 전 가뭇없이 꺼져 버렸다. 주변의 수많은 우려도 아랑곳하지 않던 그 기세는 어디서도 찾아볼 수 없다. 심지어 어떤 독지가가 나서 1000억 원 넘는 돈을 기부하기로 했다며 꺼져가는 불씨를 살리려 안간힘을 쓸 때는, 오히려 연민을 느꼈다. 더구나 목사님이 대부분인 이사회마저 그런 헛된 탐욕의 맘몬에 굴복하는 걸 보면서는, 개신교에 대한 심각한 회의마저 들었다. 목원대든 한남대든 감리교와 장로교로 교파만 다를 뿐 기독교 영성을 갖춘 리더를 배출한다는 건학이념은 같을 텐데 왜들 이러는 것일까. 그래도 목원대는 힘겨운 저항 끝에 새로운 출발선에 섰는데, 한남대는 무모한 도전으로 에너지가 피폐해졌는데도 아무도 책임지지도, 또 책임을 묻지도 않으니 심각한 상황이다.

한남공동체 구성원들이 적극적으로 발언해 합리적 결론을 도출했다면 그런 무모한 도전은 없었을 텐데, 그간 무기력과 자포자기로 숨죽이고 방관했으니 이제 와 새삼 무슨 책임추궁을 하겠는가. 그러나 그건 아니다. 이제라도 따져야 한다. 김대중 대통령이 이미 말했지 않은가. 모든 사람이 공개적으로 옳은 소리로 비판하면 그것이 바로 이기는 길이라고. 그렇게 하지 못하면 하다못해 담벼락을 쳐다보고 욕이라도 해야 한다고. 눈치만 보면 결국 악이 승리한다고. 세상은 이미 변하고 있다.

(금강일보 2017.12.17.)

헐값의 용서와 값비싼 은혜

영화 '신과 함께'가 1300만 관객을 넘기며 흥행 돌풍을 이어가고 있다. 지난주 모처럼 일찍 퇴근한 아들과 함께 이 영화를 봤다. 작년 가을 처가에 온 사위, 아들과 함께 영화 '남한산성'을 본 뒤로 처음이니, 이래저래 화제가 되고 많은 관객을 동원한 영화를 뒤따라 보는 셈이다. 아들이 전날 예매했는데도 좌석이 앞쪽이라서 조금 불편했지만 금세 적응이 됐다.

30대 중반인 아들은 요즘도 만화를 즐겨보는 편이라서 '신과 함께'의 원작인 만화에 대해 대략 설명했지만, 대학 생활 이후 지금까지 만화에 흥미를 잃어버려서인지 아들의 설명이 잘 들리지 않았다. 오히려 1960년대 시골 장터에서 광목으로 울타리를 치고 원두막에서 상영했던 영화 '지옥문'에 대한 추억이 떠올랐다. 제목부터 무서운데도 가설극장과 영화에 대한 호기심 때문에 울타리를 지키는 아저씨들 몰래 들어가 보려고 주위를 빙빙 돌며, 밖으로 들리는 커다란 울부짖음과 신음소리에 무서워 등줄기에 소름이 끼치곤 했다. 영화가 끝날 무렵에야 열린 출입문으로 서둘러 들어가 웬 스님이 지옥에서 몸부림치는 어머니를 보며 눈물로 기도하다 부처님의 도움으로 어머니를 지옥에서 구해내는 마지막 장면을 볼 수 있었다. 어른이 돼서야 그 영화가 목련존자가 지극한 효성으로 지옥에서 어머니를 구원한 불교 설화임을 알았지만, 한동안 지옥에 대한 두려움에 가위 눌리면서 착하게 살 것을 다짐하기도 했다.

이런 경험 때문인지 '신과 함께-죄와 벌'을 보기 전에, 최근 계속 드러나는 사회 지도층의 파렴치한 범죄에 대한 엄한 처벌이 요구되는 사회적 분위기와 어울려 이렇게 인기가 있는 게 아닌가 생각했다. 인과응보의 종교적 진리를 영화를 통해 확인하는 대리만족으로 여긴 것이다. 하지만 막상 영화를 보니 엄청나게 투자한 게 실감나는 대형 판타지 영화여서 좀 낯설게 느껴졌다. 아무래도 메시지를 중시하는 세대라서 그런지, 스릴과 반전 그리고 정교한 촬영기법 등에 만족하는 아들과는 달랐다.

영화의 줄거리는 화재 현장에서 여자아이를 구하다 숨진 소방관이 저승 3차사의 안내를 받으며 49일 동안 7개의 지옥?살인 · 나태 · 거짓 · 불의 · 배신 · 폭력 · 천륜-에서 재판을 받고 마침내 무죄 선고를 받아 환생하게 된다는 이야기다. 하나하나 지옥을 통과할 때마다 정의롭게 숨진 망자의 감춰진 죄가 드러나지만, 3차사의 개입과 적극적인 변호로 그 이면의 진실이 극적 반전을 통해 밝혀진다. 그렇다보니 관객들은 계속 긴장하게 되고 여기저기서 탄식이 흘러나온다. 이렇게 나름 흥미로운 이야기에 정교한 컴퓨터그래픽으로 시각적 특수효과를 충분히 살렸으니 인기를 누릴 만하다. 그래서 대만이나 홍콩 등 해외에서도 선풍적인 인기를 누리나 보다.

영화를 본 이후 매일 뉴스를 보면 전직 대통령의 각종 권력형 비리가 잇따라 드러나면서 또다시 검찰 조사와 구속이 불가피한 상황으로 치닫고 있다. 7개 지옥의 죄를 상당 부분 짓고서도 영화 주인공과 달리 자신의 죄를 인정하거나 뉘우치지 않는다. 오히려 "정치보복"이라며 희생자인 양 자신과 세상을 속이려 한다. 그것도 장로님이 밀이다.

초기 기독교에선 내세의 축복을 보장하는 천당이나 그 반대인 지옥에 대한 관심이 드러나지 않았고, 기원 후 1000년이 지나서야 지옥에 대한 위협과 죽음 이후의 천국이 기독교인이 되고자 하는 주된 이유로 부각됐다 한다. 특히 루터의 종교개혁 이후 '오직 은혜로'가 강조되면서 예수를 주로 고백하기만 하면 죄를 용서받고 천국의 복을 누릴 수 있다는 이른바 헐값의 용서와 값싼 은혜가 개신교에 팽배하게 됐다 한다. 나치의 억압에 적극 맞서다 처형된 독일의 신학자 본회퍼는 "죄를 뉘우치지 않는, 십자가가 없는 싸구려 은혜는 우리 시대의 치명적인 적이며, 그리스도의 삶을 따르고자 할 때 비로소 진정한 은혜, 값비싼 은혜를 얻을 수 있다"라고 강조했다. 오늘의 기독교가 귀 기울여야 할 가르침이 아닐까.

(금강일보 2018.01.21.)

미신이 횡행하는 묵시록적 세상

지구촌 스포츠 대축제인 평창동계올림픽 기간에 민족 최고의 명절인 설을 맞은 감회가 유별나다. 얼마 전까지 한반도가 일촉즉발의 화약고로 세계의 이목이 집중된 전쟁 위험지역이었음을 떠올리면 더욱 그렇다. 그간 문재인 대통령은 베를린 구상, 8·15 경축사, UN 총회 연설 등을 통해 남북간 화해협력으로 한반도에서 전쟁을 막고 평화를 정착시키겠다는 의지를 주변 4대국과 국제사회에 일관되게 주장해 왔다.

그런 힘겨운 노력으로 새해 들어 꽉 막혀있던 남북대화가 복원되고 북한이 평창동계올림픽에 참가하면서 강경 일변도였던 미국 트럼프 대통령도 남북대화와 평창올림픽을 통한 평화 분위기 조성을 지지하고 나섰다. 남북관계 개선과 한반도 평화의 전기(轉機)가 어렵사리 마련된 것이다.

물론 같은 올림픽이라도 지구촌 최대 축제는 대개 하계올림픽을 일컫는다. 인기 종목 톱 20에 동계 종목은 아이스하키 하나가 겨우 낄 정도로 인지도나 인기, 규모 면에서 하계올림픽이 동계올림픽보다 훨씬 월등하기 때문이다. 국제올림픽위원회(IOC)가 평창동계올림픽에 여자 아이스하키 남북단일팀 구성을 제안한 것도 이래서일 것이다. 남북단 일팀은 그간 여러 번 구성됐지만 올림픽의 경우엔 이번이 처음인 만큼 그 의미가 크다. 하지만 이번 단일팀 구성은 예전과 달리 우리 팀 선수 들의 출전 기회를 제한한다고 비판받는 등 우여곡절을 겪었다. 야당과 언론의 계속된 문제 제기로 우리 선수들의 기회를 박탈한다는 불공정 시비로 번지기도 했지만, 평화 증진의 대외적 의미가 부각되며 어렵사 리 봉합됐다.

하지만 언론의 남북단일팀 구성에 대한 부정적 기류는 여전해 급기 야 한 언론의 인터뷰 조작 사건이 터지기도 했다. 단일팀 반대 여론을 부각시키려 여자 아이스하키 대표팀 선수의 6개월 전 인터뷰 영상을 마 치 현장을 연결한 것처럼 보도한 것이다. 이밖에 단일팀이 쓰는 약칭 'COR'이 북한 국호라는 거짓 정보들이 블로그와 트위터에 확산됐지만, 북한의 약칭은 'PRK'로 밝혀졌다. 단일팀 유니폼 디자인이 북한 인공기 를 본떴다는 루머 또한 국제아이스하키연맹이 디자인 한 것으로 드러 났다. 무엇보다도 올림픽을 위해 4년간 고생한 우리 팀 선수가 북한 선 수 때문에 피해를 본다는 의견이 많았지만, 선수 교체가 잦은 경기 방식 을 고려하면 우리가 치를 다섯 경기에 온전히 출전하진 못해도 각 선수 가 최소 2.5경기에는 나가는 등 선수들이 감내할 수준은 된다고 한다.

이렇게 실질적 증거도 없이 대중들의 감정적 욕구에 호소하는 미신 적 행태의 화룡점정은 단연 '김일성 가면' 파동이다. 젊은 미남의 가면 을 쓰고 단일팀을 응원하는 북한 응원단 모습에 '김일성 가면 쓰고 응원 하는 북한 응원단'이란 제목을 붙여 전한 포토 뉴스가 발단이었다. 해당 언론사는 자사의 사진 보도가 잘못된 추론에서 비롯된 명백한 오보임 을 사과하면서 이를 정부와 올림픽 '흠집 내기' 소재로 삼지 말아 달라고 당부했다. 하지만 한때 조국 통일을 꿈꾸던 주체사상파로 독재정권에 맞서다 국가보안법 위반으로 실형을 선고받았던 하태경 의원이 "문제의 가면은 김일성이 맞으며 북한의 신세대 우상화 전략을 실험한 것"이라는 해괴한 논리를 펴자 "색깔론의 거두인 자유한국당조차 더 이상 언급하지 않음에도 쓸쓸히 홀로 주장하는 줏대가 참으로 가상하며 그만하면 됐다"라는 정의당의 논평이 나오기도 했다.

이쯤 되면 이념 강박증에 빠져 전장에서 적을 섬멸하듯 폭력적인 집단행동을 벌이는 '태극기 부대'와 하 의원의 심리상태가 유사함을 알 수 있다. 근거 없는 자기 확신의 미망에 빠져 사실과 왜곡된 희망을 혼동해 이렇게 터무니없는 미신을 믿게 되는 것이다. 태극기 부대가 굳이 성조기를 드는 것도 그렇다. 청교도들의 시대 이후 아메리카에 새로운 예루살렘을 건설해 하나님의 미래를 준비하는 최후의 국가가 되겠다는 미국의 묵시록적 세상 인식을 그대로 받아들인 한국 개신교의 특성과 미군정기의 체험에서 비롯된 것이라 할 수 있기 때문이다. 문제는 이런 종말론적 미신에 맞서 이성을 포기하지 않고 자신에게 계속 질문을 던지는 것만이 우리에게 시민적 품위를 회복하게 해줄 것임을 깨닫는 것이다.

(금강일보 2018.02.18.)

민들레 꽃반지 끼고

지난 금요일 우유와 포스트로 간단한 아침식사를 하며, 전날 비가 와서 포기했던 산행을 해야지 하며 하루 일정을 계획하는데 휴대전화가 울렸다. '아침부터 누구지?' 하며 전화를 받으니 『만다라』의 작가 김성동 형이다. 경기도 양평군 청운면 우벚고개의 가파른 언덕 위 외딴집 생활을 청산하고, 옥천면 용문산 입구로 이사를 한 뒤 찾아보지 못한 터라 마음이 찔렸다. 더구나 당뇨가 심해져 지인이 줄기세포 임상치료 대상자로 소개해줘 일본을 오가며 치료한다는 소식을 들은 터라 더 면목이 없었다. 나의 무심함을 꾸짖으려니 하며 "건강은 어떠시냐"고 물으니, 대뜸 어머니가 어제 저녁 열반하셨다는 부고를 전한다. 토요일에 성남 화장장으로 발인을 한다니 양평병원 장례식장에 곧장 다녀와야 했다.

평소처럼 맞벌이를 하는 아들 집 청소를 한 뒤 출발하기로 하고 집을 나서는데 친구 이은봉 시인이 소식을 듣고 연락을 했다. 금년 8월 말 광주대에서 정년을 맞는데, 전날 수업을 끝내고 세종에 있는 집에 와 있으니 함께 양평으로 가잔다. 서둘러 청소를 마치고 집에 와 검정 양복을 입고 세종시에 가니 약속시간인 오전 11시가 조금 넘었다. 부지런하고 활동적인 이은봉 시인인지라 최근 문단에서 벌어지는 미투운동에서부터 충청도 정치인의 수난사까지 다양한 뒷얘기를 듣다보니 어느새 자그마한 시골병원 장례식장에 도착했다.

대개의 조문객이 밤에 오다 보니 점심 무렵의 빈소는 한적했다. 칠십대의 백발인 김성동 형과 누님이 검은 상복을 입고 우리를 맞이한다. 순탄치 않았던 결혼생활이어서인지 성인이 됐을 아들 미륵이와 딸 보리는 보지 못하고, 영정 속 노모를 향해 합장하고 절을 올렸다. 뛰어난 천재로 소학교만 마치고 독학으로 영어·수학을 공부해 숙명여전 교수를 하던 남편 김봉한은 남로당 지도자인 박헌영의 복심비선(腹心秘線)으로 대전·충남의 야체이카(세포)로 활동하다 예비검속으로 대전형무소에 수감됐다가 한국전쟁 발발 직후 산내 뼈잿골에서 희생됐다.

그 뒤로 평생 속병을 얻어 고생을 하며 모진 삶을 살아온 그녀의 삶이 마침내 안식을 얻게 된 것이다. 성동 형이 살던 구도리 집을 찾으면, 김영호가 우리 아들 술을 먹여 힘들게 한다며 내 앞에서 타박을 해 나를 무안하게 했던 기억이 난다. 서울로 이사를 간 뒤 세검정 집에 갔다 미륵이가 실수로 방문을 잠갔을 때, 베란다 난간으로 나가 창문을 넘어 문을 열어준 뒤로 비로소 타박의 대상에서 벗어났었다. 양평의 외딴 집 앞에서 혼자 밭을 매시던 모습을 멀리서 뵌 뒤로 요양원에 모셨다는 얘길 들었으니, 중년의 영정 사진과는 퍽 달랐을 노년의 모습은 기억나지 않는다.

영정 앞에 향을 피우다 보니 향로 위쪽으로 어머니의 모진 삶에 대해 쓴 단편 「민들레 꽃반지」가 게재된 계간지 〈창작과 비평〉이 놓여 있다. 그의 어머니 한희전은 남편의 예비검속과 학살 이후 얻은 속병 가슴앓

이에 평생 시달렸고, 인민공화국 시절엔 독립운동 애국자의 유가족이라며 인민공화국 사람들이 시켜 조선민주여성동맹위원장을 맡았다가 8년 징역을 살았고, 그 고문 후유증으로 극심한 고통을 겪었다. 97년의 길고도 모진 삶에서 벗어나 마침내 안식을 얻었으니, 풍채 좋고 도량이 넓으며 늘 부드러웠던 남편이 그녀에게 정표로 준 민들레 꽃반지를 끼고 그녀의 삶에서 가장 빛나던 그 짧은 시절의 행복을 함께 추억하고 있으리라. 김성동은 이 작품으로 제1회 '이태준 문학상'을 수상했다. 「민들레 꽃반지」는 "아름다운 우리말과 글을 살린 문장으로 한국 현대사의 한 장면을 처연하면서도 뼈아프게 보여주어 작품의 밑절미가 이태준 문학정신에 가장 닿아있다"는 평가를 받았다.

김성동은 오래 전에 중단했던 대하소설 『국수』를 결국 마무리해 출간을 앞두고 있다. 조선조 말 전통 예인들의 희망과 좌절을 당대의 풍속사 속에 생생한 조선말로 재현해내 문단에 큰 반향을 일으켰던 작품을 마무리한 것이다. 그는 작년에 아버지의 행적을 그린 중편소설 『고추잠자리』를 발표하면서 부모의 한 많은 삶을 문학적으로 형상화했다. 그는 이제 해방에서 한국전쟁까지 이른바 '해방 8년'의 우리 민족의 굴곡진 현대사를 그린 역사소설을 계획하고 있다. 우리 땅 어느 곳에서나 질긴 생명력으로 자라나 왕성하게 번지는 민들레 같은 민초들의 삶을 그린 역작을 기대해 본다.

(금강일보 2018.03.18.)

공생의 지혜, 다크 투어

천직으로 여긴 교직생활을 교육민주화의 신념을 잃지 않으려는 안간힘으로 힘겹게 보냈다. 역사교과서 국정화 반대서명으로 경고장을 받는 걸 끝으로 정년퇴임한 뒤, 아내와 부지런히 해외여행을 다니고 있다. 그간 동유럽을 시작으로 서유럽과 북유럽, 그리고 터키를 둘러봤으니, 유럽의 얼개는 대략 그릴 정도가 됐다. 유대인들이 땅 끝으로 믿었던 스페인과 포르투갈을 버르다가 '유럽의 화약고'인 발칸반도를 먼저 여행하게 됐다. 친한 후배 부부가 홈쇼핑 광고를 보다가 발칸 여행상품을 보고 우리 몫까지 예약했다기에 흔쾌히 함께했다.

여행은 아는 만큼 보인다고 하지만 그보다는 매뉴얼을 먼저 보고 이해해야만 비로소 손이나 발이 움직이는 세대라서, 먼저 도서관에서 발칸반도에 대한 역사서나 여행 안내서를 찾았다. 연예인 여행 프로그램이나 드라마를 통해 발칸의 빼어난 풍광이 알려져 한국인들의 발길이 잦아졌지만, 그 풍광 속에 발칸의 역사까지 아우르는 안내서는 흔치 않았다. 좀 오래된 역사서와 최근의 여행기를 함께 읽다보니 마음이 무거워졌다. 프랑스보다 조금 작은 유럽 변방의 발칸반도는 대륙과 해양이 충돌하는 지정학적 요충지로 끊임없는 외세 침략과 수탈을 겪었고 최근까지 내전을 겪은 '유럽의 화약고'라는 점에서 우리 한반도와 닮았기에 더욱 그랬다. 다행히도 지구상에 마지막으로 남은 '냉전의 섬' 한반도에 평화의 봄이 오고 있으니, 발칸에서 새로운 역사적 교훈을 찾을 수 있으리란 생각에 무거운 마음을 떨쳐냈다. 이번 여행은 비극적인 역사의 현장에서 미래의 교훈을 얻는 이른바 '다크 투어'인 셈이다.

발칸반도는 기독교와 이슬람 문명이 충돌하면서 상호적대시하는 작은 나라로 갈라지는 이른바 '발칸화'를 겪으며 대규모의 파괴와 학살을 겪었다. 특히 4년 가까이 이어진 '보스니아 내전'에 대한 특집기사를 읽은 기억이 지금도 선명하다. 정교회를 믿는 세르비아 군인들이 무슬림의 씨를 말리는 잔혹한 '인종청소'를 자행한 것에 치를 떨었던 기억이 새롭다. 무슬림 남성은 학살하고 여성은 집단 성폭행한 뒤 기독교의 씨앗을 낳게 한다는 끔찍한 만행을 '신의 이름으로' 자행했다니 숨이 막힌다. 물론 역사는 그리 단순하지 않다. 학살의 만행에 대한 상처가 끔찍한 보복으로 되풀이됐기 때문이다. 로마가톨릭을 믿는 크로아티아와 슬로베니아가 2차 세계대전 중 나치 독일을 등에 업고 정교회를 믿는 세르비아 이주민을 대량학살하고, 세르비아는 이에 대한 보복으로 수십만의 크로아티아인을 집단학살하고, 이슬람의 오랜 식민지배에 대한 앙갚음으로 보스니아와 코소보의 무슬림을 세르비아가 학살한 것이다.

이번 여행은 오스트리아를 거쳐 발칸반도로 들어가고 다시 비엔나 공항에서 돌아오는 여정이다. 오스트리아는 히틀러의 독일에 강제 합병돼 2차 세계대전에서 패한 뒤, 민족분단을 막고 이념대립에서 벗어나고자 10년간 연합국의 신탁통치를 받고 자주적 민족국가의 토대 위에서 영세 중립국을 선택해 선진국으로 발돋움했다. 우리는 오스트리아와 달리 연합국의 신탁통치에 대한 왜곡과 진영 간의 극한 대립으로 자주적 발전의 기회를 놓쳤다고 역사학자들은 탄식한다. 특히 신탁(Trusteeship)이 자주적 임시정부를 구성하게 한 뒤 연합국이 5년간 후원한다는 뜻이었다니, 오스트리아보다 먼저 자주적 민족국가의 틀을 마련할 수도 있었는데 아쉽다.

발칸반도 어디나 분쟁의 아픔이 있지만 내전의 상처가 가장 두드러진 곳은 역시 보스니아다. 크로아티아 최남단의 아름다운 항구도시 두브로브니크를 육로로 가려면 보스니아의 모스타르를 거쳐야 한다. 모스타르는 '오래된 다리'란 뜻으로, 네레트바강을 동서로 연결하는 아치형의 돌다리인 '스타리모스트'가 16세기에 오스만투르크에 의해 세워지면서 이 도시의 상징이 됐단다. 1993년 내전으로 부서진 것을 복원했는데 다리 끝에는 '93년을 기억하라'는 문구가 새겨진 돌이 있다. 이제 이 다리는 전쟁의 비극을 증언해 주는 다리이자 이슬람과 기독교가 평화롭게 공존하도록 이어주는 공생을 상징한다. 우리도 이제 오랜 증오와 반목에서 벗어나 화해와 공생의 지혜를 발휘해 세계평화의 디딤돌이 되길 간절히 기원한다. 복되어라 화평케 하는 자여! 신의 자녀라 일컬어질 것이라.

(금강일보 2018.04.15.)

은사님의 눈물

때 이른 무더위로 꽃들이 한꺼번에 함성처럼 벙그러지며 오월이 시나브로 가고 있다. 아까시의 짙은 꽃내음, 잎새에 숨은 연녹색 목백합의 은은함, 두둥실 떠오르는 작약의 화사함이 각기 자태를 뽐낼 틈도 없이 그렇게 계절의 여왕이 슬그머니 뒷걸음치고 있다. 그래도 꽃향기보다 더 진한 손자들의 웃음소리, 장성한 자녀들이 품안으로 찾아드는 어버이날의 뿌듯함, 깊이 간직했던 스승의 가르침을 기억하는 날 등 뜨거운 사랑이 충만한 오월은 그 얼마나 깊고 그윽한가.

어린이날부터 어버이날까지 손자들 넷과 기쁨과 탄식 속에 숨가쁘게 보내고, 오래 전부터 친구들과 계획한 '고교 시절 은사님 뵙기' 모임을 위해 딸네가 살고 있는 용인 수지로 갔다. 고교 2학년과 3학년 담임이셨던 박영수 선생님이 기흥에 사시기 때문이다. 딸네와 한동네에 사는 근성이가 친구들을 흔쾌히 마중하기로 했다.

빗속에 나서준 근성이 차로 광명역에서 광주에서 온 영석이와 서울서 온 관수를, 다시 수원역에서 부산에서 온 준수를 태우고 선생님 댁 근처에서 친구들과 함께 저녁을 먹었다. 선생님이 뇌경색 후유증으로 거동이 불편하고 말이 어눌하시기 때문에 식사 후 선생님 댁을 찾았다. 학창 시절 군살 한 점 없이 날렵한 몸매에 톡톡 튀는 명석함으로 우리들을 기죽게 했던 선생님이, 이젠 80대 중반의 바스러질 듯한 노인이 돼 소파에 기댄 채 우리를 기다리고, 무용 선생님이었던 사모님께서 문 앞까지 나와 따뜻한 악수로 맞으셨다. 우리가 학창 시절에 뵌 선생님은 30대 중반의 빛나던 모습이었는데, 어느덧 제자들이 흰머리의 법적 노인이 되어 찾았으니, 어찌 모두 감격하지 않겠는가. 선생님은 말없이 눈물만 흘리셨다.

선생님은 화학을 가르치셨는데 분필 하나만 달랑 들고 오셔서 가끔씩 은단을 씹으며 요점만 콕 집어 설명하셨다. 기독교 종립학교였지만 담배를 즐겨 늘 은단향을 풍기셨다. 날렵한 몸매에 서슬 퍼렇게 주름 잡힌 와이셔츠를 입고 바퀴가 가는 자전거로 바람처럼 나타났다 사라지곤 했다. 당시로선 드물게 일본 특유의 권법인 당수(唐手)를 익혀 긴 다리가 머리 위로 휙휙 날아올랐다. 오후 4시면 일과가 끝나던 시절이라 담임선생님들끼리 찹쌀도넛 내기 학급 대항 배구 시합을 자주 했다. 우리 반이 늘 이겼는데 당시 반장으로 나이가 많던 석신이의 힘찬 스파이크를 막지 못했기 때문이다.

내기 시합이라 응원이 뜨거운 만큼 판정 시비에 날이 서고 급기야 담임선생님 간의 다툼으로 비화되기도 했는데, 그때 선생님의 현란한 당수 솜씨를 구경할 수 있었다. 우리 선생님보다 젊은 선생님이 바람을 가르는 발차기에 속절없이 쓰러졌고 퍼렇게 멍든 눈두덩을 한동안 진한 선글라스로 가렸던 기억이 새롭다.

선생님은 의리를 아는 협객이기도 했다. 친하게 지내는 수학 선생님이 질병으로 수업을 못하게 되자 대신 수학까지 가르쳤는데, 전공인 화학처럼 분필 하나로 숫자까지 외워온 수학 문제를 한달음에 풀고 설명해 우리의 기대를 저버리지 않았다. 그렇게 당당하던 선생님이 가느다란 다리를 보조의자에 얹은 채 그윽한 눈길로 우리를 바라보며 북받쳐 눈물을 흘리는 것이었다.

우리 반은 문과였는데 스스로 이과 공부를 해 의사가 된 채식이가 기타를 치며 노래를 부르기 시작했고 우리도 금세 따라 합창했다. 고교 시절 열심히 불렀던 '등대지기', '사랑해' 등을 부르자 선생님도 가만가만 따라서 부르셨다. 흥이 오르자 사모님 요청으로 학창 시절 찬송경연대회에서 부르던 찬송가를 4절까지 기타 반주에 맞춰 불렀다. 이제 쇠잔한 모습이지만 퇴색한 추억을 더듬어 함께 노래를 부르다 보니 모두가 다시 빛나던 그 시절로 돌아간 듯 마음이 뜨거워졌다. 퇴직하고 남원에서 농사를 짓는 세재도 눈을 지그시 감으며 입을 모았다.

유명한 극작가인 구홍이는 재롱이나 떨 것이지 뜬금없이 찬송가를 불러 선생님을 울린 친구들을 시끄러운 예수쟁이들로 탓했지만 젊은 시절 선생님 모습을 초상화에 담아 사모님께 드렸고, 함께하지 못한 영식이는 멀리서 케이크를 보냈다. 촛불이 꺼진 뒤 선생님과 사모님을 안아드리며 내년을 기약하며 집을 나섰다. 빗소리가 한결 정겨웠다.

(금강일보 2018.05.20.)

별이와 한남이

이제 우리 집 '별이'도 철이 드나 보다. 얼마 전 딸네 가족들의 오키나와 휴가에 함께하느라 일주일이나 집을 비웠는데도 사료 그릇을 깨끗이 비웠으니 말이다. 처남이 막 젖을 뗀 강아지를 보내왔을 때 불쌍하다며 사료에 고기를 얹어준 게 버릇이 돼서, 사료만 주면 며칠씩 굶으며 버텼기 때문이다. '별이'는 15살 된 우리 강아지 이름이다. 딸애가 교회에서 자신을 잘 붙여주지 않는 어린애의 애칭인 '별이'를 강아지 이름으로 부른 것이다. 강아지만은 자기를 잘 따르길 바라서였으리라.

중국 황실에서 살던 페키니즈 종인 '별이'는 독립적인 기질이 강해 안아주는 것도 싫어하고, 하루 한 끼 햄을 섞은 사료를 먹고 코를 골며 자는 게 일과다. 오랜 육종으로 커다란 눈과 구멍만 뻥 뚫린 코가 외계인 같지만, 광고 영상에도 등장할 정도로 귀여운 면도 있다. 아내는 억지로 끌어안다 가끔 물리기도 하지만, 살갑지 않아 손을 타지 않는 게 무심한 내 성격엔 딱 맞다. 더구나 내 앞에선 배를 드러내고 순종해 무던한 가족으로 지낸 게 어느새 15년이 되었다.

그새 애들이 다 출가하고 손자가 넷이 되면서, '별이'는 명절이면 늙고 둔한 몸으로 김치냉장고 위에 얹혀 버글썩한 소리에 잠을 실치는 신세가 됐다. 어린 손자들이 마구 주물러대는 호기심도 참아야 하고, '너 언제 죽을래?' 하는 도발적인 질문도 들어야 하니, 무릇 생명이란 늙으면 서러운가 보다. 이름도 '별이'고, 하늘의 별이 폭발하면서 나온 원소들이 만물이 된 것이니, 결국 우리 모두가 그 근원은 하나이고 다 별처럼 빛나는 존재인데 말이다!

　이제 우리나라도 애견인구가 천만에 이르면서 개는 반려동물로 그 격이 높아졌고, 동물의 삶의 질을 따지는 동물복지에 대한 사회적 인식이 높아지면서 동물보호단체의 활동도 활발해졌다. 이는 인간의 생명과 다른 생명들 사이에 근원적인 차이가 없다는 과학적 탐구를 통해서도 뒷받침되고 있다. 문제는 인간의 동물애호가 아주 선별적이라는 점이다.

　우리에게 의존적인 개나 고양이에 대한 애착이 다른 사람이나 동물들의 생명에 대한 무관심이나 무감각을 동반하는 경우가 많다. 이런 문제를 고려시대의 문인 이규보는 '슬견설'에서 날카롭게 지적한다. 장작불 앞에서 옷을 벗고 이를 잡아 불에 던지는 사람과, 개를 마구 두들겨 패서 잡는 사람들의 잔인함이 결코 다르지 않다는 것이다. 무릇 생명이란 그 크기에 따라 소중함이 결정되는 것은 아니기 때문이다.

　심리학자들은 애완동물에 대한 남다른 애정이 다른 사람에 대한 보편적 사랑으로 확산되는 것은 아님을 지적한다. 내 의지대로 따르며 나에게 전적으로 의지하는 개는 사랑스럽지만, 조금이라도 내 뜻에서 벗어나 독립적인 태도를 보이면 그 사랑은 금세 사라지기 때문이다. 유대인에 대한 잔인한 학살로 악명 높은 히틀러가, 꽃이 지는 모습을 보는 것을 괴로워했고, 또 굉장한 동물애호가로 채식을 고집하며 강력한 동물애호법을 제정한 것이 바로 그런 경우다.

한남대학교를 상징하는 '한남이'는 문헌기록상 우리나라에서 가장 오래된 토종개로, 온순하고 복종심이 강하며 경주 지역에만 있는 천연기념물을 기증받은 것이다. 하얀 몸매에 귀가 쫑긋한 '한남이'에 대한 대학 측의 사랑은 아주 각별해서, 총장의 교내 순시에도 동행하고 심지어는 인사말을 하는 단상에도 동반한다고 한다.

그런데 총장실이 있는 본관 옆 '한남이' 거처 앞엔 해를 넘겨 8개월 넘게 농성하는 비정규직 노동자들의 천막이 있다. 용역업체의 정년 단축이 근로기준법 위반으로 판정받아 그 대표가 검찰에 송치되고, 대학 측의 농성자들에 대한 업무방해 및 명예권 침해금지 가처분 신청이 법원에 의해 모두 기각됐음에도, 대학은 노동자들의 울부짖음을 애써 외면하고 있다. "비정규직 노동자들도 사람인데, 기독교 정신으로 세워진 학교에서 어떻게 이럴 수 있느냐"는 비통한 외침을! 마태복음 25장은 해야 할 일을 안 하는 것에 대한 '최후의 심판'을 경고한다. 우리 이웃의 탄식에 귀 기울이지 않는 것을!

(금강일보 2018.06.17.)

가시고기 아빠

오래 전 아내에게 들은 우스갯말에 '내 아들 시리즈'가 있다. 정부 고위직에 올라 보기도 힘든 아들은 나라님 아들, 의사나 판검사가 된 아들은 장모님 아들, 그냥 평범한 소시민은 내 아들, 장애가 있는 아들은 영원한 내 아들이란다. 일그러진 세태를 풍자한 것이지만, 자식을 세속적 성공의 잣대로만 구분 짓는 게 편치 않다. 하지만 영원한 내 아들 얘기는 애절한 부모의 심정에 가슴이 저려 고개를 끄덕이게 된다. 환경오염 악화나 각종 재해 등으로 이제 누구도 장애의 위험으로부터 안전을 장담할 수 없는 세상이 됐다. 그런 만큼 장애인에 대한 사회적 인식도 많이 개선돼 장애인의 반대말이 비장애인인 게 상식이 됐다.

무릇 자식에 대한 부모의 사랑은 다 지극하지만, 어머니의 자식사랑은 깊고도 넓다. 물론 아버지도 자식에게 살갑고 헌신적이지만, 어머니의 사랑만큼 온몸으로 사랑을 느끼고 표현하기엔 역부족이다. 그래서 고려시대의 '사모곡'도 아버지의 사랑은 호미로, 어머니의 사랑은 낫으로 비유해 그 차이를 대비하며 어머니의 사랑을 찬양했나 보다.

물론 이런 구분이 절대적인 것은 아니다. 어렸을 적 선친께 들은 얘기다. 뜻밖의 사고로 아들을 잃게 된 부모의 이야기다. 어머니는 실성한 듯 머리를 풀어헤치고 땅을 구르고 가슴을 치며 울부짖는데, 아버지는 조문객을 맞으며 간간이 술도 한 잔씩 마신다. 어미는 눈에 불을 켜고 '저런 인정머리 없는 애비 놈 좀 보소!' 하며 큰소리로 욕을 퍼붓는다. 말없이 지켜보던 아비가 술잔에 가래를 뱉어 보여주더란다. 술잔엔 피가 섞인 가래가 떠 있더란다. 아들 잃은 아비의 슬픔이 어미 못지않았다는 것이다. 이런 지극한 부성애를 다룬 소설 '가시고기'가 한때 최고의 베스트셀러였던 적이 있었다.

고교 동창으로 한때 유명 극작가로 활동하던 박구홍은 이제 자폐아들을 위해 헌신하는 가시고기 아빠로 살아간다. 몇 년 전 고교 친구들 카톡모임에서 만나게 된 구홍이와 둘째 아들 길호는 이제 우리 동창 모두의 친구가 됐다. 학창시절 늘 자신만만한 모습에 걸쭉한 입담으로 친구들을 몰고 다니던 구홍이는 대학에서 개최한 문예백일장에서 당선된 시를 칠판에 휘갈기며 으스대던 문예부장이었다. 그때는 다들 세재나 영석이가 당선될 거로 예상했다가 구홍이가 당선돼 놀랐지만, 나는 칠판에 쓴 그 시를 보고 구홍이가 시인이 될 것을 예감했다. 당시는 누구나 김소월이나 신석정의 시 몇 편은 외우던 시절이어서, 구홍이가 후렴구를 반복하며 운율과 구성을 갖춘 게 나름 시 쓰는 법을 터득했음을 짐작할 수 있었기 때문이다.

나중에 유명한 텔레비전 방송 극작가이자 소설가로 주목을 받은 구홍이가, 내가 속한 민족문학작가회의 회원임을 알았지만 직접 만나지는 못했다. 오랜 동안 아픈 둘째 아들을 고쳐보겠다고 캐나다도 갔다가 돌아온 뒤 백방으로 애쓰다가 아들이 좋아하는 미술치료를 받으러 수원에 둥지를 틀고 이제 머리가 하얗게 세고 한쪽 다리를 조금 절면서 아들과 커플티를 입고 24시간을 함께하는 '가시고기 아빠'의 모습으로 나타난 것이다. 구홍이의 복복 뛰던 총기와 좌중을 압도하던 상상설노 이젠 무뎌져 어눌해졌고, 매섭던 눈매도 부드러워졌다.

　길호의 그림은 일반적인 화법을 무시한 채 자신만의 고유한 인식을 자유스럽게 펼쳐낸다. 작년에는 그동안 그린 그림을 모아 전시회를 했는데, 노르웨이의 화가 뭉크의 그림을 보듯 강렬한 전율을 느꼈다. 언론에서도 관심을 보이고, 일본에서 전시회를 열자는 제안도 받았다니, 아버지의 간절한 사랑이 소중한 결실을 맺은 셈이다. 이제 길호는 친해진 아빠 친구들과 바닷가도 가고, 또 절에도 가고, 아빠 친구들이 사는 남원, 대전, 부산 그리고 제주도까지 놀러가곤 한다. 우리는 매일 카톡방에서 길호의 일과를 사진으로 확인하며 손을 흔든다. 구홍이는 길호를 위해 반찬도 만들고 여행도 다니며 길호가 그림을 그릴 때 자기도 그림을 그린다. 구홍이는 자기 그림이 영혼을 형상화한 소울 화법이라 자랑하는데, 우리 눈엔 아들 길호 그림이 더 좋다. 우리 집 현관에도 길호가 그려준 내 초상화가 있다.

(금강일보 2018.07.15.)

불자동차 유감

그간 매주 화요일에 해 주던 아들네 집 청소를 이번엔 목요일로 옮겼다. 화요일 저녁에 봉사하던 장애인야간학교가 방학을 했기 때문이다. 마침 목요일에 우리 아파트 지하주차장 물청소로 차량을 이동해야 해, 겸사겸사 요일을 바꾸게 된 것이다.

아내는 손자들 돌보느라 월요일 아침 일찍 아들네에 가서 생활하다 금요일 저녁에 집으로 돌아오니, 퇴직하고 주말부부가 됐다. 초등학교 교사인 며느리가 방학인데도 대학원 수업으로 나가야 되니, 애들 어린이집과 유치원을 아내가 두루 살펴주게 됐다.

세종시에서 대전 아들네에 갈 때는 볼 일을 모아서 봐야 한다. 일찍 농수산시장에 가서 과일과 야채를 사고, 집안 청소를 한 뒤, 점심엔 전에 살던 곳에서 친하게 지내던 지인과 식사 약속이 있고, 저녁엔 계속되는 화재사고로 '불자동차'라 불리며 천덕꾸러기가 된 자동차의 안전점검을 받아야 한다. 불자동차 '베엠베(BMW)'를 탄 지 이제 만 6년 하고 세 달이 됐다. 그간 소모품 교체를 빼곤 고장이 없어 좀 불안하면서도 괜찮겠지 하며 미적댔는데 친구가 연락을 했다. 부산의 한 대학에서 산야초와 약초를 가르치다 퇴직한 친구는 회갑 기념으로 아들이 사준 '520디젤 모델'을 타는데, 화재사고의 주력 차종이라 점검을 받기로 했다는 것이다. 나는 스포츠형 다목적 차량으로 아직까지는 화재사고가 없는 차종이라 좀 느긋했지만, 한편 불안하고 또 정부에서 강제로 운행을 중지시킨다니 안전점검을 받기로 했다.

농수산시장에 주차를 하고 출근시간에 맞춰 차량 서비스센터로 전화를 하니 계속 통화중이다. 이렇게 리콜 대상 차량이 한꺼번에 몰리면 14일까지 점검을 받을 수 있을지 걱정이 됐다. 차량을 구입하며 인연을 맺은 김 과장에게 전화해 도움을 청했다. 김 과장은 어차피 예약은 어려울 테니 저녁식사 후 곧장 서비스센터로 가면 안전점검을 받을 수 있을 거란다. 밤에는 일반 정비차량과 겹치지 않고 정비사들이 24시간 근무하며 안전점검을 하니 그냥 가보라 했다. 저녁 7시쯤 정비센터에 가니 정문 앞에까지 점검을 기다리는 차량이 줄을 지어 서 있었다.

정비사들의 안내로 시동을 켠 채 키만 뽑아 사무실에 접수하러 들어갔다. 차량번호를 대고 확인하니 리콜 대상 차량이 아니라며 접수를 받아주지 않았다. 내 차종은 2013년 5월 구입했는데, 2014년 차량부터 리콜 대상이란다. 그래도 온 김에 그냥 안전점검을 받아보려 했지만, 보닛을 연 채 정비소를 가득 메운 차량들을 보니 밤새 기다려야 해 그냥 돌아가기로 했다. 리콜 대상 아닌 차량도 불이 난 경우가 있어 찜찜하지만, 그나마 리콜 대상이 아니어서 강제로 운행 정지될 일은 피했으니 다행이다 싶었다.

집으로 돌아가 아내에게 저간의 사정을 알리려 했는데, 아내에게서 전화가 왔다. 리콜 대상이 아니어서 너무 걱정하지 말라고 하니, 일단 더위에 운행하는 걸 자제하라고 했다. 중간쯤 가는데 갑자기 세찬 소나기가 내리면서 민망한 일이 벌어졌다. 뒤에 오는 차들이 저만큼 멀리서 따라오고, 어떤 차는 옆 차선으로 해서 휙 앞질러 내빼는 것이었다. 혹시라도 불이 날까봐 일부러 피하는 것이니, 어쩌다 이렇게 기피 대상이 됐나 싶어 좀 서글펐다.

아이들 대학과 대학원 뒷바라지 하느라 가스차를 15년이나 탔다. 딸이 신촌 원룸에 살 때는 필요한 살림살이를 그 차로 다 실어 날랐다. 오래 타다 보니 바퀴에서부터 윈도브러시 모터까지, 차체를 뺀 거의 모든 부품을 갈았다. 지하주차장에서 시동을 걸면 골골거리는 소리에 다들 쳐다보곤 했다. 애들이 졸업하고 학자금 융자를 4년 분할상환하고, 또 다들 결혼해 나가니 여유가 생겨 차를 바꿨다. 이제 20년을 타야지 하며 연비가 높고 안전하다고 소문난 수입차를 큰 맘 먹고 구입했는데, 천덕꾸러기가 됐다. 그래도 잘 정비하고 달래가며 함께해야지, 중고로 팔아 누구에게 걱정을 끼치겠는가. 다만 유감인 것은, 세계 굴지의 자동차 명가답게 자신의 잘못을 솔직히 사과한 뒤 흔쾌히 부품을 교체하고 프로그램을 정비했다면 오히려 그 명성을 지켰을 텐데, 정말 실망스럽고 유감이다.

(금강일보 2018.08.12.)

공감의 리더십

　우리나라 축구 대표팀이 러시아 월드컵에서 세계 최강 독일에 완승을 거둔 이래 축구에 대한 국민의 관심과 애정이 사뭇 뜨겁다. 특히 아시안게임 결승에서 화끈한 공격력으로 숙적 일본을 꺾고 우승하면서 더욱 그렇다. 이젠 축구 대표팀 훈련장에 젊은 여성 팬들이 몰린다니 그 뜨거움을 짐작할 수 있다.

　물론 축구 대표팀을 구성하는 모든 선수들이 감독과 코치와 하나가 돼 좋은 성적을 냈지만, 국민들은 팀의 간판선수이자 주장인 손흥민의 리더십을 주목한다. 그는 그간 국가대표로서 번번이 우승을 놓치고 아쉬움에 눈물을 흘려야 했다. 그 울보 손흥민이 이번 아시안게임 우승으로 금메달을 입에 물고 활짝 웃었다. 그는 주장을 맡으면서 공을 독점하기보다는 공격과 수비를 열심히 넘나들며 기회가 오면 다른 선수에게 공을 연결하는 데 힘썼다. 그의 이런 헌신은 국민들이 모두 인정할 정도로 진지했고, 그런 진심이 팀을 하나로 묶어내 승리로 이끌었다. 결승에서 얻은 득점이 모두 그의 도움으로 가능했음이 이를 입증한다.

나보다 남을 배려하는 이런 공감의 리더십은 이번 아시안게임에서 우리와 4강전에서 맞붙은 베트남 대표팀의 박항서 감독에게서도 발견할 수 있다. 그는 2002년 한일월드컵대회 국가대표팀의 수석코치로 발탁돼 히딩크 감독과 선수들을 긴밀하게 연결해 월드컵 역사상 최초로 4강에 오르는 신화를 이뤄내며 그 존재감을 드러냈다. 그 뒤 부산아시안게임 감독이나 프로팀 등의 감독을 맡았으나, 팀의 전력이 오르락내리락하며 힘겹게 국내 활동을 마치고 2017년 베트남으로 떠났다.

베트남 대표팀 감독으로 선임되며 "나를 선택해준 베트남 축구에 내가 가진 축구 인생의 모든 지식과 철학, 열정을 쏟아 붓겠다"라는 그의 다짐은 베트남 축구를 새로운 강자로 부활시켰고 그는 베트남의 영웅이 됐다. 개인주의가 팽배해 있던 베트남 팀을 한 팀으로 묶어내기 위해 서로를 배려하는 규칙들을 강조하고, 선수들을 아버지처럼 돌보며 각자의 장점을 살려냈다고 한다. 권위적인 감독과 순종하는 선수의 관계가 아닌 자상한 아버지와 자식의 관계로 이렇게 서로 공감하면서 베트남 축구의 신화를 만들어낸 것이다.

손흥민 선수와 박항서 감독에 대한 국민들의 뜨거운 애정은 우리가 일상에서 겪은 강자들의 저질스러운 갑질에 대한 염증에서 온 것인지도 모른다. 한진그룹 회장 일가족의 정신분열적인 가학행위나 많은 기업주들이 보인 행태는, 인간이 과연 만물의 영장인가에 대한 회의감이 들 정도였으니 말이다. 이런 일탈은 자질도 갖추지 않은 채 편법이나 불법으로 권력에 이른 경우 더 심하다. 열등감 때문에 더욱 군림하며 조금이라도 반발하면 미친 듯이 화를 내며 자기를 무시한다며 몸부림친다. 참으로 애처로운 풍경이지만 조직원들에겐 견디기 힘든 고통이다.

영장류 학자들의 오랜 관찰과 실험 결과, 생존경쟁이 아닌 '공감'이 진화적으로 뿌리가 깊은 동물적 본능임을 주장한다. 이는 다른 이의 행동을 보기만 해도 자신이 그 행위를 직접 할 때와 똑같은 반응을 보이는 신경 세포인 '거울 뉴런(Mirror neuron)'의 발견으로, 우리는 타인의 행동을 몸으로 이해할 수 있는 능력을 가진 존재임이 입증됐다. '공감'은 1억 년 이상 진화해 온 본능으로, 우리에게 타인이 느끼는 기쁨과 고통을 온몸으로 이해할 수 있게 해 준다.

그런데 캐나다 연구팀의 실험 결과, 자신이 권력이 있다고 생각한 사람들은 영상을 볼 때 뇌의 동조화 현상이 낮게 일어나 공감능력이 떨어진다는 신경학적인 메커니즘을 밝혀냈다. 따라서 구성원들에게 진정으로 존경받는 리더가 되기 위해선 권력에 도취되지 말고 타고난 공감능력이 무뎌지지 않도록 스스로를 일깨워야 한다. 강압으로 일관하는 것이 아니라 구성원에게 관대함을 보이는 공감능력을 어필하는 것이 필요하다는 것이다. 침팬지도 리더가 되려면 약자를 돌보고 전체와 먹이를 나누는 관대함을 갖춰야 한다고 한다. 공감의 리더십으로 존경받는 리더가 되려면 모든 종교와 철학의 근본 핵심이 되는 황금률(Golden Rule)을 되새겨 볼 필요가 있다. "네가 당하고 싶지 않은 일을 남에게 하지 마라."

(금강일보 2018.09.09.)

별이 된 '별이'

나이가 들면 돈도 명예도 아니고 신실한 벗이 최고라더니 퇴직하고서 고등학교 동창들끼리 훌쩍 떠나는 이른바 '방랑'의 재미가 쏠쏠하다. 금년에 대전, 예산, 부산, 용인, 남원, 광주를 방랑했고, 이번에는 군산에서 1박2일을 친구들과 함께 보냈다. 좀 이상하게 보일지 몰라도, 우리는 모이면 기타를 치며 합창도 하고, 또 구홍이 부자가 그린 친구들의 초상화를 증정하기도 하며, 지역의 풍물과 음식을 즐기는 틈틈이 역사에 대한 토론도 하며 나름 품격 있게 논다. 이번 모임을 주선한 군산의 내과 의사 허영상은 "술과 여자 없이 새벽까지 생수를 마시며 남자들끼리 머리를 맞대고 인터넷 카페 만들기로 열띤 토론을 벌이는 우리 스스로가 참 남다르다"라고 경탄했다.

일본식 가옥 '여미랑'의 다다미방에서 하룻밤을 보낸 다음날 아침 아내에게서 전화가 왔다. 15년을 함께한 강아지 '별이'가 먹지도 않고 몹시 괴로워한다며 죽을까봐 두렵다고 울먹였다. 아내를 위로하면서도 내심 보낼 준비도 안 됐는데 어떡하지 걱정이 됐다. 집에 돌아와 보니 생각보다 상태가 좋지 않았다. 먹지도 않고 엎드려 거친 숨을 몰아쉬는 게, 그동안 겪은 여러 어른들의 떠나시던 모습과 크게 다르지 않았다. 그래도 자연사 하면 보문산 중턱 농사짓던 밭에 묻어줘야지 하면서도, 아내가 겪을 충격이 더 걱정됐다. 지인의 딸은 키우던 고양이가 죽은 쇼 크로 쓰러져 병원에서 입원 치료를 받았다는 얘기가 떠올랐다.

그간 '별이'가 병치레도 하지 않고 형제들 중 혼자 오래 살았으니 이번 에도 잘 넘기겠지 하며 애써 마음을 다독였다. 혹시나 해서 숯불구이 햄 을 사다 작게 잘라주니 조금씩 먹어 괜찮겠지 하는 기대도 생겼지만, 이 틀쯤 지나자 복수가 차오르며 숨이 거칠어지고 가끔 신음소리를 냈다. 밤새 걱정이 돼 새벽에 살며시 방문을 열고 '별이'의 숨소리를 살펴보면, 조용하다가도 다시 거친 숨소리를 토해내는 게 마음이 아팠다.

이렇게 일주일을 넘기며 무척 힘들었지만 마음 한쪽에 떠오르는 안 락사를 먼저 입에 올리진 않았다. 안아주는 걸 싫어하는 '별이'를 굳이 안으려다가, 으르렁거리며 물어뜯으려는 '별이'에게 "이 성질 나쁜 별이 야, 너 언제 죽을래?"라며 노골적으로 타박하던 아내가 먼저 이별을 결 심하길 기다렸다. 아내도 견디기 힘든 듯 여기저기 친구들에게 조언을 구하더니, '별이'는 지금 얼마나 고통스럽겠냐, 그 고통을 줄여주는 게 우리의 도리라며 동물병원에 알아봤다. 병원에선 '별이'를 진단한 뒤 안 락사 여부를 결정해 화장까지 대행해 준다 한다.

아내가 힘들어할까봐 내가 혼자 동물병원에 다녀온다 하니, 마지막 을 함께하겠다며 '별이'를 안고 따라온다. 아내의 품에 안긴 '별이'는 입 에 하얀 거품을 물고 밭은 숨을 몰아쉰다. 동물병원에서 '별이'를 진찰 한 수의사는 안락사로 고통을 줄여주는 수밖에 없다고 진단했고, 아 내는 '별이'의 등을 쓰다듬으며 "별이야, 잘 가!" 울면서 병원 밖으로 나갔다.

　'별이'를 잡은 간호사와 주사를 놓는 수의사를 이만큼에서 바라보니, 간호사도 훌쩍이며 울고 있고 주사를 맞던 '별이'는 마지막 작별인사인 양 꼬리를 흔들며 작은 신음소리를 내더니 금세 조용해졌다. '별이'의 발을 가지런히 모아 옆으로 눕히고 청진기를 가슴에 대고 숨소리를 확인하던 수의사가 마침내 고개를 끄덕였다. 그런데 다시 가느다란 신음소리가 들려 살펴보니, 파르르 떨며 떠나는 '별이'의 모습에서 두려움을 느낀 옆방의 강아지가 내는 소리였다. 그러니까 노쇠한 '별이'는 신음소리도 낼 기력도 없이 혼신의 힘으로 꼬리를 흔들어 작별 인사를 하고 떠난 것이다. 마지막 안간힘으로 작은 물똥 자국이 기저귀에 남았다. '별이'는 큰 기저귀로 온몸을 감싸고 반창고로 묶인 채 화장터로 가 한 줌의 재가 될 것이다.

　내 곁을 떠난 집안 여러 어른들이든 '별이'든 이별은 늘 힘겹고 애잔하다. 그러나 흙에서 왔으니 흙으로 갈 수밖에. 아니 만물이 다 별이 폭발하며 나온 원소들로 몸을 받은 별의 자녀들이니, 우리 모두 다시 별로 돌아가는 것이다. 별의 잔해들이 우주에서 떠돌다 다시 별로 환생하듯이, 우리 '별이'도 이제 별이 되었다.

(금강일보 2018.10.14.)

무척산에서 공주문화원까지

고등학교를 졸업하던 1972년, 마음 맞는 친구들끼리 사진관에 가서 단체사진을 찍은 뒤 흑백사진에 모임의 이름과 날짜를 적어 보관하는 게 유행이었다.

나도 친구들과 함께 '향목회'란 모임의 사진을 찍었는데, 향나무처럼 향기 나는 삶을 살아보자는 다짐이었다. 그 후 '향목회'는 다른 학교 친구들까지 아우른 친목계로 발전해 60대 중반을 넘긴 지금까지 이어오고 있다. 지난 여름엔 대둔산 수락계곡의 한 펜션에서 일곱 부부가 1박2일을 함께하며 정을 나눴다.

어제는 김해공항 정비과에 계약직으로 근무하는 용숙이가 '무척산' 자락에 근사한 집을 지은 걸 축하하기 위해 김해 생림면 산골에 모였다. 여름에 일정을 미리 정했는데도 여러 사정으로 세 명이 참석하지 못하고, 세종과 전주에 사는 친구들이 모였다.

용숙이는 집안이 어려워 공고를 졸업하고 공군기술하사관으로 입대해 중사로 전역한 뒤 대한항공 정비과에 취업했고, 정년 후엔 다시 계약직 정비사로 여전히 현역으로 살아가고 있다. 그긴 김포공항과 제주공항에 근무하다가 이젠 김해공항에서 붙박이로 일하다 보니 김해가 제2의 고향이 된 셈이다.

몇 년 전 용숙이 집을 찾았을 땐 매화나무가 우거진 마을 한쪽 개울가에서 닭과 개를 기르며 이층집에 세를 살았다. 건장한 체격에 타고난 부지런함으로 주말이면 밭일을 하느라 농기계까지 장만해 제법 농군 티가 났었다. 이젠 셋집에서 벗어나 양지쪽의 전망 좋은 산자락을 구입해 널찍한 마당에 멋진 집 두 채를 지은 것이다.

높게 쌓은 정원석 위로 오밀조밀한 자연석으로 마감한 정겨운 돌담 위로 눈부신 햇살이 가득하고, 김해에서 제일 높고 멋져 이 일대에선 짝할 만한 산이 없다 해서 이름 붙여진 '무척산(無隻山)'의 기묘한 암벽들과 울긋불긋한 단풍 숲이 병풍처럼 둘러싼 정말 멋진 집이었다.

출가한 자식들이 멀리 서울에 살고 있는데도 굳이 건물을 두 채로 지은 것은 용숙이 아내가 무형문화재인 밀양백중놀이를 전수받고 문화예술교육사 자격증을 취득한 뒤 '무척풍류방'을 열어 수강생들에게 풍류와 장단을 가르치고 있어 그 교육장으로 별채를 만든 것이다.

몇 년 전 봤던 무척산이 장중하면서도 아름다워 이번엔 꼭 오르고 싶었는데 다들 부부동반이고 또 돌아갈 길이 멀어 다음 기회로 미룰 수밖에 없어 몹시 아쉬웠다. 더구나 우리 김해 김씨의 시조인 김수로왕이나 인도인 왕비 허왕후와 관련된 유적들이 있어 나에겐 더 의미가 있는 곳이다.

김수로왕의 아들 거등왕이 어머니인 수로왕비를 기리기 위해 지었다는 '보은암'이나 김수로왕의 매장시에 물이 나오는 것을 막기 위해 산정에 만들었다는 호수 '천지' 등이 남아있다니 따로 시간을 내 꼭 찾아봐야겠다.

모처럼 네 부부가 먼 남녘의 한적한 산골에서 만나 한우 불고기에 술을 곁들이며 밤늦게까지 정을 나눴다. 아침에는 삼랑진 시장에서 전주식 콩나물국밥으로 해장을 한 뒤 내친 김에 고인이 된 노무현 대통령 생가와 묘역에 들러 추모하기로 했다.

용숙이네 집에서 20여 분 거리니 가까운 곳인데도 작은 공장들 사이로 난 좁은 길이 구불거리는 게 시골 골짜기임이 실감났다. 이런 시골에서 독학으로 사법고시에 합격하고, 또 대통령 임기를 마친 뒤 정든 고향에 돌아왔는데, 무슨 아방궁이네 뭐네 하며 언론이 비아냥거린 게 정말 터무니없음을 직접 보니 알 수 있었다.

지금도 여전히 주차장을 가득 메운 차량들을 보니 고인이 국민들의 가슴 속에 살아있음이 느껴져 가슴이 벅찼다. 부엉이바위와 묘역을 바라보는 마음은 처연했지만 그의 추억이 담긴 들녘은 한껏 평화롭고 아름다웠다.

새로 조성된 문화생태공원을 천천히 둘러보고 싶었지만 오후 네 시에 공주문화원에서 충남시인협회상 시상식이 있고, 심사위원으로 참여한 인연으로 시상식 자리에서 심사평을 해달라는 요구가 있다 보니 발걸음을 돌려야만 했다.

창원 부곡 등 번잡한 길을 벗어나 고속도로를 달리다 중간에 김천휴

게소에서 점심을 먹고, 부지런히 달려 세종시 집에 돌아와 옷을 갈아입고 공주문화원으로 달려가니 네 시가 조금 넘었다. 많은 축하객과 문인들 앞에서 심사평을 전하고, 저녁 회식을 마치고 돌아오니 일곱 시 반이다. 무척산에서 봉하마을을 거쳐 공주문화원까지 정말 힘겨운 1박2일이었다.

(금강일보 2018.11.11.)

애틋한 그리움

황금 개띠의 해 무술년(戊戌年)도 이제 며칠 남지 않았다. 60대 중반이 넘으니 시간의 흐름도 덩달아 빨라지는 듯하다. 10대였을 적엔 시간이 왜 그리 더디게 가는지 빨리 어른이 돼 근사하게 살아보는 꿈을 꿨다.

그래서 친구들끼리 나이를 따지고 누가 더 어른스러운지를 겨루곤 했다. 이젠 젊게 보이려 엉성한 머리를 모자로 가리고 통이 좁은 바지를 입어 보지만, 아이들 눈엔 영락없는 할아버지이니 그냥 있는 그대로 사는 게 좋겠다는 생각이 든다. 어린 시절 한국전쟁 직후의 폐허와 가난 속에 배고픔과 헐벗음을 겪었지만 모두가 다 비슷한 처지라서 상실감을 느끼진 않았고, 이렇게 정년퇴직하고 연금생활자로 노후를 보내니 세월의 흐름이 그리 야속하진 않은 셈이다.

초등학교 시절에 4월 학생혁명과 5월 군사쿠데타를 겪고 교련과 반공교육으로 고교 시절을 보냈지만, 대학 시절에 읽은 사회과학과 한국 현대사 서적들을 통해 이념의 멍에에서 벗어나 인본주의에 바탕을 둔 세계관을 간직하고 살았고, 광적인 편견과 폭력적인 분노에 사로잡힌 친구들이 없으니 이 또한 다행이다.

광화문 촛불집회에서 만난 영식이의 카톡방 이름은 '금강산엔 버스로! 유럽엔 기차로!'이고, 극작가인 구홍이는 벌써 단톡방에서 시베리아 방랑단을 모집한다. 이렇게 정겹고 따뜻한 친구들과 부산·군산 등지로 방랑하며 보낸 추억이 한 해를 마감하며 아련한 그리움으로 남는다.

지난 5월엔 채식이의 주도로 친구들과 함께 용인에 사시는 박영수 선생님을 찾아뵈었다. 대전의 인삼연초연구소에 계실 적에는 가끔 뵈었지만 퇴직하신 뒤로는 처음이었다. 날렵한 몸매에 뛰어난 실력으로 우리를 놀라게 하면서도, 모두를 차별 없이 대하시고 늘 믿어주셨다.

팔순을 훌쩍 넘겨 종잇장처럼 가벼워진 모습에 표현도 어눌한 선생님은 우리를 보고 말없이 눈물을 흘리셨다. 사모님의 요청으로 채식이의 기타 반주에 맞춰 학창시절 배운 찬송가를 4절까지 부른 뒤 소파에 기댄 선생님을 안아드렸다. 벅찬 가슴으로 친구들과 내년을 기약하며 헤어졌는데 선생님은 끝내 금년을 넘기지 못하셨다.

자주 선생님을 찾아뵙고 보살피던 채식이가 가장 애통해했지만, 우리도 가슴이 저렸다. 마라톤대회 중 교통사고로 친구가 숨졌을 때, 세상에 의인은 아브라함과 나뿐인데 왜 이런 아픔을 겪는지 모르겠다고 탄식하시던 선생님. 늘 그리움 속에 살아계실 것이다.

금년엔 또 다른 이별을 겪었다. 갓 젖을 뗀 채 우리집에 와 15년을 함께한 강아지 '별이'가 우리 곁을 떠났다. 페키니즈 종의 특성인 강한 자립심으로 안기길 싫어해 안으려는 아내와 실랑이를 벌이기도 했지만, 그 자존심으로 대소변을 철저하게 가리고, 작은 체구지만 타고난 용기로 어떤 개에게도 주눅 들지 않았다.

게다가 대부분의 시간을 코를 골며 잠을 자니 데면데면한 나에겐 정말 안성맞춤이었다. 이젠 정이 들어 우리 부부와 함께 늙어가는 게 안쓰럽더니 그예 우리 곁을 떠났다. '별이'와의 이런 이별이 애잔하긴 하지만, 하늘의 별이 폭발하며 나온 원소들로 몸을 받은 우리 모두가 결국은 죽어 다시 별로 돌아가는 것이니 마냥 슬퍼할 일만은 아니다. 이젠 밤하늘의 별이 된 '별이'를 그리움으로 찾아본다.

금년은 이런 애틋함만 남은 게 아니다. 우리 민족이 지구상 마지막 냉전의 섬에서 벗어나 민족 화합과 동북아 평화의 새로운 전기를 마련한 감격의 해였다. 특히 백두산에서 남북정상이 서로 손을 맞잡고 한민족의 정을 나눌 때, 문재인 대통령이 평양시민들에게 우리 민족의 강인함과 하나임을 선언할 때 뜨거운 감격의 눈물을 흘렸다.

그러면서 애틋한 그리움으로 북녘의 한 젊은이를 떠올렸다. 유람선으로 금강산을 가던 시절, 운 좋게 교육부에서 선정한 금강산연수단에 뽑혀 외금강을 오르며 북측의 젊은 안내원과 얘기를 나눴다. 그는 자신의 남루한 모습을 감추려는 듯 강한 자존심을 드러냈는데, 그 모습이 오랫동안 애잔한 마음으로 남았었다.

어렵게 사는 동생이 늘 가슴에 애틋한 아픔으로 남듯 문득 그가 기억난다. 머잖아 다시 금강산에 가게 되면 볼 수 있을까. 황금 돼지해인 내년에 우리 민족이 만들어갈 평화와 화합의 모습을 벅찬 가슴으로 기다린다.

(금강일보 2018.12.09)

단재 신채호의 얼 살리기

대전시는 시 출범 70주년과 광역시 승격 30주년을 맞아 새로운 미래 상으로 '문화융성도시 대전'을 비전으로 내세우며, '2019 대전 방문의 해'를 계기로 '다시 찾고 싶은 대전형 관광모델'을 만들겠다는 야심찬 계획을 작년 11월 발표했다.

12월엔 서울에서 '2019 대전 방문의 해' 선포식과 서포터스 발대식을 갖고 전 국민을 대상으로 적극적인 홍보활동에 들어갔다. 하지만 새해를 맞은 시민들은 과연 많은 외지인들이 대전의 역사와 문화를 체험하고 여행의 풍취를 마음껏 누릴 것인지 별로 실감하지 못하고 있다.

결국 대전시는 준비 부족을 시인하고 일회성 이벤트 행사가 아닌 연속사업으로 앞으로 3년간 '대전 방문의 해'를 지속적으로 추진해 2022년부터 대전 관광객 1000만 명 시대를 열겠다며 계획을 대폭 수정했다. 늦게나마 현실을 인정하고 범시민추진위원회 구성과 다양한 관광 콘텐츠 개발로 내실을 기하게 됐으니 다행이다.

개인적으론 새로운 관광 브랜드로 추신되는 '난재 신채호의 얼 살리기 사업'이 가장 기대된다. 2004년부터 매년 한 지역씩 선정하고 있는 '지역 방문의 해' 사업은 지역 나름의 고유문화를 바탕으로 한 지역관광 활성화사업으로 운영되고 있으나, 볼거리나 즐길거리가 큰 차별성을 갖기 어려워 한계를 보이고 있다. 따라서 일반 시민들이 널리 알고 있는 지역의 역사적 인물을 중심으로 그 유적들을 연결하는 스토리텔링 작업이 필요하다. 우리가 학창시절 교과서에서 배운 대전의 대표적인 역사적 인물로는 조선시대의 뛰어난 한글소설 '구운몽'의 작가 김만중과 일제강점기 독립운동가인 단재 신채호를 들 수 있다.

'몽자류 소설'의 효시인 '구운몽'은 꿈과 현실, 그리고 다양한 종교사상을 자유자재로 넘나드는 상상력으로 오늘날의 판타지 소설 못지않은 작품으로 평가받고 있는데, 김만중의 삶의 터전이 대전 전민동임을 아는 사람은 많지 않다. 오히려 그가 귀양살이를 한 남해가 서포문학관을 설립하고 김만중 문학상을 제정하는 등 그 업적을 크게 살려나가는 것과 대조돼 안타깝다.

단재 신채호 선생은 독립운동에 헌신한 독립운동가이자 역사학자로 건국훈장 대통령장에 서훈됐다. 그의 유명한 어록들로 "역사를 잊은 민족에게 미래는 없다", "역사는 아(我)와 비아(非我)의 투쟁이다" 등이 있으며, 남에게 고개 숙이는 것이 싫어 옷이 다 젖어도 똑바로 서서 세수한 일화가 널리 알려져 있다. 그는 중구 어남동 도리미 마을에서 몰락한 양반의 아들로 태어났다.

일곱 살에 부친이 별세한 뒤 여덟 살에 할아버지가 청원군 고두미 마을로 이사하면서 그의 유해도 고두미에 묻혔다. 충북에서 단재를 기리는 각종 사업이 활발한 데 비해 대전은 그의 얼을 되살리는 작업에 소극적이었다. 대전 방문의 해를 맞아 얼과 혼이 담긴 대전의 문화유산 살리기 작업의 일환으로 '단재'의 얼 살리기 사업이 대전의 새로운 관광 브랜드로 선정됐으니 다행이다.

단재는 대한민국 임시정부에 참여했으나 이승만의 외교독립론과 미국의 위임통치 주장을 비판하며 이에 동의한 안창호를 성토하면서 임정을 탈퇴, 무정부주의 단체에 가담해 활동하며 역사서 연구에 몰두했다. 몇 년 전 크게 인기를 끈 영화 '암살'과 '밀정'에 등장해 관심을 끈 의열단의 단장 약산 김원봉이 단재를 찾아와 아나키즘에 입각한 민족해방운동론을 정립해 달라는 요구로 쓴 선언문이 바로 '조선혁명선언'이다.

이런 의열단 배경의 영화들을 편집해 단재와의 관련성을 살려 스토리텔링하면 단재의 이미지 대중화에 큰 효과가 있을 것이다. 대전형무소에서 가장 오래 수감됐던 독립운동가인 심산 김창숙과 의열단장 김원봉이 신채호가 이승만과 안창호의 처사를 극렬하게 성토한 '성토문'에 함께 서명했고, 대통령 이승만의 탄핵으로 비화되는데 이 또한 흥미로운 이야기다.

나아가 단재와 의열단, 의열단원들이 나온 신흥무관학교 등을 소재로 한 예술작품을 기획공연한다면 많은 관광객을 모을 수 있을 것이다. 중촌동 대전형무소는 몽양 여운형과 심산 김창숙 외에도 '감옥으로부터의 사색'으로 유명한 신영복이 16년의 영어생활을 한 곳이다.

이런 사연들을 잘 엮어 대전형무소와 산내 골령골 평화공원, 단재 선생 생가로 이어지는 역사탐방코스를 개발한다면 역사적 아픔을 평화로 승화시키며 교훈을 되새기는 여행, 이른바 '다크투어'의 전국적 명소로 살려나갈 수 있으리라 기대한다.

(금강일보 2019.01.13.)

김성동의 '멧새 한 마리'

　설 연휴가 끝난 다음날 경기도 양평군 용문산 입구에서 홀로 셋방살이를 하는 70대 노작가 김성동 형에게 안부 전화를 했다. 설 직전 외롭게 명절을 보낼 게 걱정돼 전화했을 때, 그는 최근에 쓴 중편소설 '멧새 한 마리'를 이야기하며 집필에 전념하고 있어 마음이 놓였다. 그간 당뇨로 고생했는데 최근엔 틀니를 끼우는 보철치료로 식사를 제대로 하지 못한다고 한다. 그래도 작년 여름 문재인 대통령이 대전 장태산 휴양림에서 휴가를 보내며 그의 대하소설 '국수'를 읽는 모습이 영상으로 공개되면서 큰 관심을 끌었고, 유명 영화사와 영화화 판권 계약까지 했으니 산 속에 칩거하며 겪은 외로움을 조금은 보상받은 셈이다.

　김성동 형이 왕성한 집필활동으로 외로움을 이겨내고 있음을 알면서도 설 연휴가 끝나자마자 연락한 것은, 집 근처에 있는 세종의 원수산을 등반하며 들은 라디오 방송 때문이었다. 늘 우리 사회에 급박한 화두를 제시하는 도올 김용옥 선생의 인터뷰로, 그가 쓴 현대사 '우린 너무 몰랐다'를 중심으로 해방공간을 재해석하는 내용이었다. 그가 말하는 역사적 사실은 익히 아는 내용이지만, 핵심은 해방공간에서 우리 사회 지배층에 의해 형성된 인식체계가 오늘날까지 사회를 지배하고 있으며, 그 잘못된 인식구조와 언어구조, 권력구조에서 벗어나야 한다는 것이었다. 방송을 들으며 현대사의 질곡을 온몸으로 감내한 김성동 형의 애절한 가족사가 떠올랐다.

김성동 형이 이번에 쓴 중편소설은 작년에 별세한 어머니의 소상(小祥)을 앞두고 본격적인 어머니 얘기를 해본 것이란다. 그가 선친 김봉한이 100세가 되는 2016년에 제사를 올리고 향불을 피우는 간절한 심정으로, 아버지가 불러주는 대로 적으며 일주일 만에 230여 장의 중편소설 '고추 잠자리'를 완성했듯이, 이번에도 돌아가신 어머니가 불러주는 대로 중편소설 '멧새 한 마리'를 완성했다고 한다. 작년 3월 그의 어머니 빈소에 마련된 영정 앞에 향을 피우다 보니 향로 위쪽으로 어머니의 모진 삶에 대해 쓴 단편 '민들레 꽃반지'가 게재된 계간지 '창작과 비평'이 놓여 있었다. 그의 어머니 한희전은 남편의 학살 이후 얻은 가슴앓이에 평생 시달렸고, 인민공화국 시절 독립운동가의 유가족이라며 인민공화국에서 맡긴 조선민주여성동맹위원장을 맡았다가 8년 징역을 살고, 고문 후유증으로 극심한 고통을 겪었다. 김성동은 그 작품으로 제1회 '이태준 문학상'을 수상했다. '민들레 꽃반지'는 "아름다운 우리말과 글을 살린 문장으로 한국 현대사의 한 장면을 처연하면서도 뼈아프게 보여줘 작품의 밑절미가 이태준 문학정신에 가장 닿아있다"라는 평가를 받았다.

그의 '민들레 꽃반지'가 대전 구도리에 살 때 어머니가 보인 선친에 대한 애절한 그리움을 보였다면, '멧새 한 마리'는 인민공화국 시절 어머니 이야기로, 리얼하게 복원한 해방정국을 유장한 충청도 사투리로 재현함으로써 어머니 영전에 씻김굿을 올린 셈이다. "영호도 잘 알겠지만,

지난번 아버지 얘기처럼 요즘 젊은이들이 관심을 가지겠어? 특히 표현에서 우리 사회의 금기영역인 반공이데올로기를 뚫어내는 추동력을 보여주려 숨죽이며 썼는데, 사람들은 아무렇지도 않게 보니 세상이 이제 변한 건지 몰라."

일제강점기부터 그의 선친과 함께 활동한 좌익독립운동가 이관술도 산내 골령골에서 총살됐다. 이관술의 막내딸은 국가를 상대로 '사법절차를 거치지 않은 처형'에 대해 손해배상을 청구한 재판에서 승소했다. 김성동은 늘 부재중인 아버지를 그리워하던 소년의 모습에서 벗어나, 이제 부모의 삶을 생생하고 입체적으로 보여주는 문학을 통해 그 역사적 의미를 묻고 있다. 그는 충남 보령 출신이지만 대전에서 서대전초등학교와 삼육중학교를 졸업했고, '만다라' 이후 선친이 학살당한 '눈물의 골짜기'가 보이는 산내 구도리에서 살았다. '만다라'는 영어, 불어, 러시아어, 스페인어로 번역됐고, 영화 '만다라'는 CNN이 선정한 아시아 10대 영화 중 하나다. 도올의 지적처럼 이젠 해방공간에서 형성된 냉전적 인식구조에서 벗어나 총체적 모습의 온전한 우리 현대사를 되찾아야 하고, 김성동에 대한 온당한 평가도 이뤄져야 한다.

(금강일보 2019.02.10.)

대전 다크투어 1번지

최근에 재능기부 형태로 진행되는 성인 중심의 '독서토론반' 강의를 맡으면서 신영복의 '감옥으로부터의 사색'을 함께 읽고 있다. 초판본 이후 감옥에서 쓴 봉함엽서 영인본을 묶은 '엽서'가 간행됐고, 그 뒤 빠진 글을 덧붙이고 편집을 바꾼 증보판이 나왔다.

내가 가진 초판본은 편지의 수신자별로 정리되다 보니 저자가 겪은 수형생활 속 변화를 실감하기가 어려운데, 증보판에서는 수형생활 시작부터 출옥 직전까지 시기별로 또 수감지역별로 정리하면서 발신자가 직접 소제목을 정해 저자의 오랜 수감생활이 주는 인식의 변화와 그 깊이를 체계적으로 알 수 있다. 우리는 첫 모임에서 그런 차이를 확인하고 신 선생의 20년 수감생활 중 15년을 보낸 대전교도소가 가진 역사적 의미를 함께 생각해 보았다.

금년에 3·1운동과 임시정부 수립 100주년을 맞으며 대전교도소의 역사적 의미가 한층 크게 다가온다. 대전교도소도 개소 100주년을 맞기 때문이다. 1919년 전국적으로 3·1운동 만세시위가 일어나자 일제는 부족한 수감시설을 확충하기 위해 1919년 5월 1일 지금의 중구 중촌동 현대아파트 자리에 일본국 대전형무소를 개소했다.

이곳은 주로 비중 있는 독립운동가들이 수감되는 곳으로 안창호, 여운형, 김창숙 등이 수형생활을 했다. 안창호는 3·1운동 이후 세 곳에서 선포된 러시아 대한국민의회정부, 상해 대한민국임시정부, 서울 한성 임시정부를 상해 대한민국임시정부로 통합하고 일원화했다.

김창숙은 일경의 심한 고문과 오랜 수감생활로 다리를 못 쓰게 돼 벽옹(躄翁, 앉은뱅이 노인)이라는 별호가 붙었지만, 여운형이 일제의 패망과 민족해방에 대비해 만든 지하조직인 조선건국동맹의 남한 책임자로 활동했고, 해방 후 성균관대학을 설립해 겨레의 정기를 드높이는 등 민족주의자로 일관된 삶을 살았다. 김창숙은 미국의 위임 통치를 주장한 이승만과 이에 동의한 안창호를 극렬하게 성토한 신채호의 '성토문'에 서명하기도 했다.

울산 출신 좌익 항일운동가인 이관술은 미군정기에 이른바 '정판사 위조지폐 사건'으로 대전형무소에 수감됐다가 한국전쟁 발발 직후인 1950년 7월 산내 골령골에서 총살당했다. 일제강점기에 그와 함께 경성 콤그룹 일원으로 대전·충남의 야체이카(세포)로 활동하다 예비검속으로 수감됐던 김봉한과 함께였다.

김봉한은 대전 출신 작가로 '만다라'와 '국수'를 쓴 김성동의 선친이다. 김봉한은 남로당 외곽단체를 대상으로 당면과제를 제시하고 투쟁 지침을 하달하거나 무장대 조직을 준비하는 등 비공식적 문화부장 역할을 하던 중견 간부였다.

그는 풍채가 뛰어나고 도량이 넓었으며, 겉으로는 부드러우나 안으로는 굳센 외유내강의 조직운동가였다. 특히 타고난 명민함으로 보통학교를 마친 후 일본대학 강의록으로 독학해 숙명여전 수학 강사를 역임했다.

이관술은 해방 직후 여론조사에서 '가장 뛰어난 정치지도자 5인'에 선정됐다. 여운형, 이승만, 김구, 박헌영, 이관술 순인데, 김일성, 김규식은 2%의 지지밖에 얻지 못했다 하니 그의 정치적 위상을 알 만하다. 최근에 공개된 미군정청 자료에 의하면 미군정에서도 정판사 사건의 재심을 요구하는 설명서를 작성했던 것으로 드러나는데, 실질적 증거 없이 정치적 고려에 따른 재판부의 편파적 판결임을 지적하고 있다.

냉전의 한국적 신호탄이 된 이 사건으로 무기형을 선고받은 이관술이 '사법절차를 거치지 않고 처형된 것'에 대해 그의 막내딸이 국가를 상대로 손해배상을 청구한 재판에서 승소해 사형 65년 만에 일부 명예회복을 했다.

작가 김성동은 아버지의 행적을 그린 중편소설 '고추잠자리'와 해방 직후 인민공화국 시절 어머니 이야기를 리얼하게 복원한 중편 '멧새 한 마리'로 부모의 한 많은 삶을 문학적으로 형상화함으로써 부모의 역사적 신원(伸冤)을 하고 있다. 이렇듯 우리 현대사의 아픈 이야기를 간직한 옛 대전형무소 터야말로 대전 역사의 교훈을 되새기는 '다크투어 1번지'라 할 수 있다. 4월 초 한국작가회의 전국 사무국장회의 후 진행될 대전 다크투어도 여기서부터 시작될 예정이다.

(금강일보 2019.03.10.)

문학과 놀자, 대전을 읽자

대전시 승격 70년을 기념하는 '대전 방문의 해' 원년에 부응하는 '전국 문학인대회'가 '문학과 놀자, 대전을 읽자'를 기치로 9월까지 이어진다. 첫 행사로 '3·1운동 100주년 기념 대전지역 문학과 역사 순례'가 4월 첫 주말에 1박2일로 열렸다.

4월 6일 오후엔 대전예술가의집에서 '치유와 평화를 위한 대전지역 역사와 문학'을 주제로 전국지역문학대표자 집담회가, 다음날엔 대전예술가의집을 출발해 산내 뼈잿골로 이어지는 '대전문학 순례길' 행사가 이어졌다.

집담회에선 지금 우리 문학이 지향해야 할 바람직한 모습에 대한 진지한 논의가 이뤄졌다. 특히 1990년대 이후 자본시장의 지구화로 삶이 자본에 종속되고 역사적 주체로서의 민중의식이 퇴색하면서 문학의 위상이 크게 위축됐음에 공감했다.

하지만 삶의 아픔이 있는 곳이라면 언제나 문학은 존재할 수 있기에 문학의 원래 모습을 회복하는 것이 중요하고 봤다. 따라서 진보문학은 우리 산천 도처에 서린 민족의 아픔을 찾아 기록하고 기억하며 그 아픔에 합당한 이름을 붙여 그 한을 씻어주고, 살아있는 사람끼리 화해를 도모하게 해주는 씻김굿 역할을 해야 함을 확인했다.

대전문학 순례길은 대전 근현대문학의 초석을 놓은 문인들의 자취를 찾는 작업으로 시작했다.

대전예술가의집 옆에 자리한 한성기 시비를 살펴본 뒤 대전의 대표 문인들을 기리는 대전문학관을 찾았다. 박용래, 정훈, 최상규 등의 작품을 둘러보고, 바깥뜰에 세워진 이재복의 시비에 새긴 시 '꽃밭'을 곡을 붙인 노래를 직접 음원으로 들으며 우리 민족의 통일에 대한 간절한 염원을 입체적으로 느껴본 것은 아주 인상적이었다.

금년은 3·1운동 100주년이자 대전형무소 개소 100주년이기도 해 그 역사적 의미가 남다른 옛 대전형무소를 찾았다. 1919년 전국적으로 3·1운동 만세시위가 일어나자 일제는 부족한 수감시설을 확충하기 위해 1919년 5월 1일 지금의 중촌동 현대아파트 자리에 일본국 대전형무소를 개소했다.

이곳은 주로 비중 있는 독립운동가들이 수감되던 곳으로 안창호, 여운형, 김창숙 등이 수형생활을 했고, 대전 출신 작가로 '만다라'와 '국수'를 쓴 김성동의 선친 김봉한이 수감됐던 곳이다. '감옥으로부터의 사색'을 쓴 신영복이 20년의 수감생활 중 만 15년을 보낸 곳이기도 하다.

신영복은 이곳에서 비전향장기수들과 교유하며 양심의 엄숙함을 깨달았고, 추사 김정희 선생의 맥을 이은 조병호 선생에게 배운 서예를 어머니의 순박하면서도 정겨운 글씨와 연계해 새로운 글씨체 '어깨동무체'를 창안하기도 했다.

옛 충남도청사에서 열리는 '1919 대전감옥소' 특별전에서는 일제강점기 대전형무소의 규모와 시설 등을 알아볼 수 있는 형무소 대형 모형, 대전형무소의 건립부터 완성까지 전 과정을 보여주는 그래픽 영상이 공개되며, 2018년 '일제 주요감시대상 인물카드'라는 이름으로 문화재로 등록된 대전형무소 수감자들의 수형기록카드 등도 소개돼 현대사의 비극과 역사적 교훈을 되새기는 계기가 됐다.

산내 뼈잿골은 김봉한과 함께 경성트로이카로 활동했던 울산 출신 독립운동가 이관술 등 7000여 명이 학살된 곳이다. 김성동은 선친이 100세가 되던 2016년 아버지께 제사를 올리고 향불을 피우는 간절한 심정으로 아버지의 삶을 복원한 중편 '고추잠자리'를, 작년에 돌아가신 어머니의 소상을 맞아 쓴 어머니의 여맹위원장 시절을 그린 중편 '멧새 한 마리'를 발표, 문학을 통해 부모의 삶을 생생하고 입체적으로 보여주면서 그들이 우리 현대사에서 겪어야 했던 고난에 대해 그 역사적 의미를 물었다.

이번 대전문학 순례길은 대전문학의 시원을 찾아보는 길이면서 우리 근현대사의 아픔을 확인하고 문학적 승화라는 씻김굿을 통해 그 상처를 치유하고 새로운 화해의 길을 모색하는 길이다. 이런 상생과 화해의 씻김굿을 우리나라 중심부인 대전에서 모든 역사적 희생자의 유족들과 시민들이 함께하는 평화축제로 기획해 굿판을 벌여, 그야말로 국민화합과 진영화합의 큰 마당을 펼쳐보길 바라본다. 아무쪼록 이 순례길이 대전을 찾는 외지인에게도 치유와 화해를 소망하는 기회가 되길 빈다.

(금강일보 2019.04.07.)

태항산과 미루나무

어느새 정년퇴직한 지 4년이 되면서 외국 여행이 뜸해졌다. 그간 동유럽, 서유럽, 북유럽, 발칸반도, 터키까지 유럽여행을 열심히 다녔는데, 기독교 문화유산이 비슷비슷하고 무엇보다도 장시간 비행기 여행의 고통과 시차적응 등이 점차 힘겨워졌다. 이제 가까운 이웃나라의 명승지나 둘러보기로 아내와 합의했다. 마침 한 종편방송에서 인기연예인들과 일반 여행객이 함께 패키지로 외국을 여행하는 프로그램의 중국 태항산 편을 보니 마음에 쏙 들었다. 회갑 기념으로 다녀온 장가계의 추억이 지금도 뚜렷한데, 그에 못지않은 웅장함과 항일독립운동 유적지이기도 해서 더욱 끌렸다.

방송 프로그램이 인기를 끌자 곧바로 홈쇼핑 여행상품이 소개됐고, 아내가 친구 부부까지 부추겨 여행사에 예약을 한 게 지난 2월이었다. 1970년대 대학 시절 문학청년으로 만난 40년 지기 이은봉 교수도 정년퇴직을 해 함께 가기로 했다. 아내가 그간의 경험으로 정한 날짜가 5월 10일부터 4박5일 일정인데, 우기를 피하면서도 무덥지 않고, 무엇보다

신록이 가장 아름다울 때라더니 정말 그랬다. 그간 유럽여행은 일정표를 거듭 확인하면서 여행안내서도 여러 권 읽고 준비를 했는데, 태항산은 가깝고 문화가 비슷해서인지 별다른 준비 없이 등산으로 체력만 다졌다.

인천국제공항에서 오전에 출발하는 비행기라서 새벽에 일어나 이은봉 부부와 함께 세종청사 정류장에서 버스를 탔다. 부부 간에 이물 없이 어울리는 오랜 친구다 보니 굳이 말하지 않았어도 친구 아내가 직접 만든 쑥인절미로 아침을 대신했다. 옷은 새 옷이 좋지만 친구는 죽마고우가 좋다는 말이 실감났다. 여행경비가 싼 대신에 선택 관광이 많아 환전을 더 한 뒤, 작은 비행기로 2시간도 안 돼 중국 제남공항에 도착했다.

제남공항에서 교포 출신 현지 가이드를 만나 버스를 타고 누런 황하를 지나 휘현까지 끝없이 펼쳐진 들판을 5시간 반을 지났다. 중국은 워낙 넓어 그 정도면 가까운 나들이 정도란다. 사방이 지평선을 이루는 대평원인 이곳이 바로 중원의 곡창지대로, 중원을 차지하는 자가 천하의 주인이 된다는 말이 이해됐다. 가도 가도 미루나무 숲과 밀밭이 끝없이 이어진다. 우리도 한때 민둥산을 없앤다며 빨리 자라는 미루나무를 가로수나 조림용으로 많이 심었던 적이 있다. 식목일이면 미루나무 가지를 한아름 꺾어 야산이나 길가에 심곤 했다. 미루나무는 생명력이 강해 시골에서 아궁이에 불을 땔 때 부지깽이로 쓰다가 꽂아도 산다는 속설이 있을 정도였다. 특히 밑둥이 세로로 깊게 파이는 이태리 포플러가 많아 로마엔 포플러가 숲을 이뤘으리라 생각했다. 정작 이탈리아에 가 보니 포플러나무는 거의 없고 우산을 펼친 듯 예쁜 우산소나무가 가로수로 가지런히 자라는 모습이 무척 멋있었다.

그 많던 미루나무는 성냥이나 이쑤시개와 젓가락 등을 만들었다는

데, 나무가 단단하지 않아 가구용으론 적당하지 않다고 외면하며 거의 사라져 버렸다. 이젠 동요에나 나오는 정겨운 나무로 남았는데, 중국의 엄청난 미루나무가 바이오매스인 팰릿이나 버섯 배지로 상당량이 우리나라에 수입된단다. 미루나무는 폐수를 흡수 정화하는 기능이 뛰어나다는데 우리는 하천변 식재를 규제하면서 없애버렸으니 아쉽다.

중국의 그랜드캐니언이라는 태항산의 장엄한 풍경이 다 대단하지만 그 웅장한 협곡을 배경으로 팔로군과 힘을 합해 일본군과 싸우던 조선의용군의 유적지를 찾아보지 못한 것이 못내 아쉽다. 여행 마지막에 본 팔천협은 아시아에서 가장 긴 20여 분의 케이블카 궤도에서 까마득한 협곡을 가로지르며 내려다보는 장엄한 풍경과 200여 미터의 엘리베이터로 급강하하는 것까지 다 긴박감이 넘쳤다. 하지만 무엇보다도 태항산을 무대로 항일투쟁을 벌인 독립운동가들을 떠올리며 가슴이 뛰었다. 화북조선독립동맹을 결성한 한글학자이자 태항산 호랑이로 국민군을 벌벌 떨게 했다는 김두봉 주석, 백발백중 포병연대장 출신으로 조선의용군 총사령이었던 무정 장군, 장총을 들고 백마 위에서 여성 부대원을 이끌던 조선의용대 김명시 여장군 등의 헌신적 민족애를 되새기며 문득 가슴이 뜨거워졌다.

(금강일보 2019.05.23.)

청년이 말하고 대전이 답하다!

　지난 5월 24일 대전민예총이 주관하는 대전문화예술정책 토론광장이 중부시장에 있는 청년 거점공간 '청춘다락'에서 '청년이 말하고 대전이 답하다!'란 주제로 열렸다.

　오후 2시쯤 집을 나서 세종청사 앞에서 대전역 가는 버스를 탔다. 원래 길눈이 어두워 길 찾기 지도를 확인하니 옛 신도극장 뒤 중부시장에서 옛 중앙동 주민센터를 찾으면 되겠다 싶었다. 대전역에서 추억의 극장인 신도극장 쪽으로 이동했다. 1970년대 대학 시절 '빠삐용', 1980년대 후반 학생들을 인솔해 옛 소련 영화 '모스크바는 눈물을 믿지 않는다'를 본 기억을 더듬으며 골목을 돌다 보니 '청춘다락' 건물이 보였다.

　출입문 앞에서 단정한 양복 차림의 문용훈 문화예술과장을 만나 반갑게 악수를 나누니, 청바지에 반소매 셔츠가 시원해 보인다며 덕담을 건넨다. 대전문화재단 이희진 본부장과 관련부서 팀장 등이 함께하고 뒤이어 이희성 교수와 조성칠 시의원이 참석하면서 청년 예술정책에 대한 높은 관심을 확인했다.

청년문화예술정책에 관한 열린 토론인 만큼 많은 청년예술인들이 함께하리라 예상했는데 생각보다 많지 않았다. 진행을 맡은 대전민예총 박홍순 사무처장의 설명으론 청년예술인들이 비정규직 일자리에 종사하는 경우가 많아 오후 4시에 열리는 토론회 참석이 어려웠다고 한다. 청년들의 힘겨운 현실이 실감났다. 진행자는 일주일 전에 예비모임을 통해 대략적으로 의견을 조율했는데, 문화예술 전반을 바라보는 청년들의 해박한 지식과 논리에 깜짝 놀랐다며 그들의 의견을 잘 경청하길 당부했다.

두 명의 발제자가 '근로자로서의 예술가, 지역형 육성제도가 필요하다'와 '대전청년문화예술정책, 이대로 괜찮은가?'를 발표한 뒤 지정 토론자들과 참가자들의 자유토론이 이어졌다. 근로자로서의 예술가 육성제도의 필요성을 강조한 최덕진 클래시어터 대표는 예술가들에게 먼저 노동자 의식을 심어줄 수 있는 컨설팅 기관 설립의 중요성을 강조했다.

그는 청년예술인들의 기본적인 필요를 파악하는 것이 예술인 복지제도의 시작임을 역설했다. 예술대학교육 또한 예술노동자로서의 자기정체성과 직업의식을 심어주지 못하고 있다고 지적했다. 그의 발제를 들으며, 제목부터 예술노동자의 지역형 육성제도로 바꾸는 게 좋았다는 생각이 들었다. 고용노동부와 노동청이 있음에도 노동에 대한 우리 사회의 부정적 인식 때문에 군이 근로자라 표현한 게 안타까웠다.

유럽의 복지국가들은 높은 노조 조직률과 그보다 훨씬 높은 단체협약 적용률을 통해 임금 불평등을 크게 낮추고 있다. 우리나라는 문재인정부 출범 후 노조 가입률은 조금 늘었으나 여전히 OECD(경제협

력개발기구) 최하위 수준이고, 임금 불평등을 야기하는 단협적용률은 OECD 평균 이하에 머물고 있다. 이는 영세 사업장에서 일하는 청년예술인들이 열악한 근무환경이나 저임금 등에 대해 제 목소리를 내기 힘들다는 것을 뜻한다.

대전민예총 유채하 청년분과장의 발제는 대전시가 의지를 갖고 나름의 청년문화정책을 시행하고 있지만, 청년예술인들이 실질적으로 체감하지 못하고 있는 현실을 지적했다. 대안으로 청년예술인들이 자립할 수 있는 컨설팅제도 정착과 청년예술인 창작공간 조성, 대전문화재단의 중간소통창구 역할 증대 등의 실효성 있는 청년정책을 제안했다.

지정토론자로 나선 FCD무용단 서윤신 대표는 청년예술인육성정책 수립과 적용도 중요하지만, 청년예술인이 먼저 무엇을 어떻게 창작하느냐 하는 자구적 노력을 선행해야 비로소 청년문화정책이 효력을 발휘할 수 있음을 지적했다. 그리고 청년이 활용할 수 있는 공간도 찾아보면 많이 있는데 적극적 자세가 부족하고, 무엇보다 지역주민의 필요를 수용하는 청년예술인의 노력이 축적돼 그 결과가 페스티벌로 이어질 때 창작과 소비가 공유될 수 있다고 강조했다.

토론 후 예술단체장과 문화예술과장 등이 청년예술인들과 한자리에 모여 김밥을 말아먹으며 소탈하게 의견을 나누며 정감을 나눌 수 있어 좋았다. 어렵지만 꿈을 간직한 청년들이 이번 토론을 계기로 정기적으로 모여 서로를 격려하고 창작의 열정을 모아나간다고 하니, 이들이 앞으로 대전문화예술의 주역으로 성장해 갈 것으로 믿으며 지속적인 응원을 다짐한다.

(금강일보 2019.06.02.)

지강훈의 '청산가'를 찾아서

대전방문의 해를 맞아 대전을 찾는 방문객들에게 대전의 문화와 역사를 알리는 노력들이 다양하게 펼쳐지고 있다. '문학과 놀자, 대전을 읽자'를 기치로 내건 '전국문학인대회'도 그런 노력의 하나로 지난 4월부터 9월까지 여러 행사를 이어가고 있다. 그 첫 행사로 열린 '3·1운동 100주년 기념 대전지역 문학과 역사 순례'는 4월 첫 주일에 대전예술가의집을 출발해 산내 뼈잿골로 이어지는 '대전문학 순례길' 행사를 가졌다. 그 중 대전문학관의 뜰에 세워진 이재복의 '꽃밭' 시비 앞에서 그 시에 곡을 붙이고 부른 지강훈의 노래를 음원으로 들으며, 우리 민족의 통일에 대한 간절한 염원을 입체적으로 느껴본 것은 아주 인상적이었다.

'대전문학 순례길'이 알려지면서 충남교육연수원에서 기획한 '평화통일교육관리자직무연수'에 산내 골령골에서 옛 충남도청을 거쳐 대전형무소 터를 잇는 평화답사 안내를 맡게 됐다. 6월 5일 산내 골령골 학살 현장에서 만나 답사를 시작하기로 하고, 관련 자료의 맨 마지막에 화합과 하나됨을 위한 시 노래로 이재복의 시 '꽃밭'의 악보를 싣고 현장에서 음원으로 지강훈의 노래를 들려주며 평화통일교육을 마무리하기로 했다.

이재복의 시 '꽃밭'은 민족의 화합을 위해 남북이 한 민족의 뿌리에서 서로 다른 색깔의 꽃을 피운 것을 인정하자고 전제한다. 나아가 '나는 맞고 너는 그르다'라는 분별을 여의고, 저마다 다른 자신의 본성을 꽃피우고 나름대로 애써 이룩해온 보람을 서로 도와 가꿔가자고 호소한다. 마침 불볕더위가 기승을 부려 힘겹게 답사를 마친 뒤, 버스 안에서 자료집에 실린 '꽃밭'의 악보를 보며 지강훈의 노래를 음원으로 들었는데, 금세 후렴구를 따라 부르며 우리 민족의 하나됨에 대한 비원(悲願)을 공감했다.

지강훈과 처음 대면한 것은 우리 지역이 낳은 뛰어난 승려이자 교육자이고, 또 시인인 금당 이재복 선생을 추모하기 위해 2014년 9월 대전문학관 야외에서 열린 '제1회 금당문학축전'에서였다. 헐렁한 검은 옷에 콧수염을 기른 모습으로 의자에 앉아 기타를 치며 '꽃밭'을 열창해 관객들의 열렬한 박수를 받은 지강훈은, 목소리가 탁하면서도 유장한 가락으로 이어져 판소리 창을 듣는 듯 따라 부르기는 어려워도 푹 빠져드는 매력이 있었다. 그가 판소리를 공부했고 태고종 스님들과 널리 교유하며 전북 장수에 산다는 얘기를 듣고, 나름 실력 있으면서도 은거하는 비주류 예술인으로 여겼다.

그러다 금년 봄에 갈마동 지장사에 있는 지보살이, 지강훈 가수가 음반을 내는 데 대전민예총의 박홍순이 노래한 이재복 시인의 '목척교'를 불러 보겠다며 곡 사용을 허락해 달라는 연락이 왔다. 마침 그즈음 고교 동창들과 주고받는 단톡방에서 8월 말경 지리산 주변을 방랑하자는 공지가 떴는데, 방문할 곳으로 지강훈의 아내 명창 유영애 판소리전수관을 소개하고 있었다. 그 뒤 지보살을 통해 지강훈의 음반을 받고 이재복 시인의 '꽃밭'과 '목척교' 외 다른 노래들도 들으며 새로운 민중가수를 발견한 설렘을 느꼈다.

특히 고려말 나옹 선사의 '청산가'는, 세속적 욕심을 버린 자유로운 삶에 대한 열망을 유장한 가락으로 아주 간곡하게 노래한 게 아주 매혹적이었다. 마침 21일 지강훈의 거처를 찾기로 한 지보살 일행과 함께 '청산가'의 주인을 찾기로 하고 지장사 옆에 주차를 하고 카톡을 확인하니, 지강훈이 우리와 고교 동창이니 잘 다녀오라는 친구들의 전갈이 있어 깜짝 놀랐다. 이런 진한 인연이 있었는데 깜깜하게 몰랐다니 놀라웠다.

장수군청 옆에서 지강훈과 점심을 먹고 그와 아내가 생활하는 유영애 판소리전수관으로 옮겨, 지강훈이 내린 커피와 보이차를 마시며 오랜만에 동창의 회포를 나눴다. 그의 '꽃밭'을 두루 알린 얘기를 하며, 친구들은 '청산가'를 더 좋아한다며 유튜브에 올린 노래를 즉석에서 함께 들었다. 마침 다음 날부터 열리는 '장수논개전국판소리경연대회' 준비로 바쁜 지강훈 부부와 8월에 다시 만나기로 하고 장수 번암골을 떠났다. 전통 가락의 현대적 변용을 꾀하는 지강훈과 판소리의 교과서로 불리며 전통을 고수하는 그의 아내, 그들의 뒤를 잇는 신세대 국악인 아들이 함께 이뤄내는 국악가족의 향연이 국악의 새로운 미래를 열어나가길 진심으로 기대한다.

(금강일보 2019.06.30.)

트램처럼 확 와닿는 대전의 작가

　며칠 전 지인과 대전의 유명 냉면집에 점심 약속이 있어 근처 대형유통점에 주차하며 청취율 1위의 라디오 방송을 팟캐스트로 듣는데, 민선 7기 1주년을 맞아 각 지자체장들과 지난 1년의 성과를 인터뷰하는 특집의 두 번째로 허태정 대전시장이 출연했다. 대전시민 나름대로 지난 1년의 시정에 대한 평가가 있겠지만, 시민의 힘으로 새로운 대전을 만들어가고자 하는 시장의 육성으로 듣는 자체 평가라서 더 관심이 갔다.

　진행자가 먼저 대전의 가장 특색 있는 사업으로, 도시철도 2호선을 전국 최초로 트램으로 건설하는 것을 들었다. 물론 트램 건설은 전임 시장이 우여곡절 끝에 결정했지만, 그 사업을 진전시켜 정부로부터 예비타당성조사를 면제받아 2025년 대전이 국내 첫 트램도시가 되도록 한 것은 허 시장의 업적이라고 봐야겠다. 사실 나는 트램에 한이 있다.

　1965년 서울로 가는 초등학교 졸업여행을 어려운 집안 사정으로 가지 못했는데, 전차를 타 보지 못한 것이 제일 아쉬웠다. 서울에 다녀온 친구들의 자랑을 들으면서 어른이 되면 꼭 전차를 타야지 하고 별렀다.

그런데 중학교 졸업반 때 서울의 전차가 운행을 중단하면서 꿈이 좌절됐고 어른이 돼서도 마음 한편에 서운함이 남았다. 그 한을 정년퇴직 후 아내와 함께 유럽여행을 하면서 마침내 풀었다. 헝가리의 노란 트램과 체코의 빨간 트램, 문 옆에 둥근 버튼이 달린 터키의 트램까지 두루 타봤으니 말이다.

터키의 대표적 휴양도시 안탈리아를 달리는 트램은 우리나라 현대로템이 개발한 유·무가선 하이브리드 트램으로 세계 관광객의 사랑을 받고 있다. 우리 대전의 트램도 전주나 전선 없이 배터리를 동력원으로 사용하며, 장애인이나 유모차를 이용하는 영유아 가족, 노약자들이 쉽게 이용할 수 있다는 점에서 저비용에 친환경적이고 아주 포용적인 교통수단이라 할 수 있다. 특히 대학 주변 정류장에 광장을 만들어 청년들이 즐겨 찾는 곳으로 만든다니, 트램은 대전을 상징하는 교통수단이자 관광자원이 돼 전국의 많은 관광객들이 트램을 타고 대전의 구석구석을 느긋하게 즐기며 열린 광장에서 낭만을 만끽하는 계기를 제공할 것으로 기대하며, 성공적인 완공을 간곡히 빈다.

그런데 좀 까칠한 방송진행자가 대전의 트램 건설을 전폭적으로 지지하면서, 트램처럼 확 와 닿으면서도 대전에 가면 볼 수 있는 또 다른 사업을 집요하게 채근하자 허 시장은 잠시 머뭇거리다가 여러 사업을 소개했다. 무엇보다 혁신도시 개정안의 국회 국토교통위원회 법안소위 통과로 대전에 있는 17개 공공기관에 지역인재 30% 이상 채용 의무화가 적용될 가능성이 높아진 점은 큰 성과라 할 수 있다. 우리 지역 학생들에게 공공기관 취업 기회가 확대되면서 지역경제 활성화의 선순환 체계가 이뤄질 것으로 기대되기 때문이다.

하지만 트램처럼 확 와 닿으면서도 대전에 가면 볼 수 있는 것으로 감동적인 것은 역시 대전을 대표하는 예술가를 만나는 게 아닐까. 대전의 역사적 인물로 신채호나 김만중, 그리고 송시열과 그 라이벌 윤휴 등과 세계적 화가 이응로 화백을 들 수 있다면, 살아있는 대전의 대표작가로 '만다라'와 장편소설 '국수'를 쓴 김성동을 들 수 있다.

그의 출세작 '만다라'는 영어와 프랑스어, 러시아어, 스페인어 등으로 번역돼 세계에 널리 알려졌고, 임권택 감독이 만든 영화 '만다라'는 CNN 이 선정한 아시아 10대 영화 중 하나다. 임오군변에서 동학농민혁명기를 배경으로 각 분야의 예인들이 한 시대를 풍미하는 이야기를 아름다운 우리말로 그려낸 기념비적 장편 '국수'는 27년 만에 완간됐고, 문재인 대통령이 작년 여름휴가지인 장태산 휴양림에서 읽은 소설로, 2018 칸 국제영화제 국제영화비평가연맹상 수상작 '버닝'을 만든 나우필름과 영화화 계약을 체결했다.

대전 출신으로 이렇게 세계적으로 알려진 김성동을 대전의 대표작가로 대전에 거주하게 한다면, 장흥 하면 한강의 아버지 한승원 작가, 화천 하면 이외수 작가를 떠올리듯, 대전 하면 '만다라'와 '국수'의 작가 김성동의 가슴을 후비는 슬픈 가족사와 산내 골령골이 떠오르며 아프게 가슴에 확 와 닿을 것이다. 물론 그 한을 평화의 미래로 승화시키는 우리 모두의 노력이 뒤따라야 함은 지당한 일이다.

(금강일보 2019.07.28)

전문성의 한계

    지난달 초 일본의 수출 규제가 시작되면서 전문가들의 비관적 전망이 여론을 도배질할 때, 문학인들이 모이는 단체 카톡방에서도 이 문제에 대한 논의가 있었다. 난 사실 이런 데 글쓰기를 즐기지 않고, 더구나 정치와 종교 문제는 휘발성이 커 곧잘 감정싸움이 되기에 끼어들기가 주저됐다. 하지만 외교 참사라며 정부의 무능을 탓하면서 외교부 장관 교체를 반복해 주장하는 게 좀 엉뚱하게 생각돼 고심 끝에 한마디를 했다. 이번 사태는 외교 문제가 아닌 사법부 판결에 따른 역사 문제로 아베의 국내 정치 때문에 촉발된 것이고, 일본 기업의 타격도 불가피하기에 일본의 의도가 성공하기 쉽지 않다고 말했다. 무엇보다도 우리의 국력이나 기술력이 과거와 달리 이젠 일본과 수평적인 수준임을 강조했다.

    아베 정부의 의도가 과거 메이지 유신 시대의 군국주의적 영광을 재현하려는, 다분히 시대착오적인 몽상 때문임을 알 수 있는데도, 줄기차게 외교 참사만 반복하는 사람이 누구인가 궁금했다. 나중에 알아보니 모 대학의 인문학 교수라고 한다. 나름 전문적 교양을 갖춘 학자인데도 일본의 경제도발에 대한 인식이 건전한 시민의식과 상당히 괴리돼 있음을 보며, 이른바 전문성의 한계를 절감했다.

물론 대부분 전문가가 자기 분야에 대한 깊이 있는 지식을 바탕으로 여러 문제에 대해 객관적인 분석과 합리적 대안을 제시한다. 하지만 체제에 길들여진 일부 전문가 그룹은 권력과 금력을 가진 기득권층과 광범위한 인맥을 형성하고 그들의 이익을 위해 사실 왜곡과 거짓말을 일삼기도 한다. 중요한 것은 자신의 전문적 지식을 기득권의 옹호에 쓰느냐, 시민의 안전과 행복 증진에 쓰느냐의 차이다.

이번 일본의 경제도발에 대한 시민들의 일본제품 불매운동에 대한 전문가의 평가에서 이를 확인할 수 있다. 방송이나 언론에 자주 등장하는 전문가 상당수는 시민들의 불매운동을 감정적 대응으로 폄하하면서 냉정한 이성적 대응을 주문하며 훈장질을 한다. 이성적 대응을 구체적으로 제시하진 않지만, 문맥을 살펴보면 결국 일본 정부의 치밀한 공격을 막을 수 없으니 아베 요구에 무릎을 꿇는 게 현명하다는 것인 듯싶다. 시민들은 정작 일본에 대한 두려움이나 선망이 없는데 상당수 전문가를 위시한 기득권층은 일본에 대한 공포와 힘에 대한 굴종이 몸에 배어 있다.

세계적 반핵운동가인 일본의 '다까기 진자부로오'는 시민과학자로서의 삶을 견지했기에 '원전 안전' 신화의 허구성을 드러내고, 일본 원자력 참사에 대해 끊임없이 경고할 수 있었다. 그는 기득권층의 이익보다 시민의 안전과 행복을 위한다는 소신에 충실했기에 기능적인 전문가들의 무책임한 거짓말을 폭로할 수 있었다. 무엇보다도 원자력 전문가들이 원자력의 치명적이고 영구적인 위험과 비효율성을 충분히 알면서도, 시간이 지나면 기술이 발전해 방사능의 위험을 적절하게 조절할 수 있겠지 하는 기대로 원자력 개발 추진에 앞장섰음을 비판했다. 전문가의 나약함과 안일함을 적나라하게 고발한 것이다.

우리 선친은 일제강점기 강제징용 피해자다. 고향의 대지주이자 동아일보 사주인 인촌 김성수의 아들 대신 징용에 끌려가 오사카의 '시바다니 조선소'에서 죽을 고통을 겪다 천신만고 끝에 탈출해 귀국했다. 그 억울한 이야기를 쓴 '일본탈출기'가 출간된 것이 공교롭게도 해방 70주년 광복절이었으니 꼭 4년 전이다. 과부의 아들로 보통학교를 겨우 마친 아버지는 독학으로 면서기 시험에 합격했지만, 인촌의 젊은 아들이 학병을 피해 그 자리를 차지했으니, 인촌이 고향의 가난한 젊은이를 사지(死地)로 밀어 넣은 것이다. 그 책이 출간되자 나를 찾아온 동아일보 기자는 이렇게 강변했다.

자신이 연구해 보니, 인촌이 일제 말에 쓴 학병이나 징용을 독려한 글은 연설 비서이자 고려대 총장인 유진오가 쓴 것을 사주의 이름으로 발표한 것이니, 인촌에 대한 친일 낙인은 억울하다는 것이다. 우리 선친이 직접 피해자이고, 해방 직후 친일파 판정기준에 '동족을 사지에 몰아넣은 행위'가 분명히 제시돼 있다는 나의 항변에 그는 웃기만 했다. 그가 나에게 내민 근거는 '역사학연구'라는 학술지였고, 그 안에 '일제 말기 인촌 김성수 친일 논란에 대한 재검토'란 연구논문에 노란띠가 붙어 있었다. 인촌의 친일 논란에 대한 소송은 8년의 지루한 법적 다툼 끝에 2017년 친일행위가 사실로 확정됐다. 이른바 기득권 전문가의 도전과 그 한계가 드러난 사건이었다.

(금강일보 2019.08.25.)

한가위와 사친가 思親歌

　　해마다 명절이 되면 연례행사로 귀성전쟁이 벌어진다. 나도 양가 부모님이 살아서 고향을 지키실 때는 귀성전쟁으로 어려움을 겪었다. 나름 꾀를 내어 고속도로를 벗어나 산길을 지나는 국도로 교통체증을 피하려 애쓰기도 했다. 물론 마음먹은 대로 되지 않아 귀성길이 힘들어도 막상 고향집이 멀리 보이면 금세 가슴이 설　다. 이젠 명절이 돼도 힘든 귀성 걱정이 없어졌다. 양가 부모님이 우리 곁을 떠나시고 아이들이 분가해 살다 보니 어느새 우리 집이 바로 아이들이 찾는 고향이 되었기 때문이다.

　　시댁이 옥천인 딸은 아이들 둘을 데리고 추석 연휴 전날에 내려와 우리 집에서 묵다가 명절 전날 시집에 갔다 다시 명절 늦게 우리 집으로 돌아와 아들네 가족들과 합류하니, 작은 집에서 열 명이 일주일을 북적대며 떠들썩하게 지냈다.

　　아내는 음식 솜씨도 좋고 또 일을 두려워하지 않아서, 명절이면 기름 냄새를 풍기며 떠들썩하게 지내는 걸 당연하게 여긴다. 나는 명절 준비부터 아내 곁에서 음식 만들기 보조 노릇과 설거지와 청소 등을 맡아 대가족의 풍성하고 즐거운 명절맞이를 적극 돕는다.

근데 이번 추석맞이는 출발이 좀 불안했다. 명절맞이 장보기와 손자들 물김치 담그기, 고기 재기와 송편 빚기 등을 아내와 손을 맞춰 착착 진행했다. 문제는 하필이면 딸이 오는 날 아내와 지인들이 소식을 주고받는 단톡방에서 사달이 났다. 어느 모임이든 정치와 종교 문제는 화제로 삼지 않는 게 기본이고 또 그렇게 하기로 명시적으로 다짐까지 받았는데, 최근 문제가 되고 있는 장관 임명에 반대하는 서명을 독촉하는 발언이 이어지면서 아내가 불끈 달아올랐다.

나 같으면 아예 무시해 버리고 굳이 만나지 않으면 될 텐데, 아내는 오랫동안 함께해 온 지인들이 평소에 생각과 의견이 다른 자신을 배려하지 않은 것을 쉽게 용납하지 못하고, 경위와 잘잘못을 따지느라 엄청난 신경전을 벌인 것이다. 저러다 아프지 않나 싶었는데 밤새 잠을 못 이루고 뒤척이다 수면제 한 알을 먹은 게 그예 탈이 나고 말았다.

딸네는 엄마 눈치를 보다 얼른 시댁으로 떠나고, 아들네도 엄마 걱정에 분위기가 가라앉았다. 아내는 금식을 하면서도 음식도 만들며 마음을 다잡고, 또 손자들의 활달한 모습에 상태가 조금씩 호전되었다. 그간 모든 언론과 야당이 한마음으로 한 사람과 그 가족에 대해 마구잡이로 궁지로 몰아가는 어지러운 상황이 명절 맞는 가정에까지 영향을 미치는 걸 겪으며, 마녀사냥과 종교재판이 사람들을 광기로 몰아가던 중세시대로 돌아간 게 아닌가 싶은 생각까지 들었다.

시댁에 갔던 딸네가 돌아오면서 손자 넷이 죽이 맞아 춤추고 노래하며 온 집안을 휘저으니 명절 분위기가 살아났다. 아내를 좀 쉬게 하려고 손자들을 데리고 놀이터로 나왔다. 지난 여름 워터파크 놀이터로, 뜨거웠던 곳에 모여서 아이들은 아쉬워하며 한참을 뛰어놀았다. 시들해지면 다른 놀이터를 찾아 그네도 타고 숨바꼭질을 하며 땀을 흘리다, 동네주민용 '티카페'에 몰려가 얼음을 가득 넣은 초코와 과일주스로 땀을 식히며 반나절을 보냈다.

이젠 아이들이 모두 떠나고 우리 부부 둘이 남아서 닦고 치우고 정리하면서, 비로소 돌아가신 부모님을 그리워했다. 네 살 때 아버지를 여의고 과부 밑에서 가난하게 주눅 들어 살며 힘겹게 보통학교를 마친 아버지. 주경야독으로 노력해 힘든 면서기시험에 합격해 고향 면사무소에 근무하다, 유력 언론사주이고 교육자인 김성수의 아들 대신 일본에 징용을 끌려갔다 구사일생 살아오신 아버지.

당신의 억울한 사연을 쓴 '일본탈출기'에서 끝내 김성수 아들의 이름을 밝히지 않았던 아버지. 아마도 자식들이 핍박을 당하지 않을까 걱정해서였다. 아버지 다른 동생들까지 돌보면서도 우리 칠남매를 키우시고, 항상 착하게 사는 게 제일이라고 가르치셨다. 어머니는 학교 문턱에도 가지 못한 무학자로 평생을 글을 모르는 두려움 속에 사셨다. 그래도 그 많은 며느리들 흉을 절대 남에게 옮기지 않는 지혜가 있으셨고, 생일이나 제사 음식을 온 동네 사람들과 나누고, 굴뚝에 연기 나지 않는 집을 살펴 슬며시 음식물을 전하시던 어머니. 이제 두 분이 선산의 우뚝선 소나무 밑에 한 줌 재로 함께 잠들어 계시지만, 그 가르침과 덕성은 무시로 우리 부부의 가슴을 울리곤 한다.

(금강일보 2019.09.22.)

고구마 캐기

아이들이 자라 결혼을 하면 양가 어버이들은 사돈 간이 된다. 아들은 큰애가 올해 초등학생이 됐으니 결혼한 지 10년이 됐고, 딸은 9년이 됐다. 아들네 사돈은 전북 익산에서 직장을 다니시니 자주 뵙지 못하는데, 딸네 사돈은 가까운 충북 옥천에 사시다 보니 자주 뵙고 함께 지리산과 선유도 등으로 놀러 다니는 사이가 됐다.

옥천 사돈은 옥천읍내에 살면서 고향인 동이면에 부모님이 사시던 집과 농지가 있어, 해마다 김장철이 되면 시골집 마당에서 사돈끼리 1박 2일 김장을 담근다. 금년엔 배추밭 아래쪽 밭에 고구마를 심어 함께 캐기로 했다. 딸과 사위가 아이 둘을 데리고 우리집에서 하룻밤을 자고 옥천으로 간 뒤, 다음날 아내와 고구마밭으로 갔다. 아내는 시간대별 옥천 날씨를 확인하고 오후 늦게 비가 온다며 비옷까지 챙겼다.

안사돈이 손이 커 작년에는 배추 200포기 김장을 하느라 고생했던 기억이 나 살짝 걱정됐는데, 여섯 줄을 심었다니 일찍 일을 끝내고 손자들이랑 야외에서 가을을 즐기자는 아내의 말에 마음이 가벼워졌다.

그간 울퉁불퉁하던 진흙길이 어느새 시멘트로 말끔히 포장돼 있고 밭 끝자락 공터에 주차하기도 좋아 상쾌한 출발이었다. 저만큼 밭 가장자리에 커다란 비치파라솔 아래 돗자리가 깔리고 스케치북에 색칠을 하는 외손자의 모습이 무척 평화롭게 보였다. 바깥사돈과 정답게 악수를 하고 밭을 둘러보니 여섯 줄이 꽤 길어 보이고, 안사돈의 300평이란 설명에 온종일 엎드려 일하겠구나 하는 생각이 들었다.

어렸을 때 곡식이 귀해서 고구마가 주요한 양식이라 고구마를 캐는 날이면 온 가족이 이른 새벽부터 어두워질 때까지 힘겹게 일했던 기억이 났다. 지금처럼 달고 색깔도 다양한 고구마는 없고 물고구마나 밤고구마 정도로, 어른들이 먼저 낫으로 고구마 줄기를 걷어내면 그것을 밭둑으로 옮기고, 어른들이 앞에서 괭이질로 고구마 두둑을 파서 뒤집으면 흙을 털어낸 고구마를 바구니에 담아 가마니 곁에 쌓아놓는 게 어린 우리들의 일이었다. 간단해 보이지만 허리를 계속 굽혔다 폈다 해야 하고, 또 무거운 바구니를 옮기다 보면 땀은 비 오듯 흐르고 오후엔 발가락에 쥐가 나 주저앉아 한참을 주물러야만 했다.

우리들이 자는 건넌방의 절반을 고구마를 가득 담은 둥우리가 차지하면 방은 비좁아도 한겨울에 고구마를 실컷 먹을 수 있어 지레 배가 불렀다. 긴 겨울밤 형제들이 모여앉아 윷놀이를 하다 생고구마를 꺼내 깎아 먹고, 아궁이에 불을 때고 난 뒤 숯불 속에 묻었던 고구마를 시커멓게 탄 껍질을 벗겨 호호 불며 먹다 보면 얼굴에 검정이 묻어나곤 했다. 곡식을 아끼느라 고구마를 깍두기처럼 썰어 보리밥에 섞어 고구마밥을 하면 고구마 조각의 달콤한 맛이 무김치의 시원하고 아삭한 맛과 어우러져 맛있는 끼니가 됐다.

그러나 뭐니 뭐니 해도 설음식으로 만드는 고구마 조청 맛이 최고였다. 고구마를 물을 넉넉하게 부어 한 솥 쪄 자루에 담은 뒤 검정 솥뚜껑을 엎어 놓고 자루를 눌러 치대며 고구마 물을 짜낸 뒤 엿기름 물을 부어 밤새 장작불로 끓이고 바짝 졸이면 검붉은 색깔의 조청이 완성된다. 어머니가 긴 나무 주걱으로 휘휘 젓다가 주걱을 퍼 올려 엿물이 진득하게 흘러내리는 걸 확인한 뒤 장작불을 꺼내고 식히면 겨우내 먹는 고구마 조청이 완성된다.

추억에서 돌아와 더부룩한 고구마 줄기를 두 손으로 잡아당겨 걷어내다 보니 어느새 얼굴이 땀범벅이 된다. 긴 밭의 절반 정도를 걷어낸 뒤, 안사돈이 정성스레 마련한 들밥을 사돈네와 외손자들이랑 함께 둘러앉아 먹으니 웃음소리가 끊이지 않는다. 점심 후에 다시 나머지 밭두둑의 고구마 줄기를 걷어내고 호미와 쇠스랑으로 고구마를 캐는데, 쪼그리고 앉아 조금씩 발을 옮기다 보면 신발은 무겁고 발바닥에 쥐가 난다.

어두워질 때까지 긴 밭의 절반 조금 넘게 캔 고구마는 사돈네가 상자에 담아 딸네와 우리 차에 다 실어주고, 나머지는 두 분이 쉬엄쉬엄 캐서 옥천 집에 두고 겨우내 드시겠단다. 가을 하루를 사돈네와 함께 고구마를 캐며 즐겁게 보냈다. 온몸이 쑤시고 허리도 아프지만 사돈네와 함께 땀을 흘리고 들밥을 나눠 먹으니 어렵고 조심스럽다는 사돈이 아주 이물 없고 정겨운 형제 같다.

(금강일보 2019.10.20.)

한밭도서관 문학기행

금년이 대전 방문의 해 원년이라서 대전을 적극적으로 알리는 행사들이 많아졌다. 나도 대전의 역사를 문학과 결합시켜 소개하는 문학기행을 구상한 칼럼을 쓰기도 했다. 그런 인연으로 금년에 대전 문학기행을 세 번이나 안내하게 됐다.

지난 4월 '전국문학인대회' 첫 행사로 대전예술가의 집을 출발해 산내 뼈잿골로 이어지는 '대전문학 순례길' 행사에 길잡이로 나선 바 있고, 6월엔 충남교육연수원이 주관하는 평화통일교육 관리자 연수에 충남 초·중등 교장·교감을 대상으로 대전형무소와 산내 민간인 학살 현장을 찾아 우리 현대사의 아픔과 상처를 확인하고 화합과 평화의 미래를 소망하는 시간을 가져 보았다.

이번 11월 6일엔 한밭도서관이 주관하는 대전 문학기행을 안내하게 됐다. 한밭도서관을 중심으로 모이는 독서회와 문학회 회원을 대상으로 '역사 속 대전문학의 현장을 찾아서'라는 주제로 역사적 라이벌 관계나 대립적 삶의 궤적을 보인 대전 문인들을 중심으로 그들의 대립과 갈등을 살펴보고 화합과 상생의 새 길을 찾아보고자 했다.

먼저 일제강점기 말에 호수돈여고 옆 용두산에 조성된 충혼탑 혹은 충렬탑이 한국전쟁 이후 지사총(志士塚) 조성과 함께 영렬탑으로 바뀐 뒤 보문산 보훈공원으로 이전하게 된 과정을 살펴보고, '지사총'이란 단편으로 등단한 대전 출신 작가 조선작의 밑바닥 인생 이야기, 용두동 산 15번지 달동네에 살며 서대전국민학교를 다녔던 작가 김성동이 충혼탑 앞에서 할아버지로부터 산내에서 총살당한 아버지의 죽음에 대해 듣고 충격에 빠졌던 이야기를 더듬어 보았다.

보훈공원은 한국전쟁과 월남전 참전용사들의 호국영령을 기리는 공공 추모공원인 데 반해, 산내 뼈잿골의 민간인 학살 현장은 오랫동안 역사 속에 묻힌 채 황량하게 방치되다 19년 전부터 유족들의 합동위령제가 치러지고 있다. 다행히 2016년 8월 행정자치부가 뼈잿골을 '한국전쟁 민간인 희생자 추모공원' 사업대상지로 선정해 전시교육관, 추모관 등을 갖춘 평화공원을 만드는 사업을 추진 중에 있다.

대전 회덕 출신으로 조선시대 후기 대유학자였던 우암 송시열 선생은 그 사상과 행적을 기리는 우암 사적공원이 대규모로 조성돼 널리 추앙받고 있다. 그러나 송시열 선생보다 10년 연하로 남인 출신 개혁정치가였던 백호 윤휴의 무덤은 보문산 자락에 외로이 숨어 있다. 보문산 보훈공원 가는 길 못 미쳐 왼편 저만큼 양지쪽에 거북 등 위로 우뚝 선 신도비와 그 뒤로 옛 무덤들이 층층이 모여 있는 모습을 무심코 본 적이 있을 것이다. 그 신도비가 바로 윤휴의 평생 사적이 기록된 백호 윤휴 신도비이고 그 뒤 무덤들이 윤휴의 선영이다.

하지만 정작 윤휴의 무덤은 선영을 지나 오른쪽 골짜기로 쑥 들어간 곳에 있어, 대개는 신도비만 보고 지나치기 십상이다. 송시열은 10년 연하인 윤휴와 만나 3일간 토론하고서 자신의 30년 독서가 가소롭게 느껴졌다고 말할 정도로 윤휴를 높이 평가했으나, 윤휴의 평등을 중시하는 개혁정책과 중국의 주자(朱子)와 달리 독자적으로 경전을 해석하는 태도 등으로 사이가 벌어져 윤휴를 죽음의 길로 내몰았다. 양반의 특권을 지키고자 한 송시열과 평민의 권익을 옹호한 윤휴의 대립은 그들의 죽음 이후 지금까지 대조적인 모습으로 남아 보는 이의 마음을 안타깝게 한다. 대규모 우암사적공원에 비해 윤휴는 그 무덤을 알려주는 표지판조차 없다.

이제 이런 대립과 갈등의 역사를 끝내고 화합과 평화로운 공존의 새로운 미래를 견인해 낼 방법은 무엇인가. 그 시작은 나와 다른 생각과 의견을 '틀렸다'고 배제하는 게 아니라 '다르다'고 인정하는 관용과 포용의 태도를 갖는 것이다. 세계 유일의 분단국가를 살아가는 우리 겨레도 서로 다름을 인정할 때 비로소 화합과 평화로운 공존이 가능해질 것이다. 여러 가지 색깔의 꽃이 서로 다른 그대로 어울려 아름다운 꽃밭을 이루듯이 말이다.

'노란 꽃은 노란 그대로/ 하얀 꽃은 하얀 그대로// 피어나는 그대로가/ 얼마나 겨운 보람인가// 제 모습 제 빛깔 따라/ 어울리는 꽃밭이여// (중략) 남남이 모인 뜰에/ 서로 도와 가꾸는 마음/ 나뉘인 슬픈 겨레여/ 이 길로만 나가자' (이재복, 꽃밭)

(금강일보 2019.11.17.)

부끄러운 역사를 기억하고 극복해야

우리 민족은 수많은 외침과 내란 등 수난의 역사를 살아왔습니다. 그 중에서도 가장 치욕적이면서 극복대상인 현대사는 일제강점기의 식민지 역사입니다. 현재 우리나라를 파행으로 이끄는 부정적 문화유산들인 정경유착, 폭력적인 군사문화, 위압적이고 권위주의적인 교육행태, 자학적인 역사인식 등의 근본을 살펴보면 일제가 강요한 식민지배에 그 뿌리를 두고 있습니다.

일제강점기 마지막 조선총독이었던 '아베 노부유키'는 연합군에게 항복하는 문서에 조인한 뒤 이런 말을 남겼습니다. "내 장담하건대, 조선인이 제정신을 차려 찬란하고 위대했던 옛 조선의 영광을 되찾으려면 100년 이상 걸릴 것이다. 우리 일본은 조선인에게 총과 대포보다 무서운 식민교육을 심어 놓았기 때문이다. 결국 조선인은 서로 이간질하며 노예적 삶을 살 것이다. 보라! 실로 조선은 위대했고 찬란했지만 현재 조선은 결국 일본 식민교육의 노예로 전락할 것이다. 그리고 나 아베 노부유키는 다시 돌아온다."

이 섬뜩한 망언을 해방 당시 패자인 일본군의 저주로만 무시하기 어려운 건, 지금도 우리 사회 기득권층의 의식을 지배하는 식민지 근대화론이나 권위적이고 폭력적인 사회구조의 지속 등이 일제강점기의 식민교육에서 비롯되었음을 부정할 수 없기 때문입니다.

일제강점기 우리 민족이 겪은 치욕을 가장 슬프고도 아프게 상징하는 분들이 바로 일본군의 성노예로 끌려간 위안부입니다. 현재 50여 분의 할머니들이 생존해 온몸으로 일본의 사죄와 배상을 요구하고 계시지만, 소위 식민사학자들에 의해 그 상처가 깊어지고 명예가 심각하게 훼손되기도 합니다. 한 여성 학자는 〈제국의 위안부〉란 책에서 위안부나 일본군이나 다 전쟁의 피해자이며 그런 점에서 동지적 관계이기도 했다며 위안부 할머니들을 비하합니다. 일본 전범기업 도요타로부터 연구자금을 받아 한국 식민사를 연구하는 뉴라이트 계열의 교수는 '조선인 위안부는 자발적 창녀'라는 파렴치한 발언을 공공연히 합니다. 우리 사회 지배층의 이런 왜곡된 인식과 발언 속에 '아베 노부유키'의 유령이 아직도 우리 사회를 배회하고 있음을 확인합니다.

따라서 우리는 우리 안의 식민사관에 대해 끊임없이 성찰하고 이를 극복하려 노력해야 합니다. 역사를 기억하지 못하는 민족에게 부끄러운 역사는 반복될 수밖에 없습니다. 그리고 아픈 상처이기에 덮어버리지 말고 드러내 치유해야 합니다. 전쟁의 상처에 대한 근본적인 치유는 무력을 통한 보복이 아니라 평화의 정착으로 비로소 가능해집니다. 일본의 군국주의적 극우세력에 단호하게 대처해야 하지만, 극단적 민족주의인 국수주의로 직결되는 것 또한 경계해야 합니다. 우리 안의 파시즘을 극복하고 일본의 평화애호 시민들과 마음을 모아야 하는 것도 바로 이 때문입니다.

이번에 대전광역시와 시민들 그리고 시민사회단체가 한마음으로 뜻을 모아 '대전 평화의 소녀상'을 건립하게 된 것도 우리 안의 식민사관과 파시즘을 극복하고 나아가 한일 간에 항구적 평화를 정착시키기 위한 여정의 출발에 그 의미가 있습니다. 우리 모두 평화를 염원하는 마음으로 이 소녀상을 지켜나갑시다.

(2015년 3월 2일 대전 평화의 소녀상 제막식 축사)

평화로운 굴종보다는 위험한 자유를!

    그간 의혹으로만 제기되던 이른바 '블랙리스트'의 존재에 대해 그 추악한 실체가 드러나면서, 현 정권의 치졸하고 야만적인 헌법 유린과 전방위적인 불법 행태에 대다수 국민들이 큰 충격 속에 분노하고 있습니다. 우리 대전에서도 20여 명의 문화예술인이 그 리스트에 적시되어 있고, 그들이 여러 사업에서 배제되는 등 나름의 불이익을 받은 것으로 드러났습니다. 저도 영광스럽게 그 리스트에 2관왕으로 이름을 올렸습니다. 저는 특정 정치인에 대한 지지로 이름이 오르지는 않았습니다. 대전민예총 이사장 이전에 당시 교육자로서 정치적 중립 위반의 빌미를 제공해 오히려 그 정치인을 어렵게 할 수도 있었기 때문입니다. 저와 대전민예총은 '세월호 참사'에 대한 철저한 진상규명과 적절한 대책 마련을 요구하는 아주 상식적이고 지당한 성명서에 함께한 것으로, 이것이 민주사회에서 문제가 된다는 게 지금도 납득이 되지 않습니다. 그리고 한 사람의 문학인으로 유사한 내용의 '세월호 참사' 진상규명 성명서에 동참했습니다.

    이번 특검과 헌재의 조사 및 심리과정에서 유진룡 전 문체부장관이 밝힌 대로, 정권의 입맛에 맞지 않는 문화예술인을 각종 지원사업에서 배제하고 나름의 제약을 가하는 일은 과거 군사정권 시기인 80년대까지 있었던 불법행위였습니다. 그런데 민주적 절차에 따라 국민의 선택을 받은 이 정권에서 다시 '블랙리스트'로 문화예술계를 편 가르기하고 문화예술지원사업에서 배제시키면서, 문화예술정책의 시계를 3,40년 전으로 퇴행시켜버린 셈이지요.

사실 문화예술은 우리 민족의 역사적 지리적 환경을 오랜 동안 창조적으로 극복하며 승화시킨 물질적 • 정신적 자부심의 총체로, 우리 민족을 하나로 통합시키고 국민들의 삶의 질을 고양시키는 아주 소중한 자산입니다. 그리고 무엇보다도 문화예술은 우리가 일상의 누추함에서 벗어나 자유롭고 충만한 삶을 추구하도록 해 줍니다. 이때 문화예술의 근간이 되는 정신은 어떤 속박에도 굴종하지 않는 자유입니다. 자유로운 영혼이 충만한 상황에서 시대적 한계를 뛰어넘는 창조정신이 위대한 예술을 낳습니다. 그렇기에 문화예술인은 기존질서를 유지하려는 시대나 사회와 근원적으로 불화할 수밖에 없습니다. 심지어는 자신과도 불화하면서 무한한 자유와 평화를 향한 열정을 언어나 색이나 몸짓으로 드러내, 이 세상 너머로 정신을 도약시켜 남루한 현실을 뛰어넘습니다. 진정한 문화예술인은 현실적 억압에 길들여지지 않는 야생의 생명력을 그 존재이유로 삼습니다. 그리고 자유로운 생명력을 억누르는 모든 불의와 억압에 분노하며 저항합니다. 그 저항의 몸짓이 풍자나 해학, 환상적이고 마술적인 예술장치들을 통해 드러나기도 합니다. 문화예술인들은 모든 인간이 고귀한 존재로 자유롭게 살아가는 세상을 꿈꿉니다. 그들은 원하는 것을 추구할 자유와 원치 않는 것을 하지 않을 자유를 꿈꿉니다. 문화예술인들은 금지된 것들을 욕망합니다. 그들은 과거의 어두운 기억을 재생해 현재의 억압을 고발하고, 전체주의 사회를 신랄하게 꾸짖기도 하는 광야의 예언자를 자임합니다. 이렇게 길들여지지 않는 문화예술인들의 존재가 다양한 자유가 공존하는 아름다운 세상을 증명합니다.

우리에게 자유의 고귀함을 온몸으로 일깨운 철학자 루소의 말로 마무리하겠습니다. "나는 굴종으로 얻은 평화보다 위험한 자유를 선택하겠다."고 말입니다.

(2017.2.4. 박근혜 탄핵 대전민주항쟁 제51차 촛불행동 발언문)

共感

발
문
ㅣ
김
정
숙

包容

아름다운 공동체와 진보의 문학을 꿈꾸는 엄정한 글쓰기

김정숙(문학평론가, 충남대 교수)

1

문학에서 평론(비평)은 일반적으로 문학작품을 정의하고 그 가치를 분석하며 판단하는 것이다. 평론은 작가와 작품에 대한 감상 및 해석, 그리고 그에 대한 가치평가를 제공한다는 점에서 메타문학이며, 담론 형성, 더 나아가 문단의 성격을 규정하는 주요한 역할을 담당하는 글쓰기이다. 평론은 평론가의 주관이 개입되는 만큼 한 작품이 어떤 평론가를 만났느냐에 따라 작품의 가치는 달라질 것이며, 그 작품이 놓인 맥락을 함께 분석함으로써 대상 작품은 '현재적' 의미를 부여받게 된다. 어떤 의미에서 작품인 텍스트(text)는 컨텍스트(context)와 관련될 때에만 작품으로서 온전한 정체성이 확립될 수 있는 것이다.

이 글의 텍스트는 '김영호'와 최근에 씌어진 글을 포함한 그의 '평론' 그리고 그의 '삶'이다. 세 항을 병렬로 설정한 이유는 사람과 그 사람이 산출한 글을 동시적 통합적으로 읽을 때 그의 인간됨과 문학적 자리의 전면모를 더 잘 만날 수 있기 때문이다. 사람과 삶과 글이 같은 얼굴을 지닐 수 있다는 것은 어렵고도 숙연한 일이다. 그가 김영호이다. 또한 그가 지내온 '1980년대'와 '대전' 그리고 동인지 《삶의 문학》을 경유할 때 평론가 김영호의 삶과 문학의 무늬를 온전하게 이해할 수 있다.

2

김영호는 대전 지역 진보문학의 기틀을 세우는 데 산파역할을 한 《삶의 문학》의 1세대 평론가이다. 김영호에게 《삶의 문학》은 지적 열망과 시대정신의 만남이었을 뿐만 아니라 그의 삶과 문학적 모태라고 할 수 있다. 《삶의 문학》은 1978년 2월 창학사에서 발간된 동인지 『窓 그리고 壁』을 전신으로 한 종합문예지로, 1988년 《삶의 문학》 8호로 마감되었다. 동인들은 당시 숭전대학교 대전캠퍼스(현재 한남대학교)의 국문과와 영문과 소속 대학생들이었으며, 이후 충남대와 공주대 출신의 동인이 합류하면서 규모가 확대되었다.

《삶의 문학》은 삶의 진실을 새로운 형식에 담고자 했던 기획의 산물인 동시에 관변 주도의 기관지나 잡지, 이데올로기의 결과물이 아니라 대전에서 자생적으로 발간된 종합문예지이다. 곧 이것은 뚜렷한 문학관과 문학의 민주화와 현실의 민주화를 이룩하고자 하는 목표의식 그리고 그것의 구체적 실현태로서 삶의 현장과 연계한 형식 실험을 통해 80년대에 반응한 문학·문화적 실천이었다. 또한 엄혹한 유신 시기 《문학과 지성》과 《창작과 비평》 등이 폐간될 때 《삶의 문학》은 전국적으로 다른 지역의 목소리들, 즉 서울의 《시와 경제》, 광주의 《오월시》, 청주·대구의 《분단시대》, 마산의 《마산문화》 등 탈지역적 연대의 의미도 있었다.

그러나 1985년 《민중교육》 사건이 일어나면서 교사 중심이었던 동인들이 해직되고 검속되는 등 일련의 정치적 사건들에 연루되면서 구심점을 잃은 후 《삶의 문학》 출간은 중단된다. 이후 〈삶의 문학〉에서 활동한 젊은 동인들을 중심으로 대전의 문학장이 형성되었고, 《삶의 문학》의 정신을 모태로 대전 지역의 진보적 문학단체인 대전작가회의가 오늘에 이르고 있다.

이러한 《삶의 문학》을 중심으로 한 김영호의 평론 활동은 오정희의 단편 「불의 강」을 다룬 소품인 「죽음의 느낌과 번짐의 열망」(《窓 그리고 壁》 1집, 1978.2.)과 「역설과 사회」(《窓 그리고 壁》 2집, 1979.10.)로 시작된다. 그는 수사학의 의미와 한계를 통해 "올바른 삶의 구현과 세계에 대한 진지한 성찰 그리고 그것의 실현에 기여하지 않는다면 수사학은 장인(匠人)의 겉치레에 불과할 뿐"(2집, 122쪽)이라고 말하며 문학자의 언어와 사회적 의미를 강조한다. 이어 「문학과 역사」《窓과 壁》 4집, 1982.9.), 「설화의 역사성」(《삶의 문학》 5집, 1983.4.), 「농민시의 가능성」(《삶의 문학》 6집, 1984.8.)을 통해 민중에 중점을 둔 그의 문학관이 개진된다.

특히 김영호는 언어를 비중 있게 다루고 있다. 그에게 언어는 염결성의 실체로 보아도 무방할 듯하다. 이러한 평론 스타일은 "엄격한 이성에 의해 규제"(이황직)되는 리얼리스트로서의 지적 면모를 보여준다. 언어가 진실에 이르는 자기표현의 가능태라는 언어인식은 인식 혹은 관점의 전환을 유도하는 기제로 활용된다. 《삶의 문학》의 창립 동인이자 평론을 개진한 김영호는 4집 「문학과 역사」에서 『빼앗긴 대지의 꿈』을 분석하면서 3세계에 대한 다른 시각을 보여준다.

제3세계는 이제 단순히 정치 · 경제적 신흥세력이라는 세계사적 위상의 확보로 그 역할을 그치는 것이 아니다. 그것은 약소민족의 현실극복의 살아있는 의지의 대명사이며, 모든 억압받는 자들의 대변인이자 억압에서 벗어나고자 하는 모든 노력의 상징이다. 그것은 강자의 허구적 논리를 극복할 수 있는 새로운 윤리의식의 표현이며 그런 만큼 지배와 억압이 종식되고 대화와 신뢰를 회복하는, 도덕성에 바탕을 둔 민주적 인간조건을 재건하려는 인간적 심성 혹은 삶의 태도와 동의어이다. 그러기에 그것은 과거의 지배와 저항의 역사를 현재의 이지러진 역사를 바로잡는 노력 속에서 수정하고 재구성한다.

– 《창 그리고 벽》 4집, 101쪽

그에 따르면 제3세계는 "정치·경제·지리적 범주개념에서 나아가 새로이 자기의 존재를 역사적으로 확인하고자 하는 모든 문화적 노력까지를 포함하는 문화적 세력"(97쪽)이다. 여기에는 새로운 정치·경제적 '윤리'의 확립과 이것을 가능하게 하는 발판으로서의 '문화적 갱신 또는 변혁'의 문제가 제기된다. 이때 하나의 '언어 사용'은 그것의 존재 방식이 된다. 왜냐하면 "언어는 사회적 여과체이고 그런 만큼 어떤 사물이나 외계에 대한 인식뿐만 아니라 문화적 태도 또는 대응방식(행위)까지를 망라하게 되고 그럼으로써 한 시대의 화법은 그 시대의 정체적 표현에 이르게 되기 때문이다."(104쪽)

이와 같은 제3세계 인식은 문화의 중앙집권적 지방주의, 나날의 부와 안정을 유지 발전해 가고 있는 도회지와 피폐한 농촌을 가속화한 종속 관계를 전복하고자 하는 사회과학적 인식의 기반을 이룬다. 이러한 언어 및 윤리적 태도는 문학의 실체성과 관련된다. 김영호는 2집 「역설과 사회」에서 아리스토텔레스의 수사학을 기층을 배제한 지배층의 논리를 강화하기 위해 고안된 것이라는 점에서, 역설의 힘을 강조한 인도 사상이나 노장사상은 일정 부분 가치를 긍정하면서도 진공의 상태를 우려하면서 수사학의 새로운 지점을 제안한다. 수사학은 '삶' 그리고 '사람'에게 정향될 때 진정한 것으로 전제한다. 이는 '문학의 민주화'를 이루기 위한 토대인 셈이다. 이때 '민주화'는 좌파적 이데올로기로서가 아니라 '사회의 울타리, 즉 사람살이에 대한 삶다운 것의 실현을 의미한다. 이렇듯 김영호는 전문 평론가가 부재하고 양적인 면에서도 활발하지 못했던 1980년대 대전 문학에 평론의 중요성을 보여주었을 뿐만 아니라 문학과 삶 그리고 현실을 매개하는 진보적 목소리의 시작을 알렸다는 점에서 그 의의를 지닌다.

3

1984년 「역사적 사실과 문학적 상상력」(『한국문학의 현단계 III』)(창비)을 발표하면서 문학평론가로 등단했으나 김영호와 그의 글쓰기는 1985년 '민중교육' 사건을 겪으면서 중단되고 침묵에 이른다. 그때의 상황을 한참 후인 2013년에 들을 수 있었다.

> '민중교육' 사건 이전에는 《삶의 문학》 동인으로 나름 당시의 지역문화 운동을 선도한다는 자부심으로 열정을 다해 살았습니다. 하지만 '민중교육' 사건으로, 전혀 의도하지는 않았지만 후배들이 정치적 공안사건으로 어이 없이 해직의 아픔을 겪는 걸 지켜보면서, 이를 기획했던 선배로서의 책임과 가책으로 오랜 기간 글을 쓰지 못했습니다.
> ─『지금, 이곳에서의 문학』, 봉구네책방, 2013, 책을 내며 중에서

'책임'과 '가책'은 김영호의 삶과 글쓰기에 담긴 고유성이자 윤리이다. "글 아는 자가 글로 세상을 향해 말하듯, 자못 엄정한 학문"인 문학을 한다는 것은 그 당시 스스로에게 용납할 수 없었을 것이다. "그래도 후배들이 나름의 자생력으로 스스로의 입지를 굳혀 가면서 조금씩 힘을 내"는 것을 본 다음에야 그는 띄엄띄엄 써 온 글들을 모아 『지금, 이곳에서의 문학』을 펴낸다. 그는 "어쭙잖은 글"이라고 겸손하게 말했지만 "'나는 누구이며 또 어떻게 살아야 하나?'라는 물음에 대한 그때그때의 진지한 답변"이기에 김영호의 진심 어린 '자화상'으로 다가온다. 30여 년의 아픔의 시간을 통과한 후에 세상에 나온 이 책은 그에게 각별함을 넘어 자신과의 치유와 화해의 결실이라고 할 수 있다.

김영호의 비평적 주제는 삶을 중심에 둔 '역사인식'과 '타자'이다. "삶의 문학과 문학의 삶을 일매지게 이루고자 하는 김영호 리얼리즘"(김성동)이라는 표현이 이를 잘 말해준다. 김영호는 설화, 민중 의식, 분단 극복의 문학, 역사적 사실과 문학적 상상력을 통해 역사와 문학의 진화 그리고 진보문학의 진화를 지속적으로 살핀다. 특히 농민 문학론과 농민시, 농업적 세계관을 일관되게 담론화한 것은 그의 역사인식이 어디에 놓여 있는지 잘 말해준다. 농민과 학생들과의 공동창작은 삶의 현장에 문학이 다가가고, 그것이 다시 문학으로 녹아 현실 속에 뿌리를 내리고자 하는 마음의 표현이다. 농민, 장애인, 청소년 등 사회적 약자들에게 공감하며, 역사, 고통, 상생의 주제를 계속 다뤄온 점, 시조를 활성화해 대전문학의 폭을 다양화하자는 목소리도 이와 연관된다. '상처' '기억' '성장' '사회적 고통' '화해' '자기 변혁' '희망'은 작품과 작가를 읽어내는 열쇳말들이다.

문학적 목소리와 함께 김영호의 삶의 무늬를 만날 수 있는 또 하나의 텍스트가 있다. 문학평론과 언론 및 문예지에 발표한 글들을 모은 사화집 『모두가 행복한 나라를 꿈꾸다』(봉구네책방, 2014)이다. 이 책은 가족사로부터 교육 전반과 교육정책, 문화, 사회적 문제에 이르기까지 다양한 사유의 스펙트럼을 통해 우리 삶을 돌아보게 한다. 글이 곧 사람인 그의 명문들이 엔솔러지의 이름으로 모아져 동시대를 살아가는 우리에게 큰 울림을 전해준다. 또한 사유와 행동이 일치하는 삶, 솔직하게 사물과 타인을 대하며, 생명의 연약하고 오묘한 면들에 섬세하게 반응할 수 있는 인간의 고귀한 덕성으로서의 품성이 지닌 삶의 태도를 투명하게 보여준다.

그래서 『모두가 행복한 나라를 꿈꾸다』는 정직하고 정의로운 목소리로 가득하다. 말의 힘과 논리적인 설득을 통해 진리에 맞는 올바른 도리를 환기하는 문장들은 개인의 완성과 사회의 완성은 하나로 통합 또는 융합되어야 함을 역설한다. 참교육 실현을 위한 지속적인 문제제기,

지역문학과 지역문화의 활성화를 위한 사회사업의 모색 그리고 시대와 현실의 진단을 통해 민주적인 가치를 실현하고자 하는 의식적인 자기 표현은 삶의 공적 공간에 수렴되려는 진정성의 발로라고 하겠다.

두 저작에 공통적인 것은 삶과 문학과 타자에 대한 사랑이다. 정직함과 정의로움을 품은 사랑은 성숙하고 견고하다. 선택적 거부나 감상성을 극복하는 동시에 타인의 고통을 뜨거운 가슴으로 나누기 때문이다. 장애인을 위한 야간수업과 봉사, 비정규직 교사의 정규직 전환, 학생들에 대한 부모 마음으로의 교육, 지역문인들에 대한 비평적 공유는 인권과 교육과 문학에 대한 그의 헌신성을 오롯하게 담고 있다. 김영호에게 문학은 우리의 영혼을 위로해 주는 것이며, 함께하는 삶을 사는 것을 꿈꾸게 한다.

4

근본적인 질문, 김영호에게 '문학'이란 무엇인가. 그가 써낸 글들은 문학을 대하는 그의 자세 혹은 작가의 정체성을 강조한다.

"결국 작가가 된다는 것은, 주변의 작은 신음에 민감하게 반응하도록 순수한 영혼의 줄을 팽팽하게 조이는 것이고, 낮고 쓸쓸한 곳을 향해 붓끝을 가다듬는 것이며, 첫새벽에 일어나 외롭게 코피를 쏟으며 스스로 충분히 낮아지지 못했음을 아프게 자각하는 것을 의미합니다…

그리고 이런 깨달음에서 한걸음 나아가 삶의 현장을 찾아 나서야 합니다. 고해에 동참하는 실천적 결단을 통해 그 문학이 진정한 회향을 이루기 때문입니다."

— 『모두가 행복한 나라를 꿈꾸다』 책을 내며 중에서

그가 오랜 침묵했던 또 하나의 이유를 짐작할 만한다. 어휘 하나하나를 가벼이 지나치지 않겠다는 듯 문장은 진지하고, 수행자의 자세와도 비견될 만큼 김영호는 '작가'의 엄격성과 실천성의 철저한 잣대를 스스로에게 부여한다. 그럴 때의 글쓰기여야 '진정한 회향'을 이룰 수 있기 때문이다. 김영호에게 진정한 작가는 "훼절된 말의 본뜻을 회복하는 삶을 살도록 하는 것" "우리 주변의 작은 자들의 고통에 민감하게 반응할 줄 아는 공감능력을 지닌 그런 사람" "부당한 성공을 부끄러워하고 정의의 길을 가는 삶을 긍정하는 삶"을 쓰고 실천하는 주체이다.

김영호에게 문학은 "아름다운 세상을 향한 천착이고, 글 아는 자가 글로 세상을 향해 말하는 자못 엄정한 학문이며, 작가 자신을 끝없이 경신해 나가는 자아성찰의 도구이자, 지금 이곳의 삶을 리얼하게 그려내는, 개인의 영적 각성과 사회 변혁의 에너지"(「대전문학, 이산(離散)에서 수렴(收斂)에로」)다. 윤동주와 이육사, 백석과 이용악, 그리고 매천 황현과 조선의 현실을 그려낸 연암 박지원은 문학적 이념의 표상으로, 그에 반해 박목월의 「나그네」는 식민지 현실 속에서 생활하던 민중들의 비참한 현실과 삶의 현장과 거리가 먼, 시인의 관념 속에서 미화된 환상적이고 낭만적인 자연 풍경으로 비판된다.

이러한 비판적 인식은 김영호의 삶의 터전인 대전에도 향한다. 어떤 의미에서 지역문학은 소수문학인 동시에 스스로 정체성을 드러내야 한다는 점에서 타자이다. 김영호는 문학을 시작할 때부터 그가 서 있는 자리를 잊지 않는다. 대전문학의 자리를 살피기 위해 문학단체 및 장르 등을 전체적으로 조망하고 있으며, 이러한 접근은 "다양한 세력과 공존하는 지혜와 포용력"을 통한 진보의 미래에 닿고자 하는 그의 엄중한 태도에 닿아 있다.

그의 일환으로 2015년 7월, 한국작가회의 미래구상 프로젝트 충청지역 공동 심포지엄에서 발제한 「집단학살 '제노사이드 종단벨트' 작업, 화해와 상생의 씻김굿 프로젝트」는 그의 문학관과 역사인식, 그리고 지역문학의 수렴점이라고 할 수 있다. 그것은 대전 산내의 골령골에서 촉발되었기 때문이다. 김영호와 오랜 교분을 나누고 있는 소설가 김성동의 상처의 공간이기도 한 그곳은 우리 역사가 극복하고 화해해야 할 역사적 상처의 공간이다.

제노사이드 기억을 문학적으로 형상화하는 작업이 바로 현실의 아픔을 정화하는 씻김굿이다. 씻김굿은 삶과 죽음의 화해에만 그치지 않고 살아있는 사람들끼리 서로 위로하고 용서하고 화해하는 상생의 자리로까지 나아가는 것이 특징이다. 따라서 우리는 민간인 집단학살의 억울한 죽음들을 위로하고 정화하는 동시에 또 다른 희생자인 한국전쟁 중 지역 좌익과 북한 정치보위국에서 자행한 우익인사에 대한 보복학살 희생자들 또한 그 원혼을 맑게 씻기는 데까지 나가야 한다. 물론 우익인사 희생자들은 반공애국지사로 위령탑이 건립되고 각종 추모시설이 건립되는 등 국가로부터 그에 합당한 기림을 이미 받고 있다. 이렇게 군경에 의한 희생자에 대한 예우와 상당한 차이를 보이지만, 모두가 전쟁의 광기가 부른 참혹한 희생이라는 점에서 망자의 원혼을 천도한 뒤 살아남은 사람들끼리 서로 위로하고 용서하고 화해하는 것이 곧 씻김굿의 핵심이라 할 수 있다. 씻김굿은 망자들의 맺힌 한을 풀어주는 절차들을 통해 결국은 현실의 엉킨 실타래도 동시에 풀어내는 일이다.

이런 상생과 화해의 씻김굿을 남한의 중심부인 대전에서 좌우익에 의한 모든 학살 희생자의 유족들과 시민들이 모여 함께하는 굿판으로 기획해 실행할 수 있다면, 그야말로 국민화합과 진영화합의 큰 마당이 될 것이다. 우리 한국작가회의가 기획하는 '제노사이드 종단벨트 작업'이 국민화합의 기폭제가 되고 또 그 과정에서 문학의 힘과 가치를 확인하는 소중한 기회가 될 것이며, 문학인의 자부심 또한 자연히 회복될 수 있을 것이다. 이것이 바로 한국문학이 현실과 만나는 방법이며 또한 진보문학의 힘이다.
　- 2015년 7월, 한국작가회의 미래구상 프로젝트 충청지역 공동 심포

지엄 발제문

문학은 도처에 흩어진 아픔을 찾아 기록하고 기억하며 그 아픔에 합당한 이름을 붙여 그 한을 씻어주는 작업이며, 또 살아있는 사람끼리의 화해를 도모하게 해주는 씻김굿 역할이 바로 우리 진보문학이 진화해야 할 모습이다. 김영호는 대전 산내 골령골은 우리가 보듬어야 할 곳임을 강조한다. 1950년 한국전쟁 당시 군경에 의해 희생된 민간인들의 유해가 묻혀 있는 이곳이 또다시 훼손됐다는 보도가 있었다. 이곳은 땅값이나 개인 소유 등의 문제에 관련된 이해당사자들의 의견을 수렴하면서 국가와 우리 지역이 함께 보존해야 할 장소이다. 무고하게 죽어간 생명에 대한 해원이자 우리의 현대사를 기록할 역사적 요청이기 때문이다.(졸고,「장소에 새겨진 흔적」)

이러한 역사의 고통은 김영호의 개인적 삶에도 드리워져 있다. 『일본탈출기』(봉구네책방, 2015)는 김영호의 부친인 고 김장순 선생이 지은 해방 전후의 체험기이다. 이 책은 사실을 담담하게 기록하고 있지만, 그 행간은 정의롭지 못한 부당한 사회적 권력과 친일행적에 대한 엄중한 역사적 책임을 묻고 있다. 눈앞에 펼쳐진 듯 핍진한 묘사력과 고국 땅을 밟고자 한 간절함이 어느 소설보다 더 생생한 감동을 전해준다. 제국주의의 잔혹성과 민간 마을의 풍습, 그리고 죽음의 공포에서 피난처를 옮겨가며 겪는 고통들이 겹쳐 읽히면서 김장순 선생의 살고자 하는 간절함이 오롯하게 다가온다. 책에 기술된 장면들에서 17세기 일본에서 일어난 천주교 박해를 그린 엔도 슈사쿠의 『침묵』을 참조해 읽어도 좋을 듯하다. 일본에 징집되는 과정에서 느꼈던 약자로서의 절망감과 일본에서 겪었던 일화와 세태의 모습 그리고 같은 민족에게 받은 설움 등은 해방 전후의 실상을 재구하는 중요한 사료적 가치가 있다. 이는 개인적인 아픔을 넘어 전쟁의 참혹함과 인간 존재를 다시금 성찰케 하는 질문을 담고 있다. 어쩌면 죄란 인간이 또 한 인간의 인생을 통과하면서 자신이 거기에 남긴 흔적을 망각하는 데 있다.(『침묵』) 기억을 톺아 꾹 눌러 쓴 김장순 선생의 노고와 이 기록물을 세상의 빛을 보게 한 김영호의 역사인식이 고마운 이유이다.

5

문학은 작가들이 숨쉬고 반응하는 삶의 물적 토대와 지역이라는 문학 환경에서 생성되는 실체이다. 그 실체들은 작품(텍스트)을 중심으로 그와 연결된 작가, 사회현실, 독자 등의 공시적 통시적인 거대한 흐름인 (지역)문학사로 수렴될 것이다. 평론가 김영호는 텍스트의 내적 분석을 현실과 맞닿게 함으로써 작품의 자리를 확장하고 '지금 이곳'의 현실을 환기하고 성찰하는 역할을 수행하고 있다. 고등학교 교사와 대전작가회의 회장을 거쳐 대전민예총이사장으로, 교육제도와 장애인 인권, 문학단체와 문화현장에서 민주적 절차, 사회적 책임, 공공성, 윤리성을 지속적으로 요청한다. 이는 행복한 사회와 함께하는 삶에 대한 그의 갱신하는 꿈이다. 체험에서 느낀 삶의 엄중함과 겸손함, 그리고 인간다움을 향한 지극한 마음은 강밀한 글을 읽는 독자와 함께 아름다운 세상에 닿을 것이다.

무지와 편견과 증오의 밤은 질기고 길며, 진리의 새벽은 아주 마딘 걸음으로 더디게 온다. 더디지만 결국은 오고야 만다. 하지만 저절로 찾아오는 것이 아니라, 무지와 편견에 적극 맞서는 이상주의자들의 무모한 도전을 통해 어둠을 조금씩 열어젖히며 온다.
    - 「로시난테의 꿈과 교육」, 『내일을 여는 작가』, 2015년 상반기호(67호))

현재 김영호는 1980년대의 거시적 담론의 자장 안에서 소외된 타자들과 대전 지역의 주체적 목소리를 기억하고 복원하고자 미시적 접근의 글쓰기를 하고 있다. 그는 "주류 문학단체와 비주류 문학단체가, 주류 문학장르와 비주류 문학장르가 평화롭게 공존하는"(「대전문학, 이산(離散)에서 수렴(收斂)에로」) 건강한 문학생태계를 지향한다. 청소년이 주체가 되는 청소년 문학에 관심을 갖고, 소수 단체와 소수 장르를 더 배려하며, 차이를 넘어 공존으로, 화해와 상생으로, 이산에서 수렴으로 진보하는 성숙한 대전문학이 평론가 김영호가 바라고 도전하는 이상적 문학이다. 집단학살 '제노사이드'의 화해와 상생을 위한 제안이 그러하고, 김석범의 대하소설 『火山島』에 대한 진지한 접근과 이해가 또한 그러하다.

김영호의 글이 지닌 힘은 그의 따뜻하고 정갈한 삶과 언어의 진정성에서 생성된다. 좋은 작가와 작품을 생산하는 동력은 엄정한 평론의 안목과 질서로부터 발휘될 것이다. "관찰과 실험 또는 논리적 추론에 의한 합리적인 의심이나 비판"(「로시난테의 꿈과 교육」)적 태도는 그가 엄격하게 지키고자 하는 글쓰기의 태도이다. 평론가 김영호에게 아름다운 세상과 문학을 꿈꾸는 진보의 미래를 기대한다. 오래 기다린, 다양한 영역이 모아진 두 저작을 넘어 "정감이 넘치면서도 예민한 감수성이 살아 있는 평론"으로 '지금 이곳에서의 문학'을 활발하게 소환해 주길 바란다.